FINSTERMARK

Cha-Gurrtinen
Lager

GRASLÄNDER

Kianys Dorf

Kuomis Dorf

Yunktun

YLMAZUR
GEBIRGE

Friedhof der
Riesenalpe

THALE

Himmelsturm

Kuriervogelhöhlen

WÄLDER von DARAN

Nimrod

A In-Gwana-Thse

VALDOR BERGE

Daran

Bajun-
Gletscher

Ilahjas Dorf

N

Caira-Dan

W

O

SÜMPFE VON NUMARK

S

Monika Felten
Die Macht des Elfenfeuers

Monika Felten

Die Macht des Elfenfeuers

Zweites Buch der Saga von Thale

Das erste Buch der »*Saga von Thale*«
erschien unter dem Titel »*Elfenfeuer*« im Weitbrecht Verlag
in K. Thienemanns Verlag, Stuttgart – Wien.

*Für meinen Vater,
der immer an mich glaubte*

www.monikafelten.de

ISBN 3-492-70007-1
© Piper Verlag GmbH, München 2002
Vorsatzkarte: © Erhard Ringer 2002
Satz: KCS Gmbh, Buchholz/Hamburg
Druck und Bindung: Pustet, Regensburg
Printed in Germany

www.piper.de

»Vor weissen Gipfeln im grauen Kleid
ein Riesenalp trägt den Sucher weit.
Jung und entschlossen, zum Wagnis bereit,
voll Trauer das Herz und der Blick schwer von Leid.
Hoffnung treibt die beiden voran,
deren Wahrheit niemand glauben kann.
So trotzen sie Kälte, dem Schnee und dem Eis,
Magie zu finden ist ihr Geheiss.
Ein Pulver aus Klauen, so mächtig und rein,
für den Frieden und gegen das Böse zu sein.
Begegnet ihm freundlich; in eisiger Nacht
sei Speise und Wärme ihm zugedacht.
Magie für ihn, sein Volk, die Zeit –
auf dass die Finsternis ereilt Gerechtigkeit.
Dem Tode entronnen kehrt er zurück
mit Freundsgefolge und Hoffnung im Blick«

Aus den Legenden Tun-Amrads

Prolog

Durch die zerklüfteten Schluchten des Ylmazur-Gebirges pfiff ein eisiger Wind. Heftige Böen rissen winzige Eiskristalle vom schneebedeckten Boden und wirbelten sie hoch in die Luft hinauf, wo sie vor dem Hintergrund des tiefblauen Himmels wie Diamantenstaub im Sonnenlicht glitzerten. Die funkelnden Schneewirbel tanzten über die glatt gefegte Ebene des Bajun-Gletschers, an dessen Flanke zwei vermummte Gestalten in einer Höhle Zuflucht vor der nächtlichen Kälte gesucht hatten.

Am Fuß der Berge war der Frühling schon weit vorangeschritten, doch hier, jenseits der Baumgrenze, war es noch immer bitterkalt. In der dünnen Luft schien die Sonne ihre Macht verloren zu haben.

Naemy blinzelte und hob schützend die Hand vor die Augen. Auf der anderen Seite des Tals hatte sich die Sonne eben über die schroffen Berggipfel erhoben. Der goldene Feuerball brachte mit seinem Licht auch ein wenig Wärme zurück, machte es der Nebelelfe aber fast unmöglich, die gegenüberliegende Seite der Schlucht zu erkennen, durch die sich der Gletscher nun schon seit mehr als zweihundert Sommern talwärts zwängte.

Knorrige Überreste von Nadelbäumen, die an einigen geschützten Stellen den Naturgewalten trotzten, zeugten davon, dass es hier vor langer Zeit sehr viel wärmer gewesen war – damals, als der finstere Herrscher seinen Angriff auf Nimrod begann.

Bei diesem Gedanken musste Naemy unwillkürlich lächeln und ihre Gedanken schweiften ab. Einhundert oder eintausend Sommer? Welchen Unterschied machte das schon? Zeit! Welche Bedeutung hatte sie? Die Menschen von Thale mussten sorgsam damit umgehen; ihre Lebensspanne war nur kurz. Gemessen an den Nebelelfen, starben sie schon als Kinder. Nebelelfen hingegen erreichten nicht selten ein Alter von über sechshundert Sommern.

Zweihundert Sommer! Naemy seufzte leise. War es wirklich

schon so lange her, dass sie gemeinsam mit Sunnivah den Kampf gegen den finsteren Herrscher aufgenommen hatte?

Ihre Erinnerung daran war noch so frisch, als wäre es gestern gewesen. Und doch ... So vieles war seither geschehen. Unter der Regierung des Rats der Fünf, der einst von Sunnivah gegründet worden war und dem sie selbst bis zu ihrem Tod angehört hatte, war Thale zu neuem Wohlstand und Frieden erblüht. Druiden waren im Land wieder ebenso selbstverständlich geworden wie Seher und die Priesterinnen der Gütigen Göttin. Letztere hatten die Wälder von Daran nach dem Sieg über An-Rukhbar verlassen, um in Nimrod, der Hauptstadt Thales, einen eigenen Tempelbezirk zu errichten.

Die Sümpfe von Numark waren wieder von Nebelelfen bevölkert. Ein heißes Glücksgefühl durchströmte Naemy bei dem Gedanken, dass entgegen allen Erwartungen so viele Angehörige ihres Volkes die Verfolgung durch den finsteren Herrscher überlebt hatten. Die meisten von ihnen hatten den Weg zurück in die Sümpfe gefunden, wo sie auf den Überresten der alten Hauptstadt ihre neue Heimat errichteten. Sie gaben ihr den Namen Caira-Dan, was so viel bedeutete, wie *Glückliche Heimkehr*. Inzwischen beherbergte Caira-Dan mehr als einhundertfünfzig Nebelelfen und ihre Zahl wuchs ständig.

Aber die vielen Sommer und all das Gute, das seither geschehen war, konnten Naemy nicht darüber hinwegtrösten, dass noch etwas sehr Wichtiges unerledigt geblieben war. Nach dem Sieg über An-Rukhbar war sie mit drei weiteren Nebelelfen aufgebrochen, um den Quarlin zu jagen, jenes schreckliche Raubtier, das Asco-Bahrran, der Meistermagier An-Rukhbars, vor zweihundertfünfzig Sommern freigelassen hatte und als der Todfeind aller Elfen galt.

Viele Sommer hatten sie das Land durchstreift und den Quarlin gesucht. Gefunden hatten sie ihn nicht. Quarline waren überaus klug und ebenso langlebig wie Elfen. Irgendwo in Thale oder in der Zwischenwelt, jener kalten, düsteren Ebene, die die Elfen häufig betraten, um rasch große Entfernungen zurückzulegen, lauerte er, dessen war sie sich sicher. Auch heute konnte er noch immer zu einer großen Gefahr werden und …

»Du denkst schon wieder an den Quarlin, Mutter!«

Naemy zuckte zusammen, als sie die Hand ihres Sohnes auf der Schulter spürte. Dicke Fellhandschuhe schützten ihn vor der Kälte, denn das menschliche Erbe, das Naemy in sich trug, war bei ihm nicht so stark ausgeprägt. Deshalb setzte ihm die Kälte auch mehr zu als seiner Mutter. »Quäl dich nicht damit. Er ist längst tot, glaub mir«, sagte er aufmunternd.

Naemy nickte. »Ich weiß, wie du darüber denkst, Tabor. Trotzdem wäre es mir lieber, das Fell des Quarlins daheim vor der Feuerstelle zu wissen.«

Tabor lachte, deutete mit der Hand über den Gletscher und wechselte das Thema. »Die Sonne steht schon hoch. Wenn wir jetzt aufbrechen, haben wir den Gletscher bis zum Mittag schon hinter uns.«

»Ich hoffe nur, die Strapazen sind diesmal nicht umsonst«, murmelte Naemy, während sie sich erhob. »In Caira-Dan hält man uns schon für verrückt.« Sie streckte sich ausgiebig und griff nach ihrem Bündel, das schon fertig verschnürt neben ihr lag.

»Was kümmern dich die anderen, Mutter?« Tabor schien es nicht das Geringste auszumachen, wenn man ihn für verrückt hielt. »Wenn wir erst ein Gelege gefunden haben, denken sie anders darüber.«

»Ja, wenn …« Naemy griff nach dem langen Eichenstab, mit dem sie den Schnee auf dem Gletscher vorsichtig auf Spalten abtastete, und betrat die eisige weiße Ebene. Sechsmal war sie in den vergangenen Sommern schon auf der Suche nach einem im Eis erstarrten Riesenalpgelege hier oben gewesen, denn die Rasse der hochintelligenten großen Vögel, auf deren Rücken zwei Menschen bequem reiten konnten, war längst ausgestorben.

Doch damit wollte sich Naemy nicht abfinden. Viele Sommer lang hatte sie die alten Schriften der Elfen studiert und herausgefunden, dass sich die Nistplätze der Riesenalpe einst hier oben befunden hatten. Als Nimrod dann zur Zeit des Druidenrates von An-

Rukhbar angegriffen wurde, hatte die ganze Kolonie diesen Ort verlassen, um den Druiden zu Hilfe zu eilen. Die Verluste waren grauenhaft. Keiner der Vögel kehrte jemals zurück.

Deshalb war dieser Ort Naemys einzige und letzte Hoffnung. Vielleicht würde es ihr ja gelingen, ein intaktes gefrorenes Gelege zu finden, um daraus eine neue Generation von Riesenvögeln zu züchten. Naemy war fest davon überzeugt, dass dies möglich war. Auch wenn die anderen Nebelelfen sie nach sechs vergeblichen Expeditionen belächelten, irgendwann würde es ihr gelingen. Doch dazu musste sie zunächst einmal ein Gelege finden. In diesem Augenblick versank ihr Eichenstab tief im losem Schnee. Eine Gletscherspalte! »Achtung, Tabor!« Naemys Warnung kam keinen Moment zu früh. Nur weil sich ihr Sohn rasch und behände zurückwarf, konnte er einem tödlichen Sturz gerade noch entgehen, als sich unter seinen Füßen ein großes Schneebrett löste und viele hundert Längen in die Tiefe stürzte.

»Das war knapp!« Vorsichtig trat Tabor noch weiter zurück und beobachtete, wie Naemy den Verlauf der Spalte ausfindig zu machen versuchte.

Schließlich gab sie es auf und kam zu ihm. »Ich fürchte, wir müssen einen Umweg machen!«, erklärte sie ernst. »Hier kommen wir nicht weiter. Die Spalte ist zu breit und das Eis darüber viel zu dünn. Wir haben keine andere Wahl.« Blinzelnd schaute sie sich um. Die Sonne stand schon hoch am Himmel und ihre Strahlen wurden von dem eisigen Gletscherrücken reflektiert. Das grelle Licht blendete die empfindlichen Augen der Elfen und zwang sie, die fellbesetzten Kapuzen tief ins Gesicht zu ziehen, bevor sie ihren Weg fortsetzten.

Zumindest hatte der Wind etwas nachgelassen, wodurch die Sonne an Kraft gewann. Nach der bitterkalten Nacht in der Höhle tat die angenehme Wärme der Sonnenstrahlen ihren steifen Gliedern gut und schenkte ihnen neue Kraft. In der Hoffnung, die Spalte werde bald schmaler werden, begannen Naemy und Tabor mit dem Aufstieg.

Sie kamen nur langsam voran. Die Spalte im Gletscher war länger und breiter, als sie vermutet hatten, und besaß viele Ausläufer. Immer wieder mussten sie die Richtung wechseln, um den tückischen, schneebedeckten Fallen zu entkommen.

Die Ausweichmanöver kosteten sie viel Zeit und Kraft und Naemy ärgerte sich. Wenn das so weiterginge, würden sie die andere Seite der Schlucht nie bis zum Mittag erreichen, was mindestens eine weitere Nacht in den Bergen bedeutete.

Missmutig stapfte sie in ihren dicken Fellstiefeln über das Eis, immer auf der Suche nach einem sicheren, kurzen Weg über die Gletscherspalte.

Am späten Nachmittag erreichten sie endlich die andere Seite der Schlucht. Hier hielten die Schatten der steil aufragenden Felswände das Licht der tief stehenden Sonne fern und erlaubten den Elfen zum ersten Mal, sich ungehindert umzublicken.

»Unglaublich!« Beeindruckt betrachtete Tabor die unzähligen Höhlenöffnungen, die sich viele Längen über ihm im Gestein befanden. Jede von ihnen war so groß, dass ein ausgewachsener Elf bequem aufrecht eintreten konnte. Die gesamte Felswand erinnerte an einen riesigen löchrigen Käse.

Es war erst das dritte Mal, dass Tabor seine Mutter auf einer ihrer Expeditionen begleitete. Bisher hatten sie allerdings nur die Felswand auf der anderen Seite des Gletschers nach Gelegen abgesucht, da diese für sie leichter zu erreichen war. Auch dort gab es unzählige Höhlen, in denen sie Überreste von Riesenalpnestern gefunden hatten. Doch was er hier erblickte, übertraf Tabors kühnste Erwartungen.

»Wo fangen wir an?«, wandte er sich an seine Mutter.

»Ganz oben!« Den Kopf in den Nacken gelegt, betrachtete Naemy eine gewaltige dunkle Öffnung, die sich etwa hundert Längen über ihnen in der Felswand auftat. »Es hat keinen Sinn, in den unteren Höhlen zu suchen«, erklärte sie, ohne den Blick von der Öffnung zu nehmen. »Die sind für Räuber viel zu leicht zu erreichen. Selbst wenn es dort einmal Gelege gab, sind sie sicher schon längst geplündert.«

Tabor nickte. »Willst du heute noch hinauf?«, fragte er.

»Sofort!« Naemy drehte sich um und sah ihren Sohn an. In ihren Augen glühte ein leidenschaftliches Feuer, das er nie zuvor gesehen hatte. »Da oben ist etwas«, sagte sie mit bebender Stimme und deutete zur Höhle hinauf. »Ich spüre es. Ganz schwach nur, aber doch deutlich. Mit etwas Glück kehren wir diesmal nicht mit leeren Händen nach Caira-Dan zurück.«

Sie legte ihr Bündel ab, zog die Handschuhe aus und zeichnete mit dem Finger ein großes Pentagramm in den Schnee. An jede Spitze des fünfzackigen Sterns setzte sie ein verschlungenes Symbol, dessen Bedeutung nur den Nebelelfen bekannt war. Dann erhob sie sich, griff nach ihrem Bündel und trat in das Pentagramm. Tabor zögerte. Wie alle Nebelelfen betrat er die Zwischenwelt nur dann, wenn es unbedingt notwendig war. Die Möglichkeit, dass der Quarlin dort herumstreifte, erschien zwar nach all den Sommern gering, dennoch war die Furcht vor einer Begegnung mit dem mörderischen Tier bei den Elfen noch immer lebendig.

Schließlich gab er sich einen Ruck und folgte seiner Mutter in das Pentagramm. Die Reise war ja nur kurz. »Ich hoffe, du hast Recht«, murmelte er, während er das Ziel mit zusammengekniffenen Augen betrachtete. Das Bild der Höhle verschwamm. Es wurde dunkel und eine eisige, unnatürliche Kälte huschte über sein Gesicht. Aber Kälte und Dunkelheit verschwanden so schnell, wie sie gekommen waren, und einen Wimpernschlag später stand Tabor in der gewaltigsten Nisthöhle, die er jemals gesehen hatte.

Hier befanden sich gleich vier der riesigen, aus dicken Stöcken erbauten Nester. Eines davon lag in unmittelbarer Nähe des Höhleneingangs und war völlig zerstört. Das nächste zeigte zwar Spuren von Verfall, ließ sich aber noch als Nest erkennen. Beide waren leer. Nicht einmal eine zerbrochene Eierschale deutete auf ein altes Gelege hin.

»Tabor!« Naemy war sofort zu den beiden hinteren Nestern gelaufen. In ihrer Stimme schwang ein Beben mit, bei dem Tabor aufhorchte. Ohne die zwei vorderen Nester weiter zu beachten, legte er die wenigen Schritte ins Höhleninnere zurück und trat neben seine Mutter.

Naemy hatte die Handschuhe ausgezogen und kniete auf dem kalten Boden. Mit der flachen Hand strich sie sanft über ein großes grün und golden gesprenkeltes Ei. Es war eines von drei völlig unversehrten Eiern, die sich inmitten des Riesenalpnestes befanden.

»Tabor!« Naemys Stimme war so leise, als könne jedes zu laut gesprochene Wort die Schale der kostbaren Eier zerbrechen. »Sieh nur, wir haben es geschafft. Ich spüre einen schwachen Lebenskeim in diesen Eiern. In der Kälte ist er erstarrt, aber noch ist er da.«

Tabor war von dem Anblick der Eier so hingerissen, dass ihm die Worte fehlten. Ehrfürchtig kniete er am Rand des Nestes nieder und zog seine Handschuhe aus, um die Eier zu berühren. Sie waren so wirklich wie die Kälte und der Schnee und mit seinen feinen Elfensinnen spürte auch Tabor den schwachen Keim des Lebens, der noch immer darin wohnte. Es war geradezu unglaublich und doch wahr. Im ewigen Frost jenseits der Baumgrenze hatten die Eier viele hundert Sommer unbeschadet überstanden und gaben ihnen damit die Möglichkeit, die ausgestorbene Rasse der Riesenalpe in Thale wieder heimisch zu machen.

Sie waren am Ziel. Hier endete ihre lange Suche. Jetzt galt es, die Eier unbeschadet nach Caira-Dan zu bringen, um sie dort behutsam aufzutauen und auszubrüten.

»Tabor?« Naemys Augen glänzten vor Freude und Stolz, als sie ihrem Sohn kameradschaftlich die Hand reichte. »Wir haben es geschafft«, sagte sie noch einmal. »Wir beide. Von nun an wird es ein neues Kapitel in der Geschichte Thales geben: Die Rückkehr der Riesenalpe!«

ERSTES BUCH
Nimrod

Nimrod!

Beim Anblick der gewaltigen Festungsstadt, deren rückwärtige Seite sich eng an die uralten Gesteinsmassen der Valdor-Berge schmiegte, schlug Kianys Herz höher. Während sie mit einer Hand ihr schulterlanges dunkles Haar zurückhielt, das ihr der warme Sommerwind immer wieder ins Gesicht blies, richtete sie sich im Sattel auf, um über die Dächer der Händlerkarren hinweg mehr von den stolzen Bauten zu sehen.

Fast einen Mondlauf lang war die Karawane aus den grasbewachsenen Ebenen im Norden nun schon unterwegs. Viel zu lange, wie Kiany fand. Ungeduldig, wie sie war, hätte sie die Händler mit ihren plumpen Karren am liebsten schon vor ein paar Sonnenläufen verlassen, um mit Tonkin, ihrem zottigen Steppenpony, vorauszureiten. Sie konnte es einfach nicht erwarten, endlich jene Stätte kennen zu lernen, an der ihre Vorfahren einst den finsteren Herrscher besiegten.

Banor, ihr väterlicher Freund und Begleiter, hatte alle Mühe gehabt, sie von ihrem Vorhaben abzuhalten. Obwohl es seit vier Generationen keine Gefahren mehr für Reisende in Thale gab, wollte er die Verantwortung für einen solchen Ausflug nicht übernehmen. Der bärtige, breitschultrige Kurier des Graslandes hielt Kiany für zu jung und unerfahren, um sich allein in der großen Stadt zurechtzufinden, und nahm die ihm übertragene Aufgabe, das Mädchen sicher zum Tempel der Priesterinnen der Gütigen Göttin zu bringen, ausgesprochen ernst.

»Nimrod ist nicht wie dein Heimatdorf«, pflegte er zu sagen, wenn Kiany ihn wieder einmal ungeduldig ausfragte. »Dort leben viele tausend Menschen. Die Häuser sind so hoch und stehen so dicht beieinander, dass du nicht sehen kannst, was dahinter liegt. Du würdest dich verirren, kaum dass du einen Fuß durch das Stadttor gesetzt hättest. Nein, nein. Wir werden alles genauso durchführen, wie es der Ältestenrat bestimmt hat. Wir bleiben beisammen, bis wir den Tempel erreicht haben. « Was seine Sorgfaltspflicht anging, war der Kurier mit dem wettergegerbten Gesicht unerschütterlich und Kiany stieß mit ihren Wünschen bei ihm auf taube Ohren.

Meist hatte sie sich nach einem solchen Gespräch murrend zu Tonkin verzogen und dem Steppenpony ihr Leid geklagt: über die langsame Karawane, Banors Verstocktheit und darüber, dass alle sie für viel zu jung hielten, um allein auf sich aufzupassen. Dabei war sie mit ihren sechzehn Sommern längst kein kleines Kind mehr. Die Auserwählte Sunnivah war schließlich kaum älter gewesen als sie, als sie An-Rukhbar zum Kampf herausgefordert hatte. Damals war das Leben im Land noch richtig gefährlich gewesen; trotzdem hatte Sunnivah niemanden gebraucht, der sie ständig bemutterte.

Kiany war sehr stolz darauf, dass sie – wenn auch weit entfernt – mit der Auserwählten Sunnivah verwandt war. Kjelt, Sunnivahs Vater, der das Rebellenheer damals beim Sturm auf Nimrod anführte, war auch einer ihrer Vorfahren. Stammte sie doch in gerader Linie von dem einzigen Sohn ab, den er mit seiner Lebens- und Kampfgefährtin Rojana gezeugt hatte.

Schon als Kind hatte Kiany nicht genug von den Geschichten über ihre berühmten Vorfahren bekommen können. Und als sie erfuhr, dass Sunnivah bei den Priesterinnen der Gütigen Göttin aufgewachsen war, stand es für sie fest: Auch sie würde diesen Weg einschlagen. Seit drei Sommern half sie deshalb Atumi, der alten Heilerin ihres Dorfes, und hatte bei ihr schon eine Menge gelernt. Doch vor vier Mondläufen hatte Atumi gespürt, dass sie selbst schwer erkrankt war. Eine Krankheit des Alters, gegen die selbst die weisesten Heilerinnen kein Mittel kannten, breitete sich unaufhaltsam in ihren Gliedern aus. In der Gewissheit, dass sie ihre Tätigkeit als Heilerin nicht mehr lange würde ausüben können, hatte sie Kiany zu ihrer Nachfolgerin bestimmt. Daraufhin hatte der Ältestenrat des Dorfes beschlossen, das Mädchen mit einer Handelskarawane, die das Grasland zu Beginn des Sommers verlassen sollte, in die Festungstadt zu schicken, damit sie bei den Priesterinnen der Gütigen Göttin ihre Ausbildung zur Heilerin begänne. Als Kiany davon erfahren hatte, war sie überglücklich gewesen. Sie würde tatsächlich nach Nimrod reisen, um dort wie ihre berühmte Ahnin Sunnivah bei den Priesterinnen als Novizin aufgenommen zu werden.

Und jetzt war sie am Ziel. Vor dem beeindruckenden Hintergrund der Valdor-Berge, die Thale an seiner östlichen Grenze von Norden nach Süden wie ein natürlicher Grenzwall durchzogen, erstreckte sich vor ihr eine baumlose Ebene. Am Ende dieser Ebene schmiegte sich die Festungsstadt an die Flanke eines riesigen Bergrückens und ihre gewaltigen Mauern schienen sich im Wettstreit mit den schneebedeckten Gipfeln in die Höhe zu recken. Die beiden wuchtigen hölzernen Torflügel standen weit offen und gewährten einem endlosen Strom von Bauern, Handwerkern und Händlern Einlass in die Hauptstadt des Reiches.

»Beeindruckend, nicht wahr?« Banor war von hinten zu ihr aufgeschlossen und hatte sein Pferd neben Tonkin anhalten lassen. Er sah Kiany nicht an, sondern folgte ihrem Blick auf die majestätische Silhouette Nimrods. »Ja!« Kiany räusperte sich verlegen, um den dicken Kloß im Hals loszuwerden, der sie am Sprechen hinderte. »Es … es ist wunderschön«, presste sie ehrfürchtig hervor.

Was mochten Kjelt und Rojana gefühlt haben, als sich ihr Heer diesen unbezwingbaren Mauern näherte? Wie viel Mut und Verzweiflung waren notwendig gewesen, um den aussichtslosen Kampf gegen den übermächtigen Gegner aufzunehmen, der sich dahinter verschanzt hatte? Kiany spürte, wie der Stolz auf ihre Vorfahren weiter anschwoll, bis sie das Gefühl kaum noch ertrug.

… Und plötzlich war die ganze Ebene voller Menschen. Brüllend stürmten sie im erlöschenden Licht des Tages mit langen Leitern auf die Festungsmauer zu, wobei sie rücksichtslos über Tote und Verwundete hinwegstiegen, deren Leiber den Boden bedeckten. Brennende Reste von Belagerungstürmen ragten wie schwarze Ungeheuer schwelend aus der Masse, während die riesigen Steinschleudern auf den Zinnen der Festung Tod und Verderben unter den Heranstürmenden säten. Hünenhafte schwarze Krieger überzogen das Heer der Rebellen mit magischen grünen Blitzen, die verbrannte Erde hinterließen, wo immer sie einschlugen. Als die Rebellen die Aussichtslosigkeit ihrer Lage erkannten, kam der Angriff ins Stocken und schlug in einen ungeordneten Rückzug um. Leitern und Waffen wurden fortgeworfen und jeder, der noch dazu in der Lage war, suchte sein Heil in der Flucht.

Nur ganz vorn, in unmittelbarer Nähe der Festung, saß noch ein breitschultriger Reiter mit grimmig entschlossener Miene auf seinem Pferd. Das blitzende Schwert hoch über dem Kopf schwingend, brüllte er Befehle, die niemand zu hören schien. Ohne auf seine Rufe zu achten, hasteten die Rebellen an ihm vorbei. Schließlich sprang er selbst vom Pferd, entriss einem der Flüchtenden die Leiter und stürmte allein auf die Festungsmauern zu. Sein Beispiel blieb nicht ohne Wirkung. Erst zögernd, dann immer schneller folgten die Rebellen ihrem Anführer und eine neue Angriffswelle begann ...

»Kiany? Kind, was ist mit dir?« Banors besorgte Worte drangen nur langsam in Kianys Bewusstsein, verfehlten ihre Wirkung aber nicht. Das Bild der tobenden Schlacht löste sich auf und wich dem Anblick des friedlichen Menschenstroms, der sich im hellen Sonnenlicht auf Nimrod zu bewegte.

»Banor?« Kiany blinzelte und rieb sich die Augen. Hatte sie geträumt? Sicher nicht, dazu waren die eben erblickten Szenen viel zu lebendig gewesen. Was sie gesehen hatte, entsprach bis in jede Einzelheit der Überlieferung von der Befreiungsschlacht um Nimrod. Vermutlich hatte die Phantasie ihr einen Streich gespielt, nachdem sich ihre Gedanken in den vergangenen Sonnenläufen nur noch um Nimrod gedreht hatten.

»Kiany? Ist alles in Ordnung?« Banor berührte sie leicht am Arm. »Erst hast du es so eilig, nach Nimrod zu kommen, und nun ist uns die Karawane schon ein ganzes Stück voraus. Wenn wir uns nicht beeilen, erreichen sie das Tor noch vor uns.«

»Mir geht es gut. Danke, Banor.« Kiany hatte die Fassung wieder gefunden. »Ich glaube, der phantastische Anblick hat mich für einen Moment von allem anderen abgelenkt.«

»Ja, so ergeht es den meisten, die das erste Mal hierher kommen«, meinte Banor augenzwinkernd. »In diesen uralten Mauern scheint ein Stück der Ewigkeit zu wohnen. Zwei große Schlachten haben sie unbeschadet überstanden und selbst der Zahn der Zeit konnte ihnen kaum etwas anhaben.« Er straffte sich. »Nun, was meinst du?«, fragte er betont munter. »Wollen wir schauen, wie es hinter den Mauern aussieht?«

Das ließ sich Kiany nicht zweimal sagen. Mit sanftem Schenkeldruck bedeutete sie Tonkin, sich in Bewegung zu setzen. Das Steppenpony gehorchte sofort. Gefolgt von Banor, verließen sie die Straße und preschten im Galopp den sanften Hügel hinab, dessen Ausläufer in die Ebene vor der Festungsstadt übergingen.

Der Tag über der nördlichen Finstermark war so schwarz, wie man es in Thale seit Generationen nicht mehr erlebt hatte. Aber hier war es immer so. Schwarz und bitterkalt. Wie ein zäher, rußiger Nebel hing die Dunkelheit zwischen den offenen Feuerstellen des weitläufigen Cha-Gurrlinen-Lagers. Die finsteren Kreaturen, die um die Feuer lagerten, schienen sich in dieser Umgebung durchaus wohl zu fühlen, lebten sie doch schon seit vielen hundert Sommern in dieser unwirtlichen Gegend. Mit ihren gepanzerten schwarzen Rüstungen waren sie nur dann zu erkennen, wenn sich der Schein des Feuers in den blitzenden Klingen ihrer Äxte und Schwerter spiegelte.

Auch die wenigen menschlichen Wesen, die hier eine neue Heimat gefunden hatten, hatten sich inzwischen an den Lichtmangel gewöhnt.

Skynom, ein verstoßener Druide aus Nimrod, und sein Gehilfe Bog gehörten dazu. Zielsicher suchten sich die beiden ihren Weg zwischen den schlafenden Kriegern, die sich nach einer ausschweifenden Feierlichkeit auf dem harten, steinigen Boden der Finstermark zum Schlafen niedergelegt hatten, und stiegen vorsichtig über ausgestreckte Gliedmaßen und massige Leiber hinweg.

Insgeheim bezweifelte Skynom, dass die grunzenden, Furcht erregenden Gestalten wirklich schliefen. Er hatte sein langes blaues Magiergewand mit beiden Händen angehoben, um besser zu erkennen, wohin er die Füße setzte, und raffte es noch ein wenig enger, um sicherzugehen, dass er die Kreaturen nur ja nicht mit dem Zipfel seiner Kleidung berührte. Bog, sein ergebener Diener, schlich geduckt und ängstlich hinter ihm her. Auch er richtete den Blick eher auf den Boden als auf das Ziel, ein riesiges rubinrotes Zelt, das nun unmittelbar vor ihnen in der Dunkelheit aufragte.

Der Meister hatte nach ihnen geschickt, um ihnen eine wichtige Aufgabe zu übertragen. Skynom wusste noch nicht, worum es sich handelte, doch er verspürte eine freudige Erregung. Welche Aufgabe es auch sein mochte, sie konnte nur dem großen Ziel dienen, das alle hier versammelten Kreaturen vereinte. Nicht mehr lange – und der unantastbare und ach so edle Rat der Fünf in Nimrod würde zu spüren bekommen, was wahre Macht bedeutete.

Skynom hasste die Herrscher von Thale mehr als alles andere, auch wenn dies vor vielen Sommern einmal anders gewesen war. Damals hatte er als Schüler eines einflussreichen Druiden in der Festungsstadt gelebt. Begierig hatte er alles Wissen der weißen Magie in sich aufgenommen, denn sein erklärtes Ziel war es, eines Tages oberster Druide und ehrwürdiges Mitglied des fünfköpfigen Rates von Thale zu werden. Damals wie heute war er fest davon überzeugt, dass er allein dazu auserwählt war, die Geschicke des Landes zu lenken.

Doch Skynom hatte sehr bald erkennen müssen, dass Wissen und Talent allein nicht ausreichten, um das ehrgeizige Ziel zu erreichen. Zu unsicher waren die Faktoren, von denen es abhing, wer in die höheren Zirkel aufsteigen durfte. Schon früh hatte er daher begonnen, seinem Ziel durch geschickte Intrigen gegen Druiden, die ihm im Wege standen, näher zu kommen. So kam es, dass er in erstaunlich kurzer Zeit als jüngstes Mitglied in den Zirkel der zwanzig besten Druiden von Nimrod berufen wurde.

Hier war er zum ersten Mal auf einen ernsthaften Widersacher in der Gestalt eines überaus beliebten und mächtigen Druiden gestoßen, dessen seherische Fähigkeiten den seinen in nichts nachstanden. Ebenso wie Skynom war auch dieser in der Lage gewesen, sich der Gedankensprache zu bedienen, einer seltenen Gabe, die außer den Nebelelfen nur wenige Menschen beherrschten. Dies hatte dazu geführt, dass der Druide schon bald kurz davor stand, hinter Skynoms Geheimnisse zu kommen.

Getrieben von der Furcht, alles bisher Erreichte zu verlieren, hatte sich Skynom zum Handeln gezwungen gesehen. Doch der Versuch, seinen Widersacher zu vergiften, war fehlgeschlagen.

Daraufhin wurde Skynom des versuchten Mordes angeklagt und für schuldig befunden.

In seiner Gnade hatte der Rat der Fünf darauf verzichtet, ihn hinrichten zu lassen, und entschieden, ihn in die Finstermark zu verbannen. Bei dem Gedanken daran spürte der Magier wieder die alte Bitterkeit in sich aufsteigen. Die vielen Sommer der Entbehrung hatten seinen Hass ins Grenzenlose gesteigert. Irgendwann, so hatte er sich damals geschworen, würde er sich an dem Rat der Fünf rächen. Und dann …

Ein stechender Schmerz im rechten Fuß riss Skynom aus seinen Gedanken. Erschrocken fuhr er herum und blickte zu Boden, wo einer der Krieger seinen Fuß fest umklammert hielt.

Offenbar hatten ihn seine Gedanken so sehr abgelenkt, dass er trotz aller Vorsicht gegen den Krieger gestoßen war und ihn geweckt hatte. Panik ergriff Skynom, während er entsetzt in das wütende Gesicht des hünenhaften Cha-Gurrlins blickte. Der Ausdruck in den eberähnlichen Gesichtszügen mit den nach oben gebogenen Hauern und den dicken Wülsten über den kleinen, böse funkelnden Augen verhieß nichts Gutes. Skynom wagte nicht, sich zu bewegen. Ängstlich starrte er auf die gewaltige zweischneidige Axt des Kriegers, die noch unbeachtet am Boden lag.

Aus den Augenwinkeln sah er, dass sein Gehilfe Bog das Zelt des Meisters unbehelligt erreicht hatte und sich aufgeregt mit den Wächtern unterhielt, wobei er immer wieder in Skynoms Richtung deutete.

Doch Skynom blieb keine Zeit, das Ergebnis des Gesprächs abzuwarten, denn in diesem Moment richtete sich der Krieger knurrend auf. Er gab den Fuß des Magiers frei, um gleich darauf die Vorderseite seines Gewandes zu packen. Skynom spürte, wie er von dem kraftstrotzenden Ungetüm hochgehoben wurde, bis er unmittelbar vor den beiden gebogenen Hauern hing, die aus dem geifernden Maul des Cha-Gurrlins herausragten.

»*Grasnu goran markusch has kumm?*« Die Augen des Kriegers blitzten gefährlich, während er dem Magier seinen übel riechenden Atem ins Gesicht blies. Skynom verstand kein Wort, vermutete aber, dass der Krieger ihn etwas fragte. Doch Gestank und Furcht verschlugen ihm die Sprache und es dauerte eine ganze Weile, bis er zu einer Antwort imstande war. Mit einem ängstlichen Seitenblick auf die Axt zwang er sich zu einem freundlichen Lächeln und sagte höflich: »Bitte verzeiht, dass ich Euren Schlaf gestört habe. Ich bin auf dem Weg zum Zelt des Meisters.« Dabei deutete er mit einer Hand auf das rubinrote Zelt, welches etwa dreißig Schritte von ihm entfernt stand. Der Krieger blickte zunächst auf das Zelt, dann auf den Magier. Skynom konnte nur hoffen, dass er verstanden hatte.

Immerhin wirkte der Krieger nachdenklich. »*Assco-Bahrrrran nubut noar!*«, sagte er und neigte den gewaltigen Schädel etwas zur Seite. Skynom schöpfte gerade ein wenig Hoffnung, da überlegte es sich der Krieger offenbar anders. Sein Kopf fuhr herum und aus dem weit geöffneten Maul ertönte ein markerschütterndes Brüllen. Starr vor Schreck sah der Magier die messerscharfen Klauen des Kriegers näher kommen, als dieser den freien Arm hob, um ihm mit einer einzigen Bewegung den Kopf abzureißen.

Skynom stockte der Atem. Unfähig, sich zu bewegen, hing er, den sicheren Tod vor Augen, in der Pranke des Kriegers und betete um ein Wunder.

Etwas zischte nur knapp an seinem Kopf vorbei.

Und plötzlich war er frei! Die riesige Hand, die ihn gepackt hielt, war fort und er stürzte zu Boden. Der harte Aufprall raubte ihm die Besinnung. Als er wieder zu sich kam, tanzten Sterne vor seinen Augen und ein stechender Schmerz in der Schulter verriet, dass er sich verletzt hatte. Als sein Blick sich klärte, sah er den zuckenden Körper des Kriegers keine zwei Schritte von sich entfernt gekrümmt am Boden liegen. Die Rüstung dampfte und es roch unangenehm nach verbranntem Leder und frischem Blut.

Aber der Krieger war nicht tot. Er schrie! Seine grauenhaften Schreie weckten andere Krieger, die in der Nähe geschlafen hatten und die sich nun langsam aufrichteten, um den Todeskampf ihres Kameraden zu beobachteten. In einer Mischung aus Furcht und Entsetzen wanderten ihre Blicke zwischen dem schwer verletzten

Krieger und dem rubinroten Zelt hin und her. Nicht einer von ihnen machte Anstalten, dem Kameraden zu helfen.

Skynom fragte sich gerade, was dem Krieger wohl die schweren Verletzungen zugefügt hatte, als plötzlich ein grellroter Blitz aus dem Zelt des Meisters hervorschoss und den Verwundeten direkt in die Brust traf. Der Krieger brüllte vor Schmerz. Ein letztes Mal bäumte er sich auf, dann fiel er wie ein Stein zu Boden, wo er aus allen Poren dampfend und mit verdrehten Gliedern liegen blieb.

Ein aufgeregtes Grunzen ging durch die Reihen der Cha-Gurrline. Viele waren aufgesprungen und zurückgewichen, bis sich ein großer Halbkreis um ihren toten Kameraden gebildet hatte. Die umstehenden Krieger gestikulierten heftig und sprachen erregt durcheinander. Offenbar hatte keiner von ihnen mitbekommen, was wirklich vorgefallen war, doch das Schicksal ihres Kameraden erschütterte sie zutiefst.

Benommen und mit zitternden Knien richtete sich Skynom auf. Noch nie hatte er sich dem Tod so nahe gefühlt und konnte seine überraschende Rettung nicht fassen. Humpelnd setzte er seinen Weg zu dem rubinroten Zelt fort, um dem Meister seine Aufwartung zu machen und ihm zu danken.

Tonkin schnaubte unruhig. Er war das Gedränge in den Straßen von Nimrod nicht gewohnt und Kiany hatte alle Mühe, das verstörte Steppenpony ruhig zu halten. Wie es im Grasland üblich war, ritt sie ohne Sattel und spürte, wie Tonkin bei jedem lautem Geräusch zusammenzuckte. Verzweifelt versuchte sie, zwischen den schiebenden und drängenden Menschen den Anschluss an Banor nicht zu verlieren. Dessen brauner Hengst hatte den Kopf stolz erhoben und schritt so gelassen durch die Menge, als könne ihn nichts erschüttern.

Plötzlich scheute Tonkin vor dem lauten Quietschen eines Blasebalges, mit dem ein Schmied das Feuer schürte, und stieg auf die Hinterbeine. Seine Hufe warfen zwei Körbe mit Tauben von einem Karren, der langsam vor ihnen dahinrollte. Der Händler überschüttete Kiany mit rüden Schimpfwörtern und hielt an, um die Körbe mit den erschrocken herumflatternden Vögeln wieder aufzuladen.

Kiany seufzte. Wie gern hätte sie sich im endlosen Menschenstrom einfach mittreiben lassen, um die unzähligen neuen Eindrücke in sich aufzunehmen. Aber daran war überhaupt nicht zu denken. Banor war inzwischen ein ganzes Stück voraus und der Händler noch immer damit beschäftigt, die Taubenkästen auf seinem Karren festzuzurren.

Aus den Augenwinkeln sah Kiany, dass sich zur rechten Seite eine Lücke auftat. Ohne Tonkins empörtes Schnauben zu beachten, trieb sie das Pony dorthin und versuchte, wieder zu Banor aufzuschließen. Sie hatte Glück. Kurz bevor ihr Begleiter in eine breite, aber weniger belebte Seitenstraße einbog, holte sie ihn ein.

»Ganz schön voll hier, wie?«, rief er ihr über die Schulter zu und grinste breit. Offensichtlich fühlte er sich in seiner Überzeugung bestätigt, dass Kiany nicht allein reiten sollte.

»Es ist überwältigend!«, sagte Kiany und ließ sich nicht anmerken, wie froh sie inzwischen über Banors Begleitung war. In der Seitenstraße gab es endlich ausreichend Platz und sie konnte bequem neben ihm herreiten. Auch Tonkin schien sich allmählich wieder zu beruhigen und gestattete Kiany endlich, sich umzublicken, während ihr Weg durch die Stadt immer weiter bergauf führte.

Es war so, wie Banor erzählt hatte: Zu beiden Seiten der gepflasterten breiten Straßen erhoben sich dicht gedrängt zwei- und dreistöckige Gebäude aus gebrannten Lehmziegeln. Im Erdgeschoss gab es jeweils kleine Handwerksbetriebe oder Geschäfte, während die oberen Stockwerke fast ausschließlich Wohnzwecken dienten. Die Gerüche aus Schmieden und Gerbereien mischten sich mit den Düften der Bäckereien und Kräuterläden und den Ausdünstungen vieler Menschen, die auf engem Raum zusammenlebten.

Kiany rümpfte angewidert die Nase, als sie an einer großen dunklen Lache vorbeiritt, die nach Unrat stank. Banor sah es und lachte. »Auch das ist Nimrod, mein Kind«, meinte er. »Wo so viele Menschen zusammenkommen, gibt es eben auch weniger Schönes. Aber früher war es hier noch viel, viel schlimmer. Seit der Rat der

Fünf regiert, hat sich vieles zum Guten gewendet. Nimrod ist mit den Jahren immer sauberer und ansehnlicher geworden.«

Kiany wollte entgegnen, dass es wohl trotzdem noch einiges zu tun gebe. Doch so weit kam sie nicht, denn in diesem Augenblick erreichten sie die Innere Festung. Auch diese besaß eine eigene Schutzmauer und auf dem breiten Platz vor dem Tor war ein ganzes Dorf aus bunten Verkaufsständen aufgebaut worden. Hier war das Gedränge längst nicht so groß wie in der unteren Stadt. Die Mittagssonne schien auf die bunten Tücher, die die Stände bedeckten, und angesichts der Farbenpracht vergaß Kiany ihre trüben Gedanken augenblicklich. Staunend hielt sie an und betrachtete das bunte Treiben. Männer, Frauen und Kinder aller Altersstufen drängten sich um die Auslagen oder bewegten sich, mit Einkäufen bepackt, durch die schmalen Gassen zwischen den Ständen. Kiany beobachtete einen jungen Händler, der einer schönen Frau gerade lachend ein fein gewebtes Tuch über das Haar legte, und eine Mutter, die ihre zwei Kinder mit einer Hand festhielt, während sie mit der anderen die Waren eines Gemüsehändlers prüfte. Einem alten Mann war der Korb heruntergefallen und ...

»Kiany!«

»Ja?« Kiany antwortete, ohne das Geschehen aus den Augen zu lassen.

»Kiany, wir müssen weiter!« Banors Stimme klang bereits ein wenig ungeduldig.

»Ich komme.« Plötzlich fiel Kiany wieder ein, was sie hinter den Mauern der Inneren Festung erwartete, und das Markttreiben war nicht mehr so wichtig. Hinter diesen Mauern würde sie endlich den Tempel der Priesterinnen sehen, den man noch zu Lebzeiten Sunnivahs errichtet hatte – ihre neue Heimat für die kommenden drei Sommer.

Banor, der häufig in Nimrod zu Gast war, führte sie zielstrebig auf ein dreistöckiges Gebäude zu, das aus hellen Lehmziegeln erbaut war. Es war in schlichtem Stil errichtet und verzichtete äußerlich auf jeden Prunk. Es hätte ebenso gut ein ganz gewöhnliches, wenn auch sehr großes Wohngebäude sein können, wären da nicht die imposanten Türme gewesen, die sich rechts und links neben dem breiten Eingangstor majestätisch in den Himmel erhoben. Ihre spitz zulaufenden, schwarzen Schindeldächer schienen die Wolken zu berühren und von den darunter liegenden, rings um den Turm verlaufenden Balkonen hatte man sicher eine herrliche Aussicht über die ganze Stadt und das Land diesseits der Berge.

Kiany brachte ihr Pony neben Banors braunem Hengst zum Stehen und sah beeindruckt nach oben.

»Wozu dienen die Türme, Banor?«, fragte sie.

»Nun, ich denke, in ein paar Tagen wirst du mehr darüber wissen als ich«, erwiderte Banor schmunzelnd. Er hob die Hand zum Schutz gegen die Sonne über die Augen und schaute nach oben. »Soweit ich weiß, beschäftigen sich die Priesterinnen der Gütigen Göttin mit den Bewegungen der Sterne und Planeten. Ich vermute, dass sich da oben ihre astronomischen Geräte befinden.«

Die Sterne! Schon immer hatte es Kiany begeistert, in klaren Nächten die funkelnden Himmelskörper zu beobachten. Allein bei dem Gedanken, dass sie bei den Priesterinnen auch darüber etwas lernen könnte, schlug ihr Herz höher. Plötzlich hatte sie es eilig.

»Dann lass uns hineingehen«, meinte sie und schwang sich von Tonkins Rücken. Sie führte ihr Pony zur Mauer, um es an einem Holzbalken festzubinden. Durstig, wie er war, bediente sich Tonkin sofort aus einer mit frischem Quellwasser gespeisten Pferdetränke und schnaubte zufrieden. Banor tat es Kiany gleich und nachdem beide die wenigen Gepäckstücke des Mädchens aus den Satteltaschen seines Pferdes hervorgeholt hatten, traten sie an das große Tor.

Banor ließ den glänzenden Türklopfer in Form einer Efeuranke dreimal auf das kupferne Eichenblatt an der Tür schlagen und zwinkerte Kiany aufmunternd zu. Nichts rührte sich. Er versuchte es noch einmal und diesmal hatte er Erfolg. Drinnen näherten sich leichtfüßige Schritte. Ein hölzerner Riegel wurde geschoben und eine Kette klirrte. Dann öffnete sich die Tür. Eine schlanke Frau mittleren Alters trat heraus. Sie trug das schlichte graue Arbeitsgewand der Priesterinnen und schenkte den Fremden ein herzliches

Lächeln. »Seid willkommen und gegrüßt im Tempel unserer geliebten Gütigen Göttin, Fremde«, sprach sie mit melodischer Stimme die traditionelle Begrüßung. Kiany, die nicht wusste, was sie darauf antworten sollte, schwieg, aber Banor fand sofort die richtigen Worte. »Auch wir grüßen Euch und erbieten allen, die hier den heiligen Dienst verrichten, unsere Hochachtung. Wir bitten ergeben darum, die Priesterinnenmutter sprechen zu dürfen.«

»Worum handelt es sich?« Auch das schien eine durchaus übliche Frage zu sein, obwohl die Priesterin Kiany dabei auf eine Weise musterte, die dem Mädchen unangenehm war. Doch Banor sprach bereits weiter. »Der Ältestenrat meines Dorfes schickt mich, um dieses junge Mädchen« – er deutete auf Kiany – »für drei Sommer als Novizin in Eure Obhut zu geben. Sie ist die erwählte Nachfolgerin von Atumi, der Heilerin unseres Dorfes. Doch zuvor benötigt sie eine umfassende Ausbildung in Dingen, die sie nur hier erlernen kann.«

Die Priesterin nickte lächelnd und als sie Kiany die Hand zum Gruß entgegenstreckte, war alle Förmlichkeit aus ihrer Stimme gewichen. »Ah, dann bist du sicher Kiany!«, sagte sie in einem Tonfall, als hätte man das Mädchen aus dem Grasland schon erwartet. »Ich freue mich, dass du bereit bist, den Weg der Novizinnen zu gehen.« Dann fuhr sie an Banor gewandt fort: »Kommt herein, ich werde euch in das Empfangszimmer führen und die Priesterinnenmutter benachrichtigen.«

In seinen weiten rubinroten Mantel gehüllt, saß Asco-Bahrran, den die Cha-Gurrline unterwürfig ihren Meister nannten, auf einem thronähnlichen geschnitzten Stuhl, während drei seiner menschlichen Berater schweigend in einer Ecke des Zeltes beisammen standen und die Ankunft des verletzten Magiers beobachteten.

Skynom neigte ehrfürchtig den Kopf und trat mit gesenktem Blick auf den Meister zu. Ohne den pochenden Schmerz in der Schulter zu beachten, sank er vor dem Thron unterwürfig auf die Knie, presste die Stirn an den Boden und wartete.

»Du kommst spät!« Die Stimme des Meisters aus dem gesichtslosen Dunkel der weiten Kapuze glich dem Rascheln spröden Pergamentes. Und sie klang kalt. So kalt und grausam, wie er das Volk der Cha-Gurrline regierte, die ihn vor vielen Sommern zu ihrem Herrscher erkoren hatten.

Skynom fröstelte. An den unmenschlichen Klang der Stimme würde er sich wohl nie gewöhnen. Er räusperte sich und antwortete demütig: »Verzeiht, Meister. Ich wurde aufgehalten.«

»Aufgehalten!« Aus den Tiefen der rubinroten Kapuze drang ein krächzendes Geräusch, das wohl ein Lachen sein sollte. »Eine wahrlich bescheidene Antwort für jemanden, der den Tod vor Augen hatte.«

»Ich habe Euch mein Leben zu verdanken, Meister«, bekannte Skynom, dem das lähmende Gefühl der Todesangst noch im Nacken saß. Wie die traditionelle Dankesrede der Cha-Gurrline es verlangte, fügte er rasch hinzu: »Ich stehe tief in Eurer Schuld, Meister.« Zu spät erkannte Skynom die tiefere Bedeutung dieser Worte, denn nach den Gesetzen der Cha-Gurrline oblag es dem Lebensretter, über Leben und Tod des Geretteten zu entscheiden. Oft waren die Geretteten für den Rest ihres Lebens nichts weiter als Sklaven, die ihrem Retter zu dienen hatten, bis dieser ihre Schuld für abgetragen erklärte, und ihr Weiterleben ungleich schlimmer als der Tod. Schon mancher Gerettete hatte den Tag verflucht, da ihm durch einen Dritten das Leben geschenkt wurde.

Skynom biss sich auf die Lippen, doch es war zu spät; er hatte die Worte bereits ausgesprochen. Bisher hatte er sich unter den Cha-Gurrlinen immer als freier Mensch gefühlt, der seinen eigenen Zielen folgte und dem Meister aus freien Stücken diente. Doch jetzt...

»Wie wahr, mein junger Freund.« Der Meister lachte so selbstzufrieden, dass Skynom sich plötzlich des Eindrucks nicht erwehren konnte, selbst Opfer einer hinterlistig eingefädelten Intrige geworden zu sein.

»Armer Skynom. Wie ich sehe, behagt es dir gar nicht, die Schuld lange mit dir herumtragen zu müssen«, fuhr der Meister fort und obwohl Skynom es nicht sehen konnte, hätte er geschworen, dass er dabei lächelte. »Nun, du hast Glück. Ich will dich nicht lange mit der Last quälen und dir die Möglichkeit geben, deine Schuld umgehend abzutragen.«

Der Magier horchte auf. »Ich höre«, sagte er leise.

»Du wirst nach Nimrod reisen!«

Skynom erstarrte. Was der Meister von ihm verlangte, war so ungeheuerlich, dass Skynom vor Schreck der Atem stockte. Er wollte erwidern, dies sei unmöglich. Es werde seinen Tod bedeuten, wenn man ihn entdecke. Der Meister indes hatte einen seiner Berater herangewinkt und sprach weiter. »Hier habe ich ein *Geschenk* für den Rat der Fünf. Du wirst es für mich nach Nimrod bringen.« Er lachte heiser und deutete auf eine kleine Schatulle in den Händen des Beraters, aus der ein schwaches grünliches Leuchten hervordrang. »Und noch etwas wirst du in Nimrod für mich tun. Wenn du zurückkehrst, wirst du mir von dort etwas mitbringen. Etwas sehr Wichtiges, etwas, das ich dringend benötige.«

Das Empfangszimmer der Priesterinnen war ein lichtdurchfluteter großer Raum, der lediglich mit einem massiven Holztisch und vier gepolsterten Stühlen ausgestattet war. Ein gemauerter Kamin befand sich in der Mitte der rückwärtigen Wand und sorgte im Winter für Wärme. Doch der Staub auf dem aufgeschichteten Holz in der Feuerstelle zeugte davon, dass er schon lange nicht mehr benutzt worden war. Der einzige Blickfang war ein großes Wandgemälde, welches sich über die gesamte Stirnseite des Raums erstreckte. Es zeigte zehn runde Hütten unterschiedlicher Größe, die auf einer von hohen Bäumen gesäumten Lichtung inmitten eines dichten grünen Waldes standen.

Kiany trat neugierig näher, um das Bild zu betrachten.

Die kleineren Hütten waren kreisförmig um ein ebenfalls rundes großes Gebäude errichtet und steinerne Wege führten von jeder Hütte dorthin. Wer immer dieses Bild geschaffen hatte, hatte mit viel Liebe fürs Detail gearbeitet, denn selbst die verschiedenen Kräuter, die in den Gärten hinter den Hütten wuchsen, waren so naturgetreu abgebildet, dass Kiany sie mühelos bestimmen konnte.

In stummer Bewunderung für den Künstler trat sie einen Schritt zurück, um die verschlungenen Buchstaben zu entziffern, die in einem sanften Bogen über dem Bild zu lesen waren. »In-Gwana-Thse.« Leise formten ihre Lippen den Namen der in den Wäldern von Daran verborgenen alten Heimstätte der Priesterinnen, die ihnen während der Herrschaft An-Rukhbars als geheimer Zufluchtsort gedient hatte. Kiany schluckte ehrfürchtig. So hatte sie also ausgesehen, die Tempelstadt, in der die Auserwählte Sunnivah ihre Kindheit verbracht hatte. Bei dem Gedanken lief Kiany ein wohliger Schauer über den Rücken. Sie hatte schon viel über In-Gwana-Thse gehört, aber den Ort so zum Greifen nahe vor sich zu sehen, war etwas ganz anderes. Plötzlich hatte sie das Gefühl, als trenne sie nur noch ein winziger Schritt von der sagenhaften alten Heimstatt, und glaubte sogar das Rauschen des Windes und den Gesang der Vögel zu hören. Es hätte Kiany nicht einmal gewundert, wenn sich eine der niedrigen Türen, die in die Gärten führten, geöffnet hätte und eine Priesterin herausgetreten wäre. Ja, sie hörte sogar, wie ein Türknauf sich drehte, und dann das schleifende Geräusch der Tür auf dem Boden …

»Ehrwürdige Mutter!«

Das war Banors Stimme. Erschrocken fuhr Kiany herum. Sie hatte sich nicht getäuscht, doch die Tür, die sich soeben geöffnet hatte, war kein Teil des Wandgemäldes, sondern die Tür des Empfangszimmers.

»Ehrwürdige Mutter.« Kiany hustete verlegen und beeilte sich, es Banor gleichzutun, indem sie die Priesterinnenmutter mit gesenktem Haupt begrüßte.

»Seid willkommen.« Die Priesterinnenmutter reichte zunächst Banor und dann Kiany die Hand. Sie war eine hoch gewachsene Frau, die, ihren grauen Haaren nach zu urteilen, schon mehr als fünfzig Sommer gesehen haben mochte. Trotzdem war sie noch immer schlank und das lange Haar, das sie im Nacken zu einem dicken Zopf geflochten hatte, machte sie jünger, als sie wohl war. Zu Kianys großer Verwunderung trug sie das gleiche schlichte graue Arbeitsgewand wie die anderen Priesterinnen. Ihr Lächeln war warm und jugendlich, als sie sich an Kiany wandte. »Dir gefällt das Bild?«, fragte sie. Kiany schaute beschämt zu Boden, weil ihr plötzlich bewusst wurde, dass sie die Priesterinnenmutter die ganze Zeit angestarrt hatte. »Es ist wunderschön«, murmelte sie verlegen.

»Ja, und das war es wohl auch.« Mit einem leisen, fast wehmütigen Seufzer trat die Priesterinnenmutter vor das Bild. »Ein Ort des Friedens und der Freiheit in schrecklichen und grausamen Zeiten.« Sie machte eine kurze Pause und sagte dann: »Vor vielen Sommern habe ich den Ort einmal besucht, doch der Wald hat die Lichtung längst zurückerobert. Nichts erinnert dort an unsere einstige Zuflucht.«

»Oh, das tut mir Leid!« Die Worte entflohen Kianys Lippen, ohne dass sie weiter darüber nachgedacht hatte, und sie hob hastig die Hand vor den Mund. Doch die Priesterinnenmutter schien es ihr nicht übel zu nehmen, dass sie unaufgefordert gesprochen hatte. Sie lächelte nur verständnisvoll und meinte: »Ja, so ist der Lauf der Zeit. Hier in Nimrod haben wir eine neue Heimat gefunden, und das ist gut so. Und genauso richtig ist es, dass sich der Wald zurückholt, was wir ihm damals abgerungen haben. In-Gwana-Thse ist vergangen, aber wir sind glücklich darüber, dass der Künstler seine einstige Schönheit auf diesem Bild erhalten hat. So können wir uns immer daran erinnern.« Sie wandte sich um und deutete auf die Stühle. »Ich habe euch bereits erwartet. Der Bote mit der Nachricht des Ältestenrates erreichte uns schon vor zehn Sonnenläufen. Nehmt Platz, dann können wir alles Weitere besprechen.«

Sie hatten sich kaum gesetzt, als es leise klopfte und die Tür erneut geöffnet wurde. Eine dunkelhaarige Novizin mit einem Tablett in den Händen betrat den Raum. Schweigend stellte sie eine Schale mit Früchten, drei tönerne Becher und einen Krug mit frischem Wasser auf den Tisch und verließ den Raum so leise, wie sie gekommen war.

»Bedient euch!« Die Priesterinnenmutter deutete auffordernd auf die Speisen.

»Gern, vielen Dank.« Banor schenkte zwei Becher voll Wasser ein und wollte auch den dritten füllen, doch die Priesterinnenmutter winkte ab. So schob er nur Kiany einen Becher zu und trank selbst einen großen Schluck. Dann räusperte er sich und berichtete, warum sie gekommen waren.

»Nun, so wie Banor es erzählt, wird es dir hier sicher gefallen«, meinte die Priesterinnenmutter lächelnd, als er geendet hatte. »Atumi hat dir ja schon einiges über die Kunst des Heilens beigebracht und die Arbeit macht dir Freude. Das sind die besten Voraussetzungen, die eine Novizin mitbringen kann.«

»Es war mein größter Wunsch, hierher zu kommen«, beteuerte Kiany. »Es ist eine große Ehre für mich, den gleichen Weg gehen zu dürfen, den meine Vorfahrin, die Auserwählte, einst ging.«

»Ihr müsst wissen, dass Kiany entfernt mit Sunnivah verwandt ist«, beeilte sich Banor zu erklären, dem der erstaunte Ausdruck auf dem Gesicht der Priesterinnenmutter nicht entgangen war. »Kjelt, der Vater Sunnivahs und seines Zeichens Anführer des Rebellenheeres, war auch der Vater eines ihrer Vorfahren.«

»Aha, das erklärt, warum du dir das Bild so genau angesehen hast.« Die Priesterinnenmutter deutete auf das Wandgemälde. »Nun, dann bist du hier wirklich richtig. Die Geschichte der Befreiung Thales und das Leben Sunnivahs sind wesentliche Bestandteile der Ausbildung unserer Novizinnen.« Sie erhob sich und Banor und Kiany taten es ihr gleich. »Ihr müsst mich nun entschuldigen«, sagte sie. »Meine Amt bringt Pflichten mit sich, die viel Zeit in Anspruch nehmen. Ich lasse euch für einen Augenblick allein, damit ihr euch verabschieden könnt. Dann schicke ich eine Novizin, die sich um Kiany kümmert und ihr alles erklärt.« Sie reichte Banor die Hand. »Ich wünsche dir eine glückliche Heimkehr, Banor. Möge der Segen der Göttin dich auf deinem Weg begleiten.«

Der ältere Mann nickte ernst und senkte zum Zeichen der Ehrerbietung das Haupt, während er den Händedruck schweigend erwiderte.

»Und dir wünsche ich, dass sich deine Hoffnungen hinter diesen Mauern erfüllen mögen«, wandte sich die Priesterinnenmutter an Kiany. »Falls es Schwierigkeiten gibt oder du Kummer hast, wende dich an deine Ausbilderin oder komm zu mir. Nichts kann schlimmeren Schaden anrichten als ein verborgener Kummer.«

»Danke. Ich werde es mir merken, obwohl mir in diesem Augenblick kaum vorstellen kann, hier Kummer zu haben«, erwiderte Kiany aufrichtig.

»Dann wollen wir hoffen, dass es auch so bleibt.« Die Priesterinnenmutter wandte sich um und trat zur Tür. »Manou wird dich in ein paar Augenblicken abholen. Wir sehen uns dann beim Abendgebet.«

Sie verließ den Raum und schloss die Tür leise hinter sich. Banor trat zu Kiany und legte ihr in einer väterlichen Geste beide Hände auf die Schultern. »Es ist so weit, mein Kind«, sagte er mit schwerer Stimme und schluckte. Nachdem sie so lange gemeinsam geritten waren, fiel ihm der Abschied sichtlich schwer. Kiany hob den Kopf und sah dem älteren Mann, der ihr Vater hätte sein können, in die Augen. »Bring Tonkin gut nach Hause, Banor«, sagte sie mit belegter Stimme. »Und richte meiner Familie aus, dass es mir gut geht und dass ich glücklich bin, hier zu sein.« Ein verräterisches Glitzern in den Augen strafte ihre Worte Lügen, doch Banor ging nicht weiter darauf ein. Er wusste, dass es nur der Abschied war, der Kiany zu schaffen machte. Einer plötzlichen Gefühlsregung folgend zog er sie an sich und hielt sie, wie ein Vater seine Tochter zum Abschied gehalten hätte. »Pass auf dich auf, Kiany«, sagte er liebevoll. »In drei Sommern werden wir uns wieder sehen. Dann werde ich dich als ausgebildete Heilerin nach Hause begleiten können.«

Kiany schniefte und wischte sich mit der Hand eine einsame Träne von der Wange, die sich nun doch gelöst hatte. Nie hätte sie gedacht, dass es ihr so schwer fiele, diesen letzten Schritt zu tun. Solange Banor bei ihr war, hatte sie es nicht als schlimm empfunden, das Grasland zu verlassen, im Gegenteil: Sie war viel zu aufgeregt gewesen, um sich darüber Gedanken zu machen. Doch nun? Mit Banor verlöre sie auch die letzte Verbindung zu ihrer Heimat. Dann war sie …

»Verzeiht!«

Die dunkelhaarige Novizin, die zuvor schon die Speisen gebracht hatte, war eingetreten, ohne dass Banor und Kiany es bemerkt hatten. Nun stand sie etwas verlegen an der Tür und wusste offenbar nicht so recht, wie sie sich verhalten sollte. »Es … es tut mir Leid, wenn ich störe«, begann sie, während sie noch nach den richtigen Worten suchte. »Aber man trug mir auf, die neue Novizin abzuholen und ihr alles zu zeigen.«

»Ich komme!« Kiany drückte Banor ein letztes Mal. Dann löste sie sich aus seinen Armen und griff nach ihren wenigen Habseligkeiten. Sie war bereit. Ihr neues Leben konnte beginnen.

 Durch die ewigen Gärten des Lebens schritt eine anmutige Frau in silbern schimmerndem Gewand. Ihr langes Haar flutete wie flüssiges Gold über die Schultern hinab bis zu den Hüften und ihre elfenbeinfarbene Haut zeigte keine Spuren des Alters. Wie ein Inbegriff der Schönheit und Jugend wandelte sie durch die Pracht der Gärten, doch das Lächeln, das sie sonst auf den Lippen trug, war diesmal nicht zu sehen.

Von düsteren Gedanken und dunklen Vorahnungen geplagt, suchte sie – wie so oft in den vergangenen Mondläufen – den kleinen Weiher des prächtigen Gartens auf, aus dessen Dunst sich in den frühen Morgenstunden die Wolke der Weisheit bildete. Schweigend setzte sie sich auf die efeubewachsene Bank und wartete reglos.

Die Wolke hatte sich bereits über den Weiher erhoben und ihre erregt strömenden Bewegungen zeigten, dass sie die Anwesenheit der Frau bemerkte. Von der Mitte her lösten sich ihre wallenden Nebel langsam auf und gewährten der Betrachterin einen Blick auf die Hauptstadt Thales, deren Türme und Mauern zu dieser Tageszeit noch in den Schatten der Valdor-Berge lagen. Das matte Licht der aufgehenden Sonne erinnerte die Frau daran, dass es Zeit wurde, die Farben des Herbstes nach Thale zu tragen und die Ernte zu segnen. Doch das war nicht der Grund, weshalb sie gekommen war.

»Nach Norden!«, sagte sie leise und das Bild verschwamm. Gleich darauf zeigten sich in der Wolke die endlosen Ebenen des Graslandes mit ihren wilden Steppenbüffelherden und den kleinen Dörfern der Graslandbewohner. Das saftige Grün der hohen Gräser, die sich sanft im kühlen Morgenwind wiegten, hatte sich nach dem trockenen Sommer in ein blasses Gelb verwandelt. Ein untrügliches Zeichen, dass auch hier der Herbst bald Einzug halten würde. Alles war, wie es sein sollte: friedlich und ruhig. Das Grasland bildete die nördliche Grenze ihres Einflussbereichs, doch die Frau war immer noch nicht zufrieden. »Weiter nach Norden!«, bat sie leise und ihre Stimme bebte. Diesmal verschwamm das Bild nicht. Als höbe jemand den Blick, streifte es in gerader Linie über das Land, bis das Grasland von einer sandigen und steinigen Einöde abgelöst wurde. Die Finstermark!

Bei diesem Anblick seufzte die Frau kummervoll und eine winzige steile Falte erschien auf ihrer makellosen Stirn. Hier endete ihre Macht. Alle Bemühungen, ihren Leben spendenden Einfluss auch in die Finstermark zu tragen, waren bisher gescheitert. Aber auch das war nicht der Grund, warum sie solchen Kummer empfand.

Als das Bild in dem Nebel den nördlichen Horizont erreichte, sah sie es. Eine undurchdringliche, tiefschwarze Wolke hing über diesem Teil der Finstermark. Die Frau erzitterte. Wie sie befürchtet hatte, war die schwarze Wolke weiter gewachsen. Einem schleichenden Gift gleich schien sie die Finstermark von Norden her zu überfluten und die Frau hatte keine Vorstellung, was sich darunter verbergen mochte.

Zunächst hatte sie hinter der Wolke einen erneuten Angriff An-Rukhbars, des finsteren Herrschers, vermutet, doch das Tor zu seiner Dimension war von Sunnivah vor vielen Sommern fest und dauerhaft verschlossen worden und nichts deutete darauf hin, dass sich daran etwas geändert hatte.

Aber was konnte es sonst sein?

35

Dass unter der schwarzen Wolke gewaltige dunkle Energien freigesetzt wurden, hatte sie auf den ersten Blick erkannt. Doch wer war in der Lage, dies zu bewirken? Die Cha-Gurrline, die sich nach der Befreiung Nimrods dorthin zurückgezogen hatten, sicher nicht. Sie waren zwar ein kriegerisches Volk, besaßen aber keine eigene Magie.

Die Frau seufzte und die winzige Falte in ihrer Stirn vertiefte sich. Die Wolke hatte sich wieder vergrößert und das zwang sie zum Handeln. Den Gedanken, den Druiden in Nimrod eine Botschaft zu schicken, verwarf sie sogleich wieder. Die Menschen in Thale hatte in der Vergangenheit so viel Elend erleiden müssen, dass sie ihren verdienten Frieden genießen und nicht durch unbestätigte Vermutungen neue Ängste erleiden sollten.

Dennoch musste sie wissen, was dort unten geschah, was sich unter der finsteren magischen Wolke verbarg. Um dies zu erreichen, gab es nur eine einzige Möglichkeit und die wollte gut vorbereitet sein. Entschlossen stand die Frau auf und machte sich festen Schrittes auf den Rückweg. Es gab viel zu tun; der Herbst in Thale musste noch ein wenig warten.

Über den Gipfeln des Ylmazur-Gebirges am fernen Horizont erlosch das letzte Licht des Tages als schmaler grauer Streifen. Und wie in den vergangenen Nächten zeigte sich der wolkenverhangene Himmel über der Festungsstadt auch an diesem Spätsommerabend im nahezu vollkommenem Schwarz.

Nicht einmal den beiden Zwillingsmonden To und Yu gelang es, mit ihrem silbernen Licht die tief hängenden Wolken zu durchbrechen. Seit vielen Sonnenläufen blieb ihr Antlitz hinter dem wogenden Dunkel verborgen.

Bei diesem Anblick fröstelte es Kiany trotz der schwülwarmen Luft und sie zog sich das Gewand enger um den Körper. Angestrengt suchte sie in der Dunkelheit nach dem Funkeln eines einzigen Sterns, um die namenlose Furcht zu unterdrücken, die sie angesichts der Finsternis jeden Abend aufs Neue überkam. Eine Furcht, die sie bei aller Vernunft nicht verdrängen konnte.

Dabei gab es dazu nicht den geringsten Anlass. Die Menschen in Thale lebten seit Generationen in Frieden und es schien unmöglich, dass sich daran etwas ändern sollte. Trotzdem konnte sich Kiany des Eindrucks nicht erwehren, dass etwas Bedrohliches zum Greifen nahe vor den gewaltigen Mauern der Festungsstadt lag. Etwas, das Nimrod beobachtete wie ein lauerndes Raubtier. Das nur auf den richtigen Augenblick wartete, um gnadenlos zuzuschlagen.

Wenn Kiany lange genug in die Dunkelheit hinaufstarrte, glaubte sie darin schattenhafte Gestalten zu sehen, die sich rasch in nördlicher Richtung über den Himmel bewegten, und hörte Geräusche, deren Ursprung sie sich nicht erklären konnte.

Am liebsten wäre sie unten geblieben, in den vom Schein unzähliger Kerzen erhellten Räumen der Novizinnen. Dort fühlte sie sich sicher vor den Ängsten, die sie hier oben zu überwältigen drohten. Aber dort fühlte sie sich auch gefangen. Sie war ein Kind des Graslandes und gewohnt, bis zum Horizont zu blicken. Nie hätte sie geglaubt, dass die Stadt und die gewaltigen Berge ihr das Gefühl der Enge gäben – und doch war es so.

In den ersten Sonnenläufen, die sie in Nimrod verbrachte, hatte sie es gar nicht bemerkt. Alles war so neu und aufregend gewesen, dass sie gar keine Zeit fand, an zu Hause zu denken.

Doch nun, fast zwei Mondläufe nach ihrer Ankunft, hatte sie sich eingelebt und der eintönige Novizinnenalltag mit seinen Pflichten und Unterrichtsstunden ließ ihr viel zu oft Raum für wehmütige Gedanken. Trotzdem – um nichts in der Welt hätte sie ihre eben begonnene Ausbildung abgebrochen. Sie war stolz und glücklich, hier zu sein, und Heimweh, nein, Heimweh hatte sie wirklich nicht. Es waren nur diese Enge und das bedrückende Gefühl einer unmittelbaren Bedrohung, weshalb sie am Ende eines jeden Tages auf diesen Turm stieg. Von hier aus konnte sie endlich in die Ferne blicken, so wie sie es von zu Hause gewohnt war. Keine Häuser oder Berge versperrten ihr die Sicht, wenn sie den Blick über die Ebene vor den Toren Nimrods schweifen ließ und an vergangene Zeiten dachte oder an daheim.

Schluss damit! Kiany schüttelte energisch den Kopf. Sie war

nicht zu Hause und in Nimrod waren die Nächte eben anders. Wenn sie hier eine neue Heimat finden wollte, wurde es höchste Zeit, sich mit den Bergen und hohen Häusern abzufinden und gegen die zermürbenden Gefühle anzukämpfen.

Entschlossen straffte Kiany die Schultern. Morgen würde sie nach dem Abendessen mit den anderen unten bleiben. Sie durfte die in sie gesetzten Erwartungen nicht enttäuschen, nur weil es hier Berge und Häuser gab.

Eine Bewegung am Himmel riss Kiany aus ihren Gedanken. Sie war nur kurz und in der wogenden Schwärze kaum zu sehen gewesen und doch gab es für das Graslandmädchen keinen Zweifel. Dort oben war etwas!

Gebannt starrte sie auf einen Punkt über den Valdor-Bergen, wo sich die Finsternis zu einer wirbelnden Masse verdichtet hatte.

Aus der brodelnden Schwärze formte sich langsam ein Furcht erregendes Gesicht. Leuchtend rote Augen hielten Kianys Blick gefangen, während sie spürte, wie ein fremdes Bewusstsein in ihre Gedanken vorzudringen versuchte. Die Berührung war schrecklich. Abgrundtief böse und kalt wie Eis.

Was war das?

Angst schoss mit rasender Geschwindigkeit durch Kianys Glieder und hinderte sie an der Flucht. Obwohl alles in ihr danach verlangte, diesen Ort sofort zu verlassen, stand sie wie erstarrt auf dem Turm und blickte zum Himmel hinauf.

Aus dem Gesicht war inzwischen eine entsetzliche Fratze geworden. Wie ein von pergamentartiger Haut überzogener Totenschädel schien es Kiany hämisch anzugrinsen, während das Leuchten der lidlosen Augen ihren Blick mit hypnotischer Kraft gefangen hielt.

In ihren schlimmsten Albträumen hatte Kiany in kein so schreckliches Angesicht geblickt. Sie wollte schreien, aber die Stimme versagte ihr.

Immer tiefer drang das fremde Bewusstsein in ihre schutzlose Seele vor. Öffnete Türen, von denen sie selbst nichts gewusst hatte, und suchte mit eisigen Fingern nach einem Wissen, das Kiany nicht besaß.

»... kommt ... Norden ... Krieger ...« *Die Worte in ihrem Geist waren verschwommen und verzerrt und Kiany nahm sie in sich auf, ohne den Sinn zu verstehen.*

»Du solltest nicht hier heraufkommen, wenn dir der Anblick des Nachthimmels Kummer bereitet, mein Kind.«

Plötzlich war sie frei. Die freundlichen Worte und eine sanfte Berührung an der Schulter rissen Kiany aus der Gewalt der albtraumhaften Vision. Der Bann war gebrochen und das Gesicht verschwand in Bruchteilen eines Augenblicks vom Himmel.

Wie eine Ertrinkende klammerte sich Kiany an das eiserne Geländer des Turms. In ihren Ohren rauschte das Blut wie ein tosender Wasserfall und der Versuch, das Gesicht der schlanken, ganz in Weiß gekleideten Frau zuzuwenden, deren Hand noch immer auf ihrer Schulter ruhte, überstieg fast ihre Kräfte. Unfähig, die verkrampften Hände von der Brüstung zu lösen, öffnete sie den Mund, doch während sie verzweifelt nach Worten suchte, versank die Welt um sie herum in einem blutroten Nebel voll tanzender Lichter, die ihren gemarterten Geist in ein friedliches, wenn auch vorübergehendes Vergessen führten.

... das flackernde Licht der magischen Fackel in dem dunklen Gewölbe spendete nur wenig Helligkeit. Sein blasser Schein spiegelte sich auf mehr als zwei Dutzend riesiger Statuen, die reglos inmitten des großen Raumes standen und deren Rüstungen wie pures Gold glänzten.

Die schwere Tür aus dicken Eichenbohlen war fest mit eisernen Ketten verschlossen, wurde aber seit vielen Sommern nicht mehr bewacht, denn die goldenen Krieger stellten keine Bedrohung dar. Man fühlte sich sicher.

Vorsichtig schob ein großer Käfer den schwach phosphoreszierenden Körper unter dem schmalen Türspalt hindurch und machte sich mit chitinknackenden Gliedern auf den Weg zum ersten Krieger. Mit seinen langen Fühlern berührte er den Fuß des Kriegers in einem seltsam rhythmischen Takt, der einem geheimnisvollen Ritual glich. Zielsicher suchte er sich seinen Weg über den staubbedeckten Boden, wobei seine sechs dünnen Beine eine kaum sichtbare Spur im Staub hinterließen.

Ohne Hast kroch er von einem Krieger zum anderen, um das seltsame Ritual zu wiederholen. Nachdem er neun Krieger auf diese Weise berührt hatte, schwanden seine Kräfte zusehends, doch er schleppte sich weiter. Mit enormer Anstrengung gelang es ihm, auch den zwölften Krieger zu erreichen, bevor er völlig erschöpft zusammensank.

Doch der Käfer schien seine Aufgabe noch nicht erfüllt zu haben. Nach einer kurzen Rast bewegte er sich langsam weiter. Sein schwerer Hinterleib schleifte nun völlig auf dem Boden und hinterließ dort einen gut sichtbaren Streifen. Ermattet berührte er den dreizehnten Krieger und vollzog erneut das geheimnisvolle Ritual. Noch einen. Mit letzter Kraft setzte er seine sechs Beine zitternd voreinander. Der Weg zum vierzehnten Krieger war nicht weit, nur ein paar Schritte für einen Menschen, aber viel zu weit für den völlig entkräfteten Käfer. Oft musste er ausruhen und neue Kräfte sammeln, bevor er sein Ziel endlich erreichte.

Nachdem er das Ritual zum vierzehnten Mal vollzogen hatte, verließen ihn die Kräfte endgültig. Die Beine knickten ein und er kippte zur Seite. Mit verrenkten Gliedern blieb er auf dem Rücken liegen und rührte sich nicht mehr.

Stille kehrte ein, doch sie währte nicht lange.

Etwas geschah!

Nur wenige Augenblicke, nachdem der Käfer sein Leben ausgehaucht hatte, zog ein leises Geräusch, das an fallenden Schnee erinnerte, durch die uralten Gewölbe. Feiner Goldstaub erfüllte die Luft und rieselte zu Boden, bis der Körper des Käfers völlig davon bedeckt war ...

Noch während Kiany die Augen öffnete, wusste sie, dass sie geträumt hatte. Die verzerrten Überreste des seltsamen Traums lösten sich nur mühsam auf. Eine Weile schwebten sie noch wie Trugbilder vor ihren Augen, bevor sie verblassten und Kiany aus der Umklammerung des Schlafes entließen.

Kiany blinzelte, doch erst nach einigen vergeblichen Versuchen gelang es ihr, etwas zu erkennen. Das weiche Bett, auf dem sie lag, war nicht ihr eigenes. Die Kammer, in der sie sich befand, war sehr klein und wurde von zwei fast heruntergebrannten Kerzen erhellt, die in Wandhalterungen steckten. Ihre rußenden Flammen tanzten unruhig hin und her, denn das kleine Fenster über dem Bett war halb geöffnet und ließ kühle Nachtluft in die Kammer. Kiany betrachtete die tanzenden Schatten an der Wand und lauschte der Stille der Nacht. Sie war allein.

Nur ganz allmählich stellten sich die Erinnerungen an das unheimliche Erlebnis auf dem Turm wieder ein. Gleichzeitig begann es in ihrem Kopf so stark zu hämmern und zu klopfen, als hätten dort hundert winzige Schmiede mit der Arbeit begonnen. Sie presste die Hände an die Schläfen, doch auch das brachte ihr keine spürbare Erleichterung.

Durstig sah sie sich nach etwas Wasser um, fand aber nichts. Sie seufzte. Aufzustehen getraute sie sich nicht, dazu fühlte sie sich zu schwach. Sie konnte nur hoffen, dass bald jemand kam, um nach ihr zu sehen.

Ihre Geduld wurde auf eine harte Probe gestellt. Erst als die Farbe des Himmels hinter dem kleinen Fenster von Tiefschwarz ins Dunkelgrau wechselte und die Kerzen kurz vor dem Erlöschen standen, wurde die Tür zum Krankenzimmer geöffnet.

Eine Frau betrat leise die Kammer. Sie trug das übliche graue Gewand der Heilerinnen und war etwa doppelt so alt wie Kiany. In den Händen hielt sie ein Tablett, auf dem ein Krug mit Wasser und ein tönerner Becher standen. Darauf bedacht, das Mädchen nicht zu wecken, trat sie an das Bett und stellte das Tablett auf einen kleinen Tisch.

Kiany, die in einen unruhigen Halbschlaf gefallen war, bemerkte die Frau erst in dem Augenblick, als diese ihr besorgt eine Hand auf die Stirn legte.

»Ich habe Durst.« Kianys Kehle war trocken und ihre Stimme brüchig. Die Frau nickte. »Ich freue mich, dass du wieder bei Bewusstsein bist«, sagte sie, während sie den Becher füllte. »Hier hast du frisches Wasser.« Behutsam schob die Frau ihre linke Hand unter Kianys Nacken und half ihr, den Kopf zu heben. Dann setzte sie ihr den halb gefüllten Becher an die Lippen. Kiany ergriff ihn mit beiden Händen. Während sie gierig das kühle Nass durch die ausgetrocknete Kehle laufen ließ, mahnte eine innere Stimme, dass sie zu hastig und mit viel zu großen Schlucken trank. Doch der Durst war einfach zu übermächtig.

Schon bald begann sie zu husten und zu würgen und ein Teil der Flüssigkeit ergoss sich in einem Schwall über ihr weißes Nachtgewand. Die Heilerin schüttelte missbilligend den Kopf, doch der Tadel in ihren Worten klang eher liebevoll als ernst. »Aber Kind, auch wenn du noch nicht lange bei uns bist, solltest du schon wissen, dass man in deinem Zustand nicht so schnell trinken darf.«

Während sie sprach, hielt sie mit einer Hand Kianys Arme in die Höhe und klopfte ihr mit der anderen kräftig auf den Rücken. Als der Husten sich gelegt hatte, blickte Kiany betroffen an sich hinunter. Sie schämte sich, so unvernünftig gehandelt zu haben.

Die Frau erhob sich und reichte Kiany eines der sauberen Tücher, die auf dem Tisch bereitlagen. Dann nahm sie das Tablett wieder in die Hand und schickte sich an, den Raum zu verlassen. »Ich besorge dir ein neues Nachtgewand«, versprach sie und wandte sich um. An der Tür hielt sie noch einmal inne und fragte: »Möchtest du auch etwas essen?« Bei diesen Worten meldete sich Kianys Magen so heftig, dass sie nicht erst zu antworten brauchte. Die Frau lächelte und sagte: »Dumme Frage! Wer so lange geschlafen hat wie du, hat natürlich Hunger. Ich sehe nach, was ich in der Küche finde.« Dann verließ sie die Kammer und schloss die Tür leise hinter sich.

Mit einem Seufzer ließ Kiany sich auf das Kissen zurücksinken und schloss die Augen. Wie lange hatte sie geschlafen? Sobald die Heilerin zurückkehrte, würde sie sie fragen. Mit dem Durst waren auch die Kopfschmerzen verschwunden und sie bemühte sich, die Ereignisse der Nacht – war es wirklich die vergangene Nacht gewesen? – wieder in Erinnerung zu rufen.

Wenig später öffnete sich die Tür und die freundliche Frau be-

trat erneut den Raum. Auf dem Tablett in ihren Händen befanden
sich nun eine große Schale mit dampfender Kräutersuppe und einige Scheiben Brot. Über dem Arm trug sie das neue Nachtgewand.
»Das Essen!«, rief sie fröhlich. »Ich hatte Glück, die Köche waren
heute Morgen schon fleißig und hatten die Suppe für das Morgenmahl bereits fertig.« Kiany setzte sich umständlich auf und beobachtete, wie die Frau das Tablett abstellte und neue Kerzen in die
Wandhalter steckte. Nachdem sie die Kerzen entzündet hatte, trat
sie wieder ans Bett und reichte Kiany das Tablett mit der Mahlzeit.
Geduldig wartete sie, bis das Mädchen den größten Hunger gestillt
hatte, und half ihm dann, das neue Nachtgewand anzuziehen.

»Wie fühlst du dich?«, fragte sie.

»Gut!« Kiany lächelte. Es rührte sie, dass die Heilerin so um ihr
Wohlergehen besorgt war, und sie fühlte sich tatsächlich schon viel
besser. »Sagt, wie lange habe ich geschlafen?«

»Zwei Nächte und einen ganzen Tag«, erklärte die Heilerin.
»Wir haben uns schon große Sorgen um dich gemacht.«

Zwei Nächte! Kiany schluckte. Sie hätte nie gedacht, dass man
so lange schlafen konnte.

»Fühlst du dich besser?«, erkundigte sich die Frau noch einmal.

»Viel besser!« Kiany nickte.

»Gut, dann werde ich die Priesterinnenmutter benachrichtigen.
Sie bat mich, ihr Bescheid zu sagen, sobald du erwacht bist.« Sie
maß Kiany mit einem abschätzenden Blick. »Fühlst du dich schon
kräftig genug zum Reden?«

Kiany nickte und sank auf das Kissen zurück. Mit geschlossenen
Augen hörte sie die Tür klappen, als die Frau das Krankenzimmer
verließ, und lauschte, wie sich die Schritte entfernten. Dann war
sie allein. Aber nicht lange. Bald würde die Priesterinnenmutter
kommen und eine Erklärung für den Vorfall auf dem Turm von ihr
verlangen.

»Und was nun?« Bog, der Skynom am schmutzigen Tisch einer
heruntergekommenen Taverne gegenübersaß, blickte den Magier
erwartungsvoll an. Es war ihm deutlich anzusehen, dass er Nimrod

lieber heute als morgen wieder verlassen hätte, doch so schnell würde wohl nichts daraus werden.

Skynom und sein Gehilfe hatten den ersten Teil ihres Auftrags ohne nennenswerte Schwierigkeiten erledigt und gönnten sich ein kaltes, wenig schmackhaftes Essen in der *Barriere*, der mit Abstand schlechtesten und verrufensten Taverne Nimrods.

»Nicht so hastig«, meinte Skynom gelassen. Im Morgengrauen hatte er sich mit Bog auf den Weg zur Inneren Festung gemacht. Ihrem Auftrag folgend, waren sie den ganzen Vormittag in den labyrinthischen Gängen und Gewölben unter der Festung unterwegs gewesen, um einen geeigneten Platz für die kleine Schatulle zu finden, die Skynom unter seinem Gewand verborgen trug. »Sucht die tiefsten Gewölbe Nimrods«, hatte der Meister ihnen befohlen, »und dort einen sicheren Platz für die Schatulle. Wenn ihr allein seid, öffnet den Riegel und verschwindet.«

Skynom seufzte. Der Meister konnte zufrieden sein. Er hatte dem Medium Asco-Bahrrans bereits mittels Gedankensprache eine Nachricht zukommen lassen, in der er vom Erfolg seiner Mission berichtete. Die Schatulle befand sich sicher in einer Mauerspalte tief unter der Inneren Festung. Wie der Meister ihm aufgetragen hatte, hatte er den Riegel geöffnet und sich sofort entfernt. Für einen winzigen Moment hatte er überlegt, ob er bleiben und beobachten sollte, was geschah, doch eine Gruppe von drei jungen Druiden, die den Gang entlanggekommen waren, hatte ihm die Entscheidung abgenommen und er war geflohen.

Skynom wusste, dass er vorsichtig sein musste. Auch fünfzehn Sommer nach seiner Verbannung konnte es noch geschehen, dass er in Nimrod auf jemanden traf, der ihn erkannte. Deshalb achtete er sorgsam darauf, dass sein Gesicht stets unter der weiten Kapuze seines schlichten Umhangs verborgen blieb, wenn er durch die Straßen der Festungsstadt ging.

Aber der zweite und schwierigste Teil ihrer Aufgabe stand ihnen noch bevor! Skynom hatte zwar einen Plan, wie er das Unmögliche bewältigen konnte, das man von ihm verlangte, aber keine Ahnung, ob es ihm auch gelingen würde.

44

Aber er hatte keine Wahl. Sein Leben lag in der Hand des Meisters. Sollte er versagen, stand sein Schicksal bereits fest. In diesem Fall, daran hatte der Meister keinen Zweifel gelassen, erwartete ihn ein langsamer und qualvoller Tod.

»Wie geht es weiter?« Mit einem angewiderten Blick schob Bog seinen halb vollen Teller zur Seite. Der kleinwüchsige, hagere Gehilfe mit der hohen Stirnglatze war es gewohnt, nicht sofort eine Antwort zu erhalten, doch diesmal dauerte es ihm entschieden zu lange und er sah sich gezwungen, seine Frage zu wiederholen. »Wie?«

»Das kann ich dir noch nicht genau sagen.« Skynom sah keinen Grund, Bog etwas vorzumachen. Ihre nächste Aufgabe war ebenso schwierig wie gefährlich und musste gut vorbereitet sein. »Genau deshalb sind wir ja hier«, erklärte er. »Ich habe gehört, dass es jemanden geben soll, der uns bei der Erfüllung unserer Aufgabe helfen kann.«

»Außer uns ist aber niemand hier.« Bog vollführte mit dem Arm eine ausladende Geste durch den Raum. »Und ich fürchte, bei dem widerwärtigen Essen wird auch so schnell niemand kommen.«

»Abwarten!« Skynom lehnte sich gelassen zurück. Er vertraute den Auskünften, die er in den vergangenen Sonnenläufen bei dem Gesindel und Abschaum der Stadt gesammelt hatte. Der Mann, den er suchte, würde kommen. Um die Mittagszeit, so hatte man ihm versichert, würde er hier erscheinen.

»Ein Gesicht am Himmel?« Die Priesterinnenmutter wirkte äußerst skeptisch. »Wiv-Ienna konnte nichts dergleichen erkennen, als sie dich auf dem Turm fand.« Sie schüttelte verständnislos den Kopf und strich mitfühlend über Kianys Unterarm. »Sag, mein Kind, hast du vielleicht Heimweh?«, fragte sie vorsichtig. »Du bist noch sehr jung, viel jünger als andere Mädchen, die ihre Ausbildung bei uns begonnen haben. Könnte es sein, dass du deine Kräfte ein wenig überschätzt hast und dich wieder nach Hause wünschst, um die Wahl, Heilerin zu werden, neu zu prüfen? Vielleicht ist es besser für dich, wenn du zurückkehrst und in ein oder zwei Sommern wiederkommst.«

»Nein, bestimmt nicht!« Kiany streifte die Hand der Priesterinnenmutter mit einem Ruck ab und setzte zu einer heftigen Antwort an. Doch dann besann sie sich und schluckte ihren Ärger hinunter. Die Priesterinnenmutter meinte es nur gut, das spürte sie genau. Sie wollte sie auf keinen Fall verärgern. So holte sie noch einmal tief Luft und sagte: »Bitte, Ihr dürft mich nicht gleich zurückschicken. Ich bin glücklich hier und möchte die Erwartungen, die die Bewohner meines Heimatdorfes in mich setzen, auf keinen Fall enttäuschen.«

Die Priesterinnenmutter nickte. »Nach allem, was ich über dich gehört habe, kannst du gar nicht anders antworten«, meinte sie. »Und doch muss ich mich fragen, warum du ein Gesicht zu sehen glaubtest, wo keines war. Ich habe den Turm noch einmal bestiegen, doch wie Wiv-Ienna konnte auch ich überhaupt nichts Ungewöhnliches entdecken.«

Sie schwieg und Kiany spürte, dass sie auf eine Erklärung wartete. »Aber es war dort!«, beharrte sie hilflos. »Es war unmittelbar über mir. Ich habe es ganz deutlich gesehen und es hat zu mir gesprochen.«

»Es hat gesprochen? Was hat es denn gesagt?«

Kiany krauste die Stirn und dachte nach. »Es waren nur wenige Worte. Ich kann mich nicht richtig erinnern. Vielleicht: *Geh fort!* Oder etwas Ähnliches. Ich weiß es nicht mehr genau. Irgendetwas mit Norden.«

Die Priesterinnenmutter wog nachdenklich den Kopf. »Nun, das klingt wirklich sehr ungewöhnlich. Ich denke, es ist das Beste, wenn wir den Vorfall zunächst auf sich beruhen lassen. Aber sollte so etwas noch einmal vorkommen ... «

»Bitte!« Kiany ergriff den Arm der Priesterinnenmutter. »Ich bin nicht krank vor Heimweh. Ich fühle mich sehr wohl hier, das müsst Ihr mir glauben.« Tränen der Verzweiflung füllten ihre Augen. »Bitte«, schluchzte sie. »Bitte, schickt mich nicht wieder nach Hause zurück!«

46

Die Priesterinnenmutter nahm Kiany in die Arme und drückte sie an sich. Sie hatte die neue Novizin seit ihrer Ankunft beobachtet und glaubte ihr. Aber solche Wahnvorstellungen waren nicht zu unterschätzen und als oberste Pflicht aller Priesterinnen galt es nun einmal, die Gesundheit von Körper und Geist zu erhalten.

»Nein, ich schicke dich nicht fort, diesmal noch nicht«, versprach sie sanft. »Du hast meine Fragen ehrlich beantwortet und ich fühle, dass du wirklich den Wunsch hast, bei uns zu bleiben. Allerdings verbiete ich dir um deiner Gesundheit willen, nach Einbruch der Dunkelheit auf den Turm zu steigen.«

Kiany hob den Kopf und ihre Augen strahlten. Sie hatte schon damit gerechnet, Nimrod verlassen zu müssen. »Danke, Mutter«, murmelte sie. »Daran will ich mich gern halten. Ich verspreche Euch, dass ich nie mehr hinaufsteigen werde.« Die Priesterinnenmutter lächelte verständnisvoll und strich Kiany mitfühlend über die Wange.

»Wenn du dich etwas erholt hast, sprechen wir noch einmal über dein Erlebnis«, kündigte sie an. »Doch für heute habe ich dich genug aufgeregt.« Sie erhob sich und löste die Hände sanft aus Kianys Griff.

Im Hinausgehen drehte sie sich noch einmal um. »Heute Nacht wirst du noch hier bleiben und dich erholen. Ab morgen kannst du wieder am Unterricht teilnehmen. Ich wünsche dir eine angenehme Nacht.«

Als die Priesterinnenmutter die Tür öffnete, erschien auf dem Gang eine Novizin mit einem Tablett auf dem Arm. Respektvoll machte sie der ehrwürdigen Frau Platz und senkte den Blick, als diese das Zimmer verließ. Dann trat sie so schwungvoll durch die Tür, dass ihr die schwarzen Locken ins Gesicht fielen, und stellte das Tablett vor Kiany auf das Bett.

»Manou!« Kiany strahlte. Mit einem Besuch ihrer besten Freundin hatte sie um diese Zeit am allerwenigsten gerechnet.

»Zeit für die Mittagsmahlzeit«, erklärte Manou fröhlich, während sie sich auf der Bettkante nieder ließ. »Und Zeit zum Erzählen …«

»Das ist er!«

Bog, der den Kopf auf die verschränkten Arme gelegt hatte und ein wenig döste, zuckte bei Skynoms Worten erschrocken zusammen. Seit Stunden saßen sie schon an dem kleinen Tisch in der *Barriere* und warteten.

Bog, der im Gegensatz zu dem Magier nicht an das baldige Erscheinen des angekündigten Mannes glaubte, hatte sich schon bald entschlossen, die Augen zu schließen. Nun hob er verschlafen den Kopf und blickte sich um. Nach dem Stand der Sonne zu urteilen, die ihr Licht durch die verschmutzten Fenster warf, musste es schon weit nach Mittag sein.

Und wie Skynom es am Morgen vorhergesagt hatte, hatte sich die *Barriere* inzwischen mit einer ansehnlichen Zahl grobschlächtiger Männer gefüllt, denen man besser aus dem Wege ging. In diesem Augenblick erhob sich Skynom und trat auf einen kleinwüchsigen und drahtigen jungen Mann zu, der allein an einem Tisch in der hintersten Ecke Platz genommen hatte. Eine breite Narbe verlief quer über seine rechte Wange bis dicht unter das Auge und verlieh diesem Mann, der das lange, dunkle Haar im Nacken mit einem Lederband zusammengehalten trug, ein verwegenes Aussehen.

Bog konnte die Worte, die der Magier mit dem Mann wechselte, nicht verstehen, sah aber, dass dieser überrascht die Augenbrauen hob. Dann schüttelte er energisch den Kopf, aber Skynom ließ nicht locker und nach anfänglichem Zögern erhob sich der Mann und kam mit Skynom zu Bog an den Tisch.

»Bog, das ist Zatoc«, stellte Skynom den Fremden vor, während er dem Wirt gleichzeitig bedeutete, noch drei Krüge mit Gerstensaft zu bringen. »Ein vortrefflicher Dieb und« – seine Stimme wurde zu einem Flüstern – »wenn es sein muss, auch ein skrupelloser Mörder: der Mann, nach dem wir gesucht haben.« Bog nickte dem Fremden wortlos zu. Er konnte sich zwar nicht daran erinnern, jemanden gesucht zu haben; schließlich waren die Aufgaben des Meisters allein Skynoms Angelegenheit. Er zog es aber vor, dies ungeklärt zu lassen. Schweigend lauschte er dem halb geflüsterten Gespräch der beiden, in der Hoffnung, mehr über die geheimnisvolle zweite Aufgabe zu erfahren, die in Nimrod zu erfüllen war.

»Ich habe mich in der Stadt erkundigt«, begann Skynom mit betont freundlichem Lächeln. »Dort nennt man Euch den Besten Eurer Zunft.«

»Hm, nennt man mich so?« Der Fremde schien ein wortkarger Mann zu sein, der sich nichts aus Schmeicheleien machte.

»O ja! Ich hörte von unglaublichen Dingen, die Ihr vollbracht haben sollt.« Skynom nickte.

»Und was wollt Ihr von mir?« Zatoc nahm einen großen Schluck Gerstensaft und wischte sich den Mund mit dem Ärmel seines schäbigen Gewandes ab.

»Ich brauche Eure Hilfe«, gab Skynom freimütig zu.

»Wozu?«

»Nun, sagen wir so: Es gibt etwas in Nimrod, das mein Meister gern hätte.«

»Und das wäre?«

»Nicht so hastig!« Skynom lächelte viel sagend. »Zunächst muss ich wissen, ob Ihr Euch überhaupt für eine solche Aufgabe erwärmen könntet.«

»Wie viel?« Zatoc nahm erneut einen großen Schluck, wobei ihm der Gerstensaft aus den Mundwinkeln lief und auf den zerschlissenen Umhang tropfte.

»Gold?« Skynom bückte sich und kramte in seinem Bündel. »Nun, darüber braucht Ihr Euch keine Gedanken zu machen. Gold bedeutet meinem Meister nichts.« Er zog einen schweren Lederbeutel hervor und warf ihn auf den Tisch. »Solltet Ihr erfolgreich sein, gehört Euch dies.« Während er sprach, beobachtete Skynom aus den Augenwinkeln die Reaktion des Mannes. Dieser hatte den Krug mit dem Gerstensaft beim Anblick des Beutels krachend auf den Tisch gestellt und starrte gierig auf das prall gefüllte Säckchen.

Der Magier lächelte zufrieden. »Wenn Ihr Erfolg habt, seid Ihr ein wohlhabender Mann.«

»Was braucht Ihr?« Für eine solche Belohnung schien Zatoc zu allem bereit zu sein.

»Etwas, das besser bewacht wird als der Rat der Fünf«, erklärte Skynom und ließ den Beutel wieder in sein Bündel gleiten. »Etwas, das ich nicht ohne Eure Hilfe bekommen kann, das Ihr aber nicht ohne die Mithilfe meiner Magie entwenden könnt.« Er lehnte sich zurück und musterte Zatoc über den Tisch hinweg. »Habe ich Euer Wort, dass Ihr mir helfen und mit niemanden über den Auftrag sprechen werdet?«

»Mit niemandem!«

»Dann gebt mir Eure Hand.« Zögernd reichte Zatoc Skynom die Rechte über den Tisch hinweg. Doch anstatt einzuschlagen, ergriff sie der Magier, drehte sie um und drückte sie mit der Handfläche nach oben auf die Tischplatte. »Was, zum …?« Noch bevor Zatoc wusste, wie ihm geschah, fuhr Skynom mit dem Zeigefinger quer über das Handgelenk. Seine Lippen bewegten sich, während er lautlos einen Zauberspruch rezitierte und die Haut unter dem Finger rot wurde.

»Verdammt!«, presste Zatoc zwischen zusammengebissenen Zähnen hervor. Offenbar litt er große Schmerzen, denn er wand sich und versuchte Skynom die Hand zu entreißen. Doch die blieb wie angenagelt auf dem Tisch liegen und schien ihm nicht mehr zu gehorchen. Nun fuhr Skynom die rote Linie in aller Ruhe ein zweites Mal mit dem Finger entlang. Die Haut begann zu dampfen und der Geruch verbrannten Fleisches erfüllte die Luft. Der rote Strich wurde tiefblau und Blut sickerte hervor.

Zatoc schrie auf, doch da gab Skynom die Hand schon wieder frei und Zatoc presste sie mit schmerzverzerrtem Gesicht an den Körper. »Bei den Toren!«, fluchte er wütend. »Was habt Ihr getan?«

»Ich habe unser Abkommen besiegelt«, erklärte Skynom mit großer Gelassenheit.

»Verdammt, davon habt Ihr nichts gesagt!« Zatoc schäumte vor Wut. »Behaltet Euer Gold! Mit jemandem wie Euch mache ich keine Geschäfte.« Er wollte aufstehen, doch Skynom hielt ihn zurück. »Ihr habt mich nicht verstanden, Zatoc«, sagte er gefährlich ruhig. »Unser Abkommen ist endgültig besiegelt. Ihr könnt nicht mehr zurück.«

»Und was ...«, Zatoc stützte sich mit der unverletzten Hand auf den Tisch und beugte sich zu Skynom hinüber. Seine Augen funkelten zornig, »... sollte mich davon abhalten, einfach zu gehen?«

»Das!« Eine winzige Handbewegung Skynoms genügte – und der blaue Strich an Zatocs Handgelenk klaffte auf. Augenblicklich schoss das Blut in pulsierendem Strom daraus hervor und spritzte über den Tisch. Entsetzt starrte Zatoc auf die Wunde. »Hört auf damit! Sofort!« Todesangst schwang in seiner Stimme, die sich vor Panik überschlug. »Verdammt, was ist das?«

Skynom lächelte zufrieden und warf einen kurzen Blick in die Runde. Wie erwartet beachtete niemand die kleine Auseinandersetzung. Die wenigen, die bei den Schreien den Kopf hoben, blickten nur neugierig herüber, ohne sich einzumischen, und wandten sich sofort wieder ihren eigenen Angelegenheiten zu.

Skynom machte wieder ein Zeichen, worauf sich die Wunde augenblicklich schloss. »Das, mein lieber Zatoc, wird geschehen, falls du versagst oder unser kleines Abkommen verrätst«, erklärte er mit eisigem Lächeln. »Und sei gewiss: Keine Heilerin in Thale kann diese Wunde schließen. Überleg also gut, was du tust, und denk immer daran: Ein Fingerzeig von mir genügt und du bist tot.«

Zatoc, der immer noch nicht glauben konnte, wie ihm geschah, starrte mit offenen Mund zuerst die Wunde und dann Skynom an. Die Narbe in seinem Gesicht zuckte. »Und was ist, wenn ich Erfolg habe?«, fragte er mit bebender Stimme.

»Dann, mein Lieber, gehört das Gold dir und der lächerliche blaue Strich verschwindet.«

Zatoc wusste, dass er verloren hatte. »Dann sagt mir, was ich tun soll, verdammt!« Zähneknirschend zog er einen Stuhl heran und wollte sich wieder setzen, doch Skynom schüttelte den Kopf. »Was wir zu besprechen haben, ist nicht für fremde Ohren bestimmt«, erklärte er und deutete auf eine kleine Tür neben der Theke. »Es ist besser, wenn ich dir die Einzelheiten dort drinnen erläutere. Da sind wir ungestört.«

»Ein Käfer, der Statuen zum Leben erweckt!« Manou kicherte hinter vorgehaltener Hand. »Verzeih, Kiany! Aber das ist so ziemlich der merkwürdigste Traum, von dem ich jemals gehört habe.«

»Ich kann mich auch nicht daran erinnern, schon einmal so etwas geträumt zu haben«, meinte Kiany nachdenklich. »Überhaupt war der Traum ganz seltsam. Deshalb habe ich der Priesterinnenmutter lieber nichts davon berichtet. Er war so lebendig und klar, als würde ich heimlich ein wirkliches Geschehen beobachten. Und was mich ebenfalls wundert: dass ich mich an alles ganz genau erinnere, obwohl ich doch sonst nie weiß, was ich geträumt habe.«

»Das liegt sicher am Tusami-Tau, der tiefen Meditation, die uns hier gelehrt wird«, vermutete Manou. »Vielleicht weckt das in dir irgendwelche inneren Kräfte, von denen du vorher noch nichts wusstest. Zum Beispiel die Fähigkeit, dich besser an deine Träume zu erinnern.«

»Schon möglich.« Kiany legte den Kopf schief und dachte nach. »Aber ich beherrsche Tusami-Tau noch gar nicht richtig«, gab sie zu bedenken. »Eine echte Meditation ist mir noch nie gelungen. Ich bin schon froh, wenn ich den Anfang schaffe und es mir gelingt, meinen Geist zu leeren.«

»Nun, wie auch immer.« Trotz Kianys Einwänden schien Manou mit ihrer Erklärung zufrieden zu sein. Sie stand auf, streckte sich und sah zum Fenster hinaus. Die Sonne hatte ihren Tageslauf schon fast vollendet und schickte bereits rotgoldene Strahlen über den Himmel. »Ach, du Schreck! Vor lauter Reden habe ich gar nicht bemerkt, wie die Zeit vergangen ist.« Plötzlich hatte Manou es eilig. »Wenn ich vor dem Abendgebet noch etwas essen will, muss ich mich sputen. Kann ich noch etwas für dich tun?«

»Nein, danke!« Kiany lächelte. »Ich werde hier gut versorgt. Ich muss mich nur noch etwas ausruhen. Die Priesterinnenmutter meint, dass ich morgen schon wieder am Unterricht teilnehmen kann. Ich sehe dich dann beim Morgengebet.«

»Gut!« Manou ging zur Tür. »Dann bleibt mir ja nur, dir eine ruhige Nacht zu wünschen. Und träum nicht wieder einen solchen Unsinn!«

»Ich werde es versuchen.« Kiany lächelte und machte es sich auf ihrem Lager bequem. Manous Besuch hatte ihr gut getan. Jetzt, da sie mit ihrer Freundin über alles gesprochen hatte, fühlte sie sich schon viel besser. Vielleicht hatte Manou sogar Recht und es war wirklich die Meditationstechnik der Priesterinnen, die ihr zu schaffen machte. Immerhin hatte sie in solchen Dingen bisher noch keinerlei Erfahrungen.

»Wie viele sind es?« Methar, der engste Berater Asco-Bahrrans, hob den Ärmel seines mitternachtsblauen Umhangs und deutete mit dem Finger auf das heillose Durcheinander aus braun und gelb getigerten Quarlinejungen, die sich strampelnd und quiekend einen Platz an den Zitzen ihrer Mutter erkämpften.

»Fünfzehn!« Der stämmige Cha-Gurrlin, der als Wärter bei den Gehegen arbeitete, schüttelte den Kopf. Er war einer der wenigen Cha-Gurrline, die die Sprache der Menschen beherrschten, da er als Junge heimlich mit einem Graslandkind befreundet gewesen war. »Aber drei von ihnen sind blind, zwei verkrüppelt und zwei weitere zu klein, um zu überleben. Wenn die Mutter es nicht selbst erledigt, muss ich sie morgen töten.«

»Verdammte Inzucht!« Methar fluchte leise. »Wenn alle Nachkommen überlebt hätten, wäre das Rudel heute schon mindestens doppelt so groß.«

»Wir haben ohnehin schon Mühe, alle satt zu bekommen«, gab der Wärter zu bedenken. »Das wenige Wild, das sich in die Finstermark verirrt, reicht gerade, um unser Volk zu ernähren und …«

»Ihr wisst, der Meister hat strikte Anweisungen gegeben, die Quarline hungern zu lassen«, fiel Methar dem Wärter ins Wort. »Hunger macht sie angriffslustig und gefährlich. Und das brauchen wir.«

»Dann richtet dem Meister aus, dass wir im letzten Mondlauf

schon zwei Fälle von Kannibalismus im großen Gehege hatten. Der Alte hat zwei seiner jüngeren Rivalen im Kampf getötet. Es dauerte nicht lange, da war von den Tieren nur noch ein Haufen blanker Knochen übrig. Seither wagt keiner der Wärter mehr, das große Gehege zu betreten.«

»In der Tat, das ist nicht gut.« Methar runzelte die Stirn. »Das Ereignis steht unmittelbar bevor. Wir können es uns nicht leisten, auch nur eines der ausgewachsenen Tiere zu verlieren.« Er schickte sich an, das Gehege zu verlassen. »Ich berichte dem Meister von den Vorfällen«, verkündetet er, » und ich bin ganz sicher, er findet eine Lösung.«

Auf seinem Weg durch das Dorf der Cha-Gurrline überdachte Methar noch einmal den Stand der Dinge. Skynom war in Nimrod und hatte zumindest den ersten Teil seiner Aufgabe erfüllt. Nicht mehr lange und der Meister könnte sein Versprechen einlösen, die seinerzeit im Kampf um Nimrod versteinerten Cha-Gurrline zu befreien. Dafür, so war es in einem geheimen Abkommen vor vielen Sommern vereinbart worden, würde ihm der Stamm der Cha-Gurrline bedingungslos in den Kampf folgen, um Rache zu nehmen und die erlittene Schmach ihrer Vorfahren nach über zweihundert Sommern zu vergelten.

Zuvor musste aber dafür gesorgt werden, dass die verhassten Nebelelfen aus den Sümpfen von Numark nicht in den Kampf eingreifen konnten – und dafür brauchte man die Quarline. Fast zweihundert Sommer hatte es gedauert, um aus dem einzigen noch lebenden Quarlin ein riesiges Rudel zu züchten. Anfangs gelang das nur mithilfe der Magie, denn es galt, den Raubkatzen die angeborene Fähigkeit zu nehmen, in die Zwischenwelt zu gehen. Als dies erreicht war, konnten sie sich auch auf natürlichem Wege vermehren. Jeder einzelne Quarlin war von den Wärtern in vielen Sommern mühsamer Arbeit abgerichtet worden und daher überaus wertvoll. Mit allen Mitteln musste verhindert werden, dass sie sich so kurz vor dem Angriff gegenseitig töteten.

Methar hatte das rubinrote Zelt des Meisters fast erreicht, als ein lautes, röhrendes Hornsignal durch das Dorf hallte. Es kündigte ein wichtiges Ereignis an und rief alle Cha-Gurrline dazu auf, sich in der Dorfmitte zu versammeln. Dem Ruf hatten auch die Menschen in dem Lager Folge zu leisten und obwohl Methar lieber sofort mit dem Meister gesprochen hätte, machte er sich widerstrebend auf den Weg.

Von überall her strömten die Krieger herbei und der Boden dröhnte unter den Schritten zahlloser Männer, Frauen und Kindern. Methar musste sein ganzes Geschick aufwenden, um ihnen aus dem Weg zu gehen, sonst hätten sie ihn einfach über den Haufen gerannt.

Als einer der Letzten erreichte er den Versammlungsplatz und hatte kaum noch die Möglichkeit, einen Blick auf die obsidianfarbene Kriegerstatue zu werfen, die einen früheren Cha-Gurrlinen-Herrscher darstellte. Um die Skulptur hatte sich ein dichter Ring aus hunderten von Kriegern gebildet, die aufgeregt durcheinander redeten und den eher kleinwüchsigen Menschen den Blick auf das Geschehen verwehrten.

Methar blickte sich suchend um – und tatsächlich: Ein abgestellter Holzkarren mit einem hohen geflochtenen Käfig auf der Ladefläche war genau das, was er brauchte. Er hastete hinüber und erklomm den Wagen. Keine Minute zu früh. Kaum hatte er das Dach des Käfigs bestiegen und einen halbwegs festen Stand gefunden, wurde es auf dem Platz totenstill. Fast gleichzeitig wandten sich die Gesichter der Cha-Gurrline nach Süden, wo sich schiebend und drängelnd eine breite Gasse in dem geschlossenen Ring der massigen Leiber auftat.

Methar reckte den Kopf und entdeckte in der Ferne den wirbelnden Trichter eines heftigen Sandsturms, wie er in der Finstermark häufig vorkam. Doch dieser verhielt sich äußerst merkwürdig. Während sich die üblichen Sandsturmwirbel meist ungehemmt über der Ebene austobten, bis ihre Kraft verbraucht war, näherte er sich zielstrebig den wartenden Kriegern, die ihn freudig zu erwarten schienen.

Selbst als der Sog so stark wurde, dass er an Haaren und Kleidern zerrte und Staub und Erdbrocken vom Boden aufwirbelte, zeigten die Cha-Gurrline keine Furcht. Gebannt beobachteten sie, wie sich der Wirbel, dessen Spitze die Wolken zu berühren schien, durch die schmale Gasse in die Dorfmitte schob.

Das Brausen des Windes dröhnte Methar in den Ohren. Nadelspitze Staubkörner schlugen ihm schmerzhaft ins Gesicht und zwangen ihn, die Augen zu schließen. Am liebsten hätte er sich die Hände schützend vors Gesicht gehalten, doch daran war nicht zu denken. Er brauchte beide Hände, um sich an den Karren zu klammern und dem Sog des Wirbels zu widerstehen.

Dann war es vorbei.

Innerhalb eines Wimpernschlags fiel der Wirbel in sich zusammen und ein vielstimmiger, tosender Jubel hallte durch die Stille der Finstermark.

Methar rieb sich die Augen. Blinzelnd versuchte er zu erkennen, was dort unten vor sich ging. Doch erst als er die feinen Körner aus den tränenden Augen entfernt hatte, sah er, was die Cha-Gurrline so begeisterte.

Im Schatten der schwarzen Kriegerstatue standen vierzehn altertümlich gekleidete Cha-Gurrlinen-Krieger und blickten verwirrt auf die jubelnde Menge. Sie machten den Eindruck, als seien sie soeben aus einem tiefen Schlaf erwacht, und schienen nicht so recht zu wissen, was mit ihnen geschehen war.

Aus den Reihen der Dorfbewohner löste sich ein hünenhafter Krieger und trat den Neuankömmlingen entgegen. Er hob die Hand zum traditionellen Gruß und sagte etwas in der kehligen Sprache der Cha-Gurrline. Methar verstand kein Wort, doch die Verwirrung schien sich etwas zu legen.

Dann hob der Krieger ruckartig die Hand, bellte einen kurzen Befehl und deutete auf das rubinrote Zelt, worauf sich alle Cha-Gurrline dorthin wandten. Fast gleichzeitig ließen sie sich auf die Knie sinken und stimmten einen monotonen Gesang in ihrer fremdartigen Sprache an. Während sie sangen, verneigten sie sich immer wieder in Richtung des rubinroten Zeltes und selbst Methar konnte erkennen, dass sie sich bei ihrem Meister bedankten.

»Wohin wollen wir fliegen?« Leiliths lautlose Frage erreichte Tabors Gedanken und sein Herz machte vor Freude einen Sprung. Er hatte schon fast nicht mehr mit einem solchen Erfolg gerechnet und konnte es kaum glauben. Doch die Frage war eindeutig: Zwei Sommer nach ihren beiden Brüdern war auch das Riesenalpweibchen endlich bereit, einen Reiter auf ihrem Rücken zu tragen.

Naemy, die die beiden männlichen Riesenalpe Zahir und Chantu ausgebildet hatte, würde es sicher nicht glauben, bevor sie es mit eigenen Augen gesehen hätte. Nach Tabors vielen vergeblichen Versuchen, das Riesenalpweibchen an einen Reiter zu gewöhnen, hielt sie Leilith für zu eigensinnig und starrköpfig, um sie als Kuriervogel einsetzen zu können.

Doch Tabor hatte die Hoffnung nicht aufgegeben. Seit die drei Riesenalpjungen vor fünfundzwanzig Sommern geschlüpft waren, fühlte er sich mit Leilith verbunden. Schon immer war sie sein Schützling gewesen. Als das kleinste und schwächste der drei Jungvögel hatte sie stets unter dem ungestümen Temperament ihrer Brüder gelitten.

Häufig hatte Tabor Leilith etwas zu essen gebracht, wenn ihre Brüder schliefen, da von den gemeinsamen Mahlzeiten kaum etwas für sie abfiel. Das führte dazu, dass Leilith auch jetzt, da sie fast ausgewachsen war, in Größe, Kraft und Ausdauer nicht an Zahir und Chantu heranreichte und alles viel später erlernt hatte. Während sich Naemy und Leiliths Brüder schon lange mittels Gedankensprache verständigen konnten, weigerte sich Leilith hartnäckig, mit der Nebelelfe Kontakt aufzunehmen. Nur mit ihren Brüdern tauschte sie regelmäßig ihre Gedanken aus, die dann für ihre Schwester sprachen.

So viel Verstocktheit war selbst für die sonst so geduldige Naemy zu viel gewesen. Als die Riesenalpjungen fünfzehn Sommer alt waren, hatte sie sich entschlossen, Leilith in Ruhe zu lassen und sich ganz der Ausbildung der beiden männlichen Jungvögel zu widmen.

Tabor, der eine große Zuneigung für Leilith empfand, konnte das nicht verstehen. Mit einem Ehrgeiz, der fast schon an Trotz grenzte, hatte er sich um das Riesenalpweibchen gekümmert und

Leilith mit unglaublicher Geduld alle Kenntnisse vermittelt, die ihre Brüder längst erworben hatten.

Und jetzt das!

Wie so oft in den vergangenen Mondläufen hatte Tabor Leilith an diesem Morgen wieder auf die hügeligen Vorberge begleitet, die als sanfte Ausläufer des Ylmazur-Gebirges das Ende der Sümpfe von Numark bildeten. Wie so oft hatten sie den Hügel erklommen, der mit seiner steil abfallenden Westseite einen hervorragenden Startplatz für die Riesenalpe bot, denn ohne die Hilfe warmer Aufwinde war es den riesigen Vögeln mit ihrer Spannweite von bis zu acht Längen nahezu unmöglich, sich in die Lüfte zu erheben.

Während Tabor auf dem Hügel seine kalte Morgenmahlzeit verzehrt hatte, hatte Leilith die ersten warmen Sonnenstrahlen genutzt, um ihre Jagd zu beginnen. Schon bald war sie mit einem ausgewachsenen Rüsselschwein zurückgekehrt, das sie mit wenigen Bissen verschlungen hatte.

»Du bist eine hervorragende Jägerin geworden«, hatte Tabor sie gelobt, während er die dunkle Silhouette Zahirs beobachtete, der weit entfernt über den schroffen, felsigen Hängen des Ylmazur-Gebirges seine Kreise zog. Er und sein Bruder hatten dort im letzten Sommer eigene Schlafhöhlen bezogen, waren sie doch längst alt genug, um für sich selbst zu sorgen. Naemy, die mit den beiden Riesenalpen in ständigem Kontakt stand, brauchte sie nur zu rufen, wenn sie ihre Hilfe benötigte – aber Leilith ...?

Und plötzlich, als hätte sie Tabors Gedanken gelesen, hatte sich Leilith erhoben und war an den Rand der Schlucht getreten. Der warme Spätsommerwind hatte ihre weichen Brustfedern gebauscht, als sie mit ausgebreiteten Schwingen dastand, ganz so, als wolle sie noch einmal zur Jagd ausfliegen – und dann diese Frage.

Tabor war so verdutzt, dass ihm die Worte fehlten. Sein Herz raste und er konnte sein Glück kaum fassen. Nie zuvor hatte Leilith ihn mittels Gedankensprache angesprochen. Zwar schien sie jedes Wort zu verstehen, verzichtete aber darauf, selbst Botschaften zu senden.

»Willst du es wirklich?«, fragte Tabor verdutzt.

»Nun, komm schon«, ertönte die Antwort in seinen Gedanken »Wenn du noch lange nachfragst, überlege ich es mir vielleicht doch anders.« Leiliths Wortwahl war so eigenwillig wie ihr Verhalten, aber Tabor vertraute ihr. Behände kletterte er über ihren ausgestreckten Flügel und nahm auf dem weichen Nackengefieder zwischen ihren Flügeln Platz.

»Nach Caira-Dan«, entschied er. Seine Mutter sollte die Erste sein, die von Leiliths wundersamer Wandlung erfuhr. Und während sich das Riesenalpweibchen in die Aufwinde fallen ließ, sandte Tabor schnell einen Gedanken an Naemy, damit sie sich im Freien aufhielt, wenn er und Leilith ihre ersten Runden über der Hauptstadt der Nebelelfen flogen.

Leilith hatte es also endlich geschafft!

Naemy befand sich gerade auf dem Weg zu Lya-Numi, der ehrwürdigen alten Elfenpriesterin Caira-Dans, als Tabors Gedankenruf sie erreichte. Die Elfenpriesterin hatte sie in einer dringenden Angelegenheit zu sich gerufen, doch Naemy beschloss, sich noch ein wenig Zeit zu lassen, um Tabors Eintreffen zu beobachten. Sie rechnete es ihrem Sohn hoch an, dass er sich so voller Hingabe um die eigenwillige und starrköpfige Leilith gekümmert hatte, und es freute sie, dass seine Bemühungen endlich Früchte trugen.

Kurz entschlossen verließ sie den mit Stämmen befestigten Damm, der über den sumpfigen Untergrund zur abseits gelegenen Hütte Lya-Numis führte, und bog auf einen anderen Damm ab, der sie geradewegs zum Versammlungsplatz im Herzen Caira-Dans bringen würde.

Das Zentrum der Elfenhauptstadt war ein künstlicher Hügel von mehr als fünfzig Längen Durchmesser. Es war der einzige Platz in Caira-Dan, auf dem keine hohen Bäume standen, und – abgesehen von den befestigten Wegen und Dämmen – der einzige Platz mit festem Boden. Uralte hohe Sumpferlen umgaben ihn in einem weiten Umkreis, sodass er allen Einwohnern ausreichend Platz bot, um Feste zu feiern und Versammlungen abzuhalten.

Als die Nebelelfen in die Sümpfe von Numark zurückkehrten,

waren von dem einstigen Versammlungsplatz nur noch die Fundamente übrig gewesen und es hatte über viele Sommer harte Arbeit gekostet, bis er wieder in alter Schönheit erstrahlte.

Rings um die kreisrunde freie Fläche und die mit kunstvollen Steinmetzarbeiten verzierte Feuerstelle in der Mitte waren im Lauf der Sommer viele Hütten errichtet worden. Die auf dicken Stämmen thronenden Heime der Nebelelfen standen versteckt zwischen den Stämmen der Sumpferlen und boten ihren Bewohnern Schutz vor den heftigen Regengüssen, welche die Sümpfe von Numark besonders im Winter heimsuchten. Nicht selten stieg der Wasserspiegel danach um mehrere Längen und überflutete die Dämme und Stege, die die einzelnen Hütten miteinander verbanden. Nur das Zentrum Caira-Dans lag so hoch, dass es vom Hochwasser nicht erreicht wurde.

Naemy erklomm den Hügel, ging zur Feuerstelle und wartete. In dem großen Rund rußüberzogener Steine kündete ein riesiger Haufen aus Ästen, Stöcken und Reisig von dem bevorstehenden Gründungsfest, das in jedem Herbst in Caira-Dan gefeiert wurde.

Neben den Sonnenwendfeiern war das Fest zu Ehren der Gründung Caira-Dans eine der wichtigsten Feierlichkeiten der Nebelelfen. Vielleicht sogar die wichtigste, denn es war das einzige Fest, das alle gemeinsam begingen. Selbst die Elfen, die sich nicht in den Sümpfen von Numark niederlassen wollten, kamen dann in die Elfenhauptstadt, um das Fest gemeinsam mit ihren Brüdern und Schwestern zu begehen.

Fast einen Mondlauf dauerten die Vorbereitungen und so wunderte es Naemy nicht, dass sich zurzeit niemand außer ihr auf dem Versammlungsplatz aufhielt. Die meisten Dinge, die für das Fest benötigt wurden, mussten von weit her herbeigeschafft werden und da viele Nebelelfen die Zwischenwelt mieden, waren sie oft lange unterwegs, um alles zu besorgen.

Noch kündete nur der gewaltige Scheiterhaufen von dem bevorstehenden Fest, doch schon in wenigen Sonnenläufen würde hier geschäftiges Treiben herrschen, wenn die Bewohner Caira-Dans den Versammlungsplatz für die große Feier herrichteten.

Das Rauschen mächtiger Schwingen erfüllte die Luft und Naemy blickte gespannt zum Himmel hinauf. Kurz darauf schoss Leilith mit rasender Geschwindigkeit über die Bäume hinweg, drehte eine gewagte Kurve und kam zurück. Tabor saß sicher in dem weichen Nackengefieder und winkte seiner Mutter zu.

»Unglaublich! Du hast es wirklich geschafft!« Voller Stolz sandte Naemy die Gedanken an Tabor.

»Nicht ich war es, Mutter. Leilith hat mich von selbst dazu aufgefordert«, erklang die Antwort in ihrem Bewusstsein. »Sie will jetzt unbedingt zu Zahir und Chantu, um ihnen zu beweisen, dass auch sie einen Reiter tragen kann.«

»Nur zu!«, erwiderte Naemy. »Aber achtet auf die Fallwinde. Leilith ist noch nie im Gebirge geflogen.«

»Mach dir keine Sorgen, Mutter! Wir sind vorsichtig!«

Tabors Worten folgten Leiliths heftige Flügelschläge, die wie Windböen durch die Kronen der Erlen fegten und braungrünes Laub auf Naemy herabrieseln ließen. Das Riesenalpweibchen gewann rasch an Höhe und Naemy sah die beiden in Richtung des Ylmazur-Gebirges davonfliegen. Ihre Blicke folgten ihnen, bis sie hinter dem dichten Blätterdach der Sumpferlen nicht mehr zu sehen waren. Tabors Mühe hatte sich gelohnt! Nun war Leilith ihren Brüdern eine ebenbürtige Gefährtin und würde sich bald eine eigene Schlafhöhle in den Hängen des Ylmazur-Gebirges suchen.

Lächelnd wandte sich Naemy um. Sie musste sich beeilen! Lya-Numi erwartete sie bereits. Die Nachricht der Elfenpriesterin hatte zwar offen gelassen, worum es sich handelte, war aber so eindringlich gewesen, dass Naemy sich sofort auf den Weg gemacht hatte. Die kurze Unterbrechung erschien ihr gerechtfertigt, doch sollte die Elfenpriesterin nicht unnötig lange warten.

»Verdammte Schwächlinge! Nichtsnutziges Menschenpack!«

Ein blutroter Strahl reiner Magie beendete zischend das Leben des jungen Grasländers, der sich zuckend auf dem Boden vor dem Thronstuhl des Meisters wand. »Schafft ihn zum großen Gehege!« Mit einer ungehaltenen Geste winkte Asco-Bahrran, den die Cha-

Gurrline ehrfürchtig ihren Meister nannten, einen Wächter herbei. »Wie ich höre, haben die Quarline Hunger. Vielleicht taugt dieser Versager wenigstens dazu, ihren Appetit auf Menschenfleisch zu steigern.« Der Krieger nickte schweigend, hob den erschlafften Körper des Grasländers auf, warf ihn sich über die Schulter und verließ das Zelt.

»Zweihundertfünfzig Sommer!« Asco-Bahrran schäumte vor Wut. »Ich habe den Tod überwunden und das Geheimnis der Dimensionen gelüftet. Ich habe mir die Cha-Gurrline unterworfen, die versteinerten Krieger befreit und aus einem einzigen Tier ein riesiges Rudel Quarline gezüchtet, das meinem Willen gehorcht. Ich habe alles getan, was der Erhabene von mir verlangte. Ich besitze eine Macht, von der ich früher nur zu träumen wagte. Niemand in Thale vermag sich meiner Magie in den Weg zu stellen. Und doch ist es mir seit über hundert Sommern nicht mehr gelungen, mit dem Erhabenen in Verbindung zu treten.«

»Nicht Ihr, die Menschen sind es, die versagen, Meister. Ihr Geist ist einfach nicht stark genug, um die Schwingungen des Erhabenen über die Grenzen der Dimensionen hinweg zu empfangen.« Methar, der engste Berater Asco-Bahrrans, hatte das missglückte Orakel und den Tod des Grasländers aus einer Ecke des Zeltes beobachtet. Er sprach betont vorsichtig und leise, während er sich erhob und gemessenen Schrittes auf den Meister zutrat. Asco-Bahrran befand sich in einer gefährlichen Stimmung. Sein Zorn konnte jeden treffen, der sich in der Nähe aufhielt. Nur zu gut erinnerte sich Methar eines ähnlichen Falles, als einer seiner Vorgänger dem Meister Ratschläge bezüglich der Anrufung erteilen zu müssen glaubte. In seiner Wut hatte sich der Meister dazu hinreißen lassen, den vorlauten Mann vor den Augen der übrigen Berater als Medium zu verwenden. Die Qualen des Mannes und den Gestank, mit dem sein Geist unter den gewaltigen Energien verdampfte, würde keiner der Anwesenden jemals vergessen.

»Dion-Tharu konnte es! Durch ihn habe ich die Weisungen des Erhabenen empfangen und ihm meine Dienste zugesagt«, erklärte Asco-Bahrran eigensinnig.

»Dion-Tharu war auch ein Seher mit außergewöhnlichen Fähigkeiten«, wagte Methar einzuwerfen. »Die einfachen Graslandbewohner erreichen niemals die Größe und Widerstandskraft seines Geistes.« Und auch Dion-Tharu konnte die Qualen der Misshandlung nur zwei Sommer lang ertragen, fügte er in Gedanken hinzu.

»Dann schafft mir wieder einen solchen Seher herbei!« Aus den Fingerspitzen des Meisters züngelten winzige rote Blitze, so erregt war er. »Ich weiß, dass es in Thale noch jemandem mit solchen Fähigkeiten gibt. Irgendwo dort lebt ein junges Mädchen, dessen Geist stark genug für eine Verbindung zwischen den Dimensionen ist. In einer Vision habe ich sie gesehen und ihre Kraft gespürt. Sie ist es, die ich will. Der Erhabene muss wissen, dass wir bereit sind.«

»Aber Skynom ist noch nicht ...«

»Ich zweifle nicht daran, dass dieser Skynom seine Aufgabe erfüllt!«, fauchte Asco-Bahrran.

Methar schluckte. Er hatte einwenden wollen, dass die Spähtrupps der Cha-Gurrline die Finstermark nicht weit genug verlassen konnten, um nach dem gesuchten Mädchen Ausschau zu halten. Doch angesichts von Asco-Bahrrans loderndem Zorn verkniff er sich die Anmerkung. »Ich teile den Kriegern Euren Befehl mit!«, sagte er knapp und verneigte sich.

»Dunkle Magie?« In der Hütte der Elfenpriesterin saß Naemy neben Lya-Numi auf einem geflochtenen Korbstuhl und runzelte die Stirn. »Bist du dir sicher?« Naemy war die Erste, die nach dem Bericht der Elfenpriesterin das Wort ergriff. Die weiteren Anwesenden, der Prinzregent Kyle-Nat, ein Nachfahre aus dem Geschlecht der Nat, der ehemaligen Elfenkönige, sowie Sheehan, Anführer der kleinen Gruppe von Elfenkriegern in Caira-Dan, verharrten in nachdenklichem Schweigen.

»Nun, die Aura ist immerhin so stark, dass ich sie bis hierher spüren konnte.« Lya-Numi nickte. Als älteste Einwohnerin der Elfenhauptstadt genoss die Priesterin bei allen ein hohes Ansehen. Ihre aufrechte Haltung und die klare, feste Stimme standen in starkem

Gegensatz zu dem schütteren schlohweißen Haar und dem von unzähligen Falten durchzogenen Gesicht, das die Vermutung nahe legte, eine schwache und gebrechliche Elfe vor sich zu haben. Trotz ihres hohen Alters war Lya-Numis Kraft noch lange nicht verbraucht. Weise und klug stand sie dem Prinzregenten als Ratgeberin zur Seite und lehrte die jungen Nebelelfen die Geschichte ihres Volkes. Sie war eine der wenigen, die sich noch an die Zeit des Druidenrates vor der Eroberung Thales durch An-Rukhbar erinnern konnte. Schon damals war sie eine angesehene Priesterin am Hof des Elfenkönigs gewesen und hatte im Palast am Rande der Sümpfe vom Numark gelebt, von dem inzwischen nur noch verwitterte Ruinen zeugten. Allein ihrer Fähigkeit, selbst die kleinste Aura dunkler Magie zu spüren, hatte sie es damals zu verdanken, dass sie der Verfolgung durch die Krieger des finsteren Herrschers entkommen war.

»Was mag das bedeuten?« Der Prinzregent ließ den Blick besorgt von einem zum anderen wandern. Bei der Neugründung der Elfenhauptstadt vor zweihundert Sommern war er, obwohl damals noch jung und unerfahren, in einer feierlichen Versammlung zum Regenten Caira-Dans gewählt worden, weil er neben Klugheit, Mut und Durchsetzungsvermögen auch das nötige Feingefühl besaß, um die versprengt lebenden Nebelelfen zusammenzuführen und zu vereinen. Seine freundliche, aber bestimmte Art zu regieren wurde von allen geachtet und die Nebelelfen waren sich einig, in Kyle-Nat eine gute Wahl getroffen zu haben.

Wie Naemy hatte er auf einem Korbstuhl Platz genommen und den Worten der Elfenpriesterin gelauscht. Nachdem er die Frage gestellt hatte, erhob er sich und ging langsam in der kleinen Hütte umher. Trotz seines hohen Amtes trug er die schlichte Alltagskleidung der Nebelelfen, die helle lange Hose aus weichem Leder und die lederne Tunika gleicher Farbe. Er war kaum von den anderen Bewohnern Caira-Dans zu unterscheiden, denn Kyle-Nat legte keinen Wert auf äußerliche Rangabzeichen. Einzig der schmale silberne Reif in seinem Haar, eines der wenigen Kleinode, die nach der Rückkehr der Nebelelfen aus dem zerstörten Palast geborgen werden konnten, zeugte von seinem Status als Regent.

Sheehan sah ihn an und zog die Schultern in die Höhe. Ein Zeichen dafür, dass er auf die Frage des Prinzregenten keine Antwort wusste. Der junge Nebelelf trug die Haare ungewöhnlich kurz, hielt sie aber trotzdem mit einem bei Elfenkriegern üblichen dünnen Lederband zurück, das er sich um die Stirn gebunden hatte. Dazu trug er die traditionelle, kurze, in Grün- und Brauntönen gehaltene Tunika der Krieger und am Gürtel ein Kurzschwert in lederner Scheide.

Auch die Elfenpriesterin schüttelte den Kopf. »Ich weiß es nicht«, gab sie zu. »Für einen richtigen Angriff war es zu schwach, abgesehen von dem Ende, als sich die Aura für kurze Zeit dramatisch verstärkte. Dafür erstreckten sich die Schwingungen allerdings über einen verhältnismäßig langen Zeitraum. Vielleicht gibt es in Nimrod irgendjemanden, der sich im Gebrauch dunkler Magie versucht.«

»Aber dann hättest du früher schon etwas spüren müssen«, gab Naemy zu bedenken. »Ich bin sicher, es steckt mehr dahinter.«

»Und was?« Sheehan schien Naemys Auffassung nicht zu teilen. Nachdenklich rieb er sich das Kinn und sagte: »Ich denke, Lya-Numi hat Recht. Die Menschen sind schwach und die Versuchung der dunklen Macht zieht sie nur allzu leicht in ihren Bann. Wahrscheinlich wollte irgendein Druidenschüler in Nimrod seine Fähigkeiten ausprobieren und ist kläglich daran gescheitert. Das würde auch die heftigen Schwingungen erklären, nach deren Ende die Aura erlosch.«

»Es könnte aber ebenso gut ein Versuch der dunklen Mächte gewesen sein, in Thale wieder Fuß zu fassen«, erwiderte Naemy. »Wir sollten den Rat der Fünf in Nimrod über unsere Entdeckung in Kenntnis setzten.«

»Sie werden es nicht hören wollen«, warf der Prinzregent ein. »Sie werden uns verhöhnen und fortschicken. So, wie sie es damals getan haben, als wir sie wohlmeinend auf ihre allzu große Sorglosigkeit hinwiesen.« Jeder der Anwesenden spürte bei diesen Worten deutlich, wie tief die Demütigung noch saß, die Kyle-Nat vor vielen Sommern bei einem Besuch in Nimrod erlitten hatte. Angesichts der Tatsache, dass der Meistermagier des finsteren Herrschers nach der vernichtenden Schlacht verschwunden war und sein Schicksal niemals geklärt werden konnte, sahen sich die Elfen damals genötigt, die Menschen von Thale hin und wieder vor allzu großer Sorglosigkeit zu warnen und sie daran zu erinnern, dass der Friede in Thale längst nicht so sicher war, wie es den Eindruck hatte. Doch davon wollte man in Nimrod nichts hören und der Rat der Fünf hatte ihre Bedenken verworfen. Nach so langer Zeit sei es unmöglich, dass der Meistermagier noch am Leben sei, hieß es. Die Sorgen der Nebelelfen seien daher völlig unbegründet. Überhaupt sei es nicht die Aufgabe der Elfen, ständig als Mahner vor dem Rat aufzutreten und die Menschen auf ihre vermeintlichen Unzulänglichkeiten hinzuweisen.

Derart gekränkt, hatte der Prinzregent alle Beziehungen zu den Menschen abgebrochen. Zwar gab es keinen offenen Streit zwischen den beiden Rassen, doch die Elfen gingen den Menschen aus dem Weg und beschränkten sich fortan darauf, in Thale ohne die Mithilfe der Menschen nach Anzeichen dunkler Magie zu suchen.

»Damals hatten wir auch keine Beweise dafür, dass es noch eine Bedrohung gibt«, warf Naemy ein.

»Und? Haben wir denn dieses Mal Beweise?«, fragte Sheehan und beantwortete seine eigene Frage mit einem Kopfschütteln.

»Wenn wir es uns erlauben, Hinweise zu missachten, und seien sie noch so klein, sind wir nicht viel besser als die Menschen«, entgegnete Naemy. »Ihr wisst so gut wie ich, dass Lya-Numi schon sehr lange, wenn auch nur schwach, dunkle Schwingungen empfängt, deren Ursprung wir bisher nicht ergründen konnten. Nun spürte sie zum ersten Mal dunkle Magie innerhalb der Landesgrenzen – und ausgerechnet in Nimrod. Wenn ihr mich fragt, ist jetzt der Zeitpunkt gekommen, da wir die Verbindung zu den Menschen wieder aufnehmen sollten. Ein Wiedererstarken der finsteren Mächte bedroht uns alle.«

»Wir werden uns nur lächerlich machen«, erwiderte Sheehan.

»Wie kannst du da so sicher sein?«, fragte Naemy. »Zwei Menschengenerationen sind vergangen, seit wir uns zurückgezogen haben. Keiner, der damals dem Rat der Fünf angehörte, ist heute noch am Leben. Vielleicht ist der jetzige Rat vernünftiger. Vielleicht besitzen die Menschen schon selbst Kunde von den dunklen Mächten und sind froh über jeden neuen Hinweis. Vielleicht ... «

»... sind sie uns inzwischen nicht mehr freundlich gesinnt«, warf Sheehan ein. »Du weißt, wie leichtgläubig und ängstlich Menschen sind. Eine einzige frei erfundene Geschichte genügt, um bei ihnen einen tiefen Hass auf die Nebelelfen wachzurufen. «

»Das glaubst du doch nicht wirklich!« Naemy sah den jungen Krieger entgeistert an.

»Nun, ich gebe zu, bisher haben sie uns in Ruhe gelassen«, räumte Sheehan ein. »Trotzdem weiß ich nicht, wie sie heute zu uns stehen. «

»Wie auch immer, es ist unsere Pflicht, sie von Lya-Numis Entdeckung zu unterrichten.« Obwohl sie sich mächtig zusammenriss, gelang es Naemy nicht, den gereizten Unterton aus der Stimme zu verdrängen.

»Ich glaube nicht, dass wir den Menschen gegenüber irgendwelche Pflichten haben«, mischte sich Kyle-Nat in das Gespräch ein. »Natürlich ist es möglich « – er lächelte Naemy zu –, »dass der heutige Rat der Fünf unseren Bedenken aufgeschlossener gegenübersteht. Vielleicht haben die Menschen sogar schon selbst etwas unternommen, um gegen eine mögliche Bedrohung gewappnet zu sein. Andererseits sind auch Sheehans Bedenken nicht von der Hand zu weisen. Nach all den Sommern müssen wir in der Tat damit rechnen, dass uns die Menschen feindselig gesinnt sind. Was immer wir unternehmen, will gut überlegt sein. «

»Abwarten!«, schlug Sheehan vor. »Vielleicht wiederholt sich der Vorfall ja nicht und die ganze Aufregung ist umsonst gewesen. «

»Nein, wir dürfen nicht warten! Jeder Sonnenlauf, der ungenutzt verstreicht, bedeutet einen Vorteil für die finsteren Mächte. « Naemy erhob sich und trat vor den Prinzregenten. »Gib mir die Erlaubnis, nach Nimrod zu reisen «, bat sie. »Ich finde heraus, wie die

Menschen zu uns stehen und wie es um den Rat der Fünf bestellt ist. Wenn sie bereit sind, mich anzuhören, werde ich ihnen von Lya-Numis Entdeckung berichten.«

Der Prinzregent neigte nachdenklich den Kopf. »Du weißt, ich habe meine Zweifel, ob es dir gelingen wird, die Menschen zu mehr Vorsicht zu bewegen«, erklärte er schließlich. »Mehr Sorge bereitet mir allerdings die Vorstellung, dass ich mir einmal vorwerfen könnte, nicht gehandelt zu haben, obwohl Anlass zur Besorgnis bestand.« Er seufzte und machte eine kleine Pause, ein Zeichen dafür, wie schwer ihm die Entscheidung fiel. »Deshalb und weil ich mit dir darin übereinstimme, dass das Schweigen zwischen den Rassen beendet werden sollte, erteile ich dir die Erlaubnis, nach Nimrod zu reisen und vor dem hohen Rat der Fünf zu sprechen. Betrachte dich als Botschafterin Caira-Dans und überbring dem Rat meine Grüße. Selbst wenn sich unsere Befürchtungen nicht bewahrheiten – die Gütige Göttin gebe, dass es so sei –, halte ich es für richtig, den Kontakt zu den Menschen wieder aufzunehmen.«

»Danke!« Naemy strahlte. »Ich werde dich nicht enttäuschen. Sobald ich alle Vorbereitungen getroffen habe, mache ich mich mit Zahir auf den Weg.«

»Du reist noch immer nicht durch die Zwischenwelt?«, erkundigte sich Kyle-Nat.

»Nicht über so lange Strecken«, erwiderte Naemy. »Wer einmal von einem Quarlin angefallen wurde, ist vorsichtig.«

»Quarline sind nicht unbesiegbar«, mischte sich Sheehan in das Gespräch ein. »Abgesehen davon, dass sie längst ausgestorben sind.« Er schmunzelte. »Selbst wenn du Recht haben solltest und der Quarlin von damals noch lebt, ist er heute längst ein greises, zahnloses Raubtier.«

»Ein Quarlin von achthundert Sommern hat vor vielen hundert Sommern den Bruder meines Vaters getötet«, gab Lya-Numi zu bedenken. »Zwanzig mutige Elfenkrieger brachen damals auf, um ihn aufzuspüren und zu erlegen. Nur fünfzehn kehrten zurück.« Sie verstummte und blickte aus dem Fenster, als beobachte sie noch einmal die Ankunft der Elfenkrieger.

»Aber der Quarlin, der Naemy damals anfiel, ist schon seit über zweihundertfünfzig Sommern verschwunden«, warf Sheehan ein. »Man hat ihn überall vergeblich gesucht. Wenn ihr mich fragt, ist er längst tot.«

»So wie Asco-Bahrran, der Meistermagier des finsteren Herrschers?«, fragte Naemy.

»Nun, ich denke, nach einer so langen Zeit ... «

»Ich sehe«, lenkte der Prinzregent ein, »die Meinungen darüber, ob es noch eine Bedrohung durch die finsteren Mächte gibt oder nicht, gehen auch unter uns Nebelelfen weit auseinander.« Er trat vor die Elfenpriesterin und verneigte sich. »Ich danke dir für deine Wachsamkeit, Lya-Numi«, sagte er. »Wenn Naemy aus Nimrod zurückkehrt, werden wir uns erneut beraten.«

 Der Sommer war schon weit vorangeschritten. Die Tage wurden kürzer, aber das Wetter war nach wie vor sonnig und sehr warm. Das Korn stand golden auf den Feldern und die Bauern rund um Nimrod hatten bereits mit der Ernte begonnen. Es war die Zeit, da Bäume und Sträucher die ersten Farben des Herbstes tragen sollten, doch diesmal schien sich das sommerliche Dunkelgrün der Blätter hartnäckig zu weigern, den rotgoldenen Herbsttönen zu weichen. Selbst das Weinlaub der zwei Dutzend Rebstöcke, die an einem sonnigen Platz im Garten der Priesterinnen standen, schützte die dicken, saftigen Trauben noch immer mit einer grünen Decke.

»So was!« Manou schob ein großes Weinblatt beiseite und schüttelte verwundert den Kopf. »Sonst sind die Blätter immer herrlich bunt, wenn wir die Trauben ernten! Aber sieh nur ... « Sie deutete auf eine große Traube fast ausgereifter Früchte. »Noch ein wenig Sonne und wir können mit der Lese beginnen. Nur die Blätter wollen wohl verleugnen, dass der Herbst Einzug hält, und bis zum ersten Schnee grün bleiben.«

»Bis dahin ist noch lange Zeit.« Kiany lachte. Fünfzehn Sonnenläufe nach ihrem beängstigenden Erlebnis auf dem Turm hatten die Erinnerungen an das unheimliche Gesicht langsam den Schrecken verloren. Inzwischen glaubte sie selbst, dass alles nur ein unheimlicher Albtraum gewesen war, und fühlte sich wieder so unbeschwert wie früher.

Wie sie es der Priesterinnenmutter versprochen hatte, war sie nicht mehr auf den Turm gestiegen. Die Furcht vor der schrecklichen Vision, die sie dort oben heimgesucht hatte, war größer als die bedrückende Enge der Festungsstadt, die ihr des Nachts noch immer ein wenig zu schaffen machte.

Doch hier draußen im Garten fühlte sie sich wohl. Jäten, bewässern, säen, pflanzen, ernten … das alles machte ihr viel Freude – am liebsten natürlich zusammen mit Manou.

»Vielleicht hat die Gütige Göttin den Herbstanfang in diesem Jahr verschlafen«, scherzte Manou.

»Und wenn schon. Dann wecken wir sie spätestens zum Fest der Tagundnachtgleiche«, erklärte Kiany.

Das Fest der Tagundnachtgleiche sollte in drei Sonnenläufen stattfinden. Es war neben den Sonnenwendfeiern eines der wichtigsten religiösen Feiern in Thale. Im Frühjahr diente es der Segnung der Saat, im Herbst dankte man der Gütigen Göttin mit reichhaltigen Opfergaben für die Ernte und bat um einen milden Winter.

»Na, hoffentlich!« Manou setzte sich in den Schatten eines Apfelbaumes und wischte sich den Schweiß von der Stirn. »Also, ich hätte nichts dagegen, wenn es endlich ein wenig kühler würde. Nach dem langen heißen Sommer habe ich das Gefühl, mein ganzes Leben lang zu schwitzen.«

Kiany setzte sich neben ihre Freundin und blickte zum wolkenlosen Himmel hinauf. »Sag das bloß nicht so laut! Die Bauern brauchen noch einige Sonnenläufe lang solch ein Wetter, um die Ernte trocken einzubringen. Aber dann … He! Was ist denn das?« Mit einem Satz war Kiany auf den Beinen. Während sie die Augen zum Schutz gegen die Sonne mit der Hand beschattete, deutete sie mit der anderen zum Himmel hinauf, wo über den niedrigeren, schneelosen Gipfeln der Valdor-Berge die Silhouette eines riesigen Vogels zu erkennen war. Majestätisch kreiste er über den Hängen und ließ sich von den warmen Winden tragen, während er langsam auf Nimrod zuglitt. Seine Spannweite musste mindestens sechs Längen betragen und übertraf an Größe alles, was Kiany bisher gesehen hatte. »Unglaublich!« Manou war ebenfalls aufgestanden und beobachtet den Vogel. »Das ist doch … aber das kann nicht sein, die gibt es doch seit ewigen Zeiten nicht mehr … «

»Wen?«, fragte Kiany, ohne den Blick von dem riesenhaften Vogel zu lösen, der sich langsam der Festungsstadt näherte.

»Riesenalpe!« Manou blinzelte. Der große Vogel schwebte nun direkt vor der Sonne und das grelle Licht ließ nichts mehr erkennen. Als er sich wenig später wieder nach Westen wandte, war er ein ganzes Stück weiter an Nimrod herangekommen. »Kiany, siehst du das auch?« Manous Stimme klang noch aufgeregter als zuvor. »Im Moment sehe ich gar nichts!« Kiany und hielt sich die Hände vor die Augen. »Nur helle Kreise!«

»Da sitzt jemand auf dem Vogel!« Manous Stimme überschlug sich fast vor Begeisterung.

»Wirklich?« Kiany nahm die Hände von den Augen und blickte nach Norden, wo der große Vogel nun in geringer Höhe seine Kreise zog. »Tatsächlich! Da sitzt jemand!« Hinter dem Kopf des gewaltigen Vogels war deutlich eine Gestalt zu erkennen. »Komm mit!« Schon rannte Manou begeistert auf das niedrige Tor des Gartens zu.

»Wohin willst du?«, rief Kiany ihr nach.

»Auf die Mauer der Inneren Festung! Wenn mich nicht alles täuscht, will er da irgendwo landen.«

»Warte!« Kiany eilte ihrer Freundin hinterher. In diesem Augenblick nahm sie sogar in Kauf, dass sie Ärger bekommen könnten, weil sie ihre Arbeit vernachlässigten. So schnell es ihr Novizinnengewand zuließ, rannte sie durch die Gänge und Flure des Tempels, überquerte den geräumigen Vorplatz und erreichte schließlich eine hölzerne Treppe, die zu den Zinnen der inneren Festungsmauer hinaufführte. Dort wartete Manou bereits auf sie und die Mädchen stiegen gemeinsam die Treppe empor. Oben angekommen, mussten die beiden feststellen, dass sie längst nicht die Einzigen waren, die die Ankunft des großen Vogels beobachtet hatten. Dicht gedrängt standen Novizinnen, Priesterinnen und Angestellte des Palastes auf der Mauer und starrten gebannt auf den freien Platz vor der Inneren Festung, wo der große Vogel soeben gelandet war. Die Menschen sprachen erregt durcheinander und immer wieder hörte Kiany auf ihrem Weg durch die Menge das Wort »Riesenalp!«.

Ein paar Schritte von der Treppe entfernt fanden Kiany und Manou eine freie Stelle an der Mauer, von wo sie einen guten Blick auf den Vorplatz hatten. »Das ist ja eine Frau!« Manou deutete auf den riesigen Vogel. Kiany musste ein wenig drängeln, um besser sehen zu können, doch dann konnte auch sie beobachten, wie sich eine schlanke, hoch gewachsene Frau mit langen, grau und bläulich schimmernden Haaren vom Nacken des Vogels erhob und über dessen ausgestreckten Flügel zur Erde hinabkletterte. Sie trug einen erdfarbenen kurzen Lederharnisch und hohe weiche Stiefel in der gleichen Farbe. Auf ihrem Rücken entdeckte Kiany einen geflochtenen Köcher mit langen Pfeilen. Den dazugehörigen Langbogen hielt die Frau zunächst noch in der Hand, legte ihn sich aber über die Schulter, als sie den Boden erreichte.

»Das ist eine Nebelelfe!«, hörte Kiany den Mann neben sich ausrufen. Eine Nebelelfe? Wie die meisten Menschen in Thale hatte Kiany noch nie eine Angehörige des sagenhaften Volkes mit eigenen Augen gesehen. Nebelelfen lebten zurückgezogen in den Sümpfen von Numark und pflegten keine Freundschaft mit den Menschen. Aus den Überlieferungen ging allerdings hervor, dass es einmal anders gewesen war. So hatte die Auserwählte eine Nebelelfe als Gefährtin im Kampf gegen den finsteren Herrscher an ihrer Seite gehabt und auch in der Schlacht um Nimrod, die die Druiden viele Sommer zuvor gegen den finsteren Herrscher verloren hatten, hatten die Nebelelfen tapfer an der Seite der Menschen gekämpft.

Eine echte Nebelelfe! Kiany reckte den Hals, um die anmutige

Frau besser betrachten zu können. Ohne die neugierigen Menschen auf der Mauer eines Blickes zu würdigen, war diese neben dem Vogel stehen geblieben und wartete ganz offensichtlich auf etwas Bestimmtes.

Wenige Augenblicke später hörte Kiany, wie das Tor der Inneren Festung geöffnet wurde, und sah, wie ein weißhaariger Mann in dunkelgrünem Gewand den Vorplatz betrat. Ein erstauntes Raunen lief durch die Menge und Kiany hörte, wie Manou neben ihr die Luft scharf durch die Zähne zog. »Der Abner!«, stieß sie überrascht hervor.

Kiany erschauerte. Abner bedeutete so viel wie »Vater des Lichtes« und war die ehrwürdige Anrede für den obersten Druiden von Thale, der seines Zeichens auch der Vorsitzende des hohen Rates der Fünf war. Die unzähligen Verpflichtungen, die dieses Amt mit sich brachte, führten dazu, dass der Abner selten Gelegenheit fand, sich dem Volk zu zeigen – meist nur zu hohen religiösen Festen wie der Sommer- und Wintersonnenwende und den Feiern zur Tagundnachtgleiche, wenn er die zeremoniellen Bitten des Volkes an die Gütige Göttin vortrug und die Opfergaben segnete. Wenn der Abner hier höchstpersönlich erschien, um die Nebelelfe zu begrüßen, konnte das nur eins bedeuten: Es handelte sich um einen überaus wichtigen Besuch.

»Warum ...?«, richtete Kiany leise eine Frage an ihre Freundin, doch Manous sanfter Stoß mit dem Ellenbogen brachte sie zum Verstummen. Unter den Zuschauern auf der Mauer war es plötzlich totenstill. Alles lauschte. Keiner der Anwesenden wollte den Augenblick verpassen, wenn der Abner das Wort an die Nebelelfe richtete. Kiany schluckte ihre Frage hinunter und spitzte die Ohren, doch außer dem knirschenden Geräusch, das die Sandalen des Abners auf dem Sand des Vorplatzes erzeugten, gab es nicht viel zu hören. Gemessenen Schrittes näherte sich der ehrwürdige Druide der Nebelelfe, die ihn ihrerseits erhobenen Hauptes erwartete.

»Deine Botschaft eilte dir voraus. Ich grüße dich, Naemy von Caira-Dan!« Der Abner sprach mit lauter, kräftiger Stimme, wohl wissend, dass die Menschen auf den Zinnen und die rund um den

Vorplatz versammelten Einwohner von Nimrod neugierig zuhörten. Naemy! Beim Klang des Namens zuckte Kiany zusammen. Der Name war ihr nur allzu bekannt. Aber war die Nebelelfe dort unten wirklich jene Naemy, die der Auserwählten Sunnivah vor über zweihundert Sommern im Kampf gegen den finsteren Herrscher zur Seite gestanden hatte? Der Gedanke jagte Kiany einen wohligen Schauer über den Rücken, der sich sogleich wiederholte, als die Nebelelfe mit klarer Stimme zu sprechen begann.

»Und ich grüße dich, Abner – Vater des Lichtes!« In der traditionellen Weise der Nebelelfen legte Naemy die Hand auf das Herz und deutete mit leichtem Kopfnicken eine Verbeugung an. Dabei übersah sie wie zufällig die zum Gruß ausgestreckte Hand des Druiden. Ihr Verhalten kam einer Kränkung gleich, doch der oberste Druide ging darüber hinweg. Nach kurzem Zögern ahmte er die Begrüßung der Nebelelfe ein wenig unbeholfen nach und sagte: »Es ist lange her, dass ein Angehöriger deines Volkes bei uns in Nimrod zu Gast war.«

»Fast zwei Menschenleben«, antwortete Naemy ernst. »Noch länger ist es her, dass ein Abgesandter Nimrods den Weg nach Caira-Dan fand.«

Der Abner nickte und sagte betont freundlich: »In Zeiten des Friedens gibt es Wichtigeres, als sich mit düsteren Gedanken zu tragen, für die es keine Begründung gibt.«

»Mein Volk möchte sich jenen, die sich unserer Stimme verschlossen haben, nicht aufnötigen«, erwiderte Naemy kühl. »Dennoch! Auch ihr wisst: Eine Gefahr zu missachten kann möglicherweise tödlich enden!«

Der Druide seufzte. »Ja, das wissen wir. Doch für heute wollen wir die alten Meinungsverschiedenheiten ruhen lassen«, lenkte er ein. Er trat einige Schritte vor, schaute bewundernd auf den Riesenalp und wechselte das Thema. »Ich habe es bisher nicht glauben wollen«, sagte er in einem Ton, der nichts Förmliches mehr hatte. »Schon seit einigen Sommern erhalte ich immer wieder Berichte von Bauern aus dem Ylmazur-Gebirge, die dort angeblich Riesenalpe gesehen haben.«

»Zahir und Chantu haben dort vor zwei Sommern ihre Schlaf-höhlen bezogen, als es ihnen in den Vorbergen der Sümpfe von Numark zu eng wurde.« Naemy strich dem gewaltigen Vogel zärt-lich über das Brustgefieder. »Leilith, ihre Schwester, ist noch nicht ganz so weit.«

»So sind die herrlichen Vögel also doch nicht ausgestorben«, sagte der Druide erfreut. »Wo hast du sie entdeckt?«

»Das ist eine lange Geschichte!« Naemy lächelte kurz, wurde aber gleich wieder ernst und warf einen missbilligenden Blick auf die vielen Menschen. »Auch der Grund meines Kommens ist nicht so schnell erläutert.«

»Dann sollten wir hineingehen und alles in Ruhe besprechen«, erwiderte der Druide, dem Naemys Blick nicht entgangen war.

»Komm!« Er wies mit der Hand auf das Tor zur Inneren Festung und bedeutete Naemy, ihm zu folgen. »Können wir etwas für den Riesenalp tun?«, erkundigte er sich, während sie den Platz verlie-ßen. Naemy schüttelte den Kopf. »Seine Jagd am Morgen war er-folgreich«, erklärte sie. »Aber sorgt bitte dafür, dass die Menschen ihm nicht zu nahe kommen. Zahir ist nicht daran gewöhnt.«

Der Abner nickte. Er trat zu den vier Wächtern, die an diesem Morgen vor dem Tor zur Inneren Festung postiert waren, und erteilte ihnen leise Befehle. Die Wächter salutierten stramm. Drei von ihnen machten sich sofort auf den Weg zu dem Riesenalp, während der vierte im Innern der Festung verschwand, um Verstär-kung zu holen.

Nachdem der Abner und die Nebelelfe den Platz verlassen hatten, kam auch in die Menschenmenge rund um den Platz und oben auf den Zinnen Bewegung und sie zerstreute sich langsam.

»Komm!« Manou zog sanft an Kianys Gewand.

»Gleich!« Mit einem Ruck befreite sich Kiany aus Manous Griff und betrachtete den Riesenalp voller Bewunderung. Der große Vo-gel hatte sich auf den Boden gesetzt und beobachtete die Wachen, die sich in respektvollem Abstand um ihn herum aufgestellt hatten, aus halb geschlossenen Augen. »Kiany, wir müssen wieder an die

Arbeit!«, drängte Manou. »Hier gibt es nichts mehr zu sehen. Es kann noch ewig dauern, bis die Elfe zurückkehrt.«

»Ich komme gleich. Geh doch schon vor.«

»Na gut.« Manou seufzte, und stieg die steile hölzerne Treppe hinab. »Aber bleib nicht zu lange, sonst kriegst du noch Ärger!«

Und wenn schon, dachte Kiany. Wer weiß, ob ich jemals wieder einen echten Riesenalp zu Gesicht bekomme? Wie gebannt musterte sie den felsengrauen Vogel. Ihr Blick streifte über die gewaltigen Schwingen und den riesigen Schnabel und blieb schließlich an den halb geschlossenen Augen hängen. Der Riesenalp schien dies zu spüren und hob den Kopf. Blinzelnd öffnete er ein Auge und schaute Kiany an. Sein Blick traf den ihren mit der Wucht eines Hammerschlages und sie erstarrte. Der Vogel hielt ihren Blick gefangen. Kiany hatte keine Möglichkeit, sich der hypnotischen Wirkung zu entziehen. Ihr wurde schwindelig und sie musste sich an der Mauerbrüstung festhalten. Wie in einem Strudel wurde ihr Bewusstsein fortgerissen und in die unendliche Dunkelheit des fremden Augenpaares hineingezogen. Kiany wollte davonlaufen, doch ihre Beine bewegten sich nicht. Sie wollte schreien, doch ihre Stimme gehorchte ihr nicht. Es war, als gebe es auf einmal nur noch ihre Gedanken und dieses dunkle Augenpaar ...

... und plötzlich flog sie.

Eine endlose, grasbewachsene Ebene glitt unter ihr dahin.

Die langen Halme der Gräser bogen sich unter dem Windzug, den die gewaltigen Schwingen des Riesenalps erzeugten, während sein dunkler Schatten über das Grasland streifte.

Und Kiany flog mit ihm! Es war, als spüre sie den Wind im Gesicht und das weiche Gefieder an den Beinen und fühlte, wie sich der Leib des Vogels mit jedem Flügelschlag sanft hob und senkte.

Sie war noch niemals geflogen, aber sie empfand keine Furcht. Der riesige Vogel vermittelte ihr ein Gefühl von Freiheit und Stärke, wie sie es nie zuvor erlebt hatte. Auf seinem Rücken war sie sicher. Sicher und glücklich, denn die Landschaft, die dicht unter ihr dahinzog, war ihr nur allzu gut bekannt – sie flog nach Hause!

Kiany reckte sich und spähte am Kopf des Riesenalps vorbei zum Horizont. Was sie dort erblickte, war nicht mehr als eine Ansammlung dunkler Schatten in der Abendsonne, doch die Schatten reichten aus, um ihr Herz höher schlagen zu lassen: Dort unten lag ihr Heimatdorf!

Die Schatten wurden rasch größer und teilten sich in Hütten und Viehställe. Bald war sogar der Brunnen zu erkennen und auch die Menschen, die zwischen den Hütten ihrem Tagwerk nachgingen. Sie hoben die Köpfe und winkten Kiany zu, während der Riesenalp im Gleitflug über das Dorf hinwegsegelte. Kiany winkte zurück. Sie war so glücklich und wünschte, der Riesenalp möge landen, damit sie die geliebten Menschen begrüßen konnte. Doch da lag das kleine Graslanddorf bereits hinter ihnen und der Vogel gewann mit mächtigen Flügelschlägen an Höhe.

Die Enttäuschung trieb Kiany Tränen in die Augen und sie hämmerte mit den Fäusten auf das weiche Nackengefieder des Riesenalps ein. Doch die Schläge verpufften wirkungslos. Der Vogel schien sie nicht einmal zu spüren. Unbeirrt setzte er seinen Weg nach Norden fort, wo eine dunkle Linie am Horizont vom Ende des Graslandes kündete.

Kianys Gedanken gefroren zu Eis, als sie erkannte, dass der Vogel vor dieser Grenze nicht Halt machen würde. Sie rief ihm zu, er solle umkehren, doch der Wind riss ihr die Worte von den Lippen und wenn der Riesenalp sie dennoch gehört haben sollte, so achtete er nicht darauf.

Unter ihnen gab es jetzt nur noch Felsen, Sand und Steine – die Finstermark! Die unwirtliche, lebensfeindliche Gegend erstreckte sich, so weit das Auge reichte, und Kiany fröstelte in der kalten Luft. Sie hatte den Versuch, den Riesenalp zum Umkehren zu bewegen, endgültig aufgegeben und kauerte in gespannter Erwartung auf dessen Rücken.

Wie aus dem Nichts tauchte vor ihnen eine tiefschwarze Wand auf. Anfangs hielt Kiany sie für eine Wolke, aber schon bald wurde sie eines Besseren belehrt. Aus der brodelnden Schwärze formte sich ein Furcht erregendes Gesicht. Eine schreckliche Fratze – dasselbe Ge-

sicht, das sie auch schon auf dem Turm gesehen hatte. Wieder hielten die rot glühenden Augen ihren Blick gefangen, während Kiany spürte, wie das fremde Bewusstsein erneut in ihre Gedanken einzudringen versuchte. Die Berührung war schrecklich. Abgrundtief böse, lähmend und kalt wie Eis …

»Nein!« Der gellende Schrei befreite sie aus den Fängen des grauenhaften Albtraums. Kiany taumelte und suchte mit den Fingern verzweifelt nach einem Halt, doch der Griff ging ins Leere … Dann spürte sie nichts mehr.

»Zum Fest der Tagundnachtgleiche also!« Mit unverhohlenem Hass starrte Zatoc Skynom über den schmuddeligen Tisch hinweg an, der den Blick gelassen erwiderte. Der Magier hatte sich mit dem Dieb am frühen Nachmittag in der *Barriere* verabredet, denn um diese Zeit war die Taverne meist völlig leer. »So ist es.« Skynom lächelte kalt und deutete mit einem Kopfnicken auf Zatocs umwickeltes Handgelenk. Er war sich der Macht, die er über den hageren, hinterlistigen Mann besaß, wohl bewusst und zweifelte nicht im Geringsten daran, dass dieser den Auftrag zu seiner Zufriedenheit erledigen werde. »Du freust dich ja gar nicht«, stellte er fest. »Immerhin bist du in drei Sonnenläufen die hässliche Tätowierung unter dem Verband wieder los – wenn du mir gebracht hast, wonach ich suche.«

»Ich verfluche den Tag, da ich Euch begegnet bin.« Zatoc spie ihm die Worte entgegen. *Und ich werde dich töten, sobald ich die Gelegenheit dazu finde,* fügte er in Gedanken hinzu. Die vielen schlaflosen Nächte, die er seit seiner ersten Begegnung mit dem Magier in Todesangst verbracht hatte, hatten seinen Hass auf Skynom ins Grenzenlose gesteigert. Nie zuvor war er so gedemütigt worden und das Gefühl, dem spitzgesichtigen Magier auf Gedeih und Verderb ausgeliefert zu sein, brachte ihn fast um den Verstand.

Dennoch, wenn er überleben wollte – und das wollte er –, durfte er sich keine Schwäche erlauben. Was der Magier von ihm verlangte, war selbst für den erfahrensten Dieb Nimrods kaum zu bewältigen. Zatoc hegte berechtigte Zweifel daran, dass es ihm –

selbst mit der von Skynom zugesagten magischen Hilfe – gelingen werde, das begehrte und gut bewachte Kleinod aus der Inneren Festung zu stehlen.

»Bei Einbruch der Dunkelheit wird das Tor zur Inneren Festung weit geöffnet sein«, hörte er Skynom sagen. »Zu dieser Zeit wird auf dem großen Platz vor den Festungsmauern das Himmelsfeuer zu Ehren der Gütigen Göttin entzündet. Wie in jedem Jahr wird der Abner die Opfergaben segnen und das Dankgebet sprechen. Alle Bewohner der Inneren Festung und die Bewohner Nimrods nehmen an der Zeremonie teil, sodass der Platz zum Bersten mit Menschen gefüllt ist. Niemand wird dich beobachten.« Der Magier bedachte den Dieb mit einem durchdringenden Blick. »Bist du bereit?«

Zatoc nickte. »Meine Vorbereitungen sind vollends abgeschlossen. Ich hoffe, die Euren auch, denn ohne Magie kann ich kaum etwas ausrichten.«

»Mach dir darüber keinen Sorgen«, beschied ihn Skynom knapp. »Du erhältst, was du benötigst. Wenn nichts dazwischenkommt, bist du zurück, ehe der Abner die Zeremonie beendet hat.« In diesem Augenblick flog die Tür zur Schankstube auf und Bog trat ein. »Ah, Bog! Endlich!«, rief Skynom erfreut. »Setz dich zu uns und zeig unserem Freund, was du mitgebracht hast.« Er lehnte sich zurück, verschränkte die Arme vor der Brust und lächelte wie ein Vater, der weiß, dass sein Sohn gleich ein herrliches Geschenk überreicht bekommt. »Los! Zeig es ihm!«

Bog zog sich einen Stuhl heran und legte die kleine braune Ledertasche, die er über der Schulter getragen hatte, vor sich auf den Tisch. Umständlich öffnete er die beiden Lederbänder, welche die Tasche verschlossen hielten, und zog einen in weiche Tücher gewickelten Gegenstand heraus. Vorsichtig entfernte er die Tücher mit Daumen und Zeigefinger, während er den Gegenstand gleichzeitig in Zatocs Richtung schob. Unter dem dicken weißen Tuch kam ein kunstvoll verzierter Dolch zum Vorschein, dessen Klinge in der Düsternis der Schankstube funkelte, als wäre sie aus reinem Sternenstaub geschmiedet.

Zatoc pfiff durch die Zähne und streckte die Hand nach der herrlichen Waffe aus, doch Skynom hielt ihn zurück. »Noch nicht«, mahnte er. »Das ist ein Asaak.« Zatoc zog die Hand zurück und blickte den Magier verwundert an. »Ein was?«

»Ein Dolch aus Sternenebulit«, erklärte Skynom in einem Ton, als wäre Zatoc der Einzige in ganz Nimrod, der noch nie etwas von einem Asaak gehört hatte. Als der Dieb ihn noch immer verständnislos anschaute, stieß der Magier einen tiefen Seufzer aus, beugte sich vor und flüsterte: »Sternenebulit ist ein uraltes Elfenmetall. Vor mehr als zweitausend Sommern wurde es von den Nebelelfen in den Vorbergen des Ylmazur-Gebirges viele hundert Längen unter der Erde in einem Bergwerk gewonnen. In den magischen Feuern ihrer Schmieden fertigten sie daraus Schwerter und Dolche. Die Arbeit war mühsam und langwierig. Es dauerte mehr als fünf Sommer, bis ein solcher Dolch fertig gestellt war. Dies ist jedoch nicht der Grund, warum es nur wenige solcher Dolche und Schwerter gab. Schuld daran ist das Wetter. Sintflutartige Regenfälle, die sich über viele Sonnenläufe hinzogen, setzten die Vorberge unter Wasser, fluteten die Stollen und machten es den Elfen unmöglich, das Sternenebulit vollständig abzubauen. Noch heute sollen sich riesige Mengen des seltenen Metalls in den Stollen unter den Ruinen des königlichen Palastes befinden, doch das Wasser verschließt bis heute den Zugang. Wirklich jammerschade, denn Sternenebulit besitzt eine einzigartige Eigenschaft – es kann Magie auflösen und unwirksam machen. Allerdings« – Skynom schob Zatocs Hand erneut zurück – »endet eine Berührung mit dem Metall tödlich. Für alle Lebewesen außer die Elfen.« Er warf Bog einen viel sagenden Blick zu und der Gehilfe grinste breit.

»Und woher habt Ihr den Dolch?«, wollte Zatoc wissen, der den Blick nicht von der herrlichen Waffe wenden konnte.

»Nun, sagen wir so: Er ist eine Leihgabe meines Meisters«, erklärte Skynom gedehnt. »Vor fast hundert Sommern wurde er von einem Cha-Gurrlinen-Spähtrupp in der Finstermark gefunden.« Er schüttelte belustigt den Kopf, als er weitersprach. »Diese Trottel! Fast der ganze Trupp kam ums Leben, bevor einer von ihnen auf den Gedanken kam, den Dolch mit einem Handschuh anzufassen. Die beiden einzigen Überlebenden brachten ihn schließlich zu meinem Meister – und der gab ihn mir. Es ist vermutlich der letzte Dolch aus Sternenebulit in ganz Thale.«

Skynom gab Bog einen Wink, worauf dieser einen dicken Lederhandschuh aus der Tasche zog und ihn Zatoc reichte. »Zieh ihn an!«, forderte Skynom den Dieb auf. Dieser zögerte, zog dann aber den Handschuh über die rechte Hand. Skynom nickte zufrieden. »Jetzt nimm den Dolch!«, befahl er. Misstrauisch blickte Zatoc zunächst den Dolch, dann den Handschuh an. Wenn Skynom die Wahrheit sprach, musste er den Dolch benutzen, um seine Aufgabe zu erfüllen; doch vielleicht war das Ganze nur wieder ein übler Trick des Magiers, den er nicht zu durchschauen vermochte.

»Ach, so ist das«, hörte er Skynom höhnen. »Der Meister aller Diebe fürchtet sich vor der Elfenmagie.« Der Magier lächelte. »Nun, wenn das so ist, vergessen wir unser kleines Abkommen und suchen uns jemand Mutigeren.« Er hob die Hand zu einer Geste, die Zatoc nur allzu bekannt vorkam, und sagte in gespieltem Bedauern: »Schade für dich, du weißt zu viel!«

»Nein!« Die Furcht vor dem Schrecklichen, das der Magier ihm antun mochte, besiegte jedes Zögern. Hastig ergriff Zatoc den Asaak, starrte auf seine Hand und wartete. Nichts geschah. Nach einigen bangen Momenten, in denen er gespannt die Luft anhielt, drehte er die Waffe prüfend in der Hand und betrachtete sie. Im Gegensatz zu dem massiven Eindruck, den das Metall erweckte, lag der Asaak leicht wie eine Feder in der Hand. Die Klinge wirkte so scharf, wie er es nur selten bei einem Dolch beobachtet hatte, und schien wie geschaffen für einen schnellen und lautlosen Tod. Plötzlich durchzuckte Zatoc ein Gedanke und die Versuchung, das Leben des verhassten Magiers mit diesem Dolch zu beenden, wurde schier übermächtig. Zatoc beugte sich über die Waffe, als wäre er vollauf damit beschäftigt, die komplizierten Muster im Griff zu betrachten, beobachtete stattdessen aber Skynom aus den Augenwinkeln, der sich lässig auf seinem Stuhl zurückgelehnt hatte und in ein Gespräch mit Bog vertieft zu sein schien. Auch der Diener beachtete Zatoc nicht.

Dieser witterte eine einzigartige Gelegenheit. Nach allem, was er gehört hatte, brauchte er nicht einmal zuzustechen. Eine Berührung mit dem magischen Metall würde ausreichen, um den Magier zu töten. Dann gäbe es niemanden mehr, der die Wunde an seinem Handgelenk öffnen konnte. Dann wäre er frei! Zatoc biss die Zähne zusammen und schloss die Hand fester um den Asaak. Die Gelegenheit war günstig. Gerade wandte sich Skynom dem Wirt zu, um noch einen Krug Gerstensaft zu bestellen.

Jetzt! Zatoc sprang auf und sein Stuhl kippte nach hinten. Mit dem Dolch in der Hand hechtete er über den Tisch, den Blick fest auf Skynoms ungeschützten Rücken geheftet. Halb auf den Tisch liegend, hob er die Hand zum Stoß – und erstarrte mitten in der Bewegung.

»Das täte ich an deiner Stelle nicht.« Skynom sprach so gelassen, als säße ihm nur eine lästige Fliege und keine Klinge im Nacken. Er hielt es nicht einmal für nötig, sich umzudrehen. »Es sei denn, du möchtest sterben.« Langsam drehte er sich um und blickte Zatoc an. »Ich hätte dich nicht für so dumm gehalten, mich töten zu wollen«, sagte er, in gespielter Enttäuschung. »Habe ich dir nicht erzählt, dass die Magie, die die Wunde an deinem Handgelenk geschlossen hält, an mich gebunden ist? Sterbe ich, stirbst auch du – du verstehst?«

Zatoc verstand. Zähneknirschend ließ er den Asaak sinken und stützte sich schwer auf die Tischplatte, während er den tosenden Gefühlen in seinem Innern Herr zu werden versuchte. Er fühlte sich Skynom so ausgeliefert wie niemals zuvor. Blanker Hass, ohnmächtige Wut und die Verzweiflung darüber, dass ihn das Schicksal in die Hände des Magiers geführt hatte, stauten sich in seinem Innern und vertrieben jeden klaren Gedanken.

Skynoms breites, selbstsicheres Lächeln brachte das Fass schließlich zum Überlaufen. Mit einer Drehung, so schnell, dass selbst der Magier nicht mehr handeln konnte, trieb Zatoc den Dolch tief in Bogs Brust. Der hagere Gehilfe das Magiers schien im ersten Moment gar nicht zu begreifen, wie ihm geschah. Mit verdutztem Gesichtsausdruck stellte er den Krug, aus dem er eben noch getrunken hatte, auf den Tisch zurück und starrte auf den Asaak, der ihm bis zum Heft zwischen den Rippen steckte. Die Wunde blutete nicht einmal. Bog öffnete den Mund, um etwas zu sagen, und warf dem Magier, der entsetzt aufgesprungen war, einen Hilfe suchenden Blick zu. Aber es war zu spät. Noch ehe ein Laut über Bogs Lippen kam, breitete sich ein rötlicher Schimmer ringförmig um den Asaak aus und bahnte sich einen Weg über den Körper des Gehilfen bis in die Finger- und Zehenspitzen. Bog begann zu schwitzen und blickte voller Grauen auf seine glühenden Hände. In einem Akt der Verzweiflung riss er sich den Dolch aus der Brust und schleuderte ihn fort.

Noch immer trat kein Blut aus der Wunde, nur das Glühen verstärkte sich weiter. Ein heiserer Schrei drang aus Bogs trockener Kehle. Er kippte seitwärts vom Stuhl und wand sich zuckend am Boden, während sein Körper wie ein nasser Stein in der Sonne zu dampfen begann. Die enorme Hitze sog alle Flüssigkeit aus seinen Gliedern, aber noch war er bei Bewusstsein.

Skynom eilte um den Tisch und starrte fassungslos auf seinen Gehilfen, wohl wissend, dass er ihm nicht mehr helfen konnte. Selbst in zwei Längen Entfernung war die Hitze, die von Bogs Körper ausging, noch deutlich zu spüren. Angesichts der ungeheuren Qualen, die sein Gehilfe litt, nahmen die verhärteten Gesichtszüge des Magiers einen kummervollen Ausdruck an. In Bogs Körper schien es keinen einzigen Muskel und kein Fettgewebe mehr zu geben. Die Haut spannte sich pergamentartig um die Knochen; die Zunge, in dem zu einem lautlosen Schrei geöffneten Mund glich einer getrockneten Traube.

Noch immer war Bog nicht ohnmächtig geworden. Sein Blick hing in stummem Flehen, die Qualen zu beenden, an Skynom, doch der Magier kannte keine Macht, die dem Wirken des Sternenebulits hätte Einhalt gebieten können. Nicht einmal die Gnade eines schnellen Tods konnte er Bog gewähren, da die Magie des magischen Metalls jede andere Form von Magie unwirksam machte. Erschüttert wandte er sich ab und schloss die Augen. Der langsame schreckliche Tod seines Gehilfen übertraf an Grausamkeit alles, was er bisher erlebt hatte. Nach einer Zeit, die dem Magier wie eine Ewigkeit erschien, war es endlich vorbei. Ein letztes Scharren ertönte, als Bogs trockene Glieder erschlafften und gänzlich zu Boden sanken. Dann trat Stille ein.

»Nicht schlecht!«, murmelte Zatoc anerkennend und bückte sich nach dem Dolch, der vor der Theke auf dem Boden lag. Er hielt die Klinge ins Licht und pfiff anerkennend durch die Zähne. »Saubere Arbeit!«, lobte er. »Nicht ein einziger Tropfen Blut auf der Klinge.«

»Schweig!«, herrschte Skynom ihn an. Nur die Vernunft hielt ihn davon ab, den Dieb augenblicklich zu töten.

»Ihr seht, auch ich bin immer für einen überraschenden Spielzug gut!« Verächtlich stieß Zatoc Bogs mumifizierten Körper mit dem Fuß an und sagte voller Genugtuung: »Auch Diebe haben ihren Stolz!«

Skynom schnaubte und bedachte Zatoc mit einem vernichtenden Blick. Der Mann war gefährlicher als vermutet. »Töte ihn!«, säuselte ihm eine dunkle Stimme in Gedanken zu. »Töte ihn langsam. Lass ihn leiden, wie Bog gelitten hat, und dann töte ihn.« Einen Augenblick lang war Skynom versucht, der Verlockung nachzugeben, doch dann siegte die Vernunft und er brachte die Stimme zum Schweigen. Die Zeit bis zum Fest der Tagundnachtgleiche war knapp und erlaubte es ihm nicht mehr, sich nach jemand anderem umzusehen. Von nun an musste er sich in Acht nehmen.

In dem hellen, lichtdurchfluteten Audienzzimmer des Abners herrschte gespanntes Schweigen. Außer Naemy und dem Vorsitzenden des hohen Rates befanden sich die Priesterinnenmutter und Sayen, der begabte und trotz seiner Jugend hoch geachtete Seher Nimrods, im Raum. Sie alle hatten dem Bericht der Nebelelfe aufmerksam gelauscht.

Naemy blickte von einem zum anderen. Der Ausdruck auf den Gesichtern der Menschen, die mit ihr an dem großen runden Eichentisch Platz genommen hatten, verriet ihr mehr als alle Worte – niemand glaubte ihr.

»Dunkle Magie?« Die Priesterinnenmutter runzelte die Stirn. Offenbar hatte sie erst im letzten Moment von der Zusammenkunft erfahren, denn sie trug noch die graue Alltagskleidung der Priesterinnen. Sie wirkte unpassend neben der prächtigen Gewandung der Männer, doch das schien die selbstbewusste Frau nicht zu stören. »Hier in Nimrod?« Sie lächelte ungläubig. »Entschuldige, aber das erscheint mir unmöglich.«

»Ich muss gestehen, dass ich nichts dergleichen gespürt habe«, wandte Sayen ein und fuhr fort: »Wenn es tatsächlich hier in Nimrod geschehen sein sollte, dann hätten wir es doch zuerst spüren müssen. Eine Magie, die so stark ist, dass ihre Aura noch in den Sümpfen von Numark wahrzunehmen ist, bleibt nicht unbemerkt.« Er schüttelte den Kopf. »Aber ich habe nichts, rein gar nichts gespürt. Es tut mir Leid, Naemy, eure Elfenpriesterin muss sich getäuscht haben.«

»Lya-Numi hat sich noch nie getäuscht!«, erwiderte Naemy mit fester Stimme. »Seit siebenhundert Sommern nicht.«

»Auch Nebelelfen werden älter«, warf Sayen ein. »Zwar nicht so schnell wie Menschen. Aber im Alter dürfte es ähnlich sein wie bei uns: Die Fähigkeiten lassen nach. Alles, worauf man sich früher verlassen konnte, wird allmählich unzuverlässig und ...«

»... mit anderen Worten, du hältst Lya-Numis Vision für das Hirngespinst einer verwirrten Greisin«, führte Naemy den Satz zu Ende. Sayen warf ihr einen betroffenen Blick zu und nestelte verlegen an den Schnallen seines mit roten und goldenen Ornamenten bestickten schwarzen Umhangs. »Nun, so drastisch wollte ich es nicht ausdrücken, aber ... «, hob er an.

»... die Bedeutung wäre die gleiche gewesen.« Naemy funkelte den Seher aufgebracht an. »Menschen wie du waren es, die uns dazu gebracht haben, euer Gebiet und eure Rasse zu meiden. Die unsere Warnungen missachteten und unsere Wachsamkeit belächelten. Deshalb wisse, dass nicht jeder in Caira-Dan meine Auffassung teilt, euch von Lya-Numis Visionen unbedingt unterrichten zu müssen.«

»Wie schon gesagt ... «, begann Sayen, verstummte aber sofort, als der Abner die Stimme erhob. »Ich denke, wir dürfen die Warnung der Nebelelfen nicht unterschätzen!«, beschwichtigte er und versuchte, einem drohenden Streit zuvorzukommen. »Auch wenn viele von uns es nach einer so langen Friedenszeit nicht wahrhaben wollen, so ist es doch unbestreitbar, dass wir jederzeit wieder mit einer Bedrohung durch dunkle Mächte rechnen müssen.« Er nickte Naemy zu. »Wie ich dem Prinzregenten der Nebelelfen schon zu Beginn meiner Amtszeit in einer offiziellen Botschaft mitteilte, bedaure ich aufrichtig, dass es damals unter dem Abner Galdalyn zum Eklat mit dem Elfen-Erwählten kam. Ich glaube fest, dass Menschen und Elfen aus einem gründlichen, offenen Austausch ihres Wissens und ihrer Erfahrungen zahllose Vorteile ziehen könnten. Naemys Besuch ehrt mich und ich hege die Hoffnung, dass wir das traurige Kapitel unserer Beziehungen mit dem heutigen Tag beenden können.

Was die Visionen betrifft, so ist mir nicht bekannt, dass hinter den Mauern der Festungsstadt dunkle Magie ausgeübt wurde. Sollte dies jedoch der Fall sein, dann erwartet den Betreffenden eine harte Strafe. Der Gebrauch dunkler Magie ist nach wie vor eines der schlimmsten Verbrechen, dessen sich ein Mensch schuldig machen kann.«

»Ich bin froh, dass du so denkst! Auch ich wünsche mir von ganzem Herzen, dass Menschen und Nebelelfen wieder in Freundschaft zueinander finden.« Naemy lächelte. »Ich werde dem Prinzregenten berichten und hoffe, dass er Nimrod schon bald besuchen wird, damit der unselige Streit offiziell beigelegt wird.« Die Nebelelfe seufzte und fuhr mit einem raschen Seitenblick auf Sayen fort: »Obwohl ich nicht an der Richtigkeit von Lya-Numis Worten zweifle, beruhigt es mich zu hören, dass hier offensichtlich keine Anzeichen dunkler Magie beobachtet wurden. Dennoch würde ich mich gern selbst von einigen Dingen überzeugen, bevor ich in meine Heimat zurückkehre.«

»So?« Der Abner zog erstaunt die Augenbrauen in die Höhe. »Wovon denn?«

»Ich möchte die Höhle der goldenen Krieger sehen und mich davon überzeugen, dass Sunnivahs Amulett noch immer sicher verwahrt wird.«

»Hm.« Der Abner faltete die Hände und tippte sich mit den Zeigefingern nachdenklich gegen die geschürzten Lippen. »Das Amulett der Auserwählten befindet sich an einem Ehrenplatz im Ratssaal. Dort ist es in einer Vitrine aus magischem Kristall sicher aufgehoben. Der andere Ort, den du zu sehen wünschst, liegt in den Katakomben tief unter der Festungsstadt. Es ist streng verboten, sich dem Gewölbe der Statuen zu nähern, denn sowohl die Vitrine als auch das Gewölbe werden durch die mächtigsten Zauber geschützt, die wir Druiden zu vollbringen vermögen.« Er lächelte Naemy viel sagend zu. »Du siehst, wir sind nicht so nachlässig geworden, wie ihr vielleicht vermutet. Dennoch respektiere ich deinen Wunsch. Es soll dir nicht verwehrt sein, dich von den Sicherheitsvorkehrungen zu überzeugen, die wir zum Schutze des Kleinodes und der Statuen getroffen haben.«

»Das ist sehr freundlich von dir«, erwiderte Naemy und senkte zum Dank kurz den Kopf. »Lya-Numi trug mir auf, mich von der Unversehrtheit der Statuen und des Amuletts zu überzeugen, da beides – besonders das Amulett – für die dunklen Mächte von großem Wert sein könnte.«

»Die Sorge ist unbegründet«, erklärte Sayen mit fester Stimme. »Nichts in Thale wird in so hohem Maße geschützt wie die Reliquien aus der Zeit der Befreiung. Niemand könnte sich ihnen nähern, ohne dass wir es bemerken würden.«

»Das ist gut zu wissen«, sagte Naemy. »Dennoch sähe ich es gern mit eigenen Augen.«

»Wann?«, wollte der Abner wissen.

»Am besten sofort. Zahir, mein Riesenalp, ist große Städte nicht gewohnt und ich möchte ihn nicht unnötig lange warten lassen.«

»Nun, das ist ein wahrhaft ehrenwerter Grund.« Der Abner erhob sich. »Dann machen wir uns am besten gleich auf den Weg. Priesterinnenmutter, Sayen? Wollt ihr so freundlich sein, uns zu begleiten?« Die Angesprochenen nickten. Es verstand sich von selbst, dass sie dem Wunsch des Abners folgten.

Der Weg vom Audienzzimmer zum Ratssaal war nicht lang. Beide Räume befanden sich auf dem gleichen Flur, wenn auch das Audienzzimmer am Anfang und der Ratssaal ganz am anderen Ende lagen. Naemy runzelte missbilligend die Stirn, als sie erkannte, dass vor der mit kunstvollen Schnitzereien versehenen Flügeltür zum Thronsaal keine Wachtposten standen. Immerhin befand sich im Ratssaal das wertvolle magische Amulett der Auserwählten, ohne dessen Kräfte es ihr nicht gelungen wäre, den finsteren Herrscher aus Thale zu vertreiben.

Die Tür selbst besaß weder Griff noch Riegel, womit sie zu öffnen gewesen wäre. Wie von Geisterhand bewegt, schwang sie geräuschlos auf, als der Abner die Hand flach auf ein geschnitztes Auge legte, dessen Pupille aus einem funkelnden Kristall bestand. »Unsere erste Sicherheitsmaßnahme, um Unbefugten den Zutritt zu verwehren«, erklärte er. »Der magische Kristall in dem Auge erkennt die Ratsmitglieder an den Linien ihrer Handflächen. Nur einem Angehörigen des hohen Rates ist es möglich, die Tür zu öffnen. So können wir also getrost darauf verzichten, Wächter davor aufzustellen.«

Naemy nickte. Es war unumstritten, dass ein magischer Türwächter menschlichen Wachtposten gegenüber große Vorteile besaß. Magie war dauerhaft, unbestechlich und brauchte keinen Schlaf. Dennoch gab es für nahezu jeden Zauber einen Gegenzauber und selbst magische Wächter konnten bezwungen werden. Eine Bemerkung hierzu behielt sie aber für sich, denn in diesem

Augenblick betraten die vier den Ratssaal, in dem der hohe Rat der Fünf alle sieben Sonnenläufe zusammenkam, um über die Geschicke des Landes zu beraten oder – in sehr seltenen Fällen – Gericht zu halten. Obwohl heute nichts mehr an die düstere Vergangenheit erinnerte, erkannte Naemy sofort, dass es sich um denselben Raum handelte, der zu Sunnivahs Zeiten dem finsteren Herrscher An-Rukhbar als Thronsaal gedient hatte.

Der Ratssaal war ein großer achteckiger Raum, aus weiß gekalkten Steinen, sandfarbenen Fliesen und dunklen Eichenbalken errichtet, die in der Mitte der gewölbten Decke sternförmig zusammenliefen. Die fünf hohen, zum Teil mit bunten Mosaiken verzierten Fenster, von denen man einen hervorragenden Blick auf den Vorplatz der Inneren Festung hatte, reichten fast bis zum Boden. Jetzt, am späten Nachmittag, flutete das Tageslicht in farbigen Strahlen hindurch und zeichnete blasse, verschwommene Muster an die Wände.

In der Mitte des Saals, der, wenn es dunkel war, von tief hängenden, an schwarzen Eisenketten befestigten Öllampen beleuchtet wurde, befand sich ein wuchtiger runder Tisch, mit fünf ebenso wuchtigen, hochlehnigen Stühlen, wo die Mitglieder des Rates ihren Platz innehatten. Rechts und links davon standen zwei kleinere Stehpulte für die Schreiber bereit. In einer der hinteren Ecken sorgte ein aus hellen Steinen gemauerter Kamin dafür, dass der große Saal in der dunklen Jahreszeit nicht zu sehr auskühlte. Zu dieser Stunde brannte kein Feuer, aber die Holzscheite waren schon für die nächste Versammlung aufgeschichtet.

Zu beiden Seiten der hohen Flügeltür, in respektvollem Abstand zum Ratstisch, befanden sich zwei lange, in Stufen aufgebaute hölzerne Sitzbänke für Gäste und Besucher der Ratsversammlungen. Die fensterlosen Wände dahinter zierten fünf große Bilder, die allesamt Szenen aus der Geschichte Thales zeigten. Drei von ihnen zeugten von Ereignissen, die sich vor der Eroberung durch den finsteren Herrscher zugetragen hatten; auf den anderen waren Begebenheiten festgehalten, die Erinnerungen an längst Vergangenes in Naemy hervorriefen und sie wehmütig stimmten.

Beide Bilder zeigten eine junge Frau von außergewöhnlicher Schönheit. Das kupferrote lange Haar fiel ihr offen über das lederne Kriegerinnengewand bis zu den Hüften hinab und wurde vom Wind gezaust. Einen langen Stab in den Händen, an dessen Ende sich eine silberne Scheibe befand, trotzte sie einem tosenden Schneewirbel. Ein zähnefletschender Wolf kauerte sprungbereit an ihrer Seite; seine Augen starrten dem eisigen Wirbel mit tiefstem Hass entgegen.

Sunnivah! Naemy spürte, wie ihre Augen feucht wurden.

Das andere Bild zeigte ebenfalls die Auserwählte. Diesmal saß sie rittlings auf einem großen Fels, der wie ein ausgestreckter Finger über einen Abgrund hinausragte, in dessen bodenloser Schwärze die schemenhafte Silhouette eines gewaltigen Vogels zu erkennen war. Auch hier hielt Sunnivah den Stab in den Händen, während sie die Arme zum Himmel erhob, wo sich aus der Dunkelheit zwischen den Sternen ein goldener Nebel auf sie herabsenkte. Unmittelbar vor ihr schwebte eine feurige Kugel, glühender Lava gleich, doch Sunnivah schien die Hitze nicht zu spüren. Sie hatte die Augen geschlossen und ihr Gesichtsausdruck kündete von tiefer Konzentration.

Das Elfenfeuer! Der Stab der Göttin! Naemy versuchte die aufkommende Trauer hinunterzuschlucken. Oh, Göttin! War das alles wirklich schon längst Vergangenheit?

»Naemy?« Jemand berührte sanft ihren Arm. Die Nebelelfe wandte sich um und erkannte die Priesterinnenmutter, die zu ihr getreten war. »Einer der begnadetsten Künstler Thales hat die Bilder noch zu Lebzeiten Sunnivahs nach ihren Erinnerungen geschaffen«, erklärte sie.

»Sie sind wunderschön.« Verstohlen wischte sich Naemy eine Träne aus dem Augenwinkel. »So lebensnah, dass man glauben könnte, der Maler sei dabei gewesen.« Zögernd, fast unwillig löste sie sich von den Bildern und blickte sich suchend um.

»Wo ist die Vitrine?«, fragte sie.

»Hier!« Der Abner deutete auf eine makellos weiß gekalkte Mauer. Sayen und er warteten bereits vor der schmucklosen Wand hinter dem Ratstisch. Als Naemy und die Priesterinnenmutter hinzutraten, machte der Abner eine kurze Handbewegung und murmelte leise einen Spruch. Wenige Augenblicke später wurde das dichte, glatte Weiß der Wand durchscheinend und verschwand schließlich ganz. Dahinter befand sich eine geräumige Nische, in deren Mitte eine hohe sechseckige Säule aus präzise geschliffenem Kristall stand. Und inmitten der Säule – erneut fühlte Naemy Trauer in sich aufsteigen – schwebte schwerelos Sunnivahs Amulett. Der Talisman war ein ungeschliffener orangefarbener Stein von außergewöhnlicher Schönheit. Er war in einen kunstvoll verzierten silbernen Ring gefasst, auf dessen Oberseite unzählige geschwungene Schriftzeichen eingraviert waren. Naemy staunte: Die dreihundert Sommer waren an dem Kleinod nahezu spurlos vorübergegangen und auch die Kämpfe hatten seiner Schönheit nichts anhaben können.

»Du siehst, das Amulett ist bestens geschützt«, sagte der Abner nicht ohne Stolz, während er vorsichtig die Hand ausstreckte, um in die Nische zu greifen. Er kam nicht weit. Als er die Stelle erreichte, an der sich zuvor die Wand befunden hatte, schossen wie aus dem Nichts grüne Blitze hervor und trafen schmerzhaft die Hand des Abners. Der oberste Druide brach den Versuch ab und rieb sich lächelnd die Hand. »Um dieses Hindernis zu überwinden, bedarf es aller fünf Ratsmitglieder«, erklärte er. »Jeder von uns kennt nur eine Zeile des Spruches, der nötig ist, um den Wächterzauber zu lösen. Nur gemeinsam ist es uns möglich, die Kristallsäule zu berühren und das Amulett aus ihrem Innern zu holen.«

Naemy nickte beeindruckt. »Ich gebe zu, das Amulett ist gut bei euch aufgehoben«, sagte sie anerkennend. »Wir Nebelelfen könnten es nicht besser schützen.«

Kurz darauf verließen die vier den Ratssaal und folgten dem Abner in die tiefsten Gewölbe der Festungsstadt.

Die Wachtposten am Eingang des dunklen Ganges, der zu dem Gewölbe der Statuen führte, nahmen augenblicklich Haltung an, als sie die kleine Gruppe hochrangiger Besucher die gewundene Treppe herabkommen sahen. Der Abner nickte ihnen kurz zu und führte seine Begleiter den Gang entlang auf eine schwere Tür aus dicken Eichenbohlen zu. Neben der Tür brannte die einzige Fackel in dem gut zwanzig Längen tiefen Gang. Ihr flackernder Schein fiel auf eine massive Kette aus nahtlos geschmiedeten Gliedern,welche die Tür verschlossen hielt.

Ein sicherer Griff des Abners mitten in die scheinbar lückenlose Wand beförderte einen blitzenden langen Bartschlüssel zutage, womit er das Schloss der Kette öffnete. Rasselnd glitt diese zu Boden, während Sayen und der Abner sie Länge um Länge durch die in der Wand verankerten Ösen zogen. Dann war die Tür frei. Wie die Flügeltür des Ratssaales besaß auch sie keinen Riegel und wie zuvor musste auch hier der Abner seine Hand auf einen Kristall legen, um sie zu öffnen.

»Aber die Wachtposten …?«, fragte Naemy verwundert.

»Nun, eigentlich müssten auch hier keine Wächter stehen«, erklärte der Abner, während er die Hand zu dem Kristall führte. »Aber der Wachdienst hier unten ist unter den Befehlshabern der Stadtwache eine beliebte Strafe für ungehorsame Krieger. Das ist …« Der Abner wollte noch etwas hinzufügen, doch in diesem Augenblick fiel sein Blick durch den Türspalt und er verstummte. Sein Lächeln gefror und er wirkte wie erstarrt. Alle Farbe war aus seinem Gesicht gewichen. Seine Hand rutschte von dem Kristall und verhinderte, dass sich die Tür weiter öffnete. Schwankend drehte er sich um, den Ausdruck blanken Entsetzens in den Augen. »Sie … sie sind weg!«, hauchte er ungläubig. Dann war der Moment des Schreckens vorbei und er fand seine Haltung wieder. »Wache!«, rief er gebieterisch. »Die Befehlshaber der Stadtwache sollen sofort herkommen!« Dann öffnete er die Tür, damit sich auch die anderen ein Bild von der Katastrophe machen konnten, die sich hier unten völlig unbemerkt ereignet hatte.

Das Gewölbe der in der Befreiungsschlacht von der Gütigen Göttin versteinerten goldenen Cha-Gurrlinen-Krieger war leer. Feiner Goldstaub bedeckte den Boden und dort, wo die Statuen gestanden hatten, hatte er sich zu kleinen Erhebungen aufgetürmt.

»Ich nehme alles zurück, was ich vorhin über die Elfenpriesterin gesagt habe!« Sayen kniete neben Naemy nieder, die eine vom feinen Goldstaub fast verdeckte Spur am Boden untersuchte.

»Deine Aufrichtigkeit ehrt dich«, erwiderte die Nebelelfe, ohne aufzublicken. »Aber sieh nur … « Stirnrunzelnd verfolgte Naemy die Spur mit den Augen und erhob sich, um ihr nachzugehen. »Was ist damit?« Sayen begleitete sie gespannt.

»Was immer diese Fährte verursacht hat, muss hier gewesen sein, als es passierte«, erklärte Naemy dem Seher. »Da!« Sie kniete erneut nieder und deutete auf den Boden. »Die Spur verläuft sowohl unter dem Goldstaub, als auch darauf. Das bedeutet, dass sich schon etwas Staub auf dem Boden befand und der Rest später darüber fiel. Vorn an der Tür ist es nicht so gut zu sehen, aber je weiter man in das Gewölbe vordringt, desto deutlicher wird es.«

»Wirklich erstaunlich!« Sayen richtete sich auf und klopfte den Goldstaub von dem Saum seines schwarzen Gewandes. »Wohin führt die Spur?«

»Das weiß ich noch nicht«, erwiderte Naemy. »Aber ich werde es herausfinden.« Wie eine Jägerin auf der Pirsch, die Augen fest auf den Boden gerichtet, verfolgte sie die geheimnisvolle Fährte mit vorsichtigen Schritten. Es zeigte sich, dass sie nicht wahllos durch den Raum verlief, sondern zielstrebig von einem Häufchen Goldstaub zum nächsten führte. Am vierzehnten Häufchen endete sie schließlich und Naemy bückte sich, um die Stelle genauer zu untersuchen. Vorsichtig streckte sie die Hand aus und tastete mit den Fingern in dem feinen Staub herum. Zunächst spürte sie nichts, doch dann stießen ihre Finger gegen etwas Hartes.

»Abner!« Aufgeregt winkte Naemy den obersten Druiden herbei, der sich am Eingang des Gewölbes mit vier ratlos dreinblickenden Befehlshabern der Stadtwache beriet. Er unterbrach das Gespräch und eilte, gefolgt von der Priesterinnenmutter, zur hinteren Wand des Gewölbes, wo die Nebelelfe am Boden hockte. »Was hast du gefunden?«

»Seht selbst!« Mit Daumen und Zeigefinger griff Naemy in den Staub und zog einen großen toten Käfer heraus. »Ein Lederkäfer!«, stieß die Priesterinnenmutter hervor.

»Was ist daran so besonders?«, wollte der Abner wissen. »Leder-käfer gibt es in diesen Gewölben zu hunderten; wahrscheinlich liegt er schon viele Mondläufe hier unten.«

»Nein.« Naemy legte sich den toten Käfer vorsichtig auf die aus-gestreckte Hand und erhob sich. »Er ist in dem Moment gestorben, als die Krieger verschwanden«, behauptete sie. »Doch zuvor hat er jedem einzelnen Krieger einen Besuch abgestattet. Seht her!« Sie deutete auf den Staub und erläuterte den Umstehenden anhand der Spur, was sie entdeckt hatte. Dann erhob sie sich und blickte den Druiden ernst an. »Ich bin sicher, dass der Käfer etwas mit dem Verschwinden der Statuen zu tun hat – und ich werde auch heraus-finden, was es ist.«

Ein heftiger Schmerz hämmerte hinter Kianys Stirn, als sie die Au-gen öffnete. Diesmal befand sie sich in keinem Krankenzimmer, sondern in dem kleinen Raum, der Manou und ihr als Schlafkam-mer diente – und sie war nicht allein.

Manou saß auf einem Stuhl neben dem Bett. Ihr Kopf ruhte auf den Armen, die sie auf die Tischplatte gelegt hatte, und ihr Gesicht wurde von den dunklen Locken fast völlig verdeckt. Ihre gleichmä-ßigen Atemzüge waren das einzige Geräusch in der Kammer und verrieten, dass sie schlief.

Kiany blinzelte in das Tageslicht hinter dem kleinen Fenster und fragte sich, wie spät es sein mochte. Der Himmel war wolkenver-hangen und so konnte sie nicht erkennen, ob es Morgen oder Abend war. Vorsichtig setzte sie sich auf und griff an der schlafenden Manou vorbei nach dem Wasserkrug. Er war voll und sehr schwer. Mit einem kratzenden Geräusch scharrte er über den Tisch, wo er helle Spu-ren hinterließ. Kiany goss einen tönernen Becher halb voll und wollte den Krug wieder abstellen. Doch das schwere Gefäß rutschte ihr aus der Hand und fiel polternd zu Boden.

Manou schreckte hoch. Verwirrt starrte sie zunächst Kiany, dann den Wasserkrug an und schüttelte den Kopf. »Du hättest mich we-cken sollen, wenn du Durst hast«, schalt sie. »Warum habe ich wohl sonst die ganze Nacht über hier gesessen?« Sie rieb sich müde über die Augen und bückte sich, um den Krug aufzuheben. »Unter dem Bett hat es eine große Pfütze gegeben, aber der Krug ist wenigstens heil geblieben!«, rief sie von unten herauf.

Sie stand auf, um ein Tuch zu holen, da fiel ihr etwas ein und sie setzte sich zu ihrer Freundin auf die Bettkante »Wie geht es dir?«, fragte sie besorgt.

»Nicht so gut. Ich habe schreckliche Kopfschmerzen«, antwortete Kiany ehrlich und wechselte das Thema. »Du sagst, du hast die ganze Nacht bei mir gesessen. Heißt das, ich habe fast einen vollen Sonnenlauf lang geschlafen?«

»So ist es! Wenn du so weitermachst, verpasst du noch den größten Teil deines Lebens.«

»Lass das, Manou!« Kiany war nicht zum Scherzen zumute. Sie lehnte sich zurück und starrte an die Decke. »Wer hat es gesehen?«, wollte sie wissen.

»Ziemlich viele!«

»Weiß die Priesterinnenmutter schon davon?« Manou nickte. Kiany seufzte und schloss die Augen. »Was sie jetzt wohl von mir denkt?«, überlegte sie laut.

»Sie war sehr besorgt«, erklärte Manou »Wenn du dich erholt hast, will sie zu dir kommen.«

»Ich mag aber nicht darüber sprechen. Mit niemandem!«, erklärte Kiany. Sie nahm ihre Decke in den Arm und rollte sich trotzig auf dem Bett zusammen. »Du solltest aber darüber sprechen«, erklang eine wohl bekannte Stimme von der Tür. Die Priesterinnenmutter hatte die Kammer betreten und die letzten Worte des Gespräches mit gehört. Sie trat näher und beugte sich über Kiany. »Ich freue mich zu sehen, dass du dich gut erholt hast, Kiany.« Kiany blickte die ältere Frau an, machte aber keine Anstalten, sich wieder aufzusetzen. »Ich will mich nicht erinnern, nur vergessen!«

»Das kann ich gut verstehen, aber das ist leider nicht möglich«, erwiderte die Priesterinnenmutter und setzte sich auf den Stuhl neben dem Bett. »Manou, wischst du bitte das Wasser auf und lässt uns dann ein wenig allein?«, fragte sie mit einem Blick auf die Nässe unter Kianys Bett.

Manou nickte und erhob sich. Während sie sich anschickte, ein Tuch zu holen, beugte sich die Priesterinnenmutter zu Kiany hinüber. »Ich mache mir große Sorgen um dich, Kind«, begann sie. »Deshalb kann ich nicht umhin, dir ein paar Fragen zu stellen.« »Werdet ihr mich fortschicken?«, platzte Kiany heraus. Der Gedanke, wieder nach Hause zu müssen, war ihr fast unerträglich. Die Priesterinnenmutter ergriff Kianys Hand und lächelte sanft. »Ein solcher Schritt will gründlich überlegt sein. Glaub mir, ich verstehe sehr gut, dass du hier bleiben möchtest. Aber du weißt auch, dass wir es nicht zulassen können, wenn deine Gesundheit ernsthaften Schaden nimmt.«

»Ich bin nicht krank«, protestierte Kiany. »Ich habe nur ... «

»Kiany! Beruhige dich!«, unterbrach die Priesterinnenmutter das aufgeregte Mädchen. »Wir unterhalten uns ein wenig über deine Albträume, dann sehen wir weiter. Es gibt einige Dinge, die ich wissen muss. Also: Kannst du dich daran erinnern, früher schon einmal ein ähnliches Erlebnis gehabt zu haben?« Kiany schüttelte den Kopf. »Noch nie!«, murmelte sie in die Decke hinein und wünschte sich, endlich allein zu sein.

»Du hast Recht, der Käfer steckt voller Magie!« Aufmerksam hielt Lya-Numi die flache Hand über das leblose Insekt und runzelte die Stirn. »Voll dunkler Magie. Sie muss sehr stark gewesen sein. Obwohl der Käfer schon lange tot ist, spüre ich die Reste noch ganz deutlich.« Die Worte der Elfenpriesterin bestätigten Naemy, was sie bereits vermutet hatte – der Käfer hatte etwas mit dem Verschwinden der versteinerten Cha-Gurrlinen-Krieger zu tun.

Naemy hatte Lya-Numi unmittelbar nach ihrer Rückkehr aufgesucht, in der Hoffnung, von ihr mehr über den seltsamen Fund zu erfahren. »Was denkst du? Wer könnte es gewesen sein?«, fragte sie gespannt. Lya-Numi machte eine abschätzende Handbewegung und schüttelte den Kopf. »Schwer zu sagen«, erwiderte sie. »Aber es ist ein komplizierter und mächtiger Zauber, den nur ein wahrer Meister zu vollbringen vermag.«

»An-Rukhbar?«

»Das halte ich für ausgeschlossen. Enorme Energien sind notwendig, um einen solchen Zauber über die Grenzen der Dimensionen hinweg zu wirken. Das hätte ich ganz gewiss gespürt. Nein. Wer immer diesen Zauber geschaffen hat, muss sich in unserer Dimension aufhalten.«

»Asco-Bahrran!« Das war keine Frage, sondern eine Feststellung. »Ich wusste es!« Naemy schlug mit der Faust in die flache Hand. »Ich wusste, dass er noch am Leben ist.«

»Dafür hast du keine Beweise«, meinte Lya-Numi, ohne den Blick von dem Käfer zu wenden. »Dieses Insekt steckt zweifellos voll dunkler Magie, doch wer diese Magie geschaffen hat, verrät es uns nicht.«

»Wer außer Asco-Bahrran besitzt die Macht, das zu bewerkstelligen?« Nach all den Sommern, da Naemy vergeblich nach einem Anzeichen Ausschau gehalten hatte, wonach der Meistermagier noch immer am Leben war, wollte sie nun keinerlei Zweifel aufkommen lassen. Der Käfer war der erste echte Hinweis auf dunkle Magie, den sie seit der Vertreibung des finsteren Herrschers gefunden hatte, und Naemy war fest entschlossen, ihren Urheber ausfindig zu machen.

Etwas raschelte hinter ihnen.

»Mutter?« Tabor hatte die Hütte der Elfenpriesterin betreten und näherte sich dem Tisch, an dem die beiden Frauen standen. »Lya-Numi!« Er neigte kurz das Haupt in Richtung der Elfenpriesterin und wandte sich gleich wieder an Naemy. »Ich wusste gar nicht, dass du schon zurück bist. Hätte Leilith mir nicht erzählt, dass Zahir wieder in seiner Höhle ist …« Tabor stutzte und blickte verwundert auf den Käfer. »Was ist das?«, fragte er.

»Ein Lederkäfer aus der Festungsstadt«, erklärte Naemy. »Er hat die versteinerten Cha-Gurrlinen-Krieger befreit.«

»Er hat sie … befreit?« Tabor traute seinen Ohren nicht. »Die versteinerten Krieger sind fort? Aber ... das ist völlig unmöglich. Wie ...?«

»Mithilfe dunkler Magie!« Naemy nickte grimmig. »Und ich vermute, dass Asco-Bahrran dahinter steckt.«

»Aber Asco-Bahrran ist tot, Mutter.«

»So, wer sagt das?«

»Kein Mensch kann so lange leben!«

»Und wenn er längst kein Mensch mehr ist?«, mischte sich Lya-Numi ein.

»Was meinst du damit?« Tabor stutzte.

»Nun, dunkle Magie verleiht mächtigen Anwendern die Fähigkeit, ihre Lebensspanne zu verlängern. Doch dafür zahlen sie einen hohen Preis. Mit jedem Sommer, der verstreicht, verlieren sie mehr von ihrer Persönlichkeit. Das mag zunächst nicht weiter auffallen, doch Asco-Bahrran dürfte den Tod um eine so lange Zeit überdauert haben, dass von seiner menschlichen Gestalt kaum noch etwas übrig ist. Er wäre nichts weiter als ein lebender Toter, der allein durch Magie am Leben erhalten würde.«

»Also ist es möglich!«, warf Naemy ein.

»Für einen, der den Preis zu zahlen bereit ist ...« Die Elfenpriesterin nickte.

»... oder auf Rache sinnt«, beendete Naemy den Satz. »Kann uns der Käfer noch weitere Hinweise geben?«, fragte sie hoffnungsvoll. »Vielleicht sogar darauf, wo sich der Magier aufhält?«

»Ich fürchte, das kann er nicht.« Lya-Numi setzte sich den Käfer auf die Hand, hob ihn vor das Gesicht und betrachtete ihn eingehend. »Nein, bis auf die magische Aura sieht er aus wie ein ganz gewöhnliches Insekt«, stellte sie bedauernd fest.

»Gut, dann kehre ich unverzüglich nach Nimrod zurück und versuche, dort etwas herauszufinden«, entschied Naemy. Sie drehte sich um und wandte sich an Tabor. »Diesmal werde ich vermutlich eine ganze Weile fortbleiben. Wenn Asco-Bahrran wirklich die Cha-Gurrline befreit hat, befürchte ich das Schlimmste.«

»Naemy, der Prinzregent hat ...«, warf Lya-Numi ein.

»Danke, Lya-Numi!« Naemy nickte. »Das hätte ich fast vergessen. Ich suche sofort den Palast auf und erstatte Bericht. Pass gut auf den Lederkäfer auf, vielleicht brauchen wir ihn noch.« Mit diesen Worten trat sie vor die Tür und war verschwunden.

Lya-Numi legte den Käfer vorsichtig auf den Tisch zurück. »Die vergangenen zweihundertfünfzig Sommer haben ihrem Temperament nicht geschadet«, meinte sie kopfschüttelnd und wollte etwas zu Tabor sagen, doch auch der stand bereits an der Tür. »Wohin willst du?«, rief sie ihm nach.

»Leilith rufen!«, kam die Antwort von draußen. »Ich lasse meine Mutter doch nicht allein nach Nimrod fliegen.«

Vor dem Hintergrund blutroter Sonnenstrahlen, die den Himmel jenseits der schneebedeckten Gipfel des Ylmazur-Gebirges in feuriges Licht tauchten, brachen Naemy und Tabor wenig später auf dem Rücken ihrer Riesenalpe nach Nimrod auf.

Naemy war unruhig und drängte Zahir und Leilith zur Eile. Die gewaltigen Schwingen der beiden felsengrauen Vögel erzeugten heftige Windstöße, die über die Wipfel der Bäume hinwegfegten, Äste peitschten und unzählige Blätter von den Zweigen rissen.

Während sich der Abend langsam über die immergrünen Wälder der Sümpfe von Numark herabsenkte, ließ die Nebelelfe den Blick über das endlose Grün und die von wogenden Nebeln bedeckten Lichtungen ihrer Heimat schweifen. Der Flug hatte an diesem friedlichen Abend etwas berauschend Sehnsüchtiges, doch Naemy wurde von düsteren Gedanken geplagt. Voller Sorge hob sie den Kopf und schaute nach Osten in Richtung der Festungsstadt, wo die Nacht bereits Einzug gehalten hatte und ihr den Blick auf die Valdor-Berge am fernen Horizont verwehrte. Sie spürte die Gefahr, die wie ein teuflischer Quarlin in der Dunkelheit über Nimrod zu lauern schien und nur darauf wartete, im richtigen Augenblick zuzuschlagen, und doch fehlten ihr die Beweise.

Fröstelnd zog sie ihren warmen Umhang enger um den Körper und lehnte sich nach vorn, um den Windschatten hinter Zahirs Nacken besser auszunutzen. Auch wenn der Herbst sich in diesem Jahr verspätete, war die Luft hier oben doch schon empfindlich kühl.

»Du hättest nicht mitkommen müssen!«, rief sie Tabor über das schlagende Geräusch der mächtigen Schwingen hinweg zu, um sich von der eisigen Kälte und den beunruhigenden Gedanken abzulenken.

»Das hast du schon dreimal gesagt.« Der Wind riss Tabor die Worte von den Lippen, aber Naemy verstand ihn dennoch und schmunzelte. Tabor war eben ganz ihr Sohn und genauso wagemutig, wie sie es in ihrer Jugend gewesen war. Sie schüttelte den Kopf und seufzte. Nur gut, dass er auch etwas von seinem Vater geerbt hatte, einem Jäger und Fährtensucher, der sich in Caira-Dan nie heimisch gefühlt hatte und schon seit vielen Sommern irgendwo in den fruchtbaren Tälern des Ylmazur-Gebirges lebte. Wäre er ganz nach seiner Mutter gekommen, hätte sich Tabor vermutlich auch nicht so lange und geduldig um Leilith gekümmert.

»Es könnte gefährlich werden«, erinnerte sie ihn mithilfe der Gedankensprache.

»Es könnte sein, dass du Hilfe brauchst«, kam umgehend die Antwort. Darauf gab es nichts zu erwidern. Tabor war längst erwachsen genug, um für sich selbst zu entscheiden, und wenn Naemy ganz ehrlich war, freute sie sich, dass er sie begleitete. So verzichtete sie darauf, ihn weiter zu bedrängen. Energisch schob sie alle trüben Gedanken beiseite und genoss den Flug über das abendliche Land. Wenn sie ein wenig Glück hatten und das Wetter mitspielte, würden sie Nimrod schon am nächsten Morgen erreichen.

To und Yu standen bereits hoch am Himmel, als die beiden Nebelelfen ihre Vögel auf einer Anhöhe landen ließen, um eine kurze Rast einzulegen. Zahir und Leilith erhoben sich sofort wieder in die Lüfte, um zu jagen, während Tabor aus trockenem Reisig ein kleines Feuer entfachte. Kaum züngelten die ersten Flammen empor, hielt Naemy die klammen Finger dankbar dem wärmenden Feuer entgegen und rieb sich die Hände. »Wenn ich etwas hasse, dann die Kälte«, murmelte sie und hauchte gegen die Hände, um sie zu erwärmen.

»Dabei kannst du sie viel besser vertragen als ich.« Tabor hob die

Handschuhe, die er während des Fluges getragen hatte, lachend in die Höhe.

»Vielleicht werde ich allmählich alt.« Das klang bitter, doch Naemy sagte es lächelnd und verriet damit, dass sie es nicht so ernst meinte. »Was hast du vor, wenn wir Nimrod erreichen?«, fragte Tabor und wechselte das Thema. Er öffnete seinen Proviantbeutel und holte einen kleinen Laib frisches Brot sowie etwas Dörrfleisch hervor. Das Brot brach er auseinander und reichte Naemy eine Hälfte davon über das Feuer hinweg. Er bot ihr auch von dem Dörr-fleisch an, doch Naemy winkte ab. »Ich habe wenig Hunger, danke«, sagte sie und drehte das Brot nachdenklich in der Hand. »Ja, was habe ich vor?«, überlegte sie laut. »Ich frage mich schon die ganze Zeit, wem es nützen könnte, die Cha-Gurrlinen-Krieger zu befreien.«

»Den Cha-Gurrlinen«, meinte Tabor.

»Aber die Cha-Gurrline verfügen über keine Magie, die in der Lage wäre, die Krieger zu befreien. Cha-Gurrline sind grausame, erbarmungslose Krieger und ihre Fähigkeit, mit dem Wind zu rei-sen, macht sie unberechenbar und gefährlich. Aber Magie – echte Magie – auszuüben, dazu sind sie nicht fähig.«

»Dann hat ihnen wohl jemand einen Gefallen getan«, schluss-folgerte Tabor mit vollem Mund.

»Das fürchte ich auch.« Naemy spülte den Bissen, an dem sie gerade kaute, mit einem großen Schluck aus der Wasserflasche hi-nunter, bevor sie weitersprach. »Die versteinerten Krieger waren so etwas wie ein Pfand, das der Rat der Fünf in Händen hielt. Allein die Furcht, dass man den Kriegern etwas antun könnte, hat die Cha-Gurrline die ganzen Sommer lang davon abgehalten, ihren Verban-nungsort jenseits der Finstermark zu verlassen. Aber nun … «

»… haben sie keine Grund mehr, dort zu bleiben«, beendete Tabor den Satz für seine Mutter.

»Richtig! Deshalb hat der Abner den Rat der Fünf zu einer drin-genden Sitzung einberufen, auf der man einstimmig beschloss, die Posten an der Grenze zur Finstermark zu verdreifachen.« Naemy schüttelte betrübt den Kopf.

»Und? Bist du damit nicht einverstanden?«

»Doch.« Naemy seufzte. »Aber es gibt weder genügend Krieger noch Waffen, um den Beschluss kurzfristig durchzuführen. Es fehlen mindestens fünfhundert Mann. Kannst du dir vorstellen, wie lange es dauert, die Krieger halbwegs vernünftig auszubilden? Und dann der lange Marsch von Nimrod zur Grenze. Der Winter bricht herein, bevor der Plan umgesetzt werden kann.« Sie hob einen kleinen Stein vom Boden auf und warf ihn in die Glut, wo er Funken stiebend in der Asche versank. »Bei den Toren! Hätten sie doch auf uns gehört. Jetzt handeln sie endlich, aber ich befürchte, es ist schon zu spät.«

»Du denkst an einen Überfall der Cha-Gurrline?« Tabor zog erstaunt die Augenbrauen in die Höhe.

»Nicht nur das. Sie habe Hilfe, Tabor – magische Hilfe.«

»Asco-Bahrran?«

»Ich bin mir fast sicher.« Naemy schob sich den letzten Bissen ihres Brotes in den Mund und griff erneut zur Wasserflasche. »Aber der Käfer allein reicht nicht, um etwas zu beweisen. Alle glauben, Asco-Bahrran sei längst tot. Solange ich keine handfesteren Beweise finde, ist alles nur reine Vermutung.« Tabor setzte zu einer Erwiderung an, doch seine Worte wurden von einem lauten Flügelrauschen verschluckt, das Zahirs Rückkehr ankündigte. Ein fettes Rüsselschwein in den Klauen, landete er in einiger Entfernung auf dem Hügel und begann genüsslich seine Nachtmahlzeit zu verzehren. Leilith folgte nur wenig später. Ihre Klauen waren leer, doch blutige Fellreste an den Krallen zeugten davon, dass auch ihre Jagd erfolgreich gewesen war.

Die beiden Nebelelfen warteten geduldig, bis Zahir die Mahlzeit beendet hatte, dann stiegen sie wieder auf den Rücken ihrer Riesenalpe und setzten den Flug fort.

Sie kamen schneller voran als erwartet und erreichten Nimrod, lange bevor die Sonne ihr Antlitz über die Gipfel der Valdor-Berge erhob. Die Festungsstadt lag noch in tiefer Dunkelheit und in den Häusern brannten nur wenige Lichter. Doch das war nicht der einzige Grund, warum die Ankunft der Nebelelfen diesmal weit weniger Aufsehen erregend verlief als Naemys erster Besuch. Der Abner hatte ihr die Erlaubnis erteilt, für alle weiteren Besuche die alten Höhlen der Kuriervögel zu benutzen, jener Riesenalpe, die zu Zeiten des Druidenrates in Nimrod als Kurier- und Reitvögel gedient hatten. Naemy war das nur recht. Nicht nur deshalb, weil es ihr so erspart blieb, inmitten eines Menschenauflaufs zu landen, sondern auch, weil die Riesenalpe von den in die steilen Felswände gemeißelten Höhlen mühelos aufsteigen konnten.

»Wir müssen auf die andere Seite der Festungsstadt«, wies sie Zahir mithilfe der Gedankensprache an. »Dort befinden sich drei Höhlen in einer Felswand. Sie sind so groß, dass du bequem darin landen kannst.«

»Wie du wünschst.« Der Riesenalp breitete die Schwingen aus und stieg noch höher. Froh, nicht wieder auf dem engen Platz vor der Inneren Festung landen zu müssen, umrundete er Nimrod in einem großen Bogen und nahm Kurs auf die steilen Felswände, an die sich die Festungsstadt schmiegte. Tabor, der noch niemals in Nimrod gewesen war, stellte angesichts des plötzlichen Kurswechsels keine Fragen. Im Vertrauen darauf, dass seine Mutter den Weg kannte, wies er Leilith an, ihrem Bruder zu folgen. Sie waren ein wenig zurückgefallen, aber das Reisenalpweibchen gewann mit kräftigen Flügelschlägen rasch an Höhe und hatte bald zu Zahir aufgeschlossen.

Im ersten Licht der Dämmerung erkannte Tabor wenig später drei unregelmäßige Öffnungen, die sich wie riesige schwarze Münder hoch oben in der Felswand auftaten. »In welcher der Höhlen willst du landen?«, sandte er einen Gedanken an Naemy.

»In der linken.« Naemy streckte die Hand aus und deutete auf die Höhle, die der Festungsstadt am nächsten lag. »Der Abner sagte, es sei die Einzige, von der noch eine Verbindung zur Festung bestehe. Die Gänge zu den anderen Höhlen wurden aus Sicherheitsgründen schon vor vielen Sommern verschlossen.«

»Wir landen in der linken«, gab Tabor die Auskunft seiner Mutter an Leilith weiter.

»Hab ich gehört«, erwiderte Leilith schnippisch und Tabor schmunzelte. Wieder einmal hatte er vergessen, dass Leilith – wenn sie wollte – der Unterhaltung zwischen ihm und seiner Mutter mühelos folgen konnte. In diesem Augenblick tauchte Zahir vor ihnen in die Dunkelheit der riesigen Höhle ein und Tabor spürte, wie sich auch Leilith auf die Landung vorbereitete. Flügelschlagend verlangsamte sie die Geschwindigkeit und streckte ihre kräftigen Hornkrallen vor, um auf dem Höhlenboden Halt zu finden. Trotzdem war sie noch immer viel zu schnell. Nachdem sie Zahir, der unmittelbar hinter dem Höhleneingang gelandet war, mit den Flügeln heftig ins Gesicht geschlagen hatte, rutschte sie noch ein ganzes Stück in die Höhle hinein. Ihre harten Krallen verursachten auf dem Gestein ein hässliches, schabendes Geräusch, das in einem Knirschen und Knacken trockener Äste gipfelte, als Leilith mitten in einem alten Riesenalpnest zum Stehen kam.

»Anfängerin!« Tabor fing Zahirs bissigen Gedanken auf. Leilith wandte den Kopf zum Höhleneingang, öffnete den Schnabel und sandte ein erbostes Zischen in Zahirs Richtung, verzichtete allerdings darauf, etwas zu erwidern. »Tut mir Leid«, wandte sie sich kleinlaut an Tabor, woraufder Nebelelf ihr tröstend über das Nackengefieder strich. »Ist nicht so schlimm«, meinte er aufmunternd. »Wir üben das noch.« Über Leiliths ausgestreckten Flügel kletterte er zu Boden und bahnte sich den Weg über die Trümmer des zerstörten Nestes zu Naemy, die ebenfalls von Zahirs Rücken gestiegen war.

»Wo geht es jetzt entlang?«, fragte er, während er sich aufmerksam umsah.

»Irgendwo dort hinten soll es eine Tür geben.« Naemy deutete auf die undurchdringliche Schwärze im Innern der Höhle. »Am besten, wir warten, bis es heller ist, dann machen wir uns auf den Weg in die Festungsstadt.«

»Ich fliege zum Jagen, bevor es zu hell wird«, meldete sich Zahir in Naemys Gedanken.

»Ja, flieg nur. Ich wünsche dir eine erfolgreich Jagd. Diesmal bleiben wir sicher für ein paar Sonnenläufe hier. Ihr könnt die Höhle solange als Unterkunft benutzen. Wenn wir euch brauchen, rufen wir euch.« Der große Vogel deutete mit seinem gewaltigen Kopf ein Nicken an und trat in den Höhlenausgang, um sich gleich darauf in die Aufwinde zu stürzen, die von der breites besonnten Ebene am Fuß der Felswand aufstiegen.

»Leilith?«, fragte Tabor.

»Ich habe keinen Hunger«, erwiderte das Riesenalpweibchen.

»Ich ruhe mich hier bis zum Abend aus.«

»Feigling«, drang Zahirs Gedanke dazwischen. »Du fürchtest dich doch nur vor der Landung.« Das Riesenalpmännchen drehte eine letzte Runde vor der Höhle, dann hatte er genug an Höhe gewonnen und flog davon, um in den Bergen zu jagen. Leilith sah ihm schweigend nach. An die Sticheleien ihrer Brüder hatte sie sich längst gewöhnt. In einiger Entfernung vom Höhleneingang hockte sie sich auf den Boden und steckte den Kopf unter den Flügel, um zu schlafen, während sich Naemy und Tabor auf den Weg in die Festungsstadt machten.

»Warum hast du ihr nichts von deinem Käfertraum erzählt?« Manou, die Kiany das Frühstück brachte, schüttelte verständnislos den Kopf.

»Weil sie mich sowieso für verrückt hält.« Lustlos stocherte Kiany mit dem Löffel in ihrem Maisbrei herum.

»Verrückt? Hat sie das wirklich gesagt?«

»Nicht wörtlich«, gab Kiany zu. »Aber sie und die Heilerinnen glauben offenbar, dass ich hier langsam verrückt werde. Die Priesterinnenmutter hat mich besucht, während du beim Morgengebet warst, und mir ihre Entscheidung mitgeteilt. Ich soll über den Winter zu meiner Familie zurückkehren. Man hat Banor schon eine Nachricht zukommen lassen. Die ehrwürdige Mutter meint, wenn er sich gleich auf den Weg macht, um mich abzuholen, schaffen wir es noch vor dem ersten Schnee bis nach Hause.« Sie schniefte und wischte sich eine Träne von der Wange. »Das ist doch nicht zu fassen!« Entrüstet fuhr sich Manou mit der Hand durch die Haare. »Ich glaube, hier sind alle verrückt geworden. Weißt du eigentlich, was da draußen los ist?« Sie deutete zur Tür. Kiany schüttelte den

Kopf. »Es gibt ein Gerücht, dass die versteinerten Krieger aus den Gewölben unter der Festungsstadt verschwunden sind. Außerdem suchen sie hunderte von Freiwilligen für die Grenzposten oben am Rande der Finstermark. Man munkelt, dass es dort vielleicht einen Überfall geben wird. Kiany, du musst der Priesterinnenmutter von deinem Traum erzählen. Vielleicht war es gar kein Traum, sondern eine Vision.«

»Visionen haben nur Seher«, erklärte Kiany betrübt. »Und ich bin keine Seherin. Das hat mir die Priesterinnenmutter gerade bestätigt. Seher bekommen die Gabe von der Gütigen Göttin in die Wiege gelegt und haben schon von frühester Kindheit an Visionen. Ich habe so etwas erst, seit ich hier in Nimrod bin. Also sind es keine Visionen, sondern Albträume, die von unterdrücktem Kummer und Ängsten herrühren.« Sie sprach so leidenschaftslos und ohne echte Überzeugung, als wiederhole sie lediglich die Worte der Priesterinnenmutter.

»Aber die Statuen und der Käfer – das musst du ihr einfach erzählen. Das könnte doch etwas mit dem Gerücht ...«

»Ich sage gar nichts mehr«, unterbrach Kiany ihre Freundin. »Die Priesterinnenmutter hat entschieden, wie sie es für richtig hält. Sie hat keinen Zweifel daran gelassen, dass es genauso geschehen wird und ich mich zu fügen habe. Wenn nicht, darf ich womöglich im nächsten Sommer nicht zurückkehren.« Kiany schob die Decke zur Seite und schwang sich aus dem Bett. »So, und jetzt stehe ich auf und trete meinen Dienst an. Ich tue einfach so, als wäre nichts geschehen bis, ... « Sie biss sich auf die Lippen, um ein Schluchzen zu unterdrücken. »... bis ... « Ihre Stimme schwankte und strafte ihre gefasste Haltung Lügen. Mit beiden Händen musste sie die Tränen aus den Augen wischen, bevor sie endlich weitersprechen konnte. »... bis Banor mich abholt.«

»Du bist schnell zurückgekommen und wie ich sehe, nicht allein.« Der Abner hob die Hand und bedeutete Naemy und Tabor, sich zu ihm zu setzen. »Nehmt Platz.« Er war gerade dabei, sein Morgenmahl einzunehmen, was ihn jedoch nicht davon abhielt, seine beiden frühen Gäste sofort nach ihrer Ankunft zu begrüßen. »Das ist Tabor, mein Sohn«, erklärte Naemy.

»Abner!« Tabor senkte kurz den Kopf.

»Wir haben von deinem Angebot gern Gebrauch gemacht und unsere Riesenalpe in einer der Kuriervogelhöhlen untergebracht«, fuhr Naemy fort. »Sie beziehen dort bis zu unserer Abreise ihr Quartier.«

»Das ist gut.« Der Abner lächelte. »In der Stadt würden sie viel zu viel Aufsehen erregen. Dafür sind … «

Es klopfte an der Tür und zwei Dienstmädchen betraten das Zimmer. Jede trug ein Tablett in den Händen, auf dem sich eine Schale mit dampfender Suppe, etwas Brot und ein Krug mit frischem Quellwasser befand. »Ah, das Essen!«, rief der Abner erfreut aus. »Als ich von eurer Ankunft hörte, habe ich mir erlaubt, auch für euch eine Mahlzeit zu bestellen. Nach dem langen Flug seid ihr sicher hungrig.«

»Danke.« Naemy schenkte dem Mädchen, welches das Tablett vor ihr abstellte, ein freundliches Lächeln. Sie war wirklich sehr hungrig und die heiße Suppe kam ihr nach dem langen Flug in der nächtlichen Kälte gerade recht.

Die Mahlzeit verlief schweigend und ohne Hast und erst, nachdem auch die beiden Elfen gegessen hatten, nahm der Abner das Gespräch wieder auf. »Nun?«, wandte er sich erneut an Naemy. »Ich hatte dich nicht so schnell zurückerwartet. Konnte eure Priesterin etwas über den Käfer herausfinden?«

»Leider nicht viel«, bedauerte Naemy. »Außer, dass er wirklich voll dunkler Magie steckt. Was meine Vermutung bestätigt, dass er etwas mit dem Verschwinden der Cha-Gurrline zu tun hat.«

»Das ist wirklich recht wenig«, meinte der Abner betrübt. »So bleibt die Frage, wer dahinter stecken könnte, auch weiterhin unbeantwortet.«

»Aus diesem Grund bin ich zurückgekommen«, erklärte Naemy. »Ich bitte um die Erlaubnis, hier in der Festungsstadt nach Spuren suchen zu dürfen, die uns über den Magier, der den Käfer benutzte, Aufschluss geben könnten.«

»Die Erlaubnis gebe ich dir gern«, erwiderte der Abner. »Ich lasse euch eines der Gästezimmer herrichten und weise die Wachen an, euch nach Kräften zu unterstützen. Wer immer dahinter steckt, muss gefunden und bestraft werden.«

»Ich danke dir.« Naemy senkte das Haupt und wandte sich an Tabor. »Wir werden im Gewölbe der Cha-Gurrline mit der Suche beginnen«, kündigte sie an und stand auf. Tabor nickte und machte Anstalten, sich ebenfalls zu erheben, doch der Abner hielt ihn zurück. »Wartet!«, sagte er. »Morgen begehen wir hier in Nimrod das Fest zur Tagundnachtgleiche, an dem wir der Gütigen Göttin für die reiche Ernte danken. Es wäre mir eine große Ehre, wenn ihr als meine Gäste an diesem Fest teilnähmt.«

»Die Ehre ist ganz auf unserer Seite.« Naemy hob die Hand zum Herzen und deutete eine Verbeugung an. »Natürlich werden wir kommen.«

 Als die Sonne hinter dem Horizont verschwand, erreichten die geschmückten einspännigen Erntewagen der Bauern den Vorplatz der Inneren Festung. Sie formierten sich zu einem großen Kreis um den gewaltigen Haufen aus armdicken trockenen Ästen, Zweigen und dünnem Reisig, der, sobald die Zwillingsmonde To und Yu am Himmel erschienen, zu Ehren der Gütigen Göttin entzündet werden würde.

Während das Volk auf den Vorplatz strömte, um der Danksagung des Abners an die Gütige Göttin zu lauschen und die mitgebrachten Opfergaben dem Feuer zu übergeben, löste sich ein einsamer Schatten aus dem endlosen Strom derer, die der Prozession gefolgt waren. Unbemerkt huschte er hinter den Menschen entlang, die sich erwartungsvoll der festlich geschmückten Tribüne zuwandten, auf der der Abner jeden Augenblick erscheinen musste, und verschwand zwischen den weit geöffneten Flügeltoren der Inneren Festung.

Der Platz dahinter war menschenleer. Fast alle, die hinter diesen Mauern ihrem Tagewerk nachgingen oder hier wohnten, befanden sich oben auf den Zinnen der Festungsmauer, um der Feier zur Tagundnachtgleiche beizuwohnen und der Göttin für die gute Ernte zu danken.

Zatoc grinste breit. Der Zeitpunkt war gut gewählt. Mit etwas Glück hätte er seine Aufgabe erledigt, bevor man draußen vor den Toren die letzten Opfergaben den Flammen übergab. Zielstrebig suchte er sich seinen Weg im Schutz der Mauer bis zu der breiten Treppe, die zum Portal des Regierungsgebäudes hinaufführte.

Zwanzig Längen trennten ihn noch von den Stufen, als er innehielt und sich aufmerksam umsah. Dies war zweifellos der schwierigste Abschnitt seines Weges, denn die Gefahr, entdeckt zu werden, war auf dem freien Platz vor der Treppe am größten. Zatoc spähte angespannt nach vorn und versicherte sich durch einen kurzen Blick über die Schulter, dass ihm niemand gefolgt war. Dann atmete er noch einmal tief durch und rannte los. In geduckter Haltung legte er die zwanzig Längen zurück und hastete, drei Stufen auf einmal nehmend, die Treppe hinauf. Oben angekommen, presste er den Körper im Schatten einer steinernen Wolfsstatue dicht an die Wand und gönnte sich keuchend eine kurze Pause, um wieder zu Atem zu kommen. Er wusste, dass er nicht lange säumen konnte. Möglicherweise war doch jemand in den Räumen der Inneren Festung geblieben und käme ihm unversehens entgegen. Das durfte nicht geschehen! Daher machte er sich nur wenige Augenblicke später wieder auf den Weg und verschwand lautlos in den spärlich erleuchteten Gängen.

»Kiany, sieh dir den riesigen Scheiterhaufen an!« In Manous Stimme schwang die gleiche freudige Erwartung, die alle Novizinnen des Tempels seit dem Morgen ergriffen hatte. »Wirklich beeindruckend«, erwiderte Kiany bedrückt. Das Wissen um die nahende Abreise wollte bei ihr einfach keine Feiertagsstimmung aufkommen lassen. »Ach, komm!«, versuchte Manou ihre Freundin aufzuheitern. »Vergiss Banor und die Priesterinnenmutter. Wenigstens für heute Abend. Beim Fest der Tagundnachtgleiche sollte niemand trüben Gedanken nachhängen.«

»Du hast gut reden«, erwiderte Kiany kurz angebunden. Seit sie wusste, dass man Banor eine Nachricht geschickt hatte, damit er sie nach Hause holte, erschien ihr alles sinnlos und sie konnte sich an nichts mehr freuen. Am allerwenigsten stand ihr der Sinn nach einer Feier. Lieber wäre sie im Tempel geblieben, damit sie das ausgelassene Fest nicht mit ansehen musste. Doch Manou hatte nicht nachgegeben und sie mit ihrer freundlichen, aber bestimmten Art dazu überredet, auf die Zinnen zu steigen und das Spektakel zu beobachten. Niedergeschlagen ließ Kiany den Blick von der Mauer über die Zuschauer auf dem Vorplatz schweifen, die dicht gedrängt auf die Ankunft des Abners warteten. Noch nie hatte sie so viele Menschen versammelt gesehen und der Gedanke, irgendwo dort unten in der wogenden Menge stehen zu müssen, machte ihr Angst. Zwar standen die Menschen auf den Zinnen der Festungsmauer auch dicht an dicht, doch der Raum war nur begrenzt und das Gedränge deshalb nicht so groß.

Aus den Augenwinkeln sah Kiany eine Gestalt durch das Tor der Inneren Festung huschen. Noch jemand, dem das Gedränge zu viel ist, dachte sie bei sich, wandte ihre Aufmerksamkeit aber gleich wieder dem Geschehen auf dem Vorplatz zu, wo Lachen und Rufen plötzlich erstarben und einer gespannten Ruhe wichen. »Der Abner!«, zischte Manou ihr zu und deutete mit dem Finger in Richtung der Tribüne, deren gezimmerte Brüstung mit Weinlaub und Getreidegarben geschmückt war. Von den Masten, die man an den vier Ecken der Tribüne errichtet hatte, flatterten unzählige Wimpel aus buntem Tuch in der abendlichen Brise.

Gerade betrat der oberste Druide, gefolgt von anderen hochrangigen Würdenträgern, die festlich geschmückte hölzerne Plattform, die in einer Höhe von drei Längen von der Festungsmauer aus über den Vorplatz ragte. Alle Versammelten trugen traditionelle Festtagsgewänder, die dem Anlass entsprechend in Gelb-, Gold- und Rottönen gehalten waren, und angesichts des farbenfrohen Treibens vergaß Kiany für einen Augenblick ihren Kummer.

Plötzlich lief ein erstauntes Raunen durch die Menge und die Menschen deuteten zur Tribüne, wo soeben zwei weitere Gestalten die Plattform betreten hatten. Neugierig stellte sich Kiany auf die Zehenspitzen, um besser sehen zu können, doch der Kopf des Mannes vor ihr versperrte ihr die Sicht auf die Neuankömmlinge, die sich zurückhaltend auf dem hinteren Teil der Plattform aufgestellt hatten. »Nebelelfen!«, hörte sie jemanden rufen. »Es sind Nebelelfen.«

Das Raunen steigerte sich zu erregtem Gemurmel und wäre sicherlich noch lauter geworden, hätte der Abner in diesem Augenblick nicht beschwörend die Hände gehoben und die Menschen zur Ruhe gemahnt. Auf dem Platz wurde es wieder still und der Abner erhob die Stimme, um die Anwesenden zu begrüßen und das erste Dankesgebet an die Gütige Göttin zu sprechen. Beim Klang seiner Worte, die magisch verstärkt und gut verständlich über den Platz hallten, ergriff die feierliche Stimmung auch von Kiany Besitz und sie lauschte gebannt. Es folgte ein Lied, das die Priesterinnen gemeinsam mit den versammelten Menschen sangen. Und obwohl Kiany nicht nach singen zumute war, konnte sie nicht anders, als in den tausendstimmigen Chor einzufallen. Es war, als würden alle trüben Gedanken von der Macht des Gesanges fortgerissen, und Kiany fühlte einen wohligen Schauer nach dem anderen über den Rücken laufen. Sie sah, wie Manou sich singend umdrehte und ihr lächelnd zublinzelte, was wohl so viel heißen sollte wie: »Na, ist das nicht wunderbar?‹

Kiany erwiderte die stumme Frage ihrer Freundin mit einem freundlichen Kopfnicken und die beiden Novizinnen wandten ihre Aufmerksamkeit wieder dem Abner zu, der bei den letzten Akkorden vorgetreten war, um zu den Menschen auf dem Vorplatz zu sprechen.

Unbehelligt erreichte Zatoc den Teil der Inneren Festung, in dem sich der Ratssaal von Nimrod und die privaten Gemächer der drei Druiden befanden, die dem Rat der Fünf angehörten. Nur zwei Köche und ein Küchenmädchen waren ihm auf dem Weg durch die Korridore begegnet, hatten ihm aber keinerlei Beachtung geschenkt, da sie vollauf mit den Vorbereitungen für das nächtliche Festmahl beschäftigt waren.

Alles war so, wie Skynom es vorhergesagt hatte.

Vorsichtig spähte Zatoc um die Ecke in den Gang hinein, von dem aus man die Gemächer betreten konnte. Der lange Flur lag weitgehend im Dunkeln, da die Fackeln, die dort in eisernen Wandhalterungen steckten, nicht entzündet worden waren. Nur ganz vorn, neben der Tür zum ersten Privatgemach, brannte eine Fackel. Die anderen beiden Türen waren nicht beleuchtet. Wie Zatoc von Skynom erfahren hatte, war dies ein Zeichen dafür, dass sich zwei der drei Druiden nicht in ihren Räumen aufhielten.

Der dritte Druide, ein greiser Mann von mehr als siebzig Sommern, musste an diesem Abend das Bett hüten, da er, wie es hieß, wegen einer schweren Erkrankung nicht an den Festlichkeiten teilnehmen konnte. Zatoc grinste breit. Er hatte keine Ahnung, wie es Skynom gelungen war, den für seine robuste Gesundheit bekannten Druiden ans Bett zu fesseln, hätte aber den Asaak darauf verwettet, dass auch hier dunkle Magie im Spiel war. Ein letztes Mal vergewisserte er sich, dass er allein war, dann schlich er lautlos zur beleuchteten Tür.

Das flackernde Licht der Fackel warf unheimliche Schatten auf sein Gesicht, während er nach dem Türknauf griff und ihn vorsichtig drehte. Er öffnete die Tür einen winzigen Spalt und spähte hindurch. Dahinter war alles dunkel, aber am Ende des Raumes fiel ein schmaler Lichtstreifen durch eine halb geöffnete Tür auf den Boden. Dort musste er sein. Zatoc schob die Tür noch ein wenig weiter auf, schlüpfte hindurch und ließ den Riegel hinter sich wieder einrasten.

»Chaya? Bist du schon zurück?« Zatoc erstarrte. Der alte Druide musste außergewöhnlich gute Ohren besitzen, sonst hätte er die leisen Geräusche, die das Öffnen der Tür verursachte, niemals gehört. »Chaya? Bist du da?« Zatoc antwortete nicht. Wie er vermutet hatte, kam die kränkliche Stimme des Druiden aus dem erleuchteten Gemach hinter dem großen Raum, der, dem wuchtigen Schreibtisch und den überfüllten Bücherregalen nach zu urteilen, das Arbeitszimmer des Druiden sein musste. Die Worte des Alten ließen keinen Zweifel daran aufkommen, dass er auf jemanden wartete, und das wiederum bedeutete, dass Zatoc keine Zeit verlieren durfte.

Alle Vorsicht missachtend, eilte er mit großen Schritten auf die Tür zu, hinter der sich das Schlafgemach des Druiden befand und trat ein. »Du bist nicht Chaya!« Keuchend richtete sich der Alte von seinem Lager auf und blickte den Dieb erbost an. Offensichtlich war ihm gar nicht bewusst, in welcher Gefahr er sich befand. »Wer bist du? Und was willst du hier?«, fragte er verärgert.

Zatoc machte sich nicht die Mühe, dem Druiden zu antworten. Das Gesicht zu einer steinernen Maske erstarrt, trat er vor das Bett des Alten. Schon die Art, wie er das lange scharfe Messer vom Gürtel löste und zur Hand nahm, machte deutlich, dass er dies schon unzählige Male getan hatte. Töten gehörte zu seinem Handwerk wie das Schlachten zum Beruf des Metzgers und er tat es mit der gleichen Kaltblütigkeit. Dem Druiden blieb nicht einmal Zeit zu schreien. Nur ein erstickter, unnatürlich gurgelnder Laut war zu hören, als das Messer die Kehle des alten Mannes mit einem einzigen Schnitt durchtrennte und das Blut aus dem Mund hervorquoll.

Der Druide erschlaffte und sank mit ungläubigem Gesichtsausdruck auf das blutbefleckte Kissen zurück, als könne er selbst im Tod noch nicht begreifen, was man ihm angetan hatte.

Aber Zatoc war noch nicht fertig. Es kostete ihn einige Mühe, den rechten Unterarm des Druiden abzutrennen, doch dann hatte er es endlich geschafft und wickelte die Gliedmaßen in ein eigens dafür mitgebrachtes Tuch. Schweißperlen standen ihm auf der Stirn und er atmete schwer, als er sich erhob und erschöpft zur Tür wankte. Doch er durfte sich keine Pause gönnen, denn noch hatte er nicht einmal die Hälfte dessen geschafft, was Skynom ihm aufgetragen hatte.

Im selben Augenblick, als er das Schlafgemach verlassen wollte, wurde die Tür des Arbeitzimmers erneut geöffnet. Zatoc sprang zurück, achtete aber darauf, dass sein Schatten nicht durch den Türspalt in das Arbeitszimmer fiel. Das Messer in der einen und das blutige Tuch in der anderen Hand, wartete er in dem Schatten hinter der Tür, was geschehen würde.

»Ich bringe Eure Medizin, Ehrwürdiger!« Die Stimme des Mädchens, das den Raum betreten hatte, war noch jung. »Ehrwürdiger?«, fragte sie noch einmal vorsichtig, als sie keine Antwort erhielt. »Schlaft Ihr schon? Es tut mir Leid, dass es so lange gedauert hat, aber ich konnte keine Heilerin finden, die … « Ihre Schritte kamen näher, hielten vor der Tür aber noch einmal inne. »Ehrwürdiger?«, fragte sie wieder und diesmal schwang ein deutlicher Ton von Misstrauen in ihrer Stimme. Vorsichtig steckte sie den Kopf zur Tür herein und spähte zum Bett hinüber. Beim Anblick des verstümmelten Körpers erstarrte sie und brauchte einen Augenblick, um das ganze Ausmaß des grauenhaften Geschehens zu begreifen. Fassungslos starrte sie auf den Toten und das viele Blut. Das Tablett mit der Medizin entglitt ihren Händen und fiel mit lautem Getöse zu Boden.

Zatoc reagierte sofort. In einer geschmeidigen Bewegung trat er vor, packte das Mädchen bei den Haaren und schlang ihr in tödlicher Umklammerung den Arm um die Kehle. Sie war jung, anmutig und ihr langes dunkles Haar duftete verführerisch. Doch sie war auch kräftig und wehrte sich nach Leibeskräften. Ihre Fingernägel krallten sich in seinen Unterarm, während sie sich wie eine Katze in seinem Griff wand. Für eine winzigen Augenblick bedauerte Zatoc, dass sie hier aufgetaucht war, und zögerte, aber sie war zur falschen Zeit am falschen Ort und er durfte nicht zulassen, dass sie ihn verriet.

Kiany ächzte. Sie hatte plötzlich das Gefühl, keine Luft mehr zu bekommen. Ihr schwindelte und sie musste sich an der Mauerbrüstung festklammern, um nicht zu stürzen. Sie öffnete den Mund und rang nach Luft, doch das Gefühl, dass sich ein eiserner Ring um ihre Kehle gelegt hatte, wollte einfach nicht weichen.

»Manou!«, krächzte sie mit erstickter Stimme. Hilfe suchend

streckte sie die Hand nach ihrer Freundin aus, die ihr den Rücken zuwandte und den Worten des Abners lauschte. »Was ist mit dir?« Manous Gesichtsausdruck schwankte zwischen Verwunderung und Besorgnis über Kianys merkwürdigen Tonfall, als sie sich umdrehte. Kiany konnte ihr nicht mehr antworten. Irgendetwas umklammerte ihren Hals mit solcher Gewalt, dass sie keine Luft mehr bekam. Blitzende Sterne tanzten ihr vor den Augen, die Beine versagten ihr den Dienst und sie kippte nach vorn.

Manou handelte sofort, schob die Arme unter Kianys Achseln und fing sie auf, bevor sie zu Boden stürzte. Sie hatte keine Ahnung, was diesmal in ihre Freundin gefahren war, doch als sie Kianys puterrotes Gesicht und die blau angelaufenen Lippen sah, bekam sie es mit der Angst zu tun. Kiany erstickte! Sie musste dringend zu einer Heilerin. »Macht Platz! Schnell! Sie erstickt!«, schrie Manou voller Panik und zerrte Kiany zur Treppe. Aber die Menschen reagierten in dem Gedränge nur sehr träge. Die meisten starrten die beiden Novizinnen erst mal verwundert an, bevor sie schließlich beiseite traten. Alles ging viel zu langsam.

Kiany war noch bei Bewusstsein und litt Höllenqualen. Jeder Muskel in ihrem Körper schmerzte, sie hatte rasende Kopfschmerzen und die vergeblichen Versuche, Luft zu holen, brachten sie fast um den Verstand. Durch einen blutroten Nebel sah sie die Gesichter der neugierig gaffenden Menschen und hörte ihre verzerrten Stimmen hinter dem Rauschen des Blutes in ihren Ohren. Arme und Beine gehorchten ihr längst nicht mehr. Unfähig, sich zu bewegen, fühlte sie, wie Manou sie mit sich schleifte, während ihr Herz hämmerte und ihr Körper nach Luft gierte. Zu spät! Manou kann mir nicht mehr helfen, schoss es ihr durch den Kopf und sie schaffte es sogar, sich darüber zu wundern, wie klar der Gedanke war. Sie würde sterben. Jeden Augenblick! Seltsamerweise verspürte Kiany keine Furcht. Der Tod erschien ihr in diesem Moment nicht als Feind, sondern als Freund, der sie von den schrecklichen Qualen erlösen würde. Kiany schloss die Augen und wartete. Gleich! Ein heftiger, stechender Schmerz durchfuhr plötzlich ihren Rücken. Sie bäumte sich auf, entglitt Manous Händen und rutschte zu Boden. Sie sah noch, wie ihre Freundin sich über sie beugte, den Ausdruck blanken Entsetzens im Gesicht – dann sah sie nichts mehr.

Lautlos schloss Zatoc die Tür zum Arbeitszimmer des Druiden und huschte den Flur entlang zu der breiten Flügeltür, hinter der sich der Ratssaal von Nimrod befand. An das Blut, das von dem Tuch mit der abgetrennten Hand des Druiden herabtropfte, verschwendete er dabei ebenso wenige Gedanken wie an das Blutbad, das er im Schlafgemach des Druiden angerichtet hatte. Das unverhoffte Auftauchen des Mädchens hatte ihn Zeit gekostet, die er nicht besaß, und er musste sich beeilen, um den Rückstand aufzuholen.

Trotz der Dunkelheit fand er das geschnitzte Kristallauge in der Tür auf Anhieb und entfernte das Tuch von der blutigen Hand. Die Hand war der Schlüssel zum Ratssaal. Achtlos ließ er das durchweichte Tuch zu Boden fallen und presste die Hand auf das Auge. Nichts geschah. Zatoc fluchte leise. Die erstarrten Finger waren zu einer Klaue gekrümmt und verhinderten, dass sich die Innenfläche der Hand über den Kristall legte. Zatoc sah sich gezwungen, jeden einzelnen Finger zu brechen, damit er die Hand richtig auf den Kristall legen konnte. Fünfmal hallte das schauderhafte Geräusch berstender Knochen durch den Flur, dann hatte er es geschafft und versuchte es ein zweites Mal – wieder nichts. Auch der dritte und vierte Versuch blieben erfolglos. »Bei den Toren!« Erbost betrachtete Zatoc zuerst die Hand und dann das Kristallauge. Warum widersetzte sich der magische Mechanismus? Allmählich wurde er unruhig. Schweißperlen glänzten auf seiner Stirn. Sein Atem ging kurz und stoßweise. Warum öffnete sich die Tür nicht?

Plötzlich kam ihm ein Gedanke. Mit seinem Atem hauchte er die erkaltete Hand an, presste sie eilig auf den Kristall und – hatte Erfolg. Nahezu geräuschlos öffnete sich die schwere Tür. Zatoc atmete erleichtert auf. Achtlos warf er die blutige Hand auf den Boden und glitt in den dunklen Ratssaal. Keinen Augenblick zu früh. Als sich die Tür hinter ihm schloss, loderten auf dem Platz vor der Inneren Festung die ersten Flammen des gewaltigen Feuers in die

Höhe. Das Licht drang durch die hohen Fenster in den Saal, wo es bunte, tanzende Schatten an die Wände warf. Es vertrieb die Dunkelheit aus dem großen Raum und würde für eine Weile genug Helligkeit spenden, damit Zatoc die Aufgabe beenden konnte, die ihn hierher geführt hatte.

Aufmerksam blickte er sich um. Alles war so, wie Skynom es ihm beschrieben hatte. In der Mitte stand der Tisch mit den fünf Stühlen für die Ratsmitglieder und daneben die beiden Stehpulte für die Schreiber. Gerüchten zufolge sollte sich irgendwo in der Wand eine geheime, durch Magie verborgene Nische befinden, in der das gesuchte Kleinod verwahrt wurde. Wo genau, hatte ihm der Magier allerdings nicht sagen können.

Während er die Wände mit den Augen nach einem Anzeichen für die Nische absuchte, löste Zatoc ein Paar dicker Lederhandschuhe vom Gürtel und zog sie an. Jetzt musste er den Asaak benutzen, den Skynom ihm übergeben hatte, um die Nische zu finden. Bei dem Gedanken an den magischen Elfendolch erschauerte er. Die Waffe aus Sternenebulit war ihm noch immer nicht geheuer. Mit einer Mischung aus Angst, Ehrfurcht und Bewunderung holte er den Dolch aus der ledernen Tasche, die er eigens dafür mit sich führte, und wickelte ihn aus dem Tuch.

Auf dem Festplatz hatte das Feuer inzwischen seine ganze Kraft entfaltet. Der Schein der Flammen brachte den Asaak zum Funkeln und die polierte Klinge blitzte gefährlich, als Zatoc ihn aus den Tüchern hob und vor die Wand trat. Sein Plan war einfach. In der Hoffnung, die richtige Höhe gewählt zu haben, setzte er die Spitze des Dolches auf den Stein und schritt die Wand hinter dem Ratstisch ab. Dort, wo die Klinge die Wand berührte, blieb ein dünner Strich zurück, der nicht zu übersehen war. Doch das kümmerte Zatoc wenig. Er hatte schon so viele Spuren hinterlassen, dass es auf eine mehr oder weniger nicht mehr ankam.

Selbst wenn es weitere hundert Spuren und Beweise gäbe, könnte man ihn nicht schnappen. Zatoc grinste breit. Sobald er den Beutel voller Gold hätte, würde er sich nach Daran absetzen. Dort hatte er alte Bekannte, mit deren Hilfe er ein schönes, neues, wenn auch kein ehrlicheres Leben beginnen wollte. Schon immer war es sein größter Wunsch gewesen, ein eigenes Hurenhaus zu besitzen, und während er dem schabenden Geräusch lauschte, mit dem die Klinge über die Wand glitt, malte er sich seine Zukunft in den schönsten Farben aus. Er war fast am Ziel. Wenn der Asaak die unsichtbare Nische berührte, würde sich der Zauber, der sie verbergen half, augenblicklich auflösen. Dann brauchte er nur noch das Amulett an sich zu nehmen und zu verschwinden. Am liebsten hätte Zatoc laut gelacht. Zugegeben, die Arbeit gestaltete sich schmutziger, als er erwartet hatte, aber sie war auch einfacher. Er konnte nur hoffen, dass ... In diesem Augenblick versank der Asaak bis zum Heft in der Wand und das makellose Weiß um ihn herum verschwamm. Die Nische! Zatocs Herz tat vor Freude einen Sprung. Ungeduldig wartete er, bis das Sternenebulit die Magie des Schutzzaubers aufgelöst hatte, doch kaum war es so weit, sah er sich schon der nächsten Schwierigkeit gegenüber. Entgegen seiner Erwartung befand sich das Amulett nicht unmittelbar hinter der Wand, sondern wurde zusätzlich von einer sechseckigen Kristallsäule geschützt, in der das Kleinod wie schwerelos zu schweben schien. Zatoc streckte die Hand aus, um die Säule zu berühren, zog sie aber fluchend wieder zurück, als unzählige grüne Blitze auf den Handschuh trafen. Ohne den Asaak würde er auch hier nicht weiterkommen. Offenbar wurde das Amulett durch mehr als nur einen Zauber geschützt.

Vorsichtig setzte er den Asaak in der rechten Ecke der Wandnische an und fuhr deren Konturen sorgfältig nach. Das Ganze erweckte den Eindruck, als wolle er ein unsichtbares Stück aus der Luft herausschneiden, und so ungefähr war es ja auch. Zatoc führte den Elfendolch zuerst nach oben, dann nach links, wieder nach unten und von dort zurück zum Ausgangspunkt. Als der Dolch die Stelle erreichte, an der Zatoc mit dem Schnitt begonnen hatte, zerstob die Wächtermagie mit einer heftigen Explosion, deren Druckwelle die Kristallsäule zum Schwanken brachte. Ein leichter Stoß genügte und sie fiel endgültig um. Bei dem Klirren und Krachen, mit dem die Säule auf dem Boden zersplitterte, frohlockte Zatoc innerlich. Das Amulett, seine Lebensversicherung, lag zum Greifen nahe vor ihm. Er brauchte es nur noch aus der Festung zu schaffen und Skynom zu übergeben, dann war er frei – frei und reich!

Zatoc wickelte den Asaak wieder in das dicke Tuch und verstaute ihn in der Tasche. Dann zog er die Handschuhe aus, warf sie fort und packte das Amulett. Er nahm sich nicht die Zeit, die Schönheit des Kleinods zu betrachten, denn der Schein des Feuers auf dem Festplatz wurde immer schwächer, ein deutliches Zeichen dafür, dass die Feierlichkeiten ihrem Ende entgegengingen.

Als er durch die menschenleeren langen Korridore der Inneren Festung zurückeilte, konnte er sein Glück kaum fassen. Er hatte mehr Spuren hinterlassen als eine Herde Steppenbüffel und mehr Lärm gemacht als eine Felsenlawine und dennoch war niemand auf ihn aufmerksam geworden. Die Innere Festung war wie ausgestorben und wenn er erst den Festplatz erreicht hätte, könnte ihn niemand mehr finden.

Kiany erwachte in der Gewissheit, dass etwas Schreckliches geschehen war. Der Ring um ihren Hals war verschwunden und sie konnte die kühle Abendluft, die den Geruch des Feuers in sich trug, wieder ungehindert einatmen. Wo war sie? Was war geschehen? Das Letzte, woran sie sich erinnerte, war das Gefühl zu ersticken und ein stechender Schmerz im Rücken. Aber sie war nicht gestorben. Oder?

Der dumpfe Nachhall eines verworrenen Traumes drängte sie, aufzustehen und jemanden zu warnen. Aber wen? Verzweifelt versuchte sie die letzten Fetzen des Traumes zu greifen, der sich wie ein Nebel im Sonnenlicht immer schneller auflöste.

Da war ein Mann gewesen. Und lange dunkle Gänge. Auch eine schimmernde Kristallsäule hatte sie gesehen. Der Mann hatte sie zerstört! Plötzlich wusste Kiany es wieder. Der Mann hatte die Säule umgestoßen, etwas vom Boden aufgehoben und war davongerannt. Der Gedanke, jemanden warnen zu müssen, wurde fast unerträglich. Sie hatte keine Ahnung, wer der Mann gewesen war und was er gestohlen hatte, zweifelte aber keinen Augenblick lang daran, dass es etwas ungeheuer Wichtiges war. Sie musste handeln, und zwar sofort.

Umständlich versuchte Kiany sich zu erheben, doch Arme und Beine wollten ihr nicht gehorchen. Die Glieder schmerzten und kribbelten, als liefen Millionen winziger Käfer darauf herum. Sie ließ sich wieder zurückfallen.

»Manou?« Kiany blinzelte, konnte aber nicht viel erkennen. Alles war dunkel. Wo war sie? Weit entfernt hörte sie Stimmen und das Knistern brennender Scheite. Dann raschelte es und jemand trat an ihre Seite. »Kiany?« Manous Stimme schwankte zwischen Unglaube und Freude, als sie sich hinhockte und die Hand ihrer Freundin ergriff. »Bei der Göttin, ich hatte solche Angst, du könntest sterben«, flüsterte sie. »Was war denn los? Du bist plötzlich blau angelaufen und konntest nicht mehr atmen. Ich wollte dich zu einer Heilerin bringen, aber die Menschen machten einfach keinen Platz ... « Manou schluchzte, als sie die ausgestandenen Ängste in Gedanken noch einmal durchlebte. »Oh, Kiany, ich hatte ja solche Angst um dich!« Dann riss sie sich zusammen und fragte: »Wie fühlst du dich?«

»Gut!«, versicherte Kiany und machte erneut einen vergeblichen Versuch, sich aufzurichten. »Manou, etwas Schreckliches ist geschehen. Ich muss sofort mit der Priesterinnenmutter sprechen«, sagte sie mit bebender Stimme.

»Aber das ist unmöglich!« Manou schüttelte energisch den Kopf. »Die Feierlichkeiten dauern noch eine Weile an. Solange wird die Priesterinnenmutter oben auf der Tribüne bei dem Abner und den anderen Würdenträgern sein.«

»Aber es ist wichtig, Manou. Ich habe etwas gesehen. Ein Verbrechen! Ich kann es dir nicht genau beschreiben, weil ich mich nicht mehr an alles erinnere. Aber ich weiß, dass es sehr wichtig ist.« Kiany war verzweifelt. Innerlich spürte sie, dass mit jedem Augenblick, der verstrich, kostbare Zeit verloren ging. »Du hattest sicher nur wieder einen schlimmen Traum«, versuchte Manou ihre Freundin zu beschwichtigen. »Es ist ja nicht das erste Mal, dass ... «

»Das war kein Traum, Manou!« Irgendwie schaffte es Kiany,

sich trotz ihrer schmerzenden Glieder aufzusetzen. »Diesmal war es anders, wie … wie – eine Vision! Was ich gesehen habe, ist wirklich geschehen, da bin ich mir ganz sicher. Irgendwo hier in der Nähe wurde gerade ein furchtbares Verbrechen begangen.« Manou runzelte die Stirn. »Heute? Kiany! Ganz Nimrod feiert heute Nacht ein friedliches Fest. Was du da behauptest, klingt einfach lächerlich.«

»Aber es ist geschehen!« Auf der Suche nach einem Halt, an dem sie sich hochziehen konnte, blickte sich Kiany suchend um. Inzwischen wusste sie, wo sie sich befand. Manou hatte sie die hölzernen Treppenstufen, die zu den Zinnen hinaufführten, heruntergetragen und sie unterhalb der Treppe im Schutz der inneren Festungsmauer auf den Boden gelegt. Der Umhang ihrer Freundin hatte ihr dabei als Kissen gedient. Vermutlich wollte Manou nur ein wenig verschnaufen, bevor sie Kiany zu der Heilerin brachte. »Wenn du dich nicht traust, gehe ich allein. Was ich gesehen habe, duldet keinen Aufschub!« Keuchend zog sich Kiany an einem hölzernen Stützbalken in die Höhe.

Manou kniete noch immer am Boden. Sie machte keine Anstalten, Kiany aufzuhalten, bedachte sie aber mit einem Blick, der sie endgültig für verrückt erklärte. »Das kannst du nicht tun, Kiany!«, mahnte sie. »Wenn du die heilige Zeremonie wegen eines Albtraums störst, werden sie dich verstoßen und nie wieder aufnehmen. Verstoßen, verstehst du? Nicht nur für ein oder zwei Sommer nach Hause schicken – für immer!«

»Das war kein Albtraum!«, herrschte Kiany ihre Freundin an. Warum glaubte Manou ihr denn nicht? Aber letztendlich war es auch gleichgültig, ob Manou sich überzeugen ließ oder nicht. Sie musste zur Priesterinnenmutter – sofort! Während Kiany sich mit einer Hand an der Festungsmauer entlangtastete, schob sie sich langsam auf die Tribüne zu. »Kiany!« Manous Ruf klang wie eine Aufforderung, endlich Vernunft anzunehmen. Aber Kiany tat, als hätte sie nichts gehört, und setzte ihren Weg unbeirrt fort.

Manou schnaubte ärgerlich. Hin und her gerissen zwischen dem Wunsch, wenigstens das Ende der Feierlichkeiten mit anzusehen, und den mahnenden Worten ihres Gewissens, Kiany nicht allein zu lassen, blickte sie ihrer Freundin unschlüssig nach. Insgeheim ärgerte sie sich, weil sie wegen Kianys Ohnmacht den Höhepunkt des Festes verpasst hatte. Aber der Erstickungsanfall hatte wirklich schlimm ausgesehen und für einen Moment war sie sogar sicher gewesen, dass Kiany sterben würde. Wenn sie geahnt hätte, dass sich ihre Freundin so schnell wieder erholen würde, hätte sie bestimmt anders gehandelt, aber die Zeit ließ sich nicht zurückdrehen. Inzwischen waren vermutlich alle Opfergaben dem Feuer übergeben worden, denn der Schein der lodernden Flammen, der über die Mauer auf den Hof der Inneren Festung fiel, wurde deutlich schwächer.

»Ach, jetzt ist es sowieso egal«, seufzte Manou ergeben. Sie hatte schon so viel verpasst, dass es auf den Abschlussgesang und die letzten Gebete auch nicht mehr ankam. Verstimmt über Kianys Dickköpfigkeit, stand sie auf und folgte ihrer Freundin, die bereits hinter der ersten Biegung der Festungsmauer verschwunden war.

Auf diesen Augenblick hatte Zatoc gewartet. Zufällig hatte er die beiden Mädchen auf seinem Weg über den Hof im Schatten der Festungsmauer gesehen und sich gerade noch rechtzeitig verstecken können, bevor sie ihn entdeckten. Ungeduldig hatte er die beiden beobachtet und darauf gehofft, dass sie schon bald auf die Mauer zurückkehren würden. Aber sie dachten offenbar gar nicht daran. Zatoc konnte die Worte, die die beiden miteinander wechselten, nicht verstehen, doch ihre Gesten ließen keinen Zweifel daran, dass sie sich stritten. Schließlich hatte sich das eine Mädchen entfernt und endlich war ihm auch das andere gefolgt.

Der Weg war frei.

Gerade noch rechtzeitig. Der schwache Schein des heruntergebrannten Feuers kündigte das baldige Ende der Erntefeier an und die Gefahr bestand, dass sich der Hof bald mit heimkehrenden Menschen füllen würde. Mit raschen Schritten gelangte Zatoc wieder in den Schutz der Festungsmauer. Jetzt hatte er es nicht mehr weit. Geduckt huschte er an der Mauer entlang, wobei er das geöffnete Tor zur Inneren Festung nicht aus den Augen ließ. Das letzte Stück tastete er sich, den Rücken fest an die Mauer gepresst, vorsichtig voran. Er hatte Glück. Offensichtlich wollte niemand das Spiel der farbigen magischen Blitze verpassen, das die Druiden zum Abschluss eines jeden Festes am Nachthimmel veranstalteten. Behände schob er sich in den schmalen Spalt zwischen dem hölzernen Torflügel und der Mauer, lauschte und wartete.

Seine Geduld wurde auf eine harte Probe gestellt. Die Feier dauerte länger, als er vermutet hatte. Zweimal hörte er ganz in der Nähe Stimmen und drückte sich trotz der Enge noch weiter in die Nische hinter dem Torflügel. Die Glieder schmerzten ihn und er fluchte leise vor sich hin. Wenn nur endlich diese verdammten Blitze kämen.

Wenige Augenblicke später war es so weit. Begeisterte Rufe, die vom Festplatz herüberdrangen, verrieten Zatoc, dass das magische Schauspiel begonnen hatte. Er vergewisserte sich, dass ihn niemand beobachtete, trat aus seinem Versteck und eilte wie jemand, der Angst hatte, das Spektakel zu verpassen, auf den Festplatz hinaus. Scheinbar verzückt wie alle anderen, hob er den Blick zum Himmel, während er sich mit breitem Lächeln einen Weg durch die Menschenmenge bahnte.

Er war reich! Der Gedanke schwirrte in seinem Kopf und ließ sein Herz höher schlagen. So reich, wie kein anderer Dieb in Nimrod jemals werden würde! Sein Traum war in Erfüllung gegangen. Im Schein der farbigen Blitze, die nun in rascher Folge über den Himmel zuckten, spürte er das Gewicht des Goldes schon fast in den Händen. In wenigen Augenblicken würde er das Amulett in einer schmalen Gasse nahe der *Barriere* an Skynom übergeben und danach würde sein neues Leben beginnen – ein Leben in Reichtum und Überfluss.

»Kiany! Da darfst du nicht hinauf!« Manou hatte Kiany eingeholt und packte sie an der Schulter, um sie zurückzuhalten. Obwohl sie ahnte, dass es zwecklos war, versuchte sie ein letztes Mal, Kiany von ihrem verrückten Vorhaben abzubringen. »Die Wachtposten vor der Treppe lassen dich sowieso nicht durch. Nimm Vernunft an und warte bis morgen! Heute bekommst du höchstens einen Riesenärger mit der Priesterinnenmutter.«

»Ich kann nicht warten, Manou!«, erklärte Kiany bestimmt. Mit einem Ruck entzog sie sich dem Griff ihrer Freundin und setzte den Weg unbeirrt fort. Inzwischen war sie wieder zu Kräften gekommen und steuerte mit festen Schritten auf die Wachtposten zu, die vor der Tribünentreppe standen. »Kiany!« In der Hoffnung, das drohende Unheil zu verhindern, ergriff Manou den Arm ihrer Freundin und hielt sie fest. In diesem Augenblick zuckten die ersten farbigen Blitze über den Himmel und riefen auf dem Festplatz einen Sturm der Begeisterung hervor.

»Lass mich los, Manou!« Etwas Drohendes schwang in Kianys Worten mit, doch Manou ließ sich nicht einschüchtern. »Nein«, erwiderte sie aufgebracht. »Ich sehe nicht tatenlos zu, wie sich meine beste Freundin ins Unglück stürzt. Sie werden … »

Eine rasche Bewegung von Kiany riss die völlig unvorbereitete Manou von den Füßen. Sie vollführte eine halbe Drehung und stürzte zu Boden.

»Tut mir Leid, Manou«, hörte sie Kiany sagen. »Ich wollte dir nicht wehtun. Banor hat mir diesen Kre-An-Sor-Wurf beigebracht, damit ich mich in Nimrod gegen Zudringlichkeiten wehren kann.« Mit diesen Worten wandte sie sich um und eilte entschlossen zur Treppe.

Manou kniff die Augen zusammen und zog die Luft scharf durch die Zähne. Ihr Handgelenk schmerzte und am Oberschenkel würde sie wohl eine dicke Prellung zurückbehalten. Jetzt konnte sie nichts mehr tun. Während sie sich aufrichtete, sah sie, wie ihre Freundin die Treppe erreichte und heftig gestikulierend mit den Wachtposten sprach. Manou konnte ihre Worte nicht verstehen, doch die Gesten ließen keinen Zweifel daran, dass Kiany versuchte, sich Einlass zur Tribüne zu verschaffen.

Als ihr das misslang, versuchte sie sich zwischen den Wachtposten hindurchzuzwängen. Manou traute ihren Augen nicht. So viel Temperament hatte sie ihrer sanftmütigen Freundin gar nicht zugetraut. Mit einem Satz war sie wieder auf den Beinen und eilte zur Treppe, um Kiany zur Vernunft zu bringen, bevor die Männer handgreiflich wurden. Aber sie kam zu spät. Die beiden hatten Kiany bereits gepackt, um sie abzuführen. Wie eine Furie um sich schlagend und tretend, hing sie zwischen den beiden kräftigen Männern, die sie an den Oberarmen festhielten und große Mühe hatten, sie zu bändigen.

Schon hatte sich eine ansehnliche Menschenmenge um die drei versammelt, die den ungleichen Kampf neugierig verfolgten.

»Lasst mich los!«, schrie Kiany und schnappte mit den Zähnen nach der Hand eines Wachtpostens, der ihr den Mund zuhalten wollte. »Ich muss zur Priester… mh … mh …« Sie verstummte als sich die Hand über ihren Mund legte, rollte mit den Augen und ruckte mit dem Kopf wild hin und her. Vergeblich. Der Kraft des Mannes war sie nicht gewachsen.

Das ging Manou nun doch entschieden zu weit. Auch wenn sie es ebenfalls für besser hielt, dass Kiany die Tribüne nicht erreichte, konnte sie die grobe Behandlung nicht länger mit ansehen. Energisch bahnte sie sich einen Weg durch die Schaulustigen und trat vor die Wachtposten.

»Lasst sie los!«, rief sie entrüstet. Dabei war es ihr gleichgültig, ob sie sich in diesem Moment lächerlich machte. Ihre einzige Sorge galt Kiany. »Geh aus dem Weg, Mädchen.« Einer der Männer stieß Manou unsanft mit der Schulter beiseite. »Novizinnen sind nicht weisungsberechtigt!« Manou taumelte. Fast wäre sie gestürzt, doch sie fing sich wieder und trat dem Mann erneut entgegen. »Im Namen der Göttin, lasst sie los. Kiany ist meine Freundin und ihr tut ihr weh!«, rief sie mit schwankender Stimme.

Daraufhin fingen beide Männer gleichzeitig an zu lachen. »Dann hättest du deiner Freundin sagen sollen, dass sie hier nichts zu suchen hat«, meinte der eine. »Wir haben Befehl, alle, die die Feierlichkeiten stören, bis zum Morgen in den Kerker zu sperren. Und jetzt verschwinde, bevor wir dich auch mitnehmen.« Bei diesen Worten bäumte sich Kiany auf. Ihr Kopf zuckte plötzlich nach hinten, und für den Bruchteil eines Augenblicks erhielt sie gerade genug Freiraum, um dem Wachtposten, der ihr den Mund zuhielt, in die Hand zu beißen. »Bei den Toren!« Der Mann fluchte und holte mit der verletzten Hand zu einem wütenden Schlag aus.

»Naemiiii …!« Kiany nutzte den Moment der Freiheit zu einem verzweifelten Aufschrei, doch noch während sich Manou darüber wunderte, welche Kraft in Kianys Stimme mitschwang, brachte ein heftiger Schlag ihre Freundin zum Schweigen. Manou war entsetzt.

Sie sah, wie Kiany zusammenzuckte und ihr die Tränen in die Augen schossen, aber sie sah noch mehr: Auf der Tribüne rührte sich etwas. Offenbar hatte Kiany es tatsächlich geschafft, über das Krachen und Knattern der magischen Blitze hinweg dort oben gehört zu werden. In die Menge, die auf den oberen Stufen der Treppe standen, kam plötzlich Bewegung. Es wurde gedrängelt und geschoben, bis eine schmale Gasse entstand.

Manou reckte den Kopf, um zu sehen, für wen dort Platz gemacht wurde. Zuerst konnte sie nichts erkennen, doch als sie die anmutige Gestalt mit dem blaugrauen langen Haar erblickte, die mit ernstem Gesicht die Stufen herunterstieg, machte ihr Herz vor Freude einen Sprung.

Zatoc kam gut voran. Wie nicht anders zu erwarten, waren die Straßen und Gassen der Festungsstadt an diesem Abend menschenleer. Bei dem Gedanken an seinen baldigen Reichtum schritt er noch schneller aus. Während die magischen Blitze den Himmel erhellten, erreichte er die schmale Gasse, in der Skynom und das Gold auf ihn warteten. Nachdem er sich mit verstohlenen Blicken nach allen Richtungen umgeschaut hatte, tauchte er in die tiefen Schatten zwischen den windschiefen Fachwerkhäusern, die das Stadtbild in diesem Teil Nimrods prägten. Als sich seine Augen an die Dunkelheit gewöhnt hatten, entdeckte er eine vermummte Gestalt, die etwa zehn Längen von ihm entfernt an einer Hauswand lehnte, und ging darauf zu.

»Zeig es mir!«, herrschte Skynom den Dieb ohne jede Begrüßung an. »Du hast es doch, oder?«

»Höre ich da Gier in der Stimme des Magiers?« Zatoc grinste breit. »Zuerst will ich sehen, ob du das Gold dabeihast.«

»Glaubst du etwa, ich betrüge dich?«, knurrte Skynom. In seinen Augen blitzte es gefährlich. »Natürlich habe ich das Gold bei mir.«

»Dann zeig es mir!«, verlangte Zatoc mit gierigem Blick. »Ohne Gold kein Amulett.«

»Hältst du mich für so einfältig, dass ich dir das Gold zeige, bevor ich den Asaak zurückbekommen habe?«, schnarrte Skynom. »Damit ich womöglich das gleiche Schicksal erleide wie mein treuer Gehilfe? Oh, nein. Ich habe das Gold. Aber es ist durch einen Zauber verborgen. Wenn mir etwas geschieht, wirst du es niemals finden. Einigen wir uns also darauf, dass du mir zuerst den Asaak zurückgibst, bevor ich dir das Gold zeige.«

Zähneknirschend zog Zatoc den in dickes Tuch gehüllten Dolch unter dem Mantel hervor. Es ärgerte ihn, dass Skynom immer ein wenig schlauer und besser vorbereitet war als er. Aber das Gold allein zählte und der krachende Donner, der das Ende des Erntefestes ankündigte, erinnerte ihn daran, dass ihm keine Zeit für lange Verhandlungen blieb. Wenn man die Leichen und den Diebstahl bemerkte, würde der Rat sofort die Stadttore schließen lassen. Er musste Nimrod so schnell wie möglich verlassen. »Hier hast du den Asaak, verdammt«, fauchte er, und überreichte Skynom den Dolch. »Wo ist das Gold?«

»Hier!« Skynom machte eine knappe Handbewegung. Auf der schäbigen Holzkiste zu seiner Linken erschien ein halb geöffneter Lederbeutel, in dem hunderte großer und kleiner Goldstücke glänzten. »Ah!« Zatoc konnte einen überraschten Ausruf nicht unterdrücken. Hastig trat er einen Schritt vor und versuchte den Beutel zu ergreifen, doch der verschwand so schnell, wie er erschienen war, und die Hände des Diebs fassten ins Leere.

»Für wie dumm hältst du mich eigentlich?«, höhnte Skynom. »Das Gold bekommst du erst, wenn ich das Amulett habe.«

Mit einem vernichtenden Blick richtete sich Zatoc auf und schob die Hand in die Tasche seines Umhangs. Triumphierend zog er das Lederband mit dem in Silber gefassten Stein heraus und ließ es außerhalb von Skynoms Reichweite in der Luft schwingen. »Hier ist es!«

»Gib es mir!« Skynom streckte dem Dieb die Hand entgegen, doch der hob das Amulett nur grinsend in die Höhe. »Für wie dumm hältst du mich eigentlich?«, fragte er und ahmte Skynoms Worte und Tonfall übertrieben nach. »Du bekommst das Amulett erst, wenn ich das Gold habe.«

Skynom seufzte und verdrehte die Augen, als verhandle er mit einem widerspenstigen Kind, erwiderte aber nichts. Stattdessen murmelte er ein paar unverständliche Worte, worauf der Beutel mit dem Gold in seiner ausgestreckten Hand erschien. Mit einer geschmeidigen Bewegung, deren Schnelligkeit Skynom überraschte, sprang Zatoc vor und riss den Lederbeutel an sich. Sein Atem ging schnell und in den Augen zeigte sich ein irres Flackern, als er das Gold an sich presste. »Und jetzt zu meiner *Tätowierung*«, stieß er gehetzt hervor.

»Zuerst das Amulett.« Skynom hielt Zatoc noch immer die ausgestreckte Hand entgegen. Dass der Dieb ihm das Gold entwendet hatte, schien ihn nicht im Geringsten zu stören. »Oh, nein … nein!«, hechelte Zatoc und schüttelte den Kopf. »Ich traue dir nicht. Du hast mich schon einmal hereingelegt, Magier. Ein zweites Mal passiert mir das nicht. Bevor du das Amulett bekommst, lässt du den hässlichen Streifen an meinem Handgelenk verschwinden und gibst mich frei.«

»Habe ich dein Wort, dass du mir dann das Amulett aushändigst?«, fragte Skynom gespielt gleichgültig.

»Bei der Ehre meiner Zunft!« Zatoc nickte. Den Beutel mit Gold und das Amulett fest an sich gepresst, streckte er Skynom das verunstaltete Handgelenk entgegen. Der Magier strich einmal kurz mit dem Finger darüber und die lange rote Narbe verschwand. Zatoc starrte seinen Arm an, als könne er sein Glück nicht fassen. Er war frei. Frei und reich. »Da hast du dein Amulett«, murmelte er und warf es voller Verachtung in eine ölig schimmernde Wasserlache am Boden.

Der Magier bückte sich gelassen und zog das Band mit dem Stein aus der trüben Pfütze. Als er sich wieder aufrichtete, war Zatoc verschwunden. Skynom wischte das Amulett am Saum seines Umhangs ab und steckte es in die Tasche. Ein dünnes Lächeln umspielte seinen Mund, als er den Kopf hob und die Gasse entlangblickte, wo Zatoc in der Dunkelheit verschwunden war. Der Dieb glaubte doch tatsächlich, ihn ausgetrickst zu haben. Aber Skynom war noch nicht mit ihm fertig.

Er wartete noch, bis er sicher sein konnte, dass Zatoc sich weit genug entfernt hatte, dann schnippte er mit den Fingern und sagte einen kurzen Spruch auf. Fast bedauerte er, es nicht beobachten zu können, wie sich das vermeintliche Gold in den Händen des Diebes wieder in seinen wahren Zustand zurückverwandelte: In Sand und Steine von den Straßen Nimrods.

Doch das war noch nicht alles. Während er leise eine anderen Spruch vor sich hin murmelte, hob er mit grimmiger Genugtuung die Illusion auf, welche die rote Linie an Zatocs Handgelenk verdeckt hatte, lehnte sich wieder an die Mauer und wartete. Er konnte nur hoffen, dass Zatoc die Linie schnell entdeckte und das ganze Ausmaß des Betruges auch wirklich begriff. Bogs Tod durfte nicht ungesühnt bleiben. Hätte der Dieb seinen treuen Gehilfen nicht getötet, hätte ihn der Tod im Schlaf ereilt, doch nun … Ein teuflisches Lächeln huschte über Skynoms Gesicht, als er die Hand zu jener Geste hob, die die Wunde an Zatoc Handgelenk erneut öffnen würde …

In der Gewissheit, den Tod seines treuen Gehilfen gerächt zu haben, verließ der Magier wenig später die schmale Gasse. Unauffällig mischte er sich unter den Strom der heimkehrenden Menschen und machte sich auf den Weg zu den großen Toren, wo ihn sein Pferd bereits erwartete. Niemand beachtete ihn und niemand hielt ihn auf, während er durch die belebten Straßen der Festungsstadt eilte. Nur einmal sah er sich gezwungen, einen kleinen Umweg zu machen, weil sich auf der Straße vor dem großen Tor eine Menschenmenge um einen blutüberströmten Toten gebildet hatte, der offensichtlich einem grausamen Verbrechen zum Opfer gefallen war.

»Wartet!« In Naemys Stimme schwang ein energischer und befehlsgewohnter Ton. Die Wachtposten, die Kiany noch immer fest im Griff hatten, hielten inne. Drei Stufen auf einmal nehmend, eilte die Nebelelfe die Treppe hinab und trat den Männern entgegen. »Warum wird das Mädchen abgeführt?«, fragte sie schroff.

»Wir haben Befehl, jeden, der die Feierlichkeiten stört, bis zum Morgengrauen in den Kerker zu sperren«, erklärte einer der Männer und fügte hinzu: »Sie wollte unbedingt auf die Tribüne. Als wir ihr den Zugang verwehrten, verlor sie die Beherrschung und versuchte mit Gewalt durchzukommen.«

»Ist das wahr, Mädchen?«, wandte sich Naemy an Kiany.

Kiany nickte stumm. Tränen und Staub bedeckten ihr hübsches Gesicht und sie musste die gesprungenen Lippen mit der Zunge befeuchten, bevor sie antworten konnte. »Ich muss ...« Kiany zuckte zusammen. Jeder Muskel in ihrem Gesicht schmerzte. Nach dem Schlag des Wachtpostens war ihre Wange angeschwollen und ein Auge lief bereits dunkel an. »Im Namen der Göttin, lasst sie los!«, herrschte Naemy die Männer an. »Seht ihr nicht, wie sie leidet?«

»Sie hat mich gebissen!«, verteidigte sich der eine und hob zum Beweis die blutende Hand. »Sie muss verrückt geworden sein.« Trotzdem kam er der Aufforderung der Nebelelfe nach und ließ Kiany los. Der andere tat es ihm gleich.

»Danke!« Schwankend rieb sich Kiany die schmerzenden Handgelenke.

»Du hast nach mir gerufen«, sagte Naemy, während sie Kiany den Arm um die Schultern legte und sie zu einem Holzkarren führte. »Warum? Und woher kennst du meinen Namen?« Kiany antwortete nicht sofort. Ängstlich sah sie sich nach den beiden Wachtposten um, die sich umgewandt hatten und ihre Plätze vor der Treppe wieder einnahmen. »Ich habe Euch mit dem Riesenalp vor der Inneren Festung landen sehen«, sagte sie so leise, dass Naemy die Worte über den Lärm des Feuerzaubers hinweg kaum verstand. Vorsichtig half sie Kiany auf die Ladefläche des Karrens und setzte sich neben sie. »Der Abner nannte Euren Namen«, fuhr Kiany fort. »Ich habe Euch im hinteren Teil der Tribüne gesehen und hoffte, Ihr würdet mich hören.«

»Ich habe dich gehört.« Naemy schmunzelte. Dann verschwand das Lächeln und sie wurde wieder ernst. »Warum wolltest du auf die Tribüne?«

»Ich wollte zur Priesterinnenmutter. Ich …« Kiany stockte. Plötzlich war sie so aufgeregt, dass sie erst tief Luft holen musste, bevor sie weitersprechen konnte. »Ich … ich habe … etwas Schreckliches ist geschehen … vorhin. Ich glaube es zumindest.«

»Etwas Schreckliches?« Naemy runzelte die Stirn. »Während alle hier draußen auf dem Fest waren? Wie kommst du darauf?«

»Es ist so ein Gefühl. Ich wurde ohnmächtig und als ich erwachte, wusste ich, dass etwas Schreckliches passiert war. Ich hatte es gesehen.«

»Ohnmächtig ist ziemlich untertrieben.« Manou hatte sich nach anfänglichem Zögern ein Herz gefasst und war näher getreten. »Sie wäre beinahe erstickt!«

»Manou?« An ihre Freundin hatte Kiany vor Aufregung gar nicht mehr gedacht.

»Ihr kennt euch?«, fragte Naemy. Sie fügte noch etwas hinzu, doch die Worte wurden von einem ohrenbetäubenden Donner verschluckt, der das Ende des Festes verkündete.

»Manou ist meine beste Freundin«, erklärte Kiany knapp, während der Nachhall des Donners zwischen den Häuserwänden verklang. Sie reckte den Hals und schaute zur Tribüne hinüber, wo sich noch immer nichts rührte. »Hilf mir, Naemy, bitte!«, flehte sie. »Ich muss zur Priesterinnenmutter. Wir dürfen nicht noch mehr Zeit verlieren. «

»Helfen? Wobei?«, fragte die Nebelelfe und als Kiany nicht sofort antwortete, erklärte Manou: »Kiany will der Priesterinnenmutter unbedingt von einem Traum erzählen, den sie während ihrer Ohnmacht hatte. Aber das darf sie nicht. Sie hat nämlich ständig Albträume. Die ehrwürdige Mutter will sie deshalb über den Winter nach Hause schicken. «

»Albträume?« Naemy wirkte plötzlich sehr aufmerksam. »Erzähl mir davon. «

»Aber ich muss … « Hilflos deutete Kiany zur Tribüne.

»Du kannst ganz beruhigt sein«, meinte Naemy. »Die Priesterinnenmutter kommt hier vorbei, sobald die abschließenden Gebete gesprochen sind. Dann kannst du sie sprechen. Also, was ist geschehen?«

Kiany kaute aufgeregt an der Unterlippe und seufzte. Eigentlich wollte sie mit der Priesterinnenmutter sprechen, doch die ruhige, sachlich Art der Nebelelfe weckte ihr Vertrauen. Plötzlich konnte sie nicht länger warten. »Ich … ich habe einen Mann gesehen«, begann sie. »Im Traum. Er war in der Festung, da bin ich ganz sicher. Und dann war da noch eine Säule, die glänzte, als sei sie aus Kristall. Der Mann hat sie umgestoßen und die Säule ist zerbrochen … « Es tat so gut, sich jemandem anzuvertrauen. Nachdem sie einmal begonnen hatte, sprudelten die Worte nur so aus Kiany hervor und die Nebelelfe hörte ihr aufmerksam zu. »… er hat sich gebückt und etwas aufgehoben. «

»Weißt du, was es war?«

»Nein. « Kiany schüttelte bedauernd den Kopf. »Ich konnte es nicht erkennen. Nur, dass es orangefarben war. «

»Orange?« Naemy runzelte die Stirn. Eine Kristallsäule und etwas Orangefarbenes? Das konnte doch nur … Unruhig wanderte ihr Blick zur Tribüne hinauf, wo die Druiden gerade das gemeinsame Abschlussgebet sprachen. Vermutlich würde es doch noch eine ganze Weile dauern, bis der Abner und die Priesterinnenmutter die Tribüne verließen. »Mehr weiß ich nicht«, hörte sie Kiany sagen und sah, wie das Mädchen hilflos mit den Schultern zuckte. »Alles war so undeutlich … «

»Das macht nichts«, erklärte Naemy und erhob sich. Mit einem Satz sprang sie von dem Holzkarren und blickte über den menschenleeren Vorplatz zum Eingangsportal der Inneren Festung hinüber. Es konnte sich nur um die Kristallsäule im Thronsaal handeln. Der Traum war es zumindest wert, überprüft zu werden. »Ihr wartet hier« , sagte sie zu den Mädchen.

»Wohin wollt Ihr?«, fragte Manou.

»Ich sehe nach, ob Kianys Traum der Wahrheit entspricht«, erklärte Naemy offen. »Ihr bleib hier und rührt euch nicht von der Stelle, bis ich wiederkomme. « Ohne eine weitere Erklärung drehte sich die Nebelelfe um und lief auf das Eingangsportal zu. Kiany und Manou wechselten verwunderte Blicke, sagten aber nichts. Während Kiany beobachtete, wie die Nebelelfe im Innern der Festung verschwand, schwang sich Manou zu ihr auf den Karren und machte es sich auf der Ladefläche bequem. »Ich kann nur hoffen, dass es nicht allzu lange dauert«, meinte sie gähnend und schloss die Augen.

Lautlos huschte die Nebelelfe durch die spärlich beleuchteten und menschenleeren Gänge. Eine düstere Vorahnung trieb sie zur Eile, während sie zielstrebig auf den Ratssaal zusteuerte.

Wie ein Schatten suchte sie sich ihren Weg vorbei an unzähligen Fackeln und verschlossenen Türen, bog rechts und dann wieder links in einen Gang ein und hastete eine lange gewundene Treppe hinauf. Jetzt war es nicht mehr weit. Sie wurde immer schneller, bis sie schließlich im Laufschritt durch die Korridore hastete. Endlich tauchte die Einmündung des Ganges vor ihr auf, an dessen Ende sich der Ratssaal befand. Noch zwanzig Längen, dann war sie am Ziel.

Plötzlich erstarrte Naemy mitten in der Bewegung. Es roch nach

Blut! Ein süßlicher Geruch mit einem metallischen Beigeschmack strömte aus dem Gang heraus. Er war zu schwach, um von Menschen wahrgenommen zu werden, doch den feinen Sinnen der Nebelelfe entging er nicht. Naemy erschauerte. Der Geruch war ihr nur allzu vertraut. Es war der Atem des Todes und der Finsternis, der in ihr die Erinnerung an eine düstere, längst vergangene Zeit weckte.

Geschmeidig wie eine Katze, den Körper dicht an die Wand geschmiegt, schob sich Naemy Länge um Länge voran. Was immer sie dort hinten vorfände, wäre mit Sicherheit höchst unerfreulich.

Aufmerksam spähte sie um die Ecke ins Dunkel, konnte jedoch nichts Ungewöhnliches entdecken. Alle Türen, die von dem Gang abzweigten, schienen, so weit sie das bei dem schwachen Licht erkennen konnte, fest verschlossen zu sein. Neben der ersten Tür brannte noch der kümmerliche Rest einer Fackel, sonst war es dunkel. Naemy trat vor, legte das Ohr an die hölzerne Tür und horchte. Nichts! Aber der Geruch kam zweifellos von dort drinnen.

Naemy wusste, dass sie ein großes Wagnis einging, streckte die Hand aber trotzdem nach der Türklinke aus. Sie führte keine Waffe bei sich, denn Bogen, Kurzschwert und Messer hatte sie wegen der Feierlichkeiten in ihrem Schlafgemach zurückgelassen.

Die Tür ließ sich geräuschlos öffnen und Naemy spähte aufmerksam durch den Spalt. Drinnen rührte sich nichts, doch der Gestank des Todes war inzwischen fast unerträglich. Vorsichtig schob sich Naemy in das Zimmer hinein und tastete sich an der Wand entlang zu einer halb geöffneten Tür, durch die der flackernde Schein einer Öllampe auf den Fußboden fiel.

Unmittelbar vor der Tür war der Geruch des Todes dermaßen schlimm, dass Naemy den Arm vor Mund und Nase halten musste, während sie mit der freien Hand nach der Klinke griff und die Tür gänzlich öffnete.

Was sie vorfand, übertraf ihre schlimmsten Erwartungen.

Für das blutüberströmte Mädchen, das unmittelbar hinter der Tür mit durchschnittener Kehle am Boden lag, kam jede Hilfe zu spät. Den alten Mann, der in seinem Bett auf dem blutgetränkten

Kissen zusammengesunken war, hatte das gleiche Schicksal ereilt. Der ungläubige Gesichtsausdruck des Mannes zeugte davon, dass er bis zu seinem Tod nicht verstanden hatte, wie ihm geschah. Plötzlich fiel Naemys Blick auf den verstümmelten Arm und sie zuckte zusammen. Der Arm, die Kristallsäule – das Amulett! Sie musste sofort zum Ratssaal. Um die Toten würde sie sich später kümmern. Ohne auf die Geräusche zu achten, die ihre Schritte verursachten, hastete sie zur Tür und lief den Gang entlang.

Es wunderte sie nicht, dass sie die Tür zum Ratssaal unverschlossen vorfand. Auch der abgetrennte Arm am Boden, über den sie fast gestolpert wäre, und die Trümmer der Kristallsäule, die überall verstreut lagen, konnten ihr Entsetzten nicht mehr steigern, sondern bestätigten ihr nur, was sie ohnehin schon befürchtet hatte. Das Amulett war verschwunden!

Bestürzt ließ Naemy den Blick über die zerschmetterten Überreste der Kristallsäule gleiten und ballte die Fäuste.

»Mutter?« Tabors besorgte Stimme erklang in ihren Gedanken. Das enge Band, das zwischen ihr und ihrem Sohn bestand, hatte ihn ihre Gefühle spüren lassen. »Mutter, was ist geschehen?«

»Sind die Feierlichkeiten zu Ende?«, fragte Naemy matt.

»Ja, seit wenigen Augenblicken.«

»Dann führe die Ratsmitglieder sofort in den Ratssaal«, verlangte Naemy knapp. »Ich warte hier auf euch. Das Amulett der Auserwählten ist gestohlen worden!«

ZWEITES BUCH

 Mit wehendem Umhang preschte ein einsamer Reiter über die sanften Hügel des Graslandes. Sein erschöpftes Pferd war am ganzen Körper mit flockigem weißem Schaum bedeckt, doch er schonte es nicht. Jedes Mal, wenn es langsamer wurde, trieb er es mit heftigen Tritten in die Flanken an, und es war nur eine Frage der Zeit, bis das geschundene Tier entkräftet zusammenbrechen würde.

Die Qual des Tieres mit ansehen zu müssen, ohne ihm helfen zu können, schmerzte die alterslose Frau, die den Ritt der beiden über die Grenzen der Dimensionen hinweg beobachtete. Wie so oft saß sie, die in Thale ehrfürchtig die Gütige Göttin genannt wurde, auch an diesem Morgen schon früh vor dem großen Spiegel in der Halle der Träume und suchte das nördliche Grasland nach Cha-Gurrlinen-Kriegern ab. Sie hatte aus den Versäumnissen der Vergangenheit gelernt und würde nicht noch einmal den Fehler begehen, die seltsamen Ereignisse in der Finstermark unbeachtet zu lassen.

Vor wenigen Sonnenläufen hatte sie ihren steinernen Falken zum Leben erweckt und nach Thale gesandt, in der Hoffnung, durch ihn mehr über das Geschehen dort unten zu erfahren. Was immer der Vogel erblickte, erschien auch in ihrem Spiegel. Gleichzeitig hatte sie die Möglichkeit, den Flug des Falken durch ihre Gedanken zu lenken.

Inzwischen hatte die Göttin jedoch erkennen müssen, dass es auch dem Falken unmöglich war, die düstere Wolke am nördlichen Horizont anzufliegen, die sie schon seit vielen Sonnenläufen beobachtete. Mächtige Magie, die sich wie ein gewaltiger Schutzschild über die ganze Finstermark spannte, hinderte den Vogel am Überfliegen der Grenze, und selbst die Göttin konnte nicht sehen, was sich unter der Wolke verbarg.

Den kleinen Trupps der Cha-Gurrlinen-Krieger, die hin und wieder im Grasland auftauchten, um zu jagen, schien die Magie nichts anzuhaben. Unbehelligt überschritten sie nach erfolgreicher Jagd die Grenze zur Finstermark, wo sie im Schutz der Finsternis verschwanden. Die Erkenntnis, dass die Cha-Gurrline in die

Dunkelheit einzutauchen vermochten, hatte die Göttin auf einen Gedanken gebracht, doch der Plan war schwierig umzusetzen und barg viele Gefahren.

Sie brauchte einen Cha-Gurrlin! Nur einen!

Ihn zu finden war die Aufgabe des Falken, doch obwohl er scharfe Augen besaß, war die Suche bisher vergebens geblieben. Die wenigen Gruppen von Cha-Gurrlinen-Kriegern, die der Falke am Rande der Finstermark aufgespürt hatte, blieben stets geschlossen beisammen und gaben der Gütigen Göttin keine Möglichkeit, ihren Plan in die Tat umzusetzen.

Gedankenverloren wandte sie ihre Aufmerksamkeit wieder dem Reiter im Spiegel zu, dessen Pferd gerade strauchelte. Nur mit Mühe konnte er einen Sturz verhindern. Er war allein und hätte eine günstige Gelegenheit geboten, aber als Mensch war er für die Pläne der Göttin nicht geeignet.

»Nach Norden!«, befahl sie dem Falken und der Anblick des Reiters, dem der Vogel für eine Weile gefolgt war, verschwand aus ihrem Blickfeld. Endloses Grasland, dessen gleichförmig grünbraune Flora von vereinzelten Steppenbüffelherden unterbrochen wurde, zog auf dem Spiegel vorüber, aber noch immer gab es keinen Hinweis auf Cha-Gurrline.

Plötzlich schwenkte der Falke herum und beschleunigte seinen Flug. Pfeilschnell schoss er über die Ebene hinweg und steuerte geradewegs auf eine Gruppe dunkler Punkte zu, die im ersten Licht des Morgens auf einer Hügelkuppe zu erkennen waren. Als er näher flog, sah die Göttin, worum es sich handelte. Ein kleiner Trupp Graslandjäger war in einen heftigen Kampf mit einem halben Dutzend Cha-Gurrlinen verwickelt. Die Krieger aus der Finstermark hatten es offensichtlich auf die Jagdbeute der Grasländer abgesehen – zwei stattliche Steppenbüffel, die auf einem von Steppenponys gezogenen hölzernen Wagen lagen. Der ungleiche Kampf hatte bereits die ersten Opfer gefordert. Zwei der acht Grasländer lagen leblos am Boden. Und das Töten nahm seinen Lauf. Entsetzt musste die Gütige Göttin mit ansehen, wie ein Cha-Gurrlin dem Grasländer, der ihn mit einem Speer bedrängte, mit einem einzigen Hieb seiner zweischneidigen Axt den Kopf von den Schultern trennte. Einem anderen wurden durch den Schwerthieb eines Cha-Gurrlinen- Kriegers die Beine unter dem Körper weggerissen, und ein dritter sank unter den wuchtigen Schlägen einer gewaltigen Keule mit zertrümmertem Schädel zusammen. Die drei Überlebenden schienen die Aussichtslosigkeit ihrer Lage zu erkennen, flüchteten aber nicht. Wie auf ein geheimes Kommando hin stürzten sie sich mit vereinten Kräften auf einen Cha-Gurrlin, der verwundet am Boden kniete. Entschlossen, wenigsten einen der verhassten Krieger mit in den Tod zu nehmen, hieben sie mit ihren Kurzschwertern so lange auf ihn ein, bis er tödlich verletzt zusammenbrach. Doch den Grasländern blieb keine Zeit, sich einem neuen Gegner zuzuwenden. Hinterrücks geführte Schwerthiebe beendeten das Leben der drei und ihr Blut mischte sich auf dem trockenen Steppenboden mit dem des verhassten Feindes.

Das Gemetzel war vorüber. Acht Grasländer und ein Cha-Gurrlin hatten den Kampf um Nahrung mit dem Leben bezahlt. Die überlebenden Cha-Gurrline kümmerte das nicht. Während zwei von ihnen die beiden verängstigten Steppenponys abschlachteten, hoben die anderen die Steppenbüffel von dem Karren und warfen sich die stattlichen Tiere so mühelos über die Schulter, als besäßen sie kein Gewicht. Mit den Kadavern der Ponys und Büffel machte sich der Trupp schließlich auf den Heimweg und überließ die Toten den Aasfressern des Graslandes.

Angesichts der grauenhaften Bilder fühlte sich die Gütige Göttin wie gelähmt. Dennoch, der Tod des Cha-Gurrlins war die Gelegenheit, auf die sie so lange gewartet hatte. So schrecklich die Umstände auch sein mochten, so boten sie ihr doch endlich die Möglichkeit, ihren Plan in die Tat umzusetzen. Sie musste handeln, und zwar sofort.

Als die Strahlen der Morgensonne den goldenen Glanz verloren und die grasbewachsene Ebene in helles Tageslicht tauchten, war inmitten des Schlachtfeldes ein gequältes, kehliges Knurren zu hören. Mühsam, wie unter großen Schmerzen befreite sich der Cha-

Gurrlinen-Krieger von den Leichen der Grasländer, setzte sich auf und unterzog seinen Körper einer eingehenden Untersuchung. Vorsichtig hob er die Arme, bewegte die Beine und betrachtete die klaffenden Wunden, welche die Kurzschwerter der Grasländer in seiner lederartigen Haut zurückgelassen hatten. Was er sah, schien ihm zu gefallen, denn er knurrte zufrieden und erhob sich.

Mit schleppenden Schritten schlurfte er zu dem hölzernen Karren hinüber, auf dem zuvor die Steppenbüffel gelegen hatten, und durchwühlte die wenigen Habseligkeiten der Grasländer. Kurz darauf kündete ein erneutes Knurren davon, dass er das Gesuchte gefunden hatte. Der spitz zulaufende Gegenstand war eine Mischung aus Spaten und Schaufel und wirkte in den riesigen Händen des Cha-Gurrlins wie ein Spielzeug. Doch das kümmerte den hünenhaften Krieger nicht. Langsam schritt er vorwärts und stieß den Spaten immer wieder prüfend in den Boden. Als er eine geeignete Stelle gefunden hatte, hielt er inne und begann zu graben. Unermüdlich warf er Schaufel um Schaufel lockerer Steppenerde zu einem Haufen auf. Seine Bewegungen gewannen zunehmend an Kraft, während er schweigend eine große Grube für die toten Grasländer aushob.

»Er kommt!« Teuflische Zufriedenheit schwang in Asco-Bahrrans Stimme mit, als er die Hände von dem kahl rasierten Schädel seines Mediums hob. Der junge Grasländer war längst bewusstlos, ein deutliches Anzeichen dafür, dass er für diese Aufgabe nicht geeigneter war als seine zahlreichen Vorgänger.

»Und? Hat er das Amulett bei sich?« Methar, der engste Berater Asco-Bahrrans, blickte von den Vorrats- und Materiallisten auf, in die er sich nach der letzten Mahlzeit vertieft hatte. »Narr«, schnarrte Asco-Bahrran. »Hältst du den Magier für so einfältig, dass er mir eine so wichtige Nachricht mithilfe der Gedankensprache übermitteln würde, die jeder Nebelelf mithören kann?«

»Natürlich nicht!«, beeilte sich Methar zu erklären. »Ich … ich dachte nur, Skynom hätte Euch eine verschlüsselte Botschaft über den Ausgang seiner Mission gesandt.«

»Er würde nicht zurückkehren, wenn er versagt hätte!« Der Meistermagier war seiner Sache ganz sicher. Bald würde das wertvolle Kleinod ihm gehören – und keine Macht der Welt konnte seinen Marsch auf Nimrod verhindern. »Sind die Quarline einsatzbereit?«, fragte er und wechselte das Thema.

Methar nickte. »Wenn wir noch lange warten, laufen wir Gefahr, dass sie sich gegenseitig zerfleischen. Die Wärter mussten die Jungen schon von ihren Müttern trennen, nachdem die ersten Fälle von Kannibalismus aufgetreten waren.«

»Ah, das ist gut! Das ist gut!« Asco-Bahrran rieb sich zufrieden die Hände. Da Methar seinen teuflischen Plan ebenso gut kannte wie die Magier, die schon seit vielen Sonnenläufen damit beschäftigt waren, ein riesiges Pentagramm um eines der Quarlin-Gehege zu ziehen, sparte er sich nähere Erläuterungen.

Der Gedanke, dass es das verhasste Volk der Nebelelfen bald nicht mehr geben würde, erfüllte ihn mit tiefer Genugtuung und er fieberte dem Moment entgegen, da er das Pentagramm öffnen und die meisten der ausgehungerten Quarline nach Caira-Dan senden konnte.

Etwas raschelte an der Tür. »Meister!« Den Kopf demütig gesenkt, betrat ein stämmiger Krieger das Zelt und kniete vor Asco-Bahrran nieder. Er war einer der wenigen Cha-Gurrline, die die Sprache der Menschen beherrschten, und wurde oft als Dolmetscher eingesetzt. »Die letzte Grasland-Patrouille ist soeben zurückgekehrt«, berichtete er im gutturalen Dialekt seiner Rasse.

»Und? War sie erfolgreich?« Asco-Bahrrans Hände zuckten unruhig. Jetzt, da sich das Amulett der Auserwählten auf dem Weg zu ihm befand, war es von größter Wichtigkeit, ein fähiges Medium zu bekommen. Er musste An-Rukhbar, den erhabenen Herrscher, unbedingt darüber in Kenntnis setzen, dass seine Rückkehr nach Thale unmittelbar bevorstand. Wieder einmal ärgerte er sich, dass seine Krieger nicht weiter nach Thale vordringen konnten, denn eine Vision hatte ihm ein Mädchen in Nimrod gezeigt, das ganz offensichtlich über genügend mentale Energien verfügte, um die Nachricht zu übermitteln.

»… konnten zwei Pferde und zwei Steppenbüffel erbeuten«, berichtete der Krieger soeben mit unbewegter Miene.

»Nahrung!«, fauchte Asco-Bahrran ungehalten. »Ich habe dich nicht nach den primitiven Bedürfnissen Sterblicher gefragt. Ich will wissen, ob sie ein geeignetes Medium finden konnten.«

»Die Grasländer, auf die sie stießen, waren einfache Jäger ohne mentale Fähigkeiten«, bedauerte der Krieger und in seiner Stimme schwang eine Spur von Furcht mit. Doch der erwartete Wutausbruch des Meisters blieb aus. »Dann schickt sie wieder los! Alle! Und zwar sofort!«, herrschte er den Cha-Gurrlin an. »Ich brauche das Medium in spätestens vier Sonnenläufen. Sag deinen Männern, sie sollen die Suche von nun an auch auf die Dörfer entlang der Grenze ausweiten. Bei den Toren, irgendwo unter diesen verfluchten Eingeborenen muss es doch einen fähigen Seher geben!« Der Cha-Gurrlin verneigte sich erneut und machte sich daran, so rasch wie möglich das Zelt zu verlassen. »Die Krieger werden ihr Bestes geben, Meister.«

»Bei der Göttin, du hast es wirklich gesehen!« Seufzend rieb sich Naemy mit den Händen über das Gesicht. »Du hast alles gesehen, aber ich habe die Bedeutung des Traums nicht erkannt.« Fassungslos schüttelte sie den Kopf, barg das Gesicht in den Händen und starrte schweigend auf die Tischplatte. Im Nachhinein erschien alles, was vor zwei Sonnenläufen noch unglaublich geklungen hatte, so logisch und verständlich, dass …

»Naemy?« Kianys Stimme riss die Nebelelfe aus ihren Gedanken und sie wandte sich wieder dem Mädchen zu, das ihr an dem kleinen Tisch in der Schlafkammer der Novizinnen gegenübersaß. Zwei Sonnenläufe hatte es gedauert, bis sie die beiden Mädchen wieder gefunden hatte, die nach den Feierlichkeiten zur Tagundnachtgleiche bei dem Holzkarren auf ihre Rückkehr warten sollten. Ursprünglich hatte Naemy an dem Abend vorgehabt, sofort zu den beiden zurückzukehren, doch dann war alles ganz anders gekommen. Der Tod des Druiden und das gestohlene Amulett hatten so viel Aufregung verursacht und so wichtige Entscheidungen verlangt, dass die Nebelelfe den Ratssaal erst mitten in der Nacht hatte verlassen können. Sie hatte noch nach den Mädchen gesucht, aber am Holzkarren niemanden mehr angetroffen.

Obwohl Naemy wie alle Nebelelfen ein gutes Gedächtnis besaß und sicher war, dass die Mädchen ihren Namen genannt hatten, gelang es ihr nicht, sich diese in Erinnerung zu rufen. Überall hatte sie nach den beiden gefragt, doch niemand konnte ihr weiterhelfen. Bei der Fülle von Novizinnen und dem gewaltigen Durcheinander, das nach dem Bekanntwerden der Ereignisse in der Inneren Festung herrschte, gestaltete sich die Suche äußerst schwierig. Vermutlich hätte Naemy noch einige Sonnenläufe länger suchen müssen, wäre ihr nicht der Zufall zu Hilfe gekommen.

Als sich die Nebelelfe an diesem Morgen auf den Weg zum Tempel der Gütigen Göttin machte, um die Priesterinnenmutter nach den Mädchen zu fragen, war ihr zufällig die dunkelhaarige Novizin begegnet. Trotz des schlichten, einheitlichen Alltagsgewandes der Tempelschülerinnen hatte Naemy sie sofort wieder erkannt. Sie hatte der Elfe erzählt, wo ihre Freundin Kiany zu finden sei. Naemy hatte ihre Pläne für den Morgen kurzerhand geändert, um mit Kiany zu sprechen. Wie erwartet hatte sie das Mädchen in seiner Kammer vorgefunden, wo es gerade ein Pergament mit Aufzeichnungen über die Zeit des Druidenrates studierte. Kiany war überglücklich, die Nebelelfe zu sehen, und hatte ihr bereitwillig und ohne Scheu noch einmal ausführlich die Ereignisse des Festtages geschildert.

»Naemy?« Kiany schien sich nicht ganz sicher zu sein, ob die Nebelelfe ihr auch wirklich zuhörte.

»Was gibt es?«

»Ich ... ich bin mir nicht sicher, ob es für Euch von Bedeutung ist ...«, begann Kiany unsicher. »Aber ich hatte auch noch andere Träume, die ich mir nicht erklären kann.«

»Andere?« Naemy horchte auf. »Ja, aber natürlich sind die von Bedeutung! Wie viele waren es denn?«

»Zwei! Nein, drei!« Kiany runzelte die Stirn und dachte angestrengt nach. »Das erste Mal passierte es, als ich mit Banor hier ankam. Plötzlich sah ich Bilder einer großen Schlacht, die vor den Toren der Festungsstadt tobte. Damals dachte ich, meine Phantasie würde mir einen Streich spielen, weil ich so viel über die Auserwählte und die Schlacht um Nimrod gehört und gelesen hatte.«

»Wie war es?«, wollte Naemy wissen. »Hast du nur Bilder gesehen oder auch andere Empfindungen gehabt? Beschreib mir genau, was du gesehen hast.«

»Es war schrecklich! Überall lagen Tote und Verwundete. Ich hörte ihre Schreie und roch den Rauch der brennenden Belagerungstürme. Aber am schlimmsten waren die schwarzen Krieger auf der Mauer, die immer wieder grüne Blitze auf die Menschen schleuderten und sie ... und sie ...« Kiany erschauerte, seufzte und brach ab. »Albern, nicht wahr?«

»Im Gegenteil!« Naemy blickte das Mädchen ernst an. »Das ist wirklich bemerkenswert. Es war tatsächlich die Schlacht um Nimrod, die du gesehen hast, und genau so, wie du es schilderst, ist es auch gewesen. Was ist mit den anderen Träumen?«

»Den zweiten Albtraum hatte ich oben auf einem der Türme, die zu diesem Tempel gehören. Ich war allein hinaufgestiegen, um der Enge des Tempels zu entrinnen, die mir in den ersten Mondläufen hier sehr zu schaffen machte, weil ich aus dem Grasland stamme und die hohen Berge bedrückend fand.«

»Das kann ich gut verstehen.« Naemy lächelte. Unwillkürlich musste sie daran denken, wie sie sich gefühlt hatte, als sie den langen Winter zusammen mit Sunnivah in der Hütte der Heilerin Mino-They verbracht hatte. Ein wehmütiger Schatten huschte über ihr Gesicht, doch sie wurde sofort wieder ernst und fragte: »Und was hast du gesehen?«

»Ein schreckliches Gesicht.« Kiany erschauerte, als die hässliche Fratze noch einmal in ihrer Erinnerung auftauchte. »Es sah aus wie ... wie ein Totenschädel mit feurig leuchtenden Augen. Ich hatte das Gefühl, als wolle der Blick bis in meine Gedanken eindringen, und habe immerzu diese Worte gehört.«

»Welche Worte?«

»Ich konnte sie nicht genau verstehen. Sie klangen so verschwommen und verzerrt. Aber da war ein Wort, das hörte sich an wie *Krieger* und dann noch das Wort *Norden* – und *komm!*«

»Hast du der Priesterinnenmutter davon erzählt?«, wollte Naemy wissen.

»Ja!«

»Und was hat sie dazu gesagt?«

»Dass ich wohl Heimweh hätte!«

»Heimweh! Bei der Göttin!« Naemy schüttelte den Kopf. »Mehr nicht?«

»Nein! Sie meinte, dass die Albträume aufhören würden, wenn ich mich eingelebt hätte.«

»Aber das ist nicht geschehen, oder?«, erkundigte sich Naemy. »Erzähl mir von deinem dritten Traum.«

Kiany zögerte und biss sich auf die Lippen. »Von dem habe ich bisher nur Manou erzählt, weil er so aberwitzig ist und mich ohnehin schon alle für verrückt halten.«

»Und? Erzählst du ihn mir?«, fragte Naemy sanft.

Kiany nickte, doch es dauerte einige Augenblicke, bis sie zu sprechen bereit war. »Da war ein leuchtender Käfer ...«

»Ein Käfer?« Naemy horchte auf. »Was für ein Käfer?«

»So ein großer, wie man ihn manchmal in den unteren Gewölben findet ...« Kiany zögerte und warf der Nebelelfe einen unsicheren Blick zu. »Jetzt haltet Ihr mich auch für verwirrt, nicht wahr? Ich wusste doch ...«

»O nein«, beeilte sich Naemy zu erklären. »Ganz und gar nicht. Was du gesehen hast, ist sehr bedeutungsvoll. Wirklich! Erzähl mir alles, woran du dich erinnerst. Jede Kleinigkeit.«

»Ist das Euer Ernst?« Kiany runzelte die Stirn. Doch dann zog sie die Schultern hoch und meinte: »Ach, das ist eigentlich auch gleichgültig. Also gut. Der Käfer kam unter der Tür hindurch. Er leuchtete ganz merkwürdig. Das war gut zu sehen, weil es in dem Raum fast dunkel war. Er kroch geradewegs auf eine große goldene Statue zu ...«

Als Kiany geendet hatte, brauchte die Nebelelfe eine Weile, um das ganze Ausmaß des Gehörten zu begreifen. Das Mädchen hatte wahrhaftig gesehen, wie die versteinerten Cha-Gurrline befreit wurden, daran gab es keinen Zweifel. Aber warum *Kiany*? Warum kein anderer der hundert mehr oder weniger talentierten Seher, die nach Auskunft des Abners in Nimrod leben sollten? Obwohl sie auf diese Frage keine Antwort wusste, war Naemy ganz sicher: Kiany hatte keine Albträume, sondern Visionen.

Wie hatte die Priesterinnenmutter nur so blind sein können? Allerdings, das musste die Nebelelfe ihr zugute halten, gab es offensichtlich niemanden in Nimrod, der Kianys Visionen teilte. Nicht ein einziges Mitglied der angesehenen Kaste hatte in den vergangenen Mond- und Sonnenläufen auch nur die Spur einer drohenden Gefahr gespürt. Nicht einer! Das wiederum bedeutete, dass niemand die Visionen bestätigen konnte. Naemy musste damit rechnen, auf Ablehnung und Unglauben zu stoßen, wenn sie dem Rat der Fünf von ihrer Entdeckung berichtete.

Bei dieser Erkenntnis wuchs das mulmige Gefühl einer drohenden Katastrophe weiter an, das Naemy seit dem Verschwinden des Amuletts wie eine düstere Wolke begleitete. Wer immer einen Schlag gegen das Land plante, ging mit äußerster Sorgfalt vor. Zudem verfügte er über umfangreiche magische Kenntnisse, sonst wäre es ihm kaum möglich gewesen, die Krieger zu befreien und das Amulett zu stehlen, ohne dass es jemand bemerkte.

Asco-Bahrran! Ohne Beweise zu haben, war Naemy sicher, dass der einstige Meistermagier des finsteren Herrschers hinter den schrecklichen Ereignissen steckte. Und eine dunkle Ahnung sagte ihr: Dies war nur der Anfang.

»Was denkt Ihr von mir?«, fragte Kiany ängstlich in das Schweigen hinein.

»Ich nehme die Träume sehr ernst«, erklärte Naemy. Entschlossen erhob sie sich und ging zur Tür. »Ich halte sie sogar für so wichtig, dass ich sofort mit der Priesterinnenmutter sprechen werde.« Sie griff nach dem Knauf, drehte sich aber noch einmal um und lächelte Kiany zu. »Heute Abend komme ich wieder zu dir, dann reden wir weiter. Aber eines ist jetzt schon sicher: Du wirst auf keinen Fall nach Hause geschickt. Darauf hast du mein Wort.«

Skynom kam nur langsam voran. Sein Pferd lahmte und war zu Tode erschöpft. Ein Wunder, dass es sich überhaupt noch auf den Beinen hielt. Obwohl es ihn nur behinderte, brachte Skynom es einfach nicht fertig, das Tier mitten in der Finstermark seinem Schicksal zu überlassen. Pferde waren im Lager der Cha-Gurrline schon immer rar gewesen, da die Versorgungslage der vielen Krieger mehr als schlecht war und Pferdefleisch als besondere Delikatesse galt. Wenn sich das Angebot an Nahrung inzwischen nicht deutlich verbessert hatte, stand zu befürchten, dass es dort mittlerweile gar keine Pferde mehr gab. Das würde bedeuten, dass Skynom zu Fuß gehen müsste, wenn er sein Pferd verlöre. Ein Gedanke, der ihm überhaupt nicht gefiel.

Spät am Nachmittag erreichte Skynom endlich die Ausläufer des gewaltigen Heerlagers, das die hünenhaften schwarzen Krieger im Laufe der letzten Mondläufe um ein kleines Dorf inmitten der staubtrockenen Finstermark errichtet hatten. Als er aufgebrochen war, hatte das Lager bereits eine stattliche Größe aufgewiesen, doch während der Zeit, die er in Nimrod verbracht hatte, schien es um ein Vielfaches gewachsen zu sein.

Skynom erschauerte bei dem Gedanken an die gewaltige Streitmacht, die sich hier im Schutze der magischen Dunkelheit versammelt haben musste. Ein Heer, das auch ohne die Magie Asco-Bahrrans mächtig genug wäre, die schutzlosen Provinzen Thales zu überrennen und Nimrod im Sturm zu erobern.

Ein verächtliches Lächeln huschte über das Gesicht des Magiers, als er an die dilettantischen Maßnahmen der Druiden dachte, die nach dem Verschwinden der versteinerten Cha-Gurrline in aller Eile versuchten, ihre lächerlichen Grenzposten zur Finstermark mit schlecht ausgebildeten Rekruten zu verstärken. Auch fünfhundert zusätzliche Krieger konnten den Vormarsch der Cha-Gurrline nicht aufhalten, sofern sie sich überhaupt dem Kampf stellten und nicht angesichts der erdrückenden Übermacht feige die Flucht ergriffen. Bei dem Gedanken an die verweichlichte Bevölkerung Thales, die sich unter dem vermeintlichen Schutz der Gütigen Göttin sicher und unverwundbar fühlte, musste Skynom unwillkürlich lachen. Wie konnten die Menschen nur so dumm sein, ihr Leben in die Hand einer friedliebenden Göttin zu legen, statt selbst für ihren Schutz zu sorgen? Kopfschüttelnd ließ er die Eindrücke, die er in Nimrod gesammelt hatte, noch einmal an sich vorüberziehen, während er sich seinen Weg zwischen den ersten Feuerstellen des Lagers hindurch suchte.

Überall herrschte rege Betriebsamkeit. Die meisten Krieger waren damit beschäftigt, ihre schwarzen Rüstungen und übergroßen Waffen zu polieren und zu schärfen. Dazwischen sah Skynom immer wieder Krieger, die Proviant und Gerätschaften zu hölzernen Karren schleppten, so gewaltig groß, dass Skynom sich unweigerlich fragte, welches Wesen wohl in der Lage sein mochte, ein solch schweres Gefährt zu ziehen. Einige der Karren waren bereits so voll, dass sie längst hätten zusammenbrechen müssen. Doch das schien die Cha-Gurrline nicht zu kümmern und sie verstauten weiterhin Gerätschaften auf den Ladeflächen.

Unbeachtet von den geschäftigen Kriegern, die sich offensichtlich auf einen baldigen Aufbruch vorbereiteten, strebte der Magier auf den Mittelpunkt des Lagers zu, wo Asco-Bahrran ihn vermutlich schon erwartete. Das Amulett der Auserwählten hatte er sich für den langen Ritt um den Hals gehängt, um es nicht zu verlieren. Obwohl er es nun schon mehr als zwei Sonnenläufe unter seinem Gewand trug, lag es noch immer kalt auf seiner Haut. Wie in stummem Protest gegen den Frevel, den man ihnen angetan hatte, schienen sich der silberne Ring und der orangefarbene Stein zu weigern, die Wärme seines Körpers aufzunehmen. Nicht zum ersten Mal fragte sich der Magier, was Asco-Bahrran wohl mit dem Amulett vorhatte. Immer wieder hatte Skynom den Talisman unterwegs mithilfe seiner Magie auf besondere Fähigkeiten untersucht. Doch alle Versuche, hinter das Geheimnis des Amuletts zu kommen, waren erfolglos geblieben. Was er auch tat, der Stein blieb kalt und zeigte keine Regung. Kein Funke entschlüpfte ihm, wie es in der Legende der Auserwählten überliefert war, und auch der magische Schein, welcher die Auserwählte angeblich unsichtbar gemacht hatte, ließ sich nicht erwecken. Wie es aussah, hatte der Stein seine Magie verloren und war nichts weiter als ein hübsches Schmuckstück.

Da Asco-Bahrran den Stein aber unbedingt haben wollte, lag die Vermutung nahe, dass in ihm noch ein wenig von der alten Macht schlummerte, und Skynom war zu dem Schluss gekommen, dass seine magischen Fähigkeiten wohl nicht ausreichten, um die Kraft des Amuletts zu wecken. Seufzend griff er mit einer Hand unter seinen Umhang, um das Kleinod hervorzuziehen – führte die Bewegung aber nicht zu Ende, denn in diesem Augenblick strauchelte sein Pferd und stürzte zu Boden, wo es mit gelbem Schaum vor dem Maul zuckend liegen blieb.

»Bei den Toren, steh auf!«, fluchte Skynom und zerrte mit aller Kraft an den Zügeln, während er sich mit einem raschen Seitenblick davon überzeugte, dass noch keiner der Cha-Gurrline auf das erschöpfte Tier aufmerksam geworden war. Das eiserne Gebiss schnitt tief in das weiche Maul des Pferdes, doch es schien den Schmerz nicht mehr zu spüren. Mit verdrehten Augen lag es auf der staubigen Erde und wäre sein rechter Vorderhuf nicht hin und wieder in einer hilflosen Bewegung über den Boden gezuckt, hätte man es für tot gehalten. »Steh auf!« Wütend stieß Skynom ihm die Spitze seines Stiefels in die Flanke. »Steh auf, bevor sie dich entdecken. Oder willst du vielleicht ihr Abendessen werden?« Ein leises, wimmerndes Geräusch drang aus der Kehle des Tieres, doch es rührte sich nicht.

»*Krrusaj a jarak ne'antuilar!*« Ein stämmiger Cha-Gurrlin, der ganz in der Nähe Pfeile auf einen Karren geladen hatte, trat neugierig näher. Mit gierigem Blicken starrte er auf das Pferd und leckte sich die Lippen. »*Jeerrok a Kaisum!*« Mit einer auffordernden Handbewegung rief er zwei weitere Cha-Gurrline zu sich, die am Feuer saßen und ihre Schwerter schärften. Die beiden verstanden sofort. Während sich der eine mit dem Schwert in der Hand erhob, ergriff der andere eine tönerne Schüssel und eilte grinsend näher.

Skynom sah sie kommen und zerrte erneut an den Zügeln, doch das Pferd rührte sich nicht. »Verdammt!« Fluchend versuchte er das Pferd zum Weitergehen zu bewegen, indem er es mit der Schulter anschob. Vergeblich. Schon hatten die Cha-Gurrline ihn umzingelt. »*Fradurr* – Fleisch «, sagte der eine und deutete auf das Pferd.

»*Fradurr!*« Seine Kameraden nickten und rieben sich in einer eindeutigen Geste über die mit borstigen Haaren besetzten Bäuche. »Wagt es ja nicht!«, rief Skynom und hob in einer drohenden Geste die Hand, als wolle er einen Zauber wirken. Doch seine Stimme schwankte und die Furcht vor den barbarischen Kriegern ließ sein Gehabe ziemlich lächerlich wirken. Die Cha-Gurrline schienen das zu spüren und traten gelassen näher. Bald waren sie so nahe, dass ihr widerlicher Gestank Skynoms Nase peinigte, doch er schluckte die aufkommende Übelkeit hinunter, entschlossen, um sein Pferd zu kämpfen. Das arme Tier zitterte erbärmlich, rollte wild mit den Augen und war am ganzen Körper mit flockigem Angstschweiß bedeckt.

»*Arkum sa nadumi ra!*« Nachdrücklich schob einer der Krieger den Magier beiseite, als wäre er ein störrisches Kind. »*Fradurr!*«, sagte er noch einmal, packte das Pferd bei der Mähne und winkte den Krieger herbei, der das Schwert trug.

»Nein, das ist mein Tier!«, schrie Skynom entsetzt. Er brauchte das Pferd. Mit fliegenden Fingern versuchte er, den Asaak unter seinem Gewand hervorzuholen. Gegen die drei Krieger hatte ein überrumpelter Magier keine Aussicht, sich wirkungsvoll zu verteidigen. Aber so leicht würde er sich nicht geschlagen geben. Der Magie des Elfendolches waren auch die Cha-Gurrline wehrlos ausgeliefert.

Endlose Augenblicke verstrichen, in denen Skynom versuchte, den Asaak von dem dicken Tuch, das ihn umhüllte, zu befreien. Die Furcht, die Klinge aus Versehen selbst zu berühren, lähmte seine Bewegungen und verschwendete Zeit, die er nicht besaß.

Als er es endlich geschafft hatte, war es zu spät – sein treues Reittier lag zuckend am Boden. Das Schwert des Cha-Gurrlins hatte die Kehle des Pferdes durchtrennt und der rote Lebenssaft des Tieres schoss pulsierend aus der klaffenden Wunde. Einer der Krieger kniete daneben, um das warme Blut in einer Schale aufzufangen.

»Ihr Schufte!« Einen Augenblick lang war Skynom versucht, den Asaak trotzdem einzusetzen, doch ein leiser Gedanke mahnte ihn zur Vorsicht. Asco-Bahrran würde die Magie vermutlich spüren und … Skynom erschauerte und wickelte den Elfendolch zähneknirschend wieder in das Tuch. Er musste vorsichtig sein. Man konnte nie wissen, wie der Meister eine solch unbedachte Tat aufnahm.

»Das werdet ihr noch büßen!«, rief er wutentbrannt und drohte den Cha-Gurrlinen, die abwechselnd und geräuschvoll aus der Schale tranken, mit der Faust. Er hatte sich nie an die barbarische und blutrünstige Art der Krieger gewöhnen können und wandte sich angewidert ab. Dass er sein Pferd nicht hatte retten können, ärgerte ihn maßlos. Am schlimmsten aber war die Aussicht, dass er von nun an zu Fuß gehen musste.

Missmutig setzte er seinen Weg fort und drehte sich nicht einmal um, als hinter ihm die Geräusche eines heftigen Kampfes erklangen. Vermutlich waren auch andere hungrige Cha-Gurrline durch den Blutgeruch auf den Kadaver aufmerksam geworden und beanspruchten einen Teil des kostbaren Fleisches für sich. Skynom seufzte. Er wusste aus Erfahrung, wie schlecht es um die Versorgung der Krieger bestellt war. Angesichts der Größe des Lagers hatte sich die Situation wohl eher noch verschlechtert. Es wurde wirklich höchste Zeit, dass sich das Heer in Bewegung setzte.

Kurze Zeit später erreichte er das Zelt des Meisters. Wie immer drang ein unheimlicher rötlicher Lichtschein durch die Ritzen des rubinroten Zeltes, in dem sich Asco-Bahrran aufhielt und dessen Schutz er nur selten verließ. Skynom wusste, dass der Meister niemals schlief. Schlaf sei etwas für gewöhnliche Sterbliche, hatte er ihn einmal sagen hören. Ein niederes Bedürfnis, das er schon seit Generationen abgelegt hatte. Unwillkürlich musste der Magier gähnen. Niedere Bedürfnisse hin oder her, nach dem langen, anstrengenden Ritt hätte er für ein weiches Lager und einen tiefen, erholsamen Schlaf viel gegeben. Doch noch war es nicht so weit.

Skynom straffte sich, rieb sich kurz über die müden Augen und atmete noch einmal tief durch. Dann trat er vor die beiden Wachen, die der Meister am Eingang seines Zeltes postiert hatte, und grüßte die Cha-Gurrline nach Art der Krieger mit geballter Faust.

»Tritt ein, Skynom!« Noch bevor er den Wachen seinen Namen und den Grund seines Kommens erläutern konnte, erklang im Innern des Zeltes die Stimme Asco-Bahrrans. Wie immer war sie magisch verstärkt, da die ausgedörrten Stimmbänder des Meisters kaum mehr als ein krächzendes Flüstern zustande brachten.

Wortlos traten die Wachen beiseite, um den Magier eintreten zu lassen. Skynom straffte sich und schritt erhobenen Hauptes durch den Zelteingang. Er hatte seine Aufgabe erfüllt und nichts zu befürchten, im Gegenteil: Insgeheim rechnete er sogar mit einer großzügigen Belohnung, da er nicht nur erfolgreich, sondern auch sehr schnell gehandelt hatte.

Gedämpftes rotes Licht und ein herber, harziger Geruch, den zwei glühende Kohlebecken neben dem thronähnlichen Stuhl Asco-Bahrrans verströmten, empfingen den Magier, als es das Zelt betrat. Außer ihm und dem Meister befand sich nur noch dessen engster Berater in dem spärlich eingerichteten Raum. Er stand vor einem großen Tisch mit Pergamenten, auf denen die Landstriche Thales trotz der Düsternis deutlich zu erkennen waren. Der Mann sah nicht auf, als Skynom eintrat, sondern schien völlig in seine Arbeit vertieft.

»Skynom, mein Freund«, begrüßte Asco-Bahrran den Magier in einem Tonfall, der keinen Zweifel daran ließ, dass ihm Freundschaft so fremd war wie Barmherzigkeit. »Tritt näher und überreich deinem Meister das Amulett der Auserwählten – du hast es doch bei dir, oder?«

»Ich habe es«, erwiderte Skynom mit fester Stimme. »Doch bevor ich es Euch übergebe, sagt mir, was ich dafür bekomme!«

»Bekomme?«, wiederholte Asco-Bahrran mehr belustigt als erstaunt. »Ist es dir etwa nicht Lohn genug, dass ich dir dein elendes Leben gerettet habe?«

»Nun«, begann Skynom gedehnt, während er in Gedanken jedes Wort sorgfältig abwog, »da habt Ihr Recht. Dies war der Grund, warum ich nach Nimrod reiste. Doch meine Schuld habe ich, wahrlich, bereits mit der Befreiung der Cha-Gurrlinen-Krieger beglichen. Das Amulett zu bekommen war weitaus schwieriger. Bog, mein treuer Diener, musste sein Leben dafür lassen. Ein unschätzbarer Verlust, wenn man bedenkt, dass … «

»Du wagst es, mit mir zu verhandeln, Sterblicher?«, brauste Asco-Bahrran auf. Mit einer ruckartigen Bewegung hob er den Zeigefinger der rechten Hand, die auf der Lehne seines Stuhles ruhte, ein wenig an. Der Asaak schoss unter Skynoms Umhang hervor, wirbelte durch die Luft und flog geradewegs auf den Meistermagier zu. Skynom hielt den Atem an. Bogs qualvolles Sterben vor Augen, wartete er darauf, dass die tödliche Wirkung der Klinge aus Sternenebulit auch den Meistermagier ergreife. Doch Asco-Bahrran fing den Dolch nicht auf. Auf ein winziges Zeichen hin verharrte der Asaak unmittelbar vor ihm in der Luft, als warte er auf weitere Befehle.

»Wage es nicht, dich mir zu widersetzen«, flüsterte der Meistermagier drohend. »Und nun gib mir das Amulett! «

Mit einer geradezu lässigen Handbewegung schleuderte Asco-Bahrran Skynom den Dolch entgegen. Der Angriff kam so schnell, dass dem Magier keine Zeit blieb, zu reagieren. Ich habe verloren, schoss es ihm durch den Kopf, während er in Erwartung der tödlichen Berührung die Augen schloss. Die entsetzlichen Bilder seines sterbenden Dieners, dessen unermessliche Qualen er nun teilen würde, zogen in Bruchteilen eines Augenblickes an ihm vorüber und er betete verzweifelt, dass ihm ein schneller und gnädiger Tod gewährt sei – doch das Ende kam nicht. Als Skynom die Augen vorsichtig wieder öffnete, sah er den Asaak kaum eine Handbreit vor seinem Gesicht in der Luft verharren. Fassungslos starrte er den blitzenden Elfendolch an, der sich wie ein lauerndes Raubtier ruhelos um die eigene Achse drehte.

»Gib mir das Amulett, Nichtswürdiger! «, schnarrte Asco-Bahrran. Der verächtliche Ton in seiner Stimme ließ keinen Zweifel daran, dass er das Amulett auch ohne Skynoms Mithilfe bekommen würde. Mit zitternden Händen, die Augen fest auf den Asaak gerichtet, griff Skynom unter seinen Umhang und zog sich das Lederband des Amuletts über den Kopf. Asco-Bahrrans Magie riss es ihm augenblicklich aus den Händen und legte es geräuschlos in die ausgestreckte Hand des Meistermagiers. »Endlich!« Erregt hob Asco-Bahrran das Kleinod in die Höhe. Aus der Dunkelheit unter der Kapuze drang ein zufriedenes Krächzen, das vor vielen Generationen ein Lachen gewesen sein mochte. »Endlich, endlich!« Immer wieder murmelte er die Worte wie eine magische Formel und fügte schließlich hinzu: »Endlich ist der Schlüssel mein.«

»Meister!« Skynom wagte sich noch immer nicht zu rühren, da der Asaak ihm nach wie vor drohend vor dem Gesicht schwebte. »Meister, der Asaak!«

»Skynom!« Asco-Bahrrans Ausruf klang so überrascht, als hätte er den Magier schon vergessen gehabt. »Richtig! Nun, was meinst du?«, wandte er sich an seinen Berater, der seit Skynoms Ankunft fieberhaft versuchte, durch ein geflissentliches Studium der Landkarten möglichst unauffällig zu bleiben. »Wozu?« Methar räusperte sich verlegen. Er wusste genau, worum es ging, versuchte jedoch, noch etwas Zeit zu gewinnen.

»Zu der Frage, was mit einem Magier geschehen soll, der so anmaßend ist, sein Leben nicht als ausreichenden Lohn für seine Dienste anzusehen.«

Lasst ihn gehen, hätte Methar am liebsten gesagt. Er konnte es nicht mit ansehen, wenn Menschen litten. Aber er war klug genug zu schweigen, wusste er doch, dass dies nicht die Antwort war, die Asco-Bahrran von ihm erwartete. »Niemand hat das Recht, Eure Güte herauszufordern«, erklärte er daher. »Das Leben ist das kostbarste aller Geschenke. Mehr zu fordern ist wahrhaftig anmaßend und zutiefst verabscheuungswürdig.«

»Gut gesprochen!«, lobte Asco-Bahrran. »Bleibt nur noch die Frage, ob ich einen so anmaßenden und verabscheuungswürdigen Magier in meinem Heer dulden kann.« Er bewegte den Finger ein wenig und der Asaak rückte noch etwas weiter auf Skynoms Gesicht vor, was dem Magier einen spitzen Schrei entlockte. Dicke Schweißperlen standen ihm auf der Stirn und er zitterte am ganzen Körper, während er mit angehaltenem Atem auf die todbringende Klinge starrte.

Einen endlosen Augenblick lang schien sich Asco-Bahrran an

Skynoms Todesängsten zu ergötzen, dann verlor er plötzlich die Freude an dem Spiel. Der Dolch schwang herum und kehrte wie ein abgerichtetes Schoßhündchen zu ihm zurück. »Verschwinde!«, knurrte er drohend und deutete zum Ausgang. »Aber ich warne dich, Skynom. Versuch nie wieder, mit mir zu handeln!«

 Der erste Herbststurm peitschte dicke Regentropfen gegen die mosaikverzierten hohen Fenster des Rats-saales und presste feuchtkalte Luft durch jede Mauer-ritze, als die Ratsmitglieder mit ihren beiden Gästen aus Caira-Dan an dem wuchtigen runden Tisch in der Mitte des Saales Platz nahmen. Die Druiden hatten ganze Arbeit geleistet. Nichts deutete mehr auf die Verwüstung hin, die der Räuber des Amulettes hinterlassen hatte. Alles wirkte unversehrt und sogar der lange Kratzer, der die hellen Wände des Ratssaales verunstaltet hatte, war verschwunden.

Anlässlich der nächtlichen Zusammenkunft hatte man eilig vier weitere Stühle herbeigeschafft, an den Tisch gestellt und ein Feuer im Kamin entzündet. Die trockenen Scheite verströmten eine hei-melige Wärme, die das nasskalte Wetter schnell vergessen ließ. Naemy streckte sich behaglich. Die Beratung zog sich in die Länge. Gerade hatte Sayen, der Meisterseher, den Anwesenden seine Sicht der Dinge erläutert und darin so ziemlich allem widerspro-chen, was Naemy zuvor in ihren Ausführungen für richtig gehalten hatte. Darauf wusste niemand etwas zu erwidern, zumal die Stühle der beiden wichtigsten Gäste noch frei waren.

Naemy, die neben Tabor und Jukkon, dem jüngsten Ratsmit-glied, am Tisch saß, nutzte die Zeit und beobachtete den Abner vol-ler Sorge. Die Ereignisse der vergangenen Sonnenläufe machten ihm mehr zu schaffen, als er zugeben wollte, und durch den stän-digen Schlafmangel wirkte er älter, als er es tatsächlich war. Den-noch gönnte er sich keine Ruhe. Zu viel hatte sich in den vergangenen Sonnenläufen ereignet und zu gegensätzlich waren die Meinungen der Ratsmitglieder darüber, wie man angesichts der unbekannten Bedrohung handeln sollte.

Zudem hatte der Rat mit dem Tod des ältesten Druiden sein erfahrenstes Ratsmitglied verloren und die Verantwortung für die Verteidigung Thales lastete nun auf den vier verbleibenden Mitgliedern. Für die Wahl eines neuen Ratsmitgliedes blieb keine Zeit, da dies ein aufwändiges und nach strengen Richtlinien abzuhaltendes Verfahren darstellte.

Genau genommen blieb dem Abner gar nichts anderes übrig, als die Verteidigung Thales in die eigenen Hände zu nehmen. Jukkon, darin waren sich alle einig, war noch viel zu jung und unerfahren für eine solche Aufgabe und Sayen zeigte sich nach wie vor skeptisch, was die Ernsthaftigkeit der Bedrohung anging. Die Priesterinnenmutter war ihrerseits schon aufgrund ihres strengen Glaubens viel zu friedliebend, um eine kriegerische Auseinandersetzung führen zu können.

Naemy seufzte leise. Wie sie es auch drehte und wendete, die Last der Verantwortung ruhte allein auf den Schultern des Abners, der sich der Herausforderung in bewundernswerter Weise und ohne Rücksicht auf seine Gesundheit stellte. Doch die Zeit verrann und Naemy befürchtete, dass die Maßnahmen, die zur Verteidigung des Landes ergriffen wurden, keinen Erfolg mehr hätten. Deshalb hatte sie darauf bestanden, dass die Mitglieder des Rates noch an diesem Abend zusammenkamen, damit sie sich Kianys Visionen mit eigenen Ohren anhörten

Ein zaghaftes Klopfen an der Tür riss Naemy aus ihren Gedanken. »Du bist also Kiany!«, hörte sie den Abner sagen. Der weißhaarige Druide stützte die Hände auf die Tischplatte und erhob sich. Ein väterliches Lächeln zeigte sich auf seinem Gesicht, als er auf die Novizin zuging, die den Raum an der Seite der Priesterinnenmutter betreten hatte, und ihr die Hand reichte. Danach wechselte er einige freundliche Worte mit der Priesterinnenmutter, deutete auf die beiden noch freien Stühle und forderte die Neuankömmlinge auf, sich zu setzen.

Naemy beobachtete, wie die Priesterinnenmutter Kiany zu ihrem Platz geleitete, wo sich das Mädchen mit gesenktem Blick niederließ. Auch der Abner kehrte zu seinem Stuhl zurück. Er wartete, bis die Priesterinnenmutter ihren Platz eingenommen hatte, dann begann er zu sprechen. »Ich habe euch zu dieser späten Stunde zusammengerufen, damit uns die Novizin Kiany von ihren außergewöhnlichen Visionen berichtet. Naemy« – er deutete auf die Nebelelfe – »ist fest davon überzeugt, dass diese in engem Zusammenhang mit den schrecklichen Ereignissen der vergangenen Sonnenläufe stehen, während Sayen dasselbe bezweifelt …«

»Richtig! Ich kann mir nicht vorstellen, dass das möglich ist«, wandte Sayen ein und, ohne auf das grimmige Gesicht des Abners zu achten, der solche Unterbrechungen gar nicht schätzte, fuhr er fort: »Wie ihr bereits wisst, habe ich mich schon am Nachmittag mit der Novizin Kiany über die besagten Träume unterhalten und ich muss sagen, dass ich die Ansicht der Nebelelfe keineswegs teile. Auch wenn einige der Ereignisse, die die Novizin gesehen hat, tatsächlich geschehen sind, kann ich nicht mit derselben Gewissheit wie andere« – er nickte Naemy zu – »bestätigen, dass die doch recht ungewöhnlichen Träume des Mädchens etwas mit der Bedrohung unseres Landes zu tun haben.«

»Natürlich haben sie damit zu tun!«, warf Naemy ein, doch der Meisterseher hob beschwichtigend die Hand und gebot ihr, zu schweigen. »Lasst mich ausreden! Ich habe gute Gründe für meine Behauptung. Weder meine Seher noch irgendjemand sonst – und ich habe mich vor dieser Sitzung gründlich danach erkundigt – in ganz Nimrod, der auch nur eine Spur Sehergabe im Blut hat, spürte in den letzten Sonnenläufen Anzeichen einer Bedrohung durch die dunklen Mächte und …«

»Nun, Sayen, Ihr habt uns Eure Einwände zuvor schon hinreichend erläutert«, erinnerte der Abner den Seher freundlich, aber bestimmt. »Ich nehme Eure Bedenken sehr ernst, doch ich finde, wir sollten zunächst der Novizin Kiany die Möglichkeit geben, uns ihre Erlebnisse ausführlich zu schildern, bevor wir darüber sprechen, was sie bedeuten könnten.« Darauf erhob sich zustimmendes Gemurmel und der Abner wandte sich an Kiany. »Nun, Mädchen«, begann er, »bist du bereit, uns deine Träume oder Visionen, wie immer man sie nennen mag, zu erzählen?«

»Ja«, flüsterte Kiany. Errötend hob sie den Kopf und ihre Blicke wanderten zu Naemy, die ihr aufmunternd zunickte. Ohne den Blick von der Nebelelfe abzuwenden, räusperte sie sich, holte noch einmal tief Luft und begann zu berichten.

»Da hörst du es«, wandte sich Naemy an den Meisterseher, als Kiany geendet hatte. »Es ist zwar schon lange her, aber ich kann dir versichern, dass sich die Schlacht um Nimrod genau so zugetragen hat, wie Kiany es gesehen hat.«

»Ich habe niemals behauptet, dass es anders gewesen wäre«, erwiderte Sayen gelassen. Der Meisterseher hatte Kianys Worte in bequemer Haltung und mit geschlossenen Augen gelauscht. Jetzt richtete er sich auf und blickte die Nebelelfe kopfschüttelnd an. »Doch ich wage zu bezweifeln, dass es wirklich eine Vision ist, wenn man von einem Ereignis, das in unzähligen historischen Schriften nachzulesen ist und das jedem Bewohner Thales von Kindesbeinen an erzählt wird, in Gestalt eines Tagtraumes heimgesucht wird.«

»So genau und ausführlich, wie Kiany es geschildert hat, habe ich es aber noch nirgends gelesen oder gehört«, gab die Priesterinnenmutter zu bedenken, doch Sayen sprach bereits weiter und ging nur kurz auf den Einwand ein. »Nun, immerhin ist sie eine direkter Nachfahrin des Anführers des Rebellenheeres. Da mag es sein, dass die Ereignisse der Schlacht in ihrer Familie besonders lebendig weitergegeben wurden. Der Traum mit dem Käfer und auch Kianys Erlebnisse während der Feier zur Tagundnachtgleiche sind, das gebe ich offen zu, schon etwas schwieriger zu erklären, doch auch hier sehe ich höchstens eine besondere Empfänglichkeit negativen Energien gegenüber, was aber längst noch nicht bedeutet, dass die Novizin eine echte Sehergabe, das heißt, die Fähigkeit besitzt, zukünftige Ereignisse vorherzusagen.«

»Du vergisst das Erlebnis auf dem Turm!«, rief Naemy empört. »Das ist nun wirklich …«

»… nichts weiter als ein Albtraum, der ihren Ängsten, ihrem Heimweh und ihrer Unsicherheit entsprang. Ich bin sicher, dass er nichts mit den schrecklichen Ereignissen der vergangenen Sonnenläufe zu tun hat.«

»Und ich bin überzeugt davon, dass er damit zu tun hat«, brauste Naemy auf, »und sehr überzeugt, dass wir nur die Worte, die Kiany gehört hat, genauer kennen müssen, um unserem Feind auf die Spur zu kommen.«

»*Krieger nach Norden!*«, wiederholte Sayen spöttisch Kianys Worte. »Das würde bedeuten, dass wir alle Landstriche im Norden Thales nach Kriegern absuchen müssten.« Er unterdrückte ein Lachen. »Verzeiht, aber Ihr wisst selbst, dass ein solches Unterfangen viele Mondläufe dauern würde.«

»Du hast…« Naemy verstummte, weil Kiany plötzlich die Stimme erhob. »Aber das war doch nicht alles!«, wagte das Mädchen einzuwenden. »Das entsetzliche Gesicht hat noch viel mehr gesagt; ich konnte die Worte nur nicht verstehen.«

»Richtig, darauf wollte ich auch hinaus.« Naemy schenkte der Novizin ein dankbares Lächeln. »Ich bin fest entschlossen herauszufinden, was die Stimme noch gesagt hat.«

»Und wie wollt Ihr das anstellen?«, fragte der Abner.

»Ich werde Kiany mit nach Caira-Dan nehmen«, erklärte Naemy und obwohl ihr nicht entging, wie die Novizin bei dieser Ankündigung zusammenzuckte, fuhr sie fort: »Ich werde sie zu Lya-Numi bringen, unserer Elfenpriesterin. Sie allein besitzt die Fähigkeit, die vollständige Botschaft in Kianys Gedanken gänzlich zu entschlüsseln.«

»Nein! Das lasse ich nicht zu!« Schützend legte die Priesterinnenmutter die Arme um Kiany. »Das Mädchen ist meiner Obhut übergeben. Ich bin ihrer Familie verpflichtet, dass sie wohlbehalten nach Hause zurückkehrt.«

»Kiany wird kein Leid geschehen. Darauf hast du mein Wort«, versicherte Naemy. »Lya-Numi wird sich nur mit ihr unterhalten. Sie wird ihr einen Trank bereiten, der ihren Geist öffnet und viele verborgene oder vergessen geglaubte Erinnerungen zutage fördert.

Ich bin überzeugt, dass sie auf diese Weise die vollständige Botschaft finden wird. Und dann« – sie maß den Meisterseher mit einem langen, schwer zu deutenden Blick – »werden wir wissen, wer von uns beiden Recht hat.«

»Abner?« In der Stimme der Priesterinnenmutter lag die stumme Bitte, den Wunsch der Nebelelfe abzuschlagen und ihr zu verbieten, Kiany in die Hauptstadt der Elfen zu bringen. Der oberste Druide runzelte die Stirn und ließ seinen Blick von der Priesterinnenmutter über Sayen zu Naemy und von dort zu Kiany wandern, wo er eine Weile hängen blieb. »In dieser schweren, von schrecklichen Ereignissen überschatteten Zeit«, begann er schließlich, »ist es meine oberste Pflicht, dem Volk Thales zu dienen. Dazu muss ich jede noch so geringe Möglichkeit nutzen, dem Feind, den wir noch nicht kennen, erfolgreich gegenübertreten zu können. Da wir zurzeit keine Kunde darüber besitzen, wer der Feind ist und wo er sich versteckt hält, sehe ich mich gezwungen, jede Spur zu verfolgen, auch wenn sie noch so klein ist. Die Nebelelfe Naemy genießt in dieser Beziehung mein volles Vertrauen. Ihr Wort, dass dem Mädchen nichts geschehen wird, genügt mir.« Er nickte Naemy zu. »Ich erteile dir hiermit die Erlaubnis, die Novizin Kiany mit nach Caira-Dan zu nehmen, um Aufschluss über ihre Visionen oder – wie ihr glaubt, Sayen – über ihre Träume zu erhalten.«

»Caira-Dan ist weit«, gab die Priesterinnenmuter zu bedenken, die Kiany noch immer im Arm hielt. »Es wird viele Sonnenläufe dauern, bis Kiany zurückkehrt. Aber so viel Zeit haben wir nicht. Banor, der Gesandte des Graslandes, wird in wenigen Sonnenläufen hier eintreffen, um Kiany nach Hause zu bringen. Wenn sie bis dahin nicht wieder hier ist, kann sie vor Einbruch des Winters nicht in ihre Heimat, das Grasland, zurückkehren.«

»Wenn wir nicht bald einen Hinweis auf den Feind finden, wird es vermutlich keine Heimat mehr geben, in die sie zurückkehren könnte!« Naemys Worte trafen die Priesterinnenmutter mit der Schärfe eines Schwerthiebs. »Schon jetzt mehren sich die Berichte von Übergriffen der Cha-Gurrline an der Grenze zur Finstermark. Sie tauchen plötzlich auf und verschwinden ebenso schnell, wie sie gekommen sind. Den wenigen Grenzposten gelingt es nicht, ihrem Treiben Einhalt zu gebieten. Ihr kennt die Berichte so gut wie ich. Seht Ihr es nicht, oder wollt Ihr es nicht sehen? Irgendwo dort oben lauert eine Gefahr, die uns alle bedroht und die uns überrennen wird, wenn wir es nicht schaffen, rechtzeitig einen wirksamen Widerstand zu errichten.«

»Gut gesprochen!« Zum ersten Mal meldete sich Jukkon zu Wort. »Auch ich finde, dass wir nichts unversucht lassen sollen, um die Vision zu entschlüsseln, die Kiany auf dem Turm hatte. Doch ich gebe auch der Priesterinnenmutter Recht, die den Weg nach Caira-Dan für zu weit hält. Wie denkt Ihr darüber, Naemy?«

»Zahir ist kräftig genug, um zwei Menschen zu tragen«, erwiderte die Nebelelfe. »Mit ihm wird die Reise nur einen Sonnenlauf lang dauern, sodass wir allerspätestens in vier Sonnenläufen zurück sein werden.«

»Ich darf auf einem Riesenalp reiten?« Kiany starrte die Nebelelfe an und ihre Augen strahlten.

»Wenn du es dir zutraust, nehme ich dich mit.«

»Und ob ich mir das zutraue!« Kiany streifte den Arm der Priesterinnenmutter ab und straffte sich. »Sunnivah ist schließlich auch auf einem Riesenalp geritten. Nichts täte ich lieber!«

»Nun, Sayen?« Der Abner wandte sich an den Meisterseher. »Findet die Entscheidung, Kianys Visionen von einer Elfenpriesterin untersuchen zu lassen, auch Eure Zustimmung?«

»Ich habe zwar meine Zweifel, was den Erfolg angeht«, meinte Sayen, »doch ich teile Jukkons Meinung, dass wir alles versuchen müssen, um zu erfahren, wer hinter diesen schrecklichen Ereignissen steckt.«

»Dann ist es also beschlossen«, verkündete der Abner, ohne auf das missbilligende Gesicht der Priesterinnenmutter zu achten. »Sobald sich der Sturm gelegt hat, brechen Naemy und Kiany auf.«

Als die Sonne über dem nördlichen Grasland aufging, erreichte der erschöpfte Cha-Gurrlinen-Krieger die ersten Schatten der ewigen Dunkelheit, die ihre Geheimnisse unter einem undurchdringlichen Mantel aus Düsternis verbarg. Zwar hatte der Tod einige Gedanken aus seinem Bewusstsein gelöscht, doch die fremde Wesenheit, die nun die Herrschaft über den riesenhaften Körper ausübte, hatte viele Erinnerungen des Kriegers gerettet. So konnte sie sich mühelos an seinen Namen und den Ort erinnern, an dem er zu Hause war, und das war zunächst das Wichtigste.

Nach Hause! Müde setzte der wieder erweckte Krieger seinen Weg über die trockene und steinige Erde der Finstermark fort. Die sechs Grasländer zu begraben hatte seine letzten Kräfte aufgezehrt und der hohe Blutverlust forderte immer nachdrücklicher seinen Tribut. Hunger und Durst trieben ihn voran und er kämpfte hartnäckig gegen die zunehmende Müdigkeit an, die seine Schritte lähmte, während er immer tiefer in die Dunkelheit eintauchte. Fast hätte die fremde Wesenheit, die in dem Körper des Kriegers wohnte, dem übermächtigen Bedürfnis nach Ruhe nachgegeben, doch die Zeit drängte und ihr Auftrag duldete keine Verzögerung. In der verzweifelten Hoffnung, dass der Körper sich ihrem Willen nicht einfach entzog, trieb sie die schmerzenden Beine Schritt um Schritt voran, während sie in der Finsternis nach den Anzeichen eines Lagers suchte.

Wie schon im Grasland, wo die mondlose Nacht noch vom Licht der Sterne erhellt wurde, herrschte auch hier keine vollkommene Dunkelheit. Nach und nach gewöhnten sich die Augen des Cha-Gurrlins an das düstere Zwielicht und die fremde Wesenheit bemerkte, wie sich aus dem heillosen Durcheinander von Schwarz- und Grüntönen allmählich die Umrisse einzelner Steine und Felsen abzeichneten. Entgegen allen Erwartungen war es ihr sogar möglich, zwanzig Längen vorauszuschauen, sodass sie ihren Weg ungehindert fortsetzen konnte.

Lange bevor sie in der Ferne den Lichtschein eines Feuers erblickte, trug ihr ein schwacher Luftstrom den Geruch brennender Kohle und den Ekel erregenden Gestank des Unrates tausender Cha-Gurrline zu, die schon viel zu lange auf engstem Raum beisammenlebten. Das Lager! Die Aussicht auf Nahrung und Wasser beschleunigte ihre Schritte und holte auch das Letzte aus dem erschöpften Körper heraus. Zwar hatte sie selbst keinen Bedarf an den Genüssen, die der wärmende Feuerschein verhieß – Hunger, Durst und Schlaf waren Begriffe, die es in ihrer Dimension nicht gab –, doch sie spürte, dass es höchste Zeit war, den Körper des Kriegers zu stärken, damit sie ihn weiterhin nutzen konnte.

Als sie sich dem ersten Feuer bis auf wenige Schritte genähert hatte, sprang einer der vier Cha-Gurrline, die dort ihr Lager aufgeschlagen hatten, erschrocken auf. »Gnooart!«, stieß er hervor. In den Augen des Kriegers flackerte blankes Entsetzen, während seine drei Kameraden am Feuer ungläubig auf den Neuankömmling starrten. *Gnoorat!* Die Wesenheit wusste, dass dies der Name des Kriegers gewesen war, dessen Körper sie nutzte. Offensichtlich wussten die Cha-Gurrline am Feuer um dessen Schicksal und glaubten, einen Geist vor sich zu sehen. »*Tarrat a sne, Sulisorr e rag!*« Wasser, Essen! Um zu verhindern, dass die Krieger davonrannten, entließ die Wesenheit den Körper des Kriegers aus ihrem Bann, worauf er kraftlos in sich zusammensank. »*Tarrat a sne, Sulisorr e rag!*«, flüsterte sie noch einmal, dann schlossen sich die Augen des Kriegers und entzogen der fremdem Wesenheit die Bilder des weiteren Geschehens. Sie fühlte, wie der Körper angehoben und brackiges Wasser in Gnoorats Mund geträufelt wurde. Dem Wasser folgte ein stinkender Brei aus vergorenem Obst und Getreide, den sie mechanisch kaute und schluckte, um wieder zu Kräften zu kommen.

Die Nahrung blieb nicht lange ohne Wirkung. Schon bald spürte die Wesenheit, wie die Lebensgeister ihres Wirtskörpers erwachten. Sobald sie ihm ein wenig Ruhe gegönnt hätte, würde sie mit dem Sammeln von Wissen beginnen und eine erste Nachricht über das Geschehen, das sich hinter der Finsternis verbarg, an ihre Herrin senden.

Von nun an musste sie wachsam sein. Wachsam und vorsichtig, denn ab sofort war sie Gnoorat. Ein Cha-Gurrlinen-Krieger wie alle anderen. Jedes falsche Wort, jede unpassende Reaktion konnten ihr doppeltes Spiel verraten.

»Ich bin mir nicht sicher, ob das richtig ist!« Der stämmige Cha-Gurrlin, der schon seit vielen Mondläufen als Wärter an den Quarline-Gehegen arbeitete, schüttelte missbilligend den Kopf.

»Was?« Methar, der sich nach einer viel zu kurzen Nacht schon früh an den Quarlin-Gehegen eingefunden hatte, um die Zeremonie vorzubereiten, die am späten Vormittag stattfinden sollte, blickte den Wärter erstaunt an.

»Fast das ganze Rudel freizulassen«, erklärte der Wärter. Für einen Cha-Gurrlin beherrschte er die Sprache seines Meisters erstaunlich gut, auch wenn sie sich aus seinem Mund seltsam verzerrt anhörte.

»Wer sagt denn, dass wir sie freilassen?«, erkundigte sich Methar verwundert.

»Niemand«, gestand der Wärter. »Aber ich habe die Vorbereitungen der Magier beobachtet und vermute, dass die Quarline irgendwohin geschickt werden sollen.«

»Das Denken überlassen die Cha-Gurrline für gewöhnlich dem Meister und seinen Beratern«, erwiderte Methar spitz und wandte sich wieder den hundert knurrenden und fauchenden Quarlinen zu, die von den Wärtern an diesem Morgen ausgesondert und in einem großen Käfig zusammengetrieben worden waren. Unzählige klauenbewehrte Pranken schoben sich durch das Gitter des viel zu kleinen Geheges, während die Quarline mit ihren säbelartigen langen Eckzähnen die dicken Stangen ihres Gefängnisses zu zerbrechen versuchten. Der bestialische Raubtiergestank, der von den massigen Leibern ausging, nahm Methar fast den Atem. Er hatte schon immer großen Respekt vor den Furcht einflößenden Tieren gehabt, und bei dem Gedanken, dass sie sich schon am Abend nicht mehr im Lager befänden, atmete er innerlich auf.

»Seht Ihr? Sie sind blutrünstig und halb wahnsinnig vor Hunger.« Der Wärter unternahm einen erneuten Versuch, dem Berater des Meisters seine Bedenken mitzuteilen. »Wenn die Magier sie freilassen, sind auch wir nicht mehr vor ihnen sicher.«

Methar lächelte und legte dem Cha-Gurrlin, der ihn um mehr als eine Haupteslänge überragte, in einer väterlicher Geste die

Hand auf die Schulter. »Darüber brauchst du dir keine Sorgen zu machen«, meinte er gelassen. »Dort, wo sie hingehen, finden sie einen reich gedeckten Tisch.«

»Aber sie werden wieder …«

»Wie ich schon sagte, gehört das Denken nicht zu deinen Aufgaben!« Bei Methars scharfem Tonfall zuckte der Cha-Gurrlin zusammen. »Deine Aufgabe war es, die Tiere in den Käfig zu treiben. Ist alles bereit?«

»Ja!«

»Gut, dann nimmst du jetzt die Eisenstange, kehrst auf deinen Platz zurück und sorgst dafür, dass sich die Quarline nicht gegenseitig zerfleischen.« Mit diesen Worten ließ Methar den Wächter einfach stehen und machte sich daran, das riesige Pentagramm abzuschreiten, das den Käfig umgab. Der Anblick der an vielen Stellen noch feucht glänzenden rotbraunen Linie auf staubigem Boden rief ihm unwillkürlich die schrecklichen Bilder der Massenhinrichtung vor drei Sonnenläufen in Erinnerung, bei der dreißig der dreiundvierzig Grasländer, die die Cha-Gurrline während der vergangenen Mondläufe gefangen genommen hatten, ihr Leben lassen mussten, um den Magiern das nötige Blut für die Umrisse des fünfzackigen Sterns zu liefern.

Der metallische Geruch des Blutes hing noch in der Luft und trieb die ausgehungerten Quarline im Käfig zur Raserei. Methar hörte ihr wütendes Brüllen über das Klirren der Metallstangen hinweg, mit denen die Wärter die aufgebrachten Tiere auseinander zu halten versuchten. Es wurde höchste Zeit, das Tor zu öffnen, sonst würden sich die Tiere wirklich noch gegenseitig auffressen.

Methar beschleunigte seine Schritte und setzte die Überprüfung fort. Mit großer Genugtuung stellte er fest, dass bereits drei der fünf mannshohen Pfähle an den Spitzen des Pentagramms von den Cha-Gurrlinen in die Erde getrieben worden waren. Ein vierter wurde gerade errichtet, als Methar vorbeiging. Der Berater lächelte zufrieden. Alles verlief nach Plan. Sobald der fünfte und letzte Pfahl stand, konnten die Gefangenen geholt und das Tor geöffnet werden.

»Wenn der Sturm nur endlich aufhören würde!« Ungeduldig schritt Naemy in dem geräumigen Zimmer auf und ab, das man ihr und Tabor als Unterkunft zur Verfügung gestellt hatte. Dabei warf sie immer wieder wütende Blicke zum Fenster, an dem das Wasser in Strömen herunterlief. Seit dem vergangenen Abend stauten sich die regenschweren Wolken an der Flanke der Valdorberge und entluden ihre nasskalte Fracht beharrlich über der Festungsstadt. Manchmal hingen sie so tief, dass Nimrods höchste Turmspitzen nicht mehr zu sehen waren. Obwohl die Sonne inzwischen hoch am Himmel stehen musste, war es nicht richtig hell geworden. Das dürftige graue Zwielicht, das die dunkle Wolkendecke zu durchdringen vermochte, schien die Nacht immer noch nicht abgelöst zu haben und machte es den Menschen von Nimrod schwer, den Morgen wie gewohnt zu beginnen.

Der stetige Regen trommelte noch heftiger gegen die Scheiben als am Abend zuvor, der Wind hatte weiter zugenommen und es wurde immer unwahrscheinlicher, dass die Riesenalpe an diesem Sonnenlauf abfliegen konnten.

»Ich habe vorhin einige Gedanken mit meinem Freund An-Shesan in Caira-Dan getauscht«, erzählte Tabor, der an dem kleinen Tisch des Zimmers saß und seine Morgenmahlzeit beendete. »In den Sümpfen von Numark ist von dem Sturm nichts zu spüren. Dort herrscht herrlicher Sonnenschein. Die Vorbereitungen für das Gründungsfest am Abend sind fast abgeschlossen. An-Shesan sagt, dass sich diesmal so viele Elfen wie nie zuvor zu den Feierlichkeiten eingefunden haben. Sie sind aus allen Teilen des Landes gekommen und es sollen sogar Elfen angereist sein, die Caira-Dan bisher noch nie betreten haben. An-Shesan meint, dass die Stadt vor Trubel förmlich aus den Fugen gerät. Kein Wunder: Zweihundertfünfzig Sommer sind auch wirklich ein bedeutender Grund zu feiern.« Tabor machte ein betrübtes Gesicht. »Zu schade, dass wir hier festsitzen. Wenn der Sturm nicht bald nachlässt, werden wir die Feierlichkeiten wohl verpassen.«

»Ja, das befürchte ich auch. Und alles ist meine Schuld!«, warf sich Naemy vor. »Wenn ich früher mit Kiany gesprochen hätte, könnten wir längst in Caira-Dan sein. Das Wetter war so gut zum …«

»Du hast dir wirklich nichts vorzuwerfen, Mutter«, lenkte Tabor ein. »Niemand konnte die schrecklichen Ereignisse vorhersehen. Und dass die Spurensuche nach dem Mord und dem Diebstahl viel Zeit in Anspruch nahm, ist nur verständlich. Schließlich wussten wir zu dem Zeitpunkt noch nichts von Kianys Visionen.«

»Doch, ich hätte es wissen müssen. Kiany hatte es mir gegenüber schon während der Feier zur Tagundnachtgleiche angedeutet.« Naemy schüttelte den Kopf. »Aber ich habe sie zunächst nicht ernst genommen.«

»Wie auch immer, es lässt sich jetzt nicht mehr ändern«, tröstete Tabor. Der junge Elf erhob sich und deutete mit einem Kopfnicken zum Fenster hinüber, wo eine besonders heftige Bö die Scheiben zum Klirren brachte. »Wer konnte ahnen, dass wir einen solchen Sturm bekommen?«

»Niemand!« Naemy seufzte ergeben und wechselte das Thema. »Ich kümmere mich jetzt um Zahir und Leilith und frage in der Küche nach zwei geschlachteten Ziege oder Schafen. Zahir klagte vorhin über großen Hunger, weil die beiden heute Nacht nicht jagen konnten. Sobald das erledigt ist, bereite ich unsere Abreise vor. Der Sturm kann ja nicht ewig dauern.«

Das Bündel, das nahezu fertig gepackt auf Kianys Bett lag, war erstaunlich klein. »Mehr hast du nicht mitzunehmen?«, fragte Manou und musterte stirnrunzelnd Kianys Habseligkeiten.

»Ich bleibe doch nicht lange fort«, erwiderte Kiany. »Naemy hat versprochen, dass wir spätestens in drei oder vier Sonnenläufen zurück sind.«

»Also, dass du dich traust, da mitzufliegen!«, meinte Manou bewundernd. »Ich könnte das nicht. Das ist doch wahnsinnig hoch. Ich hätte viel zu viel Angst hinunterzufallen.«

»Ich habe keine Angst.« Kiany setzte sich auf ihr Bett und sah träumend zu dem regennassen Fenster ihrer Kammer hinüber. »Wenn du wüsstest, wie lange ich mir das schon gewünscht habe.

Einmal wie Sunnivah auf einem Riesenalp zu fliegen! Aber bisher glaubten ja alle, dass es keine solchen Vögel mehr gebe. Und jetzt – Oh, Manou, ich bin ja so glücklich.«

»Fliegen? Bei *dem* Wetter?« Manou erschauerte.

»Nein, natürlich nicht bei diesem Sturm. Wir fliegen erst los, wenn er sich gelegt hat«, erklärte Kiany lachend und sprang vom Bett, weil der Gong zum Mittagsgebet erklang. »Ich denke, das wird nicht vor morgen früh sein. So, wie der Sturm da draußen wütet, hat er sich noch lange nicht ausgetobt.« Zusammen mit Manou verließ sie die Kammer und trat in den Flur hinaus, wo sie sich zu den anderen Novizinnen gesellten, die ebenfalls auf dem Weg zum Gebetshaus waren.

»Wir können die Gütige Göttin ja um Windstille bitten«, flüsterte Kiany ihrer Freundin augenzwinkernd zu. »Vielleicht erhört sie uns.«

 Die von zwei Cha-Gurrlinen getragene schwarze Sänfte erreichte das Quarlin-Gehege nur wenige Augenblicke, nachdem fünf Gefangene an die Pfosten des Pentagramms gebunden worden waren. Die schwächlichen Versuche der Grasländer, dem Unausweichlichen zu entgehen, waren von den Cha-Gurrlinen schon im Ansatz durch einen kräftigen Schlag ins Gesicht erstickt worden. Drei der fünf jungen Männer hingen seitdem besinnungslos in den Seilen, die sie an die hölzernen Pfosten fesselten und ihre Köpfe in eine aufrechte Haltung zwangen, doch niemand kümmerte sich um sie. Ihr Schicksal war besiegelt.

Die anwesenden Magier und Cha-Gurrline hatten ihre ganze Aufmerksamkeit der schwarzen Sänfte zugewandt, die von den beiden Trägern in unmittelbarer Nähe des Geheges auf dem Boden abgestellt worden war. Methar trat vor und schritt auf die Sänfte zu. Als er nur noch zwei Schritte von dem schwarzen Vorhang entfernt war, der den Einblick in die Sänfte verwehrte, hielt er inne und neigte demütig das Haupt. »Wir sind so weit, Meister«, sprach er, ohne den Blick zu heben. »Das Tor kann geöffnet werden.«

»Das ist gut«, schnarrte es aus dem Innern und der schwarze Vorhang bauschte sich, als Asco-Bahrran sich zum Aussteigen anschickte. Für einen winzigen Augenblick war eine kalkweiße, skelettartige Hand zu sehen, die den Vorhang beiseite schob, dann erschien die in ein weites, rubinrotes Gewand gehüllte Gestalt im Einstieg der Sänfte und zwängte sich heraus. Die umstehenden Magier und Cha-Gurrline verneigten sich ehrfürchtig und begrüßten ihren Meister mit einem gebetsartigen Gemurmel, dessen genauer Wortlaut aufgrund der unterschiedlichen Sprachen nicht zu verstehen war.

»Wie ich sehe, habt ihr gute Arbeit geleistet.« Während er die Arme vor der Brust verschränkte und die knochigen Hände in den weiten Ärmeln des Gewandes verbarg, trat Asco-Bahrran, dessen Haupt wie immer von einer weiten Kapuze verdeckt war, gemessenen Schrittes vor das Quarlin-Gehege. Die großen Raubtiere hinter den Gitterstäben legten die Ohren an und fauchten böse. Als er näher kam, schlug ihr Fauchen in ein ängstliches, fast jämmerliches Winseln um, so als spürten sie die ungeheure Macht, die dem Wesen innewohnte, das sich unter dem roten Gewand verbarg.

Furchtlos ging Asco-Bahrran vor dem Käfig in die Hocke, streckte eine knöcherne Hand durch das Gitter und kraulte einem riesigen Quarlin das Fell, der vor Furcht wie gelähmt schien. »So ist es brav, mein Kätzchen«, krächzte er. »Armes Kätzchen, du hast Hunger, nicht wahr? Großen Hunger.« Ein heiseres, bösartiges Lachen drang aus der Kehle des Meisters und seine teuflische Vorfreude auf das Kommende wurde für einen Augenblick fast greifbar. Entschlossen erhob er sich, riss die Arme in die Höhe und rief: »ICH bin euer Meister, Herr über Leben und Tod. Und jetzt werde ich euch zu der Aufgabe führen, für die ICH euch geschaffen habe.« Er wandet sich um und seine Augen leuchteten wie zwei glühende Kohlestücke aus der Dunkelheit der Kapuze. »Nehmt eure Plätze ein!«, befahl er den Magiern. »In wenigen Augenblicken wird sich der Abend über die Sümpfe von Numark herabsenken. Dies ist der Augenblick, da die Elfen das große Feuer entzünden, um der Gütigen Göttin für ihre glückliche Heimkehr zu danken – der Augenblick, da wir das Tor öffnen und ihnen eine tödliche Überraschung bereiten.« Vier Magier lösten sich aus der umstehenden Menge und umrundeten das Gehege, bis jeder von ihnen einen der hölzernen Pfosten erreicht hatte. Asco-Bahrran streckte unterdessen die Hand nach dem Gitter aus, umfasste eine Stange und murmelte leise einen langen Spruch, der den Käfig zum Glühen brachte. Wo immer ein Quarlin die Streben berührte, stoben Funken sprühende Blitze, worauf die Raubkatze mit einem erschrockenen Fauchen flüchtete.

Langsam, fast unmerklich dehnte sich das Gehege aus. Es wurde länger und breiter und formte sich zu einem fünfzackigen Stern, dessen Gitter sich schließlich unmittelbar hinter den Linien des Pentagramms erhoben. Als es so groß war, dass keine Linie mehr über das Gitter hinausragte, löste Asco-Bahrran die Hand von der Strebe und das Glühen erlosch. Dann nahm auch er seinen Platz neben dem letzten freien Pfahl ein und legte dem bewusstlosen Gefangenen eine Hand auf den Kopf. »Es ist so weit«, verkündetet er mit magisch verstärkter Stimme. »Die Quarline können in die Freiheit entlassen werden. Ihr wisst, was ihr zu tun habt.« Auf sein Zeichen hin legten auch die anderen Magier eine Hand auf den Kopf des Gefangenen, der sich an ihrer Seite befand, und stimmten gleichzeitig einen monotonen Gesang an, der zunächst leise, dann immer lauter die ewige Nacht der Finstermark erfüllte.

Als der Gesang seinen Höhepunkt erreicht hatte, unterbrach ein spitzer, qualvoller Schrei die Monotonie. Aus dem Kopf eines gefangenen Grasländers schoss ein gleißender Blitz geradewegs in den Schädel des nächsten Gefangenen. Dieser zuckte wie elektrisiert zusammen und verdrehte stöhnend die Augen. Der Blitz durchbohrte seinen Schädel, als gäbe es dort keine Widerstände und setzte seinen Weg von einem Gefangenen zum anderen fort, bis er seinen Ursprung wieder erreicht hatte und das ganze Gehege wie ein leuchtendes Band umschloss.

In diesem Augenblick begann Asco-Bahrran mit gutturaler Stimme einen komplizierten Spruch zu rezitieren, der das ganze Pentagramm in schimmerndem Licht erglühen ließ. Die Körper der verängstigten Quarline wurden durchsichtig und verschwammen, während sich die Tiere Schutz suchend aneinander drängten. Immer geisterhafter wurden ihre Körper, während ihr Brüllen und Fauchen gleichzeitig immer leiser wurde. Und dann, innerhalb eines einzigen Wimpernschlages, waren die hundert Raubkatzen verschwunden. Das schimmernde Licht erlosch und der gleißende Blitz, der die Gefangenen miteinander verbunden hatte, verblasste.

Asco-Bahrran nahm die Hand vom Kopf des Grasländers und wischte den kalten Schweiß des Mannes, der seine Hand benetzt hatte, angewidert an dessen zerschlissener Kleidung ab. »Schafft sie fort!«, rief er den umstehenden Cha-Gurrlinen zu, die das Schauspiel gebannt beobachtet hatten. Augenblicklich erwachten die Krieger aus ihrer Starre und lösten die erschlafften Körper der Grasländer von den Pfosten. Lebensgroßen Puppen gleich, sanken die Männer in sich zusammen und kippten in den Staub, wo sie wie tot liegen blieben.

»*Notatr rauk kam sorra?*« Ein Cha-Gurrlin, den ein blutrotes Schulterabzeichen als Hauptmann auswies, trat vor und richtete die Frage gesenkten Hauptes an den Meister.

»Werft sie in das Gehege mit den restlichen Quarlinen!«, befahl Asco-Bahrran barsch. »Es gibt keinen Grund, die Tiere weiter hungern zu lassen. Von nun an erhalten sie genügend Fleisch, damit sie Kräfte für den Marsch auf Nimrod sammeln können.« Der Hauptmann knurrte etwas in der kehligen Sprache der Cha-Gurrline und verneigte sich ergeben. Dann bückte er sich, hob einen Grasländer auf und warf ihn sich mit solcher Leichtigkeit über die Schulter, als wäre es ein Kinderspiel, das Gewicht eines ausgewachsenen Mannes zu tragen.

Während die Cha-Gurrline das Pentagramm in Richtung des alten Quarlin-Geheges verließen, winkte Asco-Bahrran seine Sänfte heran. Er hatte es eilig. Mit einer Gewandtheit, die man ihm angesichts seines gebrechlichen Äußeren kaum zugetraut hätte, bestieg er die Sänfte und verschwand hinter dem dunklen Vorhang.

»Zu meinem Zelt!«, wies er die Träger mit herrischer Stimme an, worauf sich die Sänfte langsam in Bewegung setzte. »Methar!« Der Berater des Meisters war sofort herbeigeeilt, hatte aber alle Mühe, den weit ausgreifenden Schritten der Träger zu folgen. »Ihr habt gerufen, Meister?«, fragte er untertänig, während er neben der Sänfte einherhastete.

»Du begleitest mich«, kam die Antwort. »Ich kann nur hoffen, dass sich mein neues Medium inzwischen so weit erholt hat, dass ich das Ergebnis unserer kleinen Überraschung mit eigenen Augen sehen kann. Möglicherweise brauche ich dich dazu.«

»Ja, Meister!« Methar schluckte. Er wagte nicht zu fragen, was der Meister mit ihm vorhatte, betete aber um seiner Gesundheit willen darum, dass das Medium wieder einsetzbar war.

Während sich die Menge der Cha-Gurrline langsam zerstreute, schritt Gnoorat unauffällig auf den leeren Käfig zu. Er war einer der Letzten gewesen, die zur Zeremonie gekommen waren, und hatte über die gedrängt stehenden Krieger hinweg nicht sehen können, was sich am Käfig ereignete. Nicht zum ersten Mal verfluchte die Wesenheit in Gnoorats Körper die lückenhaften Erinnerungen des Cha-Gurrlins, die schuld daran waren, dass sie zu spät kam. Je länger sie sich im Lager aufhielt, desto bewusster wurde ihr, dass der Tod viele der vermeintlich vollständigen Gedanken des Kriegers mit sich fortgerissen hatte. Immer wieder war sie gezwungen, zu improvisieren und zweifelhafte Erklärungen zu ihrem Verhalten abzugeben, weil sie sich nicht zurechtfand.

Inzwischen schienen die übrigen Cha-Gurrline zu dem Schluss gekommen zu sein, dass Gnoorat bei dem Überfall auf die Grasländer zwar nicht das Leben, wohl aber einen Großteil seines Verstandes eingebüßt hatte. So schöpfte niemand Verdacht und der Spott, mit dem die Krieger Gnoorat bedachten, schützte die fremde Wesenheit vor Entdeckung. So hatte sie die Rolle des verwirrten Cha-

Gurrlins angenommen und verrichtete die Hilfsdienste, die man Gnoorat auftrug, ohne zu murren. Dabei blieb sie stets wachsam und versuchte unauffällig Auskünfte zu sammeln, die ihrer Herrin dienlich sein konnten.

Unschlüssig ließ sie Gnoorat um den Käfig herumstreifen, während sie mit ihren feinen Sinnen versuchte, alle noch vorhandenen Eindrücke aufzunehmen. Magie! Fast greifbar lag die Aura der gewaltigen Energien, die hier vor kurzem freigesetzt worden waren, in der Luft. Und Blut! Der metallische Geruch, den das rund um den Käfig gezeichnete Pentagramm verströmte, nahm allmählich ab, ließ aber keinen Zweifel daran, woraus die rostrote Farbe bestand. Der strenge Raubtiergestank, den die Wesenheit von den Quarlinen kannte, war dagegen noch deutlich zu spüren und die vielen frischen Kothaufen im Innern des Käfigs zeugten davon, dass sich noch vor wenigen Augenblicken eine große Anzahl der gefährlichen Raubkatzen in dem Käfig aufgehalten hatten.

Aber wo waren sie?

Ein furchtbarer Verdacht stieg in der Wesenheit auf und ein unbestimmtes Gefühl drängte sie zur Eile. Sie musste sofort einen ruhigen Platz finden, von wo aus sie ungestört eine Nachricht an ihre Herrin senden konnte. Mit einer schwungvollen Drehung ließ sie Gnoorat kehrtmachen – und erstarrte. Ein stämmiger Cha-Gurrlin stand unmittelbar hinter ihr und grinste sie an. Sein Grinsen wurde noch eine Spur breiter und entblößte zwischen den gebogenen Hauern ein lückenhaftes Gebiss, als er zu sprechen begann. »*Gnoorat at suma turo a tereuismi!*«, sagte er und zeigte auf den Käfig. Mit einem dumpfen, glucksenden Laut drückte er Gnoorat einen Reisigbesen und einen löchrigen Kupfereimer in die Hand und deutete auf die Kothaufen.

O nein! Nicht jetzt! Hinter Gnoorats Stirn überschlugen sich die Gedanken, während die fremde Wesenheit fieberhaft nach einer Ausrede suchte, um den Ort schnell verlassen zu können. »*Sare akum neet nachsa ...*«, ließ sie Gnoorat antworten, doch der Cha-Gurrlin duldetet keine Widerrede. »*Dararai!*«, befahl er barsch und versetzte Gnoorat einen Stoß.

175

Die fremde Wesenheit hatte keine Wahl. Unwillig und zutiefst verzweifelt ließ sie Gnoorat mit der Arbeit beginnen. Wenn man sie nicht fortließ, musste sie von hier aus versuchen, eine Nachricht an ihre Herrin zu senden. Das war gefährlich, aber nicht unmöglich. Sobald sie unbeobachtet wäre, würde sie es wagen, denn sie fürchtete, dass das Leben vieler Menschen davon abhing.

Das Herz klopfte Kiany bis zum Hals, als sie an der Seite der Priesterinnenmutter die ehemaligen Höhlen der Kuriervögel betrat. Seit ihr am Nachmittag mitgeteilt worden war, dass der Sturm nachgelassen hatte und Naemy ihre Abreise schon für den selbigen Abend plante, hatte sie kaum noch etwas essen können und ungeduldig auf den Sonnenuntergang gewartet.

Immer wieder hatte sich Kiany ausgemalt, wie es wohl wäre, unter dem endlosen Sternenhimmel auf dem Rücken der riesigen felsengrauen Vögel über die schlafende Landschaft zu gleiten. Manous mahnende Worte, besser noch ein wenig zu schlafen, damit sie auf dem Flug durch die Nacht nicht von Müdigkeit übermannt würde, hatte Kiany einfach überhört. An Schlaf war an diesem Nachmittag wahrlich nicht zu denken. Schließlich hatte Manou es aufgegeben, ihrer Freundin Ratschläge zu erteilen, und sich darauf beschränkt, ihr beim Packen behilflich zu sein.

Dafür war Kiany ihrer Freundin jetzt noch dankbar. Aufgeregt, wie sie war, hätte sie vermutlich die Hälfte der Sachen vergessen, an die Manou sie zum Glück noch erinnert hatte. So war das kleine Bündel vom Vormittag noch erstaunlich groß geworden und Kiany war froh, dass sie es endlich absetzen konnte.

In ihre Freude über den Flug hatte sich inzwischen aber auch etwas Angst gemischt. Unmerklich hatten sich die ersten Zweifel in ihre Gedanken eingeschlichen. Während sie sich mit der Priesterinnenmutter auf dem Weg zu den Höhlen befand, waren Fragen aufgetaucht, auf die Kiany keine Antworten wusste, und Schreckensbilder in ihren Gedanken entstanden, die sie verunsicherten. Plötzlich fürchtete sie sich vor der großen Höhe, den gewaltigen Riesenalpen und anderen unbekannten Gefahren, die sie auf ihrem Flug erwarten mochten. In kürzester Zeit hatte die Furcht es geschafft, ihre Vorfreude zu verdrängen, und obwohl sie dagegen ankämpfte, konnte Kiany es nicht verhindern, dass sie die große, von wenigen Fackeln spärlich beleuchtete Höhle mit weichen Knien betrat.

»Priesterinnenmutter, Kiany!« Aus den Schatten zwischen den imposanten Silhouetten der beiden Riesenalpe, die abflugbereit vor dem Höhleneingang hockten, löste sich Naemys schlanke Gestalt und trat auf die beiden Neuankömmlinge zu. »Wir sind so weit«, erklärte sie und deutete auf die beiden Vögel. »Der Sturm hat sich gänzlich gelegt und es regnet nicht mehr. Besser könnte das Wetter nicht sein.« Die Nebelelfe lächelte und nickte Kiany zu. »Hast du Angst?«

Ja, und wie, hätte Kiany fast geantwortet. Jetzt, da der Abflug unmittelbar bevorstand, wäre sie am liebsten umgekehrt und in ihre Kammer zurückgerannt. Alles in ihr schrie danach, sich nicht auf den Vogel zu setzen und nicht mit ihm in den bodenlosen Abgrund zu stürzen, der sich hinter dem Eingang der Höhle auftat. Doch sie biss sich nur stumm auf die Lippen und nickte.

Naemy legte ihr aufmunternd den Arm um die Schultern. »Das musst du nicht«, sagte sie munter. »Zahir hat mir fest versprochen, besonders sanft zu fliegen, damit du dich nicht fürchtest. Hier!« Die Nebelelfe reichte Kiany einen pelzgefütterten Umhang, den sie über dem Arm getragen hatte. »Der ist für dich. Am besten ziehst du ihn gleich an. Es ist sehr kalt dort draußen und wir haben einen langen Flug vor uns.«

»Danke!« Kiany legte ihr Bündel ab und schlüpfte unter den weichen Umhang.

»Wie lange werdet ihr fort sein?«, hörte sie die Priesterinnenmutter fragen, während sie die Schnallen des Umhangs schloss.

»Drei Sonnenläufe, vielleicht auch vier«, antwortete Naemy. Die Nebelelfe bückte sich und hob Kianys Bündel auf. »Das hängt ganz davon ab, wie schnell Lya-Numi etwas über die Visionen herausfinden kann.«

»Ich hoffe nur, dass sich der ganze Aufwand lohnt«, seufzte die

Priesterinnenmutter mit einem besorgten Seitenblick auf ihre Novizin. »Davon bin ich überzeugt.« Naemy bedeutete den beiden Frauen, ihr zu folgen, während sie mit Kianys Bündel auf die Riesenalpe zuging. Über einen ausgestreckten Flügel kletterte sie auf Zahirs Rücken und sicherte Kianys Gepäck mit den Lastengurten des Fluggeschirrs, das dessen Körper umspannte. »Tabor fliegt auch?«, erkundigte sich die Priesterinnenmutter.

»Ja. Wenn Tabor und ich heute Abend schon nicht an der feierlichen Zeremonie zu Ehren der Gründung Caira-Dans teilnehmen können, wollen wir morgen zumindest beim Empfang dabei sein, zu dem Kyle-Nat, der Prinzregent, alle Nebelelfen in den Palast geladen hat. Tabor?« Naemy reckte sich und schaute über Zahirs dichtes Nackengefieder zur anderen Seite hinüber, wo Leilith wartete. »Was tust du denn noch?«, fragte sie. »Die Priesterinnenmutter und Kiany sind längst da. Es ist unhöflich, sie nicht zu begrüßen.«

»Tut mir Leid, Mutter«, hörte Kiany Tabor sagen. »Aber Leilith steckte ein großer Dorn im Lauf, der sich entzündet hatte.« Der junge Nebelelf kam um Zahir herum und trat auf die beiden Frauen zu. »Ich grüße dich, ehrwürdige Mutter«, sagte er, legte die gespreizte Hand zum traditionellen Gruß der Nebelelfen auf das Herz und nickte ihr zu. »Und dich, Kiany.« Der Blick seiner grauen Augen streifte Kiany und sie errötete. Der gut aussehende junge Elf war ihr schon während der Audienz des Abners aufgefallen, aber sie hatte nicht gewusst, dass er Naemys Sohn war.

Tabor war gut einen Kopf größer als sie. Wie alle Nebelelfen war er schlank und anmutig und seine Bewegungen wirkten kraftvoll und geschmeidig. Er hatte blasse Haut und hellgraue Haare, die aber eine Spur dunkler waren als die seiner Mutter und auch nicht so bläulich schimmerten. Obwohl nicht einmal schulterlang, hatte er sie im Nacken mit einem dünnen Lederband zusammengefasst, was seine spitzen Elfenohren besonders zur Geltung brachte. Er wirkte so jugendlich, dass er als Mensch nicht mehr als zwanzig Sommer gesehen haben konnte, doch Kiany wusste um die lange Lebensspanne der Nebelelfen und überlegte, wie viele Sommer es wohl wirklich gewesen sein mochten.

»Kiany!« Die Hand der Priesterinnenmutter berührte kurz ihren Arm und riss sie aus ihren Gedanken. Erst jetzt bemerkte Kiany, dass sie Tabor die ganze Zeit über angestarrt hatte, und die leichte Röte in ihrem Gesicht wurde eine Spur kräftiger. »Oh, verzeiht«, murmelte sie und blickte beschämt zu Boden. »Es ... es freut mich, Euch kennen zu lernen.«

»Die Freude ist ganz auf meiner Seite«, erwiderte Tabor lächelnd. »Es wäre mir eine große Ehre, wenn du mit Leilith und mir ...«

»Kiany fliegt mit mir«, unterbrach Naemy ihren Sohn, bevor Kiany noch ein Wort erwidern konnte. »Sie fliegt zum ersten Mal und ich habe der Priesterinnenmutter mein Wort gegeben, auf sie zu achten.«

»Wie du wünschst, Mutter.« Tabor tat so, als wäre er gekränkt, doch das verschmitzte Lächeln, das seinen Mund umspielte, zeigte, dass er seiner Mutter nicht ernsthaft böse war. »Bist du bereit?«, wandte sich Naemy an Kiany.

»Wir sind so weit«, antwortete die Priesterinnenmutter an Kianys Stelle und legte der Novizin die Hände auf die Schultern. »Ich wünsche dir eine gute Reise, Kiany«, sagte sie mit einem warmen Lächeln. »Möge die Gütige Göttin dich beschützen und gesund heimkehren lassen.«

»Danke!« Plötzlich spürte Kiany wieder diese Schwäche in den Beinen und ihr Magen krampfte sich zusammen. Im letzten Augenblick unterdrückte sie den Impuls, sich in die Arme der Priesterinnenmutter zu werfen und sie zu bitten, nicht mitfliegen zu müssen. Hastig erklomm sie den ausgestreckten Flügel des Riesenalpes, von dessen Rücken Naemy ihr helfend die Hand entgegenstreckte. »Du brauchst keine Angst zu haben«, meinte sie aufmunternd, als sie Kiany half, einen sicheren Platz im weichen Nackengefieder des Vogels zu finden. »Zahir ist ein hervorragender Gleiter. Ich bin sicher, es wird dir gefallen.« Dann zeigte ihr Naemy die Schlaufen für die Füße und die breiten Ledergurte für die Hände, an denen sie sich während des Fluges festhalten konnte. Zum Schluss schlang die Nebelelfe noch einen breiten Sicherheitsriemen um

Kianys Taille, der an Zahirs Geschirr befestigt war, und setzte sich hinter das Mädchen. Als der Riesenalp die Schwingen faltete und zum Höhlenausgang schritt, legte Naemy einen Arm fest um Kiany und vermittelte ihr so zusätzlich ein wenig Sicherheit.

Kiany vermied es, in die Schlucht hinabzublicken, auf deren Grund die Lichter von Nimrod wie eine Versammlung winziger Leuchtkäfer funkelten. Verstohlen sah sie zu Tabor hinüber. Auch der junge Nebelelf hatte seinen Riesenalp bestiegen und lenkte ihn neben den Reitvogel seiner Mutter an den scharfen Grat, der das Ende des Plateaus vor der Höhle bildete. Wie schön er war! Für einen Moment bedauerte sie es, dass es nicht *sein* Arm war, den sie um die Taille spürte. Sie seufzte leise. Eine wohliges Kribbeln breitete sich in ihrem Bauch aus, doch es blieb keine Zeit, das sonderbare Gefühl zu genießen, denn in diesem Augenblick stürzte sich Zahir in die Tiefe. Es folgte ein kurzer Sturzflug, der Kiany einen spitzen Schrei entlockte und ihr den Atem nahm. Der Fahrtwind riss ihr den Schrei von den Lippen. Sie schloss die Augen, da sie fürchtete, der Riesenalp werde auf die Stadt stürzen, doch so weit kam es nicht. Nach wenigen Herzschlägen, während Kiany Todesängste ausstand, fand Zahir die Aufwinde, fing den Sturzflug geschickt ab und glitt in sanften Kreisen immer höher hinauf, den Sternen entgegen.

 Die Sonne hatte sich hinter den schroffen, schneebedeckten Gipfeln des Ylmazur-Gebirges zur Ruhe begeben. Ihr goldenes Licht war einer samtenen Dunkelheit gewichen, welche die unzähligen Sterne in der wolkenlosen Nacht wie Edelsteine auf einem juwelenbesetzten Teppich zum Funkeln brachte.

Chantu erhob sich aus seinem Nest, trat an den Rand der Höhle und blickte in die sternenklare Nacht hinaus. Seit Zahir und Leilith mit Naemy und Tabor nach Nimrod geflogen waren, fühlte er sich oft einsam. Selbst die langen, ausgedehnten Flüge entlang der schneebedeckten Gipfel bereiteten ihm allein keine rechte Freude. So hatte er sich in den vergangenen Sonnenläufen darauf beschränkt, nur zur Jagd auszufliegen und den Rest der Nacht in seiner Höhle zu verbringen, während er auf die Rückkehr seiner Geschwister wartete.

»Chantu, wir kommen zurück!« Zahirs Botschaft erreichte Chantu völlig überraschend. Der Gedanke, bald wieder mit seinem Bruder fliegen zu können, ließ sein Herz höher schlagen und riss ihn aus seiner Trägheit.

»Wann seid ihr hier?«, sandte er einen Gedanken an Zahir, während er sich erhob, das Gefieder schüttelte und die mächtigen Schwingen streckte.

»Morgen! Wir haben die Festungsstadt soeben verlassen«, berichtete Zahir. »Ein heftiger Sturm hat uns aufgehalten, sonst wären wir schon früher geflogen. Jetzt hat sich das Wetter beruhigt, aber bevor die Sonne am Mittag ihren höchsten Stand erreicht, werden wir nicht in Caira-Dan ankommen.«

Morgen erst. Chantu faltete enttäuscht die Flügel zusammen. Betrübt wollte sich der junge Riesenalp wieder setzen, als ihm ein Gedanke kam. Warum flog er Zahir und Leilith nicht einfach entgegen? Die Nacht war viel zu schön, um allein in der Höhle zu hocken. Wenn er sich sofort auf den Weg machte, konnte er seine Geschwister auf halber Strecke treffen und nach Caira-Dan begleiten. Plötzlich war sein Kummer wie weggeblasen. Voller Tatendrang trat er vor die Höhle und ließ sich in die sanften Aufwinde fallen. Den folgenden Sturzflug zog er eine Spur länger hinaus, als es nötig gewesen wäre, und als er schließlich die Schwingen ausbreitete, um an Höhe zu gewinnen, tat er es in ausschweifenden Kreisen, die ihn zum Teil gefährlich nahe an die steilen Felswände heranführten. Auf Zahirs besorgte Frage, ob alles in Ordnung sei, antwortete er gelassen, verriet aber nicht, was er vorhatte. Das sollte eine Überraschung sein.

Als sich die Flammen dem Kern des riesigen Scheiterhaufens näherten und das Holz der geweihten Schatulle erreichten, die dort unter armdicken Ästen verborgen lag, hob Lya-Numi die Arme zum Himmel. Augenblicklich erstarb das leise Gemurmel, welches das Knistern und Knacken des Holzes begleitet hatte, und die Blicke der zweihundertfünfzig Nebelelfen, die sich an diesem Abend um das Feuer im Zentrum Caira-Dans versammelt hatten, ruhten in gespannter Erwartung auf ihrer Priesterin.

»... *iunij koku na siq-qasa min tag* – wenn wir uns wieder sehen, wird es ein guter Tag sein.« Lya-Numis Stimme hallte hell und klar durch die Nacht und selbst die vielen Windspiele in den Bäumen rund um die Lichtung waren verstummt, während sie das traditionelle Gebet zu Ehren der Verstorbenen sprach. »... *sinya du-n she ed treysa star inro* – möget ihr das Licht finden, das hinter den Sternen leuchtet!«

In diesem Augenblick öffnete sich die Schatulle unter dem Ansturm des Feuers mit einem lauten Knall und gab den Inhalt den Flammen preis. Ein Sturm aus glühenden Funken schoss aus dem Scheiterhaufen und strebte dem nächtlichen Himmel wie eine Wolke brennenden Sternenstaubs entgegen. Getragen von der Hitze des Feuers, stieg sie höher und höher, während ihr glühender, schier endloser Schweif noch immer den Scheiterhaufen berührte.

Lya-Numi erschauerte. Überwältigt von der Schönheit des Anblicks, füllten sich ihre Augen mit Tränen und ihre Gedanken wanderten weit zurück. Es war wie damals, als sie an der Seite ihrer alten Lehrmeisterin von den Bergrücken des Ylmazur-Gebirges aus das heilige Elfenfeuer zum ersten Mal beobachtete hatte. Jenes seltene Naturschauspiel, das nur alle einhundert Sommer am Himmel erschien und von dem die Legenden berichteten, dass darin die Seelen der verstorbenen Elfen in ihre alte Heimat zurückkehrten. Sie hatte es mit eigenen Augen gesehen – damals, als sie noch jung, die Finsternis noch fern und das Land noch friedlich war. Lya-Numi seufzte und blickte den Abermillionen winzigen Funken nach, die über dem gewaltigen Scheiterhaufen allmählich in der Dunkelheit verglühten. Lange hatte sie nach einem Pulver gesucht, dessen Verbrennungsprozess ein ähnliches Leuchten wie das echte Elfenfeuer an den Nachthimmel zauberte. Ein Leuchten, dessen Glanz bis in die Herzen der Elfen zu dringen vermochte, ihnen Trost spendete und ihnen die Kraft schenkte, die schrecklichen Erinnerungen an die Zeit des finsteren Herrschers für immer zu vergessen.

Ein Blick in die Gesichter der Umstehenden genügte, um Lya-Numi zu zeigen, dass es ihr wieder einmal gelungen war. Die Augen der Elfen glänzten vor Glück, auf ihren Gesichter spiegelte sich Stolz und die Luft war erfüllt von ehrfurchtsvollem Staunen. Verstohlen wischte sich Lya-Numi die Träne fort, die ihr über die Wange lief. Auch sie war glücklich. Was immer sie in den vielen hundert Sommern ihres langen Lebens erfahren hatte – nichts kam dem Hochgefühl gleich, das die Elfen ergriff, wenn sie sich in Caira-Dan versammelten, um ihrer Ahnen zu gedenken und der Gütigen Göttin dafür zu danken, dass sie ihr Volk wieder vereint hatte.

Nach einer Zeit, die der Elfenpriesterin wie eine kleine Ewigkeit vorkam, wurde der Sturm der Funken langsam schwächer, und in dem Maße, wie die Funken erstarben, begannen die Windspiele in den Bäumen wieder zu singen und die Nacht mit ihrer leisen Musik zu erfüllen. Der letzte Funke erlosch, doch selbst jetzt wagte niemand zu sprechen und der liebliche Klang der Windspiele tat ein Übriges, um die feierliche Stimmung zu vollenden. Lya-Numi trat ans Feuer, blickte über die versammelten Elfen hinweg und hob erneut die Arme, um mit dem Dankgebet an die Gütige Göttin zu beginnen. Wie es in der Überlieferung festgelegt war, würde sie, die Priesterin, die Worte vorsprechen und die versammelten Nebelelfen würden sie gemeinsam wiederholen.

»*Sinayan Matra a Mongruad* – heilige Mutter allen Lebens«, hob sie an und verstummte, um den Stimmen der Elfen zu lauschen. Doch statt des vielstimmigen Chores drang ihr ein anderer Ton ans Ohr und das Blut gefror ihr in den Adern – das wütende, Furcht einflößende Fauchen eines Raubtiers. Sie hatte gehofft, dieses entsetzliche Geräusch niemals wieder hören zu müssen. Ein

Quarlin! Im nächsten Moment erkannte Lya-Numi ihren schrecklichen Irrtum. Nicht *ein* Quarlin befand sich auf der Lichtung – es waren hundert!

Schon zerrissen grauenhafte Schreie die Luft und die dicht gedrängte Menge der Nebelelfen wogte in kopfloser Panik hin und her. Von ihrem erhöhten Standpunkt aus beobachtete Lya-Numi Männer, Frauen und Kinder, die verzweifelt eine Lücke in der geschlossenen Doppelreihe der Raubtiere zu finden versuchten, die sich offenbar von hinten an die Elfen herangeschlichen hatten – vergeblich. Die Quarline hatten einen dichten Ring um die Elfen gebildet, aus dem es kein Entrinnen gab. Als die Elfen dies erkannten, zogen die Krieger kampfbereit die einzige Waffe, die sie an hohen Feiertagen bei sich trugen – einen kurzen, mit bunten Quarzen verzierten Zeremoniendolch, der angesichts der gewaltigen Raubtiere wie Spielzeug in ihren Händen wirkte. Mit dem Mut der Verzweiflung traten sie den Quarlinen entgegen, die mit gebleckten Zähnen und angelegten Ohren sprungbereit am Boden kauerten. Die lodernden Flammen des Scheiterhaufens schienen die getigerten Raubkatzen noch von einem Angriff abzuhalten, doch Lya-Numi wusste, dass es nur eine Frage der Zeit war, bis sie ihre angeborene Furcht vor den Feuer überwanden.

Plötzlich versuchte ein junger Elf den Ring der Quarline an einer vermeintlich freien Stelle zu durchbrechen. Mit langen Sätzen eilte er auf eine der Hütten zu, die sich in unmittelbarer Nähe des Versammlungsplatzes befanden und an deren Außenwänden Bogen und Schwerter abgelegt waren. Im ersten Moment sah es so aus, als werde der Elf es schaffen, doch er kam nicht weit. Schon waren zwei Raubkatzen, die in der Dunkelheit zwischen den Hütten gelauert hatten, heran und begruben den Elf unter ihren massigen Leibern. Sein gellender Todesschrei hallte durch die Nacht, bevor die scharfen Zähne der Quarline die Kehle des Elfs zerfetzten und den Schrei zu einem gurgelnden Laut erstickten.

Beim Geruch frischen Blutes vergaßen die anderen Quarline augenblicklich ihre Furcht. In blinder Raserei stürzten sie sich auf die wehrlosen Elfen, die dem Angriff außer ihrem Mut nichts entgegenzusetzen hatten, und töteten alles, was sich ihnen in den Weg stellte.

Mit Tränen der Verzweiflung in den Augen drehte sich Lya-Numi um, riss einen brennenden Ast aus dem Scheiterhaufen und stürzte sich, den Ast wie eine Waffe vor sich hertragend, in den Kampf. Sie ahnte, dass sie in den Tod ging. Die Lage war aussichtslos. Dennoch verschwendete sie keinen einzigen Gedanken an Flucht. Wenn ich sterben muss, dann nicht allein, dachte sie grimmig, während sie mit versteinerter Miene auf einen Quarlin zuschritt, der sie fauchend erwartete. Lya-Numi wusste, dass ihr Tod das Volk der Nebelelfen nicht retten würde, doch das war ihr gleichgültig, wenn sie nur eine der verhassten Raubkatzen mit in den Tod nehmen konnte.

Aus den Augenwinkeln sah Chantu die Lichter Caira-Dans wie winzige Leuchtkäfer durch das spärliche Blätterdach der Sumpferlen funkeln. Die Hauptstadt der Nebelelfen lag abseits der von ihm gewählten Route, doch als er die Flammen des gewaltigen Feuers inmitten der Stadt zum Himmel emporlodern sah, wurde er darauf aufmerksam und änderte besorgt die Richtung. Anfangs glaubte er, ein Unglück sei geschehen, und fürchtete, eine Feuersbrunst wüte in Caira-Dan. Doch schon wenige Augenblicke später, als Abermillionen glühende Funken wie eine Säule aus goldenem Sternenstaub über dem Feuer aufstiegen, erkannte er seinen Irrtum und atmete erleichtert auf. Kein Brand tobte dort unten auf der Lichtung. Das Feuer, welches die Nacht rings um die Elfenhauptstadt zum Tag machte, kam eindeutig von dem riesigen Scheiterhaufen, den er vor ein paar Sonnenläufen auf dem Versammlungsplatz der Elfen entdeckt hatte. Wie in jedem Herbst hatten die Elfen ein Feuer zu Ehren der Gütigen Göttin entzündet und feierten in seinem Licht die glückliche Rückkehr in ihre alte Heimat.

Früher hatten Chantu und seine beiden Geschwister der Feier häufig beigewohnt, indem sie im Feuerschein hoch über den Köpfen der Elfen ihre Kreise zogen und dem Klang der Windspiele lauschten. Durch Zahirs und Leiliths Abwesenheit hatte Chantu die Feier in diesem Herbst ganz vergessen, aber da er schon einmal unterwegs war, wollte er nicht vorbeifliegen, ohne den Elfen seine Aufwartung zu machen. Während er das magische Funkenspiel beobachtete, das sich mit langen feurigen Fingern immer weiter in den Himmel hinaufwand, glitt er über die Wipfel der Sumpferlen hinweg und hielt geradewegs auf Caira-Dan zu. Lya-Numi hat sich wieder einmal selbst übertroffen, dachte er anerkennend. Einen solch prächtigen Funkenflug habe ich noch nie gesehen. Zu gern hätte er seine Kreise um die funkelnde Säule gezogen, doch er kam ein paar Flügelschläge zu spät. Wenige hundert Längen, bevor er den Festplatz erreichte, verglühten die ersten Funken und als ihn nur noch wenige Längen von dem Feuer trennten, war das prächtige Schauspiel vorüber. Enttäuscht legte Chantu die Schwingen an und ging tiefer, um die Elfen zu begrüßen.

In diesem Augenblick hörte Chantu den ersten Schrei.

Noch nie hatte er einen Elf so schreien gehört und bei dem Grauen, das in dem Laut mitschwang, gefror ihm das Blut in den Adern. Der Schrei ging in ein tosendes Stimmengewirr über. Die entsetzten Rufe unzähliger Elfen drangen zu ihm herauf und hallten gespenstisch durch die windstille Nacht. Chantu handelte sofort. Ohne zu überlegen, presste er die Flügel eng an den Körper und schoss pfeilschnell auf das lodernde Feuer im Herzen Caira-Dans zu. Der Anblick, der sich ihm dort bot, übertraf seine schlimmsten Erwartungen.

Quarline!

Nie zuvor hatte Chantu die getigerten Raubkatzen mit eigenen Augen gesehen, doch er kannte sie aus Naemys Erinnerungen. Weil die Nebelelfe noch immer einen Quarlin in der Zwischenwelt vermutete, hatte sie häufig darauf verzichtet, die geheimen Pfade der Elfen zu betreten, was ihr viel Spott einbrachte. Auch Chantu hatte ihre Entscheidung nicht nachvollziehen können, doch jetzt verstand er sie.

Die Elfen rund um das riesige Feuer waren in einen aussichtslosen Kampf mit fast einhundert großen Raubkatzen verstrickt. Zwar waren sie den Quarlinen zahlenmäßig weit überlegen, aber Chantu erkannte sofort, dass die meisten von ihnen unbewaffnet waren. Mit bloßen Händen versuchten sie sich gegen die messerscharfen Reißzähne der Angreifer zu wehren, doch die vielen Blut überströmten Körper, die reglos am Boden lagen, zeugten davon, wie sinnlos dieses Unterfangen war. Mit jedem Augenblick, der verstrich, fanden Dutzende Männer, Frauen und Kinder den Tod und ihre Schreie hallten wie ein Chor des Grauens über den Festplatz. Chantus Herz krampfte sich vor Schmerz zusammen, als er das ganze Ausmaß der Katastrophe begriff. Wenn kein Wunder geschah, würden die Quarline das ganze Volk der Elfen vernichten.

Kurz entschlossen stürzte er sich in den Kampf. Sein erster Angriff war gut gezielt. Mit seinen mächtigen Klauen packte er sogleich zwei der getigerten Raubkatzen, die einen jungen Elf bedrängten, am Rücken und trug sie hoch in die Lüfte. Die Quarline fauchten und schlugen mit ihren scharfen Krallen um sich, doch Chantu hielt sie mit eisernem Griff fest. Seine harten Klauen drangen mühelos durch das dichte Fell der Raubkatzen und rissen ihnen tiefe Wunden ins Fleisch. Jeder Flügelschlag musste den Quarlinen höllische Schmerzen bereiten, doch die Tiere schienen es nicht zu spüren. Je höher Chantu sie hinauftrug, desto heftiger wurde ihre Gegenwehr.

Hundert Längen über den Sümpfen verharrte Chantu wenige Herzschläge lang in der Luft. Dann öffnete er die Krallen. Aus den Augenwinkeln sah er die Quarline wie zwei orangefarbene Steine zu Boden fallen, nahm sich aber nicht die Zeit zu beobachten, wie die Körper am Boden aufschlugen. Mit einem markerschütternden Schrei setzte er zu einem weiteren Sturzflug an, um den Nebelelfen beizustehen.

Als er den Kampfplatz wieder erreichte, war die Zahl der überlebenden Elfen schon bedrohlich geschrumpft. Etwa fünfzig von ihnen hatten sich rings um das Feuer geschart und wehrten sich mit brennenden Ästen gegen die Quarline. Andere hatten sich in einer der Hütten verschanzt und hielten sich die Raubkatzen mit gezielten Bogenschüssen vom Leib.

Der Versammlungsplatz selbst war zu einem einzigen Schlachtfeld geworden. Überall lagen zerfetzte Körper und der Boden färbte sich rot vom Blut der Gefallenen. Ein sterbender Quarlin lag inmitten der toten Elfen und seine zuckenden Pranken hatten sich in den langen Haaren einer toten Elfe verfangen.

Ein Quarlin nur! Chantu überlief es eiskalt. Das war kein Kampf, das war ein Blutbad. Trauer und Verzweiflung überfielen den Riesenalp und paarten sich zu ohnmächtiger Wut. Wie ein Berserker setzte er zu einem Angriff an und vergaß jede Vorsicht. Kreischend stürzte er sich auf die geschlossene Gruppe der Quarline, die die Elfen am Feuer bedrängten, und sein gewaltiger scharfer Schnabel säte Tod und Verderben unter den Angreifern. Bei jedem Flug riss er mindestens eine der getigerten Katzen mit sich, trug sie hoch hinauf und schleuderte sie nach unten, bevor er zu einem neuen Angriff ansetzte. Immer wieder stürzte er sich hinab, während die Zahl der Elfen, die am Feuer verzweifelt um ihr Überleben kämpften, weiter abnahm. Inzwischen standen kaum mehr als zwei Dutzend Elfen einer dreifachen Übermacht von Quarlinen gegenüber, die nur auf einen günstigen Augenblick zum Angriff warteten, denn das Feuer hinter den Elfen war schon fast heruntergebrannt und würde ihnen bald keinen Schutz mehr bieten.

Die fortwährenden Angriffe aus der Luft schienen die Quarline nicht im Geringsten zu beeindrucken. Es war, als würden sie den Riesenalp gar nicht bemerken. Nicht eines der Raubtiere versuchte zu fliehen, wenn er mit seinem todbringenden Schnabel zwischen sie fuhr. Ihre Aufmerksamkeit galt allein den Elfen. Dutzende von Quarlinen fielen dem Riesenalp zum Opfer, ohne dass er selbst eine Verletzung davontrug, doch auch Chantus Kräfte waren nicht unerschöpflich. Die Quarline waren groß und sehr schwer und die kräftezehrenden Angriffe machten ihn allmählich müde. Schließlich beschränkte er sich darauf, die Quarline nur noch mit Schnabelhieben anzugreifen, trug aber keine der Raubkatzen mehr fort. Chantu flog die Angriffe wie im Rausch. Er stürzte sich hinab, hieb und schnappte nach den Quarlinen, nur um wieder aufzusteigen und sich erneut hinabzustürzen. Ohne Rücksicht auf seine körperliche Verfassung flog er Angriff um Angriff und bemerkte dabei nicht, wie still es um ihn geworden war. Erst als er die Flugrichtung ändern musste, weil kein Quarlin mehr vor dem Feuer stand, erkannte er die Veränderung. Die Gruppe der Raubtiere hatte sich zerstreut und auf dem Versammlungsplatz niedergelassen, wo sie sich an den Körpern der Gefallenen gütlich taten.

Nirgends wurde mehr gekämpft – die Elfen waren tot.

Fassungslos starrte der Riesenalp von oben auf die Walstatt hinab, die einmal die Hauptstadt der Nebelelfen gewesen war.

Es gab keine Überlebenden.

Die grausame Gewissheit drang wie flüssiges Eis in sein Bewusstsein und vertrieb alle anderen Gedanken. Riesenalpe besaßen nicht die Fähigkeit zu weinen, doch der grauenhafte Anblick des Platzes mit den vielen Raubtieren, die ihren Hunger an den toten Elfen stillten, zerriss ihm fast das Herz. Ein ganze Volk dahingemetzelt! Er vermochte nicht zu sagen, wie viele Nebelelfen dort in ihrem Blut lagen – und die Zahl der Quarline hatte nur unwesentlich abgenommen.

In diesem Augenblick verlor Chantu allen Mut. Kummer und Verzweiflung wüteten in seinem Innern und das brennende Gefühl, versagt zu haben, weil er den Elfen nicht hatte helfen können, nährte seine Selbstvorwürfe. Die schrecklichen Bilder der Schlacht verfolgten ihn und in seinem Geist herrschte nichts als dumpfe Leere. Er wusste nicht mehr, warum er an diesem Abend aufgebrochen war, er wusste nur, dass er fort musste. Fort von den toten Elfen, den schrecklichen Quarlinen und dem geisterhaften Klang der Windspiele, deren Melodie wie ein Totenlied durch die leeren Straßen von Caira-Dan tönte.

»Ein Riesenalp!« Entsetzt blickte Methar auf das un-
glaubliche Schauspiel, welches sich ihm in der
schimmernden Kristallkugel seines Meisters bot. »Er
tötet die Quarline!« Der Berater Asco-Bahrrans traute
seinen Augen nicht. Nie hätte er damit gerechnet, dass es in Thale
noch Nachkommen der als ausgestorben geltenden Rasse gab. Und
jetzt das! Fassungslos musste Methar mit ansehen, wie der gewaltige Vogel die Quarline ein ums andere Mal aus der Luft angriff
und mit seinem scharfen, spitzen Schnabel auf die Raubkatzen ein-
hieb. Immer wieder schlug der Riesenalp mit seinen mächtigen
Klauen in die dicht gedrängte Menge der Tiere, schnappte sich
eine oder gar zwei der großen Raubkatzen und trug sie mit sich fort.
»Unglaublich.« Methar fehlten die Worte. Aufgeregt wischte er
sich mit der Hand über die schweißnasse Stirn. Wo einer der mächtigen Vögel lebte, gab es womöglich auch noch mehr seiner Art.
Sollten diese ebenfalls in den Kampf eingreifen, bestand die Gefahr, dass der ausgeklügelte Plan des Meisters scheiterte. Wieder
sah Methar den Riesenalp wie einen Berserker unter den Quarlinen wüten, aber als er diesmal davonflog, waren seine Klauen
leer. »Meister, der Riesenalp ...«, begann Methar, doch ein Wink
Asco-Bahrrans brachte ihn zum Schweigen.

Der Meistermagier saß auf seinem Thron und beobachtete das
Geschehen in den Sümpfen von Numark mit kaltblütiger Ruhe.
Seine skelettartige Hand ruhte auf dem kahl rasierten Schädel
eines bewusstlosen jungen Grasländers, der längst unter der enormen mentalen Belastung zusammengebrochen war. Die linke
Hand hatte der Meistermagier auf die große Kristallkugel gelegt,
die unmittelbar vor seinem Thron in einem hölzernen Gestell
ruhte. So verharrte er schon seit geraumer Zeit und verfolgte gemeinsam mit seinem engsten Berater den Fortgang der Ereignisse.
Im Gegensatz zu Methar schien Asco-Bahrran nicht den geringsten Zweifel daran zu hegen, dass sein Plan aufging. Nicht einmal
das überraschende Auftauchen des Riesenalps konnte ihn aus der
Ruhe bringen. Nach dem letzten Angriff des Vogels drang sogar ein
leise krächzendes Geräusch, das entfernt an ein Lachen erinnerte,

aus den wallenden Nebeln unter der rubinroten Kapuze. »Meister?«, fragte Methar verwundert, der sich beim besten Willen nicht vorstellen konnte, was es angesichts der unglücklichen Wendung zu lachen geben könnte. »Der Riesenalp kämpft für die Elfen«, versuchte er erneut seinem Unbehagen Luft zu machen. »Wenn noch weitere dieser Vögel auftauchen, könnte das … «

»Es werden keine weiteren Vögel auftauchen«, erwiderte Asco-Bahrran knapp.

»Wieso seid Ihr Euch da so sicher? Bisher wussten wir ja nicht einmal, dass es noch lebende Riesenalpe gibt.«

»Wir?« Asco-Bahrrans Stimme durchschnitt das Schweigen wie ein eisiges Messer. »*Du* wusstest es nicht.«

»Dann war Euch bekannt, dass es einen Riesenalp gibt?« Trotz größter Mühe misslang es Methar, gelassen zu klingen. Anstelle einer Antwort drang erneut ein hässliches Krächzen unter der Kapuze hervor.

In der Kristallkugel hatte der Riesenalp soeben einen neuen Angriff geflogen und auch diesmal keinen Quarlin davongetragen.

»Er wird müde«, stellte der Meister zufrieden fest.

»Aber er tötet die Quarline noch immer, und wenn weitere … «

»Schweig! Es werden keine mehr kommen«, herrschte Asco-Bahrran seinen Berater an. Methar zuckte zusammen, als hätte ihm jemand einen Hieb versetzt, biss sich auf die Lippen und schwieg.

In der Kugel hatten sich die überlebenden Elfen inzwischen dicht um das Feuer geschart und bedrohten die Quarline mit glühenden Ästen, die sie aus den Flammen gezogen hatten. Auf ihren Gesichtern war deutlich zu erkennen, dass sie um ihren nahen Tod wussten, doch sie verteidigten sich verbissen, entschlossen, sich nicht kampflos in ihr unausweichliches Schicksal zu fügen. Die kurzen Stöcke reichten bei weitem nicht aus, um sich die Quarline wirklich vom Leib zu halten, und Methar ertappte sich dabei, wie er die Elfen für ihren Mut bewunderte. Er sah, wie eine junge Elfe von dem Prankenhieb eines Quarlins getroffen wurde und zu Boden stürzte. Dann war die Raubkatze über ihr. Ein einziger Biss der starken Kiefer genügte, um ihr das Genick zu brechen. Ihre zur Abwehr erhobenen Arme erschlafften und sanken kraftlos zu Boden. Es folgte ein kurzer, heftiger Streit mit zwei anderen Quarlinen, die dem erfolgreichen Jäger die Beute streitig machten. Dann packte der Quarlin die Elfe am Arm und schleppte sie fauchend mit sich fort. Methar erschauerte, unterdrückte aber den Impuls, den Blick von dem grausigen Schauspiel abzuwenden. Er war kein Krieger und solche Szenen nicht gewohnt, wollte sich aber im Beisein seines Meisters keine Schwäche erlauben.

Die Zahl der Elfen um das Feuer war inzwischen drastisch geschrumpft. Nicht einmal zwei Dutzend waren es, die sich noch auf den Beinen halten konnten, um sich der erdrückenden Übermacht entgegenzustellen. Der Riesenalp flog erneut einen Angriff, der so gut gezielt war, dass er einem Quarlin fast den Kopf abriss, doch Methar wusste, dass den Elfen nicht mehr zu helfen war. Das Feuer war zu einem schwelenden Gluthaufen zusammengebrochen, in dem es kaum noch Stöcke in ausreichender Länge gab, und die Zahl der Überlebenden schrumpfte weiter. Bevor der Riesenalp wieder auftauchte, setzten die Quarline zu einer letzten vernichtenden Attacke an. Ungeachtet der Schmerzen, die ihnen die Elfen mit den glühenden Ästen zufügten, sprangen sie vor und begruben die Körper ihrer Opfer unter sich.

Das Bild in der Kugel flackerte und erlosch, als Asco-Bahrran seine Hand zurückzog. Er hatte genug gesehen. Das verhasste Volk der Nebelelfen gab es nicht mehr.

Er hatte gesiegt. Der Weg war frei.

»Das Fell!«, befahl er knapp und Methar gehorchte sofort. Er wusste, was er zu tun hatte, denn der Zauber, den Asco-Bahrran nun anwenden wollte, war schon vor vielen Sonnenläufen vorbereitet worden. Die Quarline mussten sterben. Mit weichen Knien erhob er sich, trat zu einer großen hölzernen Truhe, die hinter dem Thron an der Zeltwand stand, kniete nieder und öffnete den schweren Deckel. Im Innern der Truhe befanden sich unzählige magische Artefakte und seltsame, zum Teil schaurige Kleinode, deren Bedeutung Methar nicht einmal ahnte. Doch der Meister verlangte nach etwas anderem. Obenauf lag ein handtellergroßes, getigertes

Stück Fell; an den schwarzgelben Streifen klebten sieben Flecken getrockneten Blutes. Methar nahm den Fetzen an sich, schloss die Truhe und reichte ihn Asco-Bahrran.

Der Meister breitete ihn sorgfältig über der Kugel aus und legte eine Hand darauf, während er mit der anderen nach dem Kopf des Mediums tastete. Dann verharrte er für wenige Augenblicke in tiefem Schweigen, um seine Kräfte zu sammeln. Gespenstische Ruhe senkte sich über das Zelt und schluckte alle Geräusche, die aus dem Lager hereindrangen. Mit angehaltenem Atem starrte Methar auf die Kristallkugel, wo sich im Innern aus den wogenden Schleiern erneut das Bild Caira-Dans formte. Sie hatten einen Sieg errungen, doch um welchen Preis? Methar konnte sich nicht aufrichtig darüber freuen, denn was er in der Kugel erblickte, erfüllte ihn mit eisigem Grauen. Bei den Toren, was haben wir getan?, schoss es ihm durch den Kopf, als er die Quarline inmitten der toten Elfen bei ihrem grausigen Mahl beobachtete.

Plötzlich zuckten rubinrote Blitze zwischen den Fingerspitzen des Meisters hin und her und ein scharfer Schwefelgeruch verbreitete sich im Zelt. Der gefesselte Grasländer wand sich trotz seiner Bewusstlosigkeit wie unter heftigen Schmerzen, seine Lider flackerten und er stöhnte gequält. Das Bild in der Kugel verschwamm, ein deutliches Zeichen dafür, dass die Lebensenergie des Mediums nicht mehr lange ausreichen würde. Methar beobachtete den Grasländer besorgt. Er konnte nur hoffen, dass der junge Mann stark war und lange genug durchhielt, damit der Meister sein Werk vollenden konnte.

Die Todesängste, die Kiany während der ersten Augenblicke des Fluges ausgestanden hatte, waren mit der Zeit einem leichten Unbehagen gewichen, das allerdings heftiger wurde, wenn sie nach unten schaute. So vermied sie es, auf das schlafende Land hinabzusehen, und richtete den Blick geradeaus oder beobachtete, wie die Wolken in rascher Folge an den Zwillingsmonden To und Yu vorbeizogen. Sie war froh, Naemy bei sich zu haben. Die Nebelelfe hatte die Arme um Kianys Hüften geschlungen und je länger die Reise dauerte, desto mehr übertrug sich deren Ruhe auch auf sie. Dass der Wind sich gelegt hatte und Zahir ruhig durch die Nacht glitt, tat ein Übriges und Kiany ertappte sich immer häufiger dabei, den Flug zu genießen. Der Riesenalp schien ihr Gewicht nicht zu spüren und Kiany bemerkte erstaunt, dass nur wenige Flügelschläge nötig waren, um den gewaltigen Vogel sicher in der Luft zu halten.

Ihr Gesicht war von der Kälte gerötet, doch Zahirs warmes Gefieder und der dicke Mantel verhinderten, dass sie fror. Die Wärme und das sanfte Auf und Ab des Vogelkörpers machten sie schläfrig. Doch aus Furcht, trotz der Haltegurte im Schlaf hinunterzufallen, wagte sie es nicht, die Augen zu schließen. »Schlaf ruhig, wenn du möchtest«, hörte sie Naemy hinter sich sagen und als hätte die Nebelelfe ihre Gedanken gelesen, fügte sie hinzu: »Du brauchst keine Angst zu haben, die Gurte sind sicher und ich halte dich.«

»Ich bin nicht müde«, log Kiany und gähnte verstohlen. Die Verlockung, einfach die Augen zu schließen und sich von Zahirs wogenden Bewegungen davontragen zu lassen, wurde fast übermächtig, doch trotz Naemys beruhigenden Worten kämpfte sie weiter gegen die Müdigkeit an. Um sich abzulenken, sah sie zum Himmel hinauf, wo die Wolkenlücken rasch größer wurden und den Blick auf die Sterne freigaben. »Wunderschön, nicht wahr?«, fragte Naemy, der Kianys Blick nicht entgangen war. Kiany nickte stumm. Noch nie hatte sie sich den Sternen so nahe gefühlt. Weder auf dem Turm des Tempels in Nimrod noch in der frostklaren Luft ihrer Heimat, wo man die Sterne im Winter scheinbar greifen konnte. Nirgends war sie dem Himmel so nahe gewesen wie in diesem Augenblick, während sie, wie einst die Auserwählte, auf dem Rücken des Riesenalps viele hundert Längen über dem Boden ruhig dahinglitt.

Ob sich Sunnivah bei ihrem ersten Flug auch gefürchtet hat?, überlegte sie und wagte einen vorsichtigen Blick in die Tiefe, wo gerade ein spärlich erleuchtetes Dorf unter ihnen vorüberzog.

»Warte nur, bis wir Daran erreichen«, sagte Naemy, die Kiany offenbar nicht aus den Augen ließ. »Die riesige Stadt mit ihren abertausend Lichtern ist ein so glanzvoller Anblick, dass man sich nur schwer davon losreißen kann.«

»Der Flug ist auch schon ein unvergessliches Erlebnis«, gestand Kiany aufrichtig. »Ich würde mich auch auf den Rückflug freuen – wenn nur der Abflug nicht wäre.«

»Ja, das ist nichts für zarte Seelen«, räumte Naemy lachend ein. »Aber man gewöhnt sich daran.« Sie klopfte Kiany anerkennend auf die Schulter. »Du hast dich wirklich hervorragend gehalten. Ich habe deine Ängste gespürt – alle Achtung. Andere wären vermutlich außer sich geraten.«

»Danke!« Das unerwartete Lob tat Kiany gut und sie nahm sich vor, ihre Furcht auch bei Beginn des Rückflugs nicht zu zeigen.

»Tabor findet das übrigens auch«, bekräftigte die Nebelelfe ihre Anerkennung.

»Woher wisst Ihr das?«, fragte Kiany verwundert. Sie war sicher, dass Tabor, der mit Leilith einige Längen hinter ihnen flog, nichts zu ihnen herübergerufen hatte.

»Wir Nebelelfen brauchen keine Sprache, um uns etwas mitzuteilen«, erklärte Naemy lächelnd.

»Wie könnt Ihr denn …?« Kiany brach mitten im Satz ab und erstarrte. In ihrem Geist ertönten grauenhafte Schreie. Schreie voller Verzweiflung und Panik, wie Kiany sie nie zuvor gehört hatte. Sie hob die Hände an die Ohren, um die Schreie auszusperren – vergeblich. Statt leiser zu werden, mischte sich in die Schreie ein bösartiges Fauchen und Knurren, das nur von großen Raubtieren stammen konnte.

»Naemy!«, rief Kiany hilflos, die Hände noch immer auf die Ohren gepresst. Naemy sagte etwas, aber die Worte der Nebelelfe erreichten Kiany nicht. Ein mächtiger Strudel toste durch ihre Gedanken, dessen dröhnendes Rauschen sogar die entsetzlichen Schreie übertönte. Rücksichtslos riss er Kianys Bewusstsein mit sich, wirbelte es durch ein grelles Licht und entließ es schließlich in einen schrecklichen Albtraum.

Kiany öffnete die Augen und blickte sich um. Sie flog noch immer, doch es waren nicht mehr die Lichter eines Dorfes, die unter ihr vor-

beizogen. Vielmehr erblickte sie die schwelenden Überreste eines gewaltigen Feuers. Das dämonische rote Licht der Glut erhellte ein grausiges Bild, das nur einem furchtbaren Albtraum entsprungen sein konnte.

Hunderte von Toten lagen in weitem Umkreis um das Feuer am Boden. Männer, Frauen und Kinder – Elfen! Alle waren in festliche Gewänder gekleidet und trugen keine Waffen. Viele von ihnen waren entsetzlich zugerichtet und ihr Blut färbte den hellen Boden um das erlöschende Feuer rot. Kiany konnte den grausigen Anblick nicht ertragen. Zum erstem Mal, seit die Visionen sie heimsuchten, wehrte sie sich dagegen und versuchte aus dem schrecklichen Traum zu erwachen. Doch der unwirkliche Riesenalp, auf dessen Rücken sie über dem Schlachtfeld kreiste, drehte immer weiter seine Runden und ließ nicht zu, dass sie sich dem abscheulichen Anblick entzog.

Und es kam noch schlimmer.

Plötzlich war das warme Gefieder unter ihr verschwunden und sie stürzte wie ein Stein zu Boden. Mit rasender Geschwindigkeit sah Kiany die Toten und das Feuer auf sich zukommen. Immer schneller näherte sie sich der Stätte des Todes. Sie wollte die Augen schließen, doch selbst diese Fluchtmöglichkeit blieb ihr verwehrt. Erbarmungslos wurde sie dazu gezwungen, das Entsetzliche aus nächster Nähe zu beobachten. Sie öffnete den Mund zu einem Schrei, doch kein Laut kam über ihre Lippen. Die Erde war jetzt ganz nahe. Gleich würde sie aufschlagen. Gleich! Eine seltsame Lähmung überfiel Kiany und sie wurde ganz ruhig. Im Angesicht des Todes nahm sie alles fast überdeutlich wahr. Das Letzte, was sie sah, bevor sich ihr Blick endgültig eindunkelte, war eine riesige getigerte Raubkatze, die inmitten der Toten stand und ihren Durst in einer blutigen Pfütze stillte.

»Kiany! Kiany, komm zu dir!« Jemand strich ihr ganz sanft über die Wange.

»Manou?« Kiany blinzelte und versuchte die Augen zu öffnen. Wo war sie? Der harte Boden, auf dem sie lag, konnte unmöglich ihr Bett sein. Und ihr Gesicht war so kalt, dass sie sich nicht in ihrer warmen Kammer befinden konnte. »Manou, bist du es?«, fragte sie noch einmal.

»Manou ist nicht hier, Kiany«, hörte sie eine Frauenstimme sagen. Der Klang kam ihr irgendwie bekannt vor, doch ihr wollte einfach nicht einfallen, wem die Stimme gehörte. »Ich bin es. Naemy«, erklärte die Stimme geduldig.

Naemy! Der Riesenalp, der Flug, die Sterne – die Vision! Plötzlich konnte sich Kiany wieder an alles erinnern. Sie riss die Augen auf und starrte die Nebelelfe an, die im Schein eines kleinen Lagerfeuers neben ihr kniete. »Naemy ... Oh, Naemy ... die Elfen«, stammelte sie und versuchte sich aufzurichten. »Die Elfen sind ... oh, bei der Göttin, Naemy, es war so schrecklich ...« Bei dem Gedanken an die grauenhaften Bilder, die ihr die Vision gezeigt hatte, versagte Kiany die Stimme.

»Was ist mit ihnen?« Naemy runzelte besorgt die Stirn. Sie wusste, dass in Caira-Dan in dieser Nacht ein großes Fest gefeiert wurde, und konnte sich beim besten Willen nicht vorstellen, was Kiany meinte. »Beruhige dich«, sagte sie und legte fürsorglich den Arm um Kiany, die heftig zitterte und geistesabwesend ins Feuer starrte. »Es ist nichts geschehen. Du bist ohnmächtig geworden, das ist alles. Wir sind sofort gelandet und Tabor hat ein Feuer entzündet. Er ist jetzt auf der Suche nach weiterem trockenen Holz. Du wirst sehen, wenn er ...«

»Sie sind alle tot«, hauchte Kiany, als hätte sie Naemys Worte gar nicht gehört. »Tot ... alle tot.« Sie schluchzte und schlug die Hände vor das Gesicht. »Ich habe es gesehen, Naemy. Sie ... sie ...« Kiany stockte und musste neue Kräfte sammeln, um weitersprechen zu können. »Sie lagen um ein großes Feuer herum ... da war so viel Blut ... überall ... und mittendrin stand ... stand eine riesige getigerte Raubkatze ... die ... die ...« Jetzt versagte ihr endgültig die Stimme. Von einem heftigen Weinkrampf geschüttelt, barg sie das Gesicht an der Schulter der Nebelelfe.

Naemy strich Kiany abwesend über das dunkle Haar, während sie über deren Worte nachdachte. Ein großes Feuer? Eine getigerte Raubkatze? – Alle tot? Ihre Gedanken gefroren zu Eis.

»Nein«, flüsterte sie. »Nein!« Das konnte, das durfte nicht wahr sein! Diesmal musste sich Kiany doch täuschen und die Nebelelfe betete verzweifelt, dass es so war. Von düsteren Vorahnungen geplagt, schloss sie die Augen und versuchte eine Gedankenverbindung zu Lya-Numi in Caira-Dan herzustellen. Die Elfenpriesterin antwortete nicht. Voller Sorge versuchte Naemy zwei andere Elfen zu erreichen – vergeblich! Eine eisige Faust umklammerte plötzlich Naemys Herz, das wie wild zu schlagen begann. Aber noch wehrte sie sich mit aller Kraft gegen die schreckliche Wahrheit. Aufgebracht und zutiefst besorgt schob sie eine Hand unter Kianys Kinn, löste deren Kopf von ihrer Schulter und blickte sie ernst an. »Kiany«, sagte sie mit gepresster Stimme und war sorgsam darauf bedacht, sich ihre Beunruhigung auf gar keinen Fall anmerken zu lassen. »Kiany, sag mir jetzt bitte ganz genau: Was hast du gesehen?«

Lya-Numi hörte die Zweige hinter sich knacken. Ihr Herz hämmerte wie wild und die kalte Luft brannte ihr in den Lungen. Arme und Gesicht der Elfenpriesterin waren von den Ästen und Stöcken des Unterholzes zerschnitten und aus drei tiefen Wunden am Oberschenkel, die ihr die Krallen eines Quarlins zugefügt hatten, sickerte Blut, das beim Laufen auf den Boden tropfte.

Ungeachtet der Schmerzen rannte Lya-Numi weiter, wohl wissend, dass es keine Hoffnung für sie gab. Der riesige Quarlin hinter ihr folgte dem Geruch des frischen Blutes und bahnte sich mit seinen gewaltigen Pranken einen Weg durch das Dickicht der Sümpfe. Einmal kam er so dicht heran, dass sie seinen hechelnden Atem hörte, dann ließ er sich wieder ein wenig zurückfallen, als bereite es ihm Freude, die Nebelelfe in trügerischer Sicherheit zu wiegen. Aber er war da. Das intelligente Tier schien um die nachlassenden Kräfte der Elfe zu wissen und folgte ihr in der Gewissheit, dass ihm seine Beute nicht entkommen konnte.

Am Rande des Zusammenbruchs kämpfte sich Lya-Numi voran. Jeder Muskel ihres Körpers schmerzte und die Beine zitterten ihr von der ungewohnten Anstrengung. Sie war nicht mehr die Jüngste und brauchte dringend eine Atempause, doch weit und breit gab es keine Sicherheit. Erschöpft erreichte sie schließlich eine von silbernem Mondlicht erhellte Lichtung und blickte sich gehetzt um. Da! Auf der gegenüberliegenden Seite erblickte Lya-Numi eine knorrige alte Sumpferle, deren Äste sich so dicht über dem Boden verzweigten, dass sie mühelos hinaufklettern konnte. Die Elfenpriesterin wusste, dass auch der Quarlin ein geschickter Kletterer war, hoffte jedoch, dass die biegsamen Zweige unter dem Gewicht des riesigen Räubers nachgeben würden und sie in den oberen Ästen sicher wäre. Der Baum war ihre einzige Hoffnung.

Wieder hörte sie hinter sich die Zweige knacken und den hechelnden Atem des Quarlins. Er kam! Sie durfte keine Zeit verlieren. Ohne lange zu überlegen, rannte Lya-Numi los – doch sie kam nicht weit. Mitten auf der Lichtung stolperte sie über einen im hohen Gras verborgenen Baumstumpf und stürzte mit einem erstickten Schrei zu Boden. Ein brennender Schmerz schoss von ihrem Fußknöchel aus durch den ganzen Körper und das schaurige Geräusch, mit dem ihr rechter Fuß brach, erfüllte sie mit der tödlichen Gewissheit, dass ihre Flucht hier endete.

Es war vorbei!

Die Tränen in den Augen der Elfenpriesterin rührten nicht allein von dem flammenden Schmerz, der ihr rechtes Bein peinigte – sie war verloren. Der Quarlin kam immer näher. In wenigen Augenblicke würde sie das grausame Schicksal ihrer Brüder und Schwestern teilen. Niemand konnte ihr jetzt noch helfen. Lya-Numi ballte entschlossen die Fäuste. Sie würde sich nicht kampflos in ihr Schicksal ergeben. Mit einer enormen Willensanstrengung gelang es ihr, den Schmerz des gebrochenen Fußes in den hintersten Winkel ihres Bewusstseins zu verbannen, während sie mit fliegenden Fingern nach dem winzigen Zeremoniendolch am Gürtel tastete, den die Elfen bei feierlichen Anlässen stets bei sich trugen.

Mit zitternden Händen löste sie den Dolch vom Gürtel, ließ den Waldrand jedoch nicht aus den Augen. Obwohl sie ihn nicht sah, spürte sie den Blick des Quarlins auf sich ruhen. Jeden Augenblick konnte der getigerte Jäger aus dem Schatten treten, um sich seine

Beute zu holen. Lya-Numi war sicher, dass er sie aus der Dunkelheit zwischen den Bäumen beobachtete, denn nicht nur das Knacken der Äste hatte aufgehört, auch alle anderen Geräusche des nächtlichen Waldes waren verstummt. Es war, als hielte selbst der Sumpf den Atem an, um den letzten Kampf der Elfenpriesterin zu beobachten.

Lya-Numi setzte sich auf. Sie war bereit. Den zierlichen Zeremoniendolch so fest umklammert, dass ihre Fingerknöchel weiß hervortraten, starrte sie in die Richtung, aus der der Angriff kommen musste. Ganz leise hörte sie eine Stimme in ihren Gedanken, die sie beim Namen rief, achtete jedoch nicht darauf. Nur der Quarlin zählte. Komm schon, dachte sie grimmig. Kampflos werde ich mich nicht ergeben.

Als hätte es ihre Gedanken gelesen, sprang das mächtige Tier in diesem Augenblick auf die Lichtung. Die gelben Augen blitzten im Mondlicht und spiegelten die tödliche Gelassenheit des siegessicheren Jägers wider, während sich der Quarlin mit angelegten Ohren und gebleckten Zähnen seinem Opfer näherte.

Chantu hatte keine Tränen, doch tiefe Trauer verschleierte ihm den Blick, als er Caira-Dan in namenlosem Entsetzen verließ. Wirre Gedanken wirbelten ihm im Kopf umher und seine mächtigen Schwingen bewegten sich wie von selbst auf und ab, während er sich in kopfloser Flucht von dem Ort des Grauens entfernte.

Quarline! Nie hätte der junge Riesenalp daran geglaubt, den gefürchteten Raubtieren einmal von Angesicht zu Angesicht gegenüberzustehen. Die großen Raubkatzen galten als ausgestorben und obwohl Naemy immer befürchtete hatte, dass der Letzte ihrer Art noch am Leben sein mochte, begriff Chantu nicht, woher die vielen Quarline so plötzlich kamen. In den fünfzig Sommern seines Lebens war kein einziger Quarlin in Thale gesichtet worden. Nicht einer! Doch jetzt, als sich fast das ganze Volk der Nebelelfen in Caira-Dan versammelt hatte, tauchten plötzlich mehr als hundert dieser fürchterlichen Kreaturen mitten in der Hauptstadt auf.

Woher kamen sie?

Wer steckte dahinter?

Je länger der Riesenalp über die Bedeutung des grauenhaften Massakers nachdachte, desto stärker änderten sich seine Gefühle. Langsam, zunächst fast unmerklich, doch dann immer schneller wich die Trauer einem glühenden Hass. Die Hauptstadt in den Sümpfen von Numark war viele Sommer lang seine Heimat gewesen und er hatte die Nebelelfen als seine Freunde betrachtet – jetzt hatte er alles verloren.

Alles! Chantu fühlte eine nie gekannte Wut in sich aufsteigen. Wer immer den Angriff geplant hatte, sollte dafür bezahlen. Die ohnmächtige Wut verdrängte die Lähmung seiner Gedanken und seine Flügelschläge wurden langsamer. Schließlich flog er einen weiten Bogen und kehrte um. Es war falsch gewesen, die Flucht zu ergreifen. Er hätte in der Nähe von Caira-Dan bleiben und beobachten sollen, wohin sich die Quarline zurückzogen. Nur so hätte er möglicherweise einen Hinweis darauf erhalten, wer die Raubkatzen geschickt hatte.

Aber noch war es nicht zu spät. Wenn er sich beeilte, konnte er das Versäumte mit etwas Glück noch nachholen. Pfeilschnell glitten die düsteren Baumkronen der Sümpfe von Numark unter ihm dahin, während er auf das rot glühende Leuchten am Horizont zuflog, das die Überreste des großen Feuers in Caira-Dan in die Nacht ausstrahlte. Schneller und schneller flog er und angesichts der Angst, dass die Quarline inzwischen fort sein könnten, vergaß er seine Müdigkeit im Handumdrehen.

Plötzlich dachte er an Zahir und Leilith. Seine Geschwister befanden sich noch immer auf dem Flug nach Caira-Dan. Er musste sie warnen! In rascher Folge sandte er kurze Botschaften an Zahir und Leilith und fügte auch einige Bilder des Überfalls hinzu, die sich in seine Gedanken eingebrannt hatten. Gerade wollte er noch berichten, dass er wieder zurückflöge, da hörte er den Schrei.

Er war nur kurz und verhallte bereits zwischen den Bäumen, doch Chantu zweifelte keinen Augenblick daran, dass eine Elfe geschrien hatte – eine Elfe in großer Bedrängnis, in Todesangst!

Sofort verringerte er seine Geschwindigkeit, ging tiefer und suchte mit seinen scharfen Vogelaugen den Wald nach einer verdächtigen Bewegung ab. Wer immer da geschrien hatte, konnte nicht weit entfernt sein.

Als er nichts entdeckte, begann Chantu zu kreisen. Den Blick nach unten gerichtet, flog er dicht über das lichte Blätterdach der Bäume hinweg und suchte das Sumpfgelände ab.

Plötzlich sah er aus den Augenwinkeln, wie sich ein heller Körper langsam über eine kleine Lichtung bewegte. Ein Quarlin! Der Anblick der großen Raubkatze versetzte seinem Herzen einen schmerzhaften Stich und sein Hass flammte erneut auf. Dann bemerkte er die Elfe. Sie kniete mitten auf der Lichtung und schien den Angriff des Quarlins zu erwarten. In einer Hand hielt sie ein kleines Messer, dessen Klinge im Mondlicht hell aufblitzte, und in der anderen einen langen Stock, den sie dem Angreifer drohend entgegenstreckte.

Chantu handelte sofort. Ungeachtet seiner Erschöpfung warf er den Kopf in den Nacken, stieß einen markerschütternden Schrei aus und setzte zu einem gewagten Sturzflug an.

Als der Quarlin den Riesenalp erblickte, fauchte er böse und legte gereizt die Ohren an. Die säbelzahnartigen Reißzähne gebleckt und den Körper dicht an den Boden gepresst, erwartete er furchtlos den Angriff des riesigen Vogels. Dem ersten Griff der scharfen Klauen konnte er sich durch ein gekonntes Ausweichmanöver entziehen, während er gleichzeitig mit der Pranke nach dem ungeschützten Bauch des Riesenalps schlug. Chantu spürte, wie die Krallen des Quarlins durch das weiche Bauchgefieder drangen und ihm glühende Wunden in seine Haut ritzten, doch er beachtete den Schmerz nicht. Eine Wolke hellgrauer Federn zurücklassend, gewann er rasch wieder an Höhe, um einen neuen Angriff zu fliegen. Diesmal versuchte er gar nicht erst, den Quarlin mit den Krallen zu packen. Die Raubkatze hatte sich in eine kleine Mulde zurückgezogen und lag so flach am Boden, dass Chantu bei einem Angriff Gefahr gelaufen wäre, selbst auf die Lichtung zu stürzen. Die einzige Möglichkeit, den Gegner zu fassen, bestand darin, ihn durch gezielte Hiebe mit dem spitzen Schnabel aus seiner Deckung zu treiben. Der Quarlin zischte wütend und hob die Pranke zu einem weiteren Schlag, doch diesmal war der Riesenalp schneller. Mit einem gut gezielten Hieb riss er der Raubkatze eine klaffende Wunde in die Flanke und flog davon, ohne selbst verletzt worden zu sein. Der Quarlin stieß einen spitzen Schrei aus, sprang aus der Mulde und setzte dem Riesenalp humpelnd nach.

Chantu erkannte die Gelegenheit und zögerte nicht. Obwohl er eigentlich noch nicht genug Höhe gewonnen hatte, faltete er die Flügel und ließ sich wie ein Stein vom Himmel fallen. Der Quarlin duckte sich erschrocken, aber das half ihm diesmal nichts. Verletzt und ohne den Schutz der Mulde war er eine leichte Beute für Chantu. Nur wenige Längen über dem Boden breitete er die Flügel aus und fing den waghalsigen Sturz gekonnt ab, während er gleichzeitig mit den Klauen nach dem Quarlin griff.

Der Riesenalp war von dem langen Kampf in Caira-Dan erschöpft, aber das Feuer des Hasses auf die getigerten Kreaturen setzte Kräfte in ihm frei, die er bisher nichts gekannt hatte. So gelang es ihm, den Quarlin hoch hinaufzutragen, während er die Lichtung mit schweren Flügelschlägen hinter sich ließ. Die Raubkatze wehrte sich heftig und versuchte Chantus Körper mit ihren scharfen Krallen zu erreichen, doch alle Bemühungen waren vergebens. Hoch über einem kleinen See, inmitten der Sümpfe von Numark, hielt Chantu inne und versetzte dem Quarlin einen kraftvollen Hieb mit dem Schnabel, als wäre das gefährliche Raubtier nichts weiter als eine wehrlose Bergziege, wie er sie für gewöhnlich jagte. Dunkles Blut spritzte auf und benetzte das helle Bauchgefieder des Riesenalps mit hässlichen roten Flecken, als der Hieb die Schlagader des Quarlins zerfetzte. Sein Knurren und Fauchen ging in einen gurgelnden Laut über und der massige Körper erschlaffte.

Wenige Herzschläge lang genoss Chantu den Triumph, dann öffnete er die Klauen und ließ den Quarlin in den See fallen. Er wartete noch, bis das dunkle Wasser den leblosen Körper verschluckt hatte, dann kehrte er zu der Lichtung zurück, wo er die Elfe gesehen hatte.

Der Rückflug war eine einzige Qual. Jetzt, da der Kampf vorüber war, breitete sich die Erschöpfung wie eine beißende Flut in seinem Körper aus. Jeder Muskel, jede Sehne schienen zum Zerreißen gespannt und er hatte große Mühe, in der Luft zu bleiben.

Als er die Lichtung erreichte, sah er die Elfe ausgestreckt im hohen Gras liegen. Sie hörte ihn kommen, hob den Kopf, rührte sich jedoch nicht. Lya-Numi! Erst jetzt erkannte Chantu, wem er das Leben gerettet hatte.

»Flieg … flieg zu … Naemy!« Die Stimme der Elfenpriesterin war nicht mehr als ein dünnes Wispern in seinen Gedanken, doch Chantu verstand. »Ich hole Hilfe!«, versicherte er ihr und sandte ihr einen beruhigenden Gedanken. Lya-Numi wirkte verletzt und zu Tode erschöpft und Chantu konnte nur hoffen, dass sich nicht noch mehr Quarline in der Nähe befanden. Vorsorglich stieg er höher und drehte einige Runden über dem Waldrand, wobei er den Boden mit seinen scharfen Augen nach Quarlinen absuchte. Als er keinen Hinweis darauf fand, machte er kehrt und flog in die Nacht hinaus. Er allein konnte Lya-Numi nicht helfen. Die Lichtung war viel zu klein, um von dort wieder aufzusteigen. Er konnte lediglich Hilfe holen.

Obwohl das Raubtiergesicht des Cha-Gurrlins, der vor Asco-Bahrrans Zelt als Wachtposten eingeteilt war, keine Regung zeigte, fiel es ihm offensichtlich schwer, den Blick auf den Boden zu richten. Der Meister hatte ihn gerufen, um ihm einen Befehl zu erteilen, doch das Bild, welches sich dem Krieger in der schillernden Kristallkugel zu seiner Rechten bot, schien ihn magisch anzuziehen.

»Haastare!«, zischte Methar und warf dem Cha-Gurrlin einen beschwörenden Blick zu. Das Bild in der Kugel war nicht für die Augen der Krieger bestimmt und er fragte sich, warum Asco-Bahrran es überhaupt hatte stehen lassen. Die Lebensenergie des Mediums hatte gerade ausgereicht, um den mächtigen Zauber über die weite Entfernung hinweg zu wirken, bevor der Tod den Grasländer von seinen Qualen erlöste. Doch entgegen Methars Erwartungen war das Bild nicht verblasst. Als wäre es in dem Kristall eingefroren, verharrte es als Abbild des Grauens, das an diesem Abend über Caira-Dan hereingebrochen war, im Innern der Kugel.

Endlich gelang es dem Cha-Gurrlin, sich von dem Anblick zu lösen. Schweigend und mit gesenktem Haupt erwartete er die Befehle des Meisters und nur seine bebenden Schultern deuteten darauf hin, wie aufgewühlt er war.

Asco-Bahrran bedeutete Methar, die Kristallkugel wieder zu verdecken und an ihren ursprünglichen Platz zurückzubringen, dann wandte er sich an die Wache. »Richte meinen Befehlshabern aus, dass ich sie unverzüglich hier im Zelt erwarte«, befahl er in der Sprache der Cha-Gurrline. Dann wies er noch mit einer wegwerfenden Bewegung in Richtung des toten Grasländers. »Und schaff mir diese nichtsnutzige Kreatur aus den Augen«, höhnte er. »Die Quarline freuen sich sicher, ihn zu sehen.«

»*Na sorr-gekukk.* Wie Ihr befehlt!« Der Wachtposten straffte sich, warf sich den jungen Grasländer mühelos über die Schulter und trug ihn aus dem Zelt.

»Das war der Letzte«, wagte Methar vorsichtig zu bemerken, während er das magische Quarlinfell wieder in der Truhe verstaute. »Es gibt keinen Grasländer mehr im Gefangenenlager, der Euch als Medium dienen könnte.«

»Ich brauche kein Medium!«, hörte er Asco-Bahrran murmeln. »Jedenfalls zurzeit nicht. Noch bevor die Sonne über dem Ylmazur-Gebirge aufgeht, werden wir aufbrechen und bald ...« Methar hob erstaunt den Kopf und sah, wie Asco-Bahrran das Amulett der Auserwählten in den Händen drehte. »... bald wird der wahre Herrscher Thales zurückkehren.«

»Nein!« Naemy griff sich mit beiden Händen an den Kopf. Alle Farbe war aus ihrem Gesicht gewichen und sie schwankte, als könnten die Beine ihr Gewicht nicht mehr tragen. »Bei der Göttin, das darf nicht wahr sein!«

Tabor, der gerade mit einem Arm voll trockenem Feuerholz aus dem Wald kam, ließ seine Last fallen und eilte seiner Mutter zu Hilfe. »Was ist geschehen?«, fragte er beunruhigt, während er ihr half, sich hinzusetzen. Doch Naemy antwortete ihm nicht. Regungslos starrte sie in das fast heruntergebrannte Feuer, als wären dort die Antworten auf alle Fragen zu finden. »Mutter!«, drängte Tabor besorgt. »Was ist?«

»Quarline!«, hauchte Naemy tonlos. Mehr sagte sie nicht. Nur dieses eine Wort. Mit weit geöffneten Augen starrte sie in die Glut, als sei ihr Geist in einem schrecklichen Wachtraum gefangen, dem sie nicht entfliehen konnte. »Mutter!« Tabor erfasste sanft ihren Arm, doch Naemy antwortete nicht.

»Lass sie!«, ertönten Leiliths Worte in seinen Gedanken. Tabor fuhr herum und starrte das Riesenalpweibchen verblüfft an. Täuschte er sich oder klang auch Leiliths Stimme traurig? »Was ist mit ihr?«, fragte Tabor verwirrt. Waren hier plötzlich alle verrückt geworden? So lange war er doch gar nicht fort gewesen. An Kiany konnte es nicht liegen. Das Mädchen schlief in dicke Pelze gehüllt tief und fest auf einem behelfsmäßigen Lager neben dem Feuer.

»Leilith! Was ist geschehen?« Allmählich wurde Tabor ärgerlich. Doch auch das Riesenalpweibchen schien plötzlich nicht gewillt, ihm Auskunft zu geben. Betreten schloss es die Augen, um Tabors bohrenden Blicken zu entgehen, und schwieg. »Leilith!« Das war schon fast ein Befehl und Tabor ärgerte sich, dass er so grob werden musste.

»Wir haben traurige Kunde von Chantu erhalten«, mischte sich Zahir in den Gedankenaustausch ein. »Hundert Quarline sollen Caira-Dan überfallen haben.« Der Riesenalp machte eine Pause, um Tabor Zeit zu geben, die ganze Tragweite seiner Worte zu erfassen. »Und?« Die Frage schoss durch Tabors Gedanken, ohne dass er sie wirklich stellen wollte. »Und?«, fragte er noch einmal, als Zahir ihm nicht sofort antwortete.

»Er hat alles versucht, aber er konnte ihnen nicht helfen ...«

»Heißt das ...« Tabor wagte den schrecklichen Gedanken nicht zu Ende zu denken.

»Ja!« Große Trauer schwang in diesem einen Wort mit. Überwältigt von den grauenhaften Bildern, die Chantu ihm übermittelt hatte, konnte Zahir nicht weitersprechen.

»Sind alle … alle tot?« Fassungslos starrte Tabor den felsengrauen Vogel an. Niemand antwortete ihm, doch das betretene Schweigen der Riesenalpe ließ keinen Zweifel daran, dass es so war.

»Nein!« Plötzlich hatte Tabor das Gefühl, die Beine trügen ihn nicht länger. Kraftlos sank er zu Boden und schlug die Hände vor das Gesicht. »Das ist nicht wahr«, murmelte er. »Das kann nicht wahr sein. Es gibt doch gar keine Quarline mehr!«

»Doch, es ist wahr, Tabor!« Naemys Stimme klang müde und sie sprach, ohne den Blick vom Feuer zu wenden. »Zeig es ihm, Zahir.«

»Willst du es wirklich sehen?«, fragte Zahir zaghaft in Tabors Gedanken. Der junge Elf nickte matt. Er war fest davon überzeugt, dass Chantu nicht die Wahrheit gesagt hatte, doch als er die grausamen Bilder sah, die Chantu seinen Geschwistern übermittelt hatte, wurde seine Zuversicht jäh zerstört.

Für endlose Augenblicke blieb das Wispern des Windes in den kahlen Ästen der Bäume das einzige Geräusch. Die Riesenalpe schwiegen bedrückt und Naemy starrte weiter in die Glut, während Tabor seine Gedanken zu ordnen versuchte. Nur langsam begriff er das ganze Ausmaß der Katastrophe, doch anders als seine Mutter verfiel er nicht in dumpfe Trauer. Wut mischte sich mit Verzweiflung und einer tiefen Sorge um jemanden, der ihm sehr viel bedeutete. Entschlossen erhob er sich, trat ans Feuer und fasste seine Mutter bei den Schultern. »Ich fliege sofort nach Caira-Dan«, erklärte er ohne sich seine Unruhe anmerken zu lassen. »Die Überlebenden brauchen Hilfe.«

»Quarline hinterlassen keine Überlebenden«, flüsterte Naemy. Sie hob den Blick und zum ersten Mal in seinem Leben sah Tabor seine Mutter weinen.

»Ich fliege trotzdem!« Tabors Umhang bauschte sich, als er sich umwandte und mit großen Schritten auf Leilith zustapfte.

»Warte!« Naemy sprang auf und packte Tabor an der Schulter,

um ihn zum Innehalten zu bewegen. »Warte!«, sagte sie etwas sanfter, die Schulter noch immer fest im Griff. »Du darfst nicht unüberlegt handeln. Die Quarline sind wahrscheinlich noch immer in Caira-Dan. Wir müssen ... «

»Lass mich, Mutter!« Ärgerlich steifte Tabor die Hand von der Schulter und sah Naemy in die Augen. In seinem Blick wechselten in rascher Folge Sorge und Trauer mit Wut und Entschlossenheit. Ein deutliches Zeichen dafür, wie aufgewühlt er war. »Ich werde fliegen, Mutter«, betonte er noch einmal. »Du kannst mich nicht aufhalten. Ich muss es mit eigenen Augen sehen. Und ich schwöre dir, ich werde jeden Quarlin töten, der mir begegnet.« Mit diesen Worten schulterte er seinen Langbogen, den er an einen Baum gelehnt hatte, griff nach dem Köcher mit den Pfeilen und vergewisserte sich mit einem kurzen Griff an den Gürtel, dass er auch das Kurzschwert bei sich trug. Ohne sich noch einmal umzublicken, bestieg er Leiliths Rücken und lenkte das Riesenalpweibchen auf einen nahen Hügel, von dem aus es aufsteigen konnte.

»Tabor, sei vernünftig!«, rief ihm Naemy in Gedanken nach, doch der junge Elf hatte seinen Geist für Botschaften verschlossen und antwortete ihr nicht. »Bei den Toren!« Wütend hob Naemy einen Stock vom Boden auf und schleuderte ihn in den Wald. Dennoch konnte sie Tabors Entschluss gut verstehen. Auch in ihr schrie alles danach, nach Caira-Dan zu fliegen und nach Überlebenden zu suchen. Wäre sie allein gewesen, hätte sie Tabor begleitet, aber sie hatte die Verantwortung für das schlafende Mädchen übernommen und konnte nicht frei handeln.

Er ist wie ich in jungen Jahren, dachte sie. Ungestüm und mutig – und wie ich muss auch er noch lernen, dass einen nicht allein die Gefühle leiten dürfen. Naemy konnte nur hoffen, dass Tabor vernünftig genug war, sich auf keinen Kampf mit einem Quarlin einzulassen. Ein einzelner Elf, selbst wenn er bewaffnet war, stellte für die großen Raubkatzen eine leichte Beute dar. Erschaudernd erinnerte sich Naemy an den Kampf mit dem Quarlin, der ihr vor mehr als zweihundert Sommern in der Zwischenwelt aufgelauert hatte und dem sie nur durch eine List entkommen war. Die tiefen

Wunden, die sie bei dem Kampf davongetragen hatte, waren vernarbt, verursachten ihr aber auch heute noch Schmerzen. Wenn Tabor nicht …

»Chantu sagt, er habe Lya-Numi in den Wäldern entdeckt«, meldete sich Zahir in ihre Gedanken hinein. Lya-Numi? Naemy horchte auf. Energisch schob sie die trüben Erinnerungen zur Seite und versuchte Chantu selbst zu erreichen.

»Chantu!«, rief sie in Gedanken.

»Naemy? … Naemy, ich brauche … brauche deine Hilfe!« Der Riesenalp klang erschöpft und seine Stimme drang nur schwach und undeutlich durch die Sphäre. »Lya-Numi ist verletzt … Sie braucht … Hilfe … ein Quarlin … angegriffen. Ich … Quarlin getötet … kann nicht landen … «

»Wo ist sie?«, fragte Naemy erregt. Die unglaubliche Nachricht, dass die Elfenpriesterin noch lebte, ließ sie für einen Augenblick alle Trauer vergessen. Chantu übermittelte ihr ein Bild der Lichtung, auf der er Lya-Numi entdeckt hatte. Es war verschwommen und flackerte, genügte jedoch, damit Naemy erkannte, wo sich die Elfenpriesterin befand. Die Lichtung lag nicht weit von Caira-Dan entfernt auf dem Weg zu jenem Platz, wo Tabor und sie die ersten Flugübungen mit den Riesenalpen gemacht hatten. »Ich kenne die Stelle«, teilte sie Chantu mit, »und ich mache mich sofort auf den Weg.«

»Danke!« Chantu klang erleichtert. Naemy hörte noch, wie er etwas von Ruhe und Erschöpfung sagte, dann brach die Verbindung ab.

»Müssen wir aufsteigen?«, wollte Zahir wissen.

»Ich weiß noch nicht.« Hinter Naemys Stirn überschlugen sich die Gedanken. Lya-Numi lebte, aber sie war verletzt und brauchte dringend Hilfe. Naemy musste so schnell wie möglich zu ihr gelangen. Mit Zahir dorthin zu fliegen, kam nicht infrage, weil Kiany noch tief und fest schlief. In diesem Zustand konnte sie auf keinen Fall mitfliegen. Naemy durfte das Mädchen aber auch nicht allein lassen. Zudem würde ein Flug zu Lya-Numi bis weit in den nächsten Morgen hinein dauern – viel zu lange. Mit Zahir dorthin zu fliegen, wäre schon deshalb sinnlos, weil ein Riesenalp nicht auf der Lichtung landen konnte. Dann blieb nur – Naemy überlief es eiskalt – eine Reise durch die Zwischenwelt!

Die uralten Pfade der Elfen schienen der einzige Weg zu sein, Lya-Numi in Sicherheit zu bringen. Zahir sollte derweil auf Kiany Acht geben, denn Naemy würde ja nicht lange fort bleiben. Die Zwischenwelt! Naemy hatte diesen Weg für lange Reisen bisher immer gemieden, aus Furcht, der Quarlin könne noch immer irgendwo in der Düsternis lauern. All die Sommer war es nur ein Quarlin gewesen, den sie fürchtete. Und jetzt? Wenn sie Chantus Bericht glaubte, waren es gut hundert Raubkatzen gewesen, die Caira-Dan überfallen hatten – hundert Quarline, die jetzt auch in der Zwischenwelt lauern konnten.

Naemy zögerte. Sie wusste, dass jeder Augenblick, der ungenutzt verstrich, für Lya-Numi den Tod bedeuten konnte, doch noch hielt ihre Furcht sie zurück. Verzweifelt suchte sie nach einer dritten, weniger riskanten Möglichkeit, der Elfenpriesterin zu helfen – vergeblich. Schließlich hob sie einen Stock vom Boden auf und zeichnete ein Pentagramm, jenen fünfzackigen Stern, der den Elfen das Tor zur Zwischenwelt öffnet, in den feuchten Boden. Ihre Hand zitterte, als sie die magischen Symbole an die Spitzen des Sterns schrieb und als sie die rituellen Worte in der uralten Sprache ihres Volkes flüsterte.

Als sie fertig war, nahm auch sie Langbogen und Köcher an sich und prüfte kurz ihr Schwert. Dann wandte sie sich an Zahir, der ihr Tun mit seinen ausdruckslosen dunkeln Vogelaugen schweigend beobachtet hatte. »Gib gut auf das Mädchen Acht«, bat sie, während sie in das Petragramm trat. »Ich hole jetzt Lya-Numi. Ich bin ... « Sie schloss die Augen und sandte ein kurzes Gebet an die Gütige Göttin, dass es wirklich so sein möge. »Ich bin bald zurück!« Sie schluckte und fuhr fort: »Sollte ich bis Sonnenaufgang nicht zurück sein, musst du das Mädchen wieder nach Nimrod bringen. Ich hoffe, sie vertraut dir.«

Zahir nickte und Naemy schenkte ihm ein schmerzliches Lächeln. »Ich weiß, dass ich mich auf dich verlassen kann«, sagte sie und es klang fast wie ein Abschied. »Du bist der beste Freund und Begleiter, den ich mir wünschen kann.« Dann erhob sie die geöffneten Hände zum Himmel und ihre Lippen bewegten sich lautlos, während sie die uralten Worte der Elfen sprach, die das Tor zur Zwischenwelt öffnen würden. Der Wald und Zahirs Gestalt verschwammen allmählich und es wurde dunkel. Die Kälte der Zwischenwelt griff mit eisigen Fingern nach Naemy, doch sie zögerte nicht, die geheimen Pfade ihres Volkes zu betreten, die sie zu Lya-Numi bringen sollten.

Mit ernster Miene schritt die Gütige Göttin durch die ewigen Gärten des Lebens. Auf der Stirn ihres alterslosen Gesichtes zeigte sich eine steile Falte, die auf der makellos weißen Haut seltsam fremd und störend wirkte und von den düsteren Gedanken zeugte, die sie auf ihrem Weg durch die Herrlichkeit des Gartens begleiteten. Kummer und Trauer umgaben die anmutige, in schimmerndes Weiß gekleidete Gestalt wie eine dunkle Aura, die ihre beklemmenden Schatten auch auf die lebensfrohe Blütenpracht warf.

Wo immer sie vorüberging, verblasste das großartige Farbenspiel der Blumen. Die bunten Blüten färbten sich schwarz und die weichen tiefgrünen Halme des Schöngrases überzogen sich mit dickem Raureif. Selbst die liebliche Melodie verstummte, die wie ein Windhauch durch die Gärten strich, und die zarten Schmetterlingswesen, die sich am Nektar der Blütenkelche labten, flüchteten in entlegenere Teile des Gartens.

Als die Göttin sich schließlich auf der kleinen Bank am Weiher niederließ, über dem wie an jedem Morgen der Nebel der Weisheit schwebte, hatte die aufgehende Sonne ihr Antlitz hinter den Wolken verborgen. Doch auch dies schien die Göttin nicht zu bemerken. Traurig starrte sie auf die wogenden Schleier und dachte nach.

Das Volk der Nebelelfen gab es nicht mehr! Die Erkenntnis war so ungeheuerlich und so unfassbar, dass sie die ganze Tragweite der schrecklichen Nachricht noch nicht zu überblicken vermochte. Sie wusste, sie war nicht ganz unschuldig daran, dass es zu dem vernichtenden Angriff hatte kommen können, und machte sich heftige Vorwürfe. Sie hatte die Gefahr, die den Elfen drohte, nicht bemerkt. Schlimmer noch: Sie hatte nicht im Traum daran gedacht, dass es dazu kommen könnte! Obwohl sie sich geschworen hatte, wachsam zu sein, hatte sie den gleichen Fehler begangen wie damals, als An-Rukhbar seinen vernichtenden Angriff auf Thale begann – sie hatte darauf vertraut, dass die Bewohner Thales stark genug waren, sich selbst gegen den Feind zu behaupten. Und wie damals waren die Folgen ihres Versäumnisses so vernichtend und grauenhaft, dass sie es kaum ertrug.

Doch es gab keine Entschuldigung. Sie hatte die düstere Wolke gesehen und beobachtet, wie sie langsam immer größer wurde. Doch anstatt beherzt zu handeln, hatte sie gezögert, Menschen und Elfen zu warnen. Selbst als die Botschaften, die ihre Dienerin aus der Finstermark sandte, Grund zur Besorgnis gaben, hatte sie nicht gehandelt.

Und jetzt war es zu spät! Die bittere Gewissheit machte der Göttin das Herz schwer. Ihre geliebten Nebelelfen waren vernichtet! Sie seufzte und eine funkelnde Träne lief ihr wie ein flüssiger Kristall über die Wange. »Auch Göttinnen sind nicht frei von Fehlern«, seufzte sie, doch selbst das war keine Rechtfertigung für ihr klägliches Versagen.

Wie blind war sie gewesen, als sie sich wie jeden Herbst darauf vorbereitet hatte, die Huldigungen und Gebete der Elfen entgegenzunehmen – jene Energie, aus der sich ihre Macht formte!

Wie hatte sie die Gefahr so unterschätzen können?

Warum hatte sie nichts gespürt?

Was dann geschehen war, ließ sich nur mit dem verheerenden Angriff An-Rukhbars auf Nimrod vergleichen, dem tausende Bewohner des Landes vor vielen hundert Sommern zum Opfer gefallen waren. Damals wie heute hatte die Wucht der dunklen Energien, die völlig unerwartet auf sie eingeströmt waren, sie geschwächt und ihr die Möglichkeit genommen, im letzten Moment noch helfend einzugreifen.

Nach dem Angriff waren ihre Kräfte langsam zurückgekehrt und sie hatte sich auf den Weg zum Weiher gemacht, um durch die Nebel der Weisheit zu erfahren, was in Caira-Dan vorgefallen war. Aber noch zögerte sie, denn sie ahnte bereits, welches Bild sich ihr bieten würde. Von dunklen Vorahnungen erfüllt, fürchtete sie sich fast, die Nebel anzurufen.

Aber sie musste es tun. Jetzt, sofort und nicht erst später. Eile war geboten, denn wer immer die Nebelelfen angegriffen hatte, beließ es sicher nicht dabei. Die Menschen! Sie musste die Menschen warnen und versuchen, wenigstens ihnen zu helfen. Zum Trauern blieb keine Zeit. Die Finsternis war neu erstarkt. Anzunehmen, dass die Menschen ohne Hilfe der Elfen auch nur die leiseste Hoffnung hätten, sich des mächtigen Gegners zu erwehren, wäre ein verhängnisvoller Fehler. Sie musste einschreiten. Entschlossen hob die Göttin den Blick und ihre Lippen formten die Worte, die ein Bild Caira-Dans in dem Nebel erschufen.

 Der Boden der Finstermark erbebte unter den stampfenden Schritten vieler hundert Cha-Gurrlinen-Krieger. Trockener Sand wirbelte auf und hüllte alles, was sich hinter den vordersten Reihen befand, in einen staubigen roten Nebel. Niemand, der die geschlossene Phalanx der mit Äxten, Schwertern und Morgensternen bewaffneten schwarzen Krieger auf sich zukommen sah, vermochte die wahre Größe der Heeres zu ermessen, doch allein der Anblick reichte aus, jeden das Fürchten zu lehren.

Seit vielen Sonnenläufen waren die Krieger zum Abmarsch bereit gewesen und hatten ungeduldig auf den Befehl ihres Meisters gewartet. Der Einmarsch in Thale war für sie mehr als nur ein Eroberungsfeldzug – er war die Rückkehr in ein Paradies, in dem es für sie keine Entbehrungen mehr geben würde. Die Aussicht, dem Hunger, dem Durst und der Kälte entfliehen zu können, hatte ausgereicht, um sie für den Angriff zu gewinnen, und ihr Hass auf die Gütige Göttin, deren Schwertpriesterin Sunnivah ihrem Volk vor mehr als zweihundert Sommern eine schmachvolle Niederlage zugefügt hatte, tat ein Übriges, um der barbarischen Natur der Cha-Gurrline freien Lauf zu lassen.

Unaufhaltsam wie eine zerstörerische schwarze Flut näherte sich das Heer der Grenze der Finstermark.

Gnoorat war einer der Letzten, die dem langen Heerwurm folgten. Man hatte ihm aufgetragen, einen der großen hölzernen Wagen zu ziehen, auf denen das schwere Gerät mitgeführt wurde. Zusammen mit fünf anderen Cha-Gurrlinen der unteren Ränge hatte er sich das lederne Geschirr anlegen müssen und kämpfte sich nun zum Takt der dumpfen Trommel Schritt für Schritt über den steinigen Boden. An den Stellen, wo der lederne Harnisch seinen Körper nicht bedeckte, schnitten ihm die harten Riemen tief in die Haut, doch die Wesenheit, die seinem Körper jetzt innewohnte, hatte jedes Schmerzempfinden aus seinen Gedanken getilgt. Erst unmittelbar vor dem Abmarsch hatte sie erfahren, dass das Heer aufbrechen würde, doch da war es bereits zu spät gewesen, ihrer Herrin eine Nachricht zu schicken. Gnoorat war mit den anderen zu den Wagen geführt worden und von da an gab es keinen unbeobachteten Moment mehr. Jetzt hoffte die Wesenheit auf eine baldige Rast, doch die Kräfte der hünenhaften Krieger schienen unerschöpflich zu sein. Länge um Länge zog der rote Sand der Finstermark unter Gnoorats Füßen dahin, während er den schweren Wagen über das flache Land zog. Der wirbelnde Staub verschluckte alles, was sich in einem Umkreis von mehr als drei Längen um den Wagen befand, und nur der unerschütterliche Takt der Trommelschläge, der durch den Nebel zu ihm herüberklang, und das Brüllen und Fauchen der restlichen Quarline, die in hölzernen Käfigen auf großen Karren am Endes des Heeres mitgeführt wurden, zeigten an, dass er noch auf dem richtigen Weg war.

Eine dunkle Gestalt, zum Schutz gegen den Staub fast völlig in ein mitternachtsblaues Gewand gehüllt, huschte geduckt an Gnoorat vorüber. Ein Magier! In Gnoorats Geist gab es noch ausreichend Erinnerungen an die menschlichen Wesen, die Asco-Bahrran dienten. Neben den Beratern standen die Magier ihrem

Meister am nächsten, denn als Einzige im Heer gehörten sie wie einst der Meister zur Rasse der Menschen.

Aber weder Asco-Bahrran noch seine Magier oder Berater hätten sich jemals in den hintersten Teil des Heeres begeben, wo nur die niederen Cha-Gurrline ihren Dienst taten. Die Menschen mieden den Kontakt zu den grobschlächtigen Kriegern und nur den Hauptmännern und Heerführern der Cha-Gurrline war es erlaubt, hin und wieder persönlich mit den Vertrauten des Meisters zu sprechen. Das gemeine Volk bekam sie höchstens bei Zeremonien oder Hinrichtungen zu Gesicht. Im Lager hatten sich die *Tonak*, wie die Cha-Gurrline ihre menschlichen Verbündeten nannten, stets in einer getrennten Zeltstadt in der Nähe des Meisters aufgehalten, wo die Cha-Gurrline keinen Zutritt hatten. Auch jetzt, da das ganze Heer in Bewegung war, fuhren sie in ihren bequemen Wagen weit voraus, in unmittelbarer Nähe der rubinroten Kutsche von Asco-Bahrran. Was also tat der Magier hier?

Neugierig geworden, tastete die fremde Wesenheit mit ihren feinen Sinnen nach der vermummten Gestalt. Der dunkle Umhang war schon fast in der Staubwolke verschwunden, dennoch gelang es der Wesenheit, für einen Augenblick die Aura des Magiers zu spüren. Seine Gefühle überraschten sie nicht. Hass, Gier und der Hunger nach Macht waren die Triebfedern, die alle menschlichen Begleiter Asco-Bahrrans in die Finstermark geführt hatten. Der Wesenheit hingegen waren solche Beweggründe fremd. Sie besaß eine freundliche Natur und die verabscheuungswürdigen Motive der Männer, die in diesem Heer dienten, bekümmerten ihre zarte Seele. Enttäuscht wollte sie sich von dem Magier zurückziehen, da bemerkte sie zu ihrer Überraschung, dass es bei ihm einen außergewöhnlichen Unterschied zu den Gefühlen der anderen Magier gab – sein Hass galt vor allem Asco-Bahrran!

Sollte es hier wirklich einen Verräter in den eigenen Reihen geben? Wenn dies so war, musste sie unbedingt herausfinden, wer sich unter dem Umhang verbarg. Ein Magier, der sich gegen seinen Meister stellte, konnte ihrer Herrin sehr nützlich sein. In der Hoffnung, einen Gedanken auffangen zu können, der ihr die Identität des Magiers verriet, zog sie ihre tastenden Sinne vorsichtig immer enger um den Geist der vermummten Gestalt.

Plötzlich traf ein kräftiger Fausthieb Gnoorats Schulter und die Wesenheit bemerkte, dass sie kurz die Herrschaft über Gnoorats Körper verloren hatte. Der Fausthieb war vermutlich eine Warnung gewesen, kam jedoch zu spät. Gnoorat schwankte, ruderte heftig mit den Armen und versuchte verzweifelt, das Gleichgewicht zu halten. Dann stolperte er über die eigenen Beine und stürzte zu Boden. Die ledernen Riemen spannten sich und schnitten ihm tief in die Schultern, während sein behelmter Kopf hart auf einem Stein aufschlug.

Durch einen blutroten Nebel sah die fremde Wesenheit auch die anderen Krieger straucheln und beobachtete, wie der voll bepackte Wagen gefährlich ins Schwanken geriet und umstürzte. Dann wurde es dunkel und die Verbindung zu dem ungewöhnlichen Magier riss ab.

Skynom war zu sehr in seine eigenen Gedanken vertieft, als dass er den vorsichtigen Kontakt der fremden Wesenheit gespürt hätte. Die dunkle Kapuze zum Schutz gegen den Staub tief ins Gesicht gezogen, hastete der Magier an der endlosen Kolonne schwer bepackter Karren und Wagen vorbei, auf denen sich nicht nur die Ausrüstung des gewaltigen Heeres, sondern auch die Käfige mit den Quarlinen befanden.

Niemand hatte ihn von dem Abmarsch unterrichtet. Niemand! Skynom schnaubte vor Wut. Er hatte für den Meister sein Leben aufs Spiel gesetzt. Seinem mutigen Einsatz hatte es Asco-Bahrran zu verdanken, dass er den Angriff überhaupt beginnen konnte. Wenn er nicht gewesen wäre ... und jetzt das! Der Meister enthielt ihm nicht nur die angemessene Belohnung vor, nein, man behandelte ihn auch noch wie das letzte Stück Dreck.

Seit er aus Nimrod zurückgekehrt war, gärte es in Skynom. Er war außer sich, weil er die versprochene Belohnung nicht erhalten hatte, und ärgerte sich maßlos über die entwürdigende Behandlung durch Asco-Bahrran. Man hatte ihn benutzt und fallen lassen wie

216

einen alten Lumpen, doch so einfach würde er sich nicht geschlagen geben. Er, der seine steile Karriere in Nimrod einst auf ausgefeilte Intrigen gegründet hatte, würde sich nicht in die klägliche Rolle des Ausgestoßenen fügen wie ein wehrloses Lamm auf dem Opferaltar. Die letzten Sonnenläufe hatte er deshalb damit verbracht, einen Plan zu schmieden. Einen Plan, der dem greisenhaften Meister zeigen würde, wie sehr er sich in Skynom getäuscht hatte. Wie hatte er ihn noch genannt? Nichtswürdiger! Skynom schnaubte erneut. Wenn sein Plan aufginge, würde man sehen, wer hier wirklich der Nichtswürdige war. Doch dazu musste er erst einmal die Wagen der anderen Magier erreichen, die in der Mitte des Heerzuges bei dem mit dicken rubinroten Tüchern verhängten Wagen des Meisters fuhren.

Nimrod brannte!

Die Flammen einer gewaltigen Feuersbrunst, welche die gesamte Festungsstadt erfasst hatte, leckten gierig bis zu den Spitzen der höchsten Türme hinauf, als könnten sie es nicht ertragen, dass auch nur ein einziger der braunen Lehmziegel, aus denen die Hauptstadt einst erbaut worden war, das Wüten unbeschadet überstand. Schwarze Rauchwolken verdunkelten die Ebene und türmten sich bis zu den schneebedeckten Gipfeln der Valdorberge.

Während die feine Asche der düsteren Schwaden den Schnee grau färbte, spielten sich am Fuß der Festungsmauer dramatische Szenen ab. Über die schwelenden Reste der hölzernen Tore, die Nimrod vor Angriffen schützen sollten, stürzten die Menschen in heilloser Panik auf die Ebene hinaus, hoffend, so dem Feuertod zu entgehen. Dort wurden sie jedoch von einer geschlossenen Reihe schwarzer Krieger erwartet, die mit ihren mannshohen Bogen wahllos in die Menge der Flüchtenden schoss. Hunderte, die dem Feuer entkommen waren, fielen dem Pfeilhagel zum Opfer. Leblose Körper bedeckten die verbrannte Erde vor den Festungsmauern und die Zahl der Toten und Verwundeten nahm schnell immer weiter zu.

Plötzlich wischte ein goldener Staub den entsetzlichen Anblick fort und Nimrod lag wieder friedlich und unversehrt im Sonnenlicht.

Doch das Gefühl einer drohenden Gefahr hing fast greifbar in der Luft und als sich der Blick nach Norden wandte, zeigte sich am Horizont eine Unheil verkündende dunkle Staubwolke, die sich rasch vergrößerte ...

Sayen erwachte schweißgebadet. Er zitterte am ganzen Körper. Selten hatte er eine Vision gehabt, die so deutlich und reich an Botschaften war – und noch nie eine, die so grauenhaft war.

Die schrecklichen Bilder noch vor Augen, setzte er sich auf und griff nach dem Wasserkrug. Als ihm das kühle Nass durch die Kehle floss, entspannte er sich ein wenig, doch das Gefühl der Eile blieb. Er hatte sich geirrt. Zum ersten Mal, seit er das Amt des Meistersehers von Nimrod innehatte, hatte er sich wirklich getäuscht. Seine Auslegung der Träume dieser Novizin Kiany war falsch gewesen, dessen war er sich inzwischen sicher. Nimrod drohte Gefahr! Große Gefahr. Er musste unverzüglich den Rat von der Vision unterrichten. Hastig kleidete er sich an und verließ seine Räume, ohne das Frühstück zu beachten, welches die Bediensteten für ihn bereitgestellt hatten.

So früh am Morgen waren die Gänge und Hallen der Inneren Festung fast menschenleer. Draußen war es noch nicht richtig hell. Die Wolken hatten sich wieder verdichtet und entluden erneut ihre nasse, kalte Fracht an den steilen Hängen der Valdorberge. Über die Geräusche des Regens hinweg hörte Sayen hin und wieder die hastigen Schritte der Pagen, die wie an jedem Sonnenlauf das Frühstück in die Gemächer der hochrangigen Bewohner trugen. Sayen bekam keinen der Diener zu Gesicht, wäre aber fast mit einem von ihnen zusammengestoßen, als er die Gemächer des Abners erreichte.

Im selben Augenblick, als er an die Tür klopfen wollte, wurde diese von innen geöffnet und ein halbwüchsiger blonder Page in der rotgrünen Kleidung des Küchenpersonals trat eilig heraus. Den Blick auf den Boden gerichtet, schloss er die Tür hinter sich und bemerkte Sayen erst, als er vor ihm stand. »Oh, Verzeihung ... Herr«, stammelte der Page verlegen. »Ich wollte nicht ... ich habe Euch nicht gesehen.«

»Schon gut.« Der Meisterseher war viel zu sehr in Eile, um sich über die Unvorsichtigkeit des Pagen zu ärgern. »Doch achte das nächste Mal besser darauf, wohin du trittst.«

»Ja, Herr!« Der Page nickte beschämt, machte aber keine Anstalten, den Weg zur Tür freizugeben. Wie angewurzelt stand er vor Sayen, als könne er nicht glauben, dass die erwartete Strafpredigt wirklich ausblieb. »Nun verschwinde schon«, brummte Sayen ungeduldig und griff an dem Jungen vorbei nach dem Türknauf. Lautlos huschte der Page davon, während der Meisterseher die Tür einen Spaltbreit öffnete. »Abner?«, fragte er vorsichtig, weil ihm plötzlich einfiel, dass er gar nicht angeklopft hatte.

»Ah, Sayen«, begrüßte ihn der Abner erfreut. »Warum so schüchtern? Kommt herein, ich habe Euch doch schon gehört.«

Der Meisterseher öffnete die Tür nun ganz und betrat das Gemach. Neben einem fünfarmigen Leuchter, dessen Talglichter nahezu heruntergebrannt waren, saß der Abner allein an seinem großen rechteckigen Arbeitstisch, auf dem sich wie gewöhnlich zahlreiche Pergamente stapelten, und nahm die Morgenmahlzeit ein. »Der arme Junge war vor Aufregung völlig durcheinander«, erklärte der Abner im Plauderton, während Sayen vor den Tisch trat. »Es ist das erste Mal, dass er das Essen für die Ratsmitglieder verteilt. Da war es ihm natürlich überaus peinlich, dass er die neuen Talglichter für den Leuchter vergessen hatte, und dann noch der Zusammenstoß mit Euch ...« Der Abner schüttelte schmunzelnd den Kopf. »Ist wohl nicht sein Glückstag heute. Aber was führt Euch zu dieser frühen Stunde hierher? Habt Ihr schon etwas gegessen?«

»Abner!« Sayen räusperte sich. Fast tat es ihm Leid, die gute Laune des Abners zerstören zu müssen. »Abner«, begann er noch einmal und allein beim Klang seiner Stimme gefror das Lächeln des Abners. »Ich hatte eine Vision – eine sehr deutliche Vision. Es steht zu befürchten, dass Nimrod schon bald Ziel eines Angriffs sein wird.« Sayen zog sich einen Stuhl heran und setzte sich. »Wir müssen das Volk von Thale warnen und so schnell wie möglich die Verteidigung vorbereiten, sonst gibt es eine Katastrophe. Ich will Euch kurz schildern, was ich gesehen habe ...«

Als der Meisterseher seinen Bericht beendet hatte, stützte der Abner den Kopf in die Hände und starrte einen Weile schweigend auf die Tischplatte. »Dann hatte die Nebelelfe also Recht!«, seufzte er schließlich und straffte sich. Die Bedeutung der Vision, die Sayen erhalten hatte, war so offensichtlich, dass er sofort handeln musste. Nimrod befand sich in höchster Gefahr. Aber nicht nur Nimrod. Die Festungsstadt lag im Herzen Thales, und wer sie erobern wollte, müsste zuerst das Land durchqueren. Wie es schien, wurde nicht nur Nimrod, sondern ganz Thale von einem unbekannten Feind bedroht, über dessen Herkunft und Stärke die Vision des Meistersehers allerdings nichts aussagte.

Ein Anflug von Hoffnungslosigkeit streifte jäh seine Gedanken. Thale war ein friedliches Land und besaß außer in den Grenzposten zur Finstermark kaum ausgebildete Krieger. Wie sollten sie sich einem solchen Feind stellen? Hatten sie überhaupt die Mittel und Wege, sich zu wehren? Ein unbestimmtes Gefühl sagte ihm, dass es unmöglich war. Doch damit konnte und wollte der Abner sich nicht zufrieden geben. Noch war nichts verloren.

Als der Morgen über der grasbewachsenen Ebene graute, erwachte Banor, der Gesandte des Graslandes, mit steifen Gliedern. Ein eisiger Wind strich von den fernen, schneebedeckten Hängen des Ylmazur-Gebirge herüber und brachte in seinem Gefolge die ersten Vorboten von Schnee und Frost in das herbstliche Grasland. Der Kälteeinbruch kam früh und völlig unerwartet und Banor fröstelte trotz der dicken Steppenbüffelfelle, in die er sich zum Schutz gegen die nächtliche Kälte gehüllt hatte. Ganz unvermittelt wanderten seine Gedanken zu Kiany, die er vor einigen Mondläufen nach Nimrod begleitet hatte, und er fragte sich, ob sie das raue Klima ihrer Heimat wohl vermisste.

Dann setzte er sich auf, um das erloschene Feuer neu zu entzünden. Der Wind trug die weiße Asche davon und Banor fluchte leise. Er wusste, dass es keinen Sinn hatte, in der kalten Feuerstelle nach Resten der Glut zu suchen. Wenn er sich wärmen wollte, musste er das Feuer neu entzünden.

»Warum hast du mich nicht früher geweckt?«, wandte er sich an sein Pferd, während er unwillig die Felle ablegte und in den Satteltaschen nach Feuersteinen und trockenem Gras suchte.

Der braune Hengst blinzelte schläfrig. Ihm war nicht kalt, entstammte er doch der einzigen Herde wilder Graslandpferde, die es in Thale noch gab, und trug in den kalten Mondläufen ein dichtes Fell, das ihn vor dem eisigen Wind schützte. Gleichmütig beobachtete er, wie Banor die Feuersteine über dem Stroh zusammenschlug, um ein Feuer zu entfachen.

»Bei den Toren!« Verärgert bemerkte Banor, dass der Wind das Stroh in einer Wolke aus grauer Asche von der Feuerstelle fegte. Er konnte es gerade noch mit der Hand ergreifen, bevor der Wind es über die Steppe trieb und hielt es fest, während er den Boden in der Nähe nach einem passenden Stein absuchte, der das Stroh beschweren konnte.

»Du könntest mir ruhig ein wenig helfen«, murmelte er mit einem mürrischen Seitenblick auf sein Pferd, doch das beachtete ihn nicht. Den Kopf in wachsamer Haltung nach Norden gewandt, starrte es mit gespitzten Ohren in Richtung der sanften Hügel am Horizont, die das Ende des Graslandes bildeten und gleichzeitig die Grenze Thales zur Finstermark markierten.

»Was ist? Was siehst du?« Banor legte die Feuersteine aus der Hand und erhob sich. In den vielen Sommern, die er nun schon als Kurier der Gasländer unterwegs war, hatte er gelernt, den feinen Sinnen der Pferde zu vertrauen. Ob Wölfe, Unwetter oder Gruppen der gefürchteten Cha-Gurrline, die sich am Rande der Finstermark herumtrieben – die Pferde spürten immer als Erste, wenn eine Gefahr drohte. Der braune Hengst schnaubte leise und scharrte unruhig mit dem Huf, aber sosehr sich Banor auch anstrengte, er konnte nichts erkennen. »Ganz ruhig, mein Freund«, sagte er leise und strich dem Hengst sanft über die bebenden Nüstern. Was hatte er nur? So aufgeregt hatte er ihn noch nie erlebt. Dann spürte er es auch. Sehen konnte er zwar noch immer nichts, aber der Boden unter seinen Füßen bebte leicht. Beim ersten Mal dachte Banor noch, er habe sich getäuscht, doch gleich darauf wiederholte sich das Beben ganz deutlich. Das Pferd schnaubte ängstlich. Um zu verhindern, dass es davonrannte, griff Banor nach den Zügeln, die er am vergangenen Abend lose an einen niedrigen Busch gebunden hatte, und schlang sich das Ende der ledernen Riemen fest um die Hand. Keinen Augenblick zu früh. Nur wenige Herzschläge später stieg der Hengst wiehernd auf die Hinterbeine. Der Boden dröhnte inzwischen unablässig in einem unheilvoll stampfenden Rhythmus und im ersten dämmrigen Licht des Morgens erhob sich eine dichte rotbraune Staubwolke hinter den Hügeln. Gebannt starrte Banor zu der Wolke hinüber, während sein Pferd furchtsam an den Zügeln zerrte.

Die drohende Gefahr war inzwischen unverkennbar, doch noch weigerte sich Banors Verstand, der Wahrheit ins Auge zu blicken. Das kann nicht sein, dachte er entsetzt. Ich muss mich irren. Oh, Göttin, lass es nicht wahr sein. Thale ist ein friedliches Land, das niemals … In diesem Augenblick erschien die erste Reihe schwarz gepanzerter Krieger, winzig wie Ameisen, auf einer der fernen Hügelkuppen und der Anblick raubte Banor auch die letzte Hoffnung, dass er sich getäuscht hatte.

Cha-Gurrline! Hunderte, wenn nicht sogar tausende. Die Staubwolke konnte nur von einem gewaltigen Heer stammen, das Thale offensichtlich von Norden her angriff – und im Grasland gab es außer der kleinen Garnisonen weit und breit keine Verteidiger, die einer solchen Übermacht gewachsen gewesen wären. Hinter Banors Stirn überschlugen sich die Gedanken. Er würde die Graslandbewohner warnen. Sie mussten fliehen. Schnell. Er durfte keine Zeit verlieren.

Schlagartig waren Müdigkeit, Hunger und Kälte vergessen. Banor wuchtete den schweren Sattel aus Steppenbüffelleder auf den Rücken seines Pferdes, zog den Bauchgurt fest, warf die Satteltaschen lose über den Widerrist und schwang sich in den Sattel. Er brauchte den Hengst nicht anzuspornen – die Furcht trieb das verängstigte Tier voran. In gestrecktem Galopp preschte es über die weite Ebene, während das Heer am Horizont bereits die Hügel herabflutete.

Noch nie hatte sich Naemy so sehr gefürchtet wie in den wenigen Augenblicken, als sie durch die düsteren Nebel der Zwischenwelt auf die kleine Lichtung zutrieb, wo Lya-Numi auf Hilfe wartete. Das Bild der Lichtung fest vor Augen, focht sie einen stummen Kampf mit ihren Ängsten aus, die ihr in der wallenden Dunkelheit immer wieder die Umrisse von Quarlinen vorgaukelten. Trotz der eisigen Kälte spürte sie, wie ihr der Schweiß an Stirn und Nacken hinablief, während sie mit ihren feinen Elfensinnen in der erdrückenden Stille auf verdächtige Geräusche horchte.

Dann war es vorbei. Naemy konnte ihr Glück kaum fassen, als sie sich wider Erwarten völlig unbehelligt auf der mondbeschienen Lichtung in den Sümpfen von Numark wieder fand. Das kurze Schwert abwehrbereit in den Händen, sah sich Naemy aufmerksam um. Wie geplant befand sie sich am Rand der Lichtung. Zur Rechten lag ein verwitterter Baumstamm, während links eine knorrige Sumpferle ihre dicken Äste dicht über dem Boden ausbreitete. Sie konnte Naemy zumindest für kurze Zeit eine Zuflucht vor den Quarlinen bieten. Doch im Augenblick war das nicht nötig, denn weit und breit war keines der gefährlichen Raubtiere zu sehen. Sosehr Naemy mit ihren empfindlichen Elfensinnen in der Dunkelheit zwischen den Bäumen nach Anzeichen für Gefahr suchte, sie fand nichts.

Sie hob den Kopf und blickte nach Osten, wo sich der Himmel bereits zartrosa färbte. Bald würde die Sonne aufgehen. Dunst stieg über den Gräsern auf und im schwachen Licht der Dämmerung zeigte sich, dass auch auf der Lichtung keine der großen Raubkatzen lauerte. Entschlossen schob Naemy alle Befürchtungen zur Seite und verließ den Schutz der Bäume. Sie entdeckte Lya-Numi sofort. Die Elfenpriesterin lag besinnungslos nicht einmal fünfzehn Längen von der knorrigen Sumpferle entfernt. Vermutlich hatte auch sie versucht, in den Ästen des Baumes Schutz zu suchen. Mit wenigen Schritten war Naemy bei ihr und kniete neben ihr im feuchten Gras nieder. Besorgt beugte sie sich über den Körper der Elfenpriesterin und lauschte. Lya-Numis Atemzüge waren schwach. Die Kälte hatte ihre Lippen bereits bläulich verfärbt, aber sie lebte. Naemy atmete erleichtert auf. Sie durfte jetzt keine Zeit mehr verlieren. Die Elfenpriesterin brauchte dringend ein warmes Feuer und trockene Kleidung. So vorsichtig wie möglich hob sie sie hoch und trug sie zum Waldrand. Dort bettete sie Lya-Numi vorsichtig auf das trockenes Laub unter den Bäumen und zeichnete erneut ein Pentagramm auf den Waldboden.

Obwohl sie in der Zwischenwelt keinen Hinweis auf Quarline gefunden hatte, kehrten ihre Ängste zurück. Mit jedem Symbol, das Naemy an die Spitzen des Pentagramms zeichnete, zitterte ihre Hand stärker und die Furcht vor dem Rückweg schnürte ihr die Kehle zu. Diesmal würde sie die Pfade der Elfen schutzlos betreten. Das Schwert hing unerreichbar am Gürtel, denn sie war gezwungen, Lya-Numi auf den Armen zu tragen, und das machte sie zu einer leichten Beute für jeden Jäger. Naemy fröstelte. Hätte sie die Wahl gehabt, sie wäre auf der Lichtung geblieben. Doch hier ein Feuer zu entfachen, um Lya-Numis Kleider zu trocknen, würde zu lange dauern und dort, wo Zahir auf sie wartete, brannte bereits eines. Außerdem lag die Lichtung viel zu dicht bei Caira-Dan, wo die Quarline vermutlich noch immer ihr Unwesen trieben. Und Lya-Numi brauchte nicht nur Wärme. Ihr Bein war auf Höhe des Knöchels geschwollen und blau angelaufen. Es schien gebrochen zu sein, aber Naemy hatte das Verbandszeug in der Eile am Lagerplatz zurückgelassen. So blieb ihr nichts anderes übrig, als den Rückweg durch die Zwischenwelt zu wagen. Seufzend vollendete sie das letzte Symbol des Pentagramms und erhob sich. Noch einmal ließ sie ihre Elfensinne über die Lichtung und den angrenzenden Wald schweifen, fand aber auch diesmal keinen Hinweis auf eine Bedrohung. »Es wird schon gut gehen!«, sagte sie laut und trat, die Elfenpriesterin auf den Armen, in das Pentagramm.

Die Lichtung verblasste und wechselte mit der nebligen Düsternis der Zwischenwelt, wo es außer Kälte und Schweigen nichts zu geben schien.

Naemy wagte kaum zu atmen. Verzweifelt klammerte sie sich an das Bild des Lagerplatzes, immer darauf gefasst, das verräterische

Knurren zu hören, welches dem Angriff eines Quarlins für gewöhnlich vorausging.

»Schön, dich zu sehen«, ertönte Zahirs Stimme plötzlich in ihren Gedanken. Die unerwarteten Worte jagten Naemy einen eisigen Schrecken durch die Glieder. Fast hätte sie Lya-Numi fallen gelassen, doch da waren Nebel und Kälte plötzlich verschwunden und Naemy befand sich wieder an dem Lagerplatz, wo sie Zahir und die immer noch schlafende Kiany zurückgelassen hatte.

Auch hier hatte die Dämmerung bereits Einzug gehalten. Am fernen Horizont zeigten sich die ersten tiefroten Streifen der Morgenröte und ein einsamer Feldgrauling versuchte sich fiepend an einem unbeholfenen Morgengesang. Naemy trug Lya-Numi ans Feuer und bettete sie auf ein Steppenbüffelfell, das ihr als Schlafplatz dienen sollte. Ein weiteres Fell breitete sie als Decke über die Elfenpriesterin. Dann schürte sie die Glut und legte neues Holz in die aufspringenden Flammen. »Du hast mich ziemlich erschreckt«, wandte sie sich in Gedanken tadelnd an Zahir, während sie mit einem langen Stock die Glut der Feuerstelle unter das trockene Holz schob. »Das nächste Mal warte mit der Begrüßung, bis ich die Zwischenwelt verlassen habe.«

Zahir schüttelte den Kopf, wie er es immer tat, wenn ihm etwas unangenehm war, und seine Federn raschelten. »Ich war so froh, dich zu spüren«, rechtfertigte er sich leicht zerknirscht. »Allmählich hätte ich mir nämlich Sorgen gemacht.«

»Trotzdem, wenn ich …« Naemy verstummte, denn in diesem Augenblick regte sich Lya-Numi mit einem Seufzer und schlug die Augen auf. »Naemy?« Die Elfenpriesterin blinzelte, als traue sie ihren Augen nicht. »Naemy! Bei der Göttin, du lebst! Wo sind wir? Wo ist Tabor?« Sie versuchte, sich aufzurichten und den Kopf zu drehen, doch der Versuch scheiterte und sie sank mit einem erstickten Stöhnen auf das Lager zurück. »Tabor und Leilith sind unterwegs nach Caira-Dan.« Naemy warf den Stock zur Seite und kniete neben ihr nieder. Aus dem Gepäck zog sie einen dünnen Reiseumhang, den sie zu einer Rolle formte und Lya-Numi als Kissen unter den Kopf schob. »Wir sind etwa einen halben Sonnenlauf von

Caira-Dan entfernt«, erklärte sie, während sie in dem Beutel nach Verbandszeug suchte. »Tabor und ich waren gezwungen, hier zu rasten, weil Kiany plötzlich von einer Vision heimgesucht wurde.« Sie deutete mit einem Kopfnicken zu dem schlafenden Mädchen auf der anderen Seite des Feuers hinüber, während sie einen Topf mit heilender Salbe und ein sauberes Tuch aus dem Beutel hervorholte. Das Tuch riss sie in schmale Streifen, bestrich es mit der Salbe und fuhr fort: »Wir erhielten von Chantu die Nachricht von dem Überfall. Er war es auch, der dich gefunden hat und mich bat, dich zu holen. Er war völlig erschöpft und ... «

»Der Riesenalp war sehr mutig«, fiel die Elfenpriesterin ihr ins Wort und zog die Luft scharf durch die Zähne, als Naemy ihr die Hose aus weichem Leder abstreifte. »Er ... er, ah ... er hat alles versucht, um uns zu helfen, aber ... « Bei der Erinnerung an die schrecklichen Ereignisse versagte Lya-Numi die Stimme. Geistesabwesend starrte sie auf den entblößten Oberschenkel, wo Naemy Tuchstreifen mit Salbe auf die klaffenden Wunden legte, die die Krallen des Quarlins gerissen hatten. Einige Augenblicke lang kämpfte sie mit den heftigen Gefühlen, die sie zu überwältigen drohten, dann gewann sie ihre Selbstbeherrschung zurück und konnte weitersprechen. Entschlossen schluckte sie die Bitterkeit und Trauer hinunter, die ihr die Kehle zuschnürten, und sagte kopfschüttelnd: »Er konnte nichts ausrichten. Wir alle konnten nichts ausrichten. Es waren einfach zu viele.« Lya-Numi schlug die Hände vor das Gesicht. »Oh, Naemy«, seufzte sie. »Ich fühle mich so schuldig. Ich hätte es doch fühlen müssen. So viele Quarline, und ich habe die Gefahr nicht einmal gespürt. Ich habe versagt. Das gestohlene Amulett und die befreiten Cha-Gurrline ... Ich war zu sorglos. Ich hätte den Angriff vorhersehen müssen, aber ich war völlig ahnungslos und jetzt ... und jetzt, oh, Naemy. Sie haben mir vertraut, alle! Warum lebe ich noch? Ich hätte mit ihnen sterben müssen. Mein Volk ... alle ... « Plötzlich war es um Lya-Numis Haltung geschehen. Trauer und Schmerz bahnten sich einen Weg aus ihrem Innern und funkelnde Tränen liefen ihr über die Wangen.

Naemy, die gerade den gebrochenen Fuß der Elfenpriesterin

mit einem festen Verband umwickelte, hielt mitten in der Bewegung inne und legte ihr tröstend den Arm um die Schultern. Sie machte der Priesterin keine Vorwürfe. Der Angriff musste bestens vorbereitet gewesen sein und Naemy vermutete, dass nicht einmal die Gütige Göttin etwas davon geahnt hatte. Geduldig wartete sie, bis Lya-Numi sich wieder gefasst hatte, und sagte dann: »Beruhige dich. Dich trifft keine Schuld. Es macht niemanden wieder lebendig, wenn du dich mit Selbstvorwürfen quälst. Wir können ihnen nur einen Dienst erweisen, wenn wir den Schuldigen finden und er für seine Untaten büßt.« Sie seufzte und befestigte den Verband mit einem Knoten. Dann hob sie den Blick zum wolkenlosen Himmel, der inzwischen die hellblaue Farbe eines frostigen Spätherbstmorgens angenommen hatte, und sagte: »Ich werde ihn suchen, Lya-Numi, das schwöre ich. Suchen und finden und dann wird er für alles bezahlen, was er meinem Volk angetan hat.« Lya-Numi erschauerte, als sie die Kälte in Naemys Stimme hörte. Noch nie hatte sie einen solchen Hass und eine solche Entschlossenheit in ihren Augen gesehen und sie spürte, dass Naemy bereit war, das eigene Leben für diesen Schwur zu opfern.

Naemy hatte der Elfenpriesterin gerade das feuchte Gewand von den Schultern gestreift, um es am Feuer zu trocknen, als sich unter den dicken Steppenbüffelfellen auf der anderen Seite des Feuers etwas regte. »Das ist Kiany«, erklärte Naemy und ihr Gesicht nahm wieder weichere Züge an. »Wir waren auf dem Weg zu dir, weil sie Visionen hat, die etwas mit der finsteren Bedrohung zu tun haben könnten.«

Kiany gähnte herzhaft und setzte sich auf. »Guten Morgen, Naemy!«, murmelte sie verschlafen, und stutzte, als ihr Blick auf Lya-Numi fiel, die unter Naemys Fellen am Feuer lag und zu ihr herüberschaute.

»Das ist Lya-Numi«, erklärte Naemy schnell. »Eigentlich wollten wir ja zu ihr« – sie schluckte und räusperte sich – »nach Caira-Dan, aber die Umstände wollten, dass sie heute Nacht zu uns kam.« Naemy war noch nicht bereit, Kiany diese Umstände näher zu erklären. Zum einen wollte sie verhindern, dass Kiany sich ängstigte, zum anderen fürchtete sie, dass sich die Vorstellung der Ereignisse in Kianys Gedanken mit den Visionen mischten und diese verfälschten.

»Ihr seid verletzt!«, stellte Kiany fest und runzelte besorgt die Stirn. Sie wollte sich erheben, um sich die Wunden der Elfenpriesterin näher anzusehen, doch Naemy war bereits bei ihr und reichte ihr ein Stück Brot und einen Becher Wasser. »Ich weiß, dass du eine Heilerin bist«, sagte sie bestimmt, während sie Kiany bedeutete, sie möge doch sitzen bleiben. »Deine Hilfsbereitschaft ehrt dich, doch ich bin schon dabei, Lya-Numi zu behandeln. Ihr Bein ist gebrochen, aber alles andere sind Kratz- und Schürfwunden, die ich schon versorgt habe. Du brauchst dir deshalb keine Sorgen zu machen. Iss erst einmal, damit du wieder zu Kräften kommst, denn ich möchte, dass du Lya-Numi von deinen Visionen berichtest.«

Die vier Mitglieder des Hohen Rates von Nimrod hatten ihre eilig einberufene Sitzung noch nicht begonnen, als vor der Tür des Ratssaales ein Tumult ausbrach. Vielstimmiges Rufen drang durch die verschlossene Tür, dann wurde heftig an dem eisernen Riegel gezerrt und jemand fluchte. Ein Geräusch, als pralle ein schwerer Körper gegen die Tür, erklang. Dann war das Klirren von Metall zu hören, dem ein erstickter Schmerzenslaut folgte.

»Bei der Göttin, was geht dort vor?« Erschrocken blickte die Priesterinnenmutter zu der großen Flügeltür hinüber, hinter der die beiden Wachen offenbar große Mühe hatten, einer aufgebrachten Menschenmenge den Zutritt zum Ratssaal zu verwehren. »Ich habe keine Ahnung«, sagte der Abner und erhob sich. »Aber wir werden es gleich erfahren.« Mit langen Schritten eilte er zur Tür, schob den Riegel zurück und spähte durch den Türspalt. Im selben Augenblick, als die Tür sich öffnete, verstummten die Stimmen draußen auf dem Flur, doch als die Menschen den Abner erblickten, erhob sich wieder ein vielstimmiger Chor. Jeder der vor der Tür Versammelten schien seine Nachricht als Erster überbringen zu wollen und versuchte die anderen zu übertönen, indem er noch lauter rief.

»Ruhe!« Der Abner hob beschwörend die Arme und obwohl seine Stimme in dem allgemeinen Lärm kaum zu hören war, kehrte sofort Ruhe ein. »Die Sitzung hat noch nicht begonnen«, wandte er sich an die Wachen. »Wir wollen uns daher anhören, was diese Menschen bewogen hat, zu so früher Stunde hier zu erscheinen.« Er machte eine auffordernde Geste in den Gang hinein und sagte: »Kommt alle herein. Bevor wir mit den Beratungen beginnen, könnt ihr eure Anliegen vortragen – aber bitte einzeln und leise.« Er gab die Tür frei und kehrte an seinen Platz zurück. Hinter ihm schoben und drängten sich etwa zwei Dutzend Männer und vier Frauen in den Raum. Ihren Gesichtern war deutlich anzusehen, wie eilig sie es hatten, dem Abner zu berichten, und wie schwer ihnen das Warten fiel.

Sayen ließ den Blick über die Menge schweifen und stellte erstaunt fest, dass er die meisten von ihnen kannte. Alle besaßen eine ausgeprägte Sehergabe. Nicht jeder war darin ausgebildet, seine Gabe zum Wohl des Volkes von Thale einzusetzen, doch Sayen kannte alle beim Namen. Gemeinsam war auch die Furcht in ihren Augen. Sayen seufzte. Offensichtlich war er nicht der Einzige gewesen, der in der vergangenen Nacht von einer Vision heimgesucht worden war. Der Meisterseher wandte sich an den Abner, der zu seiner Rechten Platz genommen hatte, und flüsterte ihm etwas hinter vorgehaltener Hand zu. Der Abner runzelte die Stirn, nickte und erhob sich erneut. »Kann es sein«, wandte er sich an die Besucher, während er die Männer und Frauen eingehend musterte »dass jeder von euch in den frühen Morgenstunden von einem schrecklichen Traum heimgesucht wurde?«

»Nimrod brannte!«, erklärte ein hagerer Seher kopfnickend und ein anderer sagte mit lauter Stimme: »Das Tor war völlig zerstört und in den Straßen ...«

»Schwarze Krieger, es waren schwarze Krieger!«, wurde er von einer Frau übertönt, der die Tränen in den Augen standen. »Feuer, überall war Feuer!«, rief ein anderer, und eine Frau schrie voller Panik: »Wir werden alle sterben!« Plötzlich riefen wieder alle durcheinander und machten ihrem Entsetzen Luft, indem sie mit heftigen Gebärden von dem Gesehenen berichteten. Seufzend hob der Abner die Arme und mahnte zur Besonnenheit, doch diesmal ließen sich die Leute nicht so leicht beruhigen. Erst als er heftig mit der Faust auf den Tisch schlug, verstummten sie. »Es mag euch vielleicht wundern, aber was ihr gesehen habt, ist mir bereits bekannt«, erklärte der Abner so gelassen wie möglich in das Schweigen hinein. Er wusste, dass er seine Worte genau wählen musste, denn es galt, eine Panik unter den Bewohnern der Festungsstadt zu verhindern. Es durfte nicht geschehen, dass die Seher durch die Straßen liefen und den Menschen von ihren Visionen berichteten. »Auch der Meisterseher« – er deutete auf Sayen – »hat heute Morgen eine Vision empfangen. Aus euren Worten entnehme ich, dass es dieselben Bilder sind, die ihr gesehen habt. Ich verstehe, dass ihr beunruhigt seit, doch ich möchte euch warnen, voreilige Schlüsse aus der Botschaft zu ziehen. Ich sage es ganz deutlich: Es gibt bisher keine – überhaupt keine – Anzeichen dafür, dass Nimrod bedroht wird. Weder aus Numark noch aus Daran oder dem Grasland haben wir Kunde erhalten, die auf eine Gefahr schließen lässt.« Der Abner machte eine kurze Pause, um zu sehen, wie seine Worte auf die erregten Menschen wirkte. Da er von Natur aus ein wahrheitsliebender Mensch war, wunderte er sich insgeheim darüber, wie leicht ihm die Lüge über die Lippen gekommen war. Dass er glaubhaft gesprochen hatte, daran bestand kein Zweifel, denn der gewünschte Erfolg war deutlich auf den Gesichtern der Menschen abzulesen. Wenngleich auch nicht alle beruhigt zu sein schienen. »Wenn es keine Vision war, die uns warnen sollte, was war es dann?«, wagte der hagere Seher einzuwenden und maß den Abner mit einem misstrauischen Blick.

»Nun, darüber wollten wir soeben beraten«, erklärte der Abner gelassen. »Es gibt berechtigte Zweifel an dem nahe liegenden Schluss, den diese Vision in sich trägt. Ebenso gut könnte es auch eine von finsteren Mächten gezielt gesteuerte Eingebung sein, die einzig und allein den Zweck verfolgt, uns ängstlich und unsicher zu machen. Ich möchte euch daher eindringlich bitten, niemandem davon zu erzählen, denn das könnte eine Panik unter der Bevölkerung hervorrufen. Ich brauche euch nicht zu erklären, welch fatale Folgen eine falsch ausgelegte Vision hätte.« Zustimmendes Gemurmel erhob sich und die Stimmung entspannte sich ein wenig. »Sobald wir Klarheit über die Bedeutung und Herkunft der Vision haben«, fuhr der Abner fort, »werde ich euch selbstverständlich darüber unterrichten. Bis dahin bitte ich euch, mit Rücksicht auf die Bewohner dieses Landes Stillschweigen zu bewahren. Ich danke euch.« Er setzte sich und bedeutete den beiden Wachen, die Besucher hinauszubegleiten. Seine Worte hatten ihre Wirkung nicht verfehlt. Die Männer und Frauen schienen zwar innerlich noch immer sehr aufgewühlt zu sein, folgten den Wachen aber, ohne zu murren.

Als sich die Tür hinter dem letzten Besucher geschlossen hatte, atmete Sayen erleichtert auf und die Priesterinnenmutter sagte lächelnd: »Ich habe Euch noch niemals bei einer Lüge ertappt, Abner. Aber Ihr habt sehr überzeugend gelogen.«

»Ich wünschte, meine Worte entsprächen der Wahrheit«, seufzte der Abner und straffte sich. »Nun, die Zeit drängt und wir haben viel zu besprechen. Ich schlage vor, wir beginnen damit, dass Sayen uns seine Vision noch einmal schildert und uns deren Bedeutung erläutert. Danach werden wir über die Maßnahmen beraten, die ergriffen werden müssen, damit sie sich nicht bewahrheitet.« Der Abner nickte dem Meisterseher auffordernd zu, der sich sogleich erhob.

»Bis vor wenigen Augenblicken dachte ich noch, ich sei der Einzige, der die düstere Vision empfangen hat«, begann er mit gedämpfter Stimme. »So wäre es natürlich durchaus möglich gewesen, dass ich mich täusche. Doch nun…« Er ließ den Blick bedauernd über die Gesichter der übrigen Ratsmitglieder schweifen. »… nachdem ich erfahren habe, dass so viele die gleiche Vision hatten, erscheint mir ein Irrtum nahezu ausgeschlossen.« Sayen holte tief Luft, schloss die Augen und sammelte vor seinem geistigen Auge noch einmal die schrecklichen Bilder der Vision. Dann hob er die Arme und begann mit geschlossenen Augen zu sprechen: »Ich sah Nimrod in Flammen…«

 Die Sonne hatte ihr Antlitz über die schneebedeckten fernen Gipfel des Ylmazur-Gebirges erhoben, ihre wärmenden Strahlen auf den Lagerplatz geworfen, wo Kiany und die beiden Elfen am Feuer saßen, und war hinter der hohen Wolkendecke verschwunden, die sich in der feuchten Luft gebildet hatte.

Während der ganzen Zeit hatte Kiany gesprochen. Sie hatte der Elfenpriesterin, deren nasse Kleidung inzwischen dampfend neben dem prasselnden Feuer hing, alles berichtet – von Anfang an. Von den Bildern der Schlacht, die sie vor den Toren Nimrods erblickt hatte, von dem dämonischen Gesicht, das sie auf dem Turm heimgesucht hatte, von dem leuchtenden Käfer, der ihr zunächst so absurd erschien, und dem Gefühl, dass während des Festes zur Tagundnachtgleiche etwas Schreckliches geschehen werde. Am schwersten fiel es ihr, die letzte Vision zu schildern. Zu frisch waren die Erinnerungen an das unermessliche Leid und den hundertfachen Tod, den sie gesehen hatte, und die Furcht vor der riesigen Raubkatze steckte ihr noch tief in den Gliedern.

Als sie geendet hatte, blieben das Knistern des Feuers und das entfernte Zwitschern zweier Feldgraulinge lange die einzigen Geräusche am Lagerplatz. Lya-Numi, die mittlerweile in zwei dicke Steppenbüffelfelle gehüllt am Feuer saß, starrte schweigend in die Flammen und überdachte noch einmal die Visionen, während Naemy die zitternde Kiany in die Arme geschlossen hatte. Der Kopf des Mädchens ruhte an der Schulter der Nebelelfe, die mit ausdrucksloser Miene in die Flammen starrte. Selbst Zahir hielt sich zurück. Er hatte dem Mädchen aufmerksam gelauscht und wartete nun gespannt, was die Elfenpriesterin aus den verworrenen Visionen des Mädchens schloss. Seine Geduld wurde auf eine harte Probe gestellt und schließlich wurde es ihm zu langweilig und er begann sein Gefieder zu putzen. Die weichen Bauchfedern waren von dem nassen Boden schmutzverkrustet und bedurften dringend einer Reinigung.

»Asco-Bahrran. «

Die Stimme der Elfenpriesterin war nicht mehr als ein Flüstern, das das Prasseln des Feuers kaum übertönte, doch die Worte verfehlten ihre Wirkung nicht. Der Riesenalp hatte sich gerade mit einem besonders hartnäckigen Klumpen aus getrockneten Blättern und Schlamm beschäftigt, der sich nur unter schmerzhaftem Federverlust entfernen ließ, hielt aber in seinen Bemühungen inne und wartete gespannt, was die Elfenpriesterin zu sagen hatte.

»Asco-Bahrran wäre der Einzige, der die Macht besäße, in der Finstermark zu überleben.« Lya-Numi wandte sich um und blickte Kiany an. »*Nach Norden*, sagtest du. Das waren doch die Worte, die du auf dem Turm gehört hast. Nun, die Finstermark liegt im Norden. Vielleicht hast du damals eine Botschaft abgefangen, die für jemand anderen bestimmt war. Aber warum haben weder die Seher in Nimrod noch ich etwas davon bemerkt? Niemand außer dir hat etwas gespürt. Das kann nur bedeuten, dass Asco-Bahrran über eine enorme Macht verfügt. Eine Macht, die es ihm ermöglicht hat, über viele hundert Sommer hinweg unbemerkt zu bleiben – und sogar die Quarline zu beherrschen.«

»Aber woher kommen die vielen Quarline so plötzlich?« Das war die Frage, die Naemy schon die ganze Zeit beschäftigte. Die gefährlichen Raubtiere waren von den mutigen Elfen vor vielen hundert Sommern nahezu ausgerottet worden. Der einzige lebende Quarlin war ein altes Männchen gewesen, das zu Zeiten Sunnivahs in den Kerkern von Nimrod gehalten wurde. Asco-Bahrran hatte den Quarlin damals in die Zwischenwelt geschickt, um Naemy eine Falle zu stellen. Danach war die Raubkatze nicht mehr gesehen worden. Das alles lag freilich schon zweihundertfünfzig Sommer zurück. Auch wenn Quarline ebenso langlebig waren wie Nebelelfen, war es völlig unmöglich, dass dieser eine Quarlin so viele Nachkommen haben konnte. »Dunkle Magie!«, sagte Lya-Numi in Naemys Überlegungen hinein. »Uns Nebelelfen ist ihre Anwendung streng verboten, weil es gegen die Natur wäre. Doch wer skrupellos und mächtig genug ist, sie einzusetzen, und wer bereit ist, den Preis zu zahlen, den ein solcher Zauber fordert, der ist mittels dunkler Magie durchaus in der Lage, aus einem einzigen

Stück Fleisch, das einem lebenden Quarlin entnommen werden muss, ein ganzes Heer dieser Raubkatzen zu züchten.«

Naemy war erschüttert. Asco-Bahran – einem sterblichen Menschen – war es offensichtlich nicht nur gelungen, eine für seine Rasse unglaublich lange Zeit am Leben zu bleiben, er hatte es auch mittels dunkler Magie geschafft, ein ganzes Rudel von Quarlinen zu züchten und gezielt als Waffe einzusetzen. Naemy erschauerte. Wenn es wirklich der einstige Meistermagier An-Rukhbars war, der über solche Macht verfügte und den Frieden in Thale bedrohte – und daran bestand für sie kein Zweifel –, dann war der Angriff auf Caira-Dan …

»… vermutlich nur der Anfang eines lange geplanten Vernichtungsfeldzuges«, beendete Lya-Numi den Satz, als hätte sie Naemys Gedanken gelesen.

»Bei der Göttin!« Naemy schlang die Arme um die Beine und starrte in die Flammen des Lagerfeuers. Hinter ihrer Stirn wirbelten die Gedanken umher. Der Überfall auf die Nebelelfen war nur der Anfang! Vermutlich hatte Asco-Bahran ihr Volk als die größte Gefahr angesehen und deshalb alles darangesetzt, die Nebelelfen gleich mit dem ersten Schlag zu vernichten. Naemy seufzte und kämpfte gegen die Tränen an, die ihr in den Augen brannten. Unter die Trauer um ihr Volk, die vielen unschuldigen Opfer und dahingemetzelten Freunde mischte sich die schreckliche Ahnung dessen, was noch kommen mochte. »Wie konnten wir nur so blind sein?«, fragte sie tonlos und schüttelte den Kopf. Aber was konnte sie tun? In Nimrod war man auf eine solche übermächtige Bedrohung nicht vorbereitet, das wusste sie jetzt. Und selbst wenn man dort bereits etwas ahnte – hatte der Rat in Nimrod denn überhaupt noch genügend Zeit, um eine Verteidigung aufzubauen? Welche Möglichkeiten hatten sie, dem zu unglaublicher Macht gelangten Magier Einhalt zu gebieten? Trotz der angenehmen Wärme des Feuers fröstelte Naemy, als die Bilder einer längst vergangenen Schlacht in ihren Gedanken auftauchten. Als der finstere Herrscher An-Rukhbar das Land erobert hatte, war es ähnlich zugegangen. Der Angriff war völlig überraschend gekommen und alle Versuche des damals herrschenden Druidenrates, das Land zu retten, hatten sich als vergeblich erwiesen. Weder die rückhaltlose Unterstützung der Elfen, die dem Feind Seite an Seite mit den Menschen gegenübergetreten waren, noch der selbstlose und verlustreiche Einsatz der Riesenalpe, deren Rasse bei dem Kampf um Nimrod so gut wie ausgerottet wurde, hatte den finsteren Herrscher aufzuhalten vermocht. Und heute? Heute gab es weder Riesenalpe noch ... Naemy schluckte einen Kloß hinunter ... noch Nebelelfen, die den Menschen beistehen konnten.

Wütend hob sie einen Ast vom Boden auf und warf ihn in die Flammen. So schnell würde sie nicht aufgeben. Es musste doch einen Weg geben, das Land vor dem Untergang zu bewahren. Irgendeinen! Magie war nicht unbesiegbar. Vor vielen hundert Sommern hatte es ein Pulver gegeben, das gegen dunkle Magie eingesetzt werden konnte. Die Elfenpriesterinnen hatten es aus den Krallen von Riesenalpen gewonnen – damals, als noch Dutzende der riesigen Vögel das Land bevölkerten. Ein wertvoller Rest dieses Pulvers hatte der Auserwählten Sunnivah am Himmelsturm das Leben gerettet. Aber ohne Riesenalpe gab es natürlich auch kein Pulver und die Menge, die Zahir, Chantu und Leilith hätte liefern können, würde nicht einmal ausreichen, um einen einzigen Zauber unwirksam zu machen. Nein, auf das Mittel konnten sie diesmal nicht zählen und ...

»Naemy?« Lya-Numi hatte sich wieder angekleidet und trat humpelnd neben ihre Freundin an das Feuer. »Du hast mir das Leben gerettet und dafür danke ich dir«, sagte sie leise. »Ich spüre, was in dir vorgeht. Ich fühle deine Trauer und sehe das Feuer in deinen Augen, das dich drängt, unser Volk zu rächen.« Sie lächelte verständnisvoll. »Glaub mir, auch ich bin nicht frei von Hass. Aber wir dürfen uns nicht von unseren Gefühlen leiten lassen, sie wären schlechte Führer. Nur wenn wir die Dinge nüchtern betrachten, finden wir den richtigen Weg.«

»Aber was können wir tun?« Naemy blickte die Elfenpriesterin fragend an. »Wir kennen weder den Feind, noch wissen wir, wo wir ihn suchen sollen. Und selbst wenn wir ihn finden, haben wir nichts in der Hand, womit wir ihm gegenübertreten können. Unser Volk ist vernichtet und die Menschen können nicht …«

»Wir haben *noch* nichts«, korrigierte Lya-Numi. »In den alten Schriften, die im Palast des Prinzregenten aufbewahrt werden, finden sich sicher Hinweise, wie man dunkler Magie wirkungsvoll begegnen kann.«

»Du willst nach Caira-Dan?« Naemy sah die Elfenpriesterin fassungslos an. »Aber dort wimmelt es von Quarlinen.«

»Ich will nicht«, beteuerte Lya-Numi. »Ich muss! Wenn wir wirklich einen Weg finden wollen, unser Volk zu rächen, muss ich die alten Schriften studieren. Außerdem möchte ich den vielen unschuldigen Opfern einen letzten Dienst erweisen.« Die Elfenpriesterin blickte Naemy in die Augen und etwas in ihrem Blick verriet Naemy, dass sie durch nichts umzustimmen war. »Aber wir wagen es nicht noch einmal, durch die gefährliche Zwischenwelt zu reisen«, erklärte sie.

»Es wäre aber sehr viel schneller«, wandte Lya-Numi ein. »Zeit ist in der Not ein kostbares Gut.«

»Nein, das ist viel zu gefährlich«, beharrte Naemy. »Das Leben, dein Leben, ist zu kostbar, als das wir es leichtfertig aufs Spiel setzen dürfen.« Sie erhob sich und trat zu Zahir, der sie aus halb geschlossenen Augen anblinzelte. Riesenalpe waren von Natur aus Geschöpfe der Nacht und auch wenn der große felsengraue Vogel Naemy zuliebe hin und wieder im Sonnenlicht flog, machte die Helligkeit ihn doch immer schläfrig. »Bist du sehr müde, Freund?«, fragte sie ihn in Gedanken.

»Könnte schlimmer sein«, erwiderte Zahir.

»Fühlst du dich kräftig genug, uns alle drei nach Caira-Dan zu bringen?«

»Willst du wirklich dorthin?«

»Wir müssen!«

»Ich werde mein Bestes tun.« Zahir streckte die Flügel und schüttelte das Gefieder um die Müdigkeit zu vertreiben. »Mit drei Reitern wird es natürlich ein wenig länger dauern, aber ich bin sicher, dass wir noch vor Sonnenuntergang dort sind.«

236

»Dann hatte die Nebelelfe also Recht!« Die Stimme der Priesterinnenmutter brach das Schweigen, welches sich in dem Ratssaal ausgebreitet hatte, nachdem Sayen seinen Bericht beendet hatte. »Die Visionen von Kiany waren tatsächlich Hinweise auf eine Bedrohung – nur haben wir es nicht verstanden.« Sie schüttelte betrübt den Kopf. »Nun, immerhin bestand auch kein Grund zur Beunruhigung«, wandte der Abner ein. »Wo kämen wir hin, wenn wir wegen jedes Albtraums gleich in Panik verfielen. Nein, was die Visionen des Mädchens angeht, haben wir uns nichts vorzuwerfen.« Die Priesterinnenmutter nickte. Sie teilte die Auffassung des Abners zwar nicht ganz, doch mit den Fehlern der Vergangenheit zu hadern, hülfe ihnen jetzt auch nicht weiter. Die Zeit war knapp und es galt, die Verteidigung Nimrods zu planen.

»Wie viele unserer Krieger befinden sich noch in Nimrod?« Sayen beschäftigte sich ganz offensichtlich schon mit den praktischen Dingen.

»Etwa fünfzig.« Der Abner seufzte. »Alle anderen sind schon seit einigen Sonnenläufen auf dem Weg nach Norden, um die Garnisonen an der Grenze zur Finstermark zu verstärken.«

»Bei der Göttin«, entfuhr es Jukkon. »Dann laufen sie dem Feind ...«

»... vermutlich geradewegs in die Arme«, beendete der Abner den Satz und nickte. »Um dies zu verhindern, habe ich noch vor dieser Sitzung einen berittenen Boten zu den Truppen gesandt, um sie zu warnen. Leider zeigt uns die Vision nicht, wann der Angriff erfolgen soll. Ich kann nur hoffen, dass die Krieger die Garnisonen rechtzeitig erreichen. Mit ihrer Unterstützung könnte es gelingen, die Feinde an der Grenze aufzuhalten.«

»Und wenn nicht?« Sayen schien diesbezüglich wenig Hoffnung zu haben.

»Dann gilt es zunächst, die Bevölkerung zu warnen. Viele werden Schutz hinter den Festungsmauern suchen und der Winter steht vor der Tür. Wir müssen unbedingt ausreichend Nahrungsmittel einlagern, um für eine Belagerung gerüstet zu sein. Gleichzeitig muss die Ausbildung von Rekruten deutlich verstärkt werden.

Bisher waren es hauptsächlich Männer, die sich freiwillig zum Dienst meldeten, aber ich fürchte, das wird angesichts der massiven Bedrohung nicht mehr genügen.«

»Ihr wollt sie dazu zwingen? Auch die Frauen?« Die Priesterinnenmutter runzelte missbilligend die Stirn. Naturgemäß war sie gegen jeden Einsatz von Gewalt und der Gedanke, die Bewohner Nimrods zwangsweise zu rekrutieren, behagte ihr gar nicht. »Ich fürchte, uns wird nichts anderes übrig bleiben«, meinte der Abner. »Sollte es zu einer Belagerung kommen, benötigen wir jeden, der einen Bogen oder ein Schwert halten kann.«

»Das ist nun der Preis, den wir für unsere Sorglosigkeit zu zahlen haben«, sinnierte Sayen. »Die Nebelelfen haben uns immer wieder gewarnt, aber wir wussten es ja besser und haben nicht auf sie gehört. Seit zweihundert Sommern ist die Zahl unserer Krieger ständig zurückgegangen, weil wir uns sicher fühlten. Jetzt zählt das Heer nicht einmal mehr eintausend Mann und …«

»Die Nebelelfen!« Jukkons düstere Mine hellte sich plötzlich auf. »Sicher werden sie uns beistehen. Unsere Feinde sind doch auch die ihren. Wenn die Angreifer Nimrod überfallen, werden sie auch die Sümpfe von Numark nicht verschonen.«

»Das mag sein«, meinte der Abner. »Aber vergesst nicht, dass das Verhältnis zwischen Elfen und Menschen viele Sommer lang nicht das beste war. Auch wenn Naemy uns angeboten hat, die alten freundschaftlichen Beziehungen wieder aufzunehmen, ist noch nichts entschieden. Natürlich werde ich auch einen Boten nach Caira-Dan schicken und den Prinzregenten Kyle-Nat um Hilfe bitten. Aber wir dürfen nicht den Fehler machen, uns zu sehr auf die Unterstützung der Nebelelfen zu verlassen. In erster Linie müssen wir dafür sorgen, uns selbst zu verteidigen.«

»Das wird nicht leicht werden.« Sayen schüttelte den Kopf. »Die Umstände sind für uns alle neu. Nach den vielen hundert Sommern des Friedens haben nicht einmal die Hauptleute unserer Krieger Erfahrungen im Kämpfen. Ganz zu schweigen davon, wie man eine so große Stadt wie Nimrod verteidigt. Ich schlage vor, zunächst die alten Schriften und Pergamente aus der Zeit des Druidenrates zu Rate zu ziehen, um die Verteidigung auf bestmögliche Weise zu planen.«

»Das ist ein guter Vorschlag«, stimmte Jukkon zu und auch die Priesterinnenmutter nickte.

»So sei es«, entschied der Abner. »Auch ich halte es für sinnvoll, zunächst die alten Schriften zu bemühen. Aber die Zeit drängt, und wir brauchen rasche Entscheidungen. Deshalb werde ich die einzelnen Aufgaben verteilen. Priesterinnenmutter, Ihr macht Euch über die Lagerhaltung und den Bedarf an Nahrungsmitteln im Falle einer Belagerung kundig. Ihr, Sayen, findet heraus, wie unsere Vorfahren Angreifer abgewehrt haben, und Ihr, Jukkon, holt Auskünfte über die Rasse der Cha-Gurrline ein. Findet heraus, wo ihre Schwachpunkte liegen und wie man sie besiegen kann, denn es steht zu befürchten, dass das Heer unserer Feinde zu einem Großteil aus Kriegern dieser Rasse besteht. Ich selbst werde in den Schriften der Magier und Druiden nach Hinweisen suchen, wie uns die Magie weiterhelfen kann, doch ich möchte schon jetzt vor allzu großen Hoffnungen warnen. Weiße Magie ist friedlich und nicht so zerstörerisch wie ihr dunkler Bruder. Sie wird unsere Krieger zwar unterstützen, aber keinen Sieg herbeiführen.« Er erhob sich und die anderen taten es ihm gleich. »Wenn die Sonne untergeht, treffen wir uns hier wieder und werden erste Beschlüsse fassen. Die Zeit drängt. Ich verlasse mich auf euch.«

Die Sonne hatte ihren höchsten Stand bereits überschritten, als Banor in der Ferne das kleine Graslanddorf erblickte, in dem er zu Hause war. Die Wolken hatten sich verzogen, doch trotz des Sonnenscheins war es nicht viel wärmer geworden. Banors Gesicht war von der Kälte gerötet und sein Atem stieg als weißer Dampf zum Himmel auf. Trotz der dicken Handschuhe waren seine Hände steif und jede Faser seines Körpers schmerzte. Sein Hengst stolperte immer häufiger und weigerte sich hartnäckig zu galoppieren. Das braune Fell war von weißem Schaum bedeckt und seine Flanken zitterten. Zweifellos war das treue Tier am Ende seiner Kräfte, doch Banor gönnte ihm keine Rast. Er musste das Dorf erreichen und die

Menschen warnen. Das feindliche Heer befand sich nicht einmal einen halben Tagesmarsch hinter ihm. Wenn die Bewohner des Dorfes noch Gelegenheit zur Flucht bekommen sollten, durfte er nicht langsamer werden, sonst waren sie verloren. Nur noch wenige hundert Längen! Banor schnalzte mit der Zunge und spornte sein Pferd ein letztes Mal an. Das treue Tier fiel in einen kurzen Trab, doch zu mehr reichte es nicht. Als die Häuser schon zum Greifen nahe vor ihnen lagen, blieb es einfach stehen. Die Beine knickten ihm ein und wäre Banor nicht geistesgegenwärtig aus dem Sattel gesprungen, wäre er sicher zu Boden geschleudert worden. »Bei den Toren!«, fluchte er und versuchte das Pferd zum Aufstehen zu bewegen, indem er heftig am Zügel zerrte – vergeblich. »Komm schon, Brauner!«, rief er beschwörend. »Da vorn wartet dein warmer Stall. Wenn du hier liegen bleibst, erfrierst du.« Er versetzte dem Hengst einen kräftigen Schlag auf die Hinterbacken. »Steh schon auf!« Doch das Pferd rollte nur mit den Augen und wieherte kläglich. Zu schwach, um sich aufzurichten, blieb es zitternd am Boden liegen. Sein schweißnasser Körper dampfte in der kalten Luft und aus dem Maul quoll weißer Schaum. Fluchend löste Banor die Pferdedecke vom Sattel und breitete sie über den Hengst. Er hatte keine Wahl. Wenn das Pferd nicht aufstand, musste er die letzten Längen bis zum Dorf zu Fuß zurücklegen. Das Leben vieler Menschen stand auf dem Spiel. Mit einer enormen Anstrengung gelang es ihm, den Sattel unter dem schweren Pferdeleib hervorzuziehen. Es brach im fast das Herz, sein treues Tier so kurz vor dem Ziel zurückzulassen, immerhin hatte es sich aufgeopfert, damit er die Grasländer warnen konnte. Den Sattel schob er achtlos zur Seite und warf sich die Satteltaschen über die Schulter, während er einen mitleidigen Blick auf das zu Tode erschöpfte Tier warf. »Es tut mir Leid, Freund, aber ich muss gehen«, sagte er traurig. »Ich wünschte, wir hätten das Dorf zusammen erreicht.« Ein letztes Mal strich er dem Hengst über die bebenden Nüstern, dann wandte er sich ab und eilte mit großen, weit ausgreifenden Schritten auf das Dorf zu. Er durfte keine Zeit verlieren. Die Dorfbewohner mussten gewarnt werden.

Lange bevor er die ersten Hütten erreichte, wurde er von einem wachsamen Hund entdeckt, der sofort aufgeregt zu bellen begann. Wütend zerrte das zottige Tier an seiner Leine und fletschte die Zähne. Die wenigen Menschen, die sich bei der Kälte im Freien aufhielten, reckten neugierig die Köpfe. Einige ließen ihre Arbeit liegen und traten zwischen den Hütten hervor, um den vermeintlich fremden Wanderer zu begrüßen.

Der Schmied des Dorfes, ein breitschultriger großer Mann, der sich mit einem schweren Hammer in den Händen argwöhnisch vor die anderen gestellt hatte, war der Erste, der Banor erkannte. »Es ist Banor!«, rief er erfreut aus und seine Miene hellte sich auf. Obwohl die langen Reisen Banor oft für viele Mondläufe von seinem Heimatdorf fern hielten, zählte der Gesandte des Graslandes zu seinen engsten Freunden. Ohne den schweren Hammer abzulegen, eilte er Banor entgegen, doch noch während er lief, bemerkte er, dass etwas nicht stimmte. »Wo ist dein Pferd?«, rief er Banor besorgt entgegen. Der Gesandte des Graslandes antwortete nicht sofort. Um Atem ringend, schüttelte er den Kopf und deutete über die Schulter nach Norden. »Dulcan, mein Freund, ihr seid in großer Gefahr. Ihr müsst alle fliehen, sofort!«, stieß er atemlos hervor, ohne auf die Frage des Schmieds einzugehen. »Ein riesiges Heer naht! Keinen halben Sonnenlauf von hier! Es kommt geradewegs auf euch zu. Ich habe es mit eigenen Augen gesehen! Tausend oder mehr Krieger. Wenn ihr nicht ... «

»Ganz ruhig, mein Freund«, versuchte der Schmied den erschöpften Banor zu beruhigen. Offensichtlich war er nicht bereit, der Warnung Glauben zu schenken. »Komm erst einmal ins Warme und stärk dich mit einem heißen Tee, dann können wir in Ruhe über alles reden.«

»Du verstehst nicht, Dulcan.« Banor ließ die Satteltaschen fallen und packte den Schmied bei den Schultern. »Ihr müsst sofort aufbrechen«, sagte er eindringlich. »Ich habe mein Pferd zu Tode gehetzt, um euch wenigstens einen kleinen Vorsprung zu verschaffen. Wenn ihr noch lange wartet, ist es zu spät.«

»Banor! Wir leben im Frieden«, erklärte Dulcan in einem Ton, als halte er den Freund für verwirrt. »Seit der Befreiung durch die Auserwählte gab es in Thale keine Schlacht mehr. Die Grenzgarnison liegt nicht weit von hier entfernt. Wenn ein Angriff bevorstünde, hätten man uns längst gewarnt.«

»Er steht nicht bevor, ihr Narren. Er hat bereits begonnen!« Verzweiflung schwang in Banors Stimme. »Ich muss sofort den Ältestenrat sprechen. Wenn ihr nicht flieht, seid ihr verloren!«

 Als die Sonne gegen Mittag hinter den Wolken hervorbrach, sahen sich die Heerführer Asco-Bahrrans inmitten der endlosen Weite des nördlichen Graslandes gezwungen, den Kriegern und auch sich selbst eine Rast zu gönnen. Den Anführern der Cha-Gurrline erging es nicht viel besser als den gewöhnlichen Kriegern. Ihre Kräfte, die in den düsteren Gefilden der Finstermark nahezu unerschöpflich zu sein schienen, litten unter dem ungewohnt grellen Sonnenlicht und ihre ans Dunkel gewöhnten Augen vermochten das Licht nicht länger zu ertragen.

»Warum halten wir an?« Asco-Bahrran schob die rubinroten Vorhänge seines Wagens beiseite und winkte Methar, der auf einem der wenigen Steppenponys ritt, mit einer herrischen Bewegung zu sich. »Die Krieger brauchen eine Rast, Meister«, beeilte sich Methar zu erklären. »Sie ... «

»Eine Rast?« In der Dunkelheit unter der weiten Kapuze des Meisters blitzte es gefährlich auf. »Eine Rast?«, fauchte er noch einmal. »Habe ich diese Schwächlinge während all der Sommer mit Nahrung versorgt und ihnen mithilfe meiner Magie ein sorgenfreies Leben beschert, damit sie sich ausruhen, kaum dass wir Thale erreicht haben?«

»Aber Meister, die Sonne! Die Cha-Gurrline sind das grelle Licht nicht gewöhnt. Seht nur, viele habe sich bereits Tücher über die Augen gebunden, weil sie die Helligkeit nicht ertragen. Die

Heiler fürchten, dass viele Krieger erblinden, wenn sie die Augen offen halten müssen.«

»Die Sonne!« Der Abscheu in Asco-Bahrrans Stimme war nicht zu überhören. Schon als er in Nimrod gelebt hatte, hatte er die Sonne im Sommer gemieden und die kühlen, dunklen Gewölbe der Magier nur im äußersten Notfall verlassen. Das lebensspendende Sonnenlicht war eine Domäne der Gütigen Göttin und er hatte es damals nur schwer ertragen können, dass sich die Sonne der Macht des finsteren Herrschers entzog. Wütend schlug er die schweren Vorhänge zurück und erhob sich, um den Wagen zu verlassen. »Ich werde nicht zulassen, dass die Sonne meinen Feldzug aufhält«, knurrte er und winkte Methar zu sich. »Bring mir ein Kohlebecken und die Truhe mit den Pulvern. Dann schick mir einen der Heiler und drei Cha-Gurrline, die noch halbwegs zu sehen vermögen. Ich werde dafür sorgen, dass die Sonne uns nicht länger aufhält.«

Der Anblick, der sich Skynom bot, als er die Wagenkolonne Asco-Bahrans erreichte, ließ sein Herz vor Freude höher schlagen. Nie hätte er damit gerechnet, dass sein Plan durch so glückliche Umstände unterstützt werden würde. Zum einen hatte das Heer überraschend angehalten und es ihm damit ermöglicht, zu den Wagen aufzuschließen. Zum anderen saßen die vier Wachtposten, die den Wagen mit den magischen Artefakten bewachen sollten, stöhnend am Boden und bedeckten die Augen zum Schutz gegen die Sonne mit den Armen. Es war fast zu einfach und hätte Skynom auf seinem Weg durch den langen Tross der Krieger nicht mit eigenen Augen gesehen, wie sehr die Cha-Gurrline unter dem Sonnenlicht litten, er hätte hinter dem seltsamen Anblick eine Falle vermutet.

Skynom grinste. Nach seinem langen Aufenthalt in Nimrod hatte er keine Schwierigkeiten gehabt, sich wieder an das Licht zu gewöhnen. Und nun stand der Wagen, auf dem sich der begehrte Gegenstand befinden musste, unbewacht und einladend vor ihm. Er brauchte nur hinüberzuschleichen und... Der Magier erstarrte. Über die schweren Atemzüge und das leise Stöhnen der

Wachen hinweg hörte er eilige Schritte, die sich näherten. Hastig zog sich Skynom in den Schatten eines benachbarten Vorratswagens für die Krieger zurück, dessen Ekel erregender Aasgeruch dem Magier die Kehle zuschnürte, doch ihm blieb keinerlei Zeit mehr, sich ein anderes Versteck zu suchen, denn in diesem Augenblick sah er Methar vor den Planwagen der Magier treten. Der Berater Asco-Bahrrans wechselte mit den Wachen einige Worte in der Sprache der Cha-Gurrline und machte sich daran, die Stricke der schweren Plane zu lösen, die den Wagen bedeckte. Methar schlug die Plane zurück, kletterte auf den Wagen und sprang mit einem Kohlebecken in den Händen auf den Boden zurück. Danach stieg er noch einmal hinauf, um eine kleine Truhe zu holen. Mit den beiden Gegenständen unter den Armen verschwand er gleich darauf in derselben Richtung, aus der er gekommen war. Die Plane ließ er geöffnet.

Skynom traute seinen Augen nicht – so viel Glück war fast unheimlich. Entweder Methar hielt die wertvollen Artefakte der Magier inmitten des Heeres für sicher aufbewahrt, oder er plante, noch einmal zurückzukehren. Trotz des unerträglichen Gestanks, der seine Nase peinigte, beschloss Skynom, noch eine Weile in seinem Versteck zu bleiben und abzuwarten.

Wenig später hörte er Hufschlag ganz in der Nähe und sah, wie Methar auf einem Steppenpony an der Wagenkolonne vorbeiritt. Das war die Gelegenheit. Geduckt huschte Skynom auf den Wagen zu und wollte auf die Ladefläche steigen. Doch seine Anwesenheit blieb nicht unbemerkt. »*Garrot surn?*«, knurrte einer der Wachtposten und nahm kurz den Arm von den Augen, um nachzusehen, wer gekommen war. Skynom hielt sich schnell den Ärmel seines Gewandes vor den Mund, um die Stimme zu verstellen. »*Methar!*«, murmelte er, in der Hoffnung, dass der Krieger sich damit zufrieden gäbe. Und wieder hatte er Glück. »*Narrotar nema sor nuratf is itunorrga!*« Seufzend ließ der Wachtposten den Arm wieder über die Augen sinken. Die anderen drei Posten regten sich gar nicht. Skynom atmete erleichtert auf. Er beherrschte die Sprache der Krieger nur bruchstückhaft und hatte keine Ahnung, was der

Cha-Gurrlin gesagt hatte. Doch die Geste war eindeutig – der Bursche hatte keinen Verdacht geschöpft.

Hastig ließ Skynom den Blick über die unzähligen Kisten und Truhen schweifen, die auf dem Wagen verstaut waren. Obwohl er sie noch nie mit eigenen Augen gesehen hatte, wusste er genau, wonach er suchte – irgendwo hier musste sich eine große hölzerne Truhe befinden, deren Holz so dunkel und verwittert war, als wäre sie schon viele hundert Sommer alt. Wenn seine Nachforschungen stimmten, befand sich das, wonach ihn verlangte, in dieser Truhe.

Der Atem des Magiers ging schnell. Er wusste, ihm blieb nicht viel Zeit. Jeden Augenblick konnte Methar zurückkehren. Hier oben auf dem Wagen würde er ihn sofort entdecken. Wenn das geschähe, wäre sein Leben verwirkt. Verstohlen blickte er sich noch einmal um und stellte erleichtert fest, dass ihn noch niemand bemerkt zu haben schien. Skynom seufzte und wandte sich wieder der Ladung des Wagens zu. Wohin er auch blickte, überall gab es nur die einfachen, von den Cha-Gurrlinen eigens für den Feldzug gezimmerten Kisten aus dem hellem Holz der Christalltannen, die in den nördlichen Ausläufern der Valdorberge wuchsen. »Verdammt!« Leise fluchend schob Skynom die schwere Plane noch weiter zur Seite. Wieder nichts! Er musste wohl oder übel einen weiteren Strick lösen, um einen Überblick über die gesamte Ladung zu bekommen. Mit fliegenden Fingern öffnete er die Knoten und zerrte an der Plane. Und dann sah er sie! Die Truhe mit den magischen Artefakten des Meisters. So groß und sperrig, dass Asco-Bahrran darauf verzichtet hatte, sie in seinem sänftenähnlichen Wagen mitzuführen.

Hastig stieg Skynom über die anderen Kisten hinweg und ging vor der Truhe in die Hocke. Trotz der Kälte glänzte ihm Schweiß auf der Stirn und die feuchten Hände, die er ausstreckte, um die Truhe auf verdeckte Zauber zu untersuchen, zitterten. Nichts! Lediglich ein gewöhnliches, wenn auch massives eisernes Vorhängeschloss, dessen Schlüssel sich zweifellos in Asco-Bahrrans Gewahrsam befand, trennte ihn noch von seinem Ziel.

Über Skynoms Gesicht huschte ein verächtliches Grinsen. Ein einfaches Schloss hatte ihn noch nie aufhalten können. »*Sila mar liansa du ilisu se nosara.*« Während er die Worte leise vor sich hin murmelte, strich er mit dem Zeigefinger dreimal kreuzförmig über das Schloss. Seine Mühe wurde mit einem leisen Klicken belohnt, als sich der Bügel des Schlosses öffnete.

Ein letztes Mal vergewisserte sich Skynom, dass er noch immer unbeobachtet war, dann öffnete er den Deckel. Zwischen Gegenständen aus edlem Metall lag ein schlankes, in hellen Stoff gewickeltes Bündel. Es war halb unter einem blutbefleckten Stück Quarlinfell verborgen, aber Skynom sah auf den ersten Blick: Es war der Asaak. Ehrfürchtig streckte er die Hand aus und griff nach dem Dolch. Ein wenig scheute er sich, das Bündel zu berühren, doch das Wiehern eines Pferde und näher kommender Hufschlag fegten alle Bedenken beiseite. Entschlossen nahm er das Bündel an sich, verschloss die Truhe und zog die Plane darüber. Dann sprang er vom Wagen und huschte davon.

Der Asaak war endlich sein! Er hatte es tatsächlich geschafft. Jetzt musste er nur noch warten, bis die Zeit für seine Rache gekommen war.

Das Kohlebecken aus schwarzem Stein und die Truhe mit den Pulvern hatte Methar schnell gefunden. Sie befanden sich ganz oben auf dem Wagen mit den persönlichen Gegenständen Asco-Bahrrans, weil man schon damit gerechnet hatte, sie unterwegs benutzen zu müssen. Einen Heiler zu finden, der noch halbwegs zu sehen imstande war, gestaltete sich schon schwieriger. Auch Methar hatte nach den vielen Sommern in der Finstermark große Schwierigkeiten mit der ungewohnten Helligkeit. So brauchte er eine ganze Weile, um unter den unzähligen Cha-Gurrlinen einen ausfindig zu machen, der die weiße Binde der Heiler am Arm trug. Nachdem er ihn gefunden und zu Asco-Bahrran geführt hatte, schwang er sich auf sein Steppenpony, um das Heer nach Cha-Gurrlinen abzusuchen, denen das Sonnenlicht nicht so stark zusetzte. Doch das schien nahezu unmöglich. So weit er blickte, hatten sich die Krieger niedergelassen, die Augen mit einem Tuch oder den Armen bedeckt und warteten auf den Abend. Erst als Methar das Ende des Heerzugs schon fast erreicht hatte, bemerkte er einen Krieger, der noch auf den Beinen war.

Gnoorat hatte sich aus den harten Lederriemen befreit und sich zunächst wie alle anderen zu Boden sinken lassen, um die Wunden, die ihm das Geschirr zugefügt hatte, notdürftig zu versorgen. Im ersten Moment konnte die Wesenheit, die seinen Körper lenkte, sich nicht erklären, wieso das Heer angehalten hatte, doch als sie sich wenig später umblickte, wurde ihr der Grund dafür schnell klar. Überall saßen oder lagen die Cha-Gurrline und bedeckten sich die Augen, als litten sie große Pein. Gnoorat verspürte nichts dergleichen, denn die Wesenheit in seinem Innern hatte dafür gesorgt, dass er keine Schmerzen empfand. So diente das Verbinden der Wunden auch nicht der Schmerzlinderung, sondern einzig und allein dem Ziel, den Körper des Cha-Gurrlins möglichst lange verwendungsfähig zu erhalten.

Die Cha-Gurrline vertrugen also offensichtlich keine Sonne. Diese Nachricht würde der Gütigen Göttin sicher von großem Nutzen sein. Gnoorat erhob sich schwerfällig und bahnte sich einen Weg zwischen den lagernden Kriegern hindurch. Obwohl er in diesem Augenblick nicht von einem anderen Krieger beobachtet wurde, hielt es die fremde Wesenheit für sicherer, sich einen geschützten Platz zwischen den Wagen zu suchen, bevor sie Kontakt mit ihrer Herrin aufnahm.

»Du da!«

Gnoorat zuckte zusammen. Für einen Moment war die Wesenheit versucht, einfach weiterzugehen. Doch bevor Gnoorat zwischen den schwer beladenen Wagen Deckung suchen konnte, war der Reiter schon heran und versperrte ihm mit seinem Pony den Weg. »Ich habe dich gerufen«, knurrte er.

»*Nit gud horen!*«, presste Gnoorat hervor und zeigte in einer dümmlich anmutenden Geste auf die gekrausten Ohren.

»Aber gut sehen!«, bemerkte der Reiter in unverhohlenem

Spott und wies mit dem Arm in die Richtung, aus der er gekommen war. »Komm mit!«

Gnoorat starrte den Reiter mit offenem Mund an, ohne sich von der Stelle zu bewegen. Nur das Zucken der Mundwinkel verriet, dass die fremde Wesenheit, die seinen Körper lenkte, fieberhaft überlegte, wie sie sich unauffällig aus der misslichen Situation befreien konnte. Es war wie verhext. Das war nun schon das zweite Mal, dass es ihr bei vermeintlich günstiger Gelegenheit nicht gelang, Verbindung zur Gütigen Göttin aufnehmen. Dabei wurde es höchste Zeit, ihre Herrin über den Fortgang der Ereignisse in Kenntnis zu setzen.

Der Reiter wurde allmählich ungeduldig. »*Ar Erestorg!* Das ist ein Befehl!«, herrschte er Gnoorat an. »*Qulka a trra tse? Gor nare se tal Quarlin a da ngorr unt soggr!* Worauf wartest du noch? Los – oder die Quarline kriegen morgen dein Fleisch als Frühstück vorgesetzt.« Dem gab es nichts entgegenzusetzen. Die Wesenheit wusste, dass sie es nicht wagen durfte, den kostbaren Wirtskörper zu verlieren. So verschob sie ihre Pläne widerstrebend auf einen späteren Zeitpunkt und ließ Gnoorat die angegebene Richtung einschlagen. Unwillig schnaubend trottete er hinter dem Reiter her. Die Wesenheit konnte nur hoffen, dass der Auftrag, den der Cha-Gurrlin ausführen sollte, rasch zu erledigen war.

Methar war unzufrieden. Der Cha-Gurrlin schien der Einzige in dem ganzen verdammten Haufen zu sein, dem die Sonne nichts ausmachte. Zudem wirkte er nicht sonderlich klug, aber nach Klugheit hatte der Meister zum Glück nicht verlangt. Dennoch war es eben nur einer und nicht drei und es stand zu befürchten, dass der Meister nicht zufrieden sein würde.

Als Methar und der Cha-Gurrlin Asco-Bahrrans Wagen erreichten, hatten zwei Magier unteren Ranges bereits ein Feuer in dem Kohlebecken entzündet. Die Flammen waren am Erlöschen und die Kohlestücke glommen auf dem schwarzen Stein.

»Du kommst spät und bringst nur einen statt drei«, murmelte Asco-Bahrran fast beiläufig und ohne aufzublicken.

»Es … es … gibt … im ganzen Heer keinen, ich wollte sagen … er ist der … der einzige Krieger, den ich finden konnte«, stammelte Methar. Er wusste, wie unberechenbar der Meister sein konnte, und würde nicht den Fehler begehen, dem freundlichen Tonfall zu trauen.

»Nun, dann hoffe ich für dich, dass er kräftig genug ist, um für drei zu arbeiten.« Damit schien die Angelegenheit für Asco-Bahrran vorerst erledigt zu sein. »Ah, der Heiler kommt auch schon zurück«, bemerkte er. Methar atmete erleichtert auf und wandte den Kopf, um zu sehen, was Asco-Bahrran meinte. Etwa zwanzig Längen hinter ihm bahnte sich der Cha-Gurrlin mit der weißen Armbinde einen Weg zwischen den lagernden Kriegern hindurch. Während er mit einer Hand versuchte, die Augen vor dem Sonnenlicht zu schützen, ohne sich völlig die Sicht zu nehmen, zerrte er mit der anderen drei gefesselte Grasländer an einer langen Kette hinter sich her. Die Männer wehrten sich heftig und strauchelten so häufig, dass sie von dem Cha-Gurrlin oft nur rücksichtslos hinterhergeschleift wurden. Der Heiler hingegen wirkte ungeduldig und aufgeregt; er schien es eilig zu haben, die ihm übertragenen Aufgabe hinter sich zu bringen.

»*Gud Geffangene, Meissteer*«, erklärte er atemlos, noch bevor er an Methar vorüber war. »*Nok serr stark.*« Obwohl das Licht dem Heiler zusetzte, schaffte er es, eine leichte Verbeugung anzudeuten. »Kette sie an den Wagen«, befahl Asco-Bahrran. »Ich brauche sie gleich.« Der Meistermagier machte eine auffordernde Geste und trat an das Kohlebecken. Die beiden Magier, die die Glut geschürt hatten, sprangen auf, verneigten sich unterwürfig und huschten lautlos davon. Asco-Bahrran hielt seine knochige Hand über das Becken und ließ ein weißes Pulver auf die Asche rieseln. Als es die Glut berührte, verstärkte sich das feurige Leuchten um ein Vielfaches. Die Hitze wurde so stark, dass Methar sie noch auf fünf Längen Entfernung spürte. Der Cha-Gurrlin, den er mitgeführt hatte, knurrte zornig, und Methar glaubte für einen winzigen Augenblick eine Regung in dem sonst so ausdruckslosen Gesicht des Kriegers zu sehen. Eine Regung, die er nie zuvor bei einem Cha-Gurrlin gesehen hatte. Furcht!

Als der Cha-Gurrlin bemerkte, dass Methar ihn beobachtete, wurde sein Gesicht wieder zur reglosen Maske. »*Ner assartei!* Komm her!« Asco-Bahrrans krächzende Stimme besaß eine solche Macht, dass man sich ihr nicht widersetzten konnte. Obwohl der Befehl nicht an ihn gerichtet war, zuckte Methar zusammen und spürte, wie ihm eine eisige Kälte den Rücken heraufkroch. Der Cha-Gurrlin hingegen rührte sich nicht.

»Ich hätte ihm niemals folgen dürfen.« Hinter Gnoorats grobschlächtigen Gesichtszügen überschlugen sich die Gedanken der fremden Wesenheit. Alles in ihr schrie danach, sofort die Flucht zu ergreifen, doch sie wusste, dass sie sich damit verraten würde. Schon spürte sie den misstrauischen Blick Asco-Bahrrans unter der dunklen Kapuze und zog sich hastig in den hintersten Winkel von Gnoorats Bewusstsein zurück. Keinen Moment zu früh, denn in diesem Augenblick drangen Asco-Bahrrans tastende Sinne, biegsamen Eiszapfen gleich, in dessen Bewusstsein vor. Die Wesenheit hatte keine Wahl, sie musste gehorchen, sonst würde er ihr Geheimnis entdecken. Mit unsicheren Schritten ließ sie Gnoorat auf das Kohlebecken zuwanken. Jeder Schritt kostete große Überwindung, denn das Gefühl der abgrundtiefen Bosheit verstärkte sich dramatisch, je näher der Cha-Gurrlin dem Magier kam. Als die Wesenheit schon glaubte, es nicht länger aushalten zu können, hob Asco-Bahrran die Hand und deutete auf einen der Gefangenen. »*Atai dear unattol.* Bring mir den Ersten!«, befahl er in zischend lauerndem Ton, als spüre er, dass mit dem Krieger etwas nicht stimmte. Die fremde Wesenheit wusste, dass sie sich keinen Fehler mehr erlauben durfte. Asco-Bahrran beobachtete sie. Seine Blicke folgten ihr, während sie Gnoorat auf die Grasländer zulenkte.

In den Augen der Gefangenen stand nackte Furcht. Eine Armeslänge von den Männern entfernt ließ die fremde Wesenheit den Cha-Gurrlin innehalten und zögerte. Sie wusste nicht, was den Männern bevorstand, ahnte aber, dass sie nicht mehr lange zu leben hatten – und ihre Aufgabe war es, die Unschuldigen zur Hinrichtung zu führen. »Oh, Gütige Göttin steh mir bei«, sandte sie ein stummes Gebet zum Himmel hinauf. »Ich kann das nicht tun. Aber wenn ich es nicht tue, schöpft er Verdacht. Ich … ich … kann, ah!« Im Geist sah sie sich dem Meistermagier plötzlich von Angesicht zu Angesicht gegenüber. Seine feurigen Augen brannten wie die Glut des Kohlebeckens in dem skelettierten Schädel, entschlossen Gnoorats Bewusstsein auch die letzten Geheimnisse zu entlocken. »*Sillrom dua namus!*« Die Worte des Magiers hallten beschwörend durch Gnoorats Geist und zwangen die fremde Wesenheit aus ihrem Versteck. Schon spürte sie den Sog der Magie, der an ihr zerrte und sie fortzureißen versuchte, hin zu den glühenden Augen und zu Asco-Bahrran. »*Sillrom dua namus!*« Eine uralte Macht lag in diesen Worten und die Wesenheit vermochte ihr nicht zu widerstehen. Sie konnte nicht länger bleiben. Wenn Asco-Bahrran sie in ihre Gewalt brachte, war ihre Herrin in großer Gefahr. Entschlossen durchtrennte sie alle Verbindungen zu Gnoorats Körper und löste ihren Geist aus dessen leblosem Bewusstsein – dann war sie frei. Frei!

Methar sah den Cha-Gurrlin zögern und bemerkte die angespannte Haltung Asco-Bahrrans. Die beiden starrten sich an, als führten sie einen stummen Kampf miteinander, doch Methar hatte keine Ahnung, worum es sich dabei handeln mochte. Dann trat der Meistermagier drohend auf den Krieger zu, während energiegeladene Blitze zwischen seinen knochigen Fingern hin und her zuckten. Der Krieger wich nicht zurück, doch in seinen Augen flackerte Panik auf. Noch immer herrschte tiefes Schweigen. Selbst die Gefangenen waren verstummt und beobachteten gebannt, was sich vor ihnen abspielte.

Plötzlich sank der hünenhafte schwarze Krieger kraftlos in sich zusammen. Der groteske Anblick erinnerte Methar an das Schauspiel der Fadenpuppen, die die Gaukler auf den Märkten mit sich führten und deren Fäden plötzlich losgelassen wurden. Mit einem dumpfen Schlag, der den Boden erzittern ließ, prallte der Cha-Gurrlin auf die harte Erde, wo er reglos und mit verrenkten Gliedern liegen blieb. Methar hörte Asco-Bahrran zornig kreischen. Mit einer fließenden Bewegung, deren Schnelligkeit das sonst so gebrechliche Gebaren des Meisters Lügen strafte, war er bei dem Krieger, kniete nieder und umfasste dessen hässlichen Kopf mit beiden Händen. Im gleichen Augenblick löste sich eine orangefarbene leuchtende Kugel aus dem borstigen Schädel und schoss in atemberaubender Schnelligkeit gen Himmel. Asco-Bahrran brüllte vor Wut und sandte der Kugel blutrote Blitze hinterher, die ihr Ziel jedoch verfehlten. Die Kugel war bereits so hoch, dass Methar sie in dem grellen Sonnenlicht mit bloßem Auge nicht mehr erkennen konnte.

Asco-Bahrran tobte, sein Zorn kannte keine Grenzen und entlud sich in einem gewaltigen Blitz, der Gnoorats Körper verdampfte und die drei Gefangenen auf der Stelle tötete. Die enorme Druckwelle der Explosion riss Methar, der gut fünf Längen vom Ort des Geschehen entfernt stand, von den Füßen. Auch das Kohlebecken stürzte um und die Glut wirbelte Unheil bringend durch die Luft, bevor sie auf die lagernden Krieger herabsank. Wo sie den Boden berührte, setzte sie das trockene Steppengras in Brand und unzählige Schmerzensschrei zeugten davon, dass auch die Krieger nicht verschont blieben.

Inzwischen hatte sich Asco-Bahrran so weit beruhigt, dass er seinen Zorn beherrschte. Nur das rötliche Flackern in den Schatten unter der Kapuze verriet seinen Gemütszustand. »Wir warten, bis es dunkel ist, dann marschieren wir weiter«, presste er hervor. »Im Morgengrauen sorge ich dafür, dass die Sonne uns nicht noch einmal aufhält.« Er wirbelte herum und schickte sich an, wieder in den Wagen zu steigen.

»Meister?« Methar wusste, dass es ein Fehler sein könnte, Asco-Bahrran anzusprechen, doch seine Neugier ließ sich nicht länger zähmen. »Meister, was war mit dem Krieger?«

»Das war kein Krieger«, zischte Asco-Bahrran hasserfüllt und die Blitze zwischen seinen Fingern zuckten erneut auf. »SIE hatte den Körper in ihrer Gewalt. Ich weiß nicht, wie es IHR gelungen ist, einen Späher unter den Cha-Gurrlinen zu verstecken, aber ich werde es schon noch herausfinden. Ein zweites Mal wird IHR das nicht gelingen.«

11 In der kleinen Kammer tief in den Gewölben von Nimrod war es still. Kein einziger Laut des geschäftigen Treibens, das die Hallen und Korridore der Inneren Festung am Tag erfüllte, vermochte bis hierher vorzudringen. Die Kammer befand sich in einem weit abgelegenen Teil der Gewölbe und nur die wenigsten wussten von ihrem Vorhandensein. Hinter einem Mantel aus Magie verborgen, hatte sie die Herrschaft An-Rukhbars schadlos überstanden und ihre Schätze vor der Vernichtung bewahrt. Die dicken Wände aus nacktem Fels und die massive Tür aus Schwarzeichenholz sorgten dafür, dass nichts die Ehrfurcht gebietende Stille störte, die das Wissen vieler Generationen auf vergilbten Pergamenten bewahrte, und ein mächtiger Zauber hielt die klamme Feuchtigkeit der benachbarten Gewölbe von den empfindsamen Materialien fern. Hier ging nichts verloren.

Es geschah nicht oft, dass jemand die altehrwürdige Ruhe störte, um in den Pergamenten und ledergebundenen dicken Büchern nach Wissen zu forschen, das im Lauf vieler hundert Sommer verloren gegangen war, doch an diesem Nachmittag hatte das Licht in Form einer kleine Öllampe Einzug in die Kammer gehalten.

Im flackernden Schein der Lampe hatte Sayen verschiedene Dokumente aus den Regalen genommen, angesehen und wieder zurückgestellt, bis er eines gefunden hatte, das Rat und Hilfe zu versprechen schien.

Jedes Mal, wenn er die spröden Seiten des dicken Buchs umblätterte, das vor ihm auf dem staubigen kleinen Tisch lag und in dem er nun schon eine kleine Ewigkeit las, beschlich ihn das Gefühl, als könne er das Raunen und Seufzen unzähliger Folianten und Pergamente hören, die sich in ihrer Ruhe gestört fühlten und empört miteinander flüsterten. Das Knistern und Rascheln des uralten Pergaments wirkte in der lastenden Stille laut und befremdlich, doch das Wissen, das sich darin verbarg, war so kostbar, dass Sayen nicht aufhören konnte zu lesen.

Unmittelbar nachdem ihm der Abner den Auftrag erteilt hatte, die Möglichkeiten zur Verteidigung der Festungsstadt zu erkunden, war er die unzähligen Treppen hinabgestiegen, um hier unten aus den Erfahrungen früherer Generationen zu lernen. Ein halbes Dutzend Bücher hatte er seither auf- und wieder zugeschlagen, bevor er auf dieses eine gestoßen war. Die uralten verwitterten Schriftzeichen, die ein unbekannter Druide in formvollendeter Schönheit kunstgerecht auf das Pergament gezeichnet hatte, hatten ihn sofort in ihren Bann gezogen.

Das Buch kündete von einer großen Schlacht. Einer Schlacht, die so weit zurücklag, dass Sayen noch in keinem anderen Buch davon gelesen hatte. Sie fand statt, lange bevor die ersten Menschen in Thale siedelten, zu einer Zeit, da allein das Volk der Nebelelfen über das Land zwischen den schneebedeckten Gipfeln des Ylmazur-Gebirges und der Valdorberge herrschte.

Ein Druide hatte die Überlieferung des Geschehens anhand einer alten Legende der Nebelelfen niedergeschrieben, die bis dahin nur mündlich unter den Elfen weitergegeben worden war.

Atemlos verfolgte Sayen, wie der mutige und weise Elfenkönig Gwiddan-Sh-e-Nat sein Volk in den Kampf gegen einen übermächtigen Gegner führte, der in der Legende als »Syhfandil« – Feuertod – bezeichnet wurde. Das Heer der Elfen, das gegen den Feind in die Schlacht zog, war gewaltig. Unterstützt wurde es von den großen Vögeln, die Sayen unter dem Namen Riesenalpe kannte. Sie trugen die Elfen auf dem Rücken über das Heer hinweg, damit sie es von hinten angreifen konnten, oder griffen mit ihren scharfen Schnäbeln und Krallen selbst in das Kampfgeschehen ein.

Doch der, den sie den Feuertod nannten, hatte viele tausend dunkler Geschöpfe um sich versammelt. Seine dämonischen Krieger verdankten ihr Leben dem Einsatz dunkler Magie und zeigten sich gegenüber den Pfeilen und Schwertern der Elfen unverwundbar. Hunderte der tapferen Elfenkrieger und viele Riesenalpe fielen dem ersten Angriff zum Opfer, ohne dass sich die Zahl der Angreifer nennenswert verringert hätte.

Schnell wurde klar, dass allein der Einsatz von gehärteten Pfeilspitzen aus einen Material, das in der Legende Sternenebulit genannt wurde, die Krieger der finsteren Heerscharen zu vernichten vermochte. Doch das seltene Metall war schwer zu bearbeiten und für die Herstellung von ausreichend vielen Pfeilspitzen blieb den Elfen keine Zeit.

Sayens Blick konnte sich nicht von den Zeilen lösen. Längst hatte er jedes Zeitgefühl verloren. Das Schicksal der Nebelelfen hatte ihn in seinen Bann gezogen und er sog die Zeilen förmlich in sich hinein, begierig, einen nützlichen Hinweis darauf zu finden, ob und wie es den Elfen gelungen war, die Finsternis aus ihrem Land zu vertreiben.

Zunächst sah es allerdings so aus, als sollten die Elfen ihren verzweifelten Kampf verlieren. Die versprengten Reste des einst so riesigen Heeres flohen durch die Zwischenwelt nach Westen, wo sie sich in der Nähe des Himmelsturms erneut formierten, um sich dem Dämonenheer am Fuß des Ylmazur-Gebirges zur entscheidenden Schlacht zu stellen. Die Flucht gab ihnen sieben Sonnenläufe Zeit, denn das Heer der Finsternis bewegte sich nur langsam und konnte den wendigen Elfen nicht so schnell folgen.

Der Elfenkönig rief die überlebenden Elfenpriester und Heerführer ein letztes Mal zusammen, um einen Plan zur Verteidigung auszuarbeiten – doch er fand nur Ratlosigkeit. Das Sternenebulit war aufgebraucht und das Heer zählte nicht einmal mehr die Hälfte der ursprünglichen Krieger. Weder die weisen Priester noch die tapferen Elfenkrieger wussten Rat, wie dem Dämonenheer wirksam entgegenzutreten wäre.

Sayen seufzte enttäuscht. Hatte er das alles womöglich umsonst gelesen? Einen Moment lang erwog er, das Buch zuzuschlagen, doch dann entdeckte er eine Stelle, die erneut seine Aufmerksamkeit fesselte.

Von einem weißen Riesenalp wurde berichtet, der aus dem Licht der untergehenden Sonne über die Berge geflogen kam, um dem Elfenkönig einen riesigen Beutel zu überbringen, den er in seinen Krallen trug. Als er landete, hörte der Elfenkönig in Gedanken die Worte des felsengrauen Vogels. »Ein Geschenk der Ahnen ist es, das ich dir bringe. Sie geben das Kostbarste, was ihre längst zu Staub zerfallenen Körper besitzen, auf dass ihre Nachkommen überleben mögen. Zu feinem Pulver zermahlen besitzt es die Macht, die Feinde unseres Volkes zu vernichten.« Mit diesen Worten erhob sich der Vogel wieder in die Lüfte und flog der glutroten Sonnenscheibe entgegen, die sich hinter den weißen Berggipfeln zur Ruhe begeben wollte.

Sayen überflog in aller Eile den nun folgenden Dialog zwischen den anwesenden Elfen. Was enthielt der Beutel? Die Frage brannte in seinen Gedanken. Lag hier der Schlüssel für die Verteidigung Nimrods? Doch er musste noch fast eine ganze Seite warten, bevor der König es schließlich wagte, den Beutel zu öffnen. Es war, als könne Sayen die überraschten Ausrufe der Priester und Heerführer hören, als wäre er inzwischen selbst ein Teil der Gruppe, die näher getreten war, um einen Blick auf den Beutel zu werfen, während der Elfenkönig hineingriff und ein großes graues Horn daraus hervorholte. Eine Riesenalpkralle!

Sayen seufzte und starrte in das flackernde Licht der kleinen Öllampe. Sein Herz raste, wie er es sonst nur bei heftigen Visionen erlebte. Riesenalpkrallen! Wenn das zutraf, was er soeben gelesen hatte, konnte daraus eine wirksame Waffe gegen dunkle Magie hergestellt werden.

»... kein Sonnenlicht?« Hoffnung schwang in den Worten der Gütigen Göttin mit und in die schwarzen Blumen am Rande des Weihers kehrte ein Hauch von Farbe zurück.

»Es bewirkt, dass sie erblinden!« Die zierliche Gestalt, die neben ihr auf der Bank Platz genommen hatte, nickte. Sie war in weite, zart rosafarbene Gewänder gehüllt, durch die ihre schlanke Figur zu crahnen war. Ihr tiefschwarzes Haar stand in starkem Kontrast zu der elfenbeinfarbenen Haut und den strahlend blauen Augen, deren Blick aufmerksam auf dem Nebel der Weisheit ruhte, um aufzunehmen, was er preisgab.

Das Bild in der Wolke zeigte ein Graslanddorf. Unzählige Menschen hasteten im Licht der untergehenden Sonne geschäftig zwischen den niedrigen Hütten umher. Männer schleppten Kisten und Körbe zu den Karren und Kutschen, die vor den Häusern standen, oder verschnürten ihre Habseligkeiten auf dem Rücken der Pferde, während die Frauen Decken und Vorräte zusammenpackten und die Kinder zu den Wagen führten.

»Sie fliehen!«, bemerkte die Göttin, der der Blick ihrer Dienerin nicht entgangen war. »Das ist gut. Sie scheinen zu wissen, dass sie keine andere Wahl haben.«

»Wohin fliehen sie?«

»Nach Süden. Vermutlich nach Nimrod. Hinter den dicken Festungsmauern der Stadt hoffen sie Schutz zu finden.«

»Werden sie es schaffen?«, fragte die Dienerin besorgt.

»Ich weiß es nicht.« Die Göttin seufzte. »Wenn die Cha-Gurrline nur des Nachts marschieren – vielleicht. Aber ich fürchte, Asco-Bahrran gibt sich nicht mit nächtlichen Märschen zufrieden. Er wird versuchen, die Elemente zu beeinflussen, damit die Sonne auch bei Tag hinter dicken Wolken verborgen bleibt.« Sie erhob sich und ballte die Fäuste. »Aber das werde ich zu verhindern wissen. Ich werde nicht noch einmal den Fehler machen und darauf vertrauen, dass die Menschen dem Angriff der finsteren Mächte standhalten. Nicht nach dem entsetzlichen Verbrechen, das er den Nebelelfen angetan hat.« Sie wandte sich dem Weiher zu und das Bild des Dorfes wich dem Anblick des Cha-Gurrlinen-Heeres, das wie ein dicker schwarzer Wurm noch immer inmitten des Graslandes lagerte.

Die schimmernde Gestalt der Göttin schien plötzlich zu wachsen und ihre Gewänder wurden von einem heftigen Wind gebauscht, den die Dienerin auf der Bank allerdings nicht spürte. »Hüte dich, Magier!«, rief die Göttin zornig, als könne Asco-Bahrran ihre Worte über die Entfernung hinweg hören. »Du hast dir die Cha-Gurrline unterworfen, die Elfen heimtückisch ermordet und es gewagt, in mein Land einzudringen. All das konnte ich nicht verhindern. Nun aber hast du den Schutz der Finstermark verlassen. Diesmal werde ich nicht säumen. Mein geliebtes Land wird nicht noch einmal in die Hände der Finsternis fallen.« Wie aus dem Nichts erschien der Stab der Weisheit in ihren Händen und sie deutete auf das Bild in den Nebeln. »Die Macht der Elemente ist mein – DU wirst sie niemals beherrschen. « Die Blumen im Garten duckten sich unter dem Zorn, der die Stimme der Göttin beherrschte, und es hatte den Anschein, als brause der mächtige Wind, der an ihren weißen Gewändern zerrte, auch über die Blüten hinweg.

In das Bild der lagernden Krieger kam plötzlich Bewegung. Die langen Halme des Graslandes wurden von einer stürmischen Bö zu Boden gedrückt, die sich dem Heer mit rasender Geschwindigkeit näherte. Die hoch beladenen Wagen mit den Vorräten und dem Kriegsgerät schwankten bedrohlich und alles, was nicht festgezurrt war, wurde vom Sturm mitgerissen. Eine Kutsche stürzte um und zerbrach, worauf sich vier Magier in dunkelblauen Gewändern hastig aus den Trümmern befreiten. Die Quarline duckten sich knurrend auf den Boden ihrer Käfige, als sie die Macht der Göttin spürten, und fletschten angriffslustig die Zähne.

Die Cha-Gurrline traf der plötzliche Sturm völlig unvorbereitet. Überall rollten und flogen Schilde, Waffen und Teile von Rüstungen umher und wer seine Ausrüstung nicht rechtzeitig zu fassen bekam, lief Gefahr, sie für immer zu verlieren.

»Spürst du meine Macht, Magier?«, fragte die Göttin mit verzerrter Stimme. »DU wirst dir die Elemente nicht unterwerfen – sie sind mein. Und ich schwöre: Ich werde nicht zögern, ihre Macht einzusetzen, um mein Land zu schützen. «

Mit diesen Worten drehte sich die Göttin um und der Wind erstarb. Der Zorn war aus ihrem Gesicht gewichen, die Illusion von Größe verschwunden und ihre Stimme klang wieder so sanft und melodisch wie zuvor. »Folge mir«, bat sie ihre Dienerin und die schwarzhaarige Frau erhob sich. »Wir müssen versuchen, den Vormarsch des Heeres aufzuhalten, damit den Menschen des Graslandes genügend Zeit zur Flucht bleibt. «

Lange bevor Naemy und Lya-Numi die zerstörte Hauptstadt der Elfen erreichten, spürten sie den entsetzlichen Atem des Todes, der über Caira-Dan schwebte.

In der feuchten Abendluft mischte sich der Rauch des noch immer schwelenden Feuers mit dem metallischen Geruch von Blut und dem Gestank erkalteter Leiber zu jener unverwechselbaren Ausdünstung des Todes, die Naemy schon von den beiden großen Schlachten her kannte. Und dann die gespenstische Stille! Kein Vogel fiepte in den Kronen der Sumpferlen, kein Grauhörnchen turnte in den Zweigen umher und auch die kleinen Nager, die in der Dämmerung sonst so geschäftig auf Nahrungssuche waren, raschelten nicht durch das trockene Laub am Boden. Die Sümpfe wirkten wie ausgestorben. Caira-Dan war über Nacht zu einer Stätte des Todes geworden und das Grauen, welches die Nebelelfen heimgesucht hatte, schien sich in den tiefen Schatten zwischen den Bäumen zu verbergen.

Am späten Nachmittag war Zahir auf einem kleinen Hügel in den Vorbergen nahe den Sümpfen gelandet. Nachdem sich Naemy davon überzeugt hatte, dass sich kein Quarlin in der Nähe befand, war sie mit Zahir noch einmal aufgestiegen und einige Male über Caira-Dan hinweggeflogen, um sich einen Überblick über die Lage in der Elfenhauptstadt zu verschaffen. Das grausame Bild, das sich ihr auf dem Festplatz geboten hatte, würde sie niemals vergessen. Naemy hatte schon viele Schlachten erlebt, doch selbst die vernichtende Niederlage gegen den finsteren Herrscher, bei der hunderte von Elfen ihr Leben verloren hatten, hatte sie nicht so tief getroffen wie der Anblick der wehrlos dahingemetzelten Männer, Frauen und Kinder in den farbenprächtigen Festgewändern, die rings um die Reste der Feuerstelle hingestreckt am Boden lagen.

Und zwischen den Toten erblickte sie die Quarline. Das Schicksal der gefährlichen Raubkatzen gab Naemy ein Rätsel auf. Während des ganzen Fluges hatte sie keinen einzigen lebenden Quarlin entdecken können – und nun lagen Dutzende der getigerten Raubkatzen reglos auf dem Festplatz. Was war geschehen? Wenn es den Elfen gelungen war, so viele Quarline zu töten, musste es Überlebende geben. Aber alle Rufe, die sie in Gedanken ausgesandt hatte, waren unbeantwortet geblieben.

Naemy schluckte und schob hastig einen Gedanken beiseite, der sich wie eine glühende Nadel in ihr Bewusstsein bohrte – auch

Tabor hatte nicht auf ihre Rufe reagiert. Von Leilith wusste sie, dass Tabor auf dem selben Hügel wie Zahir gelandet war und sich dann allein auf den Weg nach Caira-Dan gemacht hatte. Seitdem hatte auch Leilith nichts mehr von ihm gehört.

Naemy hatte gespürt, wie besorgt das Riesenalpweibchen war, verbot es sich aber, darüber nachzudenken, was Tabors Schweigen bedeuten mochte. Ich hätte gefühlt, wenn er tot wäre, dachte sie, als reiche es, einfach nur fest daran zu glauben. Doch das lähmende Gefühl, ihren geliebten Sohn für immer verloren zu haben, wollte einfach nicht weichen.

»Naemy!« Lya-Numis Ruf riss sie aus ihren Gedanken. Obwohl die Elfenpriestern mit ihrem gebrochenen Bein kaum in der Lage war zu gehen, hatte sie sich nicht davon abbringen lassen, Naemy nach Caira-Dan zu begleiten. Hartnäckig hatte sie darauf bestanden, noch etwas Wichtiges erledigen zu müssen, während Kiany nur zu gern Naemys Wunsch entsprochen hatte, bei Zahir auf dem Hügel zu bleiben. Schließlich hatte Naemy nachgegeben und nach einem dicken gegabelten Ast gesucht, den Lya-Numi als Krücke benutzen konnte, und hatte sich gemeinsam mit der Elfenpriesterin auf den Weg gemacht.

Der Weg von dem Hügel in die Elfenhauptstadt war Naemy so vertraut wie kein anderer. Wie oft hatte sie Zahir und Chantu die natürliche Allee zwischen den hohen Sumpferlen entlanggeführt, damit sie ihre Flugübungen machen konnten! Und wie oft war sie danach in die friedliche Hauptstadt der Nebelelfen zurückgekehrt, vorbei an fröhlich spielenden Kindern oder begleitet von einem guten Freund.

Naemy seufzte und wischte sich eine Träne von der Wange. So würde es nie wieder sein. Sie hatte gesehen, was sie erwartete, doch noch immer weigerte sich ihr Verstand, das Endgültige des schrecklichen Geschehens hinzunehmen.

»Naemy!« Die Nebelelfe wandte sich um und sah sofort, was Lya-Numi entdeckt hatte. Einen Quarlin! Das große Tier lag einige Längen abseits des Weges. Sein massiger Körper war halb hinter einem Busch verborgen und bewegte sich nicht. Vermutlich war er tot. Trotzdem gebot Naemy der Elfenpriesterin, ihr nicht zu folgen, während sie mit den Kurzschwert in der Hand vorsichtig auf die Raubkatze zuschlich. Sie wusste, dass sie ein großes Wagnis einging. Wenn der Quarlin schlief, gab es keine Hoffnung auf ein Entkommen. Andererseits war es die erste getigerte Raubkatze, auf die Naemy stieß, und wenn das Tier tatsächlich tot war, konnte sie vielleicht herausfinden, wie es gestorben war. Länge um Länge pirschte sie auf den Quarlin zu. Ihre Sinne waren zum Zerreißen gespannt und sie wagte nicht zu atmen. Die weichen Sohlen ihrer Stiefel verursachten auf dem laubbedeckten Boden nicht das geringste Geräusch, doch sie wusste, dass das Knacken eines einzigen Astes genügte, um das schlafende Raubtier zu warnen. Ihre ganze Aufmerksamkeit galt nun dem Quarlin und sie war bereit, sofort zu handeln, falls er sich bewegen sollte. Unmittelbar bevor sie die Stelle erreichte, erhob sich hinter dem Gebüsch ein Schwarm schillernder Sumpffliegen. Naemy atmete erleichtert auf – der Quarlin war tot. Vorsichtig schob sie die Äste des Buschs beiseite, trat näher – und erstarrte. Aus dem Maul der Raubkatze ragte ein großes blutiges Fleischstück, das erschreckende Ähnlichkeit mit einem Oberschenkel hatte. Erschüttert wandte sich Naemy ab.

»Ist er tot?«, hörte sie Lya-Numis Frage in ihren Gedanken.

»Ja!« Nach kurzem Zögern legte Naemy die Hand prüfend auf das Fell des Quarlins. Er war kalt. Auch das getrocknete Blut am Boden zeugte davon, dass er schon länger tot sein musste. Aber wie war er gestorben? Kein Pfeil ragte aus dem Körper und auch sonst war nirgends eine tödliche Verletzung zu entdecken.

»Was ist?«, fragte Lya-Numi.

»Ich sehe überhaupt keine Wunden«, antwortete Naemy. Sie erhob sich, durchquerte das Gebüsch mit weit ausgreifenden Schritten und trat zu Lya-Numi. »Er ist tot«, wiederholte sie. »Ich weiß nicht warum, aber eines ist sicher: Der Quarlin starb nicht durch die Hand einer Elfe.«

Bedingt durch Lya-Numis Verletzung, kamen die beiden Frauen nur langsam voran. Immer häufiger stießen sie auf tote Quarline, die ganz offensichtlich gestorben waren, während sie einen ungestörten Platz zum Verzehr ihrer Beute gesucht hatten. Doch wie schon bei dem ersten Tier konnten sie auch hier keine Ursache für den plötzlich eingetretenen Tod entdecken. Schließlich gaben sie es auf, die Quarline zu untersuchen, da sie den grausigen Anblick der Körperteile und Leichen, die die Raubtiere mitgeschleift hatten, nicht länger ertragen konnten. Zu häufig waren ihnen die erstarrten Züge der Toten wohl bekannt und Naemys Herz krampfte sich vor Trauer so schmerzhaft zusammen, dass sie am liebsten umgekehrt wäre, um dem Grauen zu entfliehen. Lya-Numi erging es nicht besser. Naemy hörte, wie sie leise die Namen der Getöteten vor sich hin murmelte, und sah, wie die Elfenpriesterin trotz der schweren Verletzung immer wieder niederkniete, um ihren Brüdern und Schwestern die starren, blicklosen Augen zu schließen. Naemy bewunderte die Elfenpriesterin für ihre Ausdauer. Es war offensichtlich, wie sehr der lange Marsch und die Schmerzen an ihren Kräften zehrten, doch sie kämpfte sich verbissen weiter. Kein Schmerzenslaut kam ihr über die Lippen, wenn sie strauchelte, und sie gönnte sich keine Rast.

Als sie die ersten Hütten der Elfenhauptstadt erreichten, sahen sich Naemy und Lya-Numi gezwungen, über die toten Raubtiere und Elfen hinwegzusteigen, die die schmalen Dämme und Stege zwischen den Hütten versperrten. Oft waren die getöteten Elfen so grausam zugerichtet, dass nicht zu erkennen war, ob es sich um einen Mann oder eine Frau gehandelt hatte. Und über allem schwirrten abertausend schillernde Sumpffliegen.

Naemy schwieg. Angesichts der schrecklichen Szenen, die sich hier abgespielt haben mussten, waren das Entsetzen und die Trauer mehr, als sie zu ertragen vermochte. Das Grauen hatte ein solches Maß erreicht, dass sie fürchtete, verrückt zu werden, und es bedauerte, diesen schrecklichen Ort jemals betreten zu haben. Doch die Sorge um Tabor trieb sie weiter. Jedes Mal, wenn sie einen toten Elf in der hellen Lederkleidung der Jäger entdeckte, meinte sie, ihren Sohn gefunden zu haben, und schämte sich zutiefst dafür, dass es sie beruhigte, wenn ihre Befürchtungen sich nicht bewahrheiteten. Sie wusste, dass es nicht recht war, erleichtert zu sein, nur weil es nicht Tabor war, der dort mit zerrissener Kehle in seinem Blut lag, denn die meisten Toten waren Freunde gewesen. Keiner von ihnen hatte ein so schreckliches Schicksal verdient und Naemy empfand es als ungerecht zu leben, während ihre Brüder und Schwestern einen grausamen Tod gestorben waren.

Inzwischen war sie sicher, auf keinen lebenden Quarlin mehr zu stoßen. Wie es aussah, waren alle Raubkatzen gleichzeitig einem plötzlichen Tod zum Opfer gefallen, der jedoch um einiges gnädiger gewesen war als das entsetzliche Martyrium der Elfen.

Als Naemy endlich den Versammlungsplatz der Elfen zwischen den Hütten hindurch erblickte, drehte sie sich zu Lya-Numi um und maß die Elfenpriesterin mit einem zweifelnden Blick. »Willst du wirklich dorthin?«, fragte sie und bediente sich dabei der Gedankensprache.

»Ich muss!« Lya-Numi hob den Kopf und sah Naemy entschlossen an. Die feuchten Wangen der Elfenpriesterin zeugten davon, dass es ihr nicht viel anders erging als Naemy. Entsetzen, Trauer, Wut und die verzweifelte Frage *Warum sie und nicht ich?* spiegelten sich in ihren Augen, doch dahinter brannte eine wilde Entschlossenheit, deren Grund Naemy nicht kannte. »Was hast du vor?«, fragte sie. Lya-Numi schüttelte nur stumm den Kopf und deutete nach vorn. »Ich muss zum Feuer«, erklärte sie knapp. Sie wollte noch etwas hinzufügen, entschied sich jedoch anders und humpelte auf den Versammlungsplatz zu.

Die dumpfe, traurige Melodie Dutzender Windspiele empfing Naemy und Lya-Numi und mischte sich mit dem allgegenwärtigen Summen der Fliegen, als sie die letzten Hütten hinter sich ließen und an den Rand des Festplatzes traten. Das Maß an Grauen, das eine Elfe zu ertragen vermochte, war längst überschritten und eine innere Sperre ihrer Wahrnehmung schützte Naemys empfindsame Seele davor, Schaden zu nehmen. Ohne die entsetzlichen Bilder im Einzelnen in sich aufzunehmen, ließ sie den Blick über die Reste dessen schweifen, was vor zwei Sonnenläufen noch eine fröhliche Festgesellschaft gewesen war. Rund um die Feuerstelle lagen die toten Elfen dicht gedrängt, häufig sogar übereinander, sodass es unmöglich schien, die schwelende Glut des Feuers zu erreichen.

Lya-Numi schien zu demselben Schluss zu kommen und machte sich daran, den Platz im Schutz der Hütten zu umrunden. Vermutlich hoffte sie, das Feuer von der rückwärtigen Seite besser zu erreichen. Naemy seufzte und folgte der Elfenpriesterin, indem sie sich zwang, nicht auf die zerschmetterten Körper zu achten, während sie darüber hinwegstieg.

Plötzlich hielt Lya-Numi inne und starrte bestürzt auf etwas zu ihren Füßen.

»Was ist?«, flüsterte Naemy, die zu ihr aufgeschlossen hatte, verstummte aber sofort, als sie erkannte, was Lya-Numi so erschütterte. Der smaragdgrüne Umhang der Gestalt, die vor ihnen lag, war zerrissen, an viel Stellen von Blut durchtränkt und verhüllte den Körper nur noch spärlich.

Kyle-Nat war tot. Das Gesicht des Prinzregenten war bis zur Unkenntlichkeit entstellt, dennoch gab es keine Zweifel. Seine blutige Hand umklammerte noch immer den königlichen Dolch, der eigentlich mehr ein Zeremoniengegenstand war, und der silberne Reif des alten Herrschergeschlechtes lag in einer blutigen Lache unter seinem zerstörten Gesicht.

Bei der Göttin. Naemy schloss die Augen und seufzte tief. Was hatten sie nur getan, dass das Schicksal sie so hart strafte. Als sie die Augen wieder öffnete, sah sie, wie Lya-Numi sich bückte und das Antlitz des Prinzregenten mit einem Fetzen des smaragdgrünen Umhangs bedeckte. Die Elfenpriesterin schwankte, als sie sich erhob, doch sie tat, als sähe sie Naemys Hand nicht, die sich ihr helfend entgegenstreckte. Bemüht, sich die Schwäche nicht anmerken zu lassen, ging Lya-Numi weiter und Naemy sah ihr bekümmert nach.

Und plötzlich entdeckte sie Tabor. Er saß auf einer hölzernen Bank im Schatten der Sumpferlen, die die Elfen vor vielen Sommern rund um den Versammlungsplatz aufgestellt hatten, und hielt den Körper einer Elfe in den Armen. Sie trug ein zerrissenes gelbes Gewand, auf das ihr Blut ein rostrotes Muster gezeichnet hatte, und ihre langen blaugrauen Haare fluteten weich über Tabors Arme.

»Tabor!«, flüsterte Naemy und ihr Herz tat vor Freude einen Sprung. Ohne auf Lya-Numi zu achten, die den Platz schon fast umrundet hatte, schwenkte sie ein und lief geradewegs auf ihren Sohn zu. »Tabor!«, rief sie noch einmal, doch er bewegte sich nicht. Sein starrer Blick ruhte auf dem blutverschmierten Gesicht der jungen Elfe, das einmal sehr hübsch gewesen sein musste. Auf seinen Wangen glänzten Tränen.

Bei diesem Anblick wich Naemys Erleichterung, ihren Sohn lebend anzutreffen, schlagartig einem tiefen Mitgefühl und sie hielt erschüttert inne. Nie zuvor hatte sie Tabor weinen sehen. Weder als Kind noch als Halbwüchsiger hatte er sie auf diese Weise an seinen Gefühlen teilhaben lassen – und nun dies.

Bei der Göttin, sie hatte ja keine Ahnung gehabt! Fassungslos blickte Naemy auf das geschändete Gesicht der Elfe. Die Krallen eines Quarlins hatten die rechte Hälfte bis zur Unkenntlichkeit zerfetzt, aber sie erkannte sofort, wer das Mädchen war. »Ilumynhi.« Leise formten Naemys Lippen den Namen der Toten. Die Elfe war eine der Letzten gewesen, die mit An-Shesan, ihrem älteren Bruder und ihren Eltern den Weg nach Caira-Dan gefunden hatte. Erst einhundertfünfzig Sommer nach der Gründung der Elfenhauptstadt hatten sie das Land westlich des Yunktun verlassen, um sich ihrem Volk in den Sümpfen von Numark anzuschließen.

Naemy war sprachlos. Dass Tabor eine enge Freundschaft zu An-Shesan, Ilumynhis Bruder, pflegte, war ihr seit vielen Sommern bekannt, doch sie hätte nicht im Traum daran gedacht, dass zwischen Ilumynhi und Tabor etwas sein könnte!

Wie konnte sie nur so blind gewesen sein? Und jetzt war es zu spät. Bei der Göttin, warum?, dachte Naemy erschüttert. Wie gern hätte sie etwas zu Tabor gesagt. Etwas Tröstendes, Worte, die ihm den schweren Verlust erträglicher machen konnten, doch sie wusste aus Erfahrung, dass Tabors Schmerz mit Worten nicht zu lindern war. So setzte sie sich nur schweigend neben ihn und legte ihm den Arm um die Schultern.

Tabor zuckte unter der Berührung zusammen, als erwache er aus tiefem Schlaf. Mit tränennassem Gesicht blickte er seine Mutter an und erst jetzt begriff Naemy wirklich, wie sehr er litt. Nie zuvor hatte sie bei einem Elf eine so abgrundtiefe Trauer gesehen und sie spürte zu ihrem Entsetzen, dass Tabor mit dem Gedanken spielte, Ilumynhi freiwillig in den Tod zu folgen. Naemy erschrak. Wie lange mochte Tabor hier schon sitzen? Wie lange hielt er Ilumynhi in den Armen, allein mit seiner Trauer und dem sinnlosen Vorwurf, in der Stunde der Not nicht an ihrer Seite gewesen zu sein, ihr nicht geholfen zu haben? »Nein!«, hauchte Naemy. Plötzlich bekam sie es mit der Angst zu tun. Sie musste Tabor unbedingt vor der selbstzerstörerischen Trauer bewahren, sonst würde sie auch noch ihren Sohn verlieren!

»Tabor?«, begann sie vorsichtig.

Er antwortete nicht. Seine Blicke ruhten wieder auf Ilumynhis entstelltem Gesicht und seine Lippen bewegte sich, als spräche er leise zu ihr.

»Wer immer das getan hat, er wird dafür bezahlen«, versuchte Naemy es erneut. »Wir werden ihn finden und werden dafür sorgen, dass ... «

»Sie ist tot, Mutter!«, presste Tabor hervor. In seiner Stimme schwang der unverhohlene Vorwurf mit, dass seine Mutter ihn nicht richtig verstand. »Tot, verstehst du?« Er schluchzte und hob eine kleine geschnitzte Flöte hoch, die er in der Hand verborgen gehalten hatte. Eine Piuliflöte. Naemy wusste um das Band, welches das magische Instrument zwischen Liebenden entstehen ließ. Nur der erwählte Gefährte hörte ihren Klang, und die Melodie erreichte ihn, wo immer er sich befand. »Sie hat die Flöte nicht einmal benutzt. Ich fand sie in ihrer Hand, aber der Quarlin ... « Tabor verstummte. Die schreckliche Gewissheit, im Augenblick des Todes nicht bei ihr gewesen zu sein, schnürte ihm die Kehle zu. Naemy bedrängte ihn nicht. Geduldig wartete sie, bis ihr Sohn bereit war weiterzusprechen. »Ich habe ihr die Flöte vor meiner Abreise gegeben, damit sie mich rufen konnte, wenn sie Hilfe brauchte. Und nun ... « Er schluckte voller Bitternis. »Alles ging so schnell! Ich werde sie niemals wieder sehen. Nie mehr! Es sei denn, ich …«

»Tabor!« Bestürzt legte Naemy eine Hand auf Tabors Arm. Sie hatte also richtig vermutet. »Daran darfst du nicht einmal denken. Hörst du? Du darfst dein Leben nicht einfach wegwerfen. Die Göttin wollte, dass du lebst. Es hat sicher einen Sinn, dass du …«

»Einen Sinn?« Tabor schnaubte verächtlich. »Welchen Sinn sollte es haben? Dass ich mich zeitlebens mit der Erinnerung quäle? Mir Vorwürfe mache, dass ich nicht bei ihr war?« Er hob den Kopf und sein Blick war voller Zorn. »Sag mir, was habe ich getan!«, rief er gereizt und traurig zugleich. »Was habe ich verbrochen, dass die Göttin mich so bestraft?«

»Das Leben ist keine Strafe«, erwiderte Naemy ruhig.

»Nicht?«, fragte Tabor angriffslustig. »Wie kannst du das wissen?« Er musterte seine Mutter scharf. »Hast du je getrauert, Mutter? Richtig getrauert?«, fragte er. Doch statt auf eine Antwort zu warten, sprach er sogleich weiter. »Nein, du hast noch nie Trauer empfunden. Du lässt ja niemanden an dich heran. Bloß keine Bindungen. Denkst du, ich weiß nicht, warum du meinen Vater erwählt hast? Weil er dich niemals eingeengt hat.« Die Worte sprudelten nur so aus Tabor hervor. Trauer und Wut entluden sich in einem erbosten Wortschwall und er schien gar nicht zu bemerken, wie ungerecht er war. »Oh, du brauchst dich nicht zu sorgen«, höhnte er, als wäre Naemy eine Gnade zuteil geworden, die er ihr nicht gönnte. »Ich habe schon nach ihm gesucht. Ja, das habe ich getan. Er ist nicht unter den Toten. Er nicht, aber … aber …« Er verstummte, schluchzte laut auf und vergrub das Gesicht in Ilumynhis Haaren. Seine Hände waren zu Fäusten geballt und seine Schultern bebten. Er weinte.

Naemy wartete geduldig, bis das Schluchzen leiser wurde und die Tränen versiegten. Tabor irrte. Sie konnte sehr gut verstehen, wie er sich fühlte. Shari! Selbst die vielen Sommer, die seit ihrem Tod vergangen waren, hatten Naemys Schmerz über den Verlust der geliebten Schwester nicht lindern können. Shari war die Erste gewesen, die den Heerscharen des finsteren Herrschers vor vielen hundert Sommern zum Opfer gefallen war. Und obwohl damals niemand etwas von der Gefahr ahnte, hatte Naemy nie aufgehört, sich Vorwürfe zu machen, weil sie ihre Schwester allein hatte gehen lassen. Nicht einmal ein Abschied war ihr vergönnt gewesen.

»*She, dua a-sil in isalyror.*« Beschwörend hallte Lya-Numis klare Stimme durch die bedrückende Stille.

Naemy schob ihre düsteren Erinnerungen beiseite und blickte auf. Im erlöschenden Licht des Tages stand Lya-Numi mit erhobenen Händen vor den verkohlten Überresten des Feuers und sah zum Himmel auf. Wallende Nebel strichen wie hauchdünne Schleier um ihre schlanke Gestalt, während sie die blassen Sicheln der Zwillingsmonde To und Yu in der alten Sprache der Elfen anrief. Vor der Elfenpriesterin züngelten kleine Flammen aus einer rituellen Feuerschale, die eigentlich für ein Dankesgebet hatte entzündet werden sollen. »*She, dua a-sil in isalyror!*«, rief Lya-Numi noch einmal und die ungeheure Macht, die in ihrer Stimme mitschwang, ließ Naemy erschauern. Plötzlich wusste sie, was die Elfenpriesterin mit ihren Worten gemeint hatte, sie müsse den Elfen noch einen letzten Dienst erweisen. Naemy schämte sich fast, nicht selbst daran gedacht zu haben. Tief bewegt beobachtete sie, wie Lya-Numi mit der traditionellen Heimkehrzeremonie begann. Die Elfenpriesterin nahm einen kleinen Krug zur Hand und goss die Flüssigkeit in die Flammen. Grünes Feuer loderte auf. »*Namarie! Mel i ur i fern marto ne in vireb eryn en cuil* – Mögen die Seelen der Verstorbenen heimkehren in die ewigen Gärten des Lebens.« Mit diesen Worten ergriff Lya-Numi eine kleine Wasserschale und goss den Inhalt in das Feuer. »*N anna nen an naur* – Ich gebe Wasser zu Feuer«, sprach sie, während die Flammen erloschen. »*Nen i cuil – anna* – Wasser, das Leben spendet«, fuhr sie feierlich fort. »*E – naur sial i ur puiga* – Und Feuer, das die Seelen reinigt.« Die Elfenpriesterin formte die Hände zu einer Schale, tauchte sie in das Wasser und schöpfte ein wenig von der leuchtend grünen Flüssigkeit aus dem geweihten Gefäß.

Aus den Augenwinkeln sah Naemy, dass auch Tabor die Zeremonie gespannt verfolgte. Dabei presste er Ilumynhi so fest an sich, als wäre sie ein Schatz, den er nicht hergeben wollte. »Sie muss gehen, Tabor«, sagte Naemy sanft und verstärkte den Druck ihrer Hand, die noch immer auf seinem Arm lag. Tabor antwortete nicht, doch sein flackernder Blick verriet, wie verzweifelt er war. Fast unmerklich schüttelte er den Kopf, doch dann nickte er stumm.

»*M anna r ihaden – na sial ch e sidh hira!* – wir geben euch frei, auf dass ihr Frieden findet!« Bei diesen Worten versprühte Lya-Numi das grüne Wasser mit einer ausladenden Bewegung über die Toten. Zunächst bezweifelte Naemy, dass es alle toten Elfen erreichte, stellte dann aber erstaunt fest, dass der Zauber, den die Elfenpriesterin gewoben hatte, weitaus mächtiger war als vermutet. Das Wasser zerstob in der Luft zu feinen Tröpfchen, die sich wie funkelnder Nebel über dem Versammlungsplatz ausbreiteten. Noch während des Fluges fingen die Tröpfchen wieder Feuer und senkten sich als winzige Flammen auf die Toten herab. Längst hatte die Nacht ihre schützende Decke über die Toten gebreitet, und so hatte es den Anschein, als wären am Boden plötzlich viele hundert Kerzen aufgeflammt.

Auch auf Ilumynhi, die Tabor noch immer in den Armen hielt, ließ sich ein leuchtendes Flämmchen nieder und glomm als winziger Funke der Hoffnung in der Dunkelheit. »Tabor!«, flüsterte Naemy, doch sie hätte ihn nicht zu erinnern brauchen. Ein letztes Mal hauchte er Ilumynhi einen zarten Kuss auf die Stirn. Dann setzte er sich auf und lockerte den Griff. Naemy hörte, wie er die Worte der Elfenpriesterin leise mitflüsterte, als Lya-Numi die Seelen der Verstorbenen freigab. »*M ni ma shila* – Wir sind nicht getrennt. *Na an bas – sal an thent Ihu* – Nicht für immer, nur für kurze Zeit. *Inti enia ma eglo* – Erwartet uns im Licht.« Obwohl Naemy es durch die Dunkelheit und den Nebel nicht mehr sehen konnte, wusste sie, was Lya-Numi tat. Noch einmal formte sie ihre Hände zu einer Schale, tauchte sie in das Wasser und hob sie vor den Mund. Nach einem andächtigen Moment des Zögerns blies sie das Wasser schließlich mit einem einzigen Atemzug den Sternen entgegen. Die Tröpfchen entflammten und stiegen wie eine lange Kette glühender Leuchtkäfer zum Himmel auf. Gleichzeitig verstärkte sich das Leuchten der Lichter am Boden und Naemy hörte Tabor aufkeuchen, als auch Ilumynhis Flamme wuchs. Der Abschied war nahe.

Zunächst langsam, dann immer schneller lösten sich die Flammen vom Boden und folgten den vorauseilenden auf ihrem langen Weg, bis sich der feurige Schweif in der Dunkelheit zwischen den Sternen verlor. Auch von Ilumynhis Körper löste sich die Flamme und während ihre Seele mit ihren Brüdern und Schwestern himmelwärts strebte, verblasste ihre Gestalt.

»Ilumynhi! Nein!« Tabor schrie verzweifelt auf. Seine Arme waren so leer wie sein Herz und auch das Wissen um Ilumynhis Heimkehr vermochte ihn nicht zu trösten. Seine große Liebe war gegangen und alles, was ihm blieb, war die kleine Piluhiflöte.

Als die Flammen Caira-Dan verlassen hatten und ihr Licht mit dem der Sterne verschmolz, ergriff Naemy Tabors Hand und seufzte tief. »Sie ist frei!«, sagte sie mitfühlend. »Was uns bleibt, ist die Erinnerung. Solange wir sie in unserem Herzen tragen, sind jene, die gegangen sind, nicht wirklich tot.« Plötzlich packte Naemy ihren Sohn am Arm und ihre Stimme wurde hart. »Bei der Göttin, ich schwöre, dass ihr Tod nicht ungesühnt bleibt. Ich werde nicht eher ruhen, bis den feigen Mörder unserer Brüder und Schwestern sein gerechtes Schicksal ereilt.«

DRITTES BUCH
Tun-Amrad

 »Du kommst spät!« Die Stimme das Abners klang freundlich, doch die Ungeduld war aus seinen Worten deutlich herauszuhören. Sayen, der den Ratssaal soeben betreten hatte, sah sich um. Die Priesterinnenmutter, Jukkon und zwei ranghohe Krieger hatten bereits an dem großen Tisch Platz genommen und blickten ihm aufmerksam entgegen. »Es tut mir Leid«, sagte er verlegen und deutete eine Verbeugung an. »Aber ich fand wichtige Hinweise, denen ich nachgehen musste.«

»Nun gut.« Der Abner räusperte sich und deutete auf den freien Stuhl zu seiner Rechten. »Wir wollten gerade beginnen. Setz dich doch!«

Sayen schloss die Tür und tat, wie ihm geheißen. Der Abner wartete, bis der Seher die Pergamente, die er unter dem Arm trug, vor sich auf dem Tisch geordnet hatte, dann erhob er sich. »Da wir nun alle versammelt sind, sehe ich keinen Grund, noch länger zu warten. Ich schlage vor, dass wir nacheinander unsere Berichte vortragen und anschließend über die Ergebnisse beraten. Zuvor möchte ich aber noch kurz Enron, den Hauptmann der Wache, und Liam, der für die Ausbildung der neuen Rekruten zuständig ist, in dieser Runde begrüßen.« Er nickte den beiden zu, die sich kurz erhoben und die Begrüßung erwiderten. »Angesichts der knappen Zeit hielt ich es für dringend erforderlich, dass sie bei dieser Beratung anwesend sind. Beide wurden von mir bereits über den Ernst der Lage in Kenntnis gesetzt. Falls einer von euch noch eine Frage hat, möge er sprechen.« Er warf einen fragenden Blick in die Runde.

Alles schwieg.

»Dann schlage ich vor, dass Sayen beginnt.« Der Abner setzte sich und lehnte sich auf seinem Stuhl zurück.

»Danke!« Der Meisterseher ließ den Blick über die Gesichter der Anwesenden schweifen. »Ich habe den ganzen Nachmittag lang die alten Schriften in der *Geheimen Kammer* studiert und bin dabei auf bemerkenswerte Neuigkeiten gestoßen, die uns vielleicht weiterhelfen.« Er entrollte eines der Pergamente, auf denen er seine Notizen festgehalten hatte. »Einen wichtigen Hinweis – vielleicht sogar den wichtigsten – fand ich in den Aufzeichnungen einer Schlacht, die stattfand, lange bevor die Menschen in dieses Land kamen. Die Aufzeichnungen wurden vor vierhundert Sommern nach einer mündlich überlieferten Elfenlegende niedergeschrieben. Ich habe die Hinweise, die ich in der Legende fand, überprüft und kann mit Gewissheit sagen, dass sich das meiste so zutrug, wie es geschildert wird.« Er räusperte sich und fuhr mit dem Finger über das Pergament, als suche er nach etwas Bestimmten. »Ah, hier ist es«, murmelte er und sein Gesicht hellte sich auf. »Die Legende beschreibt, wie der Elfenkönig Gwiddan-Sh-e-Nat und sein Volk sich in einem aussichtslosen Kampf gegen ein magisch-dämonisches Wesen wehren, das Syhfandil – *Feuertod* – genannt wird und ein Heer monströser Krieger gegen die Elfen anführt. Der Verlauf der Schlacht tut nichts zur Sache, doch die beiden Waffen, die der Elfenkönig einsetzte und die letztendlich zum Sieg der Elfen und zur Vernichtung des Dämonenheeres führten, halte ich für höchst bedeutsam. Das sind zum einen Waffen aus einem Metall, das in der Legende als Sternenebulit bezeichnet wird, und zum anderen ein geheimnisvolles Pulver, das aus den Krallen von Riesenalpen gewonnen wird ... «

»Aber außer den drei Riesenalpen, die die Nebelelfe Naemy großgezogen hat, sind diese Riesenvögel doch ausgestorben«, warf Jukkon ein.

»Auf ein Wort!« Der Meisterseher hob beschwichtigend die Hand. »Ich gebe zu, das war auch mein erster Gedanke, doch wie ich schon sagte: Ich habe mich sehr ausführlich mit der Legende beschäftigt. Die Hinweise, die ich fand, möchte ich euch nicht vorenthalten ... « Es folgte ein kurzer Bericht, dem alle schweigend lauschten. Jukkons skeptische Miene verriet, was er von Sayens Entdeckungen hielt, doch er unterbrach die Ausführungen das Meistersehers nicht mehr.

»Ein Riesenalpfriedhof westlich des Ylmazur-Gebirges?« Der Abner runzelte die Stirn. Was Sayen gerade mit glühendem Eifer vorgetragen hatte, erschien ihm unmöglich und er konnte sich nur schwer vorstellen, wie ihnen das weiterhelfen sollte. »... und Waffen aus Sternenebulit!« Jukkon schüttelte den Kopf. »Selbst wenn es dieses sagenhafte Metall irgendwo in Thale noch gibt, so haben wir doch gerade gehört, dass es viele Sommer braucht, um daraus eine Waffe zu schmieden. Und so viel Zeit haben wir nicht!«

»Ich dachte auch nicht daran, neue Waffen zu schmieden«, gab Sayen zu. »Aber vielleicht sind die Nebelelfen noch im Besitz solcher Waffen. Wir sollten sie zumindest …«

»Ich bin sicher, dass sie diese dann schon vor zweihundertfünfzig Sommern in der Schlacht um Nimrod eingesetzt hätten«, warf die Priesterinnenmutter ein. Auch ihr war deutlich anzusehen, dass sie große Zweifel an dem Nutzen von Sayens Entdeckungen hegte. »Ich fürchte, auf solche Waffen können wir nicht zurückgreifen.«

»Aber das Pulver aus Riesenalpkrallen verwendeten die Nebelelfen auch noch viele Generationen später«, erklärte Sayen, der ein wenig enttäuscht war, dass die anderen seine Begeisterung nicht teilten. »Ich habe in verschiedenen Aufzeichnungen Hinweise auf dieses Pulver gefunden. Wenn die Elfen noch etwas davon besäßen, wäre das eine mächtige Waffe gegen dunkle Magie.«

»Wenn!« Jukkon machte keine Hehl daraus, dass er nicht viel von Sayens Vorschlägen hielt. »Hatten wir uns nicht darauf verständigt, uns nicht allzu sehr auf die Hilfe der Elfen zu verlassen, da wir uns ihrer Verbundenheit nicht sicher sind?«, fragte er. Sayen sprang auf und setzte zu einer heftigen Antwort an, doch der Abner kam ihm zuvor und hob beschwichtigend die Hände. »Jukkons Einwand ist berechtigt«, erklärte er. »Wir müssen uns in erster Linie auf unsere eigenen Möglichkeiten zur Verteidigung verlassen. Solch ein magisches Pulver aus Riesenalpkrallen mag einst eine mächtige Waffe gewesen sein, heute aber besitzen wir kein solches Pulver und es gibt auch keine Riesenalpe mehr, von denen es gewonnen werden könnte. Zum anderen ist …«

»Aber der Riesenalpfriedhof!«, warf Sayen ein.

»Der Riesenalpfriedhof – wenn es den überhaupt gibt – soll sich, soweit ich es verstanden habe, westlich des Ylmazur-Gebirges in der Nähe des Himmelsturms befinden«, wiederholte der Abner. »Westlich! Damit ist er für uns unerreichbar. Die Berge, allen voran der Himmelsturm, ragen viele tausend Längen in den Himmel. Noch nie ist es einem Menschen gelungen, die schneebedeckten schroffen Gipfel zu überwinden. Niemand weiß, was sich westlich der Berge befindet.« Er seufzte matt. »Ich werde Naemy nach dem Pulver und den Waffen fragen, sobald sie mit Kiany zurückkehrt. Den Rest des Abends sollten wir uns aber mit Vorschlägen beschäftigen, die von uns zu bewältigen sind.«

»Wie Ihr wünscht!« Sayen nickte. Er war enttäuscht, bemühte sich aber, es sich nicht anmerken zu lassen, und entrollte rasch ein weiteres Pergament. »Über die damals gebräuchliche Art der Verteidigung einer belagerten Festung habe ich Folgendes in Erfahrung gebracht ... «

Die Nacht war schon weit fortgeschritten, als Tabor, Naemy und Lya-Numi den Hügel hinaufstiegen, auf dem Kiany mit den beiden Riesenalpen auf sie wartete. Schon von weitem erkannten sie, dass die Vögel das Mädchen schützend in ihre Mitte genommen hatten, wo es, in warme Steppenbüffelfelle gehüllt, in leichten Schlaf gefallen war.

Oben angekommen, ließ sich Lya-Numi seufzend in das weiche Gras sinken. Ihr Blick wanderte zurück zu dem wallenden Nebel, der sein weißes Tuch über Caira-Dan und die Sümpfe von Numark gebreitet hatte.

Jeder Muskel ihres Körpers schmerzte. Sie fühlte sich kraftlos und so unendlich müde, dass sie dem leisen Gespräch der anderen nicht folgen konnte. Nie zuvor hatte sie eine so große Magie beschworen wie an diesem Abend. Doch obwohl sie sich ausgebrannt und leer fühlte, war ihr Herz voller Freude. Es war ihr gelungen, das Ritual der Heimkehr für ihre toten Brüder und Schwestern zu vollziehen. Das allein zählte. Sie hätte es nicht ertragen, die Seelen ihrer Freunde in den Körpern gefangen zu wissen, den Aasfressern der Sümpfe schutzlos ausgeliefert. Der Gedanke, sie könnten nicht in die ewigen Gärten des Lebens zurückkehren, war ihr unerträglich gewesen. Deshalb klagte sie nicht. Sie hatte gewusst, dass ein Teil ihrer Lebensenergie gemeinsam mit ihren Brüdern und

Schwestern zu den Sternen aufsteigen würde, und billigend in Kauf genommen, dass sich ihre Lebensspanne durch diesen mächtigen Zauber um viele Sommer verkürzte. Auch Elfenmagie hatte ihren Preis. Er war nicht so hoch wie bei jenen, die der dunklen Seite dienten, und für gewöhnlich ließ sich die verlorene Energie durch tiefe Meditation zurückgewinnen, doch diesmal war es anders.

Diesmal war der Verlust endgültig. Lya-Numi spürte es. Zum ersten Mal in ihrem langen Leben machte sich ihr hohes Alter nachdrücklich bemerkbar. Die schmerzliche Trauer um ihre Freunde flüsterte ihr zu, wie angenehm es wäre, allen Kummer abzustreifen und ihrem Volk in die ewigen Gärten des Lebens zu folgen.

Sehnsüchtig hob sie den Blick zu den Sternen. Hier oben auf dem Hügel war die Luft klar und die zahllosen Himmelslichter über ihr strahlten und funkelten wie leuchtende Kristalle auf einer samtenen Decke.

»*Ese tai ne is she sahil* – Es ist noch nicht so weit!« Die Worte formten sich wie von selbst in ihren Gedanken und hinterließen ein so heftiges Gefühl der Enttäuschung, dass Lya-Numi erschrak. Wie konnte sie sich nur so hinreißen lassen? Es war nicht richtig, den Tod herbeizusehnen. Was hatte sie doch auf dem Weg zum Hügel zu Tabor gesagt, der nach dem Tod seiner großen Liebe keinen Sinn im Leben sah? »Das Leben ist das größte Geschenk, das die Gütige Göttin zu geben hat. Sie gibt es und sie nimmt es, wie es der große Plan des Lebens erfordert. Auch wenn es uns manchmal grausam und ungerecht erscheint, so dient doch alles einem höheren Ziel und wir, die weiterleben, müssen uns den Aufgaben stellen, die der Plan für uns vorgesehen hat.« Das waren ihre Worte gewesen – und jetzt gab sie sich selbst solchen Gedanken hin.

Lya-Numi ballte die Fäuste. Sie musste sich zusammenreißen. Trauer und Verzweiflung waren Gefühle, die nur allzu leicht den dunklen Mächten zuspielten und finsteren Machenschaften den Weg bereiteten. Das durfte sie nicht zulassen. Ihre Zeit würde kommen, wie sie für jede Elfe kam, doch bis dahin würde sie der Göttin so dienen, wie sie es einst bei der Weihe geschworen hatte.

»*Sheehan?*«

»*Ja?*«

»*Was siehst du?*«

Sheehan? Lya-Numi erstarrte. Ihr Verstand weigerte sich, die Bedeutung der wenigen Worte anzunehmen, die ihre Gedanken streiften, doch ihr Herz tat vor Freude einen Sprung. Es gab also doch Überlebende! In der bangen Hoffnung, sich nicht getäuscht zu haben, lauschte sie atemlos in sich hinein. Und wirklich:

»*Sie sind fort!*«, hörte sie eine Stimme sagen, die ihr nur allzu bekannt vorkam.

»*Fort?*«, fragte eine andere, noch sehr junge Stimme.

»*Ja! Ich bin schon fast an der Feuerstelle angelangt. Hier liegen nur Quarlin-Kadaver.*«

»Naemy!« Lya-Numis Stimme zitterte vor Aufregung. Hastig winkten sie Naemy herbei, die gerade mit Tabor und Kiany sprach.

»Was gibt es?« Mit raschen Schritten eilte Naemy herbei und setzte sich neben der Elfenpriesterin ins Gras.

»Hörst du es auch?« Ein wenig fürchtete Lya-Numi noch immer, die erschöpften Sinne würden ihr einen grausamen Streich spielen. Während sie die Hände an die Schläfen legte und die Augen schloss, forderte sie Naemy auf, ebenfalls in die Sphäre hineinzuhorchen. Naemy nickte, schloss die Augen und lauschte.

»Dann hatten die Kinder also Recht!«

Naemy riss überrascht die Augen auf, sagte aber nichts.

»Ja! Jemand hat sie heimkehren lassen.«

»Sheehan!«, flüsterte Naemy und ihre Augen glänzten plötzlich vor Freude.

»Dann gibt es doch noch weitere Überlebende«, hörte sie die unbekannte junge Stimme sagen. »Und wir dachten, die Gedankenrufe seien eine Falle.«

»Sheehan!« Naemy hielt es nicht länger aus. Vor Freude darüber, dass andere Angehörige ihres Volkes auch noch am Leben waren, vergaß sie alle Vorsicht. »Sheehan, ich bin es, Naemy!«

»Naemy? Bei der Göttin, du lebst!« Sheehans Stimme schwankte. »Wo bist du, wer ist noch bei dir?« Die Hoffnung, noch weitere Elfen lebend wieder zu sehen, schwang in seinen Worten mit, doch

Naemy musste ihn enttäuschen. »Wir sind nur zu viert. Tabor, Lya-Numi und ich sowie ein Mädchen aus Nimrod.« Sie zögerte, weil sie Sheehans Ernüchterung spürte. »Es tut mir Leid«, sagte sie bedauernd und fragte dann: »Wer ist bei dir?«

»Ilunha, Afahnil und ein halbes Dutzend Kinder. Die beiden Elfenmädchen hatten sich bereit erklärt, auf die Kleinen aufzupassen, die zu müde waren, um an den Feierlichkeiten teilzunehmen. Als der Angriff begann, bin ich sofort zu ihnen gelaufen, um sie und die Kinder zu beschützen.« Er stockte. Naemy spürte, wie tief ihn die Erinnerung an die vergangene Nacht berührte. »Wir hatten großes Glück«, fuhr er schließlich fort. »Die Quarline starben, bevor sie die schlafenden Kinder entdeckten. Ich glaube, sonst ...« Er verstummte.

»Ein Dutzend!«, murmelte Lya-Numi matt. »Sechs Erwachsene und sechs Kinder. Das ist alles, was von dem stolzen Volk der Nebelelfen übrig geblieben ist.« Sie hob den Kopf und wandte sich an Naemy. »Die Kinder haben ihre Eltern verloren«, sagte sie. »Wir können uns nicht um sie kümmern. Was soll bloß mit ihnen geschehen?«

»Es gibt nur eine Möglichkeit«, erwiderte Naemy. »Die Kinder müssen nach Nimrod. Zu den Priesterinnen der Gütigen Göttin. Dort wird man sich um sie kümmern.«

»Zu den Menschen?«, fragte Lya-Numi bestürzt.

»Ich fürchte, wir haben keine andere Wahl«, erklärte Naemy. »Solange die Bedrohung nicht abgewendet ist, sind sie nirgends sicher. Wir kennen die Pläne der finsteren Mächte nicht und müssen mit dem Schlimmsten rechnen.« Sie drehte sich um und wandte sich an Kiany, die bei ihrer Ankunft erwacht war und von Tabor leise über die Ereignisse in Caira-Dan unterrichtet wurde. »Was denkst du, Kiany? Nähme sich die Priesterinnenmutter eines halben Dutzends verwaister Elfenkinder an?«

Die Antwort fiel Kiany leicht. »Die Priesterinnen stehen im Dienst der Gütigen Göttin«, erwiderte sie, indem sie eines der fünf heiligen Gebote der Priesterinnen zitierte. »Wer bei ihnen Schutz sucht und reinen Herzens ist, bekommt ihn auch gewährt.«

»Naemy!«, meldete sich Sheehan wieder in den Gedanken der Elfe. »Ich bin am Versammlungsplatz. Ich wollte die Lage erkunden, weil eines der Kinder glaubt, am Himmel viele Lichter gesehen zu haben. Aber hier liegen keine Toten. Ich sehen nur die Kadaver der Quarline. Weißt du, was ...?«

»Lya-Numi hat die Seelen unserer Brüder und Schwestern heimkehren lassen«, erklärte Naemy.

»Oh, das ... das ist eine großartige Leistung«, erwiderte Sheehan ergriffen. »Ich hätte nie gedacht, dass es für so viele ... Danke, Lya-Numi.« Es folgte eine kurzer Moment des Schweigens, dann fragte er: »Wo seid ihr?«

»Auf dem Hügel, von dem die Riesenalpe immer aufsteigen«, erwiderte Naemy. »Zahir und Leilith sind bei uns und ...«

»... Chantu wird jeden Augenblick hier sein«, ergänzte Zahir.

»Gut. Wir kommen zu euch«, sagte Sheehan. »Ich sage Ilunha und Afahnil Bescheid, dann machen wir uns mit den Kindern auf den Weg.« Die Verbindung zu dem Elfenkrieger brach ab. Naemy blickte Lya-Numi entschlossen an. »Die Kinder müssen zu den Menschen«, wiederholte sie noch einmal.

»Aber Nimrod wird gewiss angegriffen werden«, wandte die Elfenpriesterin ein. »Dort sind sie nicht sicher.«

»Wenn der Angriff beginnt, sind sie nirgends sicher«, erwiderte Naemy. »Die Mauern der Festungsstadt sind dick und haben schon so manchem Ansturm standgehalten. Es gibt keine bessere Zuflucht für sie als bei den Priesterinnen der Gütigen Göttin.«

»Du willst mit den Kindern doch nicht etwa durch die Zwischenwelt reisen?«, fragte Lya-Numi besorgt.

»Nein, Chantu und Leilith sollen sie nach Nimrod bringen«, erklärte Naemy. »Chantu ist erfahren genug, um auch ohne mich nach Nimrod zu fliegen, und Tabor kennt den Weg. Wir müssen nur noch Geschirr und Gurte für die Kinder anfertigen. Wenn Tabor mit Afanhil und Sheehan mit Ilunha immer drei Kinder in ihre Mitte nehmen, dürfte es zu schaffen sein.«

»Und du, Mutter?« Tabor, der die ganze Zeit geschwiegen hatte, runzelte die Stirn. »Was hast du vor?«

»Ich werde mit Kiany und Lya-Numi nach Norden fliegen. Dort . . . «, begann Naemy.

»Mutter, das . . . «, fiel Tabor ihr ins Wort, doch Lya-Numi kam ihm zuvor. »Ich fliege weder nach Norden noch sonst wohin!«, erklärte sie mit Nachdruck.

»Warum nicht?« Naemy sah die Elfenpriesterin bestürzt an.

»Mein Platz ist hier. Ich bin verletzt und habe nicht die Kraft zu kämpfen.« Lya-Numi ergriff Naemys Hand. »Ich habe mehr Sommer gesehen als du und Tabor zusammen und werde alt, Naemy. Die Strapazen der Heimkehrzeremonie haben mich erschöpft. Ich brauche Ruhe und Zeit zur Meditation.« Und Zeit, in den alten Schriften des Palastes ungestört nach Hinweisen zu suchen, fügte sie in Gedanken hinzu.

»Aber du bist hier ganz allein!«, wandte Naemy ein.

»Ich werde mich schon zu wehren wissen.«

»Mit einem gebrochenen Bein?«

»Naemy!« Ein dünnes Lächeln huschte über Lya-Numis Gesicht. »Deine Sorge rührt mich, doch sie ist unbegründet. Ich gehöre hierher. Caira-Dan ist meine Heimat. Ich werde hier bleiben und nichts kann mich davon abbringen.«

»Aber das ist . . . «

»Lass es gut sein.« Tabor legte seiner Mutter beschwichtigend die Hand auf die Schulter. »Sie weiß ganz genau, was sie tut.« Er nickte Lya-Numi zu und die Elfenpriestern schenkte ihm ein dankbares Lächeln.

»Gut, dann fliegen Kiany und ich eben allein!« Naemy erhob sich seufzend. Ihr verkniffener Gesichtsausdruck zeigte, dass sie diese Entscheidung nicht billigte, doch sie spürte, dass selbst ein Streit Lya-Numi nicht umstimmen würde. »Wirst du die Kinder nach Nimrod bringen?«, fragte sie Tabor in einem Ton, als rechne sie auch bei ihrem Sohn mit Widerspruch.

»Sie sind die Zukunft«, erklärte Tabor entschlossen. »Wir müssen alles tun, um sie zu schützen. Du kannst dich auf mich verlassen, Mutter.«

Banor schonte sein Pferd nicht.

Obwohl er inzwischen wusste, dass man ihn in Nimrod erwartete, hatte er sich unverzüglich auf den Weg zur Grenzgarnison gemacht, um die Truppen des Landes von dem Einfall der Cha-Gurr-line zu unterrichten. Kiany musste noch ein wenig warten. Er konnte das Mädchen ohnehin nicht nach Hause bringen. Für den Gesandten des Graslandes war es nur noch eine Frage der Zeit, bis das Heer der schwarzen Krieger ihr Heimatdorf überrannte, und er befürchtete, dass es danach keinen Ort mehr gab, wohin sie zurückkehren konnte.

Banor rechnete es dem Schmied Dulcan hoch an, dass er ihm eines seiner drei Pferde überlassen hatte. Immerhin war das ganze Dorf auf der Flucht und jedes Pferd wurde gebraucht. Der Gesandte des Graslandes schnaubte ärgerlich. Es hatte ihn viel Mühe und Überredungskunst gekostet, den Ältestenrat des Dorfes von der drohenden Gefahr zu überzeugen. Wie zuvor schon sein Freund Dulcan hatten sich auch die starrköpfigen Dorfältesten zunächst darauf berufen, dass keine Warnung aus der Garnison gekommen sei. Sie waren der festen Überzeugung, dass man ihnen bei Gefahr auf jeden Fall Kuriere geschickt hätte, so wie es in den Verträgen der Dörfer mit den Garnisonen vor über hundert Sommern festgelegt worden war.

Dem hatte Banor nichts entgegenzusetzen gehabt, wusste er doch, wie streng der Rat der Fünf darauf achtete, dass das Verhältnis zwischen den Garnisonen und den Grasländern keinen Schaden nahm. Obwohl ein reger Handel zwischen beiden bestand, gab es immer wieder Streitigkeiten um die Steppenbüffel. Die Grasländer waren überzeugt, dass die Krieger unnötig viele der wertvollen Tiere töteten und ihnen damit eine wichtige Nahrungsquelle nahmen. Besonders in jenen Sommern, in denen die Ernte schlecht ausfiel, wurde es ernst und der Streit häufig bis vor den Rat nach Nimrod getragen.

Ein rötliches Schimmern am Horizont riss Banor aus seinen Gedanken. Er lenkte das Pferd auf eine sanfte Anhöhe und spähte angespannt in Richtung des Scheins. Weit entfernt sah er ein flackerndes Leuchten, das nur von einem großen Feuer stammen konnte – die Garnison!

Oh, Göttin, ich komme zu spät!

Angesichts dieser bitteren Erkenntnis gefror Banor das Blut in den Adern. Fluchend erwog er umzukehren, überlegte es sich jedoch anders. Hinter den hölzernen Palisaden der Garnison lebten über zweihundert gut ausgebildete Krieger. Sie konnten doch nicht alle ... Banor weigerte sich, den Gedanken zu Ende zu führen. Stattdessen spornte er sein Pferd mit einem kurzen Tritt in die Flanken an und preschte den Hügel hinab.

Seine Befürchtungen bestätigten sich, lange bevor er die Garnison erreichte. Im spärlichen Mondlicht entdeckte er auf der Ebene eine große Ansammlung dunkler Schatten und lenkte sein Pferd darauf zu. Wenig später fand er die Toten.

Der Mondschein spiegelte sich in blutigen Pfützen und abgetrennte Gliedmaßen zeugten davon, dass hier kein gewöhnlicher Kampf stattgefunden hatte – an die hundert Krieger waren einfach niedergemetzelt worden. Viele von ihnen hatten nicht einmal das Schwert ziehen können, bevor sie der Tod ereilte, und der Ausdruck nackter Angst verzerrte die Gesichter.

Die verendeten Pferde, die zwischen den Kriegern lagen, waren entsetzlich zugerichtet. Einigen waren die Vorderbeine durch einen einzigen kraftvollen Hieb abgetrennt worden, um den Reiter aus dem Sattel zu werfen. Anderen steckten Dutzende gefiederter Pfeile in der Brust. Zwei waren regelrecht geköpft worden.

Banor erschauerte. Wer immer das getan hatte, kannte keine Gnade. Vermutlich waren die Krieger auf dem Weg zur Graslandgarnison gewesen, als der Tod wie ein alles vernichtender Sturm über sie hereingebrochen war. Sie hatten nicht einmal die Gelegenheit gehabt, ihre Abwehr zu formieren. Dass sich nicht ein einziger Angreifer unter den Toten befand, machte deutlich, wie übermächtig der Feind gewesen war und Banor zweifelte nicht daran, wer das Blutbad angerichtet hatte. So kämpften nur Cha-Gurrline!

Seine Hilfe kam zu spät – hier war niemand mehr am Leben. In diesem Augenblick hörte er ein berstendes Krachen und beobachtete, wie sich aus dem fernen Feuerschein eine Funken sprühende Stichflamme erhob. In der Dunkelheit war über die große Entfernung hinweg nicht viel zu erkennen, doch er vermutete, dass einer der vier Wehrtürme brannte und mit lautem Getöse in sich zusammengebrochen war.

Der Gesandte des Graslandes schüttelte betroffen den Kopf. Nach allem, was er gesehen hatte, bezweifelte er, dass in der Garnison noch ein Mensch am Leben war. Wenn die Sonne aufging, würden von der hölzernen Festung nur noch schwelende Trümmer übrig sein.

Plötzlich beschlich ihn das ungute Gefühl, die Cha-Gurrline könnten sich noch in der Nähe aufhalten. Allein und lediglich mit einem Kurzschwert bewaffnet, konnte ihn schon die Begegnung mit einem der schwarzen Krieger das Leben kosten. Schließlich war er Bote und kein Kämpfer. Nicht Heldenmut und Tapferkeit schützten ihn auf seinen Reisen vor Gefahren, sondern Umsicht und Vernunft. So verwarf er den Plan, zur Garnison zu reiten, nahm die Zügel fest in die Hand und ließ sein Pferd wenden. Er hatte genug gesehen. Jetzt konnte er nur noch eines tun: Der Rat in Nimrod musste unverzüglich von der Zerstörung der Garnison unterrichtet werden.

Banors Pferd spürte die Nähe des Todes, tänzelte aufgeregt und schnaubte unruhig. Wie von selbst fiel es in einen gestreckten Galopp, während Banor es nach Süden lenkte – geradewegs auf die Stadt Nimrod zu.

Der Feuerschein brennender Hütten warf unstete Schatten auf das große runde Zelt, das die Cha-Gurrline eilig in der Mitte des Graslanddorfes für Asco-Bahrran und seine Magier errichtet hatten. Aus dem Innern drangen seltsame Geräusche und hin und wieder hörte man drei Magier hinter dem rubinroten Tuch leise miteinander sprechen. Ein spitzer Schrei gellte durch die Nacht, doch er verhallte ungehört in dem ungeheuren Lärm, den die plündernden Krieger veranstalteten.

Auch der Wächter vor dem Eingang des Zeltes kümmerte sich

284

nicht darum, was hinter ihm geschah. Blutiger Geifer tropfte ihm von den gebogenen Hauern, während er ein zuckendes Kaninchen bei lebendigem Leib verspeiste und mürrisch beobachtete, wie seine Kameraden die letzten Vorräte aus den Hütten der Grasländer holten.

Rings um den Brunnen hatte sich ein grölende Menge versammelt, die sich einen Spaß daraus machte, die zurückgelassenen Haustiere der Grasländer bei lebendigem Leib in Stücke zu reißen und zu verzehren.

»Wache!« Der Cha-Gurrlin zuckte zusammen, ließ die Überreste des Kaninchens fallen und wischte sich hastig mit dem Rücken seiner Pranke über das Maul. Dann drehte er sich um, schlug die Zeltplane beiseite und trat ein.

Beißender Gestank schlug ihm entgegen. Er entströmte einer zähen rotbraunen Flüssigkeit, die in einem Topf über einem glühenden Kohlebecken Blasen schlagend köchelte. In der Mitte des Zeltes hing ein gefesselter Grasländer kopfüber von der Decke. Unter ihm auf dem Boden bildete sich eine rote Pfütze, die von den glitzernden Tropfen genährt wurde, die unablässig von seinen Haaren herabtropften. Dem Grasländer war es nicht besser ergangen als den beiden Gefangenen zuvor – er war tot.

»Schaff ihn fort!« Ein Magier in moosgrünem Gewand deutete ungehalten auf den Toten. Der Cha-Gurrlin nickte stumm. Mit seinem Kurzschwert durchschnitt er das Seil, an dem der Grasländer hing, und warf sich den Leichnam über die Schulter. Wie schon die beiden Toten zuvor würde er auch diesen zu den Quarlin-Gehegen bringen. Die getigerten Raubkatzen verschlangen große Mengen an Fleisch und waren ständig hungrig.

»Warte!« Wieder war es der grün gewandete Magier, der zu ihm sprach. »*Ngarr squ Asco-Bahrran dse gruarrt* – Sag Asco-Bahrran, dass wir bereit sind«, erklärte er knapp.

Der Cha-Gurrlin brummte etwas in der Sprache der Krieger und stapfte aus dem Zelt. Er hatte verstanden.

Als Asco-Bahrran das Zelt wenig später betrat, hielten die Magier in ihren Tätigkeiten inne und verneigten sich tief. Doch der Meister hatte es eilig. »Ist alles bereit?«, fragte er, ohne die Begrüßung in irgendeiner Form zu erwidern.

»Wonach Ihr verlangt, befindet sich in der Schale, Meister.« Der Magier im grünen Gewand verbeugte sich erneut und deutete auf das Kohlebecken.

»Gut! Das ist gut.« Das heisere Flüstern des Meisters erinnerte an sprödes Papier. »Geht!« Mit einer knappen Handbewegung entließ er die Magier aus dem Zelt. Als er allein war, zog er eine kleine bronzene Skulptur unter seinem Gewand hervor. Sie war das Abbild eines hässlichen Geschöpfs, das mit seinem gebogenen Schnabel entfernt an einen Vogel erinnerte, wegen der fehlenden Federn und riesigen Augen aber auch ein naher Verwandter der nächtlich jagenden Flughunde hätte sein können.

Asco-Bahrran stellte die Skulptur in unmittelbarer Nähe des Kohlebeckens auf den Tisch und nahm ein langstieliges, löffelähnliches Werkzeug zur Hand. Die winzige Kelle an der Spitze tauchte er kurz in das kochende Blut und führte sie dann direkt über die Skulptur. »*Pado siamel adonus!*«, flüsterte er und ließ einen winzigen Blutstropfen auf den Kopf des Bronzegeschöpfs fallen. »*Eslosi al semura!*« Seine Stimme wurde lauter und ein weiterer Tropfen löste sich von der Kelle. Als die Tropfen die Skulptur berührten, verschwammen ihre Umrisse und die Bronze wurde durchscheinend. Bald sah es so aus, als sei das Metall nur ein Kokon, in dessen Innern ein geheimnisvolles Lebewesen begierig darauf wartete, endlich schlüpfen zu können. »*Nosua sendora etum!*«

Der dritte Tropfen brachte den Kokon zum Bersten und setzte ein winziges braunes Wesen frei, das zeternd und flügelschlagend über den Tisch flatterte. Immer wieder hackte es mit seinem krummen roten Schnabel in die Tischplatte und knabberte hungrig an allem, was sich in der Nähe befand. Asco-Bahrran ergriff es bei den Flügeln und setzte es, ohne auf den kreischenden Protest zu achten, an den Rand der metallenen Schale, die in einem Dreifuß über dem Kohlebecken stand. Die enorme Hitze schien dem Wesen nichts anzuhaben. Gierig trank es das kochende Blut. Und es wuchs. Die faltige Haut glättete sich und dicke, borstige Haare sprossen daraus hervor. Längst hatte es die Größe eines Feldgraulings überschritten und wuchs weiter. Als es so groß war wie ein Eichhörnchen, hüpfte es auf den Tisch zurück und setzte sich.

Asco-Bahrran drückte dem Wesen einen kleinen Lederbeutel in die Krallen und hob es hoch. Das Wesen fiepte erschrocken, versuchte aber nicht zu fliehen. »Bring mir eine Wolke«, befahl Asco-Bahrran und gab das Wesen frei. Mit einer einzigen kräftigen Bewegung schleuderte er es in die Luft und es verschwand kreischend durch den Rauchabzug des Zeltes.

Der Magier sah ihm nicht nach. Niedere Geschöpfe wie der Bulsak, den er soeben nach vielen hundert Sommern wieder zum Leben erweckt hatte, waren leicht gefügig zu machen. Ihre Furcht machte sie zu ergebenen Dienern. Asco-Bahrran hegte keinen Zweifel daran, dass der Bulsak seine Aufgabe erfüllen würde.

In ein Quadrat am Boden, das von Gras und Steinen befreit worden war, zeichnete er gewissenhaft mit Blut ein spiralförmiges Muster und versah die Ränder mit magischen Schriftzeichen.

Er hatte das Muster soeben beendet, als der Bulsak zurückkehrte. Das borstige Geschöpf landete auf der Tischplatte und schnatterte zufrieden. In den Krallen hielt es den Lederbeutel, der so aufgebläht war, dass er zu platzen drohte. Wasser tropfte heraus und lief in einem kleinen Rinnsal über den Tisch. »Gut gemacht!«, murmelte Asco-Bahrran. Mit sicheren Strichen setzte er die letzten Schriftzeichen an das Muster und nahm den prall gefüllten Lederbeutel zur Hand. Er musste den Zauber vollenden, noch bevor sich die winzige Wolke in dem Beutel zur Gänze in Wasser auflöste.

Blut und Wasser, Wolken und Wind. Schon einmal hatte er einen mächtigen Elemente-Zauber gewirkt, damals, als er der Auserwählten am Himmelsturm gegenübergetreten war, um den Stab der Göttin an sich zu bringen. Die Gütige Göttin! Asco-Bahrran schnaubte wütend. Für einen Moment bedauerte er, dass er für das magische Muster kein reineres Blut zur Verfügung hatte, doch es hatte keine Jungfrauen unter den Gefangenen gegeben. Das Blut der drei Gasländer musste genügen.

Aber wie auch immer – niemand in Thale wusste von seinen Plänen, und wenn man es bemerkte, wäre es längst zu spät. Ein heiseres Krächzen, das einmal ein Lachen gewesen sein mochte, drang aus den Nebeln unter der Kapuze, als Asco-Bahrran den Lederbeutel freigab und in die Mitte des spiralförmigen Musters schweben ließ. Die Schnüre öffneten sich wie von Geisterhand und eine winzige hellgraue Wolke entfloh ihrem Gefängnis. Rastlos schwebte sie einmal hierhin, einmal dorthin, als suche sie nach einem Ausweg. Doch die Magie hielt sie gefangen und erlaubte ihr nicht, den äußeren Ring der Spirale zu überschreiten.

Asco-Bahrran hob die Hände und sprach leise eine Beschwörung, welche die blutigen Linien am Boden zum Glühen brachte. Das rote Leuchten stieg wie eine Säule empor, hüllte die Wolke ein und strömte durch den Rauchabzug zum Himmel hinauf. Rote Blitze zuckten im Innern der Wolke. Ihre Farbe wechselte von Hellgrau zu Tiefschwarz. Sie dehnte und streckte sich, türmte sich brodelnd immer höher auf, bis sie schließlich wie eine gewaltige schwarze Rauchsäule zum Himmel aufstieg.

»Was ist das, Naemy?« Verwundert deutete Kiany auf eine gewaltige Wolkenwand am Horizont, die sich im milden Licht der Morgensonne rasch vergrößerte.

Noch in der Nacht hatten die beiden Frauen die Sümpfe von Numark auf Zahirs Rücken verlassen, während sich Tabor mit Leilith, Chantu, Sheehan und den überlebenden Elfen auf den Weg nach Nimrod gemacht hatte. Lya-Numi war in Caira-Dan zurückgeblieben.

»Vielleicht ein Gewitter?« Die Stimme der Nebelelfe klang betont gelassen. Sie beobachtete das seltsame Wolkengebilde schon eine ganze Weile voller Sorge. Mit ihren Elfensinnen spürte sie die

Magie, die die Wolken zum Quellen brachte und ahnte, dass es alles andere als gewöhnliche Gewitterwolken waren. Was dort am Himmel brodelte, war das Werk Asco-Bahrrans, da war sie sich ganz sicher. Aber noch fehlten ihr die Beweise. Die Erkenntnis, dass der Feind schon so nahe war, erschütterte sie zutiefst, doch das behielt sie lieber für sich, um Kiany nicht zu beunruhigen.

»Gewitter türmen sich niemals so mächtig auf«, berichtigte Zahir Naemys Aussage in Gedanken.

»Das weiß ich, aber ich möchte nicht, dass Kiany sich fürchtet«, erwiderte Naemy mittels Gedankensprache.

»Denkst du, sie weiß nicht, wie eine Gewitterwolke aussieht?«, fragte Zahir zweifelnd. »Sie kommt aus dem Grasland, da ... «

»Ich werde sie so lange beruhigen wie nur möglich«, unterbrach ihn Naemy. »Es ist besser für sie, wenn sie sich nicht so viele Sorgen macht. Wer weiß, was uns noch erwartet. Außerdem gibt sie sich doch mit meiner Erklärung zufrieden und ... «

»Gewitter türmen sich aber nicht so auf«, sagte Kiany in diesem Augenblick, worauf Naemy in Gedanken eine spöttische Bemerkung von Zahir auffing. »Das muss ein ganz besonders heftiger Sturm werden«, vermutete Kiany. Besorgt drehte sie sich zu Naemy um, die hinter ihr saß und die Arme um die Taille des Mädchens geschlungen hatte. »Fliegen wir dorthin?«

»Wir müssen.« Naemy gab es auf, Kiany etwas vorzumachen. Sie hatte bisher nur erzählt, dass sie gemeinsam nach Norden fliegen wollten, aber verschwiegen, warum sie das taten.

Lya-Numi hatte sich zwar Kianys Visionen angehört, doch nach der anstrengenden Heimkehrzeremonie fehlte ihr die Kraft, sie deuten zu können. Deshalb suchte Naemy nach Beweisen, um die Botschaft der Visionen richtig zu verstehen.

Nach Norden, hatte die Stimme in einer der Visionen gesagt. Das war einer der wenigen klaren Hinweise und deshalb flogen sie jetzt nach Norden – der düsteren Wolkenwand entgegen.

»Bringst du mich nach Hause?«, fragte Kiany in einem Ton, als hätte Naemy sie hintergangen.

»Nach Hause? Aber nein! Ich habe der Priesterinnenmutter

doch versprochen, dich nach Nimrod zurückzubringen.« Naemy drückte Kiany beruhigend an sich. »Wie kommst du darauf? Wir wollen uns hier nur ein wenig umsehen, bevor ich dich zurück in die Festungsstadt bringe.«

»Aber ich kenne das Land da unten«, erwiderte Kiany. »Ich sah es in einer Vision – als ich auf dem Riesenalp flog. Es war die gleiche Landschaft. Zahirs Schatten glitt so wie jetzt über den Wald. Bald erreichen wir das Grasland, nicht wahr? Und dann fliegen wir auf mein Heimatdorf zu.«

»Ich kenne dein Heimatdorf nicht«, gestand Naemy. »Ich gebe zu, dass ich auch kein richtiges Ziel hatte, als wir losflogen. Es ist, wie ich schon sagte: Wir wollen uns nur ein wenig im Norden Thales umsehen.«

»Du willst dorthin, nicht wahr?« Kiany deutete auf die hoch aufgetürmten Wolken. Der Anblick der brodelnden dunklen Masse machte ihr Angst. Etwas schien darin zu lauern, eine finstere alte Macht, die nur darauf wartete, das Land zu verschlingen. Sie wollte den Blick abwenden, doch ihr Körper gehorchte ihr plötzlich nicht mehr. Gebannt starrte sie in die wirbelnde Düsternis und …

… sah, wie sich aus den brodelnden Wolken die Phalanx eines gewaltigen Heeres formte. Der stampfende Rhythmus schwerer Schritte nahm Kiany gefangen und ihr Herz schlug im Takt der marschierenden Krieger.

Cha-Gurrline! Der Anblick nahm ihr fast den Atem.

Obwohl Kiany die hünenhaften schwarzen Krieger bisher nur auf Abbildungen gesehen hatte, erkannte sie sie sofort.

Der Strom der Krieger nahm kein Ende. Reihe um Reihe löste sich aus der düsteren Wolkenwand und folgte den vorauseilenden Kameraden nach Süden. Dahinter glomm in der Schwärze ein rubinrotes Augenpaar. Kiany erstarrte. Sie kannte diesen Blick. In der Nacht auf dem Turm hatte sie die glühenden Augen schon einmal gesehen. Doch diesmal erschien keine hässliche Fratze. Eine weite Kapuze, die zu einem langen Umhang gehörte, verhüllte alles, was sich um die Augen herum befand. Die Gestalt schien Kianys Blick zu spüren. Das Glühen der Augen verstärkte sich. Sie wurden immer größer, bis

sie schließlich den gesamten Himmel über den vorrückenden Krie-
gern einnahmen. Eine unwiderstehliche Macht zerrte an Kiany und
versuchte ihr Bewusstsein einzunehmen. »Nein!« Ihre Stimme war
nicht mehr als ein Flüstern. Panik stieg in ihr auf, doch sie hatte nicht
die Kraft, sich dem hypnotischen Blick zu entziehen, und fühlte, wie
sie unaufhaltsam immer weiter auf das Augenpaar zuglitt.

»Kiany?« Jemand berührte sie sanft an der Schulter. »Kiany, was ist? Hast du eine Vision? Was siehst du?« Die Worte erreichten sie wie durch einen dichten Nebel. Sie wollte antworten, doch die Anstrengung ging über ihre Kräfte. »Krieger«, presste sie schließlich hervor. »Hunderte!« Sie erschauerte. »Naemy, die Augen!«, rief sie plötzlich. »Nein! ... Naemy! Hilf mir, Naemy!«

Das Glühen erfüllte nun fast den ganzen Himmel.

Ein reißender Schmerz durchzuckte Kiany und fegte die Vision fort. Plötzlich war der Himmel wieder blau und die düstere Wolke hatte ihren Schrecken verloren. »Bei der Göttin, komm zu dir!« Naemy hielt das Mädchen schützend im Arm und strich ihm schuldbewusst über die Wange. »Es tut mir Leid«, sagte sie sanft. »Ich wollte dir nicht wehtun. Aber die Vision hielt dich gefangen und du hattest solche Angst. Ich konnte nicht anders.«

»Schon gut«, murmelte Kiany. »Ich bin dir nicht böse – im Gegenteil.« Sie schluchzte, als sie daran dachte, wie hilflos sie sich gefühlt hatte. »Ich habe dir zu danken«, sagte sie schließlich und schüttelte den Kopf. »So heftig ist es noch nie gewesen. Wenn du nicht ... Ohne dich ...« Sie stockte und schlug die Hände verzweifelt vor das Gesicht.

Naemy nahm Kiany tröstend in die Arme. »Es ist vorbei«, flüsterte sie, wohl wissend, dass dies eine Lüge war. Nichts war vorbei. Die Visionen, die gewaltigen Wolken – ihre toten Brüder und Schwestern. Naemy ballte die Fäuste. Nein, dachte sie bitter. Es ist nicht vorbei – es fängt gerade erst an.

Gegen Mittag erreichten Naemy und Kiany die ersten Ausläufer des Graslandes. Zahir hatte die Wälder mit kraftvollen Flügelschlägen hinter sich gelassen und glitt über die endlose Weite der herbstlichen Steppe.

»Naemy, sieh nur, die Menschen!« Aufgeregt deutete Kiany nach unten. Für einen Moment hatte sie die Sorge vergessen, vielleicht doch nach Hause zu müssen. »Bei der Göttin, es sind so viele! Wohin wollen die alle?«

»Vielleicht nach Nimrod.«

»Aber warum?« Kiany lehnte sich ein wenig zur Seite, um einen besseren Blick auf die endlose Reihe der vielen Gespanne, Kutschen, Lastkarren und einzelnen Reiter zu haben, die sich wie ein dunkles Band über die hügelige Ebene zog. »Wie eilig sie es haben«, wunderte sie sich. »Was wollen sie dort?«

»Sie fliehen, Kiany!« Angesichts der furchtbaren Wirklichkeit war es Naemy unmöglich, das Mädchen weiter anzulügen.

»Aber wovor?« Kiany richtete sich auf und sah die Nebelelfe stirnrunzelnd an. Naemy seufzte. »Vor derselben finsteren Macht, die auch mein Volk vernichtet hat«, erklärte sie voller Ernst. »Vor der dämonischen Gestalt aus deinen Visionen, der Macht, die auch die Sonne da vorn verdunkelt.« Sie spürte, wie Kiany zusammenzuckte und wieder die pechschwarze Wolkenwand betrachtete, die inzwischen zum Greifen nahe vor ihnen lag. »Wirst du hineinfliegen?«, fragte sie.

»Nicht hinein«, erwiderte Naemy. »Inmitten der Wolken sehen wir nichts. Zahir wird sie ganz tief anfliegen. Ich muss herausbekommen, was sich hinter der Wolke verbirgt.«

»Ich will nicht dorthin!«, flüsterte Kiany mit bebender Stimme. »Ich glaube, ich weiß, was sich unter der Wolke verbirgt. In der Vision sah ich ein gewaltiges Heer aus Cha-Gurrlinen-Kriegern und wieder diese Augen …« Sie verstummte.

»Cha-Gurrline?« Naemy runzelte besorgt die Stirn. »Wenn das stimmt, müssen wir umso dringender herausfinden, wie groß das Heer ist. Der Rat der Fünf braucht genaue Angaben, um die Verteidigung Nimrods vorzubereiten.« Sie berührte Kiany aufmunternd an der Schulter. »Du brauchst keine Angst zu haben«, sagte sie sanft. »Auf Zahirs Rücken sind wir sicher. Wenn wir hinter der Wolke tatsächlich auf ein Heer stoßen, werden wir es eine Weile aus der Entfernung beobachten und nach Nimrod zurückkehren.«

Naemy war sich ihrer Sache ganz sicher. »Die Überraschung ist auf unserer Seite«, erklärte sie überzeugt. »Du wirst sehen, noch bevor man uns bemerkt, sind wir schon wieder verschwunden.«

»Ich hoffe, du hast Recht«, meldete sich Zahir in Naemys Gedanken. »Diese Wolken sind alles andere als natürlich. Sie bestehen aus reiner Magie.«

»Das stimmt!« Naemy wusste, dass sie dem Riesenalp nichts vormachen konnte. Ähnlich wie die Nebelelfen verfügten auch die klugen Vögel über sehr feine Sinne. »Fürchtest du dich?«, fragte sie besorgt.

»Es wäre eine Lüge, wenn ich Nein sagen würde«, gab Zahir offen zu. »Aber ich weiß, wie wichtig die Hinweise für euch sind, und werde tun, was du für richtig hältst.«

»Danke, mein Freund.« Naemy sandte einen liebevollen Gedanken an Zahir. Die Selbstlosigkeit des Riesenalps rührte sie und machte ihr wieder einmal klar, wie tief das Band der Freundschaft zwischen ihnen war. »Folge dem Strom der Flüchtenden in entgegengesetzter Richtung«, wies sie Zahir an und ein entschlossener Ausdruck huschte über ihr Gesicht.

In den weiten Ebenen des nördlichen Graslandes herrschte graues Zwielicht. Obwohl sich die Sonne längst über die Gipfel der Valdorberge erhoben hatte, vermochten ihre Strahlen die tiefschwarzen Wolken nicht zu durchdringen, die Asco-Bahrran des Nachts geschaffen hatte.

Im Schutz der düsteren Wolken konnten die Cha-Gurrline ihren Vormarsch nun auch am Tag ungehindert fortsetzen.

»Meister?« Methar zügelte sein Pferd unmittelbar neben der Kutsche Asco-Bahrrans und wartete geduldig, bis der Meister bereit war, ihn anzuhören.

»Was gibt es?« Asco-Bahrran verzichtete darauf, die schweren Vorhänge zur Seite zu schieben.

»Ein Kurier des zweiten Trupps ist soeben angekommen«, meldete Methar. »Er berichtet, dass die erste Graslandgarnison ohne nennenswerte Verluste auf unserer Seite vernichtet wurde. Der

Trupp befindet sich auf dem Weg zur nächsten Garnison weiter im Westen. Über den Erfolg des Angriffs wird Euch der Magier, der den Trupp begleitet, selbst unterrichten.«

»Dieser Narr! Warum hat er das nicht gleich getan?«, polterte Asco-Bahrran los. »Schickt einen Boten! Ich hatte doch ausdrücklich befohlen, dass die Krieger zusammenbleiben sollen. Die erste Garnison mag noch überrascht gewesen sein, aber wir müssen damit rechnen, dass die drei anderen den Angriff erwarten. Wir können es uns nicht leisten, dass sich der Trupp durch solche Fehlentscheidungen verkleinert.«

»Der Kurier hatte nicht nur den Auftrag, Euch eine Nachricht zu überbringen!«, wagte Methar anzumerken.

»So?«

»Er hatte auch zwei Gefangene auf einem Pferd bei sich, die Euch als Medium dienlich sein könnten«, erklärte Methar. »Offensichtlich wusste der Magier genau, dass wir kaum noch Gefangene haben, die ... «

»Die schwächlichen Grasländer taugen als Medium nicht viel mehr als eine Bergziege«, antwortete Asco-Bahrran erbost. »Ich brauche sie nicht.«

»Aber ... «, wandte Methar verwirrt ein. Er konnte sich den plötzlichen Sinneswandel seines Meisters nicht erklären. Noch am Vorabend hatte Asco-Bahrran wie schon sooft erklärt, dass er dringend ein fähiges Medium benötige – und jetzt das. »Meister, ich denke, Ihr ... «, begann er. Doch Asco-Bahrran ließ ihn nicht ausreden. »Ich spüre etwas«, murmelte er. »Ganz nahe. Eine junge Frau, ein Mädchen fast noch. Sie reitet auf einem Riesenalp in Richtung Norden und kommt geradewegs auf uns zu. Die Krieger sollen ihre Bogen bereithalten und in südlicher Richtung nach einem gewaltigen Vogel Ausschau halten. Der Riesenalp ist nicht wichtig, aber das Mädchen auf seinem Rücken verfügt über enorme mentale Fähigkeiten. Ich muss sie haben – lebend.«

3 Als die ersten Sonnenstrahlen Banors Gesicht berührten, gönnte er seinem erschöpften Pferd endlich eine kurze Rast. Der Gesandte des Graslandes hatte schon nicht mehr daran geglaubt, das Ende der düsteren Wolkenwand zu erreichen, die sich im Lauf des Vormittags wie eine schwarze Decke über das Grasland gelegt hatte.

Müde ließ er sich zu Boden sinken, wandte das Gesicht den wärmenden Sonnenstrahlen zu und schloss die Augen. Für eine kurze Weile genoss er die vertrauten Geräusche der Steppe: den Wind, der durch die trockenen Halme strich, und das verhaltene Piepen der kleinen Steppenpfeifer, die mit ihren breiten Schnäbeln die langen Halme der Gräser nach Sämlingen absuchten. Die Luft war mild und trug noch die Erinnerung an den vergangenen Sommer mit sich. Es duftete nach warmer Erde und trockenen Wildkräutern und wenn er die Augen geschlossen hielt, schaffte er es sogar, die finstere Bedrohung hinter den Wolken zu vergessen.

Banor blinzelte und gähnte. Sein Pferd graste ganz in der Nähe und am Himmel zog ein einsamer Falke seine Kreise. Alles war friedlich. Die Wolkenwand war nicht näher gekommen. Wieder musste Banor gähnen. Jetzt, da er zur Ruhe kam, forderten der scharfe Ritt und die durchwachte Nacht nachdrücklich ihren Tribut und Banor beschloss, sich ein wenig auszuruhen. Nicht lange, nur einen kleinen Moment, dann würde er sich wieder auf den Weg machen, um dem Rat der Fünf die Nachricht von dem Einmarsch der Cha-Gurrline und der Vernichtung der Garnison zu überbringen …

»Steh auf, Mann!« Jemand stieß ihn unsanft mit dem Stiefel in die Seite. Banor war sofort hellwach. Mit einer ansatzlosen Bewegung sprang er auf die Beine und griff nach seinem Dolch. Die Waffe fand den Weg in seine Hand wie von selbst und die Klinge blitzte im Sonnenlicht. Er maß sein Gegenüber mit abschätzendem Blick, bereit, sein Leben so teuer wie möglich zu verkaufen – da erkannte er seinen Irrtum.

Der Mann, der mit gezücktem Schwert nicht einmal zwei Armlängen von ihm entfernt stand und das eigene Pferd am Zügel hielt, war kein Feind. Der spitze Helm und das goldene Wolfswappen auf seinem Umhang wiesen ihn eindeutig als Krieger Nimrods aus und das breite Lachen auf dem bärtigen Gesicht verriet, dass Banors Verhalten ihn belustigte. Gleichmütig steckte er sein Schwert zurück in die Scheide und reichte Banor die Hand. »Ich wollte dich nicht erschrecken«, sagte er, aber seinem Tonfall war anzumerken, dass die Worte nicht ganz der Wahrheit entsprachen.

»Das hast du aber.« Banor ließ seinen Dolch sinken und schlug ein. »In Zeiten wie diesen kann einen solch ein Spaß leicht das Leben kosten.«

»In Zeiten wie diesen?« Der Krieger schien nicht recht zu verstehen, was Banor damit sagen wollte. »Du meinst das Unwetter dort?«, fragte er und deutete mit der Hand auf die Wolkenbank, die, wie Banor erschrocken feststellte, schon bedrohlich näher gekommen war.

»Das ist kein Unwetter!«, sagte er grimmig, ging aber nicht weiter darauf ein, sondern fragte: »Bist du allein?«

»Ja, das bin ich.« Der Krieger nickte und deutete auf ein kleines Gehölz ganz in der Nähe. »Gaynon ist mein Name. Ich bin Kundschafter. Eigentlich wollte ich im Schutz der Bäume bleiben, bis das Unwetter abgezogen ist. Doch es scheint sich kaum von der Stelle zu bewegen.«

»Unwetter!« Banor schnaubte verächtlich und trat zu seinem Pferd. »Was tust du so weit im Norden?«

»Ich bin auf der Suche nach einem Trupp Krieger, der auf dem Weg zur Graslandgarnisonen ist. Fast hundert Mann. Alles junge Rekruten, die gerade ihre Ausbildung beendet haben. Sie müssen ganz hier in der Nähe sein. Ich habe eine wichtige Botschaft aus Nimrod bei mir, die ich dem Kommandanten übergeben soll. Hast du sie vielleicht gesehen?«

»O ja, das habe ich!«, sagte Banor bitter. Er war aufgesessen und lenkte sein Pferd dicht an den Kundschafter heran. »Aber ich glaube nicht, dass sie noch eine Verwendung für die Botschaft haben.«

»Nicht?« Der Kundschafter machte ein verdutztes Gesicht.

Hinter seiner Stirn arbeitete es, während er den Sinn der Worte zu verstehen versuchte. »Sie sind tot«, erklärte Banor knapp. »Alle! Nicht nur der Trupp, nach dem du suchst, auch die Graslandgarnison ist vernichtet.« Er drehte sich um und deutete nach Norden. »Da hinten lebt niemand mehr.«

»Tot? Aber wie ...?«

»Es waren Cha-Gurrline«, erklärte Banor. »Ein riesiges Heer ist in das nördliche Grasland eingefallen und ich fürchte, sie werden nicht eher innehalten, bis Nimrod in Trümmern liegt.« Er schüttelte betrübt den Kopf. »Die Garnison liegt in Schutt und Asche. Niemand hat den Angriff überlebt.« Er verstummte und ließ dem Kundschafter Zeit, das ganze schreckliche Ausmaß seiner Worte zu begreifen. Banor sah, wie die Muskeln im Gesicht des jungen Mannes arbeiteten, und nickte mitfühlend. Er konnte gut verstehen, wie das Gehörte auf jemanden wirken mochte, für den ein Angriff durch Wesen wie die Cha-Gurrline bis vor wenigen Augenblicken noch undenkbar gewesen war. »Ich bin auf dem Weg, um dem Rat der Fünf von der Zerstörung der Garnison zu berichten«, erklärte er schließlich und fuhr mit einem Kopfnicken in Richtung Norden fort: »Am besten, du kehrst um und reitest mit mir zurück nach Nimrod. Dort hinten erwartet dich nur der Tod.« Er fasste die Zügel kürzer und lenkte sein Pferd ein paar tänzelnde Schritte nach Süden. »Nun, Gaynon, was ist?«, fragte er. »Kommst du mit?«

Der Kundschafter antwortete nicht. Unschlüssig starrte er in Richtung der Graslandgarnison und auf das vermeintliche Unwetter. Banor spürte, wie er mit sich rang. Für einen Augenblick sah es so aus, als wolle der Kundschafter wirklich ins Grasland reiten. Doch dann schwang auch er sich auf sein Pferd und wendete es. »Ich vertraue dir«, sagte er knapp, schnalzte mit der Zunge und ließ sein Pferd antraben.

»Sie kommen.« Methar hob den Arm, gab den Befehl das Heer anzuhalten und deutete nach Süden. Trotz der großen Entfernung war der massige Körper des Riesenalps vor dem hellen Streifen am Horizont gut zu erkennen. Er flog sehr schnell und kam geradewegs auf sie zu. Ein Irrtum war ausgeschlossen. Es konnte sich nur um denselben riesenhaften Vogel handeln, von dem Asco-Bahrran gesprochen hatte.

Im nächsten Augenblick war er in den unteren Wolkenschichten verschwunden, doch Methar wusste, dass es nur eine Frage der Zeit sein war, bis der Riesenalp aus den Wolken brach und über dem Heer auftauchte.

»*Qulka, qulkara!*« Der Berater Asco-Bahrrans trieb die Cha-Gurrlinen-Krieger, die sich am Rand des Heeres mit ihren gewaltigen Armbrüsten bereitmachten, zur Eile an. Sie hatten nur diese eine Gelegenheit, den großen Vogel vom Himmel zu holen und das Mädchen auf seinem Rücken in ihre Gewalt zu bringen. Wenn die erste Salve nicht richtig gezielt war, würde der Riesenalp die Gefahr erkennen und in den Schutz der Wolken fliehen.

Methar hatte schon oft erlebt, wie andere wegen geringerer Fehler ihr Leben verloren hatten, und wagte nicht daran zu denken, was geschähe, wenn er Asco-Bahrran die Nachricht überbringen müsste, versagt zu haben.

Um zu verhindern, dass der Riesenalp an einer Stelle auftauchte, die die Pfeile nicht erreichen würden, hatte er darauf bestanden, dass sich die Bogenschützen in kleinen Gruppen entlang des Heerwurms postierten.

Gespannt beobachtete Methar, wie die Krieger unmittelbar neben ihm ihre Armbrüste mit drei langen schwarzen Pfeilen bestückten und in Stellung gingen. Der Riesenalp war inzwischen nicht mehr zu sehen, doch Methar wusste, dass es nicht mehr lange dauern würde, bis er auf Pfeilschussweite heran war.

»*Gnarratai!*« Der Befehl setzte sich wie ein Lauffeuer von einer Gruppe zur nächsten fort und die Krieger spannten ihre Waffen. Kein Laut war zu hören, während die Cha-Gurrline zum Himmel hinaufstarrten und auf das Erscheinen des Riesenalps warteten.

Dann ging alles sehr schnell. Unweit der Stelle, an der Methar auf dem Rücken seines Pferdes saß, erklang das Rauschen mächtiger Schwingen. Gleich darauf durchbrach ein gewaltiger Körper die Wolkendecke. Die Schwingen waren weit ausgebreitet, als wolle der große Vogel in niedrigem Gleitflug über das Heer hinwegsegeln, doch dazu kam es nicht.

Methar hörte das sirrende Geräusch, mit dem Dutzende von Armbrüsten gleichzeitig ihre tödlichen Geschosse abfeuerten, und sah, wie sich die ersten Pfeile in den ungeschützten Bauch des Riesenalps bohrten. Er kreischte vor Schmerzen auf und versuchte flügelschlagend an Höhe zu gewinnen, doch ihm fehlte ein rettender Aufwind. Methar hörte eine Frau erschrocken aufschreien und stellte überrascht fest, dass nicht nur eine, sondern zwei Frauen im Nacken des Vogels saßen. Eine von ihnen hatte so helles Haar, dass sie nur eine Elfe sein konnte. Die andere war eine gewöhnliche Sterbliche und sie schien noch sehr jung zu sein. Beide klammerten sich verzweifelt an die Gurte, die den Vogel umspannten, um den Halt nicht zu verlieren.

Doch die Cha-Gurrline waren bestens vorbereitet. Schon traf eine neue gut gezielte Salve schwarzer Pfeile den Vogel und die Spitzen bohrten sich in das helle Bauchgefieder.

Der Riesenalp kreischte vor Schmerz und kam ins Trudeln. Ein Absturz schien unausweichlich und die Cha-Gurrline, die sich in unmittelbarer Nähe befanden, suchten ihr Heil in der Flucht. Im letzten Moment fand der riesige Vogel einen Aufwind, breitete die Flügel aus und glitt schwer verletzt knapp über die Köpfe der Krieger hinweg, die sich erschrocken zu Boden warfen.

Sie entkommen!, schoss es Methar durch den Kopf. Aber so leicht gaben die Bogenschützen nicht auf. Der dritte Pfeilhagel zielte nicht nur auf den Vogel, aus dessen Wunden das Blut auf die Steppe herabtropfte, sondern auch auf die beiden Reiterinnen, die hinter dem breiten Nacken des Riesenalps Schutz suchten. Dieser wehrte die Pfeile mit seinen Flügeln ab, ohne darauf zu achten, dass ihm dies neue Wunden beibrachte.

Wir schaffen es nicht, dachte Methar zornig, doch dann sah er, wie ein Pfeil den Oberschenkel des dunkelhaarigen Mädchens durchbohrte. Methar hörte sie aufschreien und beobachtete, wie sie die Hand Hilfe suchend der Elfe entgegenstreckte. Vergeblich! Der Griff ging ins Leere und sie kippte zur Seite. Der Haltegurt entglitt den Fingern des Mädchens und ihre Füße fanden die Schlaufen des Geschirrs nicht mehr. Ein gellender Schrei hallte über die Steppe, als das Mädchen das Gleichgewicht verlor und aus Schwindel erregender Höhe zu Boden stürzte. Die Elfe auf dem Rücken des Riesenalps schrie entsetzt auf, doch ihre Stimme wurde von dem Kreischen des Riesenalps übertönt, der schwer verletzt einen weiten Bogen flog und in die rettende Dunkelheit der Wolken floh.

Methar sah ihnen nicht nach. Was zählte, war das Mädchen. Mit einem energischen Tritt in die Flanken ließ er sein Pferd antraben und ritt dorthin, wo es zu Boden gefallen war. Er hatte wenig Hoffnung, dass die Dunkelhaarige noch lebte, doch der Meister verlangte nach ihr und er würde sie ihm bringen.

Unter einem verhangenen Himmel, hinter dessen jagenden Wolken sich die Sterne nur flüchtig zeigten, erreichten Tabor und Sheehan die Festungsstadt. Die Kinder saßen sicher in den eilig zusammengeknoteten Haltegurten und hatten den langen Flug trotz anfänglicher Ängste gut überstanden. Schweigend beobachteten sie, wie die majestätischen Türme und Mauern Nimrods unter ihnen dahinzogen. Zwei von ihnen hatten es sich in den Armen der erwachsenen Elfen bequem gemacht und waren eingeschlafen.

Trotz der hereinbrechenden Dämmerung herrschte auf den Straßen und Gassen der Festungsstadt noch immer ein geschäftiges Treiben. Mit den vielen Menschen, die sich schwer bepackt einen Weg durch das Gedränge bahnten, erinnerte Nimrod mehr an einen Ameisenhaufen als an eine Stadt vor der Nachtruhe. An den Festungsmauern war das Durcheinander besonders groß. Erst beim zweiten Hinsehen erkannte Tabor die vielen Gerüste und Aufbauten, auf denen unzählige Steinmetzen und Zimmerleute damit beschäftigt waren, die betagte Mauer zu verstärken.

»Sie bereiten sich auf einen Angriff vor«, hörte er Leilith sagen, antwortete jedoch nicht. Nach allem, was er in Caira-Dan erlebt und gesehen hatte, erschien es ihm fast lächerlich, dass eine gewöhnliche Steinmauer den Angriff jener Mächte abwehren sollte, die sein Volk vernichtet hatten.

Tabor drehte sich um und betrachtete das Mädchen, das in Ilunhas Armen eingeschlafen war. Sogar im Schlaf zeigte ihr Gesicht eine so große Traurigkeit, dass es ihm einen schmerzhaften Stich versetzte. Die Kinder taten ihm Leid. Sie waren Waisen, die in einer einzigen Nacht nicht nur ihre Familien und Freunde, sondern auch ihre Heimat verloren hatten. Keines war älter als zwanzig Sommer und das Kleinste hatte nicht einmal zehn Sommer in seiner Familie leben dürfen.

Niemandem dürfte ein solches Schicksal widerfahren, dachte er bei sich und schenkte dem Jungen, der hinter ihm saß, ein aufmunterndes Lächeln. Der Kleine erwiderte das Lächeln nicht, sondern sah ihn nur wortlos aus großen grauen Augen an. Die stumme Anklage in dem Blick war kaum zu ertragen. Warum bist du hier und nicht mein Vater?, schienen die Augen zu fragen und so ungerecht solche Gedanken auch sein mochten, Tabor konnte sie nur zu gut nachvollziehen.

»Sie werden darüber hinwegkommen«, versuchte Leilith ihn aufzumuntern. »Irgendwann! Die Zeit heilt alle Wunden.«

»Du hast gut reden«, erwiderte Tabor. Vor dem Abflug hatte er seine Trauer um Ilumynhi in den hintersten Winkel seiner Seele verbannt, um den Kindern ein Vorbild zu sein, doch der Schmerz war allgegenwärtig und Tabor wusste, dass die Trauer wiederkommen würde, sobald er allein war. »Wir sind gleich da«, sagte er und wechselte das Thema, um sich ein wenig von den bedrückenden Gedanken abzulenken. Vor ihnen in der Felswand waren schon die runden Öffnungen der alten Kuriervogelhöhlen zu sehen und Leilith steuerte zielsicher darauf zu. »Du musst in die …«, begann Tabor.

»… linke«, ergänzte Leilith gut gelaunt. Wie Chantu war auch sie von dem langen Flug erschöpft und freute sich darauf, endlich ausruhen zu können. »Ich bin ja nicht zum ersten Mal hier«, sagte sie. »Chantu habe ich auch schon eingewiesen.« Im selben Augenblick spürte Tabor, wie das Riesenalpweibchen tiefer ging und die Geschwindigkeit durch gezielte Bewegungen der mächtigen Flügel drosselte.

Leilith landete zuerst, und diesmal gelang es ihr fehlerlos. Auch Chantu hatte mit seiner ersten Landung keine Schwierigkeiten und schließlich kletterten die vier Erwachsenen und sechs Kinder über die ausgestreckten Flügel der Riesenalpe sicher auf den Höhlenboden. Tabor überlegte kurz, ob es wohl besser wäre, den Abner zunächst allein aufzusuchen, entschied sich jedoch dagegen. Die Höhlen der Kuriervögel waren zwar eine hervorragende Unterkunft für die Riesenalpe, aber für die Kinder war es hier viel zu kalt.

»Kommt mit!«, rief er und nahm eine der Fackeln zur Hand, die den hinteren Teil der Höhle beleuchteten. Dann wandte er sich noch einmal an Leilith und Chantu und sandte den beiden einen liebevollen Gedanken. »Der lange Flug war eine großartige Leistung«, lobte er. »Ich werde euch etwas Schönes aus der Küche bringen lassen. Dann braucht ihr heute nicht mehr zu jagen und könnt euch ausruhen.«

»Danke!« Leilith öffnete den riesigen Schnabel zu einem gewaltigen Gähnen. »Ich würde heute auch keine Länge mehr schaffen.« Sie blinzelte schläfrig, schüttelte das Gefieder und steckte den Kopf unter einen Flügel. Chantu tat es ihr gleich und obwohl er Tabor nicht antwortete, betrachtete der junge Elf dies als Zustimmung. Durch ein Handzeichen bedeutete er den anderen, ihm zu der niedrigen Tür im Innern der Höhle zu folgen, die in die Festungsstadt hineinführte.

Kaum hatten sie den Zugang erreicht, wurde die Tür von innen geöffnet. »Ah, ihr ... ihr seid schon da!« Ein betagter Bediensteter in der schwarzroten Kleidung der Botenpagen trat überrascht einen Schritt zurück. »Der ... der Abner schickt mich«, stammelte er, bemüht, seine Fassung möglichst schnell wieder zu finden. »Man hat eure Ankunft beobachtet und einen kleinen Empfang vorbereitet.« Er vollführte eine Verbeugung und deutete in den Gang. »Wenn ihr so freundlich wärt, mir zu folgen.«

»Gern.« Tabor trat vor und die anderen folgten ihm. Dass man sie erwartete, würde ihm viel Zeit ersparen, aber er war sich gar nicht sicher, wie die Menschen die schlimmen Neuigkeiten aufnehmen würden.

Kiany fiel. Der schwarze Pfeil hatte ihren Oberschenkel durchbohrt und der Schmerz raubte ihr fast das Bewusstsein. Aber sie wurde nicht ohnmächtig. Wie in einem schrecklichen Albtraum sah sie die dicht gedrängte Masse gepanzerter Leiber auf sich zurasen, während Zahirs massiger Körper irgendwo über ihr in den Wolken verschwand. Die bittere Gewissheit, diesmal nicht vor dem Aufprall zu erwachen, lähmte ihre Sinne und ließ sie die Eindrücke des Sturzes aus einer unwirklichen Distanz betrachten, als sei sie nicht selbst in Gefahr, sondern nur eine unbeteiligte Zuschauerin.

Die Zeit hatte ihre Bedeutung verloren. Die wenigen Augenblicke des Sturzes dehnten sich, bis Kiany das Gefühl hatte, alles laufe unendlich langsam ab. Jede einzelne Bewegung der Cha-Gurrline, die sich unter ihr drängten und verblüfft zu ihr heraufstarrten, nahm sie überdeutlich wahr und die Bilder brannten sich unauslöschlich in ihr Bewusstsein. Sie wunderte sich darüber, dass sich die vielen Krieger so lautlos verhielten, denn außer dem Rauschen des Windes drang kein Laut an ihre Ohren.

Die Arme weit ausgebreitet, stürzte Kiany der Erde entgegen. Sie wusste, dass sie den Aufprall nicht überleben würde, aber sie verspürte keine Furcht. Die Cha-Gurrline waren inzwischen so nahe, dass sie den Geifer von den gebogenen Hauern der hünenhaften Krieger tropfen sah.

Es ist vorbei. Gleich werde ich am Boden zerschellen, dachte sie und schloss die Augen in Erwartung dieses letzten Augenblicks. Bilder aus glücklichen Tagen blitzten in rasender Folge vor ihrem geistigen Auge auf. Bilder ihrer Mutter, ihres Vaters und Atumis, der alten Heilerin. Aber auch Banor, Manou und Naemy erschienen ihr und dahinter hörte sie die Stimme eines Mannes, der in einer fremden Sprache kurze Befehle brüllte. Dann spürte sie einen heftigen Schlag und es wurde dunkel.

»*Wendorn dar!*« Indem er die Gerte rücksichtslos einsetzte, bahnte sich Methar auf dem Rücken seines Pferdes einen Weg durch die Menge der Krieger, die das Mädchen, das »vom Himmel gefallen« war, gaffend umstanden. »*Darari, darrai!*«, fuhr er die Cha-Gurrline an, die dem Berater des Meisters nur widerstrebend Platz machten. Wenig später stand Methar vor dem Mädchen. Der Anblick, der sich ihm bot, verschlug ihm die Sprache und er stieg hastig aus dem Sattel, um sie genauer zu betrachten. Entgegen seinen Erwartungen war ihr Körper nicht zerschunden – im Gegenteil! Bis auf die blutende Wunde am Oberschenkel wirkte sie so unversehrt, als wäre sie nur hingefallen und nicht aus einer Höhe von über zwanzig Längen herabgestürzt. Das lange dunkle Haar bedeckte ihr Gesicht in wirren Strähnen und Methar kniete nieder, um sie anzusehen. Als er es vorsichtig zur Seite schob, stockte ihm der Atem. Sie war wunderschön. Ihr Atem ging flach und stoßweise, doch allein die Tatsache, dass sie den Sturz überlebt hatte, erschien Methar wie ein Wunder. Hastig richtete er sich auf und deutete auf das Mädchen. »*Gen ra netroms?* – Was ist geschehen?«, fragte er die umstehenden Cha-Gurrline, während sein Blick aufmerksam über die grimmigen und verschlossenen Gesichter der Krieger wanderte. Alles schwieg. Keiner der Cha-Gurrline wollte Auskunft geben. »*Gen ra netroms?*«, fragte Methar noch einmal und diesmal schwang ein drohender Unterton in seiner Stimme mit.

»*Ne rats teruim as kalrendra gret niha seslum.*« Ein stämmiger Krieger trat vor. Den Blick zum Himmel gerichtet, streckte er die Arme in einer Geste aus, als wolle er etwas auffangen. Methar beherrschte die Sprache der Cha-Gurrline nur bruchstückhaft, aber die Aussage war eindeutig. Einer der Krieger hatte das Mädchen demnach aufgefangen.

»*Ngarer re trow atum si nerra*«, sagte der Krieger und deutete auf einen Punkt hinter sich. Methar runzelte die Stirn. *Ngarer* bedeutete so viel wie Heiler. Offensichtlich hatte sich der Cha-Gurrlin, der das Mädchen gerettet hatte, verletzt und war auf dem Weg zu den Heilern.

»*Datar!*« Mit einer knappen Handbewegung entließ Methar den Krieger und winkte zwei andere heran. Das Mädchen musste unverzüglich zu Asco-Bahrran gebracht werden. In diesem Zustand wäre sie als Medium zwar nicht zu gebrauchen, doch das war nebensächlich. Hauptsache, sie lebte!

 Den Stab der Weisheit in Händen, trat die Gütige Göttin vor den großen Spiegel in der Halle der Träume und machte sich bereit. Mit einem leise trällernden Laut rief sie ihren Falken herbei, der augenblicklich durch eines der acht hohen Fenster hereingeflogen kam, hinter denen sich der Garten des Lebens erstreckte. Vorsichtig ließ er sich auf dem ausgestreckten Arm der Göttin nieder und putzte sein Gefieder.

»Ich habe eine Aufgabe für dich«, sagte die Göttin, hob den Stab der Weisheit und vollführte damit eine kreisende Bewegung vor dem Spiegel. Sie hatte die Bewegung noch nicht vollendet, als das Bild der wunderschönen Frau zerfloss, die mit einem Falken auf dem Arm und einem Stab in der Hand vor dem Spiegel stand. Das Spiegelbild war nicht mehr fest, sondern wogte wellenförmig hin und her, als wäre das Glas plötzlich zu einer senkrechten Wasserfläche geworden, deren Oberfläche von einem leichten Wind gestreift wurde.

»Sei mein Auge«, flüsterte die Göttin dem Falken zu und strich ihm zärtlich über das Gefieder. »Flieg ins Grasland.«

Der Greifvogel breitete die Flügel aus und stürzte sich ohne Zögern in die schimmernde Oberfläche. Kein Laut war zu hören, als sein Körper in den Spiegel eintauchte, und nur die Wellen, die sich ringförmig um die Stelle ausbreiteten, wo er eingetaucht war, erinnerten noch an sein Vorhandensein.

Die Göttin wartete. Geduldig beobachtete sie, wie sich die Wellen beruhigten und ihr Spiegelbild wieder auf der Oberfläche erschien. Dann hob sie erneut den Stab und vollführte wieder die kreisende Bewegung. Das Bild wurde dunkel. Eine wirbelnde Finsternis ergriff von dem Spiegel Besitz, so düster und bösartig, dass die Göttin entsetzt aufstöhnte. Diese Macht! Sie hatte den Zauber gespürt, den Asco-Bahrran zum Schutz des Heeres gewoben hatte, es aber nicht für möglich gehalten, dass dem Magier ein so starker Elementezauber gelungen war. Aber die Gütige Göttin war nicht unvorbereitet. Sie hatte bereits Vorkehrungen getroffen, um die dunkle Magie unwirksam zu machen. Sie stellte eine Falle, die Asco-Bahrran erst erkennen würde, wenn es für ihn zu spät war.

Gespannt beobachtete sie, wie sich der Falke auf der Suche nach dem Ende der Wolkendecke einen Weg durch die wirbelnde Dunkelheit bahnte. Immer wieder wurde er dabei von winzigen roten Blitzen getroffen, die ihn ins Trudeln brachten oder ihn zwangen, die Richtung zu ändern, doch der Falke ließ sich nicht beirren. Wenige Augenblicke später brach er durch die Wolkendecke und wandte sich nach Norden, wo ein großer dunkler Fleck am Boden von dem gewaltigen Heer kündete, das seinen Vormarsch im Zwielicht der Wolken auch am Tag fortsetzte.

Die Göttin nahm den Stab der Weisheit fest in beide Hände und deutete auf das Bild. Wieder war der leise trällernde Laut zu hören und der Falke verstand sofort. Die Flügel eng an den Körper gelegt, raste er im Sturzflug der Steppe entgegen. Kurz bevor er die Halme berührte, fing er den Flug geschickt ab und glitt dicht über dem Boden dahin.

Wo seine Flügel die Gräser berührten, setzten sie die trockenen Halme in Brand, während der Falke dreihundert Längen vom Heer der Cha-Gurrline entfernt einen feurigen Ring um die Krieger zog.

»Eilt herbei, ihr Winde!«, rief die Göttin und ihr Gewand bauschte sich, während sich ein mächtiger Sturm erhob, über die Steppe fegte und die Flammen mit rasender Geschwindigkeit auf das Heer zutrieb.

»Bei den Toren, was ist da los?« Ungehalten drehte sich Asco-Bahrran zu seinen Magiern und Beratern um. Sie hatten in respektvollem Abstand hinter ihm Aufstellung genommen, während der Meister das bewusstlose Mädchen untersuchte, das Methar kurz zuvor in das eilig errichtete Zelt getragen hatte.

Das unheilvolle Leuchten der riesigen Feuerwalze, die sich, von heftigen Winden angetrieben, unaufhaltsam auf die Cha-Gurrlinen-Krieger zubewegte, war durch die dicke Zeltplane noch nicht zu sehen, doch draußen unter den Kriegern verfehlte der bedrohliche Anblick seine Wirkung nicht. Die vorderen Reihen der Cha-Gurrline, die sich bereits auf der Flucht vor dem Feuer befanden, überrannten rücksichtslos die hinter ihnen lagernden Krieger und verursachten damit ein heilloses Durcheinander, dem selbst die Heerführer nicht gewachsen waren.

»*Sngarre, Sngarre!* – Feuer, Feuer!« Die Rufe, die zunächst nur vereinzelt und aus weiter Ferne im Zeltinnern zu hören waren, wurden immer lauter und die Furcht in den Stimmen der sonst so unerschrockenen Krieger war nicht zu überhören.

»Ich werde nachsehen, Meister!« Ein kleinwüchsiger Magier verbeugte sich ergeben und huschte zum Ausgang. Als er die Plane zur Seite schob und hinaustrat, prallte er mit einem aufgebrachten Cha-Gurrlin zusammen, der gerade hineingehen wollte. Mit einer ärgerlichen Handbewegung schleuderte der Krieger den Magier gegen den Karren, auf den das Zelt des Meisters verladen werden sollte, und trat, ohne sich weiter um den ächzenden Mann zu kümmern, in das Zelt.

»*Sngarre!*«, keuchte er, während er demütig eine Verbeugung andeutete. »*Sngarre notum dar nigsorru.*« Er machte eine kreisförmige Handbewegung, um zu verdeutlichen, dass das Heer von dem Feuer eingeschlossen war.

»Ein Feuer?« Asco-Bahrran trat auf den Krieger zu und bedeutete ihm, sich aufzurichten. »Wie konnte das geschehen?«, fragte er streng.

Der Krieger hob hilflos die Schultern. »*Sngarre*«, wiederholte er hilflos und deutete nach draußen. »*Ne atur!* ... *Dsya!* ... *Darrai!*«, stieß er hervor. In diesem Augenblick bauschte eine heftige Windbö die Wände des Zeltes und trug einen durchdringenden Brandgeruch in das Zeltinnere. Die panischen Rufe der Krieger wuchsen zu einem gewaltigen Lärm an und durch die Ritzen des rubinroten Stoffes war das flackernde Licht des Feuers zu sehen.

»Ein Steppenbrand! Wir sind eingeschlossen!« Humpelnd betrat der kleinwüchsige Magier das Zelt und deutete mit fuchtelnden Armen nach draußen. »Es ist überall«, stammelte er. »Die Krieger können nichts tun ... haben kein Wasser. Ein Wagen mit

Proviant hat bereits Feuer gefangen.« Er verstummte und rang nach Atem.

»Bei den Toren«, fluchte Asco-Bahrran. »Das kann nur sie getan haben. Kommt!« Er winkte den Magiern, ihm zu folgen, und wandte sich an Methar. »Du bewachst das Mädchen!«, befahl er. »Sobald ich diese lächerliche Zündelei beendet habe, komme ich sofort zurück.«

Mit diesen Worten verließ er das Zelt. Sturm und beißender Qualm empfingen die Magier, aufgewirbelter Aschestaub zwang sie, die Augen mit den Händen zu schützen, während sie sich hinter ihrem Meister einen Weg durch die aufgebrachte Menge der Cha-Gurrline bahnten.

Plötzlich erstarb der Wind und über das Lärmen der Krieger hinweg erklang eine glockenhelle Stimme, die keinen Ursprung zu haben schien. Sanft und wohlklingend schallte sie über die Ebene und war selbst in den hintersten Reihen des Heerwurms noch gut zu verstehen. Die Krieger verstummten und lauschten. »Das Grasland ist verbotenes Gebiet«, sagte die körperlose Stimme, die von allen Seiten gleichzeitig zu kommen schien. »Keinem Cha-Gurrlin ist es erlaubt, den Fuß auf dieses Land zu setzen. Hier ist mein Reich. Wer hier lebt, dient meinen Gesetzen. Ich bin die Hüterin des Lebens und dulde keine Geschöpfe der Finsternis.« Eine heftige Bö fegte über die Steppe und peitschte die Flammen erneut so heftig auf, dass die Funken stoben. Trockenes Gras knisterte und weit entfernt hörte man einen Krieger qualvoll aufschreien.

»Ach, wirklich?« Asco-Bahrran hatte innegehalten und starrte zum Himmel empor. »Aber wir sind hier. Wenn du glaubst, dass du uns mit deinem lächerlichen Feuerchen aufhältst, hast du dich geirrt.« Er lachte heiser, hob die Arme und die sechs Magier, die ihn begleiteten, taten es ihm gleich. »Sieh gut hin, was ich mit dem Feuer mache!«, rief Asco-Bahrran. Der Sturm war weiter angewachsen und die Böen rissen ihm die Worte von den Lippen. Die Flammen hatten das Heer inzwischen erreicht und waren an einigen Stellen sogar schon zu den Krieger vorgedrungen, die sie mit bloßen Füßen auszutreten versuchten.

»*Samaron nea du isislod!*«, rief Asco-Bahrran und ein grollender Donner ließ den Boden erzittern. »*Samaron nea du isislod!*« Noch einmal hallte der mächtige Spruch durch die Nacht und diesmal stimmten auch die sechs anderen Magier in die Beschwörung mit ein. Ein gleißender Blitz, gefolgt von einem ohrenbetäubenden Donnerschlag, zuckte über den Himmel. Die Magier wiederholten die Formel ein drittes Mal und die finsteren Wolken öffneten ihre Schleusen.

Prasselnder Regen ergoss sich über die Steppe. Innerhalb weniger Augenblicke durchweichten die riesigen Tropfen Krieger und Ausrüstung und verwandelten die Steppe in eine Schlammlandschaft. Das Feuer hatte dem Ansturm des Wassers nichts entgegenzusetzen. Dampfend und zischend fiel es den Wassermassen zum Opfer, bevor es größeren Schaden anrichten konnte. Die Cha-Gurrline starrten gebannt auf ihren Meister.

Asco-Bahrran ließ die Hände sinken und sein Lachen hallte magisch verstärkt über die Ebene. Im Gegensatz zu den Gewändern der anderen Magier, die ihnen schlaff und regenschwer am Körper hingen, konnte der Regen dem rubinroten Mantel des Meisters nichts anhaben. Wie ein Geist aus einer anderen Welt stand er inmitten der Krieger und hob die Arme zum Himmel, um den Wolkenbruch zu beenden. »*Ner hatum rasir!*«, gebot er mit fester Stimme – aber nichts geschah.

»*Ner hatum rasir!*«, rief er noch einmal. Doch der Regen strömte weiter von Himmel herab, als hätten die Wolken schon lange darauf gewartet, ihre Fracht zu entladen, bis der letzte Tropfen die Erde erreichte.

Da erschien die Gestalt der Gütigen Göttin. Unbeeindruckt von Sturm und Regen glitt sie dahin, blass und durchscheinend wie ein Nebelschleier.

Die grobschlächtigen Krieger sahen sie kommen und waren wie versteinert. Sie war jene, die immer gewesen war und immer sein würde. Manche grunzten und knurrten grimmig, doch nicht einer von ihnen wagte es, sich der überirdischen Gestalt in den Weg zu stellen. Nur ein einsamer schwarzer Pfeil löste sich aus der Menge und zischte auf die Göttin zu, doch er fuhr geradewegs durch ihre Gestalt hindurch und richtete keinen Schaden an.

»Du wagst es, mir zu drohen, alter Mann?« Die Gestalt der Göttin schwebte über die Krieger hinweg und hielt wenige Längen vor Asco-Bahrran inne. Die fließenden Gewänder wurden von einem leichten Wind gebauscht, der nichts mit dem Sturm über der Steppe gemein hatte, und in ihren Augen, die alles zu sehen schienen, brannte ein weißes Feuer. »Hüte dich, Magier der dunklen Mächte!«, rief sie zornig und hob den Stab der Weisheit. »Ich lasse nicht noch einmal zu, dass mein Volk leidet. Diesmal ... «

»Das kommt für die Nebelelfen ein wenig spät, findest du nicht?« Asco-Bahrans Stimme war schneidend vor Hohn und kalt wie Eis. Der Zorn der Göttin schien ihn zu belustigen. »Du bist schwach«, spottete er. »Dein läppischer Versuch, mich mit dem Feuerchen zu beeindrucken, ist geradezu lächerlich. Kehr zurück in deinen Garten und füll die Teiche mit Tränen, während du zusiehst, wie ich mir dieses Land untertan mache.«

»So, schwach, glaubt du?«, bemerkte die Göttin ruhig. »Dann sieh genau hin, alter Mann.« Sie drehte sich um und hob die Hände zum Himmel. »Dein vergeblicher Versuch, den Regen zu beenden, hat *mich* amüsiert. Siehst du es nicht? Die Wolken werden schon dünner. Mit jedem Tropfen, der zur Erde fällt, schwinden sie dahin. Du hast die Wolken geschaffen, hast sie gequält, indem du ihnen versagtest, sich ihrer Last zu entledigen. Aber das Feuer hat dich gezwungen, den Bann zu lösen, und jetzt sind sie frei.« Auf dem Gesicht der Göttin zeigte sich ein siegesgewisses Lächeln. »Die Macht der Elemente ist mein! Erinnerst du dich?« Das Lächeln wurde eine Spur breiter. »Bald sind sie nicht mehr da und dein Heer muss den Weg im Sonnenlicht fortsetzten.« Ein spöttischer Zug umspielte ihren Mund. »Du weißt, was das bedeutet.«

»Das schaffst du nicht!« Asco-Bahrrans Gestalt war um ein Vielfaches angewachsen. In seiner Wut, der Göttin in die Falle gegangen zu sein, erhob er sich wie ein gewaltiger Dämon über dem Heer. Er durfte nicht zulassen, dass sich der Vormarsch weiter verzögerte, und war bereit, es mit der Göttin aufzunehmen. »*Adou sam rontar benalugar!*« Aus den Händen des Magiers zuckten blutrote Blitze auf die Gestalt der Göttin zu.

Der Sturm über der Steppe war inzwischen zum Orkan angeschwollen. Heulend und pfeifend wütete er zwischen den Cha-Gurrlinen, warf Wagen um und fegte alles davon, was nicht festgezurrt war. Die heftigen Böen rissen Asco-Bahrran die Worte von den Lippen, doch die roten Blitze zuckten weiter aus seinen Fingern und schließlich verschwamm das Bild der Göttin.

»Du verschwendest deine Kräfte«, spottete sie. »Mein Bild mag verblassen, doch die lächerlichen Blitze können mir nichts anhaben. Spürst du die Elemente, Magier? Wenn du nicht umkehrst, wird der Sturm nur ein kleiner Vorgeschmack darauf sein, was dich erwartet. Bei Tag wird die Sonne deine Krieger blenden und ich werde ... « Das Bild der Göttin flackerte, während Asco-Bahrran seine Anstrengungen weiter verstärkte »... nicht zulassen, dass mein Volk noch einmal ... leidet.«

»Schweig!« Eine Salve blutroter Blitze zerstörte das Bild der Göttin, doch im Heulen und Pfeifen des Sturms und im stetigen Prasseln der Regentropfen schien ihr spöttisches Gelächter noch lange nachzuhallen.

Mit zarten Schleiern grauen Zwielichts glitt die Nacht in das Grasland und der kühle Hauch des Abends strich über die Steppe. Die finsteren Wolken, die den Himmel den ganzen Tag lang verhüllt hatten, waren fort und über den Gipfeln des fernen Ylmazur-Gebirges verfärbte sich der Horizont zu glühendem Scharlachrot.

Auch das Unwetter, das den ganzen Abend lang über dem nördlichen Grasland getobt hatte, war abgeklungen und die unnatürliche Wolkendecke verschwunden. Zu jeder anderen Zeit hätte Naemy sich Gedanken darüber gemacht, hätte überlegt, was dort hinten vorgefallen sein mochte. Vielleicht wäre sie sogar hingeflogen, doch alles war ihr gleichgültig. Ihre Gedanken weilten weit entfernt und ihr Herz pochte in schmerzhafter Trauer.

Der Widerschein des strahlenden Abendrots fiel sanft auf Zahir, der sterbend im weichen Gras lag. Dutzende schwarz gefiederter Pfeile ragten aus seinem Bauch, die Augen waren geschlossen und der Atem ging unregelmäßig.

Naemy saß neben ihm und hatte ihm die Arme um den Hals geschlungen. Tränen glitzerten ihr in den Augen. »Zahir«, flüsterte sie mit bebender Stimme. »Oh, Zahir, mein treuer Freund, was habe ich getan?«

Der Kummer zerriss ihr fast das Herz. Nie zuvor hatte sie sich so schuldig gefühlt. Warum hatte sie auch unbedingt erkunden wollen, was sich hinter der Wolke befand? Warum war sie nicht umgekehrt, als sie die ersten verschwommenen Umrisse des Cha-Gurrlinen-Heers durch die Wolken gesehen hatte? Im Nachhinein verfluchte sich Naemy für ihren Starrsinn. Es hätte doch gereicht, dem Rat zu berichten, dass ein gewaltiges Heer auf Nimrod zumarschiert, aber damit hatte sie sich nicht zufrieden geben wollen. Gegen Zahirs Rat hatte sie darauf bestanden, dass er noch tiefer ging, um genauere Aufschlüsse zu erhalten.

Warum hatte sie nicht auf den Riesenalp gehört? Naemy ballte die Fäuste. Sie war überzeugt gewesen, dass die Krieger sie noch nicht bemerkt hatten. Inzwischen wusste sie, dass es ein folgenschwerer Irrtum war, aber es hatte keinen Sinn, weiter darüber nachzudenken. Es war zu spät.

Sie hatte Kiany verloren und Zahir lag im Sterben. Naemy schluchzte. Das alles war allein ihre Schuld. Noch einmal durchlebte sie in Gedanken den Moment, als Zahir durch die Wolkendecke brach. Nur ein kurzes Stück sollte er über das Heer der Cha-Gurrline hinwegfliegen und wieder aufsteigen, bevor auch nur ein einziger Pfeil abgeschossen werden konnte.

So war es geplant gewesen, aber die Cha-Gurrline hatten sie bereits erwartet. Dem tödlichen Pfeilhagel Dutzender Armbrüste hatte Zahir nicht mehr ausweichen können. Selbstlos hatte er versucht, die beiden Frauen auf seinem Rücken vor den Pfeilen zu schützen. Doch auch er konnte nicht verhindern, dass Kiany verwundet wurde, den Halt verlor und in die Tiefe stürzte.

Ihr gellender Schrei hallte noch immer in Naemys Gedanken nach und angesichts der Ungewissheit, ob das Mädchen noch am Leben war, wuchs ihr Kummer ins Unerträgliche. Verzweifelt schmiegte sie sich tief in Zahirs weiches Gefieder und ließ den Tränen freien Lauf. Sie verdiente es nicht, dass Zahir sie in Sicherheit gebracht hatte. Trotz der tödlichen Wunden, die die schwarzen Pfeile in seine Brust gerissen hatten, war es ihm noch gelungen, sie von dem Heer fortzutragen. Er war geflogen, bis seine Kräfte erschöpft waren und dann kraftlos zu Boden geglitten.

Seitdem hatte Zahir nicht mehr zu Naemy gesprochen. Mit jedem Herzschlag floss das Leben aus den klaffenden Wunden und die Nebelelfe spürte, wie er ihr immer weiter entglitt.

»Geh nicht!«, hauchte sie, wohl wissend, dass ihm nicht mehr zu helfen war. Sie hatte es versucht. Unmittelbar nach der Landung hatte sie sich verzweifelt darum bemüht, die Blutungen zu stillen. Bei einigen kleineren Wunden war es ihr auch gelungen, doch eine Reihe von Pfeilen hatte die Lunge des Riesenalps durchbohrt – eine Heilung war ausgeschlossen. So blieb ihr nichts anderes übrig, als an Zahirs Seite zu wachen, bis sein Geist den Körper verlassen hatte. Ein letzter trauriger Dienst für den gewaltigen Vogel, den sie liebte wie einen Sohn.

»Naemy?« Zahirs Ruf strich so schwach durch ihre Gedanken, als sei er schon unendlich weit fort. Beim Klang der vertrauten Stimme krampfte sich ihr Herz schmerzhaft zusammen. »Zahir? Oh, Zahir, es tut mir so Leid«, sandte sie einen Gedanken an den Riesenalp. »Verzeih mir! Ich hätte dich nicht zwingen dürfen, hätte auf dich hören ... «

»Naemy, sieh doch nur ... die vielen Riesenalpe!« Zahir schien sie gar nicht zu hören. Sein Herz raste und sein Atem ging plötzlich in kurzen heftigen Stößen. »Es sind so ... so viele. Naemy? Wo bist du?«

»Ich bin hier!« Naemy richtete sich auf und strich dem Riesenalp ganz sanft sanft über die Stirn. Sie spürte, dass er bald fortgehen würde, und ihre Tränen fielen als glitzernde Tropfen auf sein graues Federkleid.

»Da ist ein Licht … sie rufen mich«, hörte sie Zahir wie von weit her sagen. Seine Stimme schwankte und wurde immer undeutlicher. »Sie … sie kreisen im Sonnenschein … rufen mich … mir nicht böse sein. « Zahir war kaum noch zu verstehen. Sein Herz hämmerte wie wild und sein hechelnder Atem kündete vom nahen Ende. »Naemy?«, rief er noch einmal. »Ich … mit ihnen fliegen. « Ein letztes Mal füllten sich die verletzten Lungen des Vogels mit Luft, dann erschlaffte er und eine drückende Stille senkte sich über das Grasland.

Zahir war tot.

»Nein!« Naemy schlang die Arme um Zahirs Nacken und presste das Gesicht tief in das noch warme Gefieder. Kummer und Verzweiflung bahnten sich einen Weg aus ihrer Seele und zum ersten Mal seit Sharis Tod weinte sie, bis sie keine Tränen mehr hatte.

Die Schatten der Nacht hatten den letzten Silberstreifen am Horizont längst verdrängt und kühle Nebel in das Grasland getragen, als Naemy sich erhob. Ihr Herz war noch immer voller Trauer und die Gewissheit, dass sie von nun an mit der Schuld an Zahirs Tod leben musste, lastete schwer auf ihr. Doch sich der Verzweiflung und Selbstanklage hinzugeben, war nicht ihre Art. Sie war eine Elfenkriegerin und musste handeln. Eine Weile schwankte sie zwischen dem Wunsch, nach Kiany zu suchen, und ihrer Pflicht, den Rat in Nimrod über die Ereignisse im Grasland zu unterrichten. Schließlich entschied sie sich für Nimrod, auch wenn sie sich dabei wie eine Verräterin vorkam. Der Versuch, zu Fuß an des Heer der Cha-Gurrline heranzukommen, war von vornherein zum Scheitern verurteilt und würde höchstens dazu führen, dass sie selbst gefangen genommen wurde.

Nein! Es war ihre Pflicht, nach Nimrod zu reisen, um dem Rat von dem Heer und – sie schluckte schwer – der Priesterinnenmutter von Kianys Schicksal zu berichten. Selbst wenn sie dafür die gefährliche Reise durch die Zwischenwelt wagen musste.

Traurig ließ Naemy den Blick über den dunklen Schatten des Riesenalps schweifen. Der Gedanke, ihren treuen Freund den Aasfressern der Steppe zu überlassen, war ihr unerträglich. Entschlossen griff sie nach ihrem Schwert und machte sich auf den Weg zu einer nahe gelegenen, verfallenen Hütte, die den Graslandjägern als Schutz vor den rauen Winden zu dienen schien. Das trockene, morsche Holz war genau das Richtige, um Zahirs Körper würdig zu bestatten. Und Elfenmagie würde dafür sorgen, dass für Aasfresser nichts mehr von ihm übrig bliebe.

Kiany träumte. Einen wunderschönen, glücklichen Traum.

Sie war wieder zu Hause im Grasland und ritt mit Tonkin über die weite Steppe. Das offene Haar wehte in der leichten Frühlingsbrise, die ihr Gesicht streifte, und Tonkins rhythmischer Zweischlag verband sich mit dem Takt ihres Herzens zu einer herrlich harmonischen Melodie.

Unzählige Menschen säumten ihren Weg. Sie winkten und lachten ihr zu, als sie vorbeiritt, und Kiany hörte ihre begeisterten Rufe.

Es erschien ihr kein bisschen seltsam, alle diese Menschen in der einsamen Landschaft anzutreffen, denn die meisten waren ihr vertraut. Ihre Eltern waren die Ersten, die sie freudig begrüßten. Dann kamen Banor und Atumi, die alte Heilerin ihres Heimatdorfes, und zahllose Bekannte und Freundinnen, die ihr sehr viel bedeuteten. Manou war auch da. Strahlend vor Glück stand sie an der Seite der Priesterinnenmutter – und daneben Tabor! Kianys Herz begann vor Freude wie wild zu klopfen. Die grauen Augen des jungen Elfen strahlten sie an. Wie bei ihrer ersten Begegnung wurde sein schulterlanges Haar im Nacken mit einem dünnen Band zusammengehalten und er trug die helle lederne Jagdkleidung der Nebelelfen. Lachend hob er die Hand und winkte ihr zu. Sein Anblick zauberte tausend Schmetterlinge in Kianys Bauch und sie spürte eine wohlige Wärme in sich aufsteigen, die ihr die Wangen rötete. Tabor!

Kiany versuchte Tonkin zu zügeln, doch das Steppenpony galop-

pierte plötzlich los und der Nebelelf entschwand ihren Blicken. Nein! Kianys lautloser Aufschrei verhallte ungehört. Die Gesichter der Menschen flogen vorbei, ohne dass sie die Eindrücke festhalten konnte. Immer schneller stürmte das Tier dahin. Weder Kianys Rufe noch ihr Zerren an den Zügeln brachte es zur Besinnung. Ein Wust von Bildern, der explosionsartig aus ihrer Erinnerung hervorbrach, überrollte sie wie eine Lawine und riss sie mit sich fort.

Als unbeteiligte Zuschauerin beobachtete sie, wie die Geschichte ihrer Vorfahren in kurzen Zeitblitzen Gestalt annahm. Sie hatte Teil an Ereignissen, die sie niemals gesehen, von denen sie nur gehört hatte. Die Bilder der Schlacht um Nimrod erschienen ihr und wieder sah sie ihren berühmten Vorfahren Kjelt mit der geschulterten Sturmleiter auf die Festungsmauern zustürmen. Eine Frau, die an seiner Seite ritt, sprang vom Pferd, ergriff das Ende der Leiter und folgte ihm zur Mauer. Sie war wie eine Kriegerin gekleidet und hatte das dichte braune Haar im Nacken zu einem Zopf geflochten. Kiany sah sie nur von hinten, erkannte sie aber sofort. Rojana! Kjelts Gefährtin und Mutter ihres einzigen gemeinsamen Nachkommen. Gebannt beobachtete Kiany, wie die beiden die Sturmleiter an die Mauer stellten und Kjelt mit dem Aufstieg begann. Plötzlich, als hätte sie den Blick gespürt, drehte sich Rojana um und sah Kiany in die Augen. Mit einem Schlag waren die Bilder der Schlacht verschwunden – es gab nur noch Rojana und Kiany.

»Tochter!« Das Wort streifte Kianys Gedanken voller Liebe und sie fühlte sich sofort zu der fremden Frau hingezogen. Sie wollte etwas sagen, besaß aber keine Stimme, um der Frau zu antworten.

»Hab keine Angst, Kiany«, fuhr Rojana fort. »Die Gabe des Sehens ist sowohl ein Geschenk als auch ein Fluch. Oft ist sie eine Last, aber wenn du ihr vertraust, kann sie dir unschätzbare Dienste erweisen. Lerne weder zu fürchten noch zu verleugnen, was sie dir zeigt. Nimm es an.«

Dann war Rojana fort und Kiany fand sich in einer kalten düsteren Höhle wieder. Die Wände bestanden aus nacktem Fels und von der Decke hingen bedrohlich spitze Felszapfen herunter. Wasser sickerte aus den Wänden, lief die Felsen herab und machte den unebe-

nen, mit losem Geröll übersäten Boden schlüpfrig. Ein schrecklicher Ort! Alles in Kiany schrie danach, die Höhle wieder zu verlassen. Doch wohin sie auch blickte, sie fand nur Gestein.

Ein krächzender Laut, der sich wie das Rascheln trockener Blätter anhörte, hallte durch den Raum und ein weit entferntes Echo ahmte ihn höhnisch nach. Kiany fuhr herum – und erstarrte. Unmittelbar hinter ihr stand ein Magier in einem rubinroten Umhang. Das Gesicht war unter der weiten Kapuze verborgen, aber sie wusste sofort, wer vor ihr stand. Wusste, was sie sähe, wenn er die Kapuze zurückgeschlagen würde – die schreckliche Fratze aus ihren Visionen! Kiany öffnete den Mund zu einem Schrei, doch wieder drang ihr kein Laut über die Lippen.

Der Magier hatte die Hände erhoben und murmelte unablässig Worte in einer Sprache, die Kiany nicht kannte. Etwas geschah. Ein grüner Fleck fraß sich kreisförmig durch das Gestein der Höhlendecke. Aus den Ritzen der Öffnung, die er in den Fels schnitt, fluteten dünne Streifen grünen Lichts in die Höhle. Ein bösartiges, kratzendes Geräusch war von der dahinter liegenden Seite zu hören, während sich die Höhle langsam mit einer eisigen Kälte füllte, die nicht natürlich war.

Starr vor Entsetzen bemerkte Kiany im Schein des grünen Lichts, dass etwas zwischen den Händen des Magiers schwebte. Es war ein kleiner orangefarbener Stein, der ihr seltsam vertraut vorkam, obwohl sie ihn noch niemals gesehen hatte. Der Stein zuckte unter der mächtigen Magie hin und her, schien aber nicht das zu leisten, was der Rotgewandete erwartete, denn der grüne Lichtpunkt an der Decke verharrte nun schon eine geraume Weile an ein und derselben Stelle, als würde er von etwas aufgehalten. Der Magier fluchte und verstärkte seine Energie – vergebens. Schließlich gab er den Versuch auf. Das grüne Licht erlosch und der Zustrom der Kälte erstarb. »Du!« Der Arm des Magiers schnellte vor. Sein skelettartiger Zeigefinger deutete auf Kiany und die Augen in den Tiefen der Kapuze leuchteten in einem zwingenden Rot, dessen Macht Kiany sich nicht zu widersetzen vermochte. Willenlos trieb sie auf den Magier zu, wie eine Puppe an Fäden gezogen, während sich gleichzeitig alles in ihr da-

gegen sträubte, dem Befehl zu gehorchen. Ein Schrei, so zart und zerbrechlich, wie eine kostbare Blume, entschlüpfte ihr und ...

»... Vormarsch ... verzögert ...«

»... können in dem Schlamm nicht weitermarschieren.«

»... besser den nächsten Abend abwarten ...«

»... schwache Göttin kann uns nicht aufhalten. Sie ist keine Kriegerin. Sie ...«

Wirre Gesprächsfetzen streiften Kianys Bewusstsein und vertrieben sie aus der Welt der Träume.

»Meister!«

Heller Fackelschein drang durch ihre Augenlider, als sie wieder zu Bewusstsein kam, und sie versuchte den Kopf abzuwenden. Die Bewegung scheiterte schon im Ansatz, denn eine Faust krallte sich in ihr Haar und hielt sie fest. Etwas raschelte und das knirschende Geräusch von Schritten kam näher. Die Stimme, die ihr gleich darauf ins Ohr flüsterte, war voller Verachtung. »Wach auf, Sterbliche!« Die Worte klangen so kalt und bösartig, dass Kiany erstarrte. Sie versuchte sich aus dem Griff zu befreien, doch ihre Hände waren hinter dem Rücken mit Stricken gefesselt, die ihr tief in die Haut schnitten. Ihre Beine waren zwar frei, aber dort, wo der Pfeil den Oberschenkel durchbohrt hatte, spürte sie ein Pochen, das sich schmerzhaft verstärkte, wenn sie das Bein zu bewegen versuchte.

Die Hand gab sie frei und stieß sie auf das harte Lager zurück. Ihr Kopf schmerzte und Tränen schossen ihr in die Augen. »Sieh mich an!«, befahl ein krächzende Stimme, aber Kiany folgte ihr nicht. Hartes Leder knarrte, etwas raschelte und wieder krallte sich die Faust rücksichtslos in ihr Haar. Kiany wurde brutal in die Höhe gerissen und stöhnte gequält auf. »Ich weiß, dass du mich hörst, Sterbliche.« Die Stimme wurde zu einem Zischen. Ein heftiger Schlag traf Kianys Gesicht und trieb ihr erneut die Tränen in die Augen.

»Sieh mich an!«, drohte die Stimme, doch erst der nächste Schlag vermochte ihren Widerstand zu brechen. Zitternd und verängstigt öffnete sie die Augen. Nur langsam verschwand der

Schleier, den die Tränen hinterließen, aber Kiany erkannte die Gestalt in dem rubinroten Umhang sofort, die nur eine Armeslänge von ihr entfernt stand: Es war der Magier aus ihren Visionen.

Sie wollte schreien, doch eine namenlose Angst schnürte ihr die Kehle zu. Nur ein fassungsloses »Nein!«, das sie mit bebender Stimme hauchte, kam über ihre Lippen. Das konnte nicht sein. Das durfte nicht sein. Ihr Herz hämmerte wie wild und die Furcht trieb ihr winzige Schweißperlen auf die Stirn. Der Rotgewandete bewegte sich und trat noch etwas näher heran. »Doch!«, spottete er und in diesem einen Wort lag eine Gier, die Kiany das Blut in den Adern gefrieren ließ.

Die wallende Dunkelheit unter der rubinroten Kapuze, hinter der sich das Gesicht des Fremden verbarg, war jetzt ganz nahe. »Ich habe auf dich gewartet«, säuselte er mit brüchiger Stimme und kam noch näher. Ein widerlicher Geruch von Moder und Fäulnis streifte Kianys Nase und nahm ihr den Atem. Vergeblich versuchte sie sich abzuwenden, denn die Hand hielt sie noch immer erbarmungslos an den Haaren gepackt. »Ich habe nach dir gesucht«, murmelte der Magier. »Seit dem Abend, da ich deinen Geist das erste Mal berührte, habe ich auf dich gewartet.« Er lachte heiser. »Ich fürchtete schon, dich nicht zu finden, doch dann führte dich diese närrische Elfe geradewegs in meine Arme.« Seine Hand schnellte vor und die knochigen Finger umklammerten ihren Hals. »Jetzt bist du mein!«, krächzte er, während er ihr die andere Hand auf die Stirn legte. Zwei glühende Augen blitzten unter der Kapuze auf und hielten ihren Blick gefangen. »Du bist mein«, wiederholte er und Kiany spürte, wie die glühenden Augen tief in ihr Bewusstsein vordrangen. Die Berührung war grausam und kalt wie Eis. Sie schrie und wehrte sich verzweifelt – vergebens. Sie versuchte die Augen zu schließen, doch Magie hielt sie gefangen und erlaubte ihr nicht, sich dem Blick zu entziehen.

Hinter ihrer Stirn tobte ein Sturm, während der Magier ihr Bewusstsein mit äußerster Grausamkeit erforschte, verschlossene Türen aufstieß und ihr die geheimsten Gedanken entriss. Nichts, was sie je erlebt oder gesehen hatte, blieb ihm verborgen, und was er fand, blitzte als wirre Fetzen in ihren Gedanken auf. Als sie schon glaubte, verrückt zu werden, zog er sich wieder zurück.

Ein blutiger Nebel verschleierte Kianys Blick und die eisige Kälte, die die Berührung des fremden Bewusstseins in ihrem Geist zurückgelassen hatte, war kaum zu ertragen. Sie spürte, wie die sanften Wogen einer nahen Ohnmacht sie davontrugen, und kämpfte dagegen an. Sie musste wach bleiben. Während sie scharf durch die Nase ausatmete, kämpfte sie sich durch den blutigen Nebel. Sie würde …

»Tapferes Mädchen«, hörte sie den Magier über das Rauschen des Blutes in den Ohren hinweg sagen. Dann waren die Hände von ihrem Hals und ihrer Stirn verschwunden und sie spürte, dass er sich erhob. »Lass sie los!« Plötzlich war auch die Hand fort, die sich in ihre Haare gekrallt hatte, und sie sackte zusammen wie eine Puppe, deren Fäden durchtrennt worden waren. Keuchend fiel sie zur Seite und rang nach Luft. Eine heftige Übelkeit übermannte sie, doch sie kämpfte sich durch die Erschöpfung hindurch, entschlossen, keine Schwäche zu zeigen.

»Sie ist es«, hörte sie den Magier sagen, als spräche er zu jemand anderem, den sie nicht sehen konnte. »Mit ihr wird die Verbindung endlich gelingen! Versorge sie mit allem, wonach ihr sterblicher Körper verlangt, dann bereite sie vor. Noch bevor die Sonne aufgeht, wird der wahre Herrscher von Thale erfahren, dass seine Rückkehr unmittelbar bevorsteht.«

Kiany kam es so vor, als durchlebe sie einen schrecklichen Albtraum mit grauenhaften Erscheinungen und Lauten, finsteren Kreaturen und Gestalten, die aus einer anderen Zeit und von einem anderen Ort stammen mussten, denn in ihrer eigenen Welt hatten sie keinen Platz. Das rote Zwielicht im Zeltinnern betäubte ihre Sinne und der süßliche Gestank der glühenden Kohlebecken erschuf traumähnliche Szenen, die sich rings um den Stuhl abspielten, auf den man sie gefesselt hatte. Sie nahm die Bilder und Töne in sich auf, ohne sie wirklich zu erkennen, und manchmal glaubte sie den Verstand zu verlieren.

Willenlos öffnete sie den Mund, um zu essen, was man ihr

reichte, und zu trinken, wenn man ihr einen Becher an die Lippen setzte. Zunächst war es nur Wasser, aber dann folgte ein ekelhaftes Gebräu, das einen bitteren Nachgeschmack auf der Zunge hinterließ und einen leichten Schwindel erzeugte. Schon der erste Schluck versetzte sie in einen seltsamen Dämmerzustand irgendwo zwischen Wachen und Träumen. Die Silhouette des Kriegers in schwarzer Rüstung, der unmittelbar neben ihr stand, verschmolz mit den farbig gewandeten Magiern zu einer wogenden Masse. Die Angst war fort und mit ihr alle Gedanken an das Gestern und Morgen. Nichts war mehr wichtig.

Nach einer Zeit, die für Kiany sowohl wenige Herzschläge als auch einig Sonnenläufe umfassen konnte, wurden die Farben von einer rot gewandeten Gestalt verdrängt, die so dicht an sie herantrat, dass alles andere verdeckt wurde. Mühelos bahnten sich die glühenden Augen den Weg in ihren Geist und eine große Müdigkeit ergriff von ihr Besitz. Der Wunsch, endlich die Augen zu schließen, wurde übermächtig. Warum hatte sie das nicht schon längst getan? Seufzend schloss sie die Lider und ließ sich von der wohltuenden Dunkelheit davontragen. Irgendwo in den hintersten Winkeln ihres Bewusstseins spürte sie die eisige Hand, die sich auf ihren Kopf legte, und eine schwache Stimme flüsterte ihr zu, dass sie sich dagegen wehren müsse.

Sie war in Gefahr und musste … Der Gedanke entschlüpfte ihr so schnell, wie er gekommen war, und im nächsten Augenblick hatte sie ihn auch schon wieder vergessen.

Wie auf einer dicken Wolke schwebte sie durch die lautlose Dunkelheit, frei von Schmerz und Angst. Doch etwas trieb sie unbarmherzig voran, schob und drängte sie durch die Finsternis. »*Enoaes deoloni mastur!*« Aus weiter Ferne hallten die Worte durch ihre Gedanken. Beschwörend und unheimlich. »*Enoaes deoloni mastur!*« Die Stimme hatte an Macht gewonnen. Etwas Zwingendes lag darin und obwohl Kiany den Sinn nicht verstand, fühlte sie deutlich, dass ein wichtiges und gewaltiges Ereignis unmittelbar bevorstand.

Weit entfernt sah sie ein grünes Licht. »*Enoaes deoloni mastur!*«

Die Worte peitschten sie voran, wurden lauter und ungeduldiger. Das Licht vergrößerte sich rasch und entpuppte sich als ein glühender Ring, durch den grelles grünes Licht in die Schattenwelt drang – ein Tor!

»Meister, ich rufe dich!« Die Stimme des Magiers hallte durch ihren Geist.

»*Du hast mich warten lassen!*« Nie zuvor hatte Kiany eine schrecklichere Stimme gehört. Die Antwort dröhnte in ihrem Kopf und sie erzitterte, während ihre Lippen die Worte mit unnatürlich verzerrter Stimme wiedergaben. Ich muss fort, dachte sie matt, doch es war zu spät. Der Magier hatte sie völlig in der Gewalt und niemand konnte ihr jetzt noch helfen.

Die Nacht war schon weit vorangeschritten, als Tabor sich noch einmal auf den Weg zu den Kuriervogelhöhlen machte, um nach Leilith und Chantu zu sehen. Der junge Elf fühlte sich nicht gut. Die Beratungen im Ratssaal zogen sich hin und er brauchte dringend ein wenig Bewegung.

Wie erwartet hatte sein Bericht über das schreckliche Unheil, das über Caira-Dan hereingebrochen war, den Abner zutiefst erschüttert. Er hatte sofort den Rat einberufen, der Tabors Bericht über die verheerenden Ereignisse zur Kenntnis nahm. Anfangs hatten die Ratsmitglieder die bittere Wahrheit nicht wahrhaben wollen und Tabor mit unzähligen Fragen bestürmt. Sie konnten einfach nicht glauben, dass die zehn erschöpften Elfen, die mit den Riesenalpen nach Nimrod gekommen waren, die einzigen Überlebenden des stolzen Volks der Nebelelfen sein sollten. Unfassbar erschien es ihnen, dass ein ganzes Volk in einer einzigen Nacht vernichtet worden war. Es hatte Tabor viel Kraft gekostet, immer und immer wieder von dem schrecklichen Anblick zu berichten, der sich ihm in der Elfenhauptstadt geboten hatte. Die Erinnerung riss die frischen Wunden wieder auf, die Ilumynhis Tod in seiner Seele hinterlassen hatte, und die sorgfältig verdrängte Trauer drohte ihn zu überwältigen. Dankbar hatte er deshalb Sheehans Angebot angenommen, die Beratung an seiner Statt fortzusetzen. Der Elfenkrieger hatte bemerkt, wie aufgewühlt Tabor war, und obwohl er nichts von Ilumynhi wusste, spürte er, dass Tabors Schmerz viel tiefer saß, als er es sich anmerken ließ.

Schon zu Beginn der Beratungen hatten Ilunha und Afanil die Kinder in den Tempel der Priesterinnen begleitet und erklärt, dass sie bei ihnen bleiben wollten. Auch für die Priesterinnenmutter stand es außer Frage, dass man sich um die verwaisten Elfen kümmern würde, und sie hatte sofort alles in die Wege geleitet, um ihnen geeignete Räumlichkeiten zur Verfügung zu stellen.

Das Wissen darum, dass die Kinder gut versorgt waren, bedeutete für Tabor allerdings nur einen schwachen Trost. Von Trauer, Verzweiflung und heftigen Vorwürfen geplagt, machte er sich auf den Weg durch die schlafende Festungsstadt, in der Hoffnung, Leiliths Gegenwart werde ihn ein wenig ablenken.

Bedrückendes Schweigen empfing ihn, als er die Tür zur Höhle öffnete. Nicht das kleinste Geräusch deutete darauf hin, dass sich die beiden Riesenalpe in der Höhle befanden, doch der strenge talgige Geruch ihres Gefieders hing in der Luft.

Sie waren da, aber etwas stimmte nicht. Leise schloss Tabor die Tür hinter sich und betrat die Höhle. Schon nach wenigen Schritten stieß er auf die beiden geschlachteten Schafe und zwei Dutzend Hühner, die man als Mahlzeit für Leilith und Chantu im hinteren Teil der Höhle hingelegt hatte. Die Tiere waren unberührt. Tabor runzelte besorgt die Stirn. Es passte nicht zu den Riesenalpen, eine so üppige Mahlzeit zu verschmähen.

Im schwachen Sternenlicht erkannte er die dunklen Silhouetten von Leilith und Chantu. Die beiden Vögel kauerten dicht beisammen vor der Höhlenöffnung, die Augen geschlossen und die Köpfe gegeneinander gelehnt. Obwohl sie Tabor längst gehört haben mussten, rührten sie sich nicht. Ihr seltsames Verhalten gab dem Elf Rätsel auf. In all den Sommern, die er mit ihnen verbracht hatte, hatten sie sich noch nie so eigenartig benommen. Was ging hier vor?

Vorsichtig trat Tabor näher, doch selbst als er unmittelbar neben den Riesenalpen stand, bewegten sie sich nicht.

»Leilith?« Seine geflüsterte Frage wirkte in der lastenden Stille wie ein Frevel und er schämte sich sofort für seine Taktlosigkeit. Lange geschah nichts. Dann öffnete Leilith blinzelnd ein Auge und der Ausdruck darin war so voller Kummer und Schmerz, dass Tabor entsetzt den Atem anhielt – irgendetwas Schreckliches musste geschehen sein.

»Zahir ist tot!« Die wenigen Worte, die Leilith ihm in Gedanken übermittelte, erklärten alles. Plötzlich hatte Tabor das Gefühl, seine Beine wollten ihn nicht mehr tragen. Ein heftiger Schwindel erfasste ihn und er musste sich setzen, um nicht zu taumeln. Zahir tot? Unmöglich. Riesenalpe starben nicht so einfach! Aber ein Blick auf Leilith und Chantu überzeugte ihn von der bitteren Wahrheit. Dennoch, die Nachricht war so unfassbar, so unglaublich, dass es ihm nur mühsam gelang, die ganze Tragweite und ihre Folgen zu erfassen.

Wenn Zahir tot war, was war dann mit Naemy und Kiany geschehen? Oh, Göttin, gib, dass ich sie nicht auch noch verliere!, betete er in Gedanken und schlug die Hände vor das Gesicht. Er brachte nicht den Mut auf, einen Gedankenruf auszusenden. Die Furcht, aus seinen Befürchtungen könnte Gewissheit werden, war einfach zu groß.

Naemy ist nicht tot, versuchte er sich selbst zu beruhigen. Sie ist meine Mutter, ich hätte es gespürt, wenn sie gestorben wäre. Immer wieder sprach er die Worte in Gedanken, als bewirke allein der feste Glaube, dass der Wunsch Wirklichkeit wurde.

Die Zeit verging und Tabor wurde eins mit der Stille und der Trauer der Riesenalpe. Stumm hing er seinen quälenden Gedanken nach, allein mit seinen Ängsten und unfähig, ein Wort des Trostes an Leilith und Chantu zu richten.

»Tabor?«

Er zuckte erschrocken zusammen und vermutete, Leilith habe

nach ihm gerufen, doch das Riesenalpweibchen hatte die Augen geschlossen und bewegte sich nicht.

»Tabor! Hörst du mich?«

Naemy! »Mutter, bist du es?«, fragte Tabor. Zweifel und die Furcht, sich zu täuschen, schwangen in dem einen Wort ebenso mit wie Hoffnung und eine große Erleichterung. »Der Göttin sei Dank, du lebst.«

»Bist du in Nimrod?« Naemys Stimme klang unendlich müde.

»Ich bin in den Höhlen der Kuriervögel, bei Leilith und Chantu«, erwiderte Tabor. »Sie ...«

»... haben es gespürt, nicht wahr?«, beendete Naemy den Satz.

»Ja!« Plötzlich konnte Tabor seine drängenden Fragen nicht länger zurückhalten. »Mutter, was ist geschehen? Wie geht es dir? Wo ist Kiany? Lebt sie noch? Wieso ist Zahir ...?«

»Später, Tabor«, vertröstete ihn Naemy. »Sobald ich bei dir bin, wirst du alles erfahren.«

»Entschuldige!« Plötzlich schämte sich Tabor, weil er sich so kindisch benahm. »Du hast Recht. Ich warte auf dich.«

Es dauerte nicht lange, da begann die Luft in der Höhle zu vibrieren. Unmittelbar neben den Riesenalpen kräuselte sie sich wie unter großer Hitze und wenige Augenblick später erschien Naemys hoch gewachsene Gestalt in der Höhle. Sie drehte sich um und machte eine knappe Handbewegung, worauf sich die Luft sofort wieder beruhigte.

»Mutter!« Tabor sprang auf, schloss Naemy in die Arme und drückte sie überglücklich an sich. Die beiden Riesenalpe rührten sich nicht. In der Trauer um den Tod ihres Bruders wirkten sie wie erstarrt und schienen alles um sich herum vergessen zu haben.

»Sind die Kinder in Sicherheit?«, erkundigte sich Naemy. Sie wirkte kraftlos und übernächtigt. Die Trauer um den geliebten Zahir hatte sich tief in ihr Gesicht gegraben.

»Die Priesterinnen kümmern sich um sie«, erklärte Tabor. »Ilunha und Afahnil sind auch bei ihnen.«

»Das ist gut.« Naemy deutete auf eine Ansammlung kleiner Felsen, die im hinteren Teil der Höhle lagen. »Setzen wir uns dorthin«, schlug sie vor. »Denn bevor ich den Abner aufsuche und ihm von den tragischen Ereignissen berichte, will ich alle deine Fragen beantworten. «

Verschleiert und eisengrau brach der neue Tag über die Wälder von Daran herein. Schwarze Wolken, die einen alles durchweichenden Nieselregen mit sich brachten, jagten über den Himmel und ein böiger Wind peitschte durch die Baumkronen. Unerbittlich zerrte er an Blättern und Zweigen und trieb das Laub vor sich her, bis es an einer geschützten Stelle zu Boden glitt.

Den dunklen Furchen das Pfades folgend, der sich wie ein Tunnel durch Nieselregen und Dunkelheit wand, preschten Banor und Gaynon durch den Wald. Getrieben von den heftigen Donnerschlägen eines Herbstgewitters, das sich von Westen her über den Himmel schob, spornten sie ihre Pferde unermüdlich an und gönnten ihnen keine Pause.

Doch es war nicht nur das Unwetter, das Banor zu äußerster Eile antrieb. Er hatte wichtige Neuigkeiten zu überbringen und die Zeit lief ihm davon.

Gaynon und er hatten die Grenze des Graslandes am vergangenen Abend überschritten. Seither waren sie fast ohne Unterbrechung geritten, doch Banor wusste, dass die erschöpften Pferde nicht mehr lange durchhalten würden.

»Ich kenne eine Herberge ganz in der Nähe!«, hörte er Gaynon über das Brausen des Windes hinweg rufen, als hätte der Kundschafter seine Gedanken gelesen.

»Wie weit ist es noch?«, fragte Banor zurück. Er war nur ein einziges Mal in diesem Teil der ausgedehnten Wälder von Daran gewesen und kannte sich daher nicht sonderlich gut aus.

Das Grollen eines Donners verschluckte die Antwort und Gaynon musste sie noch einmal wiederholen. »Nicht sehr weit. Wir müssten sie noch vor dem Gewitter erreichen«, erklärte er und deutete nach vorn. »Gleich kommen wir an eine Weggabelung. Unmittelbar dahinter liegt die Herberge. Dazu müssen wir den Weg nach Nimrod allerdings verlassen und einen kleinen Umweg in Kauf nehmen.« Ein Blitz erhellte den Wald, gefolgt von heftigem Donnergrollen. »Das ist es mir wert!«, brüllte Banor über den Lärm hinweg. »Hauptsache, wir sind dem Unwetter nicht schutzlos ausgeliefert.« Er winkte Gaynon vorbei. »Reite du voraus, ich folge dir.«

Wenig später erreichten sie die Gabelung und Gaynon bog von dem Hauptweg auf einen etwas schmaleren Pfad ab. Banor hob den Kopf und spähte umher. Und wirklich: Weit entfernt zwischen den Bäumen entdeckte er einen winzigen Lichtschein und trieb sein Pferd nochmals an, in der Hoffnung, bald im Trockenen zu sitzen.

Sie hatten die Herberge schon fast erreicht, als der Gewitterregen einsetzte. Erst waren es nur ein paar Tropfen, die sich unauffällig in das stetige Nieseln mischten, doch sie verdichteten sich rasch zu beständigen Wasserschnüren, die prasselnd auf die durchweichten Umhänge der beiden Männer aufschlugen. Zuckende Blitze erhellten den Himmel in immer kürzeren Abständen und der Donner grollte jetzt ganz nahe.

Obwohl Banor seine Kapuze tief heruntergezogen hatte, fegte ihm der Sturm ins Gesicht und die eisigen Regentropfen nahmen ihm die Sicht. Mit gesenktem Kopf lenkte er sein Pferd den schlüpfrigen Pfad hinab und auf das verlockende Licht zu, das einen trockenen Schlafplatz und eine warme Mahlzeit verhieß.

Die Herberge war klein und ungepflegt. Außer zwei Waldbauern, die hier ebenfalls Schutz vor dem Unwetter suchten, gab es keine weiteren Gäste, dafür aber einen Stall für die Pferde und eine Küche, aus der der Geruch nach verkochtem Kohl in die Schankstube zog.

Banor und Gaynon waren nicht wählerisch. Froh, dem Wüten des Gewitters entronnen zu sein, verbrachten sie den Vormittag unter dem schützenden Dach der Herberge, gönnten sich ein ausgiebiges, wenn auch wenig schmackhaftes Mahl und ein paar Stunden Schlaf auf einem harten Strohlager.

Am frühen Nachmittag verzog sich das Gewitter und Banor drängte zum Aufbruch. Entgegen Gaynons Rat, der es für besser hielt, auch die Nacht in der Herberge zu verbringen, damit die Pferde sich richtig erholen konnten, eilte er in den Stall und sattelte seinen Hengst. Gaynon folgte ihm missmutig, um sein Pferd ebenfalls aufzutrensen, widersprach aber nicht mehr.

Als die beiden Männer wenig später aufbrachen, hing ein zäher Dunst zwischen den Bäumen und von den Blättern tropfte das Wasser herab, als hätte der Regen noch gar nicht aufgehört. Es war kalt im Wald – die Kälte war nicht vergleichbar mit dem harten, trockenen Frost, der häufig um diese Jahreszeit im Grasland herrschte – war aber weitaus unangenehmer.

Die Wege waren aufgeweicht und schlüpfrig und die Pferde konnten nur im Schritt gehen. »Ich habe doch gesagt, dass wir besser bis morgen warten sollten«, murrte Gaynon leise. »So langsam, wie wir jetzt vorankommen, gewinnen wir nicht viel Zeit. Morgen wären die Wege abgetrocknet und wir ... «

»Still!« Banor hob warnend die Hand, zügelte sein Pferd und lauschte angespannt in den Wald hinein. Er war sicher, etwas gehört zu haben. Ein Geräusch, das ihm irgendwie bekannt vorkam – und das sich anhörte wie die klirrenden Eisenringe einer Rüstung. Sehen konnte er kaum etwas, denn der Dunst hatte sich zu einem zähen Nebel verdichtet, der alles verschluckte, was sich im Umkreis von mehr als zehn Längen befand. »Also, ich höre ... «, begann Gyanon.

»Still, sag ich!«, herrschte Banor seinen Begleiter an. Furcht stand ihm in den Augen, denn wenn seine Befürchtungen zutrafen, waren sie nicht allein – Cha-Gurrline! Der Gedanke an die barbarischen Bewohner der Finstermark ließ ihm das Blut in den Adern gefrieren. Konnten sie wirklich schon so weit in den Süden vorgedrungen sein?

Wie zur Antwort hörte er nicht weit entfernt das Geräusch eines berstenden Astes, gefolgt von einem kurzen Fluch in kehliger Sprache, der seinen Verdacht bestätigte: Irgendwo ganz in ihre Nähe befanden sich Cha-Gurrline.

»Banor?« Diesmal hatte Gaynon es auch gehört. Sein Gesicht war kreidebleich geworden und seine Stimme bebte. Banor antwortet nicht. Fieberhaft überlegte er, welche Möglichkeiten es gab: Auf einen Kampf mit Cha-Gurrlinen-Kriegern würde er sich niemals einlassen, so viel war sicher. Blieb nur die Flucht. Aber wohin? Der dichte Nebel verschluckte und verfälschte die Geräusche und nicht einmal der erfahrene Banor hätte mit Gewissheit sagen können, wo sich die Cha-Gurrline aufhielten. Rechts oder links von ihnen? Vor ihnen oder hinter ihnen? Näherten oder entfernten sie sich? Wie viele mochten es sein? Zwei oder drei? Vielleicht gar ein halbes Dutzend? Fragen über Fragen, von denen ihr Leben abhing und auf die Banor keine Antwort wusste. Aber einfach stehen zu bleiben konnte genauso gefährlich sein.

Wieder knackte es irgendwo in den Nebeln und das Geräusch von schweren Schritten, die auf den Waldboden traten, deutete auf mindestens vier Paar riesiger Füße hin, die sich den Reitern langsam näherten. Aber von wo? Sosehr Banor auch in den Wald hineinhorchte, er konnte sich nicht entscheiden. Einmal kamen die Geräusche von vorn, einmal waren sie rechts, dann links und dann wieder hinter ihnen. Schweißperlen traten ihm auf die Stirn und Angst schnürte ihm die Kehle zu. Wohin? Schon war der schnaubende Raubtieratem der Cha-Gurrline über das stete Tropfen des Wassers hinweg zu hören. Banors Pferd tänzelte unruhig, aber noch erlaubte ihm der Gesandte des Graslandes nicht, seinen Fluchtinstinkten zu folgen.

Am Ende war es Gaynon, der Banor die Entscheidung abnahm. Der Kundschafter hielt die Anspannung nicht länger aus und gab seinem Pferd einen heftigen Tritt in die Flanke. Das verängstigte Tier wieherte schrill und stieg auf die Hinterbeine. Dann preschte es den Waldweg entlang und verschwand in den Nebeln. »Gaynon! Nein!« Angesichts der Torheit seines Begleiters vergaß Banor alle Vorsicht und schickte sich an, Gaynon zu folgen. Doch gerade als er die Zügel in die Hand nahm, hörte er das Pferd des Kundschafters panisch aufkreischen. Es folgten ein gurgelnder Laut, der nur von Gaynon stammen konnte, und ein dumpfer Aufprall. Dann was es still.

Banor seufzte und schloss bestürzt die Augen – Gaynon hatte die falsche Richtung gewählt und seine Unvernunft mit dem Leben bezahlt. Aber für Trauer blieb keine Zeit. Auch Banor befand sich noch immer in großer Gefahr. Vermutlich hatten die Cha-Gurrline auch ihn längst bemerkt und …

Ein berstendes Geräusch, als breche ein gewaltiges Tier aus dem Unterholz, war zu hören und beim Anblick der beiden Cha-Gurrline, die mit blankem Schwert auf ihn zustürmten, keuchte Banor entsetzt auf. Sein Hengst bäumte sich auf, wieherte schrill und jagte mit wilden, bockigen Sprüngen in den Wald hinein.

Banor wurde aus dem Sattel geschleudert und stürzte zu Boden. Fast beiläufig hörte er das unheilvolle Knacken, mit dem sein Handgelenk brach, und spürte den stechenden Schmerz, der ihm bis in die Schulter hinaufschoss. Doch das alles schien nicht mehr wichtig zu sein.

Unfähig, sich zu bewegen, starrte Banor die beiden schwarzen Krieger an, die sich ihm mit erhobenen Klingen näherten. In den langsamen Bewegungen lag eine tödliche Gewissheit und ihre Augen glühten vor Hass. Banor sah das Blut auf den Schwertern – Gaynons Blut –, die beiden gebogenen Hauer in den siegesgewiss grinsenden Mäulern und wusste: Er war verloren. Sein letzter Gedanke galt dem Rat in Nimrod, der die Nachricht von der Vernichtung der Graslandgarnison nie mehr erhalten würde.

 Nach einem kurzen Mittagsmahl hatten sich vier Ratsmitglieder, der Befehlshaber der Stadtwache, der Ausbilder der Rekruten sowie Tabor, Naemy und Sheehan wieder im Ratssaal versammelt, um darüber zu beraten, wie man der Bedrohung durch das Heer der Cha-Gurrline wirksam entgegentreten konnte.

Die Stimmung war gedrückt.

Naemys überraschende Ankunft hatte die Sitzung bis weit nach Mitternacht verlängert, denn ihr Bericht machte endlich das ganze Ausmaß der Bedrohung klar. Die Wirklichkeit war um ein Vielfaches schrecklicher, als der Rat vermutet hatte. Die Müdigkeit zwang die Beteiligten schließlich, ihre Beratung zu unterbrechen, doch schon kurz nach Sonnenaufgang hatten sich alle wieder im Ratssaal eingefunden, um die Sitzung fortzuführen. Zeit war kostbar. Die Kunde über die Vernichtung der Elfen und die schlechten Neuigkeiten, die Naemy aus dem Grasland mitbrachte, hatten den Rat zutiefst erschüttert.

Das Land war in höchster Gefahr und alle wussten, dass ihnen für die Vorbereitung der Verteidigung nur noch wenige Sonnenläufe Zeit blieb.

»Bevor wir mit der Beratung fortfahren, fasse ich kurz die Ergebnisse der vergangenen Nacht zusammen.« Der Abner hatte sich erhoben. Dunkle Ringe unter seinen Augen zeugten davon, dass er seit fast zwei Sonnenläufen keinen Schlaf mehr gefunden hatte. Trotzdem klang seine Stimme fest und entschlossen, als er mit seinen Ausführungen begann.

»Das Volk der Nebelelfen«, begann er nach einem mitfühlenden Blick auf Naemy und Tabor, »ist durch den grausamen und hinterhältigen Angriff eines ganzen Rudels der gefürchteten Quarline bis auf wenige Überlebende völlig vernichtet worden. Nach den übereinstimmenden Berichten der Nebelelfen geht von den Quarlinen selbst keine Gefahr mehr aus, da alle nach dem Angriff auf unerklärliche Weise ums Leben kamen, aber wie Naemy berichtet, befinden sich noch einige der gefährlichen Raubkatzen bei dem Heer.« Er warf einen viel sagenden Blick in die Runde. »Ich weiß, dass viele von uns noch bis gestern auf eine tatkräftige Unterstützung durch das mutige Elfenvolk gehofft hatten ...«, setzte er an, seufzte und brach erschüttert ab. Es dauerte eine Weile, bis er weitersprechen konnte. »Nach allem, was wir von Naemy über das anrückende Heer erfahren haben«, fuhr er schließlich fort, »erscheint es völlig aussichtslos, den Angreifern auf freiem Feld entgegenzutreten. Die einzige Möglichkeit einer sinnvollen Verteidigung befindet sich hier, hinter den Mauern Nimrods.« Zustimmendes Gemurmel war zu hören, doch der Abner hob die Hand und mahnte zur Ruhe. »Ich habe bereits Reiter ausgesandt, um die Bevölkerung zu warnen und aufzufordern, hier in Nimrod

Schutz zu suchen. Das Land müssen wir den Cha-Gurrlinen kampflos überlassen. Das ist bitter, aber ich hoffe, dass dann wenigstens keine Menschen zu Schaden kommen.« Er machte eine Pause und blickte die Versammelten nacheinander ernst an.

»Wie es aussieht, wird sich das Schicksal des Landes hier in Nimrod entscheiden«, sagte er. »Enron hat uns ja gestern schon ausführlich über die Stärke unserer Truppen und die vorhandenen Waffen unterrichtet, sodass ich nicht im Einzelnen auf die Anzahl der Krieger, die uns zur Verfügung stehen, eingehen muss. Allen dürfte jedoch klar sein, dass es viel zu wenige sind, um die Mauern der Festungsstadt wirkungsvoll zu verteidigen. Auch morgen, wenn die zweihundert Mann Verstärkung aus Daran eintreffen, wird die Zahl der Krieger auf den Zinnen noch immer zu gering sein, um den Sturmleitern und Kletterseilen der Angreifer wirksam entgegentreten zu können. Auf mehr Unterstützung können wir nicht hoffen, denn weder von den einhundert Mann, die vor vielen Sonnenläufen zur Verstärkung der Garnisonen an der Grenze zur Finstermark aufgebrochen sind, noch von den Garnisonen erreichte uns irgendein Lebenszeichen.« Der Abner schüttelte betrübt den Kopf. »So bitter es klingt, wir müssen damit rechnen, dass keine Nachrichten mehr kommen werden. Nach allem, was ich gehört habe, muss ich davon ausgehen, dass sowohl die Verstärkung als auch die Garnisonen den Cha-Gurrlinen zum Opfer gefallen sind.« Er seufzte und gönnte sich eine kurze Atempause, bevor er weitersprach. »Naemy hat das Heer der Cha-Gurrline im Grasland gesehen. Es ist so gewaltig, dass auf jeden Verteidiger in Nimrod drei schwarze Krieger kommen. Ein entsetzliches Missverhältnis, das wir nur durch Taktik und List ausgleichen können.«

»Aber auch List und Taktik werden uns wenig helfen, wenn es wirklich Asco-Bahrran ist, der das Heer der Cha-Gurrline anführt«, gab Naemy zu bedenken.

»Das ist leider wahr.« Der Abner nickte. »Noch haben wir zwar keine handfesten Beweise für diese Vermutung, aber nach den grauenhaften Ereignissen in Caira-Dan gibt es auch für mich keinen Zweifel daran, dass uns weit mehr als nur ein Heer aus Cha-Gurrlinen-Kriegern bedroht. Es steht zu befürchten, dass in verstärktem Maße dunkle Magie eingesetzt wird, um die Cha-Gurrline zu unterstützen. Da unsere Krieger gegen eine solche Herausforderung machtlos sind, werden die Druiden Nimrods und ich uns um diese Sache kümmern. Damit sind wir auch schon bei den Vorbereitungen, die zu treffen sind«, erklärte er. »Naemys Beobachtungen zufolge befindet sich das Heer der Cha-Gurrline noch mitten im Grasland und bewegt sich nur langsam vorwärts. Das heißt, dass wir mindestens zehn Sonnenläufe Zeit haben, die Verteidigung Nimrods vorzubereiten. Vieles wurde schon in die Wege geleitet, doch ich fürchte, angesichts der Übermacht sind noch größere Anstrengungen erforderlich, um uns zu schützen.« Er setzte sich und blickte aufmerksam in die Runde. »Wer hierzu Vorschläge hat, möge sprechen.«

Enron, der bärtige Befehlshaber der Stadtwache, erhob sich als Erster. »Seit sich die Nachricht eines bevorstehenden Angriffs wie ein Lauffeuer unter der Bevölkerung ausbreitet, kommen mit jedem Sonnenlauf mehr Flüchtlinge in die Stadt«, berichtete er. »Angesichts des Besorgnis erregenden Mangels an Kriegern bitte ich um die Erlaubnis, alle wehrfähigen Männer und Frauen einberufen zu dürfen – wenn es sein muss, auch gegen ihren Willen. Wir haben einfach zu wenige Freiwillige, um die Zinnen alle lückenlos zu besetzen.«

Der Abner runzelte die Stirn. »Dein Anliegen ist mir nicht neu«, erwiderte er bedächtig. »Du hat mich schon gestern darum gebeten. Ich brauche dir auch nicht noch einmal zu sagen, was ich von Zwangsrekrutierungen halte, daran hat sich nichts geändert. Aber ich habe lange darüber nachgedacht und gebe dir Recht. Dies ist eine Bedrohung, wie wir sie seit der Schlacht um Nimrod nicht mehr erlebt haben. Wenn nicht jeder seinen Teil dazu beiträgt, Nimrod zu schützen, werden wir alle untergehen. Deshalb erteile ich dir die Erlaubnis, alle wehrfähigen Männer und Frauen zu den Waffen zu rufen.«

»Danke!« Enron verneigte sich und nahm wieder Platz.

»Ich bin nach wie vor der Meinung, dass wir versuchen sollten, das Pulver aus Riesenalpkrallen gegen die dunkle Magie einzusetzen«, meinte Sayen.

»Aber Naemy hat doch letzte Nacht erklärt, dass es in Caira-Dan weder ein solches Pulver noch Waffen aus Sternenebulit gibt.« Der Abner blickte den Meisterseher verwundert an. »Auf die Hilfe solcher Mittel werden wir daher wohl verzichten müssen.«

»Aber in dem Land auf der anderen Seite des Ylmazur-Gebirges könnte es doch ...«

»Niemand ist je auf der anderen Seite der Berge gewesen!« Die Stimme des Abners klang leicht gereizt.

»Aber der Riesenalp in der Legende kam von dort!«, beharrte Sayen. »Vielleicht finden wir ...«

»Es reicht, Sayen«, mahnte der Abner. »Wir haben gestern ausführlich über den möglichen Wahrheitsgehalt der Legende beraten. Die Aussicht, beim Überqueren der Berge zu sterben, ist hundertmal größer als die Wahrscheinlichkeit, dort drüben Hilfe zu finden. Selbst wenn es dort Hilfe gäbe – was ich stark bezweifle –, würde die Zeit niemals reichen, um rechtzeitig zurück zu sein. Nein, Sayen, so verlockend der Gedanke auch sein mag, er bringt uns nicht weiter. Niemand ist so unvernünftig ...«

»Ich werde es versuchen!«

»Tabor!«

»Du bist verrückt!«

»Das ist Wahnsinn!«

»Unmöglich, wie ...?« Plötzlich redeten alle aufgeregt durcheinander. Sheehan schüttelte den Kopf und sagte etwas, doch die Worte gingen im allgemeinen Stimmengewirr unter, während Naemy erschrocken die Hand auf den Arm ihres Sohnes legte und ihn fassungslos anstarrte. Sayen war aufgesprungen. Sein Gesicht glänzte vor Freude, während er um den Tisch herum auf Tabor zu eilte, der mit unerschütterlicher Miene auf seinem Stuhl saß und die anderen gelassen beobachtete.

»Ruhe!« Die Stimme des Abners erhob sich über das allgemeine Durcheinander und alle verstummten. »Dein Mut ehrt dich«, wandte er sich an Tabor. »Doch ich kann den Entschluss nicht gutheißen. Wie ich schon sagte: Die Aussicht auf Erfolg ist verschwindend gering.«

»Der Abner hat Recht«, sagte Naemy. In ihren Augen schimmerten Tränen. Die Furcht, nach allem erlittenen Leid auch noch den geliebten Sohn zu verlieren, war ihr deutlich anzusehen. »Noch nie ist es einem Elf gelungen, die Gipfel des Ylmazur-Gebirges zu überwinden. Nicht einmal den Menschen …«

»Mein Entschluss steht fest. Ich habe auch schon mit Leilith gesprochen – sie kommt mit.« Tabor zeigte sich noch immer völlig unbeeindruckt.

»Aber du gehst in den Tod!«, warf Sheehan ein.

»Gehen wir das nicht alle?«, erwiderte Tabor. Betretenes Schweigen breitete sich aus. »Noch heute Abend werde ich mich mit Leilith auf den Weg machen«, erklärte er in die Stille hinein.

»Das ist Irrsinn!« Naemy hielt Tabors Arm noch immer umklammert und schüttelte den Kopf. Tabor drehte sich um und sah seiner Mutter in die Augen. »Du kannst mich nicht umstimmen, Mutter«, erwiderte er fest entschlossen und etwas in seinem Blick verriet Naemy, dass es wirklich so war. Sie löste die Hände und gab ihren Sohn frei. »Möge die Gütige Göttin dich leiten«, flüsterte sie leise und drehte sich weg, damit Tabor ihre Tränen nicht sah.

Als die Sonne ins dunkle Grün der Hügel westlich der Ebene sank und lange graue Schatten das Land berührten, machte sich Tabor zum Abflug bereit. Gegen die Kälte der Nacht hatte er sich in warme Kleidung aus Steppenbüffelfell gehüllt, und ein dichter Umhang, den er zusammen mit seinem Gepäck auf Leiliths Rücken verschnürte, sollte ihn zusätzlich vor der eisigen Hochgebirgsluft schützen.

Schweigend überprüfte der junge Elf ein letztes Mal den Sitz des Reitgeschirrs und vergewisserte sich, dass alle Schnallen geschlossen waren. Dabei vermied er es ganz bewusst, in die Gesichter der umstehenden Elfen und Menschen zu blicken, die gekommen waren, um ihn zu verabschieden, denn er ahnte, was er darin sehen würde.

Kurz bevor er die Höhle betreten hatte, hatten der Abner, die Priesterinnenmutter, Jukkon und auch Sheehan noch einmal versucht, ihn von seinem Vorhaben abzubringen – vergeblich. Insgeheim war Tabor froh, dass wenigstens Naemy es unterlassen hatte, ihn umstimmen zu wollen. In ihren Augen sah er, wie sehr sie sich um ihn sorgte. Hätte sie es noch einmal versucht, wäre er vielleicht geblieben, doch sie zog es vor zu schweigen und litt stumm.

Tabor ertappte sich dabei, wie er einige Schnallen ein zweites Mal überprüfte, um den Moment des Abschieds ein wenig hinauszuzögern, und ermahnte sich selbst zu mehr Entschlossenheit.

Es war so weit!

Er würde fliegen!

Weder die bedrückten Gesichter noch die besorgten Worte würden daran etwas ändern. Tabor holte tief Luft und wandte sich den Umstehenden zu, um sich zu verabschieden. Manche wünschten ihm Glück, andere gaben ihm gut gemeinte Ratschläge mit auf den Weg, doch obwohl sich alle um Fassung bemühten, schafften sie es nicht, das lastende Gefühl zu verdrängen, dass es ein Abschied für immer war.

Dann sagte Tabor Sayen Lebewohl. Der Meisterseher war der Einzige, der zuversichtlich wirkte. »Ich weiß genau, dass du es schaffst!«, sagte er so überzeugt, als würden allein die Worte schon ausreichen, um den Wunsch in Wirklichkeit zu verwandeln. »Ich bewundere deinen Mut, Tabor. Nicht viele sind bereit, ein solches Wagnis einzugehen.«

»Ich werde mein Bestes tun«, versicherte Tabor. Plötzlich wurde sein Blick sanftmütig und er trat vor seine Mutter. Liebevoll ergriff er ihre Hände und zwang sich zu einem Lächeln. »Alles dient einem höheren Ziel und wir, die weiterleben, müssen uns den Aufgaben stellen, die der Plan für uns vorgesehen hat«, sagte er leise, indem er die Worte wiederholte, die Lya-Numi in Caira-Dan zu ihm gesagte hatte. Naemy schluckte schwer, nahm ihren Sohn in die Arme und drückte ihn an sich. »Ich weiß«, versicherte sie mit bebender Stimme. »Pass auf dich auf.« Mehr sagte sie nicht. Ruckartig, als müsse sie sich dazu zwingen, gab sie ihn frei und beobachtete schweigend, wie er die Hand in der traditionellen Art der Elfen auf die linke Brust legte und sich zum Abschied verneigte. »Wenn die Göttin es will, werden wir uns wieder sehen«, sagte er und wandte sich damit an alle.

Dann drehte er sich um und trat, ohne sich noch einmal umzublicken, neben Leilith. Das Riesenalpweibchen streckte den Flügel aus und Tabor kletterte auf ihren Rücken. Er legte die Haltegurte an, ließ Leilith zum Höhlenausgang gehen und gab das Zeichen zum Abflug. Kraftvoll stieß sie sich von dem Plateau ab, glitt mit weit ausgebreiteten Flügeln in die Tiefe und war wenig später nur noch ein kleiner Punkt vor dem blutroten Himmel.

»Sie werden zurückkommen!« Naemy fing Chantus tröstenden Gedanken auf, während sie wie erstarrt nach Westen blickte, wo Leilith und Tabor in der zunehmenden Dunkelheit schon nicht mehr zu sehen waren. Alle anderen hatten die Höhle längst verlassen, doch Naemy musste noch bleiben. Tabor war fort und sie wusste nicht, ob sie ihn jemals wieder sah! Der Gedanke kreiste unaufhörlich in ihrem Kopf und legte einen eisernen Ring um ihr Herz. Sie fühlte sich verlassen und so einsam wie niemals zuvor. Zum ersten Mal in ihrem langen Leben fürchtete sie sich vor den nächsten Sonnenläufen.

Chantus Worte brachen den Bann. Dass der Riesenalp trotz der eigenen Trauer um den toten Bruder ihr Mut zu machen versuchte, riss sie aus ihren Gedanken. »Ich hoffe, du hast Recht«, sagte sie, während sie neben den großen Vogel trat und ihm sanft über das Gefieder strich. »Nach allem, was geschehen ist, könnte ich es nicht ertragen, wenn auch Tabor etwas geschieht«, erklärte sie ihm mittels Gedankensprache. »Meine Brüder und Schwestern wurden ermordet und ich war nicht da, um ihnen beizustehen. Die Priesterinnenmutter gab Kiany vertrauensvoll in meine Obhut, und auch da habe ich versagt ... « Naemy erschauerte. Niemals würde sie das gramvolle Gesicht der Priesterinnenmutter vergessen, als sie ihr berichtete, was mit Kiany geschehen war. Die ehrwürdige Frau hatte ihr weder Vorwürfe gemacht noch ihr gezürnt, aber das verbitterte Schweigen, mit dem sie sich abgewendet und den Raum verlassen hatte, war schlimmer gewesen als jeder Tadel. Im Verlauf der anschließenden Beratungen war Kiany nicht mehr erwähnt worden, doch der bittere Vorwurf, versagt zu haben, lag in jedem Blick, mit dem die Priesterinnenmutter Naemy bedachte.

»Du hast getan, was du für richtig hieltest«, sagte Chantu, als könne er Naemys Gedanken lesen.

»Ich habe meinem besten Freund und einem Kind, das mir vertraute, den Tod gebracht«, erwiderte Naemy bitter.

»Was geschehen ist, lässt sich nicht ändern«, meinte Chantu. »Aber Fehler sind dazu da, daraus zu lernen – und manche lassen sich sogar wieder gutmachen.«

»Zahir und Kiany sind tot!«, sagte Naemy voller Selbstverachtung. »Da gibt es nichts gutzumachen.«

»Bist du dir da so sicher?«

»Wie meinst du das?«

»Das Mädchen ...?«

»Kein Mensch überlebt den Sturz aus einer solchen Höhe.«

»Das habe ich aber anders gesehen.«

»Du hast ...?« Fassungslos starrte Naemy den Riesenalp an. »Du hast – *was*?«

»Zahir hat mir Bilder des Heeres übermittelt«, erkläre Chantu. »Er war bereits schwer verwundet und fürchtete, ihr könntet alle ums Leben kommen. Weil er sichergehen wollte, dass die Kunde von dem Cha-Gurrlinen-Heer Nimrod auch wirklich erreicht, hat er mir das Heer mit seinen Augen gezeigt. Falls keiner von euch zurückgekehrt wäre, sollte ich Tabor berichten.«

»Unglaublich! Ich hätte nie gedacht, dass ihr so etwas könnt.« Naemy wollte kaum glauben, was sie da hörte. »Warum habt ihr mir nie davon erzählt?«, fragte sie, aber Chantu blieb ihr die Antwort schuldig. »Ich habe das Mädchen fallen sehen«, fuhr er unbeirrt fort. »Und ich sah, dass sie aufgefangen wurde – von einem Cha-Gurrlin! Die Wucht des Aufpralls schleuderte beide zu Boden. Danach drehte Zahir ab und das Mädchen war nicht mehr zu sehen. Aber wenn du mich fragst ...«

»... könnte sie noch am Leben sein!« Naemy ballte die Fäuste. Ihre Augen glühten vor Eifer. »Ich suche sie!«, schwor sie. »Ich suche sie und – bei der Göttin – wenn sie wirklich noch am Leben ist, finde ich sie und bringe sie nach Hause.« Sie schlang die Arme um Chantus Nacken. »Danke, Freund«, sagte sie. »Du hast mir sehr geholfen. Ich gehe sofort zum Abner und teile ihm mit, dass ich mich noch heute Abend wieder auf den Weg ins Grasland mache, um dort nach Kiany zu suchen. Vielleicht gibt er mir ja ein schnelles Pferd, das ... «

»Wozu ein Pferd?« Chantu klang ehrlich verwundert.

»Es ist sicherer. Zweimal bin ich wohlbehalten durch die Zwischenwelt gereist, aber ich weiß, dass sich noch viele Quarline bei dem Heer befinden. Ich möchte das Glück nicht unnötig herausfordern. Außerdem muss ich wendig sein, wenn ich das Heer beobachte und ... «

»Und was ist mit mir?«, fragte Chantu ein wenig gekränkt.

»Oh, Chantu, das ... würdest du wirklich ...?« Naemy fehlten die Worte. »Ich dachte, nachdem Zahir ... da dachte ich, dass du mir nicht mehr vertraust.«

»Natürlich vertraue ich dir«, erwiderte Chantu. Plötzlich wurde seine Stimme grimmig. »Ich wollte ohnehin ins Grasland fliegen«, sagte er. »Die Cha-Gurrline haben meinen Bruder getötet. Du glaubst doch nicht, dass ich das so einfach hinnehme!«

 Gegen den unerbittlichen Wind, der so beständig aus Süden wehte, als wolle er den Vormarsch des Heeres aufhalten, bahnten sich die Cha-Gurrlinen-Krieger ihren Weg durch das vom Regen der magischen Wolke aufgeweichte Grasland. Immer wieder versanken die hölzernen Räder der schweren Wagen in dem morastigen Boden und die Mühsal, sie wieder zu befreien, zehrte an den Kräften der Krieger. Als der Himmel im Osten grau wurde und die Sonne sich

anschickte, das Grasland in ihr helles Morgenlicht zu tauchen, waren selbst die stärksten Krieger so erschöpft, dass sie kaum noch vorwärts kamen.

Doch der Befehl des Meisters lautete, weiterzumarschieren, bis das Tageslicht den Kriegern die Sicht nahm, und die Heerführer gönnten den Kriegern so lange keine Rast, bis der gleißende Sonnenschein unerträglich wurde.

Kiany bekam von alledem nichts mit. Wie im Rausch trieb sie dahin, ohne Erinnerungen und Gefühle – ihr Geist war leer. Seit ihr Bewusstsein das Dimensionentor durchschritten und die Worte der fremden Wesenheit empfangen hatte, fühlte sie nur die lähmende Kälte.

Ihre Augen waren geöffnet, doch sie sah nichts. Die wogenden Schatten, die sich um sie herum bewegten, hatten keine Bedeutung – nichts hatte Bedeutung. Das Stimmengewirr und die Gesprächsfetzen, die sie streiften, blieben ohne Belang und auch die Berührungen fremder Hände, die sie aufrichteten, herumführten oder an einen anderen Ort trugen, kümmerten sie nicht. Einer lebendigen Puppe gleich setzte sie einen Fuß vor den anderen, wenn man ihr zu gehen befahl, und ließ sich auf dem Boden nieder, wenn man sie dazu aufforderte.

Manchmal spürte sie eine eisig Hand auf ihrem Haar und das fremde Bewusstsein, das durch ihren erstarrten Geist streifte. Sie hörte die beschwörende Stimme, sah das grüne Leuchten, mit dem sich das Dimensionentor öffnete, und gab die Antworten der fremden Wesenheit, die dahinter lauerte, mit grausam entstellter Stimme wieder. Furcht und Entsetzen spürte sie nicht mehr. Selbst das Grauen hatte seinen Schrecken verloren. Sie befand sich irgendwo auf dem schmalen Grat zwischen Leben und Tod, aber man ließ sie nicht sterben – noch nicht.

Methars Herz krampfte sich schmerzhaft zusammen, als er dem schönen Mädchen von dem hölzernen Stuhl aufhalf, auf dem schon so manches Medium Asco-Bahrrans grausam den Tod gefunden hatte.

Sie zitterte am ganzen Körper und war so schwach, dass er sie stützen musste. Ihr Blick unter den halb geschlossenen Lidern war glasig und ausdruckslos und sie folgte ihm willenlos zu dem harten Lager aus Strohmatten, das man ihr, auf sein Bestreben hin, für die Dauer der Rast zugebilligt hatte. Fürsorglich bettete er ihren Kopf auf die Kissen, die er für sie besorgt hatte, und breitete eine Felldecke über ihren schlanken Körper. Mit einem leisen Seufzer schloss das Mädchen die Augen und schlief ein.

Verstohlen warf Methar einen Blick über die Schulter. Er war nicht allein. Die meisten, die der Botschaft des finsteren Herrschers soeben gelauscht hatten, hatten das Zelt schon wieder verlassen. Aber Asco-Bahrran war noch in ein leises Gespräch mit einigen Magiern vertieft. Die Worte *Dämon* und *Feuer* streiften Methars Ohren, doch er war zu weit weg, um die Unterhaltung zu verstehen. Sein Blick wanderte von dem Magiern zurück zu dem Mädchen und ein unbändiger Zorn stieg in ihm auf. Noch nie hatte er die Qualen, die Asco-Bahrran jenen zufügte, die ihm als Medium dienten, mit ansehen können, doch bei diesem Mädchen war es ihm unerträglich. Jedes Mal, wenn er sie zu dem Stuhl führte, auf dem sie Asco-Bahrran zu Diensten sein musste und ihr das Getränk verabreichte, das ihren Geist öffnete, wünschte er sich sehnlichst, ihr helfen zu können. Irgendwie!

Sie war so schön! Schön und unschuldig. Methar seufzte leise und strich heimlich mit der Hand über die bleiche Wange des Mädchens. Was er bei ihrem Anblick fühlte, verwirrte ihn zutiefst. Nie zuvor hatte er Ähnliches für jemanden empfunden. Nie eine solche Wärme gespürt wie in dem Moment, wenn er dieses Mädchen ansah.

So wie jetzt! Ein liebevolles Lächeln huschte über Methars Gesicht und er ließ seine Hand noch einmal über ihre Wange gleiten. Dann verschwand das Lächeln und wich einer grimmigen Entschlossenheit. »Ich werde nicht zulassen, dass er dir weiter wehtut«, flüsterte er ihr zu und ballte die Hand zur Faust. »Ich bringe dich fort! Irgendwohin, wo er dich nicht erreichen kann.« Die Worte kamen wie von selbst über seine Lippen und obwohl er tief in seinem Innern wusste, dass der Plan nicht mehr als ein frommer Wunsch war, klammerte er sich daran. So viele waren schon gestorben. Junge unschuldige Grasländer, Männer und Frauen. Gequält, geschändet und den Quarlinen zum Fraß vorgeworfen. Diesem Mädchen durfte das nicht geschehen!

Entschlossen stand Methar auf. Von nun an würde er nicht mehr von ihrer Seite weichen. Sobald sich eine Gelegenheit bot, würde er mit ihr fliehen – am besten bei Sonnenschein, wenn die Krieger halb blind waren. Sein Pferd war kräftig genug, um zwei Reiter zu tragen. Er brauchte nur einen günstigen Moment abzuwarten und mit etwas Glück würde die Flucht gelingen.

Hinter den Gipfeln der Valdor-Berge graute der Morgen mit kalter, düsterer Entschlossenheit. Wärme und Helligkeit der aufgehenden Sonne wurden von den niedrigen Wolken, die sich an den Felshängen stauten und regungslos verharrten, völlig abgeschirmt und die grauen Nebel über der Ebene passten zu der düsteren Vorahnung, die sich allerorten ausbreitete.

Ein Sonnenlauf war vergangen, seit die beiden Elfen aufgebrochen waren. Während Tabor mit Leilith nach Westen flog und Naemy sich mit Chantu auf den Weg in das Grasland machte, wurden in Nimrod die Vorbereitungen für die Verteidigung der Stadt fieberhaft vorangetrieben.

Die Essen der Schmieden rauchten Tag und Nacht und das Klirren der schweren Schmiedehämmer begleitete das Leben in der Festungsstadt wie die düstere Litanei einer ungewissen Zukunft. Auf allen freien Plätzen sah man Männer und Frauen, die im Umgang mit Schwert und Bogen unterrichtet wurden. Wer keine Waffe tragen konnte, wurde für die Arbeiten an und auf den Festungsmauern herangezogen. Selbst die Kinder taten es den Erwachsenen gleich, indem sie in ihrer unbekümmerten Art mit Holzschwertern einen heldenhaften Kampf gegen grauenhafte Schattenwesen ausfochten.

Riesige Mengen an Nahrungsmitteln, die eilig aus dem Umland herbeigeschafft wurden, passierten das große Flügeltor inmitten des unablässigen Stroms von Flüchtlingen, die zu tausenden hinter den dicken Mauern Schutz suchten.

»Ich hätte niemals gedacht, dass es so viele werden.« Beunruhigt ließ die Priesterinnenmutter den Blick über die Ebene streifen, wo sich das dunkle Band des Flüchtlingsstroms in den Nebeln verlor. »Ich hoffe nur, dass wir ausreichend Lebensmittel einlagern können, bevor die Tore geschlossen werden.«

»Mit dem Vorhandenen werden wir ein oder zwei Mondläufe auskommen«, erwiderte der Abner, der neben der Priesterinnenmutter auf den Zinnen über dem großen Tor stand und den Strom der Neuankömmlinge beobachtete. »Aber wo sollen wir die vielen Menschen unterbringen? Schon jetzt sind alle Unterkünfte überfüllt. Wenn es so weitergeht, müssen die Menschen unter freiem Himmel in den Straßen lagern. Ein Gedanke, der mir überhaupt nicht gefällt.«

»Ihr habt Recht.« Die Priesterinnenmutter nickte. »Es wird immer kälter und …«

»Das Wetter schert mich weniger«, mischte sich Enron, der Befehlshaber der Stadtwache, in das Gespräch ein. Der stämmige Krieger kam gerade die Stufen herauf und hatte das Gespräch der beiden mit angehört. Besorgt deutete er auf den unbebauten Platz hinter den Festungsmauern, auf dem sich unzählige Menschen drängten. »Ich frage mich nur, wie während des Angriffs der Nachschub auf die Zinnen geschafft werden soll. Da unten ist einfach kein Durchkommen.«

»Darüber habe ich mir auch schon Gedanken gemacht«, sagte der Abner. »Alle, die nicht kämpfen oder für die Versorgung der Verwundeten benötigt werden, dürfen sich im Fall eines Angriffs nicht mehr hier aufhalten. Deshalb werden wir die Tore der Inneren Festung öffnen und den Menschen Einlass gewähren, wenn es so weit ist.«

»Alle diese Menschen!« Enron trat neben den Abner, strich sich mit der Hand über den krausen, von grauen Strähnen durchzogenen Bart und starrte kopfschüttelnd auf die Ebene. »Wenn die Tore nicht standhalten, wird Nimrod im Blut ertrinken.«

»Die Tore werden halten«, erklärte der Abner überzeugt. »Die Menschen kommen hierher, weil sie sich hinter den Mauern sicher fühlen. Nimrod ist für sie ...«

»... eine Falle, aus der es kein Entrinnen gibt, wenn wir versagen.« Enron schlug mit der Faust gegen die Mauer und spie auf den Boden. »An der Grenze zur Finstermark habe ich einmal gegen Cha-Gurrline gekämpft«, berichtete er grimmig. »Zwanzig Krieger der Grenzgarnison waren wir, als wir auf sechs Cha-Gurrline stießen, die im Grasland Steppenbüffel jagten. Wir haben sie vertrieben, aber nur fünf von uns kehrten in die Garnison zurück.« Er schüttelte erneut den Kopf. »Wenn Ihr meine Meinung hören wollt: Mit Frauen und Halbwüchsigen, die gerade eben einen Speer halten können, ist die Aussicht zu überleben verschwindend gering.« Ohne eine Antwort abzuwarten, stapfte er die Stufen hinab und verschwand in der Menge.

»Ich kann nur hoffen, dass Enron seine Meinung für sich behält.« Die Priesterinnenmutter blickte dem Befehlshaber der Stadtwache kopfschüttelnd nach. »Die Menschen dürfen die Hoffnung nicht verlieren. Panik und Verzweiflung würden uns nur Schaden zufügen.«

»Enron ist weithin für seine Schwarzseherei bekannt«, erklärte der Abner. »Aber er ist ein erfahrener Kommandant und wird seine Meinung den Kriegern gegenüber nicht hinausposaunen.« Er verstummte und ließ den Blick nachdenklich über die Ebene schweifen. »Trotzdem hat er nicht ganz Unrecht. Sollte das Tor fallen, gibt es keine Fluchtmöglichkeit. Außer ...«

»... durch die alten Gänge und Stollen unter der Festungsstadt.« Die Priesterinnenmutter fasste sich mit der Hand an die Stirn. »Daran habe ich noch gar nicht gedacht.«

»Ich bis eben auch nicht«, gab der Abner zu. »Der Stollen wurde nie benutzt und vor über hundert Sommern durch ein magisches Tor verschlossen.« Plötzlich hatte er es eilig. »Den Bann zu lösen, dürfte nicht schwierig sein. Ich schicke Jukkon sofort mit einigen Krieger hinunter, damit sie sich der Sache annehmen. Er soll herausfinden, ob der alte Fluchttunnel in die Valdorberge noch passierbar ist. Sollte das große Tor fallen, müssen wir versuchen, so viele Menschen wie möglich durch die Stollen in die Berge zu führen, während unsere Krieger die Mauern der Inneren Festung verteidigen.« Er seufzte tief. »Die Göttin möge verhindern, dass es dazu kommt.«

Im Licht der aufgehenden Sonne, die sich als feurige Scheibe hinter den Valdorbergen erhob, erreichten Tabor und Leilith das Ylmazur-Gebirge. Die majestätischen Gipfel ragten Tausende von Längen in den azurblauen Himmel hinauf und inmitten der Giganten erhob sich der tief verschneite Himmelsturm wie der Urvater aller Berge eisig, stumm und zeitlos. Obwohl sich die Bergkette in der dunstigen Luft wie eine dunkle, abweisende Mauer über der Ebene erhob, schlug Tabors Herz bei diesem Anblick höher – er kehrte heim.

Goldenes Sonnenlicht setzte die schneebedeckten Gipfel in Flammen und nahm den schroffen Graten und tückischen Gletschern den Schrecken. Doch Tabor war erfahren genug, um sich von der friedlichen Aussicht nicht täuschen zu lassen. Obwohl sein Volk viele tausend Sommer im Schatten des Ylmazur-Gebirges gelebt hatte, hatten es die Wärme liebenden Elfen nie gewagt, die Schwindel erregenden Höhen zu erklimmen.

Einige wagemutige Menschen sollten den Aufstieg versucht haben, doch keiner von ihnen war je zurückgekehrt, um über das Gesehene und Erlebte zu berichten.

Das Ylmazur-Gebirge war tückisch, hoch aufragend und unüberwindlich. Kein Pass führte hinüber und selbst die Riesenalpe wagten es nicht, in die eisige Luft aufzusteigen, denn das Wetter jenseits der Baumgrenze war unberechenbar. Oft fegte der Wind mit wilder Kraft über den nackten Fels, fauchte durch Schluchten und schroffe Abstürze, über Hänge und Grate und fiel über alles her, was seinem Wüten im Weg stand.

Nach Wetterstürzen quollen die Wolken mit rasender Geschwindigkeit auf und in wenigen Augenblicken konnte ein furchtbarer Schneesturm wüten, wo zuvor noch die Sonne geschienen hatte. Die plötzlich auftretenden Fallwinde, die den Unwettern vorauszugehen pflegten, waren für die Riesenalpe ganz besonders gefährlich.

Zahir war vor fünf Sommern einmal nur knapp dem Tod entronnen, als ihn ein Fallwind zu Boden drückte. Im letzten Augenblick fand er einen warmen Luftstrom, der ihm wieder Auftrieb gab. Damals hatte allerdings Sommer geherrscht und Tabor bezweifelte, dass es zu dieser späten Jahreszeit dort oben noch solche milden Strömungen gab.

Hoffnung und Besorgnis begleiteten ihn, während er auf Leiliths Rücken im sanften Gleitflug über die dicht bewaldete Ebene dahinschwebte, die sich wie ein weiches braungrünes Tuch unter ihnen ausbreitete. Das breite silberne Band des Yunktun durchschnitt den Wald von Norden kommend in zwei nahezu gleich große Hälften, bevor es sich irgendwo im Süden in den Sümpfen von Numark in einer gewaltigen fächerartigen Flussmündung ausbreitete.

Der Gedanke an die vernichtete Heimat versetzte Tabor einen schmerzhaften Stich und erinnerte ihn daran, warum er die gefährliche Aufgabe übernommen hatte – er wollte sein Volk rächen. Wer immer für diesen heimtückischen Angriff verantwortlich war, sollte dafür büßen. Entschlossen wandte er den Blick wieder den Bergen zu, die nun zum Greifen nahe vor ihm lagen, und maß die gigantischen Gipfel mit einem prüfenden Blick. Viel konnte er nicht mehr erkennen, denn die Sonne hatte an Kraft gewonnen und ihr grelles Licht wurde von den endlosen Schneeflächen zurückgeworfen. Dennoch, hinter den Gipfeln war der Himmel blau und das Wetter schien ruhig.

»Bist du bereit?«, erkundigte sich Tabor mithilfe der Gedankensprache bei Leilith, während er den dicken Mantel aus Steppenbüffelfell und ein Paar Handschuhe aus dem Reisegepäck zog und hineinschlüpfte.

»Bereit zum Sterben?« Die Worte des Riesenalpweibchens sollten spöttisch klingen, doch Sorge und die Trauer um ihren Bruder nahmen ihnen die Schärfe. Tabor spürte zu seinem Erstaunen, dass Leilith wirklich ängstlich war.

»Die Menschen in Nimrod verlassen sich ganz und gar auf uns«, erinnerte er sie.

»Ich weiß«, erwiderte Leilith kleinlaut. Eine Weile herrschte Schweigen, als müsse sie für die nächsten Worte erst die nötige Kraft sammeln, dann fuhr sie fort: »Und ich werde sie bestimmt nicht enttäuschen.«

»*Wir* werden sie nicht enttäuschen.« Tabor sandte ihr einen liebevollen Gedanken. Er konnte sie gut verstehen. Sie war längst nicht so erfahren wie ihre beiden Brüder und nie zuvor oberhalb der Baumgrenze geflogen. Doch Zahir war tot und Chantu hatte sich, wie er von Leilith erfahren hatte, mit Naemy auf den Weg in das Grasland gemacht, um Kiany zu suchen.

Als sie die ersten Ausläufer des Gebirgsmassivs erreichten, begann Leilith zu kreisen. Die Sonne ergoss sich nun auch in die Täler. Ihre Strahlen vertrieben die Kälte der Nacht und erzeugten warme Aufwinde, die an den Berghängen emporstiegen. Mit weit ausgebreiteten Schwingen ließ sich Leilith von ihnen hinauftragen. So hoch, dass der Yunktun nur noch als glitzernder dünner Faden tief unten zu sehen war.

Tabor vermied es, nach unten zu blicken, und nahm die Halteriemen des ledernen Reitgeschirrs fester in die Hand. Obwohl er schon oft hoch geflogen war und bisher keine Höhenangst gekannt hatte, vermochte er den Schwindel erregenden Anblick des Landes unter sich kaum zu ertragen. Auch die Kälte machte ihm inzwischen zu schaffen. Jetzt war er froh, den dicken Mantel mit der warmen Kapuze und die gefütterten Handschuhe zu tragen, die ihm unten im Tal noch überaus lästig gewesen waren.

»Alles in Ordnung?«, erkundigte sich Leilith besorgt, denn ihr war die Stimmung ihres Reiters nicht entgangen.

»Ja«, antwortete Tabor knapp. Blinzelnd ließ er den Blick über die schneebedeckten Hänge schweifen, die sich sauber und unberührt vor ihm erstreckten. Sein Atem stieg in Form weißer Dampfwölkchen in die frostig klare Morgenluft und gefror an den fellbesetzten Rändern seiner Kapuze zu dünnem Reif.

Plötzlich bemerkte er, dass die Atemzüge seine Lungen nicht

mehr ausreichend füllen konnten, und versuchte erschrocken, die Luft schneller einzuziehen. Doch das Gefühl, ersticken zu müssen, wollte nicht weichen und die Atemnot machte ihn schwindlig. »Wie hoch müssen wir noch, Leilith?«, fragte er schnaubend.

»Wir haben es gleich geschafft«, beruhigte sie ihn. »Da vorn sehe ich einen tiefen Einschnitt zwischen zwei Gipfeln. Ich versuche hindurchzufliegen.«

Tabor antwortete nicht. Verbissen kämpfte er mit abertausend schwarzen Punkten, die plötzlich seine Sicht behinderten, während er gleichzeitig zu erkennen versuchte, ob seine kribbelnden, gefühllosen Hände in den dicken Handschuhen noch die Haltegurte umklammerten oder ob sie ihm schon entglitten waren. Verzweifelt um Atem ringend, ließ er sich in Leiliths weiches Nackengefieder sinken, schloss die Augen und betete, das Riesenalpweibchen möge mit dem Luftmangel besser zurechtkommen als er.

Als hätte sie seine Gedanken gelesen, beendete Leilith in diesem Augenblick den Steigflug und ging in ein abwärts geneigtes sanftes Gleiten über. »Du erstickst«, stellte sie besorgt fest und fuhr fort ohne eine Antwort abzuwarten: »Einige hundert Längen voraus gibt es ein Tal mit einem Plateau. Dort versuche ich zu landen. Ich hoffe nur, dass auch ich weit genug hinunterkomme.«

Ihre Worte erreichten Tabor an der Schwelle zur Bewusstlosigkeit. Dass er sich überhaupt noch auf Leiliths Rücken halten konnte, hatte er allein seiner Zähigkeit zu verdanken. Zu einer bedachten Handlung war er nicht mehr in der Lage. Wie im Traum spürte er, dass Leilith tiefer ging, fühlte die mächtigen Flügelschläge, mit denen sie den Schwung aus ihrem Flug nahm, und das dumpfe Holpern, als ihre Krallen das Felsplateau berührten. Ein stummer Hilferuf, den sie mittels Gedankensprache aussandte, wisperte durch sein Bewusstsein und er schaffte es sogar noch, sich über diesen sinnlosen Versuch zu wundern: Hier gab es weit und breit niemanden, der ihnen helfen konnte. Dann wurde es dunkel und er spürte nichts mehr.

Im Traum flog er wieder. Immer höher schraubte sich Leilith in die Lüfte und ließ selbst die schneebedeckten Gipfel der Berge weit unter sich. Fedrige Wolken streiften seine Wangen und der Wind strich ihm sanft über das Gesicht. Doch die Luft war schrecklich dünn und das Gefühl, jeden Augenblick ersticken zu müssen, wurde fast übermächtig. Bunte Punkte und blitzende Sterne tanzten vor Tabors geschlossenen Augen und immer wieder wich das Bild des sonnenbeschienenen Gebirges einem blutroten Nebel, der im hämmernden Takt seines Herzschlags pulsierte.

So ist es also, wenn man stirbt. Der Gedanke kam völlig überraschend und hatte nichts Schreckliches an sich. Irgendwie erschien es Tabor richtig, dass er hier und jetzt starb. Die Zeit, sich in sein vorbestimmtes Schicksal zu fügen, war gekommen und er war bereit, dem Tod ins Auge zu sehen.

Plötzlich schwirrten leise Stimmen in seinem Kopf. Geheimnisvolle Stimmen, die in der Sprache seiner Ahnen zu ihm flüsterten. »Palmi noryn? – Wohin gehen wir?«, flüsterten sie. Und: »Tulon nin? … mar nin? – Mein Name? … Meine Heimat?« Die Stimmen entfernten sich, schwebten fort und kamen wieder. Erst raunten sie ihm ihre Fragen zu, so traurig und verloren, als müsse er darauf eine Antwort wissen. Dann lockten sie ihn süß und lieblich, er solle ihnen folgen. Plötzlich hörte er jemanden ganz in der Nähe flüstern: »… noron … na adab – … komm … zum Haus.«

Und dahinter ganz dünn und verschwommen gab es noch eine andere bekannte Stimme. »Tabor!« Das war Leilith! Das Riesenalpweibchen klang freudig erregt und besorgt zugleich, doch ihr Gedankenruf strich vorbei, ohne dass der junge Elf ihn fassen konnte. Erneut glitt er in die Welt der Träume und die säuselnden Stimmen zogen ihn wieder in ihren Bann. Eine dunkle Wolke schob sich an der Sonne vorbei. Es wurde kalt. Tabor spürte, wie ihm etwas in den Mund geschoben wurde, und wehrte sich heftig dagegen. Doch er war zu schwach. Immer wieder streifte sein Bewusstsein die Schwelle des Todes, wo ihm die Stimmen zuraunten, ihnen zu folgen, und die Willensanstrengung, die nötig war, um die Lippen geschlossen zu halten, überstieg fast seine Kräfte. Schließlich gab er die Gegenwehr auf und spürte ein dünnes hartes Plättchen auf der Zunge, das er nicht fortschieben konnte. Es verströmte den herrlichen Duft einer Frühlingswiese und füllte Tabors gemarterte Lungen mit reiner, klarer Luft. Plötzlich wollte er das Plättchen gar nicht mehr loswerden. In der frischen Luft erwachten seine Sinne zu neuem Leben und verdrängten die Stimmen. Jammernd und klagend zogen sie sich zurück in ihre kalte, dunkle Welt, in der es für die Lebenden keinen Platz gab.

Doch die lieblichen Düfte bewirkten noch etwas anderes. Wie ein starkes Rauschmittel benebelten und verwirrten sie Tabors Sinne und machten es ihm unmöglich, Traum und Wirklichkeit voneinander zu unterscheiden.

Er hatte das Gefühl, als setze sich jemand hinter ihn und schlinge ihm die Arme um die Hüften. Er wollte sich umdrehen und sehen, wer der Fremde war, doch seine Kräfte reichten nicht aus, den Kopf zu heben. Tabor seufzte. Eben dem Tod entronnen, fühlte er sich so schwach und matt wie nie zuvor in seinem Leben. Die Gedanken wollten ihm nicht mehr gehorchen und im nächsten Augenblick hatte er auch schon vergessen, woran er soeben gedacht hatte.

Leiliths Körper spannte sich. Die Krallen kratzten über den Fels und sie stieß sich kräftig mit den Beinen ab. Es folgte ein kurzer Sturzflug, mit dem sie die Aufwinde suchte, dann erhob sich der felsengraue Riesenvogel in anmutigen Kreisen in die Lüfte.

Durch halb geöffnete Augen sah Tabor die tief verschneiten Berghänge an sich vorüberziehen, konnte den Bildern und Ereignissen aber keine Bedeutung beimessen. Seine Sinne waren wie vermummt und die Gedanken entschwanden in den dichten Nebeln, die seinen Geist einhüllten, noch bevor er sie greifen konnte. Hin und wieder erblickte er neben sich die Silhouetten anderer Riesenalpe, auf deren Rücken hoch gewachsene, in helle Pelze gekleidete Wesen saßen. Ein anderes Mal streifte der melodische Klang einzelner Worte seine Gedanken: Worte aus der uralten Sprach der Elfen, deren Bedeutung Tabor nicht zu erkennen vermochte. Die Worte kamen und gingen wie zuvor das Wispern der Geisterstimmen, tauchten auf und verschwanden wie die fremden Riesenalpe am Himmel. Sie schienen so wirklich wie der Wind und die schneebedeckten Berge und doch wusste Tabor tief in seinem Innern, dass auch sie nur ein Trugbild sein konnten.

»Außer Leilith und Chantu gibt es keine Riesenalpe mehr.« Nur mit Mühe gelang es Tabor, den simplen Gedanken zu Ende zu führen, ohne ihn zu verlieren. Ihm wurde schwindlig und sein Kopf brummte, als schlügen hunderte winziger Zwerge mit ihren Hämmern darauf ein.

Leilith flog einen Bogen und schwenkte in einen breiten Korridor zwischen zwei steil aufragenden Felswänden ein. Im Schatten der beiden Felsgrate war die Luft bitterkalt und Tabor schmiegte sich tiefer in Leiliths weiches Nackengefieder, um dem beißenden Wind zu entgehen. Im Vertrauen auf ihre Flugkünste schloss er die Augen und ließ sich von ihr tragen. Das sanfte Auf und Ab des Vogelkörpers machte ihn schläfrig. Die Erschöpfung forderte nachdrücklich ihren Tribut. Tabor fühlte sich so müde und kraftlos wie schon lange nicht mehr und wollte nur noch eines – schlafen.

 Naemy und Chantu kamen gut vorwärts. Ein kräftiger Südwind trieb sie vor sich her und schonte die Kräfte das Riesenalps, sodass sie unterwegs nur einmal eine kurze Rast einlegen mussten, um zu essen und zu schlafen. Gegen Mittag des zweiten Sonnenlaufs schließlich, einen halben Sonnenlauf früher als erwartet, entdeckte Naemy am nördlichen Horizont den hellen Streifen des Graslandes. Ein wolkenloser, azurblauer Himmel spannte sich über die ausgedehnte Steppe und im herbstlichen Sonnenlicht glänzten die trockenen Halme der Gräser in goldenem Schimmer.

Naemy wies Chantu an, noch etwas höher zu fliegen, damit sie einen besseren Überblick hatte. Sie wusste nicht, wo sich das Heer der Cha-Gurrline zurzeit befand, hoffte aber, es bald zu entdecken, da sich der gewaltige dunkle Heerwurm sicherlich weithin von dem hellen Gras abhob.

Seit dem Morgen war der Südwind immer mehr abgeflaut, doch Chantu hatte Glück: Auf einer großen sonnenbeschienen Lichtung inmitten des dichten Waldes, über den sie gerade flogen, fand er einen warmen Aufwind und begann zu kreisen. Immer höher schraubte er sich in die Lüfte, während er sich gleichzeitig weiter nach Norden treiben ließ.

Naemy richtete sich auf und suchte aufmerksam das Grasland ab – nichts! Nur die endlose, leere Steppe breitete sich vor ihr aus. Vereinzelt waren kleine Ansammlungen von Hütten als dunkle Punkte inmitten der goldenen Ebene zu erkennen – Dörfer, die inzwischen verlassen waren –, aber nirgends fand sie einen Hinweis auf das Heer.

Die Nebelelfe wandte den Kopf und blickte nach Westen, wo sich das silbern schimmernde Band des Yunktun vor den majestätischen Gipfeln des Ylmazur-Gebirges durch die Ebene schlängelte. Der Anblick versetzte ihr einen schmerzhaften Stich und ihre Gedanken wanderten zu Tabor. Schon zweimal hatte sie versucht, ihren Sohn mittels Gedankensprache zu erreichen, doch er antwortete nicht. Noch machte sie sich keine echten Sorgen, da sie von Chantu erfahren hatte, dass es Leilith und Tabor gut ging. Doch das Verhalten ihres Sohnes gab ihr Rätsel auf, zumal auch Chantu erwähnt hatte, dass sich Leilith ungewöhnlich wortkarg verhielt und angestrengt geklungen hatte.

Die Nebelelfe seufzte. Es hatte keinen Sinn, weiter darüber nachzudenken. Wie die Reise auch verlief, irgendwann würde sie erfahren, wie es Tabor und Leilith ergangen war. Sie holte tief Luft und wandte sich wieder der Ebene zu. In der klaren Luft erkannte sie weit im Norden die dunkle Silhouette der Hügel, die das Ende des Graslandes markierten und die Grenze zur Finstermark bildeten. Von dem Heer war weit und breit nichts zu sehen.

»Ich sehe nichts – und du?«, fragte Chantu in ihren Gedanken.

»Ich auch nicht«, erwiderte Naemy. »Die Steppe ist wie leer gefegt. Flieg noch ein wenig dichter heran und geh wieder tiefer. Ein solch großes Heer kann nicht einfach verschwinden. Es muss irgendwo Spuren hinterlassen haben.«

Wenig später ließen Naemy und Chantu das rotgoldene Blätterdach des Waldes hinter sich und erreichten die Steppe. Die trockenen Gräser wiegten sich in der leichten Brise, die noch immer aus südlicher Richtung über die Ebene strich, doch außer einer kleinen Herde Steppenbüffel, die weit entfernt graste, war nichts Ungewöhnliches zu entdecken.

»Weiter nach Osten«, wies Naemy Chantu an. Der Riesenalp schwenkte nach rechts und folgte dem Saum des Waldes nur wenige hundert Längen von der letzten Baumreihe entfernt. Lange Zeit war auch hier nichts zu erkennen, doch plötzlich straffte sich Naemy. »Bei der Göttin, sie sind schon im Wald!«, flüsterte sie ungläubig und starrte auf die breite Spur, die hunderte von Kriegern und Dutzende schwer beladener Wagen in dem weichen Steppenboden hinterlassen hatten. »Bei den Toren!« Naemy hatte nicht damit gerechnet, dass die Cha-Gurrline schon so weit gekommen waren. Das warf ihren ganzen Plan durcheinander. Bisher hatte sie vorgehabt, das Heer außerhalb der Pfeilschussweite von oben zu beobachten, um herauszufinden, wo sich Kiany befand. Im Wald war das natürlich nicht möglich. Die bunt gefärbten Baumkronen waren der Jahreszeit zum Trotz noch immer dicht belaubt und verwehrten ihr den Blick bis zum Waldboden hinunter. Wenn sie Kiany finden wollte, würde ihr nichts anderes übrig bleiben, als sich dem Heer zu Fuß zu nähern und den Kriegern möglichst unauffällig zu folgen.

Naemy fluchte noch einmal. Trotz der Fähigkeit ihres Volkes, mit der Natur zu verschmelzen und dadurch nahezu unsichtbar zu werden, gefiel ihr der Gedanke, zu Fuß durch den Wald zu gehen, ganz und gar nicht. Aber sie hatte keine Wahl. Entschlossen lenkte sie Chantu zu einem Hügel, der sich ganz in der Nähe am Rande der Steppe erhob, ließ sich absetzen. Sie bat ihn, sich nicht zu weit an das Heer heranzuwagen, aber trotzdem immer in der Nähe zu bleiben, falls sie ihn brauche. Dann schulterte sie ein Bündel mit Proviant und ihren Langbogen und machte sich auf den Weg.

Sie brauchte nicht lange zu suchen. Nur wenige hundert Längen, nachdem sie den Wald betreten hatte, trug ihr der leichte Südwind den durchdringenden Raubtiergeruch der Cha-Gurrline zu. Durch das dichte Unterholz konnte sie die Krieger zwar nicht sehen, aber die Geräusche, die durch den Wald an ihr Ohr drangen, verrieten ihr, dass das Heer in unmittelbarer Nähe war.

Naemy erklomm einen Baum und näherte sich dem Heer im Schutz der Baumkronen, indem sie lautlos wie eine Katze von Ast zu Ast kletterte. Ihre Vermutung bestätigte sich, als sie die Nachhut des Heerwurms erreichte. Überall in den Schatten der Bäume saßen oder lagen Cha-Gurrline. Einige aßen, andere schliefen und vereinzelt sah Naemy auch Krieger, die ihre Waffen schärften.

Das Lager dehnte sich nach allen Richtungen schier endlos aus. Selbst von ihrem erhöhten Standpunkt aus konnte sie die Vorhut der Truppe nicht sehen. Ohne die Hilfe von Elfenmagie, die sie vor den Blicken der Cha-Gurrline verbarg, war es unmöglich, unbemerkt nach Kiany zu suchen. Doch Elfenmagie anzuwenden war nicht ganz ungefährlich. Denn sollte sie zufällig in die Nähe eines Magiers geraten, bestand die Gefahr, dass er ihre Aura spürte und sie entdeckte.

Dennoch, eine andere Möglichkeit hatte sie nicht und wenn sie Kiany finden wollte, musste sie dieses Wagnis eingehen.

Entschlossen hob Naemy die Hand, malte ein verschlungenes Zeichen in die Luft und murmelte leise die magischen Worte in der uralten Sprache der Elfen. Im nächsten Augenblick war sie verschwunden. Vorsichtig suchte sie sich ihren Weg durch die Baumkronen, bewegte sich über den Köpfen der Cha-Gurrline hinweg und hielt gleichzeitig nach Kiany Ausschau.

Niemand bemerkte sie. Nur die Quarline, an deren Käfigen sie vorbeikletterte, wurden unruhig. Knurrend und fauchend starrten sie zu ihr herauf und streckten die Pranken wütend durch die Gitterstäbe. Aber die Wärter maßen dem merkwürdigen Verhalten der Raubkatzen keine Bedeutung bei und zwangen sie mit kräftigen Stockhieben zur Ruhe.

Als sich die Sonne dem Horizont zuneigte, entdeckte Naemy ein Dutzend Wagen und Kutschen, die auf einer kleinen Lichtung inmitten des Waldes standen. Meist waren es einfache, mit Gerätschaften beladene Holzkarren, doch es gab auch geschlossene Kutschen, die Naemy aus Nimrod kannte und in denen die Reisenden vor den Widrigkeiten des Wetters Schutz zu suchen pflegten. Die unterschiedlichen Gefährte bildeten eine Art Wagenburg, in deren Mitte ein rubinrotes Zelt stand. Es wurde von vier Cha-Gurrlinen bewacht und war so prunkvoll, dass es nur einer wichtigen Persönlichkeit gehören konnte. Das Zelt erregte sofort Naemys Neugier und sie beschloss, ihre Aufmerksamkeit darauf zu richten, bis sie erfahren hätte, was sich darin befand.

Ihre Geduld war auf eine harte Probe gestellt. Obwohl aus dem Zeltinnern leise Stimmen zu ihr heraufklangen, rührte sich auf der Lichtung lange nichts. Erst bei Einbruch der Dämmerung verließen einige Männer in prachtvollen Gewändern das Zelt, doch den Schatten nach zu urteilen, die das Feuer von innen an die Plane warf, hielten sich auch weiterhin noch mindestens drei Personen dort drinnen auf.

Naemy wartete geduldig.

Als die Sonne unterging und das mit blassrosa Streifen durchwirkte Blau des Abendhimmels eine kalte Nacht ankündigte, kam Bewegung in die Krieger. Befehle wurden gebrüllt, Waffen und Rüstungen klirrten und Naemy beobachtete, wie die Cha-Gurrline vom Boden aufstanden, wo sie zuvor gelagert hatten. Das Feuer auf der Lichtung wurde gelöscht und die Pferde, die zwischen den Wagen grasten, wurden wieder vor die Kutschen gespannt. Emsige Betriebsamkeit lief wie eine Welle durch das Heer – die Krieger formierten sich zum Abmarsch.

Naemy sah, wie eine rubinrote Kutsche auf die Lichtung fuhr und unmittelbar vor dem Zelt anhielt. Die Plane des Zelteingangs wurde beiseite geschoben, eine Gestalt in rubinrotem Umhang trat heraus und bestieg die Kutsche. Der Nebelelfe stocke der Atem. Sie hatte den Rotgewandeten nur für wenige Augenblicke gesehen, doch in dieser kurzen Zeit hatte sie die Macht gespürt, die er ausstrahlte. Eine Macht, so uralt und abgrundtief böse, dass es keinen Zweifel gab: Der Anführer der Cha-Gurrline war Asco-Bahrran.

Aber Naemy blieb keine Zeit, lange über diese Entdeckung nachzudenken. Kaum hatte der Magier die Kutsche bestiegen, wurde die Zeltplane erneut zur Seite geschoben und ein Mann in mitternachtsblauem Umhang führte ein junges Mädchen heraus – es war Kiany!

Vor Freude und Überraschung sog Naemy die Luft scharf durch die Zähne. Kiany war blass und schwach und wirkte seltsam entrückt, während sie mithilfe des Blaugewandeten in die Kutsche stieg. Doch sie lebte, und das allein zählte.

Naemy ballte die Fäuste. Asco-Bahrran hatte das Mädchen also wirklich in seiner Gewalt. Von nun an würde sie die Kutsche nicht mehr aus den Augen lassen und – bei der Göttin – sobald sich eine Gelegenheit böte, würde sie Kiany befreien.

Als Tabor die Augen öffnete, hatte die Sonne ihr Antlitz bereits hinter den Berggipfeln im Westen verborgen. Mit vollen, atemberaubend schönen Farben, wie man sie nur in der klaren Luft des Hochgebirges sah, färbte sie den Himmel orangerot. Ihr Licht brachte die schneebedeckten Berggipfel zum Erglühen, während die Schatten aus den Tälern langsam die Hänge hinaufkrochen.

Es war bitterkalt. Ohne die Decke aus Steppenbüffelfell abzustreifen, richtete er sich auf und sah sich um. Die breite Schlucht, in der er sich befand, war schon in tiefe Schatten getaucht, doch der Himmel spendete noch so viel Licht, dass er die nähere Umgebung erkennen konnte. Viel zu sehen gab es allerdings nicht. Außer Geröll, ausgedehnten Schneeflächen und weit verstreut liegenden Felsen war die Gegend karg und unwirtlich und der eisige Wind pfiff durch einen tiefen Einschnitt in der gegenüberliegenden Seite der Schlucht. Fröstelnd zog sich Tabor die Decke enger um die Schultern und stutzte plötzlich. Irgendetwas stimmte nicht.

Das Lager aus weichen Bergziegenfellen, auf dem er geschlafen hatte, konnte er nicht bereitet haben. Die Felle hatten nicht zu den Dingen gehört, die er auf dem Flug mitgenommen hatte. Auch das knisternde Feuer, über dem ein ausgeweidetes und gehäutetes Kaninchen am Spieß röstete, hatte er ganz sicher nicht entzündet. Tabor blinzelte und rieb sich verwundert die Augen. Aber wer hatte das Feuer dann entfacht? Leilith sicher nicht. Zudem gab es weit und breit keine Bäume oder Sträucher, die Holz für ein Feuer dieser Größe hätten liefern können. Und wer hatte das Kaninchen gejagt und zubereitet? Außer den majestätischen Temelin-Adlern, die ihre Kreise über den Gipfeln des Ylmazur-Gebirges zogen und sich hauptsächlich von den kleinen pelzigen Nagern ernährten, die jenseits der Baumgrenze lebten, waren hier kaum Tiere zu finden – erst recht keine Kaninchen.

Fragen über Fragen, auf die er keine Antworten wusste. Er seufzte und schloss die Augen. Hinter seiner Stirn hämmerte ein wüster Kopfschmerz, der ihm das Nachdenken erschwerte.

Um sich abzulenken, suchte er den Himmel nach Leilith ab. Da er sie nirgends entdeckte, konnte sie nur zum Jagen ausgeflogen sein. Doch der Himmel blieb leer. Weder vor dem verblassenden Abendrot noch vor den ersten Sternen, die sich am Firmament zeigten, war Leiliths Silhouette zu erkennen.

Der Geruch nach gebratenem Kaninchen streifte Tabors Nase und erinnerte ihn daran, dass er Hunger hatte. Plötzlich war es ihm gleichgültig, wem er dies alles zu verdanken hatte. Hauptsache, er hatte den Flug heil überstanden und konnte seinen Hunger stillen!

Die Decke mit einer Hand geschlossen haltend, schickte er sich an, aufzustehen und ans Feuer zu treten. Doch als er sich erhob, bemerkte er, wie sehr ihm die Strapazen des Fluges noch immer zusetzten. Seine Beine waren steif und schmerzten bei jedem Schritt, aber er achtete nicht darauf und mühte sich zur Feuerstelle hinüber. Dort ließ er sich mit einem erleichterten Seufzer nieder und nahm das Kaninchen prüfend in Augenschein. Es war schon gar. Verwundert stellte er fest, dass die Haut an keiner Stelle verbrannt war. Das Fleisch war rundherum so ebenmäßig gebräunt, als hätte jemand es bis eben …

Tabor zuckte zusammen, als er erkannte, was das bedeutete. Für einen Augenblick war der Hunger vergessen und er blickte sich wachsam um. Doch die Berge wirkten so kahl und einsam wie zuvor und der Wind rauschte weiterhin durch die Schlucht. Nur die Schatten hatten sich weiter bewegt und die Berggipfel schon fast erreicht, während am westlichen Horizont lediglich ein schmaler roter Streifen an den schwindenden Abend erinnerte. Nirgends fand er Hinweise auf die Anwesenheit eines anderen Lebewesens – er war allein.

Aber das ist unmöglich!, schoss es ihm durch den Kopf. Jemand muss das Kaninchen über dem Feuer gedreht haben, jemand, der noch bis vor wenigen Augenblicken hier im Tal war. Derselbe Jemand, der auch … Stöhnend griff sich Tabor an die Stirn. So kam er nicht weiter. Das ständige Grübeln bereitete ihm nichts als Kopfschmerzen. Er musste dringend etwas essen, damit er wieder zu Kräften kam. Sobald Leilith zurückkehrte, würde er sie nach dem geheimnisvollen Retter fragen. Sie wusste bestimmt, was sich im Lauf des Tages zugetragen hatte.

Tabor hob den Spieß mit dem Braten aus den Astgabeln, die in zwei Steinhaufen neben dem Feuer steckten, schloss die Augen und roch daran. Bei dem würzigen Duft lief ihn das Wasser im Mund zusammen. Während er eine Keule mit bloßer Hand vom Rumpf trennte, sandte er einen stummen Dank an seinen Retter und ließ sich das Fleisch schmecken.

Als sich To und Yu über die Gipfel der Berge erhoben und die Schlucht in silbernes Licht tauchten, beendete Tabor sein Mahl. Der Wind hatte sich gelegt und das Feuer spendete solch angenehme Wärme, dass er die Kälte kaum noch spürte. Mit vollem Magen fühlte er sich schon viel besser, obwohl er das Gefühl nicht loswurde, beobachtet zu werden.

Um sich abzulenken, zog er immer wieder Äste aus einem Stapel Feuerholz, den sein Retter ganz in der Nähe angehäuft hatte, und warf sie in die Glut. Wenn Leilith doch nur endlich käme!

»Ich bin gleich da!« Als hätte sie seinen stummem Seufzer gehört, erklang die vertraute Stimme des Riesenalpweibchens in seinen Gedanken.

»Leilith!« Tabor warf einen Blick zum Himmel hinauf, konnte Leilith aber nirgends entdecken. »Wo warst du? Ich habe dich schon zweimal gerufen. Warst du jagen?«

»Ich … ich war beschäftigt … nun, auf der Jagd …, ja!«

»Beschäftigt?« Tabor runzelte die Stirn. Warum hörte sich Leilith so merkwürdig an? »Ich bin froh, dass du kommst«, sagte er. »Ich habe einige Fragen an dich.« In diesem Augenblick tauchte Leiliths massiger Körper vor den beiden Monden auf, die ihre Himmelsbahn gerade begonnen hatten. Langsam glitt sie tiefer und setzte flügelschlagend zur Landung an. Dann legte sie die Schwingen am Körper an und kam mit wiegendem Schritt auf ihn zu. »Fragen?«, wiederholte sie in gespielter Verwunderung, als hätte sie Tabor nicht richtig verstanden, und ließ sich auf der anderen Seite des Feuers nieder. »Natürlich!« Tabor wurde aus Leiliths seltsamer Wortwahl nicht schlau. »Ich war bis zum Sonnenuntergang bewusstlos. Aber du nicht – richtig?«

»Richtig!«

»Dann kannst du mir doch sicher erzählen, wie wir in diese Schlucht gerieten, wem ich die warme Mahlzeit und die Felle zu verdanken habe und wer das Lager errichtet hat.« Tabor merkte, dass er es vor Ungeduld an Freundlichkeit mangeln ließ, aber die Fragen drängten ihn so sehr, dass er keine Rücksicht auf gute Umgangsformen nehmen konnte.

»Ja … Nein … Ich meine … also … «

»Leilith!«

»Ja?«

»Ich habe dich etwas gefragt!«

»Ja!«

»Hast du die Fragen verstanden?«

»Ja!«

»Gut, dann sag mir doch bitte, wie wir hierher kommen.«

»Ich bin geflogen und hier gelandet!«

»Leilith!«, seufzte Tabors verzweifelt.

»Aber es war so!«, beharrte Leilith.

»Hm!« Die Antwort stellte Tabor keineswegs zufrieden, aber da ihm die anderen Frage wichtiger waren, ging er nicht weiter darauf ein. »Und woher stammen die Felle und das Kaninchen?«, hakte er nach.

»Von Freunden!«

»So, von Freunden. Und wie sahen diese Freunde aus?« Langsam wurde Tabor ärgerlich. Was war nur in Leilith gefahren? Eigensinnig war sie ja schon immer gewesen, aber so verstockt hatte er sie noch nie erlebt.

»Das kann ich dir nicht sagen – noch nicht.«

»Warum nicht?«

»Sie ... ähm ... sie sind noch nicht bereit!«

»Wer? Und bereit wofür? Bei den Toren, Leilith! Ich möchte doch nur wissen, wem ich mein Leben verdanke. Verstehst du das denn nicht?«

»Doch schon, aber ...«

»Aber was?«

»Ich darf es dir nicht sagen.« Leiliths Stimme klang ein wenig trotzig und Tabor spürte, wie aufgewühlt sie war. »Ich kann ... darf ... es nicht. Verstehst du das denn nicht?«, wiederholte sie Tabors Worte.

»Nein!« Das war nicht einmal gelogen. Tabor konnte sich beim besten Willen nicht vorstellen, warum Leilith so geheimnisvoll tat. »Leilith«, sagte er betont freundlich und atmete tief durch. »Ich wäre da oben fast erstickt und habe Dinge gesehen, die nicht wahr sein können; andere Riesenalpe mit Reitern und lauter verrückte Erscheinungen. Ich habe Stimmen gehört, die mich in der alten Elfensprache riefen. Manchmal waren sie ganz nahe, manchmal weit weg, wie Geister aus einer anderen Welt – und jetzt das!« Er deutete auf das Feuer und die Felle. »Ich weiß, dass du es mir erklären kannst. Bitte, Leilith.«

»Morgen!«, antwortete Leilith ausweichend. »Du hast Recht, manche deiner Fragen könnte ich beantworten, doch ich habe mein Wort gegeben ...«

»Wem hast du dein Wort gegeben?«, hakte Tabor nach.

»Den ...« Sie hielt erschrocken inne. Für eine Weile sagte keiner ein Wort. »Warte bis morgen«, bat sie schließlich. »Dann wirst du es sehen.« Damit steckte sie den Kopf unter den Flügel, um zu schlafen, und Tabor wusste, dass sie nicht mehr antworten würde.

Skynom lehnte müde an einem Baumstamm und ließ sich von den Schatten einhüllen, während die Krieger in einem steten Strom an ihm vorüberzogen. Der Magier ärgerte sich, dass Asco-Bahrran seine sänftenähnliche Kutsche kaum noch verließ, und wenn, dann nur, um sofort in seinem gut bewachten Zelt zu verschwinden. Es hieß, der Meister habe endlich ein Medium gefunden, das in der Lage sei, über die Grenzen der Dimensionen hinweg eine Verbindung zum finsteren Herrscher herzustellen und seine Stimme zu hören.

Skynom schnaubte verächtlich. Offensichtlich hatten die beiden sich viel zu erzählen. Während er leise vor sich hin fluchte, beobachtete er, wie sich Asco-Bahrrans rubinrote Kutsche inmitten der Marschkolonne langsam näherte. Die samtenen Vorhänge waren geschlossen, doch Skynom wusste, dass sich der verhasste Meister in der Kutsche befand. Mit zitternden Fingern tastete er nach dem von dickem Tuch umhüllten Paket, das er in einer Tasche seines Gewandes bei sich trug.

Der Asaak!

Die Berührung ließ seinen Hass erneut aufflammen. Bei den Toren! Er hatte den Elfendolch doch nicht gestohlen, um ihn nach Nimrod zu tragen. Nein, der Asaak sollte seiner ganz persönlichen Rache dienen. Skynoms Plan war so einfach wie genial und er wartete nur auf einen günstigen Augenblick, um ihn auszuführen. In einem unbeobachteten Moment wollte er sich ganz dicht an den Meister heranschleichen und ihn die Macht des Elfendolches spüren lassen. Eine einzige Berührung würde genügen, um die Magie zu zerstören, die den Meister am Leben erhielt. Skynom verzog das Gesicht zu einem teuflischen Grinsen. Insgeheim hatte er sich schon hundertmal ausgemalt, wie es wäre, wenn Asco-Bahrran Bogs grausames Schicksal teilte. Ein Gedanke, der ihn mit grimmiger Zufriedenheit erfüllte. Doch die Gelegenheit ließ auf sich warten. Asco-Bahrran machte sich nicht nur rar, nein, auch die vielen Wächter, die seiner Kutsche folgten und sie bewachten, seit sich das Medium darin befand, machten den Plan nahezu undurchführbar. Skynom seufzte. Wie es aussah, müsste er wohl weiter in der Nähe der rubinroten Kutsche ausharren und auf einen günstigen Moment hoffen.

In diesem Augenblick rollte die rubinrote Kutsche, gefolgt von den Wagen der Berater und Magier auf dem holprigen Pfad an ihm vorüber. Skynom wartete noch eine Weile, um kein Aufsehen zu erregen, dann folgte er den Wagen im Schatten der Bäume.

 Tabor konnte nicht schlafen. Leiliths rätselhaftes Verhalten ließ ihn nicht zur Ruhe kommen und der Frost, dem er, dicht an ihr wärmendes Gefieder geschmiegt, unter den dicken Steppenbüffelfellen trotzte, tat ein Übriges, um ihm den Schlaf zu rauben. So blieb ihm nichts andere übrig, als grübelnd auszuharren, bis der Morgen die Kälte vertrieb.

Als der Himmel im Osten endlich grau wurde und ein heller dünner Streifen am Horizont den nahen Sonnenaufgang ankündigte, erhob er sich mit steifen Gliedern und entfachte das heruntergebrannte Feuer neu. Der Vorrat an Ästen, den ihm sein geheimnisvoller Retter überlassen hatte, war über Nacht zusammengeschrumpft, doch Tabor war so durchgefroren, dass er sich keine Gedanken darüber machte, was geschehen würde, wenn er das letzte Stück in die Glut geworfen hätte. Er konnte sich nicht daran erinnern, jemals so gefroren zu haben. Für die Wärme liebenden Nebelelfen waren schon Temperaturen knapp über dem Gefrierpunkt eine Qual, aber in der vergangenen Nacht hatten sie gewiss weit darunter gelegen.

»Sie kommen!«

Leiliths Botschaft erreichte Tabor, als er sein kaltes Morgenmahl verzehrte. Ein Stück trockenes Brot und etwas Dörrfleisch in den behandschuhten klammen Fingern haltend, saß er am Feuer und wartete darauf, dass die knisternden Flammen die Kälte der Nacht aus seinen Gliedern vertrieben. Inzwischen hatte sich die Sonne fast über die schroffen Gipfel erhoben, welche die Schlucht umschlossen, und die schneebedeckte Hänge auf der Westseite leuchteten gleißend hell. Tabor schloss geblendet die Augen, als er aufsah und zu erkennen versuchte, was Leilith meinte. Selbst als er die Augen mit der Hand beschirmte, konnte er kaum etwas sehen. »Zwecklos«, sagte er und gab den Versuch endgültig auf. »Es ist zu hell!«

»Das macht nichts, sie sind gleich hier!« Leilith blinzelte gelassen. Tabor empfand diese Heimlichtuerei als unerträglich, verkniff sich aber eine ärgerliche Antwort. Nachdem er schon die ganze Nacht gewartet hatte, kam es auf die paar Augenblicke mehr auch nicht an.

Plötzlich erfüllte ein vertrautes Rauschen die Luft und die Flammen des Feuers duckten sich unter den heftigen Böen, die zwei Paar gewaltige Schwingen erzeugten.

Riesenalpe!

Tabor traute seinen Augen nicht. Sprachlos beobachtete er, wie zwei riesige Vögel in einigen Längen Entfernung landeten und mit wiegenden Schritten auf ihn zukamen. Selbst für Angehörige ihrer imposanten Rasse besaßen die beiden eine erstaunliche Größe; Leilith wirkte fast zierlich dagegen. Ihre Deckfedern waren ebenso dunkelgrau wie die ihrer Artgenossin, doch beim Bauchgefieder unterschieden sich die drei erheblich. Im Gegensatz zu Leilith war das der Neuankömmlinge fast so dunkel wie die Deckfedern und an der Kehle mit rostroten Federn durchsetzt. Auch die mächtigen Schnäbel waren nicht dunkelgrau wie Leiliths Schnabel, sondern zeigten die Farbe nassen Lehms.

Als sich die Riesenalpe dem Feuer bis auf wenige Längen genähert hatten, ließen sie sich nieder und bedachten Tabor mit einem schwer zu deutenden Blick.

»Sei gegrüßt, Elf!« Die Stimme, die Tabor mittels Gedankensprache erreichte, war melodisch und deutlich zu verstehen, die einzelnen Laute wurden allerdings sonderbar betont. »Wir heißen dich willkommen in Tun-Amrad, dem Tal der Ahnen. Meine Begleiterin und ich sind gekommen, um dich zur großen Versammlung der Wächteralpe Tun-Amrads zu begleiten.«

»Ich danke euch!« Tabor erhob sich und legte die Hand zum traditionellen Gruß der Elfen auf die Brust, während er fieberhaft nach Worten suchte. In seinem Kopf wirbelten die Gedanken umher. Er war aufgebrochen, um nach einem Riesenalpfriedhof zu suchen, und wäre keineswegs überrascht gewesen, wenn er jenseits der Berge auf uralte Knochen gestoßen wäre. Aber nie hätte er damit gerechnet, lebende Angehörige der als ausgestorben geltenden Rasse anzutreffen. Ihr überraschendes Auftauchen brachte ihn völlig durcheinander. »Mein Name ist Tabor. Ich stamme aus den Sümpfen von Numark jenseits der Berge.« Er hob den Arm und deutete nach Osten. »Ich bin gekommen, um …«

»Wir wissen, warum du gekommen bist«, unterbrach ihn der Riesenalp.

»Leilith!« Der zornige Gedanke entschlüpfte Tabor, ohne dass er es wollte.

»Ich habe nichts …« Leiliths schwacher Protest wurde von den Worten des Riesenalps übertönt, der sich genötigt sah, das Missverständnis aufzuklären. »Leilith hat mit uns nicht über deine Absichten gesprochen«, sagte er. »Sie hat nur die …« Er schien zu überlegen. »… sie war nur um dein Wohlergehen besorgt. Wie auch immer. Es ist nicht meine Aufgabe, Geschehenes zu rechtfertigen. Wir sollen dich lediglich zur großen Versammlung Tun-Amrads geleiten. Dort wird man alle deine Fragen beantworten.«

»Dann sollten wir nicht länger warten.« Tabor nickte und löschte das Feuer mit etwas Schnee. Anschließend rollte er seine Decke und die Felle zusammen und verstaute alles in den Taschen des Reitgeschirrs. Über den ausgestreckten Flügel kletterte er auf Leiliths Rücken und das Riesenalpweibchen erhob sich.

»Du hättest mich ruhig vorbereiten können«, schalt er liebevoll, wohl wissend, dass die beiden anderen Riesenalpe ihnen zuhörten.

»Ich habe ihnen mein Wort gegeben«, rechtfertigte sich Leilith, während sie ihren Artgenossen an den Rand des Grates folgte, der die Schlucht in der Mitte durchschnitt. Wie eine gewaltige Treppenstufe teilte er die breite Klamm in zwei gleich große Hälften, von denen die eine fast dreißig Längen tiefer lag als die andere. Ein eisiger Wind fegte durch die Schlucht, brach sich an der Felswand und stieg wirbelnd in die Höhe. Die entstehenden Aufwinde boten den Riesenalpen eine hervorragende Möglichkeit, sich in die Lüfte zu erheben. Kreisend gewannen sie an Höhe und schwenkten dann nach Westen, wo das Land jenseits der Berge unter einer dichten Wolkendecke lag.

Jetzt, da die höchsten Gipfel hinter ihnen lagen, bereitete das Atmen Tabor keine Schwierigkeiten mehr. Obwohl er noch immer fror, nahm er sich die Zeit, die schneebedeckte Hochgebirgslandschaft unter sich eingehend zu betrachten. Ein wenig enttäuscht stellte er fest, dass es außer endlosen Schneefeldern, aus denen schroffe Felsnadeln und Grate wie schwarze Zähne hervorschauten, nicht viel zu entdecken gab, da alles, was sich unterhalb der Baumgrenze befand, von Wolkenschleiern verdeckt wurde.

Der Flug dauerte nicht lange.

»Dort unten ist es!«, ließ Leilith ihn wissen und Tabor spürte, wie sie tiefer ging. Er entdeckte einen tiefen Einschnitt zwischen zwei hoch aufragenden Felsnadeln und dahinter, von hauchdünnen Wolkenschleiern verdeckt, funkelte etwas im Sonnenlicht. Die drei Riesenalpe schraubten sich immer weiter hinab und nahmen Kurs auf die Kluft. In sanftem Gleitflug ließen sie die schroffen Wände und den Nebel hinter sich und Tabors Augen bot sich ein herrlicher Ausblick. Was eben noch ein konturloses Funkeln gewesen war, entpuppte sich als eine weite Mulde, in der ein gewaltiger Gletscher seinen Anfang nahm. Wie eine glatt gefegte Ebene erstreckten sich die Eismassen zwischen den Felswänden und dort, wo der Wind den Schnee davongeblasen hatte, leuchteten die Risse und Spalten des Gletschers in allen nur denkbaren Blautönen.

Die Schönheit der Landschaft wirkte derartig berauschend auf Tabor, dass er für einen Augenblick die durchdringende Kälte vergaß, die über den gewaltigen Eismassen hing und seine Hände gefühllos machte.

Als wäre sie den Weg schon hundertmal geflogen, glitt Leilith über den Gletscher dahin, geradewegs auf die Stelle zu, wo dieser sich wie ein riesiger Eisstrom über einen steilen Abhang stürzte und dann sanft in einem Talbecken auf der Westseite des Ylmazur-Gebirges auslief. Das Tal selbst war zu Tabors großem Bedauern in dicke Wolken gehüllt und er vermochte das Ende des Gletschers nicht zu erkennen.

Aber die Riesenalpe hatten offensichtlich auch nicht vor, dem ausgedehnten Eisfeld weiter zu folgen. Tabor sah, wie der vorausfliegende Vogel plötzlich einschwenkte, um eine schneebedeckte Felswand zu umrunden. Gleich darauf änderte auch Leilith die Richtung, gefolgt von dem Riesenalpweibchen, das nur wenige Längen hinter ihnen herflog.

Der Anblick, der sich bot, als Leilith um die Felswand bog war so überwältigend, das Tabor vor Erstaunen die Luft anhielt. In einer steilen Felswand, die sich hundert Längen über dem Gletscher erhob, klaffte die gewaltigste Höhle, die Tabor je gesehen hatte.

Sie besaß große Ähnlichkeit mit den Höhlen der Kuriervögel in Nimrod, aber ihre Ausmaße waren geradezu riesenhaft. Tabor schätzte, dass sie mindestens fünfzig Längen breit war. Über der ebenen Bodenfläche spannte sich die Höhlendecke wie eine gewaltige Kuppel, deren höchster Punkt mindestens zwanzig Längen über dem Höhlenboden lag und deren Kanten so ebenmäßig gearbeitet waren, dass sie niemals natürlichen Ursprungs sein konnten.

Das Unglaubliche befand sich allerdings in der Höhle. Dort, unmittelbar am Eingang saßen – Tabor blinzelte gegen das grelle Licht, weil er glaubte, seine Sinne spielten ihm einen Streich – mindestens zwei Dutzend Riesenalpe, die ihnen ruhig und aufmerksam entgegenblickten.

»Leilith!« Fassungslos starrte Tabor die vielen Vögel an. »Leilith. Hast du davon gewusst?«

»Ich war schon einmal hier«, antwortete Leilith ausweichend. »Gestern, als du schliefst.«

»Das … das ist unglaublich.« Tabor traute seinen Augen nicht.

»Sie sind so wirklich wie du und ich«, hörte er Leilith sagen, während er beobachtete, wie sich zwischen den Tieren eine breite Gasse auftat, damit die Neuankömmlinge landen konnten. Schon war der vorausfliegende Riesenalp im Schatten der Höhle verschwunden und Leilith setzte zur Landung an.

Als das Riesenalpweibchen wenig später inmitten der vielen Artgenossen stand, überkam Tabor plötzlich das Gefühl, einen verrückten Traum zu erleben. Vielleicht war er am Morgen gar nicht erwacht? Vielleicht hatte ihn die eisige Kälte an die Schwelle des Todes geführt und er lag noch immer in der Schlucht, halb erfroren und in einem irren Traum gefangen? In seinem Kopf überschlugen sich die Gedanken. Alles war vollkommen verrückt. Aber ob es nun ein Traum war oder nicht, eines wusste Tabor ganz sicher: Was immer geschah, er würde nicht von Leiliths Rücken steigen! Die Gefahr, von einer der unzähligen Riesenklauen erdrückt zu werden, war einfach zu groß.

Durch den großen Spiegel in der Halle der Träume beobachtete die Gütige Göttin voller Sorge das Heer der Cha-Gurrline. Die Krieger hatten ihr Lager nun schon zum zweiten Mal in den Wäldern südlich des Graslandes aufgeschlagen und kamen auch tagsüber gut vorwärts.

Die Göttin seufzte. Dass sie den Herbst so spät ins Land gelassen hatte, rächte sich nun bitter, denn die für diese Jahreszeit noch ungewöhnlich dicht belaubten Bäume spendeten den Kriegern genügend Schatten und erlaubten es ihnen, den Vormarsch auch im hellen Sonnenlicht fortzusetzen. Selbst jetzt, kurz bevor die Sonne ihren höchsten Stand erreichte, herrschte im Lager eine überaus rege Betriebsamkeit.

Die Göttin seufzte erneut. Sie hatte alles versucht, aber bisher war es ihr nicht gelungen, den Vormarsch des feindlichen Heeres aufzuhalten. Zwar hatte der Steppenbrand Asco-Bahrran gezwungen, die magischen Wolken aufzulösen, und der sinnflutartige Regen hatte die Steppe in eine morastige Landschaft verwandelt, doch das hielt die Krieger nicht auf. Nicht einmal der heftige Südwind und das grelle Sonnenlicht, das die Cha-Gurrline eigentlich nicht vertrugen, konnten etwas zum Schutz des Landes bewirken.

Betrübt schüttelte die Göttin den Kopf. Alle ihre Bemühungen waren höchstens dazu angetan, den Druiden in Nimrod etwas mehr Zeit zu gewähren, damit sie die Verteidigung der Festungsstadt vorbereiten konnten. Doch ernsthaft behindern ließen sich die Krieger damit nicht.

Die Gütige Göttin war sich ihrer Unzulänglichkeiten bewusst, doch als Göttin der Fruchtbarkeit, der Jahreszeiten, der Ernten und als Hüterin des Totenreiches lag es nicht in ihrer Natur, Kriege zu führen. Jetzt gab es nur noch eine Möglichkeit, ihr geliebtes Land zu retten, doch die Entscheidung darüber lag nicht allein bei ihr. Jene, die sie in den Kampf schicken wollte, berieten gerade darüber, ob sie das Wagnis eingehen sollten.

Während sie noch sinnend in den Spiegel blickte, schwebten drei winzige Lichtfunken aus den Gärten des Lebens in die Halle der Träume. Die Göttin sah sie kommen und streckte lächelnd die Hand aus, um ihre kleinen Gäste zu begrüßen. Die Lichter schwebten in ihre Handfläche und ließen sich dort nieder. Eine Weile verhielten sie sich ruhig, dann begannen sie in winzigen Sprüngen auf und ab zu hüpfen, wobei ein leises Klingen die Luft erfüllte. Es war so zart wie ein Nebelschleier und so anrührend melodisch wie eine liebliche Melodie, doch in dem Klingen schwang noch etwas anderes mit: eine Entschlossenheit und Dringlichkeit, die so gar nicht zu den sanften Lichtern passten.

Die Gütige Göttin lauschte aufmerksam. Manchmal hatte es den Anschein, als spräche sie mit den Lichtern, doch außer dem seltsamen Klingen war nichts zu hören. Dann, nach einer Zeit, die im Reich der Göttin keine Bedeutung hatte, verstummte auch der letzte Ton und ein tiefes Schweigen erfüllte die Halle der Träume.

»Ich danke euch«, sagte die Göttin erleichtert und bedachte die Lichtpunkte mit einem schwer zu deutenden Blick. »Ich danke euch und erkenne euren Wunsch, jenen helfen zu wollen, die in Gefahr sind, mit Freuden an. Doch wir müssen vorsichtig sein. Verbitterung und Hass sind nur allzu oft Triebfedern der dunklen Seite. Deshalb wählt gut. Nur jene, die frei sind von dunklen Gefühlen, vermögen die schwere Aufgabe zu meistern.«

Wie zur Antwort ertönte erneut das leise Klingen und die Lichter schwebten hinaus in den Garten, während die Göttin das Bild in dem Spiegel mit einer Handbewegung löschte.

Sie hätte glücklich sein müssen, dass man ihrem Plan zustimmte, doch sie war es nicht. Als friedliche Göttin verabscheute sie jede Form von Gewalt und der Gedanke, anderen Lebewesen – selbst wenn es Cha-Gurrline waren – den Tod zu bringen, machte ihr das Herz schwer.

In der riesigen Höhle auf der Ostseite des Ylmazur-Gebirges war es still. Obwohl sich fast fünfzig Riesenalpe in der Höhle aufhielten, war kein einziger Laut zu hören, der darauf hinwies, dass hier eine wichtige Versammlung stattfand. Nur das verhaltene Schaben harter Krallen auf dem Felsboden und das leise Rascheln von Gefieder drangen an Tabors Ohr, während er der Rede des ältesten Kolonievogels lauschte, die mittels Gedankensprache an alle Anwesenden gerichtet war.

»… viele hundert Sommer ist es her, dass jemand aus dem Osten den Weg über die Berge fand.« Der alte, grau gefiederte Riesenalp neigte sinnend den Kopf. »… viele hundert Sommer«, wiederholte er und blickte zum Höhlenausgang, als sähe er dort Bilder aus längst vergangenen Zeiten.

Niemand rührte sich. Alle warteten gespannt darauf, dass der älteste und weiseste Riesenalp weitersprach, doch seine Gedanken schienen weit fort zu schweifen. Erst als ihn ein anderer sanft mit dem Schnabel anstieß, fand er seine Stimme wieder. »Oh … Entschuldigung«, murmelte er zerstreut, als müsse er seine Gedanken erst wieder ordnen. »Wo war ich doch gleich? Ach ja, es ist schon lange her, dass jemand von drüben zu uns kam. Nun ja, wie auch immer. Du hast es gewagt und geschafft und ich, Denkivahr der Ältere, heiße dich und Leilith von der Kolonie unserer verloren geglaubten Brüder und Schwestern in Tun-Amrad, dem heiligen Ort der letzten Ruhe, willkommen. Ich bin der Älteste dieser Kolonie und daher gewählter Sprecher meiner Brüder und Schwestern. Dass die Kolonie östlich der Berge tatsächlich viele hundert Sommer lang ausgerottet war, haben wir bereits gestern von Leilith erfahren. Auch dass wir es dir« – er nickte Tabor zu – »und deiner Mutter zu verdanken haben, dass heute wieder Riesenalpe über Thale fliegen, hat sie uns bereits berichtet. Es ist mir ein Bedürfnis, dir dafür im Namen aller Brüder und Schwestern unseren tiefen Dank auszusprechen. Ein Riesenalpjunges aufzuziehen ist bisher nur dem Brutpaar selbst gelungen. Dass ihr es geschafft habt, dafür gebührt euch unsere Hochachtung.«

Zustimmendes Gemurmel erhob sich und der graue Riesenalp wartete geduldig, bis sich die Unruhe gelegt hatte. Dann schüttelte er sein Gefieder, straffte sich und sagte: »Doch nun zu der Frage, die uns alle bewegt. Warum hast du dein Leben und das eines Riesenalps aufs Spiel gesetzt und bist hierher gekommen?« Er neigte den massigen Kopf leicht zur Seite und fasste Tabor scharf ins Auge. »Obwohl – oder gerade – *weil* manche von uns glauben, die Antwort bereits zu kennen, bitte ich dich im Namen der Kolonie, die Frage offen und ehrlich zu beantworten, damit wir die nötigen Schlüsse ziehen können.«

»Ich habe keinen Grund, euch etwas zu verheimlichen.« Tabor machte ein kurze Pause und ließ den Blick über die vielen Riesenalpe schweifen, bevor er fortfuhr. »Ich weiß zwar nicht, was Leilith euch schon berichtet hat, doch auf die Gefahr hin, dass ich bereits Bekanntes erzähle, werde ich in meinem Bericht jede Einzelheit erwähnen, die mich bewog, das Ylmazur-Gebirge zu überqueren.« Wieder machte er eine Pause – diesmal um Atem zu schöpfen –, dann begann er zu erzählen. »Ich bin gekommen, weil meine Heimat von einem übermächtigen Feind bedroht wird, der mein Volk heimtückisch vernichtet hat ...«

Während Tabor sprach, wanderte die Sonne immer weiter nach Westen. Der junge Elf ließ nichts aus. Beginnend mit der Befreiung der Cha-Gurrline schilderte er den Diebstahl des Amulettes und die Vernichtung seines Volkes durch die Quarline. Er erzählte von dem gewaltigen Heer, das die Graslandgarnisonen zerstört hatte und nun auf Nimrod zumarschierte. Dann berichtete er von der Elfenlegende, die Sayen entdeckt und die in ihm die Hoffnung geweckt hatte, dass sich auf dem Riesenalpfriedhof östlich des

Ylmazur-Gebirges noch Krallen finden ließen, aus denen sich das magische Pulver herstellen ließe. Tabor erwähnte auch die Zweifel des Abners und der anderen Ratsmitglieder und ließ die Riesenalpe an seinen Beweggründen teilhaben, die schließlich dazu führten, dass er sich bereit erklärte, das Wagnis einzugehen und nach dem Pulver zu suchen.

Geduldig beantwortete Tabor Denkivahrs Zwischenfragen und nahm sich auch die Zeit, auf die zahlreichen Fragen der anderen Vögel einzugehen.

Als die ersten goldenen Sonnenstrahlen in den Höhleneingang fielen, war alles gesagt, jede Frage beantwortet. Die Erschöpfung war Tabor deutlich anzusehen, als er verstummte. Hunger und Durst quälten ihn, aber er verdrängte die Gedanken an Nahrung und Wasser ebenso wie die Sehnsucht nach einem wärmenden Feuer und etwas Ruhe, während er mit ernster Miene darauf wartete, dass der graue Riesenalp zu seinem Bericht Stellung nahm.

»Ich danke dir für deine Offenheit«, hörte er Denkivahrs Stimme in seinen Gedanken. »Doch bevor wir fortfahren, möchte ich dir im Namen der gesamten Kolonie unser tiefes Mitgefühl aussprechen. Wir fühlen uns dem Volk der Nebelelfen ... « Er stockte, als hätte er fast etwas Falsches gesagt. »Also ... ähm, ich wollte sagen: Riesenalpe und Nebelelfen verbindet seit hunderten von Sommern eine tiefe Freundschaft. Deshalb wisse, dass auch wir um dein Volk trauern.«

»Ich danke Euch.« Tabor verneigte sich kurz.

»Und auch dir, Leilith, gilt unser Mitgefühl«, wandte sich der Leitvogel an Leilith. »Den eigenen Bruder zu verlieren ist schmerzlich. Unser Herz ist voller Anteilnahme.«

Leilith senkte schweigend den Kopf.

»Wahrlich, es sind schwere Zeiten, die die Völker im Osten erleben müssen«, seufzte Denkivahr und wandte sich wieder an Tabor. »Du warst ehrlich zu uns«, sagte er. »Jetzt ist es an der Zeit, dass wir deine Fragen beantworten.« Er schwieg und Tabor wurde klar, dass er jetzt eine Frage stellen sollte. Am liebsten hätte er gleich nach dem Friedhof und den Riesenalpkrallen gefragt, doch das erschien ihm unhöflich, und er verschob die Frage auf später. »Wer seid ihr«, fragte er deshalb und fügte hinzu: »Und warum wissen wir im Osten nichts von euch.«

»Wir sind die Wächtervögel Tun-Amrads«, erklärte Denkivahr. »Einst gab es hier eine Kolonie von vier Brutpaaren, die jene, die zu uns kamen, auf ihrem letzten Weg begleiteten und über die Ruhe der Ahnen wachten.« Er seufzte betrübt. »Doch seit dreihundert Sommern hat keiner unsere Brüder und Schwestern jenseits der Berge den Weg zu uns gefunden. Es hat lange gedauert, bis wir den Grund dafür herausfanden, und als wir von ihrem Schicksal erfuhren, haben wir aus Furcht, dass es uns ähnlich ergehen könnte, jede Verbindung zu unserer einstigen Heimat abgebrochen.«

»Wie kommt es dann, dass einige von euch glauben, meine Beweggründe zu kennen?«, wollte Tabor wissen.

»Nun, auch wir Riesenalpe haben unsere Legenden«, antwortete Denkivahr. »Sie sind nirgends niedergeschrieben, werden aber von Generation zu Generation weitergegeben – und eine dieser Legenden handelt von dir.«

»Von mir?«, fragte Tabor verblüfft.

»Nun, sagen wir, von jemandem wie dir«, räumte der Riesenalp ein. »Am besten erzählen wir dir die Legende.« Der alte Vogel blickte sich suchend um. »Merdikah, wo steckst du denn?«, rief er. Die Reihen der umstehenden Riesenalpe teilten sich und ein Vogel mit auffallend rotem Brustgefieder trat vor. »Ich bin hier. Ich kam etwas später und … «

»Nun, wie auch immer«, unterbrach ihn Denkivahr. »Du kennst die Worte unserer Legenden doch am allerbesten. Deshalb bitte ich dich, Tabor jene Legende zu erzählen, die wir mit seiner Ankunft verbinden.«

»Vor weißen Gipfeln im grauen Kleid
ein Riesenalp trägt den Sucher weit.
Jung und entschlossen, zum Wagnis bereit,
voll Trauer das Herz und der Blick schwer von Leid.
Hoffnung treibt die beiden voran,

deren Wahrheit niemand glauben kann.
So trotzen sie Kälte, dem Schnee und dem Eis,
Magie zu finden ist ihr Geheiß.
Ein Pulver aus Klauen, so mächtig und rein,
für den Frieden und gegen das Böse zu sein,
begegnet ihm freundlich; in eisiger Nacht
sei Speise und Wärme ihm zugedacht.
Magie für ihn, sein Volk, die Zeit –
auf dass die Finsternis ereilt Gerechtigkeit.
Dem Tode entronnen kehrt er zurück
mit Freundesgefolge und Hoffnung im Blick.«

Merdikah verstummte und wartete, dass die Worte ihre Wirkung entfalteten. »Ich kann mich nicht dafür verbürgen, dass der Wortlaut nach den vielen hundert Sommern noch unverändert gilt«, sagte er schließlich entschuldigend. »Aber die Übereinstimmung ist einfach verblüffend. «

»O ja!« Denkivahr nickte und wandte sich wieder an Tabor. »Wie du gehört hast, waren wir auf deinen Besuch vorbereitet – um die Wahrheit zu sagen: Wir haben schon lange nach jemandem wie dir Ausschau gehalten. «

»Das ist unglaublich«, murmelte Tabor. Angesichts der Legende fehlten ihm die Worte. Wie konnten die Riesenalpe vor so langer Zeit schon wissen, dass er kommen würde?

»*Dem Tode entronnen kehrt er zurück mit Freundesgefolge und Hoffnung im Blick.*« Tabor hob hoffnungsvoll die Stimme. »Heißt das, ihr besitzt tatsächlich Riesenalpkrallen? «

»Wie schon gesagt: Wir haben uns seit langem vorbereitet«, erklärte Denkivahr.

»Aber dann … dann … könnt ihr … « Tabor fühlte sich plötzlich ganz aufgeregt.

»Geduld, junger Elf!«, mahnte Denkivahr. »Die Übereinstimmung zwischen dir und dem Wortlaut der Legende ist zweifellos groß, dennoch können wir nicht allein entscheiden, ob du das Gewünschte auch erhältst. «

»Nicht allein entscheiden?«, fragte Tabor. »Was soll das heißen? Sind denn nicht alle hier?«

Der Riesenalp antwortete nicht sofort. Tabor bemerkte, wie der
Blick des Vogels verstohlen ins Dunkel des Höhleninnern wanderte,
und sah ebenfalls dorthin. Doch außer Felswänden und Schatten
konnte er nichts erkennen. Für einen winzigen Moment beschlich
ihn zwar das Gefühl, aus der Dunkelheit heraus beobachtet zu werden. Aber der Eindruck verschwand so schnell, wie er gekommen
war, und die Stimme, die in seinen Gedanken erklang, lenkte seine
Aufmerksamkeit wieder auf den alten Riesenalp. »Alle, die unserer
Kolonie angehören, haben sich hier versammelt«, erklärte Denkivahr. »Trotzdem musst du dich noch etwas gedulden. In ein oder
zwei Sonnenläufen teilen wir dir unsere Entscheidung mit.« Er
machte eine Pause und als er weitersprach, klang seine Stimme fast
ein wenig wehmütig. »Vieles muss noch besprochen werden, denn
wenn du wirklich derjenige bist, nach dem wir Ausschau halten, bedeutet dies für uns weit mehr, als du ermessen kannst.«

»Ich verstehe.« Das entsprach nicht ganz der Wahrheit, doch
Tabor spürte, dass er nicht mehr erfahren würde, und deutete eine
Verbeugung an. »Verzeih meine Ungeduld, doch die Zeit drängt.
Mit jedem Sonnenlauf rückt das Heer weiter auf Nimrod vor.
Wenn ich nicht bald zurückkehre, komme ich womöglich zu spät,
um helfen zu können.«

»Ich gebe dir mein Wort, dass du rechtzeitig den Rückweg antre-
ten wirst«, versprach Denkivahr und wechselte das Thema. »Im
hinteren Teil dieser Höhle findest du ausreichend Feuerholz, etwas
Nahrung und ein Lager für die Nacht. Für Leilith liegt eine frisch
erlegte Bergziege bereit. Betrachtet euch als Gäste Tun-Amrads,
aber beachtet eines: Das Land am Fuß der Berge darf von euch weder überflogen noch betreten werden. Wenn alle Entschlüsse gefasst und die nötigen Vorbereitungen getroffen sind, komme ich
wieder, auf dass du in deine Heimat zurückkehren kannst.« Er verstummte, doch Tabor spürte, dass er noch nicht ganz fertig war.
»Habe ich dein Wort, Elf, dass du dich an die Auflagen halten
wirst?«, fragte er.

»Ich werde mich daran halten!«, antwortete Tabor und wich dem prüfenden Blick des Riesenalps nicht aus. »In der Hoffnung auf eure Unterstützung füge ich mich euren Anordnungen und gebe euch mein Wort, nicht ins Tal zu fliegen.«

»So sei es!« Denkivahr nickte und erhob sich. Dann reckte er den Kopf, öffnete den Schnabel und stieß einen kurzen kehligen Laut aus, der die Versammlung beendete.

 »Ist alles bereit?« Nur mühsam zügelte Asco-Bahrran seine Ungeduld, als er Methar, der das Zelt betreten hatte, nach den Fortschritten der Magier fragte.

»Sie holen gerade die Gefangenen.« Methar senkte unterwürfig das Haupt.

»Und? Wo bleibt die Sänfte?« Asco-Bahrran konnte es nicht erwarten, seinen teuflischen Plan in die Tat umzusetzen.

»Sie muss jeden Augenblick hier sein«, erwiderte Methar und nahm allen Mut zusammen, um seinen Einwand vorzubringen. »Ihr solltet wissen, dass man im Lager sehr unzufrieden mit der Entscheidung ist. Allgemein ist man der Meinung, dass es für einen Angriff noch viel zu früh sei«, gab er vorsichtig zu bedenken, während sein Blick verstohlen zu dem Lager wanderte, auf dem Kiany schlief. Das Mädchen wirkte so unschuldig und friedlich, dass es Methar einen schmerzhaften Stich versetzte. Wie lange würde ihre zarte Seele die starken Drogen und Misshandlungen noch ertragen, denen sie immer wieder ausgesetzt war? Wie viel Zeit bliebe ihm noch, wenn er sie … Methar spürte, wie seine Gedanken abschweiften. Nur mit großer Willensanstrengung gelang es ihm, den Blick abzuwenden und sich wieder auf sein eigentliches Anliegen zu konzentrieren. »Die … ähm … viele halten es für unklug, die ahnungslosen Druiden in Nimrod so frühzeitig zu warnen«, fuhr er fort. »Wir kommen zwar gut voran, doch es wird noch mindestens vier Sonnenläufe dauern, bis wir Nimrod erreichen. Einige fürchten … «

»Die Zweifler sollten wissen, dass es äußerst unklug ist, meine Befehle infrage zu stellen«, zischte Asco-Bahrran gefährlich ruhig. Es folgte eine lange Pause, die deutlich machte, wie gereizt er war. »Ihre Meinung kümmert mich nicht. Bevor die Sonne untergeht, werde ich den Druiden in Nimrod eine kleine Überraschung bereiten. Das wird sie lehren, uns zu fürchten, und die Moral ihrer Krieger schwächen.« Er lachte bösartig. »Heute ist Markttag auf dem Platz vor der Inneren Festung. Hunderte wehrloser Männer, Frauen und Kinder auf engstem Raum – genau der richtige Augenblick, um zuzuschlagen. Unsere hungrigen Kätzchen werden reiche Beute finden.«

Methar schwieg. Er wusste, dass die Heerführer es lieber gesehen hätten, wenn die Quarline wie ursprünglich geplant erst im Verlauf der Schlacht nach Nimrod geschickt worden wären, um die Verteidiger der Festungsstadt durch einen zeitgleichen Angriff innerhalb der Mauern zu schwächen. Aber es war nicht seine Aufgabe, für sie zu sprechen. So verneigte er sich ergeben und verließ das Zelt, um nach der Sänfte zu sehen.

Naemy beobachtete die Ankunft der schwarzen Sänfte von einem Baum aus, der in unmittelbarer Nähe des Zeltes wuchs. Seit sie wusste, dass Kiany sich während der Ruhezeiten in dem Zelt aufhielt, hatte sie ihre Beobachtungen darauf konzentriert, denn so viel war klar: Wenn es eine Gelegenheit gäbe, Kiany zu befreien, dann nur während einer Rast. Sie während des Vormarsches aus Asco-Bahrrans Kutsche zu holen, war völlig unmöglich.

Zwar wurde auch das Zelt gut bewacht, doch Naemy traute sich zu, mit den vier Wachposten fertig zu werden. Hauptsache, es hielten sich nicht noch weitere Personen im Zelt oder in der Nähe auf – vor allem Asco-Bahrran nicht.

Eine günstige Gelegenheit ließ jedoch auf sich warten, denn Asco-Bahrran schien keinen Anlass zu sehen, das Zelt während des Rastens zu verlassen.

Naemy beobachtete das Zelt, seit die Cha-Gurrline am frühen Morgen das Lager aufgeschlagen hatten. Gleich darauf fand offenbar eine wichtige Beratung darin statt, an der viele Magier teilnahmen. Danach kehrte Ruhe ein. Außer den vier Wachen und einigen Bediensteten war lange niemand zu sehen, aber Naemy wusste, dass Asco-Bahrran sich noch immer im Zelt aufhielt, und wagte es nicht, sich Kiany zu nähern.

Die Ankunft der Sänfte war daher ein Ereignis, das die Nebelelfe mit besonderer Aufmerksamkeit verfolgte. Vorsichtig kletterte sie noch etwas höher und verlagerte das Gewicht weit nach vorn, um besser sehen zu können.

Die Plane vor dem Zelteingang wurde zur Seite geschoben, der Mann im blauen Umhang trat heraus und öffnete die Tür der Sänfte. Gleich darauf bemerkte Naemy, wie sich etwas Rotes zwischen dem Zelt und der Kutsche bewegte. Die Aura der Macht, die ihr entgegenschlug, ließ keinen Zweifel zu: Asco-Bahrran hatte das Zelt verlassen und stieg in die Sänfte.

Der Mann im blauen Umhang schloss die Tür und schlüpfte ins Zelt, während zwei Cha-Gurrline die Sänfte aufhoben und wegtrugen. Naemys Herz pochte wie wild. Auf diesen Augenblick hatte sie gewartet. Entschlossen hob sie die Hand, murmelte ein paar Worte und verschmolz mit den Schatten.

Lautlos kletterte sie vom Baum, schlich auf das Zelt zu und legte sich flach dahinter auf den Boden. Während sie die Plane vorsichtig mit beiden Händen ein wenig anhob, spähte sie ins Innere und hielt Ausschau nach Kiany, doch eine große hölzerne Truhe, die dicht an der Zeltwand stand, versperrte ihr die Sicht. Sie sah nur den Rücken des Mannes im blauen Umhang, der neben der Truhe niedergekniet war.

Naemy fluchte leise. Wenn sie Kiany befreien wollte, musste sie entweder warten, bis der Mann das Zelt verließ, oder ihn durch einen kurzen, gut gezielten Kre-An-Sor-Schlag außer Gefecht setzen. Naemy entschied sich für das Letztere und schob sich auf dem Bauch langsam unter der Plane hindurch, um sich hinter der Truhe zu verstecken und einen günstigen Moment abzuwarten. Sie hatte den Oberkörper gerade ins Zelt geschoben, als sie den Mann sprechen hörte. »Ich lasse nicht zu, dass er dich weiter quält«, flüsterte er. »Niemand wird dir mehr wehtun, dafür sorge ich.« Der Mann erhob sich und stand nun unmittelbar vor Kiany. Das Mädchen schien zu schlafen. Naemy runzelte die Stirn. Wie konnte es sein, dass Kiany schon am späten Nachmittag nicht mehr wach war? Vielleicht verabreichte man ihr ja …

»Komm, meine Schöne«, murmelte der Mann in diesem Augenblick und nahm Kiany auf die Arme. »Ich bringe dich weg von hier. Asco-Bahrran ist noch eine Weile beschäftigt und wenn er zurückkehrt, sind wir schon weit fort.«

Naemy traute ihren Augen nicht. Der Mann versuchte doch tatsächlich, Kiany zu entführen! Hastig schob sie sich gänzlich unter der Zeltplane hindurch und kam auf die Füße. Wenn sie Kiany helfen wollte, musste sie den Mann aufhalten. Aber wie? Der Blaugewandete hatte den Ausgang des Zeltes schon fast erreicht. Naemy zögerte nicht länger. Mit wenigen Sätzen war sie hinter ihm und holte zu einem wohl gezielten Schlag aus, als die Plane vor dem Zelteingang plötzlich beiseite geschoben wurde.

»*Ne serar tor* – Was tust du?« Das grobschlächtige Gesicht eines Cha-Gurrlins tauchte in der Öffnung auf. Naemy erstarrte und zog hastig sie Hand zurück.

»Ich … ähm, ich wollte … wollte sie zu Asco-Bahrran bringen«, log der Mann. Er lächelte entschuldigend und fügte hinzu: »Er verlangt nach ihr.«

»Asco-Bahrran?« Der Cha-Gurrlin schlug die Plane ganz zurück und versperrte dem Blaugewandeten den Weg. »*Ferr nedo e nastul Asco-Bahrra*n?«, wandte er sich an den anderen Wachposten, der draußen vor dem Zelt stand.

»*Nubut*«, kam von dort die Antwort.

»*Ger dasa ratar nutr.*« Der Cha-Gurrlin deutete mit einer unmissverständlichen Geste auf das Lager, auf dem Kiany gerade gelegen hatte. Offensichtlich hatten die Wachen den eindeutigen Befehl, das Mädchen nicht aus dem Zelt zu lassen.

»Aber ich muss sie sofort zum Meister bringen!« Der Blaugewandete schaffte es sogar, ärgerlich zu klingen.

»*Nubut! Darrari!*« Der Cha-Gurrlin trat einen Schritt vor und richtete sich drohend vor dem Mann auf. »*Darrari!*«, sagte er noch einmal und deutete auf das Lager. Der Blaugewandete schnaubte vor Wut. »Das wird euch teuer zu stehen kommen«, warnte er. »Wartet nur, bis der Meister davon erfährt.« Er drehte sich so ruckartig um, dass es Naemy, die direkt hinter im stand, nur mit Mühe schaffte, beiseite zu springen. Schnell huschte sie hinter die Truhe und wartete, was geschehen würde. Als sie sah, dass der Mann Kiany tatsächlich zum Lager zurücktrug, atmete sie erleichtert auf. Mit etwas Glück konnte sie jetzt vielleicht … Doch noch bevor sie den Gedanken zu Ende gebracht hatte, wurde ihre Hoffnung jäh zerstört. Mit den Worten »*Nes ratare Asco-Bahrran. Adar ngurrarr fragr e simrrag*«, stellte sich der Cha-Gurrlin unmittelbar vor Kianys Lager und bedeutet dem Blaugewandeten, sich zu setzen. Dem Mann war deutlich anzusehen, wie unbehaglich er sich fühlte, doch er fügte sich, wohl wissend, dass jeder Widerstand ihn nur noch verdächtiger machen würde. »Gut, dann warten wir, bis er zurückkommt«, sagte er betont gelassen und ließ sich auf einen Stuhl sinken. »Ihr werdet schon sehen, was ihr davon habt.«

Naemy seufzte, ließ sich leise zu Boden gleiten und schob sich unbemerkt unter der Zeltplane hindurch zurück ins Freie. Sie hatte genug gehört. An diesem Abend würde Kianys Befreiung jedenfalls nicht mehr gelingen. Mit dem ungeschickten Entführungsversuch hatte der Blaugewandete ihr die erste ernsthafte Ge-legenheit genommen, sie zu befreien. Ärgerlich erklomm die Nebelelfe wieder den Baum und nahm ihren Beobachtungsposten wieder ein. Es konnte lange dauern, bis sich von neuem eine solche Möglichkeit ergab, doch es nützte nichts, mit dem Schicksal zu hadern. Sie konnte nur abwarten.

In drohender Haltung und voller Zorn schritt Asco-Bahrran auf die Magier zu, die am hinteren Ende des Heeres mit den Vorbereitungen für die Reise der Quarline beschäftigt waren.

»Ihr … Ihr kommt früh, Meister«, stammelte einer der Gehilfen, während er sich unterwürfig verneigte, doch Asco-Bahrran rauschte einfach an ihm vorüber. »Ich höre, ihr zweifelt an meinen

Entscheidungen!«, fuhr er die Magier an, als er das Gehege der Raubkatzen erreichte.

»Zweifeln? Nun, so würde ich es nicht ... « Der Magier, der Asco-Bahrran am nächsten stand, suchte nach den richtigen Worten. »Wir ... also, es stimmt schon: Die Heerführer sähen es viel lieber, wenn ... «

»Schweig!« Asco-Bahrrans Stimme knallte wie ein Peitschenhieb über die Lichtung. »Niemand stellt meine Befehle infrage!«, schnaubte er. »Niemand!« Die wogende Dunkelheit unter der roten Kapuze wandte sich nacheinander jedem der Magier zu. »Ihr habt bei eurem Leben geschworen, mir zu dienen und zu gehorchen«, zischte er. »Und bei den Toren, sollte einer von euch diesen Entschluss ändern wollen, möge er augenblicklich vortreten.«

Niemand rührte sich.

Asco-Bahrran wartete noch ein wenig, dann nickte er und rieb sich zufrieden die Hände. »Gut«, sagte er so milde, als sei die Sache damit für ihn erledigt. »Dann hoffe ich für euch, dass mir nie wieder solche Berichte zu Ohren kommen. Denn beim nächsten Mal ... « Seine Hand schnellte vor und packte einen Magier mit eisernem Griff an der Kehle. »... werde ich meine Zeit nicht erst damit verschwenden, Fragen zu stellen. Dann werde ich ... « Der Magier röchelte. »... mir einfach denjenigen greifen, der mir am nächsten steht ... « Die Hände des Magiers umklammerten Asco-Bahrrans dürren Arm inzwischen so fest, dass die Handknöchel weiß hervortraten, doch dieser lockerte den Griff nicht. »... und ihn vor allen Augen ganz langsam ... « Die puterrote Gesichtsfarbe des gepeinigten Magiers wechselte ins Bläuliche. Die Augen traten ihm aus den Höhlen und das Röcheln wurde zu einem heiseren Krächzen. »... ganz langsam das Leben ... « Ganz unvermittelt löste er die Hand von der Kehle des Magiers und dieser sank röchelnd und halb besinnungslos zu Boden. »... herausquetschen.« Die glühenden Augen unter der rote Kapuze blitzen gefährlich. »Ich habe mehr als genug Magier in meinen Diensten«, zischte er. »Habt ihr verstanden?« Die Magier nickten stumm. Das anschauliche Beispiel verfehlte seine Wirkung nicht. Niemand wagte ein Wort zu sagen.

»Worauf wartet ihr noch?«, fragte Asco-Bahrran, als wäre nichts geschehen. »An die Arbeit! Bevor die Sonne untergeht, muss alles bereit sein.«

Obwohl die Dämmerung schon Einzug auf den Straßen Nimrods gehalten hatte, herrschte auf dem Platz vor der Inneren Festung noch reges Treiben. Zahllose Marktstände reihten sich aneinander und in den schmalen Gassen dazwischen drängten sich die Menschen, um noch rechtzeitig vor der Dunkelheit ihre letzten Einkäufe zu tätigen.

Seit die Flüchtlinge aus dem Grasland und den nördlichen Gebieten Thales scharenweise in die Festungsstadt strömten, gingen die Geschäfte der Bauern, Händler und Handwerker auf dem Markt besonders gut. Und solange das Tageslicht noch ausreichte, um den einen oder anderen Handel abzuschließen, machte sich keiner daran, seinen Stand abzubauen. Überall wurde gefeilscht und gehandelt und unzählige Waren wechselten den Besitzer. Das Stimmengewirr der vielen Menschen vermischte sich mit den übrigen Marktgeräuschen zu einem auf- und abschwellenden Raunen, das nur gelegentlich vom Bellen eines Hundes oder von dem Klappern metallener Kessel übertönt wurde.

Enron und die drei Krieger der Stadtwache, die während dieses Sonnenlaufes am Rand des Marktes patrouillierten, hatten nicht viel zu tun. Trotz des Gedränges verhielten sich Händler und Käufer höflich und zuvorkommend. Nirgends war ein böses Wort zu hören und nur selten galt es, einen Streit zu schlichten. Alles wirkte überaus friedlich.

Der Befehlshaber der Stadtwache war in Gedanken schon bei seiner Familie: seiner Frau und den drei kleinen Söhnen, mit denen er den Abend verbringen wollte. Angesichts der nahenden Bedrohung versuchte er, sooft wie möglich bei ihnen zu sein, und verzichtete sogar darauf, zur Abendstunde mit den Kameraden in eine der vielen Tavernen Nimrods einzukehren, wie er es sonst häufig getan hatte. An diesem Abend wollte er mit seinen Söhnen …

Gellende Schreie, die sich plötzlich in der Mitte des Marktes erhoben, rissen Enron aus seinen Gedanken. Laute, angsterfüllte Schreie klangen zu ihm herüber. Schreie voller Panik und Angst, die immer häufiger von entsetzlichen Schmerzensschreien übertönt wurden.

Die Menschen am Rande des Marktes standen wie erstarrt und blickten teils überrascht, teils entsetzt in die Richtung, aus der die Schreie kamen.

Dann ging alles sehr schnell. Panik breitete sich wie ein Lauffeuer von der Mitte des Marktes aus und wenige Augenblicke später stürmten die ersten Flüchtenden an Enron und seinen Männern vorbei.

»Halt!« Enron stellte sich einem jungen Mann in den Weg und hob die Hand. Doch dieser schien ihn gar nicht zu bemerken. Während er immer wieder ängstlich über die Schulter zurückblickte, rannte er blindlings weiter und stieß Ernon mit der Schulter beiseite.

Der Befehlshaber der Stadtwache zögerte nicht länger. Seine Hand schnellte vor und packte einen anderen Mann, der mit Furcht geweiteten Augen an ihm vorüberstürmte, am Arm. »Was ist los?«, fragte er barsch.

»Tiere … Tiere … «, stammelte der Mann und deutete auf den Marktplatz, während er mit aller Kraft versuchte, sich aus Enrons Griff zu befreien. Doch der Hauptmann hielt ihn fest. »Tiere?«, fragte er.

»Riesige Tiere … Katzen … sie … « Der Mann erschauerte. »… sie töten … alle … Ah, lass mich los.« Er wandte den Kopf und biss Enron in die Hand, worauf dieser ihn freigab. Augenblicklich rannte der Mann davon und verschwand in der Menge. Enron rieb sich fluchend die blutende Hand, verzichtete jedoch darauf, ihm zu folgen. Große Tiere? Riesige Katzen? Das kam ihm irgendwie bekannt vor. Immer mehr Menschen rannten nun schreiend am ihm vorbei. Stände wurden umgeworfen und die herunterfallenden Waren hinderten andere an der Flucht.

»Lauf zum Abner!«, befahl Enron dem jüngsten Krieger seiner Gruppe. »Sag ihm, dass der Markt angegriffen wird. Die Feinde sind mitten unter uns. Wir brauchen unverzüglich Bogenschützen auf den Mauern. Sofort, hast du gehört? Falls der Abner zögert, sag ihm, dass sich vermutlich Quarline in der Stadt befinden. Dann wird er verstehen. Ihr anderen folgt mir.« Enron zog sein Schwert und deutete nach vorn. Während der junge Krieger dem Tor der Inneren Festung entgegenstrebte, versuchten sich Enron und die beiden anderen Krieger einen Weg durch die Menge und über den verwüsteten Marktplatz zu bahnen. Doch es war nahezu unmöglich, den Flüchtenden entgegenzutreten, die sich wie ein nicht enden wollender Strom zwischen den Marktständen hindurchzwängten. Immer wieder rissen die Menschenmassen Enron und seine Männer mit sich. Die Trümmer der Marktstände und umgestürzte Waren versperrten ihnen zusätzlich den Weg. Als sie sich endlich durchgekämpft hatten und der Strom der Flüchtenden abnahm, trafen sie auf Menschen, die in kopfloser Furcht ziellos zwischen den Trümmern herumliefen, Namen riefen oder einfach nur weinten. Viele von ihnen waren verwundet und bluteten und ihre Blicke huschten irre über das Trümmerfeld, das eben noch ein Marktplatz gewesen war.

Je weiter sich Enrons kleine Gruppe der Mitte des Marktes näherte, desto häufiger stießen sie auf Tote und Verletzte, die in der allgemeinen Panik gestürzt und von den Flüchtenden niedergetrampelt worden waren.

Dann sahen sie den ersten Quarlin. Die riesige getigerte Raubkatze setzte nur wenige Längen von ihnen entfernt einem kleinen Jungen nach, der schreiend davonlief. Er musste im gleichen Alter sein wie Enrons Ältester und beim Anblick der aussichtslosen Flucht des Kindes krampfte sich das Herz des Hauptmanns schmerzhaft zusammen. Obwohl er wusste, dass er viel zu weit entfernt war, um zu helfen, hastete er auf das Kind zu – vergebens.

Er hatte nicht einmal die Hälfte der Strecke zurückgelegt, als er mit ansehen musste, wie der Quarlin den Jungen mit einem Prankenhieb zu Fall brachte und unter sich begrub.

»Nein!« Mit gezücktem Schwert rannte Enron auf den Quarlin zu. In ohnmächtiger Wut vergaß er jede Vorsicht. Das Bild des sterbenden Kindes vor Augen, hastete er über den Platz, während dessen entsetzliche Todesschreie in seinem Kopf nachhallten. Er verspürte keine Furcht. Nicht einmal dann, als der Quarlin von seinem Opfer abließ und sich ihm zuwandte, fühlte er etwas anderes als einen unbändigen Hass.

Der Quarlin duckte sich sprungbereit, legte die Ohren an und fauchte gereizt, doch Enron trat ihm furchtlos entgegen. »Komm schon, du Bestie!«, rief er herausfordernd, das Schwert kampfbereit in den Händen haltend. Und der Quarlin sprang. Der Aufprall riss Enron das Schwert aus den Händen und er fiel nach hinten. Geistesgegenwärtig hob er die Hände und packte noch im Fallen den Quarlin mit beiden Händen am Hals, um das mit schrecklichen Reißzähnen besetzte Maul von seiner Kehle fern zu halten.

Schaumiger Geifer tropfte auf ihn herab, während die Raubkatze sich mit heftigen Bewegungen aus dem Griff zu befreien versuchte. Die Pranken drückten Enron zu Boden und die Krallen gruben sich tief in seine Brust, doch er fühlte keinen Schmerz. Er wusste, dass er den übermächtigen Kräften der Raubkatze nicht mehr lange standhalten konnte, und seine Kräfte schwanden immer schneller.

Im nächsten Augenblick hielt er nur noch Büschel aus dem getigerten Fell in Händen – der Quarlin war frei. Ein triumphierender Laut drang aus der Kehle der Raubkatze und Enron sah, wie sich die messerscharfen Zähne unaufhaltsam seiner Kehle näherten. Er hatte verloren.

Plötzlich lief eine Erschütterung durch den massigen Körper des Quarlins und er fiel wie ein Stein zur Seite.

»Alles in Ordnung?«, fragte eine Stimme und Enron spürte, wie jemand neben ihn trat. »Enron? Hört Ihr mich?«

Der Befehlshaber der Stadtwache blinzelte. Neben ihm kniete Sheehan, der Elfenkrieger, der mit Tabor und den Elfenkindern aus Caira-Dan gekommen war. Er hielt einen Langbogen in der Hand und blickte ihn besorgt an. Als er merkte, dass Enron die Augen öffnete, huschte ein Lächeln über sein Gesicht. »Ich fürchtete schon, ich käme zu spät!«, sagte er erleichtert, wurde aber sogleich wieder ernst. »Ihr hattet großes Glück«, stellte er fest und blickte sich nach allen Seiten um. »Dieser Quarlin war noch jung und unerfahren – nur deshalb konnte ich ihn besiegen. Aber er ist nicht allein. Ich weiß nicht, wie viele Raubkatzen die Marktbesucher angegriffen haben, doch die Zahl der Opfer ist hoch ... «

»Wo sind die anderen Quarline? Wie viele konnten schon erlegt werden?« Enron rappelte sich auf und griff nach seinem Schwert. Die Todesangst hielt ihn noch immer im Griff, doch die Sorge um die Bewohner der Festungsstadt überwand das Gefühl der Ohnmacht und Schwäche. »Ich weiß es nicht.« Sheehan schüttelte bedauernd den Kopf. »Dort, wo der Angriff begann, befinden sich außer drei Toten keine Quarline mehr. Der Marktplatz ist wie leer gefegt. Die Raubkatzen haben die Menschen bis in die Gassen hinein verfolgt und sich vermutlich längst über die gesamte Stadt verteilt.« Er seufzte. »Es kann viele Sonnenläufe dauern, bis wir den letzten gefunden und erlegt haben. Bei der Göttin, ich wage nicht daran zu denken, was die Bestien bis dahin angerichtet haben!«

»Wenn das so ist, worauf warten wir noch?« Enron packte sein Schwert fester, doch dann stockte er. »Ich verdanke dir mein Leben, Elf«, sagte er feierlich und streckte Sheehan die Hand entgegen. »Das werde ich nie vergessen.« Er blickte den Elfenkrieger ernst an und Sheehan spürte, dass der Hauptmann etwas von ihm erwartete. Aber was? Er zögerte, doch dann bemerkte er Enrons ausgestreckte Hand und schlug ein. »Freund!«, sagte er.

»Freund«, wiederholte Enron fest und fragte: »Gehen wir zusammen?«

»Vier Augen sehen mehr als zwei.« Sheehan nickte und deutete auf die dunklen Schatten der Häuser, in die sich die Menschen geflüchtet hatten. »Aber wir sollten uns Fackeln besorgen. Wir haben eine lange Nacht vor uns.«

Es dauerte fast zwei Sonnenläufe, bis der letzte Quarlin aufgespürt und getötet war und es erwies sich als schier unmöglich, die Opfer unter den Bewohnern der Festungsstadt zu zählen; es waren einfach zu viele.

Man bestattete sie in Massengräbern am Fuß der Berge. Unermüdlich ratterten die Leichenkarren durch die Tore der Festungsstadt und brachten ihre traurige Fracht zu den Gräbern.

Am zweiten Abend nach dem Angriff berief der Abner den Rat erstmals wieder ein. Auch Sheehan und Enron waren dazugebeten worden und lauschten den Worten des obersten Druiden. »… der Angriff war zeitlich genau geplant«, erklärte dieser gerade und schüttelte fassungslos den Kopf. »Dreiundsiebzig unserer Krieger haben bei der Suche nach den Bestien ihr Leben verloren. Dreiundsiebzig!« Er verstummte und stützte sich schwer auf die Tischplatte. »Bei der Göttin«, fuhr er fort, »erst jetzt vermag ich wirklich zu ermessen, was in Caira-Dan vorgefallen ist.«

»Die Zahl der Toten unter der Bevölkerung liegt deutlich höher«, ergänzte die Priesterinnenmutter. »Und sie steigt weiter. Viele Verwundete werden ihren schweren Verletzungen noch erliegen.«

»Was muss das für eine Kreatur sein, die solche Wesen zum Leben erweckt?« Jukkon verzog angewidert das Gesicht. »Nie zuvor habe ich einen ähnlichen Blutdurst und eine ähnliche Lust am Töten erlebt wie bei diesen Tieren.«

»Quarline gab es in Thale schon, bevor die Menschen kamen«, warf Sheehan ein. »Aber ich gebe dir Recht, damals waren sie zwar gefährlich, doch nie so bösartig und grausam.«

»Das mag früher so gewesen sein. Diese Quarline hingegen waren allein darauf abgerichtet, Menschen zu töten.« Der Abner ergriff erneut das Wort. »Wir haben den Angriff erfolgreich abgewehrt – wenn auch unter großen Verlusten. Das allein zählt. Doch darauf dürfen wir uns nicht ausruhen. Es gibt nämlich noch einen weiteren Grund, warum ich euch zusammengerufen habe: Ein Kundschafter ist am Abend in die Stadt gekommen und berichtete, dass das Heer der Cha-Gurrline nicht einmal drei Tagesmärsche von hier in den Wäldern von Daran lagert.« Er machte eine Pause und sagte dann: »Ihr wisst, was das bedeutet.«

»Dass wir bald die Tore schließen müssen.« Enron nickte grimmig und faltete die Hände wie zum Gebet. »Die Göttin möge uns beistehen«, flüsterte er.

11 Die ganze Nacht über war Naemy dem Heer der Cha-Gurrline durch den Wald gefolgt und hatte die rubinrote Kutsche nicht aus den Augen gelassen. Unterwegs fing sie einmal einen Gedankenruf von Chantu auf, der nach ihr suchte, aber so dicht bei den Magiern wagte sie nicht, ihm zu antworten. Sie konnte gut verstehen, dass der Riesenalp sich Sorgen machte, weil er schon so lange nichts von ihr gehört hatte, doch die Gefahr, entdeckt zu werden, war ihr einfach zu groß.

Inzwischen graute der Morgen, trotzdem machte das Heer keine Anstalten, eine Rast einzulegen. Naemy war erschöpft. Der Mangel an Schlaf und die ungeheure Anstrengung, dem Heer unbemerkt zu folgen, forderten immer nachdrücklicher ihren Tribut. Naemy aber war fest entschlossen, der bleiernen Müdigkeit so lange zu trotzen, bis die Cha-Gurrline ein Lager aufschlugen. So schleppte sie sich unter Aufbietung aller Kräfte im Schutz der Bäume dahin und versuchte mit Asco-Bahrrans Kutsche Schritt zu halten. Längst hatte sie es aufgegeben, den Kriegern in den Baumkronen zu folgen, denn in diesem Teil des Waldes standen überwiegend hohe Tannen, die die Fortbewegung in luftiger Höhe unmöglich machten. Zwischen den Baumstämmen hingegen war nur wenig Unterholz zu finden. Außer Farnen und einigen Brombeerbüschen gab es kaum Pflanzen, die unter dem immergrünen Dach gediehen. Der Boden war mit einem dicken Teppich trockener Nadeln bedeckt und federte weich unter Naemys Schritten. Dank der Elfenmagie vor den Blicken der Krieger verborgen, war es eigentlich ein hervorragendes Gelände, um dem Heer zu folgen – wenn sie nur nicht so entsetzlich müde gewesen wäre.

Die Sonne stieg immer höher und näherte sich dem Zenit, doch in den tiefen Schatten unter den Nadelbäumen war davon kaum etwas zu spüren und die Cha-Gurrline schritten so unermüdlich aus, als hätten sie den Marsch eben erst begonnen.

Naemy rieb sich schläfrig die Augen. Obwohl sie sich bemühte, die Kutsche nicht aus den Augen zu verlieren, fiel sie im Lauf des Vormittags immer weiter zurück. Doch das machte ihr nichts aus.

Sobald sie ein wenig geschlafen hätte, würde sie rasch wieder zu den Wagen aufschließen. Sie brauchte nur ein wenig Ruhe.

»*Bargaaa* – halt!« Der Ruf schallte durch den Wald und pflanzte sich von der Spitze der Heeres bis zu dessen Ende fort. Die Krieger hielten an, setzten ihre Ausrüstung ab und suchten sich einen Lagerplatz. Naemy atmete erleichtert auf und sah sich ebenfalls nach einer geeigneten Stelle zum Rasten um.

Hinter einem dichten Brombeerstrauch, der einige Längen abseits des Heerwurms wuchs, fand sie ausreichend Deckung. Kaum hatte sie ihr Bündel im Gebüsch versteckt, legte sie sich erschöpft nieder und schloss die Augen. Nur ihre Elfensinne blieben wachsam, als sie, eingehüllt in die Magie ihres Volks, in einen tiefen, erholsamen Schlaf fiel.

Als Naemy erwachte, war es bereits dunkel. Ein Blaufederkauz rief und von irgendwoher trug ihr der Nachtwind das verzweifelte Quieken eines Kaninchens zu, dessen Leben in den Fängen eines nächtlichen Räubers endete. Sonst war alles ruhig.

Zu ruhig! Erschrocken fuhr Naemy hoch. Bei der Göttin, wie lange hatte sie geschlafen? Plötzlich war sie hellwach und spähte in die Dunkelheit. Als sie zu dem Gelände hinüberblickte, wo das Heer am vergangenen Nachmittag gelagert hatte, bestätigte sich ihr schlimmer Verdacht.

Die Krieger waren weitergezogen!

Ein eisiger Schreck durchzuckte die Nebelelfe. Hastig raffte sie ihre Sachen zusammen, sprang auf und eilte auf das verlassene Lager zu. Sie hatte Glück. To und Yu waren bereits aufgegangen und spendeten so viel Helligkeit, dass sie die Spur mühelos erkennen konnte. Sie war noch frisch und beflügelte Naemys Hoffnung, dass sich das Heer noch nicht allzu weit entfernt hatte. Missmutig schulterte sie ihr Bündel, schob den Langbogen über die Schulter und machte sich im Laufschritt auf den Weg.

Der Schlaf hatte neue Kräfte in ihr geweckt. Sie fühlte sich so ausgeruht und rege wie schon lange nicht mehr. Ohne anzuhalten, verzehrte sie eine kalte Mahlzeit aus trockenem Brot und etwas Dörrfleisch aus ihrem Proviantbeutel. Der einstmals prall gefüllte

Ledersack hing ihr inzwischen schlaff über den Rücken und sie wusste, dass die mageren Vorräte nicht mehr lange reichen würden. Bald müsste sie sich ausschließlich von dem ernähren, was sie im Wald vorfand.

Plötzlich spürte sie, wie der Boden leicht erzitterte, und blieb stehen. Die Erschütterungen wurden zu einem rhythmischen Klopfen, das nur von dem Hufschlag eines galoppierenden Pferdes stammen konnte. Ein kurzes Zeichen mit der Hand genügte und Naemy verschmolz mit den Schatten. Keinen Augenblick zu früh. Schon preschte ein Reiter mit wehendem Umhang nur wenige Längen entfernt an ihr vorüber. Rücksichtslos trieb er sein Pferd an, indem er ihm mit den Zügelenden heftig gegen die schweißnassen Flanken schlug.

Naemy blickte Ross und Reiter verwundert nach. Was suchte der Mann hier? Den Umständen nach zu urteilen, handelte es sich bei ihm um einen der wenigen Menschen, die dem Heer angehörten. Doch warum ritt er fort?

Naemy zog seufzend die Schultern hoch und machte sich wieder auf den Weg. Die Beweggründe des Mannes gingen sie nichts an. Er hatte sie nicht bemerkt, das allein zählte.

Im schwachen Licht der Monde trieb Skynom sein Pferd durch den Wald. Obwohl er sicher war, dass ihn niemand mehr verfolgte, gönnte er dem Tier keine Rast. Er war wütend und ärgerte sich über sich selbst. Gut, er hatte etwas Glück im Kartenspiel gehabt – gedankenverloren tastete er mit einer Hand nach den gewonnenen Goldstücken, die in der Tasche seines Umhangs klimperten –, aber das war noch lange keine Entschuldigung dafür, dass er nicht mitbekommen hatte, wie sich Asco-Bahrrans Kutsche während der Rast vom Heer entfernte. Es wäre ihm allerdings eine Menge Ärger erspart geblieben, wenn er es sofort bemerkt hätte. Dann wäre der Magiergehilfe, dem das Pferd gehörte, noch am Leben, die Cha-Gurrline hätten ihn nicht verfolgt und sein Verschwinden kein Aufsehen erregt.

Aber daran ließ sich nun nichts mehr ändern. Der Gehilfe war tot, es war ihm gelungen, die Krieger abzuschütteln, und das Heer marschierte weiter nach Südosten, als wäre nichts geschehen. Jetzt konnte er sich ungehindert auf die Suche nach der Kutsche machen, die sich, wie er dem verängstigten Gehilfen noch hatte entlocken können, offenbar auf dem Weg in die Sümpfe von Numark befand. Skynom hatte keine Ahnung, was Asco-Bahrran dort suchte, wollte sich aber die Gelegenheit, den verhassten Magier allein anzutreffen, auf keinen Fall entgehen lassen. Mit heftigen Tritten in die Flanken spornte er sein Pferd weiter an. Asco-Bahrran hatte fast einen halben Sonnenlauf Vorsprung. Wenn er die Kutsche noch vor den Sümpfen einholen wollte, musste er sich mächtig beeilen.

Fassungslos starrte Naemy auf die Wagenkolonne hinab, die nur wenige Längen entfernt unter ihrem luftigen Versteck in den Ästen eines Baumes vorüberzog. Die rubinrote Kutsche war nicht dabei!

Bis vor wenigen Augenblicken war sie an der Kolonne entlanggeschlichen und hatte, als sie die Kutsche nirgends entdecken konnte, den Baum erklommen, um die Wagen noch einmal an sich vorüberziehen zu lassen, doch das Ergebnis war wieder das gleiche: Die Kutsche war fort. Wo bei den Toren war sie geblieben? Naemy stand vor einem Rätsel.

Kurz nachdem sie dem Reiter begegnet war, hatte sie das Ende des Heerwurms erreicht und sich an den Cha-Gurrlinen vorbei zur Wagenkolonne im vorderen Teil geschlichen. Sie seufzte und schüttelte den Kopf. Hätte sie doch bloß nicht so fest geschlafen! Obwohl sie wusste, dass es zu nichts führte, machte sie sich bittere Vorwürfe. Wie sollte sie Kiany jetzt nur wieder finden? Die Wälder von Daran erstreckten sich vom Yunktun bis fast vor die Tore Nimrods und waren so riesig, dass sich eine Kutsche mühelos viele Sonnenläufe lang unentdeckt darin aufhalten konnte. Ohne einen Anhaltspunkt war es völlig aussichtslos, mit der Suche zu beginnen.

Plötzlich stutzte Naemy. Warum verließ Asco-Bahrran das Heer, kurz bevor es Nimrod erreichte? Wollte er denn nicht Zeuge des Angriffs auf die Festungsstadt werden? Oder war am Ende alles nur ein Täuschungsmanöver? Diese und andere Fragen wirbelten durch Naemys Gedanken, ohne dass sie darauf eine Antwort fand. Selten hatte sie sich so ratlos gefühlt. Eingehüllt in die Elfenmagie, saß sie im Baum und beobachtete, wie das Heer unter ihr dahinzog. Selbst als der letzte Krieger längst in der Dunkelheit zwischen den Bäumen verschwunden war, machte sie keine Anstalten, ihr Versteck zu verlassen. Das Heer war nicht mehr wichtig. Sie musste Asco-Bahrran finden.

»Naemy?«

»Chantu!« Naemy war so froh, die Stimme des Riesenalps zu hören, dass es ihr plötzlich gleichgültig war, ob jemand das Gespräch belauschte.

»Schön, wieder etwas von dir zu hören«, sagte Chantu im Plauderton. »Ich fürchtete schon, dir sei etwas zugestoßen, weil du auf meine Rufe nicht geantwortet hast.«

»Es geht mir gut, keine Sorge«, antwortete Naemy ohne weitere Erklärung. »Obwohl ich gerade … « Sie verstummte, weil sie möglichen Zuhörern nicht zu viel preisgeben wollte.

»Nun, das klingt aber merkwürdig«, stellte Chantu fest. »Gibt es Schwierigkeiten?«

»So könnte man es nennen.«

»Brauchst du meine Hilfe?«

»Das wäre schön. Aber wie willst du …?«

»Wende dich nach Westen.« Chantu schien ganz genau zu wissen, wo sich Naemy befand. »Nach zweimal fünfhundert Längen steigt der Boden leicht an. Geh immer bergauf, bis du eine freie Stelle erreichst, wo ein heftiger Sturm vor vielen Mondläufen die Bäume wie dürre Stöcke geknickt hat. Dort warte ich auf dich.«

»Chantu, du bist wunderbar!« Die Aussicht, bald wieder fliegen zu können, hob Naemys düstere Stimmung ein wenig. Ein kurzer Blick zum Himmel, der im Osten bereits grau wurde, wies ihr die Richtung. Mit der Gewandtheit einer Katze sprang sie vom Baum und eilte nach Westen auf den Hügel zu, wie Chantu es ihr beschrieben hatte.

»Alle Tore sind geschlossen!« Mit ernster Miene betrat Enron das Arbeitszimmer des Abners. Die Sonne war gerade aufgegangen und warf ihr goldenes Licht durch die hohen Fenster des Gemachs. Der Abner blickte von den Pergamentrollen auf, die er gerade studierte. »Befinden sich noch viele Flüchtlinge in der Ebene?«, fragte er mit Besorgnis in der Stimme.

»Nein. Die Wachposten auf den Zinnen berichten lediglich von vereinzelten Familien und kleinen Gruppen, die sich noch auf dem Weg nach Nimrod befinden«, erklärte Enron. »Ich habe den Befehl ausgegeben, die Nachzügler durch die kleine Pforte im Süden einzulassen, durch die auch die Kundschafter die Stadt betreten. Große Gepäckstücke und die Wagen müssen die Leute zwar zurücklassen, aber sie finden wenigstens alle Einlass in der Festungsstadt.«

»Das ist gut!« Der Abner nickte bedächtig. »Dann ist es an der Zeit, das große Tor zu sichern. Es ist die schwächste Stelle in der Festungsmauer und die Cha-Gurrline werden große Anstrengungen darauf verwenden, es zu stürmen.« Ein dünnes Lächeln huschte über das Gesicht des Abners, als er sich erhob. »Nun, gegen Magie können auch sie wenig ausrichten.«

»Meine Männer haben damit begonnen, die Einberufenen und Freiwilligen zu Einheiten zusammenzustellen und sie in ihre Aufgaben einzuweisen«, fuhr Enron fort, ohne weiter auf die Worte des Abners einzugehen. Dann seufzte er und schüttelte betrübt den Kopf. »Wie ich schon befürchtete, sind es viel zu wenige. Die herben Verluste nach dem Angriff der Quarline sind nicht mehr auszugleichen.«

»Du hast getan, was möglich war.« Der Abner trat neben den Befehlshaber der Stadtwache und legte ihm freundschaftlich die Hand auf die Schulter. Enron setzte zu einer Erwiderung an, doch in diesem Augenblick klopfte es an der Tür und ein Kundschafter betrat den Raum. Seine Kleidung war staubig und voller Pferdehaare und er wirkte abgehetzt und erschöpft. »Abner«, keuchte er und deutete eine leichte Verbeugung an, »ich bringe wichtige Neuigkeiten.« Er machte eine kurze Pause, atmete tief durch und fuhr dann fort: »Verzeiht, aber ich habe einen langen und scharfen Ritt hinter mir. Die Cha-Gurrline befinden sich einen halben Sonnenlauf von Nimrod entfernt. Wenn sie weiter so schnell vorankommen wie bisher, haben sie die Festungsstadt erreicht, noch bevor die Sonne untergeht. «

»So früh schon?« Der Abner runzelte die Stirn. »Wenn das zutrifft, bleibt uns wahrlich nur noch eine kurze Frist für abschließende Vorbereitungen. « Er reichte dem Kundschafter die Hand. »Ich danke dir«, sagte er freundlich und winkte einen Küchenpagen heran, der gerade an der geöffneten Tür vorübereilte. »Sorg dafür, dass dieser Mann eine Morgenmahlzeit erhält«, wies er den Jungen an.

Als der Kundschafter das Zimmer verlassen hatte, schloss der Abner leise die Tür und wandte sich wieder an Enron. »Keine guten Neuigkeiten!«, sagte er kopfschüttelnd. »Wir müssen uns beeilen. Das Tor zu sichern ist die vorrangige Aufgabe. Danach werde ich den Rat zu einer abschließenden Beratung einberufen. Was uns dann erwartet, liegt allein in der Hand der Göttin. «

»Wie hast du mich gefunden?« Über Chantus ausgestreckten Flügel kletterte Naemy auf den Rücken des Riesenalps.

»Indem ich dich gesucht habe. «

»Was du nicht sagst!« Mit dieser Antwort konnte Naemy genauso viel anfangen, als hätte Chantu gar nicht geantwortet. Sorgfältig befestigte sie ihren Langbogen, den Köcher und den Proviantbeutel an den Haltegurten des Fluggeschirrs, zog den Umhang aus Steppenbüffelfell aus dem Gepäck und nahm ihren Platz im Nacken des Riesenalps ein. Die Sonne stand inzwischen schon hoch am Himmel, aber es war noch immer empfindlich kühl. Wohlig schmiegte sich Naemy in den warmen Umhang und blickte sich um.

Der Platz war gut gewählt.

Ein Windbruch bildete auf der Westseite des Hügels eine breite Schneise in dem hoch aufragenden Wald. Die mächtigen Stämme der Tannen lagen kreuz und quer über den ganzen Abhang verstreut wie achtlos fortgeworfene Hölzer, mit denen Kinder gespielt hatten. Ein leichter Wind strich aus dem Tal herauf. Er war gerade so kräftig, dass Chantu aufsteigen konnte.

»Fertig?«, hörte sie Chantu fragen.

»Fertig!« Mit kraftvollen Flügelschlägen erhob sich der Riesenalp in die Lüfte und begann zu kreisen. Nachdem er genügend tragende Aufwinde gefunden hatte, schwenkte er nach Südwesten und glitt über die Wälder hinweg auf die Sümpfe von Numark zu. »Wohin fliegst du?« Naemy ärgerte sich ein wenig, dass Chantu sie nicht nach ihren Plänen fragte, sondern einfach die Richtung bestimmte. Doch statt zu antworten, stellte Chantu ihr eine Gegenfrage. »Hast du nicht etwas verloren?«

Verloren? Naemy runzelte die Stirn. Sie hatte doch noch alles bei sich, den Bogen: den Köcher ... Wieso sollte sie ... Plötzlich begriff sie und ihre Miene hellte sich auf. »Ja, ich habe etwas verloren!«, rief sie. »Heute morgen war es plötzlich weg.« Chantus Beispiel folgend, vermied auch sie es, Asco-Bahrrans Kutsche beim Namen zu nennen, um den Magier, falls er sie belauschte, nicht frühzeitig zu warnen. »Siehst du«, erklärte Chantu. »Und ich habe es gefunden. Schon gestern Abend habe ich es in dieser Richtung gesehen. Mit ein wenig Glück werden wir es schon bald wieder entdecken.«

Als die Sonne wenig später den Zenit erreichte, ging Chantu tiefer und flog etwas langsamer, damit Naemy einen besseren Blick auf den Boden hatte. Sie beugte sich zur Seite und spähte aufmerksam durch das herbstlich gefärbte Blätterdach. Eine Weile grübelte sie noch darüber nach, woher Chantu das alle wusste, doch da der zu keiner Erklärung bereit war, schob sie die lästigen Gedanken einfach zur Seite. Sie musste sich damit abfinden, dass die Riesenalpe, die sie so gut zu kennen glaubte, mehr Fähigkeiten besaßen, als sie ahnte.

Schweigend starrte Lya-Numi in die flache Schale, die vor ihr auf dem Tisch stand. Ihre Lippen bebten, doch ihre Hände, die die Schale hielten, waren ganz ruhig. Keine Welle kräuselte die spiegelglatte Oberfläche des Wassers, das sich darin befand, und das Bild, das sich in der Schale zeigte, war klar und scharf.

»Ich wusste es!«, flüsterte die Elfenpriesterin und nickte bedächtig. »Oh, ich wusste, dass du kommen würdest.« Mit grimmiger Miene beobachtete sie eine rubinrote Kutsche, die sich den Weg über die unwegsamen Pfade des Elfenreiches vorankämpfte. Begleitet von einer Eskorte sechs hünenhafter schwarzer Krieger, fuhr sie durch die Nacht, kam jedoch nur langsam vorwärts. Immer wieder versanken die schmalen Räder im Schlamm und die Krieger mussten eingreifen, um sie zu befreien. Doch Lya-Numis Aufmerksamkeit galt nicht den Kriegern. Sie wartete auf Asco-Bahrran. Der dunkle Magier saß verborgen hinter den dicken Vorhängen der Kutsche – da war sie sich ganz sicher. In der Nacht, als die Kutsche die Grenze der Sümpfe von Numark überschritt, hatte Lya-Numi die Aura seiner dunklen Magie gespürt und war sofort an die Wasserschale geeilt, um ihn zu beobachten.

Dass er kam, überraschte sie nicht. Längst war aus der Vermutung, die nach der Heimkehrzeremonie in ihr aufgekeimt war, Gewissheit geworden und sie hatte bereits nach ihm Ausschau gehalten, hatte ihn erwartet.

Nachdem Tabor, Naemy und die überlebenden Elfen davongeflogen waren, hatte sich Lya-Numi sofort in den verlassenen Palast Caira-Dans begeben und dort einige Sonnenläufe lang die alten Schriften studiert. Schon bald hatte sie gefunden, wonach sie suchte – Aufzeichnungen über die Höhlen westlich der Sümpfe, in denen die Elfen einst das magische Sternenebulit abbauten. Heute waren die alten Stollen und Gänge fast alle überflutet, doch das stellte für jene, die in der Magie bewandert waren, nicht das geringste Hindernis dar.

Nur wenige wussten, dass die Höhlen weit größere Geheimnisse bargen als das wertvolle Metall. Sie waren ein Ort ungeheurer Magie, mit deren Hilfe Zauber gewoben werden konnten, die kein Magier jemals vollbringen konnte. Und kaum jemand wusste, dass die Höhlen aus ebendiesem Grund vor vielen hundert Sommern absichtlich unter Wasser gesetzt worden waren. Es war kein Unwetter gewesen, wie es der Elfenkönig damals offiziell hatte verkünden lassen. Die Furcht vor der Unberechenbarkeit der Magie hatte die Elfen zu diesem Schritt veranlasst.

Und jetzt kam Asco-Bahrran, um die uralte Magie für sein schändliches Treiben zu nutzen. Lya-Numi nickte grimmig. Sie hatte es geahnt. Die Höhlen waren der Grund dafür, dass Asco-Bahrran die Nebelelfen vernichtet und den Marsch auf Nimrod unternommen hatte. Er wollte den Weg frei machen, um die Macht, die im Innern schlummerte, ungestört zu erwecken.

Die Elfenpriesterin ballte die Fäuste. Wenn der Magier glaubte, dass es so einfach wäre, dann hatte er sich getäuscht. Sie war zwar nicht mehr jung und ihr gebrochenes Bein wollte nicht richtig verheilen, aber sie war gut vorbereitet und fest entschlossen, Asco-Bahrrans Pläne zu vereiteln, selbst wenn es sie das Leben kostete. Ihr Blick wanderte von der Wasserschale zu dem kleinen Pentagramm auf dem Boden ihrer Hütte und von dort weiter zu dem kleinen Tisch, auf dem ihre Waffen und der Proviant lagen. Sie war bereit! Sein Ziel war auch das ihre. Sobald Asco-Bahrran sich Zugang zu den Höhlen verschafft hatte, würde sie handeln.

Als die Nacht hereinbrach, griffen die Cha-Gurrline an. Ihr Brüllen, das dem Ansturm vorauseilte, zerfetzte die abendliche Stille, lange bevor sie sich wie die entfesselten Wasser einer gewaltigen schwarzen Springflut in wilden Scharen über die Ebene ergossen.

Der Boden erbebte unter ihren stampfenden Schritten und das Klirren der eisenbewehrten Rüstungen brandete wie eine Melodie des Todes gegen die Mauern der Festungsstadt.

Sheehan stand auf den Zinnen und beobachtete mit ausdrucksloser Miene, wie das Heer der Cha-Gurrline näher rückte. To und Yu hatten ihr Antlitz hinter dicken Wolken verborgen. Im fahlen Licht war die ganze Masse der Heranstürmenden nur zu ahnen, doch der Elfenkrieger war erfahren genug, um seine Schlüsse aus dem Lärm und den Erschütterungen des Bodens zu ziehen. Er brauchte seine Augen nicht anzustrengen, um zu wissen, welch gewaltiges Heer dort unten aus der Dunkelheit auf sie zustürmte.

Er wandte den Kopf und warf den ihm unterstellten Kriegern einen prüfenden Blick zu. Was er sah, gefiel ihm gar nicht. Die Männer und Frauen, die ihm am Vorabend zugeteilt worden waren, starrten voller Furcht in die wogenden Schatten am Fuß der Festungsmauer. Einige hielten ihr Schwert fest umklammert, andere beteten. Sie waren noch so jung. Viele mochten nicht einmal zwanzig Sommer gesehen haben und keiner von ihnen hatte je zuvor gekämpft. Die meisten waren erst vor ein paar Sonnenläufen im Umgang mit Schwert und Bogen unterrichtet worden und Sheehan wagte zu bezweifeln, dass sie im Fall eines Zweikampfs überhaupt die Möglichkeit erhielten, ihre Waffen zu erheben. Doch die Menschen, die sich hier den Cha-Gurrlinen entgegenstellten, waren die letzte Reserve, die der Rat hatte aufbringen können. Die Truppen, die sich in Nimrod versammelt hatten, würden allein niemals ausreichen, um die Mauern der Stadt zu verteidigen. Zu viele gute und tapfere Krieger waren von den Cha-Gurrlinen bereits im Grasland getötet worden oder dem heimtückischen Angriff der Quarline zum Opfer gefallen.

Hier hatten sich Handwerker, Bauern, Händler, Flüchtlinge und Bürger aus Nimrod versammelt. Männer, Frauen und halbe Kinder, die ihr Land Seite an Seite mit den Kriegern gegen die Horden der Finsternis verteidigen wollten. Sie waren zahlenmäßig weit unterlegen und zudem schlecht ausgebildet, aber im Gegensatz zu dem Volk der Nebelelfen, das grausam abgeschlachtet worden war, hatten sie wenigstens die Möglichkeit, sich zu wehren – und sie waren bereit.

Sheehan hob den Arm und die Schützen spannten ihre Bogen. Als die ersten schwarzen Krieger auf Pfeilschussweite herangekommen waren, erhob sich auf den Zinnen ein mächtiges Surren und ein Hagel gefiederter Pfeile senkte sich über die Ebene. Einige Pfeile prallten wirkungslos an den Panzern der Kriegern ab, doch andere fanden ihr Ziel. Dutzende Cha-Gurrline stürzten verwundet zu Boden und wurden rücksichtslos von jenen überrannt, die ihnen folgten.

Der stete Pfeilhagen warf den ersten Ansturm erfolgreich zurück und auch die nächste Angriffswelle der schwarzen Krieger verlor ihren Schwung im Pfeilhagel der Verteidiger. Schon nach kurzer Zeit war die Ebene vor der Festungsmauer von unzähligen Toten übersät. Die geschlossene Phalanx der Krieger zerfiel und der Angriff geriet kurzzeitig ins Stocken. Doch die Cha-Gurrline formierten sich bereits erneut zum Ansturm auf die Festungsstadt und diesmal erhielten sie Unterstützung von ihren eigenen Bogenschützen.

Mit lautem Kriegsgeschrei und großem Geschick schwangen die Angreifer ihre Kletterseile mit den Greifhaken und schleuderten sie gegen die Zinnen. Schon bald hingen die ersten Krieger, schwarzen Spinnen gleich, an der steil aufragenden Festungsmauer, und das Tor erzitterte unter den rhythmischen Stößen eines gewaltigen Rammbocks, den fünfzig Cha-Gurrline immer wieder kraftvoll gegen das Holz stießen.

Ungeachtet des siedenden Öls, das die Verteidiger von oben hinabgossen, trieben die Krieger den auf riesigen Rädern befestigten angespitzten Baumstamm verbissen gegen die schwächste Stelle der Festungsmauer. Schmerzensschreie gellten durch die Nacht, wenn ihnen das Öl die Haut verbrannte, doch immer, wenn einer stürzte, hastete ein anderer herbei, um seinen Platz einzunehmen.

Aus der Ebene regnete indes ein Hagel gefiederter Pfeile auf Nimrod herab. Die schwarzen Geschosse schlugen erste Breschen in die Reihen der Verteidiger. Ihre Todesschreie gellten durch die Nacht und mischten sich mit denen der Cha-Gurrline, die, von Schwert und Axthieben getroffen, die nutzlos gewordenen Kletterseile aber noch fest umklammert, in die Tiefe stürzten.

Die Verluste der Angreifer waren beträchtlich, doch sie ließen nicht nach und immer mehr von ihnen schafften den Durchbruch. Bald sahen sich die Verteidiger auf den Zinnen einer großen Anzahl von Cha-Gurrlinen gegenüber und die Schlacht entwickelte sich zugunsten der feindlichen Horden.

Sheehan kämpfte verbissen. Ohne Rücksicht auf das eigene Leben wehrten er und seine Männer einen Angriff nach dem anderen ab und wüteten wie Besessene unter den Eindringlingen. Ihre Schwerter säten Tod und Verderben, wo immer sie auf einen der verhassten Feinde trafen.

Doch die Reihen der Verteidiger waren dünn besetzt und die Festungsmauern lang. Weder Sheehans todesmutiger Einsatz noch der unermüdliche Kampf seiner Gefährten konnte verhindern, dass das Häuflein tapferer Männer und Frauen immer weiter zurückgedrängt wurde. Die notdürftig ausgebildeten Krieger hatten der Übermacht und Kraft der Cha-Gurrline kaum etwas entgegenzusetzen und allzu oft genügte ein einziger Hieb, um das Leben eines der Verteidiger auszulöschen. Nur der Mut der Verzweiflung hielt die meisten von der Flucht ab.

Aus den Augenwinkeln sah Sheehan einen Cha-Gurrlinen-Krieger, der mit einem spielerisch anmuteten Schwerthieb einem jungen Burschen den Kopf von den Schultern trennte und gleich darauf einem anderen mit bloßer Hand das Genick brach. Sheehan wollte auf den Krieger zulaufen, doch in diesem Augenblick erklomm ein weiterer Cha-Gurrlin die Mauer und stürmte mit einer gewaltigen zweischneidigen Axt auf ihn ein.

Die Schlacht erreichte ihren Höhepunkt, als der Rammbock krachend ein mannshohes Loch in einen der beiden Torflügel riss. Jubelschreie brandeten vor den Toren auf und übertönten die erschrockenen Rufe der Verteidiger, die fieberhaft versuchten, sich neu zu formieren. Noch während der Jubel anhielt, flammte plötzlich eine einsame Fackel über dem Tor auf und flog in hohem Bogen von der Mauer.

Für ein paar Herzschläge verstummten alle Schreie, während Angreifer und Verteidiger atemlos den Flug der Fackel beobachteten, die sich unaufhaltsam dem ölgetränkten Stamm des Rammbocks näherte, der noch immer im Tor steckte. Im letzten Augenblick versuchten sich die Cha-Gurrline in Sicherheit zu bringen – vergeblich. Nur einen Wimpernschlag später explodierte über dem Rammbock eine riesige Stichflamme, die alles im Umkreis von fünfzig Längen mit glutheißen Zungen verschlang.

Dutzende Cha-Gurrline kamen sofort in dem Feuer um, während andere noch versuchten, durch eine hastige Flucht dem Feuertod zu entgehen. Wie riesige lebende Fackeln liefen sie schreiend in die Ebene hinaus, bis sie zusammenbrachen.

Jetzt waren es die Verteidiger, die in Jubelrufe ausbrachen. Obwohl der Rammbock inzwischen lichterloh brannte, konnten die Flammen dem Tor nichts anhaben, da es durch Druidenmagie vor dem Feuer geschützt war.

Als die Cha-Gurrline auf den Mauern erkannten, dass das Tor standhielt, erwachten sie aus ihrer Erstarrung und hieben wutentbrannt auf die Verteidiger ein, die sich ihrerseits verbissen und mit neu erwachter Zuversicht zur Wehr setzten.

Der flackernde Schein des Feuers erhellte die Nacht und tauchte das Kampfgeschehen in ein bizarres Licht. Tote und Verwundete blockierten die schmalen Wehrgänge hinter den Zinnen und der Boden war schlüpfrig vom Blut der Gefallenen. Es roch nach Blut, Schweiß und brennendem Öl. Der beißende Qualm des Feuers kroch über die Zinnen und nahm den Kämpfenden die Sicht, doch die Gefechte gingen mit unverminderter Härte weiter.

Erst als der Himmel im Osten das erste zarte Grau zeigte, spürte Sheehan eine gewisse Veränderung. Zwar kämpften die schwarzen Krieger noch immer unerbittlich und grausam, doch sie wirkten plötzlich so fahrig, als ob sie unter gewaltigem Zeitdruck stünden. Es war, als unterliege ihr Angriff einem genauen Zeitplan, der durch den missglückten Einsatz des Rammbocks erheblich gestört worden war.

Plötzlich hatte er wieder Zeit, zwischen den Zweikämpfen Atem zu schöpfen, denn von den Cha-Gurrlinen, die am Fuß der Festungsmauern standen, schickte sich keiner mehr an, die Zinnen zu erklimmen. Sie beschränkten sich darauf, die Verteidiger mit gut gezielten Pfeilschüssen zu attackieren.

Als Nimrods Krieger dies erkannten, schöpften sie neuen Mut. Geschickt nutzten sie die entstehenden Lücken, um sich neu zu formieren, und drangen fortan in kleinen Gruppen auf die schwarzen Krieger ein. Schritt für Schritt zwangen sie den Feind zurück und der Erfolg verlieh ihnen neue Kräfte.

Als sich der dünne hellgraue Steifen über den Valdorbergen rosarot färbte und vom nahen Sonnenaufgang kündete, wendete sich das Blatt endgültig. Die Pfeilschüsse aus der Ebene wurden spärlicher und die schwarzen Krieger zogen sich hinter die Hügel zurück. Die Cha-Gurrline auf den Mauern wurden von einer seltsamen Unruhe erfasst, die ihre Aufmerksamkeit schwächte und sie verwundbar machte. Einige versuchten sogar, an den Kletterseilen zurück in die Ebene zu gelangen, doch meist kappte der gezielte Schwerthieb eines Verteidigers das Seil. Wer nicht im Kampf getötet wurde, starb durch den Sturz in die Tiefe.

Zu Tode erschöpft starrten die Verteidiger den zurückweichenden Feinden nach und beobachteten, wie sie hinter den Hügeln jenseits der Ebene verschwanden. Das Klirren von Stahl und das Geschrei der Verwundeten verloren sich allmählich und eine bedrückende Stille senkte sich über Nimrod, die nur vom Stöhnen der Verletzten unterbrochen wurde.

Es war vorbei.

Zumindest an diesem Morgen gehörte der Sieg eindeutig den Verteidigern.

Als die Sonne sich wenig später über die Valdorberge erhob und die Festungsstadt in goldenes Licht tauchte, wurde das schreckliche Ausmaß des Kampfes deutlich. Überall fanden sich Tote und Verwundete; in der Ebene und vor den Mauern, auf den Zinnen und den Treppen. Selbst auf den Straßen Nimrods hatten die schwarzen Krieger gewütet. Und dort, wo der schwelende Rammbock noch immer im hölzernen Tor steckte, türmten sich die verkohlten Leiber der Cha-Gurrline mannshoch.

Enron stand über dem Torbogen auf den Zinnen und sein Blick schweifte über die Ebene. Er war todmüde und erschöpft, doch sein Gesicht zeigte dieselbe grimmige Entschlossenheit wie schon am Vorabend.

Sheehan lehnte sein Schwert an die Mauerbrüstung und trat zu ihm. In einer freundschaftlichen Geste legte er dem Hauptmann der Stadtwache die Hand auf die Schulter, lächelte und sagte: »Es tut gut, dich bei Gesundheit zu sehen, Enron.«

Der Hauptmann erwiderte das Lächeln nicht. Er seufzte nur und schüttelte traurig den Kopf. »Auch ich freue mich, dich zu sehen, Elf«, antwortet er matt. »Doch zahllose tapfere Krieger erleben diesen Sonnenaufgang nicht mehr.« Er wandte sich um und starrte hinunter auf den freien Platz hinter der Festungsmauer, wo die Heilerinnen die Verwundeten versorgten. »Zweimal tötete ein Schwerthieb, der mir bestimmt war, einen anderen«, murmelte er. »Ich hatte Glück – doch um welchen Preis?«

»Krieg ist immer ungerecht.« Sheehan rieb sich müde die Augen. »Es hat keinen Sinn, darüber nachzudenken. Fragen wie ›Warum er und nicht ich?‹ führen zu nichts. Sie trüben höchstens die Sinne.«

»Entschuldigung«, sagte Enron betroffen. »Ich vergaß, dass auch du ... «

»Sprechen wir nicht mehr davon.« Sheehan hob abwehrend die Hand. »Wir dürfen uns von dem Vergangenen nicht beeinflussen lassen. Unser Blick muss sich nach vorn richten.«

»Und, was siehst du dort?«, wollte Enron wissen.

»Was siehst *du?*«

»Sie werden wiederkommen!«

»Sobald es dunkel wird.« Sheehan nickte. »Die Sonne hat sie erst einmal vertrieben, doch wenn das Licht schwindet, werden sie erneut angreifen.«

»Ein zweites Mal sind wir dem Ansturm nicht gewachsen«, wandte Enron kopfschüttelnd ein.

»Das befürchte ich auch.« Der Elfenkrieger seufzte und stützte sich auf die Mauerbrüstung.

Enron wollte noch etwas sagen, kam jedoch nicht dazu. Hinter ihnen waren eilige Schritte zu hören. Ein halbwüchsiger Knabe in der rotgrünen Kleidung des Küchenpersonals eilte die stark beschädigte Treppe herauf. Als er Enron und Sheehan erblickte, hellte sich seine Miene auf und er lächelte glücklich. »Bei der Göttin, Ihr lebt«, stieß er atemlos hervor und deutete eine höfliche Verbeugung an. »Der Abner trug mir auf, nach Euch zu suchen. Sofern ich Euch lebend und unverletzt finde, soll ich Euch ausrichten, dass Ihr zu einer Lagebesprechung in den Ratssaal kommen möget.« Er wandte sich an Sheehan und verneigte sich erneut. »Für Euch gilt das Gleiche«, sagte er und stutzte, weil ihm keine passende Anrede für den Elfenkrieger einfiel.

Sheehan lächelte nachsichtig und nickte dem Boten zu. »Wie du siehst, sind wir dem Kampf wohlbehalten entronnen. Richte dem Abner aus, dass wir die Nachricht erhalten haben und kommen.«

»Bei den Toren!« Fluchend zog Skynom den Fuß aus einer schlammigen Pfütze. Brauner Lehm bedeckte den Stiefel bis zum Knöchel und durch die Nähte sickerte langsam kühle Feuchtigkeit bis zu den Zehen. Missmutig stapfte er weiter, den Blick fest auf den Boden geheftet und das Pferd am Zügel neben sich herführend.

Bei Einbruch der Dämmerung hatte er Asco-Bahrrans Kutsche eingeholt, doch seine Hoffnung, den Magier allein anzutreffen, hatte sich nicht erfüllt. Eine Eskorte von sechs schwer bewaffneten Cha-Gurrlinen begleitete den Meister und Skynom war klug genug, sich von den Kriegern fern zu halten.

So hatte er sich darauf beschränkt, die Kutsche unbemerkt zu verfolgen und auf eine günstige Gelegenheit zu warten. Die ganze Nacht hindurch war er dem Geleit in sicherer Entfernung gefolgt, immer darauf bedacht, die Kutsche nicht aus den Augen zu verlieren.

Mitten in der Nacht hatten sie die ersten Ausläufer der Sümpfe von Numark erreicht. Auf den schmalen Pfaden, die sich durch das undurchdringliche Dickicht schlängelten, kam die Kutsche nur noch langsam voran. Immer wieder versanken die Räder tief im

Morast und oft war es nur den ungeheuren Kräften der Cha-Gurr-line zu verdanken, dass sie weiterfahren konnte.

Als der Morgen graute, kam der Nebel. Plötzlich, ohne jede Vorwarnung senkte er sich über die Sümpfe und verdeckte alles, was mehr als drei Längen entfernt war, mit einem undurchdringlichen grauen Schleier.

Skynom musste absteigen und sein Pferd am Zügel weiterführen, weil er den Verlauf des Pfades vom Sattel aus nicht mehr erkennen konnte. Der Himmel, die Bäume und Büsche waren verschwunden. Selbst der Boden, über den er ging, war nur noch ein verschwommenes, gestaltloses Ding, dessen Steine Teile der feuchtkalten Nebelbrühe waren. Derart behindert, kam Skynom nur noch sehr langsam vorwärts. Immer wieder musste er sich bücken, um den weichen Boden nach Spuren der Kutsche abzusuchen. Sobald er sie fand, richtete er sich auf und tastete sich weiter durch das milchige Zwielicht. Nebelfetzen zogen an ihm vorüber, und manchmal glaubte er, in ihren kreisenden Umrissen schattenhafte Wesen zu erkennen. Sie scharten sich um ihn und er spürte ihre eisigen Berührungen auf der Haut, doch schon im nächsten Augenblick verflüchtigten sie sich wieder und waren verschwunden.

Skynom war kein furchtsamer Mensch, aber die lastende Stille, der alles verschlingende Nebel und die geisterhaften Gestalten machten ihn unruhig. Nie zuvor war er in den geheimnisvollen Sümpfen gewesen und das Wissen, dass auch er dazu beigetragen hatte, das Volk der Nebelelfen zu vernichten, die hier gelebt hatten, trieb ihm den Angstschweiß auf die Stirn. Seine Schritte wurden schneller und er nahm sich nur noch selten die Zeit, nach den Wagenspuren zu suchen. Zweimal geriet er so auf einen falschen Weg und musste umkehren, um die Fährte wieder zu finden.

»*Garnfat kunr artbart ne sinro.*«

Skynom erstarrte. Erst vor wenigen Augenblicken war er an einer Weggabelung erneut auf die Spur der Kutsche gestoßen, als er die Stimmen der Cha-Gurrline hörte. Er konnte nicht sehen, was sich vor ihm befand, doch die Gesprächsfetzen, die gedämpft durch den

Nebel drangen, konnten nur bedeuten, dass Asco-Bahrran eine Rast eingelegt hatte. Vielleicht hatte sich die Kutsche aber auch wieder fest gefahren. Oder waren sie schon am Ziel? Skynom fluchte leise. Wenn er doch nur etwas sehen könnte. Aber der Nebel hatte sich zwischen den Bäumen festgesetzt und nichts deutete darauf hin, dass er sich bald auflösen würde.

Leise führte Skynom sein Pferd so weit auf dem Weg zurück, dass die Cha-Gurrline es nicht bemerkten. Nachdem er die Zügel locker um einen knorrigen Baumstamm gebunden hatte, machte er sich allein auf den Weg zu der Stelle, wo er die Cha-Gurrline vermutete. Ein unbestimmtes Gefühl sagte ihm, dass weder ein Unfall noch eine Rast der Grund für die plötzliche Rast waren. Irgendwo dort hinter den Nebeln musste sich das befinden, wonach Asco-Bahrran suchte.

Kiany fror, während sie durch den Nebel geführt wurde. Sie trug nur einen dünnen Umhang über ihrem Gewand, der sie nicht vor dem nasskalten Wetter der Sümpfe schützte.

Es war lange her, seit man ihr zum letzten Mal den bitteren Trank verabreicht hatte, der ihre Sinne betäubte. Inzwischen war sie klug genug, sich das Nachlassen der Wirkung nicht anmerken zu lassen. In den ersten Sonnenläufen hatte sie noch versucht, sich zu befreien, und um Hilfe geschrien, sobald sie aus den düsteren Nebeln auftauchte, die ihren Geist umwallten. Doch das hatte nur dazu geführt, dass man ihr noch mehr von diesem ekelhaften Gebräu einflößte, das ihren Willen abstumpfte und sie in einem dumpfen Dämmerzustand gefangen hielt. Irgendwann hatte sie dann herausgefunden, dass man sie in Ruhe ließ, solange sie sich schlafend stellte, und jede Gegenwehr aufgegeben.

Zwar zwang man sie trotzdem hin und wieder, etwas von dem bitteren Trank einzunehmen, aber er war nicht mehr so stark und der rauschähnliche Zustand, in den sie verfiel, nicht mehr so tief.

Kianys anfängliche Furcht war einer seltsamen Gleichgültigkeit gewichen, seit sie erkannt hatte, dass man sie nicht töten würde, solange man ihre Dienste benötigte. Wenn sie also tat, was man von ihr verlangte, war sie nicht in Gefahr – zumindest hatte sie das bisher angenommen.

Während sie die Füße wie eine Schlafwandlerin vorsichtig voreinander setzte, öffnete Kiany die Augen einen Spaltbreit und spähte umher. Viel zu sehen gab es nicht. Alles war in einen dichten grauen Nebel gehüllt, sodass sie unmöglich erkennen konnte, wo sie sich befand. Zwei Längen vor sich sah sie den rot gewandeten Magier durch den Nebel schreiten, dessen Gesicht sie noch nie gesehen hatte und den die Krieger ehrfürchtig mit »Meister« ansprachen. Als sei er den Weg schon viel Male gegangen, folgte er zielsicher einem schmalen Pfad, der sich mitten durch wucherndes Unterholz wand. Knorrige, feuchte Zweige berührten immer wieder Kianys linke Schulter wie die eisigen Finger geisterhafter Wesen, die sich im Zwielicht verbargen. Auf der rechten Seite spürte sie nichts dergleichen. Dort fühlte sie nur den festen Griff einer riesigen Pranke, die sie am Arm gepackt hielt und durch den Nebel führte.

Kiany erschauerte und vermied es, die grobschlächtige, hässliche Gestalt neben sich anzusehen. Sie hasste es, von den schwarzen Kriegern angefasst zu werden. Der freundliche blau gewandete Mann, der sich zuvor um sie gekümmert hatte, war kurz bevor die Kutsche aufbrach, nach einer heftigen Auseinandersetzung mit dem Meister verschwunden. Unter dem Einfluss der Droge hatte sie den Streit nur undeutlich mitbekommen und konnte im Nachhinein nicht mehr unterscheiden, was Traum und was Wirklichkeit gewesen war.

Ein plötzlicher Ruck am Arm riss sie aus ihren Gedanken. Der Krieger an ihrer Seite war stehen geblieben und hatte sie grob zurückgerissen, damit sie nicht gegen den Meister prallte, der unmittelbar vor ihm innegehalten hatte.

»Das Mädchen!«, schnarrte der Rotgewandete mit krächzender Stimme und streckte die skelettartige Hand aus. Der Krieger trat vor, zerrte Kiany mit sich und übergab sie dem Meister. »Geh zurück und warte bei den anderen, bis ich komme«, befahl Asco-Bahrran und packte Kiany am Arm.

»*Bagarr!*« Der Krieger neigte kurz das Haupt, drehte sich um und verschwand augenblicklich in den Nebelschwaden.

»So, meine Kleine.« In der Stimme des Meisters vibrierte eine freudige Erregung, wie sie nur jemand spürte, der sich unmittelbar vor der Erfüllung seines sehnlichsten Wunsches wähnt, und Kiany zuckte erschrocken zusammen. Denn da war noch etwas: etwas Böses, Abscheuliches, als wisse er genau, welch schreckliche Folgen sein Handeln haben werde und als freue er sich unbändig darauf.

»Jetzt gibt es nur noch uns beide«, zischte Asco-Bahrran ihr zu und schob sie am Arm durch den Nebel auf ein mannshohes dunkles Loch zu, das sich vor ihnen in einem Hügel auftat. Dahinter erstreckte sich ein Tunnel, dessen feucht glänzende Wände sich in der Finsternis verloren. Einstmals musste ein Tor aus dicken Eichenbohlen den Eingang versperrt haben, doch die Zeit hatte das Holz mürbe gemacht. Moos und Flechten hatten Besitz davon ergriffen und es langsam aufgezehrt, bis es auseinander brach. Von Gestrüpp überwucherte Trümmer waren alles, was jetzt noch an das hölzerne Portal erinnerte.

»*Cheladeon!*« Asco-Bahrran machte eine kurze Bewegung mit der freien Hand und eine leuchtende Kugel erschien vor ihnen in der Luft. »*Lesoma!*« Der Magier deutete auf den finsteren Eingang und die Kugel schwebte langsam darauf zu. Ihr Licht war hell genug, um einen weiten Umkreis zu erleuchten, und Kiany spähte furchtsam nach vorn. Die Dunkelheit machte ihr Angst. Alles in ihr sträubte sich dagegen, dort hineinzugehen, doch Asco-Bahrran hielt sie mit eisernem Griff fest und drängte sie geradewegs darauf zu.

Kiany musste sich zusammenreißen, um noch immer den Anschein zu erwecken, unter dem Einfluss der Droge zu stehen. Mit jedem Schritt fiel es ihr schwerer zu gehen, doch obwohl sie inzwischen panische Furcht hatte, zwang sie sich weiter.

Dann hatten sie den Tunnel erreicht und Asco-Bahrran schob Kiany auf den Eingang zu. Der Geruch nach Moder und brackigem Wasser schlug ihr entgegen und nahm ihr den Atem. Jetzt, da Asco-Bahrran hinter ihr stand, wagte sie es endlich, die Augen ganz zu öffnen – und stieß einen Schrei aus.

Im Licht der Kugel, die einige Längen vor ihnen schwebte, erkannte sie, dass der Tunnel kurz hinter dem Eingang steil nach unten abfiel und dort, nicht einmal zwanzig Längen entfernt, spiegelte sich Wasser.

»Geh!« Asco-Bahrran versetzte ihr einen heftigen Stoß in den Rücken und sie taumelte vorwärts.

»Nein«, keuchte sie und starrte entsetzt auf das ölig schimmernde Wasser.

»Geh!« Die Stimme des Magiers war jetzt ganz nahe an ihrem Ohr und seine Klauenfinger krallten sich in ihren Nacken. »Du hältst dich wohl für besonders schlau, wie? Denkst wohl, ich weiß nicht, dass der Trank deine Sinne längst nicht mehr betäubt. Aber du irrst dich.« Mit einer Kraft, die Kiany ihm nicht zugetraut hätte, schob er sie vor sich her auf das Wasser zu. »Mir hast du zu verdanken, dass du bei Sinnen bist. Hier kann ich kein Medium gebrauchen, das ich wie ein verwirrtes altes Weib an der Hand führen muss. Du begleitest mich, ob du willst oder nicht.«

Kiany wollte lieber sterben, als freiwillig in das kalte, stinkende Wasser zu steigen. In ihrer Verzweiflung griff sie nach hinten, packte Asco-Bahrrans Arm und holte zu dem einzigen Kre-An-Sor-Wurf aus, den Banor ihr beigebracht hatte. Doch der Versuch scheiterte schon im Ansatz.

Ein eisiger Blitz schoss durch ihre Glieder und lähmte augenblicklich jeden Muskel ihre Körpers. Unfähig, sich zu bewegen, stand sie da wie eine Statue, die Arme unnatürlich verdreht und Furcht im Blick. »Du vergisst, wer ich bin«, höhnte Asco-Bahrran. »Wäre es so leicht, mich zu besiegen, stünde ich nicht hier. Und nun geh!«

Ohne es zu wollen spürte Kiany, wie ihre Beine sie vorwärts trugen. Schritt für Schritt näherte sie sich dem Wasser, sah, wie die Kugel in der stinkenden Brühe versank, ohne zu erlöschen, und fühlte, wie das Wasser langsam in ihre Stiefel eindrang. Sie wollte schreien, aber die Stimme gehorchte ihr nicht mehr. Es gab kein Entrinnen. Nur noch wenig Schritte und sie würde ertrinken.

»Halt!«

Bewegungsunfähig verharrte Kiany im Wasser und wartete, was geschah. Sie sah nicht, was Asco-Bahrran hinter ihrem Rücken tat, doch sie spürte die ungeheuren magischen Kräfte, die sich dort zusammenballten.

»*Etos retourum aquaris nimda sedonu.*« Die Worte hallten durch den Tunnel und die entfesselte Magie entlud sich in einem gewaltigen Blitz, der krachend in die Wasseroberfläche fuhr und das Wasser zum Kochen brachte. Brodelnd und schäumend flutete es die Wände hinauf und floss, allen Naturgesetzen zum Trotz, über die Tunneldecke, um irgendwo hinter Kiany wieder herunterzustürzen und den Stollen zu verschließen. Gleichzeitig sank der Wasserspiegel und gab den Weg frei.

»Geh!«, befahl Asco-Bahrran. Der Befehl hob Kianys Lähmung auf. Endlich konnte sie sich wieder bewegen und blickte sich verblüfft um. Sie befand sich in einer vom Licht der magischen Kugel erhellten Luftblase, mitten im Wasser. Diese war gerade groß genug, dass zwei Menschen darin Platz fanden, doch um sie herum war nichts als bedrohliches dunkles Wasser, das in strömenden Bewegungen an den Wänden der Luftblase vorbeifloss.

»Geh schon!« Der Magier wurde immer ungeduldiger und versetzte Kiany einen Stoß. Sie taumelte zwei Schritte vorwärts und stellte erstaunt fest, dass das Wasser bei jedem Schritt weiter zurückwich. Gleichzeitig rückte die Wasserwand hinter ihr nach. Vorsichtig machte Kiany zwei weitere Schritte, wobei sie das Wasser vor, neben und über sich misstrauisch beobachtete – sie hatte sich nicht getäuscht; die Luftblase folgte ihr. Im ersten Augenblick war sie darüber erleichtert, doch dann begriff sie plötzlich, dass es nun endgültig keinen Ausweg mehr gab. Sie musste dem Magier folgen, denn ohne den Schutz der magischen Luftblase würde sie unweigerlich ertrinken.

Skynom stand am Eingang des Tunnels und grinste breit. Für einen ehemaligen Druiden und Magier der schwarzen Künste wie ihn war es ein Leichtes gewesen, unbemerkt an den Cha-Gurrlinen vorbeizukommen. Er hatte den Tunnel gerade noch rechtzeitig erreicht, um dem Zauberspruch zu lauschen, mit dem sich Asco-Bahrran Zutritt zu den gefluteten Tunneln verschaffte.

Skynom lachte leise und trat durch den Tunneleingang. Der Spruch, der die Luftblase erzeugte, war ihm neu, doch auch ein Magier der schwarzen Künste konnte noch etwas dazulernen. Als er das Wasser erreichte, hielt er inne und hob die Arme. »*Cheladeon!*«, flüsterte er und eine magische Kugel flammte auf. Dann schloss er die Augen und sammelte seine Kräfte, um den mächtigen Zauber heraufzubeschwören, vor dem das Wasser zurückweichen wollte.

Die Hohlwege und Stollen, durch die Asco-Bahrran Kiany trieb, schienen keine Ende zu nehmen. Lange Zeit führten sie bergab, teilten und überschnitten sich und bildeten einen rätselhaften Irrgarten, in dem es keinen Anfang und kein Ende zu geben schien. Doch der Magier machte niemals Halt, sondern drängte sie weiter durch die feuchtkalte Welt.

Eine schwer zügelbare Angst hatte von Kiany Besitz ergriffen, die durch sie hindurchströmte und ihr eisige Schauer über die Haut jagte. Die Luftblase, die ihnen Schutz vor dem alles verschlingenden Wasser bot, erschien ihr viel zu dünn und zerbrechlich und das Wissen, der Magie des Magiers hilflos ausgeliefert zu sein, brachte sie fast um den Verstand. Um nicht verrückt zu werden, begann sie zu beten. In Gedanken sandte sie einen stummen Hilferuf an die Gütige Göttin und flehte sie an, sie aus dieser entsetzlichen Lage zu befreien.

Und plötzlich war es vorbei! Der Boden stieg an, die Luftblase tauchte aus dem Wasser auf und zerplatzte. Sie waren am Ziel. Der Tunnel führte zwar noch weiter, doch Boden und Wände waren von nun an staubtrocken. Dieser Teil der Stollen war niemals überflutet gewesen.

»Weiter!« Asco-Bahrran packte Kiany an der Schulter und schob sie vor sich her. Der Griff war schmerzhaft und ungeduldig. Dennoch wandte sie ein letztes Mal den Kopf und blickte zurück auf das dunkle Wasser, das den Stollen hinter ihr ausfüllte. Keine

Welle kräuselte die Oberfläche, doch dahinter – sie hielt erschrocken den Atem an – glaubte sie …

»Weiter, bei den Toren!« Asco-Bahrran versetzte ihr erneut einen kräftigen Stoß. Kiany stolperte und musste wieder nach vorn schauen, um nicht zu stürzen. Schwankend folgte sie der leuchtenden Kugel um eine Biegung und seufzte. Jetzt würde sie nie herausfinden, ob tief im Wasser wirklich ein Lichtschein aufgeleuchtet hatte, oder ob sie nur den Widerschein der magischen Lichtkugel gesehen hatte.

Wenige Augenblicke später gabelte sich der Tunnel. Asco-Bahrran führte Kiany nach rechts und schritt noch schneller aus. Plötzlich endete der Gang vor einer geschlossenen Eisentür. Asco-Bahrran trat darauf zu und rüttelte an dem Riegel. Nichts geschah!

Fluchend, als hätte er fest damit gerechnet, sie offen zu finden, trat er einige Schritte zurück und hob die Hände. Sein Mund bewegte sich, doch kein Laut kam ihm über die Lippen, während rot glühende Blitze aus seinen Fingern schossen. Die Blitze züngelten und wisperten an Türschloss und Riegel und schließlich öffnete sich die Tür mit leisem Ächzen.

»Hinein!« Unsanft schob Asco-Bahrran Kiany durch den schmalen Türspalt. Das Echo ihrer Schritte auf dem geröllübersäten Boden hallte erschreckend laut durch die Dunkelheit und verlor sich weit entfernt in der Stille. Es war kalt und Kiany blickte sich fröstelnd um. Das Licht der magischen Kugel reichte nicht bis zu den Wänden und zur Decke, doch die Geräusche verrieten ihr, dass sie sich in einer gewaltigen Höhle befand. Am Rand des Lichtscheins entdeckte sie die Überreste von Kisten. Das Holz war zersplittert, von Spinnenweben überzogen und mit einer dicken Staubschicht bedeckt. Auch die Luft war staubgetränkt und trug den schweren Geruch unsagbaren Alters in sich. Die ganze Höhle wirkte so erhaben, dass Kiany das Gefühl hatte, durch den Klang ihrer Schritte etwas unglaublich Altes und Heiliges zu entweihen.

Ich dürfte nicht hier sein, schoss es ihr durch den Kopf. Niemand dürfte hier sein. Was immer hier ruht, sollte in Frieden gelassen werden. Es ist nicht recht, es zu wecken.

Verstohlen blickte sie sich um, doch die Dunkelheit schien nicht bereit, ihre Geheimnisse preiszugeben. Und plötzlich hatte Kiany das Gefühl, aus den Schatten heraus beobachtet zu werden.

In dem feinen Staubteppich auf dem Tunnelboden waren die Spuren von Asco-Bahrran und dem Mädchen deutlich zu erkennen. Eigentlich waren nur die Fußabdrücke des Mädchens zu sehen, doch die verwischten Muster daneben konnten nur von Asco-Bahrrans langem Umgang stammen. Skynom grinste und rieb sich die Hände. Nie hätte er damit gerechnet, dass ihm das Schicksal so in die Hände spielen würde. Asco-Bahrran war allein!

Ein leises gackerndes Geräusch drang aus seiner Kehle. Vorsichtig tastete er mit der Hand noch einmal nach dem Asaak. Seine Hand berührte das weiche Tuch, er spürte das harte Metall des Dolches darunter und fühlte sein Herz in freudiger Erregung pochen. Nun gab es kein Halten mehr. Mit weit ausgreifenden Schritten machte er sich auf den Weg, um seine Rache zu vollenden.

»Warte!« Asco-Bahrrans Stimme durchschnitt die Stille der Höhle und verhallte als leises Echo in der Dunkelheit. Im spärlichen Licht der Leuchtkugel sah Kiany, wie sich der Stoff der roten Kapuze bewegte, als blicke sich der Meister suchend um. Er löste die Hand von Kianys Arm und schritt, den Blick fest auf den Boden geheftet, hierhin und dorthin, während er mit dem Fuß immer wieder über den staubigen Boden fuhr. Zwischendurch warf er ab und zu prüfende Blicke zur Decke und murmelte leise vor sich hin.

Kaum drei Längen von Kiany entfernt hielt er schließlich inne und bückte sich, um etwas am Boden zu untersuchen. »Ja«, stieß er mit spröder Stimme hervor. »Ja, hier ist es.«

Er richtete sich auf, spreizte die Hände und vollführte eine wischende Geste auf dem Boden. »*Soma!*« Unmengen von Staub wirbelten auf, als Asco-Bahrans magische Winde den Boden von jeder Verunreinigung befreiten. Zurück blieb eine ebenmäßige schwarze Fläche, die das Licht der magischen Kugel zu verschlucken schien und auf dem geröllübersäten Boden seltsam fehl am Platz wirkte.

Asco-Bahrran hob den Arm und die Leuchtkugel schwebte höher, bis sie etwa zwei Längen über ihren Köpfen stand. »*Erendun nidua!*« Augenblicklich wurde das Licht der Kugel stärker. Die leuchtende Aura vergrößerte sich, dehnte und streckte sich nach allen Seiten und erhellte schließlich einen Großteil der Höhle vom Boden bis zur Decke.

Kiany hielt vor Staunen den Atem an. Sie befanden sich in einer gewaltigen, kuppelartigen Höhle. Lange Tropfsteine hingen von der Decke herab und wuchsen kopfüber den steinernen Zapfen entgegen, die vom Boden deckenwärts strebten. Die Schönheit der herrlichen Gebilde und die funkelnden Streifen, die sich wie diamantene Adern durch das Gestein der Wände schlängelten, zogen Kiany in ihren Bann, doch als sie zur Höhlendecke emporschaute, entdeckte sie noch etwas anderes. Etwas, das wie die Fläche am Boden so gar nicht in das Gewölbe passen wollte. Etwas so Düsteres und Unheilvolles, dass Kiany erschauerte. An der Decke, fünf Längen über ihrem Kopf, befand sich eine kreisrunde polierte Fläche von mehr als einer Länge Durchmesser. Verschlungene, silbern funkelnde Schriftzeichen rahmten einen tiefschwarzen Kreis ein und kündeten von einer Macht, die selbst Kiany spürte. Die unheimlichen Gefühle, die beim Anblick des düsteren Kreises auf sie einstürmten, ängstigten sie so sehr, dass sie nichts sehnlicher wünschte, als sich irgendwo verstecken zu können. Doch der Meister hatte sie schon wieder am Arm gepackt und zerrte sie mit sich zu der spiegelglatten schwarzen Fläche am Boden.

»Hier ist es«, raunte er ihr zu. »Dies ist ... «

»... dein Ende!« Aus den Schatten der Höhle trat Skynom hervor. Eine Hand hinter dem Rücken verborgen, schritt er ihnen so gelassen entgegen, als wäre dies eine ganz gewöhnliche Begegnung unter Freunden.

»Du!«, zischte Asco-Bahrran erbost. »Du wagst es, meine Befehle zu missachten?«

»Ich achte deine Befehle schon lange nicht mehr«, erklärte Skynom kalt. »Ich bin keiner dieser seelenlosen Magier, die dir blind folgen, o nein! Ich verfolge meine eigenen Ziele. Und mein oberstes Ziel« – er ballte die Hand hinter dem Rücken – »ist es, die Demütigung zu rächen, die du mir zugefügt hast!« Ein bösartiges Lächeln umspielte seine Lippen, als er einen umwickelten Gegenstand hervorzog und aus einem Tuch befreite.

Als Asco-Bahrran erkannte, was Skynom in den Händen hielt, zog er keuchend die Luft ein. »Wie kannst du es wagen, mich zu bestehlen?«, fauchte er, löste die Hand von Kianys Arm und schob das Mädchen achtlos zur Seite. »Niemand vergreift sich ungestraft an meinem Besitz!«, rief er erbost und hob die Hände.

»Ich bin nicht *niemand!*«, rief Skynom. »Ich bin Skynom! Mir allein hast du es zu verdanken, dass du den Feldzug unternehmen konntest. Mir allein! Mein treuer Diener musste dafür sein Leben lassen, aber du hast mich behandelt wie Abschaum und um meine Belohnung betrogen.« Mit dem Asaak in der Hand trat er auf Asco-Bahrran zu, das Gesicht vor Zorn gerötet. Ein unbändiger Hass, der fast an Wahnsinn grenzte, glomm in seinen Augen. »Ich hasse dich«, stieß er hervor. »Ich hasse und verabscheue dich. Ich habe lange auf eine Gelegenheit wie diese gewartet. Sehr lange. Und jetzt werde ich dich töten. Mit der einzigen Waffe, die mir dazu Macht verleiht. Du wirst leiden, wie Bog gelitten hat, und ich werde dabeistehen, deine Schreie hören und lächelnd beobachten, wie das letzte bisschen Flüssigkeit aus deinem Körper verdampft.«

»Ha!« Völlig überraschend schleuderte Asco-Bahrran Skynom einen roten Blitz entgegen. Der traf den Magier am Arm und er schrie erschrocken auf. »Du glaubst, du kannst mir drohen, Nichtswürdiger?« Wieder schlug ein Blitz in Skynoms Körper ein. »Nur zu, ich fürchte dich nicht. Zweihundertfünfzig Sommer habe ich dem Tod die Stirn geboten und werde mich ihm auch jetzt nicht beugen. Du bist ein Nichts! Gemessen an meiner Macht, bist du nicht mehr als ein schleimiger Wurm, der höchstens dazu taugt, einem Bulsak den Magen zu füllen.«

»Ein schleimiger Wurm, wie?« Drohend hob Skynom die Hand mit dem Dolch, machte eine Geste mit der freien Hand und trat auf Asco-Bahrran zu. »Ist es dir nicht unangenehm, deinen Ahnen erzählen zu müssen, dass du den Tod durch die Hand eines schleimigen Wurms gefunden hast?« Er grinste breit und kam noch einen Schritt näher.

»Du elender Verräter!« Aus Asco-Bahrans Fingern zuckten zahllose Blitze gegen Skynom, doch diesmal erreichten sie ihn nicht, sondern prallten wirkungslos von der magischen Hülle ab, die er um sich errichtet hatte. »Du siehst, auch Würmer sind nicht ohne Macht!« Skynom lachte böse und diesmal wich Asco-Bahrran ein winziges Stück zurück. »Angst?«, säuselte Skynom, den nur noch drei Längen von seinem Widersacher trennten. »Das ist gut!« Er war so siegessicher, dass er nicht bemerkte, wie sich die Luft um Asco-Bahrran verdichtete, während dieser seine Kräfte sammelte. Plötzlich schoss ein gewaltiger greller Blitz aus den Nebeln unter der roten Kapuze hervor. Er traf Skynoms Schutzhülle mit solcher Wucht, dass sie Funken sprühend zerplatzte und der Asaak ihm aus der Hand gerissen wurde. Der Elfendolch wirbelte durch die Luft und verschwand in den Schatten außerhalb des Lichtkegels.

»Nein!« Mit einem verzweifelten Satz versuchte Skynom, den Dolch zu erreichen, doch Asco-Bahrran war schneller. Ein weiterer greller Blitz flammte auf und fuhr in Skynoms Brust. Dieser erstarrte mitten in der Bewegung. Fassungslos starrte er auf die glimmenden Ränder eines riesigen Lochs, an der Stelle, wo sich eben noch sein Brustkorb befunden hatte und öffnete den Mund zu einem lautlosen Schrei. Das Gesicht zu einer hasserfüllten Grimasse verzerrt, die Hände zu Krallen gekrümmt, als wolle er ihn mit bloßen Händen erwürgen, taumelte er auf den Meistermagier zu, kam aber nicht weit. Nach nur drei Schritten knickten seine Beine ein und er schlug mit einem dumpfen Laut auf dem Höhlenboden auf, wo er reglos liegen blieb.

»Welch ein Narr!« Angewidert stieß Asco-Bahrran den Leichnam mit dem Fuß an den Rand der tiefschwarzen Fläche und wandte sich wieder Kiany zu. Die Augen unter der roten Kapuze flammten auf, als er befehlend die Hand nach ihr ausstreckte und ihren Blick gefangen hielt.

»Komm«, sagte er leise – und Kiany kam.

Unfähig, sich der Magie des Blickes zu entziehen, erhob sie sich aus dem dürftigen Schutz des Felsens, hinter den sie sich geflüchtet hatte, und trat wieder neben Asco-Bahrran. Ihr Geist war klar und wehrte sich heftig dagegen, doch die Muskeln gehorchten ihr nicht mehr. Der Blick des Meistermagiers hielt sie gefangen und unterwarf sie seinem Willen. Obwohl sie innerlich dagegen aufbegehrte, musste sie niederknien und sich mit den Händen auf den Boden stützen. Irgendwo in den hintersten Winkel ihres Bewusstseins spürte sie die erhabenen Linien von Schriftzeichen unter ihren Fingern, doch das Bild blitzte nur kurz auf und verschwand sogleich in dem wirbelnden Strudel, der in ihrem Geist tobte.

Dann spürte sie wieder die Hand auf ihrem Kopf, eisig und grausam, und fühlte, wie der Magier in ihren Geist eindrang. Energisch öffnete er die Tore ihres Geistes, denn am Ende des langen Tunnels, durch das Kianys Bewusstsein glitt, glomm bereits ein unheilvoller grüner Lichtschein.

14 »Und du bist sicher, dass sich die Kutsche auf dem Weg in die Sümpfe befand?«, sandte Naemy einen zweifelnden Gedanken an Chantu.

»Ihr Weg führte unmittelbar darauf zu«, erwiderte der Riesenalp und schüttelte das Gefieder. Nach einer langen, erfolglosen Suche, die durch den zähen Nebel über den Sümpfen von Numark erschwert worden war, hatten sich die beiden in die Ausläufer des Ylmazur-Gebirges zurückgezogen, um zu rasten.

Seit die Sonne ihren höchsten Punkt überschritten hatte, saßen sie nun schon auf einem Hügel inmitten von niedrigem Buschwerk, der sich am Rande der Sümpfe erhob und warteten darauf, dass sich der Nebel lichtete. Naemy blickte kopfschüttelnd auf die dunstigen Schleier hinab, die die Landschaft vom Fuß des Hügels bis zum Horizont einhüllten, und hob den Kopf, um den Stand der

Sonne zu überprüfen. Die goldene Scheibe neigte sich schon deutlich dem Horizont zu und die Schatten wurden länger.

»Der Nebel löst sich heute nicht mehr auf«, erklärte sie verzagt und biss ein Stück von dem Brotkanten ab, an dem sie gerade kaute. »Wenn Kiany wirklich da unten ist, werden wir sie heute ganz sicher nicht mehr finden«, murmelte sie mit vollem Mund. »Und morgen kann die Kutsche schon werweißwo sein.« Sie seufzte und stieß mit dem Fuß gegen einen kleinen Stein, der hüpfend und springend den steilen Abhang hinunterkullerte. Naemy sah ihm nach, bis er aus ihrem Blickfeld entschwand, und erhob sich. »Ich suche Feuerholz«, erklärte sie. »Dies scheint ein guter Platz, um die Nacht zu verbringen.«

»Willst du es nicht noch einmal versuchen?«, fragte Chantu. »Die Sonne steht noch einige Zeit am Himmel und spendet uns genügend Licht, um … «

»Es hat keinen Sinn!« Naemy deutete auf die undurchdringlichen Schwaden, aus denen nur die höchsten Baumkronen der Sümpfe hervorschauten. »Die Sonne ist schon zu schwach. Wenn kein Wind aufkommt, wird sich der Nebel dort unten noch viele Sonnenläufe lang halten.«

»Und was ist, wenn er sich morgen immer noch nicht gelichtet hat?«, fragte Chantu zweifelnd.

»Dann fliegen wir zurück nach Nimrod! Was immer Asco-Bahrran mit diesem kleinen Ausflug auch beabsichtigt, ich bin sicher, dass er zu seinem Heer zurückkehrt, um den Fortgang der Schlacht zu verfolgen.«

Erschüttert sah Lya-Numi von ihrem Versteck aus, wie Skynom starb. Sie hatte die Magie gespürt, die nötig war, damit Asco-Bahrran die gefluteten Tunnel passieren konnte, und war sofort durch die Zwischenwelt in die Höhle gereist, um den finsteren Magier dort zu erwarten.

Zunächst hatte sie nur beobachtet, was Asco-Bahrran vorhatte, doch als sie sah, wie er nach der Obsidianplatte im Boden suchte, waren auch ihre letzten Zweifel geschwunden. Asco-Bahrran war tatsächlich gekommen, um das uralte Dimensionentor zu öffnen, das die Elfen vor vielen hundert Sommern auf der Suche nach Sternenebulit in der Höhle entdeckt und bald darauf versiegelt hatten, und Lya-Numi war fest entschlossen, dies zu verhindern.

Doch dann war Skynom völlig überraschend in der Höhle aufgetaucht und hatte sich Asco-Bahrran in den Weg gestellt. Er hatte siegesgewiss gewirkt, doch Lya-Numi hatte sofort bemerkt, wie schlecht er vorbereitet war. Offensichtlich hatte er sich ganz auf die tödliche Wirkung eines Dolchs verlassen, den er bei sich trug.

Der Blick der Elfenpriesterin streifte Skynoms Leichnam. Wie dumm von ihm, dachte sie bei sich und schüttelte den Kopf. Wenn die Waffe wirklich mächtig genug war, um Asco-Bahrran zu töten, wäre es klüger gewesen, wenn sich der Magier nicht erst auf langes Gerede eingelassen hätte. Ein kurzer, hinterrücks geführter Stich wäre gewiss erfolgreicher gewesen.

Jetzt lag der Magier leblos am Boden. Den Dolch hatte Asco-Bahrrans Magie tief in das Dunkel der Höhle geschleudert. Lya-Numi seufzte leise. Die Hoffnung, dass der fremde Magier mit seinem Anschlag Erfolg haben könnte, hatte sich nicht erfüllt – nun musste *sie* handeln.

Während sie noch beobachtete, wie Asco-Bahrran Kiany seinem Willen unterwarf, fing sie plötzlich in Gedanken einige Worte von Naemy auf, die sich mit jemandem mittels Gedankensprache zu unterhalten schien.

»Sicher ... Kutsche ... dem Weg ... in die Sümpfe war?« So tief unter der Erde, umgeben von einem Netz dünner Sternenebulit-Adern, konnte die Elfenpriesterin die Worte nur schlecht verstehen, aber sie fühlte, dass sich Naemy ganz in der Nähe befand. Lya-Numi überlegte kurz, ob sie Naemy rufen sollte, doch das würde Asco-Bahrran ihre Anwesenheit verraten, und sie entschied sich dagegen. Ihre Aufgabe lag hier. Viele Sonnenläufe lang hatte sie sich darauf vorbereitet und obwohl der Gedanke, Naemy in diesem letzten Kampf an der Seite zu haben, allzu verlockend schien, verschloss sie ihren Geist für die Gedanken anderer und konzentrierte sich allein auf das Geschehen in der Höhle.

Asco-Bahrran stand jetzt unmittelbar unter dem runden schwarzen Kreis an der Höhlendecke und Kiany kniete neben ihm auf der kalten harten Obsidianplatte. Ihre weit geöffneten Augen waren nach oben gerichtet, aber ihr Blick wirkte so leer und entrückt, als betrachte sie nicht das Gestein, sondern etwas anderes, das sie völlig in den Bann schlug. Asco-Bahrrans Hand ruhte auf ihrem Haar. Winzige rote Blitze zuckten zwischen seinen Fingern hin und her. Ein Zeichen dafür, welch enorme magische Kräfte er besaß. Seine Lippen bewegten sich, während er unablässig Beschwörungen in einer uralten Sprache murmelte. Die Luft in der Höhle verdichtete sich, als sich die Magie der Mächte, die Asco-Bahrran anrief, um seine Gestalt ballten. Mit der freien Hand zog er etwas unter seinem Umhang hervor, etwas Funkelndes, Kleines, in dessen Mitte ein orangefarbener Stein glänzte.

Das Amulett! Lya-Numi nickte grimmig. Es war so, wie sie befürchtet hatte! Asco-Bahrran versuchte, das Amulett der Auserwählten einzusetzen, um das Dimensionentor zu öffnen. Mit angehaltenem Atem beobachtete sie, wie er das Amulett in die Höhe hob und langsam die Hand öffnete. Ein gleißender Lichtstrahl fuhr aus seiner Handfläche bis zur Höhlendecke hinauf und das Amulett schwebte in dem Licht langsam nach oben. Kaum hatte es die Hand des Magiers verlassen, da begannen die Schriftzeichen rings um den schwarzen Kreis an der Decke pulsierend zu leuchten. Auch die schwarzen Zeichen der Bodenplatte erglühten in einem silbernen Licht und am Rand der Deckenplatte zeigte sich ein dünner grüner Lichtschein.

Es war so weit!

Eingehüllt in Elfenmagie, stieg Lya-Numi vorsichtig aus ihrem Versteck. Ihr verletztes Bein war zwar gut verheilt, doch es schmerzte bei jedem Schritt und machte es ihr schwer, sich schneller zu bewegen. Als sie unmittelbar vor der Obsidianplatte stand, löste sie ihre Tarnung auf und rief Asco-Bahrran an, der ihr den Rücken zuwandte.

»Halt!« Lya-Numis Stimme hallte durch die Höhle. Mit Genugtuung bemerkte sie, wie der Meistermagier erschrocken zusammenzuckte. Die Lichtsäule auf seiner Handfläche erlosch, das Amulett fiel zurück in seine Hand und die Schriftzeichen an der Höhlendeck wurden wieder dunkel.

»Wer?« Asco-Bahrran fuhr herum und starrte Lya-Numi hasserfüllt an. »Eine Elfe!« Seine Stimme schwankte zwischen Überraschung und Zorn, doch er fasste sich sofort wieder. »Also haben meine Kätzchen doch nicht alle Elfen erwischt«, zischelte er. Aber Lya-Numi hatte nicht vor, den gleichen Fehler wie dieser Skynom zu begehen.

»*E simron nen a tar!*«, rief sie und deutete auf das Amulett. Auf Asco-Bahrrans Hand entstand ein winziger Wirbel, der das Amulett in sich aufnahm und dann – noch bevor Asco-Bahrran erkannte, was geschah – blitzschnell auf Lya-Numi zuschoss und das Amulett zu ihr brachte. Als sich die Hand der Elfenpriesterin um das Kleinod schloss, verschwand der Wirbel. Lya-Numi lächelte, deutete eine Verbeugung an, machte eine kurze Handbewegung und – verschwand ebenfalls.

Asco-Bahrrans markerschütternder Wutschrei brach sich an den Wänden der Höhle und brachte sie zum Erzittern. Loses Gestein bröckelte von der Decke und irgendwo in der Dunkelheit stürzte ein Tropfsteingebilde krachend zu Boden. Aus den Händen des Magiers schossen züngelnde Blitze in alle Richtungen, doch Lya-Numi hatte bereits hinter einem großen Felsen Zuflucht gesucht. Die magischen Blitze erreichten sie nicht. »Ich finde dich, Elfe!«, brüllte Asco-Bahrran, außer sich vor Zorn. »Ich finde dich!«

Immer wieder schlugen Blitze in den Felsen, hinter dem Lya-Numi kauerte, richteten jedoch keinen Schaden an. Dann wurde es still. Zu still! Vorsichtig spähte Lya-Numi über den Felsen hinweg zu der Stelle hinüber, wo sie Asco-Bahrran zuletzt gesehen hatte – und erstarrte. Er war verschwunden. Kianys blasse Gestalt lag reglos und zusammengekrümmt auf der Obsidianplatte, sonst war niemand zu sehen. Lya-Numi beschlich ein ungutes Gefühl und eine leise Stimme flüsterte ihr zu, dass es das Beste sei, sofort zu verschwinden. Die Elfenpriesterin wusste, dass die Stimme Recht hatte, doch der Gedanke, die hilflose Kiany zurückzulassen, hielt sie davon ab, dem Rat zu folgen. Vielleicht schaffte sie es, Kiany mit in das Pentagramm zu nehmen und sie zu befreien. Doch dazu musste sie erst einmal wissen, wo Asco-Bahrran steckte. Vorsichtig erkundete sie mit ihren feinen Elfensinnen die Höhle – nichts! Nirgends fand sie den kleinsten Hinweis darauf, dass sich außer ihr und Kiany noch irgendjemand hier befand. Nicht einmal die Anwesenheit von Magie ließ sich feststellen.

Lya-Numi zögerte. Die Stimme raunte ihr zu, dies sei eine Falle, sie solle Kiany liegen lassen. Doch der Priesterinneneid, den sie geschworen hatte, machte es ihr unmöglich, Hilfe zu unterlassen. Aber wo war Asco-Bahrran?

Er ist noch hier, rief die Stimme in ihrem Innern. *Er ist noch hier!*

Unschlüssig drehte Lya-Numi das Amulett der Auserwählten in den Händen. Sie hatte erreicht, was sie wollte. Ohne das Amulett konnte Asco-Bahrran das Tor nicht öffnen. Wenn sie jetzt zurückkehrte, war Thale gerettet. *Und was wird aus Kiany?*, überlegte sie schuldbewusst. *Werde ich je wieder Frieden finden, wenn ich den Tod dieses Mädchens verantworten muss?* Nein! Aber wie sollte sie Kiany zu dem Pentagramm schaffen? Ihr verletztes Bein ließ nicht zu, dass sie das Mädchen trug. Kiany würde laufen müssen, um das Pentagramm zu erreichen und fliehen zu können. Die Elfenpriesterin bezweifelte jedoch, dass sie dazu in der Lage war.

Entschlossen stand sie auf und schlich auf Kiany zu. Sie wollte versuchen, das Mädchen zu wecken. Wenn sie erwachte und ihr folgte, könnte sie sie mitnehmen. Wenn nicht, müsste sie die Höhle allein verlassen.

Es kostete sie große Überwindung, die Obsidianplatte zu betreten. Der schwarze Stein strahlte so viel Bosheit und Hass aus, dass sie es kaum ertrug, in seiner Nähe zu bleiben. Doch wenn sie Kiany helfen wollte, hatte sie keine andere Wahl. So trat sie zögernd auf die Platte, kniete neben dem Mädchen nieder und berührte sie sanft an der Schulter.

»Ich wusste es!« Wie aus dem Nichts erschien Asco-Bahrrans Gestalt unmittelbar neben ihr und packte sie im Nacken. Die Berührung war eisig. Augenblicklich erstarrte jeder Muskel in Lya-

Numis Körper. Unfähig, sich zu bewegen, spürte sie, wie der Magier ihr langsam alle Magie entzog, und musste hilflos mit ansehen, wie ihre Tarnung verblasste. »Ihr Elfen seid einfach zu gut für diese Welt!«, spottete Asco-Bahran. »Ich wusste, du ließest sie nicht hier zurück. Ihr Elfen haltet euch für so schlau, dabei seid ihr so einfältig und dumm. Ein winziger Trick genügte, um dich in die Falle zu locken. Und nun« – seine Stimme wurde hart – »gibst du zurück, was du mir gestohlen hast.«

Mit einem knochigen Finger deutete Asco-Bahrran auf Lya-Numis Hand, die das Amulett umklammert hielt. Nein!, dachte sie und krampfte die Finger noch fester zusammen. Aber sie war bereits zu schwach. Asco-Bahrran gab sich nicht damit zufrieden, ihr alle Magie zu entziehen. Wie ein gieriger Blutsauger machte er sich daran, ihr auch noch die Lebensenergie zu rauben.

Gegen ihren Willen öffneten sich Lya-Numis Finger wie die Knospen einer Blume und gaben Asco-Bahrran den kostbaren Inhalt preis. Begleitet von dem spöttischen Lachen des Meistermagiers, löste sich das Amulett aus ihrem Griff und schwebte in seine ausgestreckte Hand. »Und nun«, grollte er mit einem vernichtenden Blick auf die Elfenpriesterin, »dulde ich keine weiteren Verzögerungen! *Demo sedur natririzu!*« Er unterstrich die Worte mit einer heftigen Handbewegung und Lya-Numi fühlte, wie sie durch die Luft gewirbelt wurde. Schneller und immer schneller drehte sie sich um die eigene Achse und die Höhlenwände rasten an ihr vorbei. Sie wurde mit solcher Gewalt umhergeschleudert, dass sie den Aufprall unmöglich überleben konnte. Das Letzte, was sie hörte, war Asco-Bahrrans krächzendes Gelächter, das sie verspottete, und ihr letzter Gedanke galt dem Volk von Thale. Sie hatte versagt. Niemand konnte Asco-Bahrran jetzt noch aufhalten.

Bei Anbruch der Dunkelheit griffen die Cha-Gurrline erneut an. Der Himmel war klar und die schmalen Sicheln der Zwillingsmonde spendeten nur wenig Licht, aber es war hell genug, dass die Verteidiger die Heeresbewegungen in der Ebene beobachten konnten.

Zunächst kündeten nur die stampfenden Schritte der hünenhaften Krieger von der neuen Angriffswelle. Der Boden erzitterte und ein entsetzliches Brüllen ertönte aus den Wäldern hinter den Hügeln. Wenig später flutete Woge um Woge der schwarz gepanzerten Leiber die Hügel herab.

Sheehan stand neben Enron auf der Festungsmauer und betrachtete mit versteinerter Miene das Furcht einflößende Schauspiel. Innerhalb weniger Augenblicke wimmelte es in der Ebene von Cha-Gurrlinen-Kriegern, die, mit neuen Kletterseilen und Greifhaken bewaffnet, auf Nimrod zustürmten. Aus den Augenwinkeln sah der Elfenkrieger, wie Enron den Kopf wandte und einen Blick auf die Verteidiger warf, die sich am Rand der Festungsmauern aufgestellt hatten. In der Dunkelheit erkannte er das Gesicht des Hauptmanns nicht, doch er wusste auch so, wie sorgenvoll sein bärtiger Freund dreinblickte.

Sie waren so wenige.

Obwohl sich alle verwundeten Krieger, die noch auf den Beinen stehen konnten, freiwillig zum Dienst gemeldet hatten, war die Zahl der Verteidiger dramatisch gesunken. Zu viele waren bei den Kämpfern der vergangenen Nacht gestorben. Jeder Tote und jeder Verwundete hinterließ eine Lücke, für die es keinen Ersatz gab. Sheehan seufzte leise. In dieser Nacht würde sich das Schicksal Nimrods entscheiden und er wagte nicht daran zu denken, welches Banner beim nächsten Sonnenaufgang über den Zinnen flattern würde.

»Dass es einmal so endet!« Enron schien in ganz ähnliche Gedanken versunken zu sein.

»Noch ist nichts entschieden.« Sheehan zwang sich zu einem zuversichtlichen Lächeln.

»Nein, noch nicht.« Enron nickte bedächtig. »Doch ich fürchte ...« Er verstummte und spähte aufmerksam über die Ebene. Die Angreifer hatten plötzlich innegehalten und einen engen schwarzen Ring am Rand der Ebene gebildet. Eine unheimliche Stille lag über dem Heer, eine Stille, die viel bedrohlicher und furchterregender wirkte als das Brüllen und Stampfen zahlloser heranstürmender Krieger.

Magie lag in der Luft. Sheehan spürte es sofort, aber auch die Menschen, die nicht über seine feinen Elfensinne verfügten, fühlten die drohende Gefahr.

»Bei den Toren, was geht da vor?«, keuchte Enron. Sein Blick huschte über die Ebene.

»Dort!« Sheehan hob den Arm und deutete auf die Wälder hinter den Hügeln, wo ein glutroter Feuerschein zwischen den Bäumen aufflammte. Der Nachtwind trug den Verteidigern auf den Zinnen ein leises Summen zu, das entfernt an ein Beschwörungsritual erinnerte. Das Summen schwoll immer mehr an und wurde zu einem unheimlichen Gesang, der Unheil verkündend über den Bäumen aufstieg.

Die Krieger auf den Zinnen wechselten beunruhigte Blicke. Je lauter der monotone Gesang durch die Dunkelheit hallte, desto heller wurde das Leuchten im Wald. Der Feuerschein, der von einem Lagerfeuer hätte stammen können, wuchs immer schneller und wurde zu einer gewaltigen glühenden Kuppe, die schließlich, einem feurigen Sonnenuntergang gleich, fast den ganzen westlichen Horizont einnahm.

»Bei der Göttin!« Enron konnte den Blick nicht von dem Furcht erregenden Schauspiel abwenden. »Was ist das?«, fragte er und berührte den Arm des Elfenkriegers.

Sheehan antwortete nicht. Wie gebannt starrte er auf den feurigen Schein, den Blick seltsam entrückt, als würde er hinter dem Feuer noch etwas anderes sehen. Etwas so Grauenhaftes, dass es alle Vorstellungskraft sprengte.

»*Syhfandil*«, hauchte er. »*Mya ne ntu Syhfandil.*«

Enron runzelte die Stirn. Er verstand die Sprache der Elfen nicht – obwohl ihm die Worte seltsam vertraut vorkamen, als hätte er sie schon einmal gehört. Doch er spürte die Furcht, die sich hinter den Worten des Elfenkriegers verbarg. Eine uralte Furcht, die so tief saß, dass ein Mensch sie nicht nachzuvollziehen vermochte. »*Syhfandil*«, wiederholte er leise Sheehans Worte – und plötzlich wusste er, woher er den Namen kannte. Sayen, der Meisterseher, hatte kürzlich davon gesprochen. *Syhfandil* war der Dämon, der das Heer der Elfen vor langer Zeit fast vernichtete hätte. Syhfandil – der Feuertod. Ein Dämon, dem Schwerter nichts anhaben konnten. Abgrundtief böse und alles vernichtend, wie er war, zehrte er von einem uralten Hass auf alles Leben und trachtete danach, es zu vernichten.

Enron erschauerte. Sein Blick wanderte zurück zu den Hügeln, wo sich inzwischen die Erde selbst geöffnet zu haben schien und glühende Funken in die Höhe schossen. »*Syhfandil*«, murmelte er noch einmal. Plötzlich verließ ihn aller Mut. Wenn Sheehans Vermutung der Wahrheit entsprach, war Nimrod verloren.

Als der monotone Gesang der Magier verstummte, senkte sich eine unwirkliche Stille über die Ebene. Kein Lufthauch regte sich und weder von den Zinnen noch in der Ebene war ein Laut zu hören. Es hatte fast den Anschein, als wären die vielen hundert Geschöpfe, die sich hier gegenüberstanden, nicht wirklich, sondern nur die geisterhaften Abbildungen von Kriegern auf einem gigantischen Schlachtengemälde. Nicht nur die Cha-Gurrline in der Ebene, auch die Verteidiger Nimrods verharrten reglos an ihren Plätzen und starrten gebannt zum nahen Wald hinüber.

Die Stille wurde fast unerträglich.

Dann sank der Feuerschein über den Bäumen in sich zusammen und wurde zu einem tiefroten Glühen. Die Luft schien sich zu verdichten und die ungeheure Magie, die freigesetzt wurde, machte den Verteidigern das Atmen schwer. Keuchend sanken sie zu Boden oder stützten sich auf die Mauerbrüstung.

»Bei der Göttin, was ...?« Enron brach keuchend ab, denn in diesem Augenblick ertönte der Schrei. Er zerriss die Stille, so schrecklich und beängstigend, dass den Menschen das Blut in den Adern gefror.

Wie auf einen geheimen Befehl hin teilten sich die dichten Reihen der Cha-Gurrline, bis ein etwa zweihundert Längen breiter Korridor entstand.

Ein dumpfer Laut hallte durch die Nacht und brachte den Boden zum Erbeben. Die Erschütterung war so groß, dass einige der

Verteidiger von den Füßen gerissen wurden und feiner Staub aus den Fugen der Festungsmauer rieselte. Dem ersten Beben folgte ein weiteres und dann ein drittes. Es klang wie der schwere stampfende Schritt eines gewaltigen Wesens.

Etwas näherte sich.

Wieder erbebte die Erde, während sich das feurige Glühen langsam auf Nimrod zubewegte.

Enron warf Sheehan einen fragenden Blick zu, doch der Elf beachtete ihn nicht. Sein Gesicht hatte jede Farbe verloren. Mit versteinerter Miene starrte er auf den breiten Korridor. Seine Gedanken schienen weit weg – der Elfenkrieger hatte Angst.

In diesem Augenblick fiel der erste glutrote Feuerschein auf die Ebene und ein entsetzter Aufschrei flutete durch die Reihen der Verteidiger. Enron erstarrte.

Wie ein zum Leben erweckter Albtraum schob sich ein monströses Feuerwesen langsam über eine Anhöhe, deren Ausläufer in die Ebene vor den Festungsmauern mündete.

Syhfandil!

Der ganze Körper des Dämons war in knisternde, rauchlose Flammen gehüllt, in denen die geschlitzten Augen wie zwei glühende Kohlenstücke wirkten. Zu voller Größe aufgerichtet, schien er so hoch zu sein, dass er mit seinen feurigen langen Armen mühelos über die gewaltigen Festungsmauern hinwegreichen konnte. Die enorme Hitze seines Körpers setzte Büsche und Bäume in Flammen und die Cha-Gurrline, die sich noch nicht weit genug zurückgezogen hatten, suchten ihr Heil in der Flucht.

Der Feuerdämon wandte knurrend den Kopf. Offensichtlich fühlte er sich durch das aufgeregte Durcheinander der Krieger gestört. Unter grässlichem Fauchen öffnete er sein riesiges Maul und sandte den Flüchtenden einen weißen Feuerstrahl hinterher.

Die Getroffenen hatten nicht einmal mehr Zeit zum Schreien. In einer kurzen grellen Stichflamme zerfielen ihre Körper und Rüstungen zu Asche. Nur die Klingen der Waffen blieben als rot glühende Klumpen zurück.

Als die Menschen auf den Zinnen dies sahen, erwachten sie aus ihrer Erstarrung und ergriffen augenblicklich die Flucht. Schreiend versuchten sie in der heillosen Panik, die plötzlich auf den Mauern herrschte, die Treppen zu erreichen. Sie drängelten und stießen sich vorwärts und nicht wenige von ihnen versuchten, die Flucht durch einen verzweifelten Sprung in die Tiefe abzukürzen.

»Sheehan, die Männer!« Enron packte den Elf ungeduldig an der Schulter. Bald wären sie die Einzigen, die sich noch auf den Zinnen befänden. »Stehen bleiben! Zurück auf eure Posten!«, rief er den Flüchtenden zu, doch die Befehle blieben ohne Wirkung. Die meisten Verteidiger hatten ihre Waffen bereits fortgeworfen und hasteten vorbei, ohne ihn auch nur eines Blickes zu würdigen. Der Hauptmann der Stadtwache war verzweifelt! Sie konnten doch nicht einfach aufgeben. Sie mussten sofort etwas zu ihrer Verteidigung unternehmen – irgendetwas. Obwohl auch er sich vor dem Dämon fürchtete, dachte er keinen Augenblick lang an Flucht. Er würde sich nicht kampflos ergeben. Niemals!

»Dein Mut ehrt dich, Freund«, hörte er Sheehan sagen. »Doch Schwerter und Pfeile können gegen den Feuerdämon nichts ausrichten.« Er drehte sich um, legte Enron beide Hände auf die Schultern und bedachte ihn mit einem tiefen Blick. »Ich bin stolz, dich gekannt zu haben«, sagte er traurig und es klang wie ein Abschied. Enron presste die Lippen fest aufeinander und nickte. »Und ich bin stolz, dich meinen Freund nennen zu dürfen«, erwiderte er. Dann straffte er sich, griff nach seinem Schwert und sagte: »Wenn dies das Ende ist, will ich mich nicht kampflos ergeben.«

Sheehan lächelte gequält. »So werden wir gemeinsam sterben«, sagte er und nahm die Hände von Enrons Schultern. Dann löste er einen Beutel vom Gürtel und griff hinein. »Hier!«, sagte er und streckte Enron die Hand entgegen. Fünf glatte runde Kugeln von der Größe eines Hühnereis lagen auf seiner Handfläche.

»Was ist das?«

»Feuerkugeln!«, erklärte Sheehan geheimnisvoll, doch dann schüttelte er betrübt den Kopf. »Es sind viel zu wenige, um Syhfandil zu besiegen, aber die Elfenmagie in den Kugeln wird den

Dämon zumindest für eine Weile aufhalten. Wenn mir das gelingt, können zumindest ein paar Menschen mehr durch die Stollen in die Berge flüchten. Dann wäre …« Sheehan verstummte, weil ein erneutes Beben die Festungsmauern erschütterte. Sein Blick folgte dem des Hauptmanns über die Ebene, wo sich der Feuerdämon zu seiner wahren Größe aufrichtete und – eine Schneise verbrannter Erde zurücklassend – auf Nimrod zustapfte. »Er kommt«, flüsterte Sheehan und trat an den Mauerrand. Eine der Feuerkugeln in der rechten, die anderen vier in der linken Hand haltend bereitete er sich auf seinen letzten Kampf vor.

 Das winzige goldene Licht hüpfte ruhelos auf und ab. Wie eine lästige Sumpffliege schwirrte es in der Dunkelheit vor Lya-Numis Augen umher. Dabei verbreitete es ein zartes Klingen, das die Elfenpriesterin entfernt an eine liebliche Melodie erinnerte, doch in dem Klingen schwang noch etwas anders mit, etwas Dringendes, Ungeduldiges, das so gar nicht zu dem Lichtlein passen wollte.

Das Licht erinnerte Lya-Numi an die winzigen Funken, die sie in ihrer Jugend zu tausenden während des Elfenfeuers gesehen hatte. So war es also, wenn man starb. Der Gedanke schlich sich wie selbstverständlich in ihr Bewusstsein. Lya-Numi fürchtete sich nicht. Asco-Bahrran hatte ihren Körper zerschmettert und das Licht kam, um ihre unsterbliche Seele in die Ewigen Gärten des Lebens zu führen.

»Wach auf!« Ein zartes, spinnwebfeines Stimmchen erhob sich aus dem Klingen und die Bewegungen des Lichts wurden noch aufgeregter.

Aufwachen? Lya-Numi stutzte. Wieso sollte sie aufwachen? Sie hatte doch ihre irdische Hülle verlassen und war bereit, die letzte Reise anzutreten.

»Wach auf, schnell!« Das Stimmchen gab nicht auf. Immer wieder rief es Lya-Numi an, flehte und mahnte, bettelte und drängte sie, doch endlich zu erwachen. Lya-Numi wurde ärgerlich. Warum ließ das Licht sie nicht einfach in Ruhe? Sie war bereit, ihren Brüdern und Schwestern zu folgen, und sehnte sich nach Frieden. Ihr Leben in Thale war vorbei, der Kreis hatte sich geschlossen. Was immer dort geschah, sie konnte es nicht mehr beeinflussen. Sie ...

»Wach auf!«

»Wach auf!«

»Wach auf!« Zu dem einen Licht hatten sich plötzlich zwei weitere gesellt. Ihre Stimmen schwirrten um Lya-Numi herum. Inzwischen klangen sie so verzweifelt und traurig, dass es der Elfenpriesterin immer schwerer fiel, sich dem Drängen zu widersetzen.

Blinzelnd öffnete sie die Augen. Sogleich waren die Lichter und mit ihnen auch die drängenden Rufe verschwunden. Dunkelheit umfing sie. Eine eisige, unnatürliche Dunkelheit, die nur hin und wieder von einem schwachen grünen Lichtschein erhellt wurde. Die Kälte hatte Lya-Numis Gewand längst durchdrungen und sie fröstelte. Unter den Händen spürte sie loses Gestein, feucht und kalt. Wo war sie? Die Elfenpriesterin wollte sich aufrichten, aber heftige Schmerzen zwangen sie, den Versuch sofort wieder aufzugeben. In ihrem verletzten Bein hämmerte ein wütendes Stechen und ihre Schulter brannte wie Feuer. Auch sonst schien es keinen Muskel in ihrem Körper zu geben, der nicht schmerzte, und keinen Knochen, der nicht geprellt, gestaucht oder gebrochen war.

»Aufhalten, du musst ihn aufhalten!« Wieder meldeten sich die Stimmchen in ihren Gedanken, doch es dauerte lange Augenblicke, bis Lya-Numi den Sinn der Worte verstand.

»*Errosum dena ne darum!*« Das Blut rauschte ihr in den Ohren und dazwischen hörte sie plötzlich Asco-Bahrrans Stimme. Oh, Göttin! Ich bin noch gar nicht tot, schoss es ihr durch den Kopf, doch statt einer Antwort hörte sie wieder die Stimmchen. »Aufhalten!«, riefen sie voller Panik. »Du musst ihn aufhalten! ... Schnell ... schnell!«

»*Errosum dena ne darum!*« Die Stimme des Meistermagiers hatte an Macht gewonnen und hallte gebieterisch durch die Höhle.

Lya-Numi biss die Zähne zusammen, verdrängte den Schmerz in die hintersten Winkel ihres Bewusstseins und richtete sich auf. Was sie sah, übertraf ihre schlimmsten Erwartungen. Asco-Bahrran stand wieder auf der Obsidianplatte. Eine Hand ruhte auf Kianys Kopf, die neben ihm kauerte und von heftigen Krämpfen geschüttelt wurde, die andere hatte er zur Höhlendecke erhoben, wo sich um die runde Steinplatte ein breiter Ring aus grünem Feuer gebildet hatte. Sowohl am Boden als auch an der Decke pulsierten die Schriftzeichen in gleißender Helligkeit und dazwischen schwebte das Amulett der Auserwählten in einem Lichtstrahl, der von Asco-Bahrrans Handfläche ausging, langsam dem Tor entgegen.

»*Errosum dena ne darum!*« Etwas Zwingendes lag in der Stimme des Meistermagiers. Er hatte sich tief in seine Beschwörung versenkt und bemerkte nicht, dass Lya-Numi erwacht war. Vermutlich hielt er sie ohnehin für tot.

»*Errosum dena ne darum!*« Das Amulett hatte bereits die Hälfte des Wegs zurückgelegt. Nicht mehr lange und es würde die schwarze Deckenplatte berühren und das Dimensionentor öffnen. Lya-Numi wusste, dass sie nichts mehr ausrichten konnte, um Asco-Bahrran aufzuhalten. Ein Knochen in ihrem Unterschenkel war gesplittert und hatte sich durch die Haut gebohrt. Der Anblick verursachte ihr Übelkeit. Es war völlig ausgeschlossen, damit auch nur einen Schritt zu gehen.

»*Errosum dena ne darum!*« In Asco-Bahrrans Worten lag eine solche Macht, dass die Elfenpriesterin erschauerte.

»Aufhalten! Aufhalten! Das Amulett! Das Amulett!«, kreischten die Stimmchen immer wieder. Hinter Lya-Numis Stirn überschlugen sich die Gedanken. Sie musste Asco-Bahrran aufhalten. Das Tor durfte nicht geöffnet werden. Aber wie?

Wie . . .? Und plötzlich reifte in ihr ein verzweifelter Entschluss.

Nimrod brannte.

Überall auf den Straßen, bis hinauf zur Inneren Festung, standen die hölzernen Schindeln der Hausdächer in Flammen. Auch die Treppen, die zu den gezimmerten Wehrgängen der Festungsmauer hinaufführten, hatten schon Feuer gefangen. Die helle Mauer selbst war über und über mit dunklem Ruß bedeckt und dort, wo Syhfandils gewaltige Brandgeschosse eingeschlagen hatten, verunstalteten schwelende schwarze Löcher die Reihen der makellos aufgeschichteten Steine.

Der Rammbock, der noch immer in dem riesigen Flügeltor feststeckte, brannte wieder lichterloh, doch noch hielt die Druidenmagie den lodernden Flammenzungen stand, die gierig am Holz der Tore leckten.

Mit versteinerter Miene verharrten Sheehan und Enron am äußersten Rand der Zinnen und warteten darauf, dass der Syhfandil weit genug herankam, damit Sheehan ihn mit den Feuerkugeln angreifen konnte. Die erste flammte bereits in der Hand des Elfenkriegers, doch der Dämon machte keine Anstalten, sich den Mauern noch weiter zu nähern. Brüllend und fauchend schleuderte er aus sicherer Entfernung ein Brandgeschoss nach dem anderen auf Nimrod, als wolle er nicht eher ruhen, bis von der stolzen Festung nur noch verkohlte schwarze Trümmer übrig blieben.

Das trockene Gras, das in der Ebene vor den Mauern wuchs, war längst bis hinauf zu den Hügeln zu Asche verbrannt und die herabfallende Glut der Wurfgeschosse hatte aus dem Erdreich rings um den Dämon einen brodelnden Krater aus geschmolzenem Gestein gemacht, über dem er wie die Verkörperung alles Bösen aufragte.

Wieder schleuderte der Dämon ein Brandgeschoss auf die Stelle der Mauer, wo Sheehan und Enron mit dem Mut der Verzweiflung ausharrten. Die glutheiße, gasgefüllte Kugel zersprang nur wenige Längen unterhalb der Mauerkrone.

Die Wucht des Aufpralls riss beide Männer von den Füßen. Schutt und glühende Steine regneten auf sie herab. Sheehan fing den Sturz ab und rollte sich dicht an die Brüstung heran, um dem mörderischen Hagel zu entgehen. Aus den Augenwinkeln sah er Enron stürzen. Der Hauptmann fiel zur Seite, verlor seinen Helm und schlug mit dem Kopf auf ein großes Trümmerstück, das die Explosion aus der Mauer gerissen hatte. Ein ersticktes Keuchen war das Letzte, was der Elf von ihm hörte, dann rührte sich der Grasländer nicht mehr. »Enron!«, rief Sheehan entsetzt. Er wollte schon aufspringen und nach seinem Freund sehen, überlegte es sich jedoch anders.

Ein gewaltiges Beben erschütterte den Boden. Sheehan erstarrte. Vorsichtig hob er den Blick über die Reste der zerstörten Mauer und sah, wie der Dämon die glühende Feuergrube mit schleppenden Schritten verließ und auf Nimrod zustapfte.

Mit einer geschmeidigen Bewegung war Sheehan auf den Beinen, hob den Arm und schleuderte die erste silbern flammende Kugel. Gespannt beobachtete er den Flug der Elfenmagie und schrie begeistert auf, als sie zischend in Syhfandils Rumpf einschlug. Eine Weile geschah nichts, dann explodierte die rechte Seite der Kreatur in einem grellen Blitz.

Der Feuerdämon wand sich wie unter Schmerzen, während er seinen glutheißen Atem in alle Richtungen blies. Seine feurigen Hände tasteten nach der Stelle, wo Sheehans Kugel eingeschlagen hatte und wo nun ein erloschenes dunkles Loch klaffte.

Sheehan zögerte nicht. Schon hielt er die zweite Kugel in den Händen und schleuderte sie dem Dämon entgegen. Doch diesmal hatte er zu kurz gezielt. Die Kugel sank zu Boden, bevor sie Syhfandil erreichte,und die Explosion richtete keinen Schaden an. Hastig nahm Sheehan die dritte Kugel zur Hand – und diesmal traf er wieder.

Der Dämon schrie gepeinigt auf, als das magische Feuer sein Bein berührte und auch hier ein großes schwarzes Loch riss. Doch statt die Wunde auch nur eines Blickes zu würdigen, suchte er die Festungsmauer schnaubend nach seinem Peiniger ab. Der Blick der feurigen Augen traf Sheehan, der gerade die vierte Kugel werfen wollte, und eine wütende Flamme schoss zischend aus Syhfandils breitem Maul.

Der Elf wusste, dass er verloren hatte. Für eine Flucht war es längst zu spät. Große Teile der Wehrgänge und die Treppen hinunter zum Innenhof, die er zur Flucht hätte benutzen müssen, brannten bereits lichterloh. Gebannt beobachtete er, wie der Dämon langsam seinen feurigen Arm hob, und sah, wie in seiner gewaltigen Pranke ein weiteres Brandgeschoss aufflammte.

Die vorletzte magische Kugel fand wie von selbst den Weg in Sheehans Hand. Weißes Feuer hüllte sie ein, kaum dass sich seine Finger darum schlossen, und Sheehan lächelte grimmig. »Die ist für meine Brüder und Schwestern!«, rief er zornig und schleuderte dem Feuerdämon die leuchtende Kugel entgegen.

Viel konnte sie nicht ausrichten, doch allein das Gefühl, nicht kampflos in den Tod zu gehen, verschaffte Sheehan eine bittere Genugtuung. Er straffte sich und schloss die Augen. Als er das Feuerwesen zornig brüllen hörte, wusste er, dass die Kugel ihr Ziel gefunden hatte. Ein weiterer Aufschrei, gefolgt von einem feurigen Zischen, sagte ihm, dass auch der Dämon sein Brandgeschoss geworfen hatte.

Sheehan hielt den Atem an. Es war vorbei!

Doch der tödliche Einschlag blieb aus. Ein greller Blitz, gefolgt von einem ohrenbetäubenden Donnerschlag, erhellte plötzlich den Himmel und Sheehan hörte den Dämon vor Zorn toben. Der Elf wollte sich umschauen, doch in diesem Moment erhellte das grelle Licht eines zweiten Blitzes die Nacht und zwang ihn, die Lider geschlossen zu halten. Sheehan schlug die Hände vor das Gesicht und beschattete die Augen. Erst als die gleißende Helligkeit abgeklungen war, öffnete er sie wieder, um zu erkennen, was ihm das Leben gerettet hatte.

Auf einem Mauervorsprung sah er den Abner zwischen zwei weiteren Druiden stehen, von denen einer der junge Jukkon sein musste. Jeder von ihnen hielt einen langen Stab aus Wurzelholz in der Hand und deutete mit ausgestrecktem Arm auf den Feuerdämon. Knisternde Magie umgab die Spitzen der Stäbe und erzeugte eine schimmernde Hülle aus weißem Licht, die die Druiden wie ein schützender Kokon umgab.

Trotz der Entfernung sah Sheehan, dass sich die Lippen des Abners bewegten. Gleich darauf schossen aus den Enden der Wurzelholzstäbe grelle Blitze hervor, die sich nur wenige Längen von den Zinnen entfernt zu einem dicken Strahl vereinigten. Mit rasender Geschwindigkeit näherte sich die Magie ihrem Ziel und schlug mit einem weiteren lauten Donnerschlag in dem Körper des Feuerwesens ein.

Syhfandil krümmte sich und schrie gequält auf, stürzte aber nicht. Die Schmerzen und die Wut auf die drei Sterblichen, die es wagten, sich ihm in den Weg zu stellen, trieben ihn zur Raserei. Mit einer Gewandtheit, die Sheehan ihm nicht zugetraut hätte, fuhr er herum und eilte mit weit ausgreifenden Schritten auf die Druiden zu.

Sheehan sah Jukkons schreckgeweitete Augen und die verkrampfte Haltung des dritten Druiden, doch der Abner stand noch immer furchtlos an der Mauer und sagte unerschütterlich den Spruch auf, der die Magie der Stäbe vereinte. Ein greller Blitz flammte auf, der sich knisternd in die Brust des Feuerdämons bohrte. Der Dämon zuckte zusammen und schrie auf, schob den massigen Körper aber immer weiter auf die Druiden zu. Seine Bewegungen glichen denen eines Schwimmers, der gegen eine starke Strömung ankämpft, doch die Schmerzen, die ihm das gleißende Licht zufügte, schien er in seiner Wut nicht zu spüren. Glühende Fontänen schossen ihm aus dem Maul, während er brüllend und fauchend auf die Druiden zustapfte. Zunächst sah es so aus, als könne die Kraft der Druiden nichts gegen die Urgewalt des Dämons ausrichten, doch dann wirkte er plötzlich träge.

Sheehan hatte den Eindruck, als falle es dem Feuerdämon immer schwerer, gegen das gleißende Band aus reiner Energie anzukämpfen. Etwa dreißig Längen vor der Festungsmauer musste er schließlich innehalten. Die Druiden hatten erreicht, was sie wollten: Die Wut des Dämons richtete sich nun allein gegen sie; doch ihre vereinten Kräfte hielten die Kreatur von der Mauer fern und verhinderten, dass sie weiteren Schaden anrichten konnte. Die Brandgeschosse, die sie ihnen entgegenschleuderte, prallten wirkungslos von dem leuchtenden Schutzschild ab, der die drei Männer umgab, und erloschen, bevor sie den Boden berührten.

Bei diesem Anblick schlug Sheehans Herz höher. Er hatte nicht zu hoffen gewagt, dass irgendetwas der fürchterlichen Macht des

Feuerdämons ebenbürtig sein könne. Doch jetzt ... Gebannt verfolgte er den Fortgang der Ereignisse.

Die Nacht schritt voran und das stumme Kräftemessen dauerte an. Die Macht der Druiden stand der des Dämons in nichts nach und lange sah es so aus, als gebe es in diesem Kampf keinen Sieger.

Dann, nach einer Zeit, die Sheehan wie eine kleine Ewigkeit vorkam, geschah etwas. Der Feuerdämon wurde schwächer! Ein erschrockener Aufschrei lief durch die Reihen der Cha-Gurrline, als sie entdeckten, dass die hellen, glutheißen Farben, die den Dämon einhüllten, dunkler wurden und in warme Rottöne übergingen. Auch seinen Bewegungen wirkten längst nicht mehr so kraftvoll wie zu Beginn des Angriffs und die Brandgeschosse verließen seine Hände immer seltener.

»Sie schaffen es«, murmelte Sheehan zuversichtlich und ballte die Fäuste. Doch kaum hatte er die Worte ausgesprochen, als auch das gleißende Feuer der Druiden an Stärke verlor.

»Nein!« Sheehans Stimme war nur noch ein raues Flüstern. Fassungslos beobachtete er, wie der Abner plötzlich wankte. Der Stab entglitt seinen Händen und nur dem schnellen Eingreifen seiner Mitstreiter war es zu danken, dass er nicht stürzte. Doch die Folgen des Schwächeanfalls waren katastrophal. Im selben Augenblick, als der Abner seinen Stab verlor, erlosch die Magie der Druiden und mit ihr löste sich die schützende Hülle auf, von der sie umgeben waren.

Der Feuerdämon tobte. Das Flammenmeer, das ihn umgab, loderte erneut auf und aus seiner Kehle drang ein schreckliches Brüllen, das die Mauern der Festungsstadt zum Erbeben brachte. Von Schwäche war nichts mehr zu spüren. Wie von unsichtbaren Fesseln befreit, stapfte er auf die Druiden zu, wütend und furchtbar.

»Nein!« Verzweifelt schleuderte Sheehan die letzte Feuerkugel über die Zinnen, wohl wissend, dass auch diese nichts mehr ausrichten konnte. In seinem Kopf drehte sich alles. Oh, Göttin, so darf es nicht enden!, dachte er verzweifelt.

In der Ebene war es totenstill. Nur das Knistern der Flammen, die in Nimrod wüteten, war zu hören. Langsam, als genieße er sei-

435

nen Triumph, richtete sich der Feuerdämon auf und öffnete das riesige Maul, um die Druiden mit einem einzigen glutheißen Atemzug in Asche zu verwandeln.

Alles, was sich in diesem Augenblick vor und hinter den Festungsmauern abspielte, verlief plötzlich so überaus langsam, als wäre die Luft zu einer zähen Masse geronnen, die jede schnelle Bewegung verhinderte.

Auch Sheehan war wie erstarrt. Unzählige Bilder strömten in Bruchteilen eines Augenblicks auf ihn ein, während er sich ein letztes Mal umblickte. Er sah, wie sich der schwarze Ring der Cha-Gurrline langsam immer weiter zusammenzog, bereit, den vernichtenden Angriff zu führen. Auf dem Platz hinter der Festungsmauer kämpften die Priesterinnen und Heilerinnen verzweifelt um das Leben der Verwundeten. Die Mühen der Frauen, die inmitten der Gefahr unermüdlich Verbände wechselten, Wasser verteilten und Trost spendeten, erschienen Sheehan auf einmal völlig sinnlos. Wenn der Dämon die Druiden vernichtete, waren sie verloren. Dann konnte Nimrod nichts mehr retten. Schon züngelten die ersten weißen Flammen aus dem Maul des Dämons. Sheehan sah noch einmal zu den Druiden hinüber, wandte sich aber sogleich erschüttert ab, um Jukkons in Todesfurcht erstarrtes Gesicht nicht sehen zu müssen.

Obwohl sie fest schlief, spürte Naemy die leichte Veränderung in der Beschaffenheit ihres Traums. Eben noch war sie in Caira-Dan gewesen und hatte gemeinsam mit den Elfenkindern beobachtet, wie die Schale des ersten Riesenalp-Eis zersprang, als sie sich unversehens in einer finsteren Höhle wieder fand. Gewaltige Tropfsteingebilde wuchsen von der Decke herab und in den Wänden gab es funkelnde Linien, die sich wie Adern durch das Gestein zogen. Ein unstetes grünes Licht, dessen Ursprung sie nicht erkennen konnte, erhellte die Höhle und über allem lag fast greifbar das Gefühl drohender Gefahr.

»Naemy!« Die Stimme war nur schwach zu hören, aber die Elfenkriegerin wusste sofort, dass es Lya-Numi war, die nach ihr rief. Dennoch dauerte es eine Weile, bis sie begriff, dass der Ruf echt und kein Teil des Traums war.

»Naemy!« Furcht prägte die Stimme der Elfenpriesterin und noch etwas anderes, so Drängendes, dass Naemy augenblicklich erwachte. »Ich höre dich, Lya-Numi«, antwortete sie und richtete sich unter ihren Decken auf. Die Nacht war klar und frostig und über ihr breitete sich der endlose Himmel mit den beiden Mondsicheln und abertausenden funkelnder Sterne aus. Das Feuer war fast heruntergebrannt, doch darum konnte sie sich später kümmern.

»Naemy, du musst ... mir kommen«, hörte sie die Elfenpriesterin sagen. Die Stimme war noch schwächer geworden und Naemy strengte sich an, um alles zu verstehen, denn die Gedankenverbindung wurde immer wieder von heftigem Rauschen unterbrochen. »Ich bin in der Höhle ... dem Traum ... komm schnell ... Pentagramm ... hülle ... in Elfenmagie ... nicht entdecken ... Asco-Bahrran und Kiany ... hier ... versucht das Tor ... öffnen ... kann ihn nicht aufhalten ... verletzt ... schnell ... bitte ... sonst zu spät!« Lya-Numis Stimme war nur noch ein Flüstern und das Rauschen nahm immer mehr zu.

Kiany! Naemy hatte genug gehört. Lya-Numi brauchte ihre Hilfe, Kiany war ganz in ihrer Nähe und Asco-Bahrran versuchte offensichtlich, irgendein Tor zu öffnen! Hastig warf sie die Decke aus Steppenbüffelfell beiseite und stand auf. Mit ihrem Messer ritzte sie eilig ein Pentagramm in den reifüberzogenen Boden und versah die Spitzen des fünfzackigen Sterns mit den Symbolen, die ihr das Tor in die Zwischenwelt öffnen würden. Dann nahm sie ihr Schwert, etwas Proviant und das Messer an sich und trat in das Pentagramm. Für einen Moment überlegte sie, ob sie Chantu wecken sollte, der ganz in der Nähe schlief. Doch der Riesenalp war den ganzen Tag über für sie geflogen, und das, obwohl die nachtliebenden Riesenalpe es hassten, bei Sonnenlicht zu fliegen. Er hatte sich seinen Schlaf redlich verdient. Sicher würde er das Pentagramm entdecken und auf sie warten. Naemy nahm sich vor, ihm später alles zu erklären. Dann vollführte sie mit der Hand die kurze Bewegung, die sie unsichtbar machte, und rief sich das Traumbild der Höhle noch einmal vor Augen. Sofort verblasste die Landschaft um sie herum, wich einer tiefen Dunkelheit und schon im nächsten Moment fand sich Naemy in ebenjener Höhle wieder, die sie im Traum gesehen hatte. Auch hier war es kalt.

»*Errosum dena ne darum!*«

Erschrocken fuhr Naemy herum und sah Asco-Bahrran, der, eingehüllt in ein gleißendes grünes Licht, mitten in der Höhle stand. Den Kopf in den Nacken gelegt, starrte er zu einer Stelle unmittelbar über sich empor, wo das grüne Licht aus einem kreisrunden Loch in der Höhlendecke herausströmte. Seine Hand deutete nach oben. Die andere ruhte – der Anblick versetzte Naemy einen schmerzhaften Stich – auf einem zusammengekauerten Bündel, mit wirren langen Haaren. Kiany! Etwas weiter entfernt entdeckte sie eine weitere Gestalt, die verkrümmt am Boden lag, und fuhr erschrocken zusammen, weil sie im ersten Augenblick dachte, es sei Lya-Numi. Doch dann erkannte sie unter den Fetzen des Gewandes ein bärtiges Gesicht und atmete erleichtert auf.

»Naemy, schnell, du musst ihn aufhalten!« Obwohl Lya-Numi Naemy nicht sehen konnte, hatte sie ihre Ankunft bemerkt und drängte sie zur Eile. Naemy sah sich um und entdeckte die Elfenpriesterin hinter einem Felsen. Sie wollte zu ihr eilen, doch Lya-Numi kam ihr zuvor. »Kümmre dich nicht um mich«, bat sie, als hätte sie Neamys Absicht erraten. »Das Amulett! Du musst das Amulett aufhalten! Es darf die Höhlendecke nicht berühren. Wenn das Tor erst einmal geöffnet ist, kann es nur mithilfe des Amulettes von der anderen Seite wieder geschlossen werden. Du musst es erreichen, bevor es zu spät ist. Beeil dich … Bitte!«

Das Amulett! Naemy sah zu der grünen Lichtsäule hinüber. Zuerst konnte sie in dem gleißenden Grün nichts erkennen, doch dann sah sie es. Kaum zwei Längen unterhalb der Höhlendecke schwebte es inmitten der grünen Lichtsäule.

»*Errosum dena ne darum!*« Asco-Bahrrans mächtige Beschwörung trieb das Amulett weiter auf die Öffnung zu. Gleichzeitig wurde das Licht stärker und ein Schwall eisiger Luft, die den Geruch von Moder und Fäulnis in sich trug, ergoss sich in die Höhle.

»Schnell, Naemy!« Lya-Numis Stimme überschlug sich fast. Naemy blieb keine Zeit, lange nachzudenken. Wenn sie Asco-Bahrran aufhalten wollte, musste sie sofort handeln.

»*Errosum dena ne darum!*«

»*Gedoar sum nemon*«, kam diesmal die Antwort aus der Öffnung in der Höhlendecke. Naemy erschauerte. Nie hatte sie eine schrecklichere Stimme gehört, nie ein solches Grauen gespürt. Bei dem Gedanken, welch fürchterliches Wesen hinter dem grünen Leuchten darauf wartete, in ihre Welt einzudringen, vergaß sie jede Furcht. Ihr eigenes Leben zählte nicht. Nicht, wenn es darum ging, Thale vor dem unvorstellbaren Grauen zu bewahren, das sich hinter dem Dimensionentor verbarg. Plötzlich war es ihr gleichgültig, ob sie bei dem Versuch, Asco-Bahrran aufzuhalten, den Tod fand, wenn sie nur verhindern konnte, dass sich dieses Tor gänzlich öffnete. Das Amulett war kaum noch eine Länge von der Höhlendecke entfernt, als Naemy handelte. Durch Elfenmagie vor den Augen Asco-Bahrrans verborgen, stürmte sie geradewegs auf ihn zu und stieß ihn zur Seite. Die Wucht des Aufpralls riss ihn von den Füßen und schleuderte ihn aus der grünen Lichtsäule hinaus. Sein Kopf prallte hart gegen eines der unzähligen Tropfsteingebilde und er blieb benommen liegen. Das Amulett geriet ins Trudeln und sank ganz langsam immer tiefer herab. Naemy reckte sich und versuchte es zu erreichen, doch es war noch viel zu hoch.

»Arraggarrr!« Ein markerschütterndes, zorniges Brüllen drang plötzlich durch das Tor in der Höhlendecke. Ganz unvermittelt setzte ein starker Sog ein, der an Naemys Haaren zerrte. Mit aller Kraft wehrte sich die Kreatur dagegen, dass sich das Tor wieder schloss. Das Amulett wurde von dem Sog mitgerissen und glitt unaufhaltsam der Decke entgegen. »Neiiiin!« Naemy und Lya-Numis Worte vereinigten sich zu einem einzigen entsetzten Schrei und Naemy zögerte nicht länger. Sie sammelte ihre ganze Energie, spannte die Muskeln an und stieß sich mit einem einzigen kraftvollen Satz vom Boden ab. Unterstützt durch den kräftigen Sog, sprang sie so hoch wie nie zuvor und die Verzweiflung verlieh ihr ungeahnte Kräfte.

Ihre Hand umschloss das Amulett, unmittelbar bevor es das Tor berührte. Das Wesen auf der anderen Seite tobte wie wahnsinnig. Außer sich vor Wut, brüllte es seinen Zorn heraus und die Erschütterungen waren so heftig, dass kleine Steine aus der Höhlendecke rieselten. Gleichzeitig wurde der Sog noch stärker. Statt wie erwartet zu Boden zu sinken, schwebte Naemy einige Augenblicke lang in der grünen Lichtsäule, bevor sie langsam und unaufhaltsam nach oben gezogen wurde.

Lya-Numi hatte die Hände vors Gesicht geschlagen und beobachtete wie erstarrt das entsetzliche Schauspiel. Als Naemy Asco-Bahrran zur Seite gestoßen und den Bann gebrochen hatte, hatte sie neue Hoffnung geschöpft , doch jetzt . . .

Tränen stiegen ihr in die Augen, als sie hilflos mit ansehen musste, wie Naemy langsam in das Tor hineingezogen wurde. Die Elfenkriegerin wehrte sich nach Leibeskräften, doch das siegessichere Brüllen der dämonischen Kreatur, die dahinter lauerte, ließ keinen Zweifel daran: Sie hatte den Kampf verloren.

Auch Naemy schien das zu wissen. »Lya-Numi«, rief sie über das Tosen des Sogs und das Brüllen hinweg, »sag Tabor, dass ich ihn liebe und sehr stolz auf ihn . . . «

Ihr Kopf geriet in die Öffnung.

»Das Tor! Naemy, das Tor!«, rief Lya-Numi ihr in Gedankensprache verzweifelt zu und schluchzte laut auf. »Du musst das Tor schließen.« Tränen verschleierten ihren Blick, als sie sah, wie auch der Rest von Naemys Körper durch die Öffnung gezogen wurde. »Naemy!«, schrie sie verzweifelt. Dann schlug sie die Hände vors Gesicht und schluchzte: »Oh, Göttin, warum tust du uns das an?«

Endlose Augenblicke verstrichen. Augenblicke, da Lya-Numi nur das Tosen des Sogs und die grauenhaften Geräusche hörte, die von der anderen Seite des Tors in die Höhle drangen.

Und plötzlich war es vorbei!

Ein greller Blitz erhellte die Höhle, gefolgt von einem krachenden Donner, der unzählige Tropfsteingebilde von der Decke riss. Lya-Numi schloss geblendet die Augen und hoffte inständig, von keinem der Trümmer getroffen zu werden. Erst als das Krachen und Bersten verklungen und nur noch ein schwaches Echo zu hören war, wagte sie es, die Augen wieder zu öffnen, und sah – nichts. In der Höhle war es stockdunkel. Die grüne Lichtsäule und das Tor in der Höhlendecke waren verschwunden – und von Naemy fehlte jede Spur.

»Naemy?« Die Elfenpriesterin sandte einen verzweifelten Gedankenruf durch die Höhle. Niemand antwortete. Dennoch gab sie nicht auf. Naemy musste einfach noch hier sein. Verbissen klammerte sich Lya-Numi an die Hoffnung, dass ihre Freundin vielleicht bewusstlos irgendwo lag und tastete die Höhle mit ihren Elfensinnen nach einem Lebenszeichen von ihr ab – vergeblich!

Obwohl sie es noch immer nicht wahrhaben wollte, sickerte die schreckliche Gewissheit langsam in Lya-Numis Gedanken und die Trauer legte sich wie ein eiserner Ring um ihr Herz. Naemy war fort. Lya-Numi weigerte sich, sie als tot anzusehen, denn das hätte sie nicht ertragen. Aber ob fort oder tot, die Elfenpriesterin wusste, dass sie ihre Freundin und Vertraute niemals wieder sehen würde. Das Tor war verschlossen. Aber bei der Göttin, um welchen Preis!

Mit angehaltenem Atem wartete Sheehan auf das tödliche Zischen, mit dem der Feueratem des Dämons die Druiden vernichtete. In unerträglicher Deutlichkeit hörte er die Geräusche der brennenden Stadt und das Stöhnen der Verwundeten, doch plötzlich mischten sich in das Knistern der Flammen andere Laute. Schreie! So laut und drohend, wie Sheehan sie noch nie von einem Lebewesen gehörte hatte. Zunächst glaubte er, seine gemarterten Sinne spielten ihm einen Streich, doch die Schreie wurden lauter und schwollen an zu einem mächtigen Chor. Er hob den Kopf und blickte nach Westen. Vor dem Hintergrund der funkelnden Sterne entdeckte er eine wogende schwarze Masse, die sich rasch näherte und geradewegs auf den Feuerdämon zuhielt.

Riesenalpe!

Sheehan starrte ungläubig auf die riesigen Vögel. In der Dunkelheit war es unmöglich, ihre Zahl zu schätzen, doch es waren viele, sehr viele. Zu viele. Das konnte nicht wahr sein! Das war einfach nicht möglich! Sheehans Gedanken überschlugen sich. Es gab doch nur …

Weiter kam er nicht, denn auch der Dämon hatte die Riesenalpe bemerkt. Mit einem ohrenbetäubenden Schrei schleuderte er den neuen Gegnern eine glutheiße Stichflamme entgegen und fuhr herum. Das Feuer, das eigentlich für die Druiden bestimmt war, verrauchte, ohne Schaden anzurichten, denn die Riesenalpe waren noch zu weit entfernt.

Der Feuerdämon war außer sich. Er beachtete weder die Druiden noch die Cha-Gurrline, die die Riesenalpe inzwischen auch entdeckt hatten und aufgeregt durcheinander riefen. So hasserfüllt, als träte er einem uralten Feind entgegen, stampfte Syhfandil brüllend und Feuer speiend über die Ebene, den riesigen Vögeln entgegen. Die Cha-Gurrline sahen ihn kommen und rannten voller Entsetzen auseinander.

Sheehan schöpfte neue Hoffnung. Eilig trat er an die Mauerkrone und beobachtete atemlos das Geschehen. Überall dort, wo die Zinnen noch nicht zerstört waren, sah er Menschen, die angelaufen kamen, um dem Kampf der Riesenalpe gegen den Feuerdämon beizuwohnen, doch er beachtete sie nicht.

Die Riesenalpe hatten den Dämon erreicht und umkreisten ihn in einem weiten Bogen. Außerhalb der Reichweite seines Feueratems zogen sie ihre Kreise und diejenigen, die sich hinter ihm befanden, flogen gewagte Scheinangriffe, die ihn zwar nicht verletzten, aber zur Raserei brachten. Während er sich hastig hierhin und dorthin wandte, versuchte er die riesigen Vögel mit seinen feurigen Händen zu packen, doch sie wichen ihm immer wieder geschickt aus. Die missglückten Versuche und das triumphierende Kreischen seiner Gegner trieben den Feuerdämon zur Weißglut. Seine Bewegungen wurden immer schneller und so fahrig, dass er zweimal nur mit Mühe einen Sturz verhindern konnte.

Und die Riesenalpe kreisten weiter. Ihr Kreischen verhöhnte den Dämon, der ihnen immer wieder seinen Feueratem entgegenblies, ohne sie zu treffen. Sheehan wusste nicht, welchen Plan die Vögel verfolgten, doch es sah fast so aus, als versuchten sie, den Dämon zu Fall zu bringen. Die vielen Menschen, die sich inzwischen auf den Zinnen versammelt hatten, schrien und feuerten die mutigen Vögel an. Jedes Mal, wenn einer der Vögel einen besonders gewagten Angriff flog, jubelte die Menge.

Als der Glutatem des Dämons plötzlich einen Riesenalp traf, schlug der Jubel in blankes Entsetzen um. Ein greller Blitz erhellte die Nacht, das Gefieder des Vogels flammte in einem gewaltigen Feuerball auf und er stürzte wie eine riesige brennende Fackel zu Boden.

Der Erfolg spornte Syhfandil an und er verstärkte seine Attacken gegen die Vögel. Doch der Tod ihres Artgenossen entmutigte sie nicht. Ganz im Gegenteil. Mit wilder Entschlossenheit verstärkten auch sie ihre Angriffe.

Hin und her wogte der Kampf und es war kaum zu erkennen, was dort draußen wirklich geschah. Zweimal erhellten Blitze die Nacht und Riesenalpe stürzten brennend zu Boden. Die Schreie des Dämons mischten sich mit dem wütenden Kreischen der Vögel und dem Rufen der Menschen und über allem lag der durchdringende Geruch von verbranntem Fleisch, der von den schwelenden Kadavern am Boden aufstieg. Sheehan fragte sich besorgt, wie lange die Vögel dem kräftezehrenden Kampf wohl noch gewachsen wären, denn einige von ihnen wurden bereits langsamer.

Schon stürzte ein vierter Riesenalp brennend zu Boden, während die Energie des Feuerdämons unerschöpflich zu sein schien. Sheehan seufzte traurig. Mit jedem getöteten Vogel schwand seine Hoffnung. Auch wenn es zunächst so ausgesehen hatte – selbst der mutige Einsatz der Tiere würde Nimrod nicht retten.

Plötzlich schrie die Menge auf. Ein einzelner Vogel hatte sich von der Gruppe gelöst, schwang sich mit kräftigen Flügelschlägen in die Nacht hinaus, flog einen weiten Bogen und raste dann wie ein Pfeil auf den Dämon zu. Sheehan hielt den Atem an, als er begriff, was da geschah. Im selben Augenblick prallte der Vogel wie ein Geschoss gegen den Rücken des Dämons und brachte diesen aus dem Gleichgewicht, während er selbst in einem kurzen gleißenden Blitz zu Asche zerfiel.

Diesmal ertönten weder Jubel- noch Schreckensrufe. Alle, die den Kampf beobachteten, hielten den Atem an, als Syhfandil mit rudernden Armen einen Sturz zu verhindern suchte. Wild um sich schlagend bemühte er sich um sein Gleichgewicht, doch diesmal gelang es ihm nicht. Mit einer Erschütterung, die die Festungsmauern zum Erzittern brachte, krachte er zu Boden, wo er für die Dauer weniger Herzschläge liegen blieb.

Auf diesen Augenblick hatten die Riesenalpe gewartet. Aus ihrer Mitte löste sich wieder ein einzelner Vogel, auf dessen Rücken – Sheehan traute seinen Augen nicht – ein Reiter saß. Tabor?

Noch bevor der Dämon sich erheben konnte, war der Vogel in sicherer Höhe über ihm und der Reiter schüttete ein dunkles Pulver, das er in einem Beutel bei sich führte, über dessen feurigem Körper aus. Als es Syhfandil berührte, wurde aus seinem wütenden Brüllen ein entsetztes Kreischen. Unter furchtbaren Qualen wand er sich am Boden, während die Flammen, die seinen Körper bildeten, immer kleiner wurden. Weißer Rauch stieg auf und die Schreie wurden schwächer, bis von dem gewaltigen Dämon nur noch ein zuckender Haufen übrig blieb, dessen letzte orangefarbene Flämmchen unter hilflosem Quieken verdampften.

Es war vorbei!

Auf den Zinnen brach begeisterter Jubel aus. Die Menschen umarmten sich und in ihren Augen glomm neue Hoffnung auf. Viele klopften Sheehan anerkennend auf die Schulter, doch der Elf wusste, dass man zwar einen wichtigen Sieg errungen, nicht aber den Krieg gewonnen hatte.

Er hörte ein leises Stöhnen und fuhr herum. Enron!

Augenblicklich kniete der Elf neben dem tot geglaubten Freund nieder. »Enron!«, flüsterte er überrascht und half dem Hauptmann, sich aufzusetzen. »Bei der Göttin, du lebst.«

»Was ... war das? Was ... ist geschehen?«, keuchte Enron mit schmerzhaft zusammengezogenen Brauen und einem schweiß- und blutverkrusteten Gesicht. Mit einer Hand wischte er sich benommen die Haare aus der Stirn. Die Bewegung gab den Blick frei auf eine klaffende Platzwunde am Haaransatz. »Enron!« Sheehan hob die Hand, um die Verletzung genauer zu untersuchen. »Bei den Toren, das sieht nicht gut aus.«

Der Befehlshaber der Stadtwache blickte auf. Ein Auge war blau angelaufen und so geschwollen, dass es sich fast geschlossen hatte. Abwesend fuhr er sich mit dem Ärmel über das Gesicht und winkte ab. »Nichts Schlimmes«, murmelte er. »Nichts Schlimmes. Nur ein paar Kratzer.«

Er wollte aufstehen, fuhr aber vor Schmerz zusammen. Mit Sheehans Hilfe kam er schließlich auf die Beine und stützte sich gegen eine Wand. »Was ist geschehen?«, fragte er noch einmal und blickte sich verwirrt um. »Wo sind die Cha-Gurrline … der Dämon … wo …?«

»Ganz ruhig, mein Freund«, beschwichtigte ihn Sheehan. »Für heute ist die Gefahr gebannt. Ich bringe dich zu den Heilerinnen, damit deine Wunden versorgt werden. Dann erzähle ich dir alles.« Er warf einen prüfenden Blick über die Ebene und was er sah, bestätigte seine Vermutung: Der Sonnenaufgang war nahe und mit einem Angriff der Cha-Gurrline, die sich nach dem schrecklichen Ende des Feuerdämons auf die Hügel zurückgezogen hatten, war nicht mehr zu rechnen. Doch den Verteidigern war nur eine kurze Atempause vergönnt. Sheehan wusste, dass die Cha-Gurrline am Abend wiederkommen würden. Dann würde sich das Schicksal Nimrods endgültig entscheiden.

 Der Morgen über Thale zog an einem Himmel herauf, der düster und grau war von dem Nebel, der sich vor Sonnenaufgang über die Ebene gelegt hatte. Der verbrannte und zerfurchte Boden rings um die Festungsstadt war schwarz und dampfte im Licht der Dämmerung. Nichts regte sich in der leeren, öden Landschaft.

Sheehan stand auf der Festungsmauer, spähte hinaus ins Dunkel und wartete auf Tabor. Der junge Elf war nach dem Sieg über den Feuerdämon in Nimrod stürmisch empfangen worden, doch Sheehan hatte sofort bemerkt, dass ihn etwas bedrückte. Tatsächlich hatte sich Tabor, nachdem er einige freundliche Worte an die Verteidiger der Festungsstadt gerichtet hatte, sofort zurückgezogen. Ein Verhalten, das viele enttäuschte, zumal auch die Riesenalpe auf geheimnisvolle Weise wieder verschwunden waren. Die Menschen in Nimrod konnten das nicht verstehen, da sie auf die Unterstützung der Vögel gehofft hatten.

Sowohl Tabors rätselhaftes Verhalten als auch die Tatsche, dass die Riesenalpe einfach wieder abgeflogen waren, warf viele Fragen auf. Doch der Einzige, der sie vielleicht hätte beantworten können, lag völlig erschöpft und bedrückt in seinem Schlafgemach und antwortete nicht einmal auf die höfliche Frage des Abners nach seinem Befinden.

Auch Sheehan hatte nur eine kurze Gedankennachricht von Tabor erhalten. »Warte bei Sonnenaufgang auf den Zinnen«, hatte Tabor ihn gebeten – und Sheehan wartete.

Die Sonne ging auf und es wurde heller. Der Nebel lichtete sich und am Himmel zog ein einsamer Falke seine Kreise. Kein einziges Geräusch drang aus dem Lager der Cha-Gurrline, das sich irgendwo in den Wäldern am Rande der Ebene befand, zu ihm herauf, doch Sheehan machte sich nichts vor. Es war undenkbar, dass die Feinde einfach abgerückt waren.

»Sie sind da draußen!« Enron trat humpelnd neben Sheehan. In seinem Gesicht spiegelten sich Misstrauen und Besorgnis.

Sheehan nickte. »Aber was haben sie vor?«

»Wenn die Sonne untergeht, werden wir es wissen!« Fröstelnd zog Enron den dunklen Umhang fester um den Körper, um sich vor der morgendlichen Kühle zu schützen, und legte die Hand zum Schutz gegen die Sonne über die Augen. »Es ist so still«, sagte er und spähte über die Ebene. »Zu still!« Hinter Enron bewegte sich etwas. Es war Tabor. Verstohlen blickte Sheehan zu ihm hinüber. Der junge Elf starrte ins Leere. Seine Schritte wirkten müde und kraftlos, als er auf Sheehan zukam, und auf der Stirn zeigten sich tiefe Falten. Enron sah ihn kommen und räusperte sich verlegen. »Nun, dann … dann werde ich gehen. Die … die Heilerinnen sehen es gar nicht gern, wenn ich so viel herumlaufe.« Er verabschiedete sich mit einem Kopfnicken von Sheehan und humpelte zur Treppe.

Schweigend stellte sich Tabor zu Sheehan an die Mauerbrüstung und blickte über die Ebene. Der Elfenkrieger folgte seinem Blick. Die letzten Nebelfetzen schwebten in der Luft wie ein Schleier, der von einer unsichtbaren Macht bewegt wird. »Was ist?«, fragte Sheehan leise.

Tabor schüttelte den Kopf und Sheehan spürte, dass er noch nicht bereit war zum Sprechen. Sein Blick war so unendlich traurig, dass Sheehan es kaum ertragen konnte, ihn leiden zu sehen. Dennoch wartete er geduldig, bis Tabor von sich aus das Wort an ihn richtete. Für viele Augenblicke blieb der einsame Schrei des Falken das einzige Geräusch in der morgendlichen Stille.

»Naemy ist tot!« Diese drei Worte erklärten alles. Tabors Stimme klang dünn und brüchig und die Worte verwehten wie die Nebelschleier, doch sie verfehlten ihre Wirkung nicht. »Tot?« Fassungslos starrte Sheehan seinen Freund und Gefährten an. »Aber wie …?

»Ich weiß es nicht!« Tabor schüttelte verzweifelt den Kopf. »Es geschah, als ich mit den Riesenalpen gegen den Feuerdämon kämpfte. Ich hörte, wie sie nach mir rief, aber ich war so in den Kampf verwickelt, dass … dass … Bei der Göttin, ich konnte doch nicht wissen, dass sie … dass sie … « Er brach ab und schlug die Hände vor das Gesicht. Sheehan spürte, wie er um seine Fassung rang, und bedrängte ihn nicht.

»Ihre Stimme war so schwach«, fuhr Tabor schließlich fort. »So dünn und schwach. Ich wollte ihr antworten. Später, wenn der Kampf vorbei wäre, wollte ich ihr antworten. Aber der Dämon beanspruchte meine ganze Aufmerksamkeit. Ich … ich habe nicht gespürt, wie sie … Erst nach dem Kampf … Bei der Göttin … Aber da war sie schon tot.« Er schluchzte nicht, doch Sheehan sah die Tränen, die ihm über die Wangen liefen, und legte ihm tröstend den Arm um die Schultern. »Ich fühle mit dir, Bruder«, sagte er leise. Er wusste, dass es keine Worte gab, die Tabors Schmerz lindern konnten. Nicht nur die Elfenkinder, auch Sheehan hatte bei dem Angriff auf Caira-Dan seine ganze Familie verloren. Hastig verdrängte er die Bilder seiner jungen Frau, seiner Eltern und Geschwister, deren Andenken er tief in seinem Herzen verschlossen hatte. Er würde erst trauern, wenn der Feind besiegt, aus Thale vertrieben und sein Verlangen nach Gerechtigkeit gestillt war.

So standen die beiden Elfenkrieger noch lange Seite an Seite und suchten nach Antworten, die es nicht gab, während das Sonnenlicht die langen Schatten der Valdorberge verzehrte und ein neuer Tag begann.

Ein leises Rascheln riss Lya-Numi aus ihrem unruhigen Schlaf.

Nach Naemys Verschwinden hatte sie noch eine ganze Weile in der Dunkelheit gesessen und wie betäubt in die Finsternis gestarrt. Immer wieder durchlebte sie dabei in Gedanken den schrecklichen Moment, als Naemy von dem ungeheuren Sog in das Tor hineingerissen wurde, und das grausame Schicksal ihrer Freundin lähmte sie. Irgendwann hatten die Anstrengungen und der hohe Blutverlust ihren Tribut gefordert und sie war in einen ohnmächtigen Dämmerzustand gefallen, in dem die letzten Worte der Elfenkriegerin immer wieder durch ihre wirren Träume hallten: *»Sag Tabor, dass ich ihn liebe und sehr stolz auf ihn … «*

Wieder raschelte etwas und jemand stöhnte leise. Lya-Numi lauschte. Vermutlich war es Kiany, die sich in der Dunkelheit regte, doch es konnte auch Asco-Bahrran sein und die Elfenpriesterin hielt es für sicherer, erste einmal still abzuwarten.

»*Cheladeon!*« Beim Klang der krächzenden Stimme, die sich aus den Schatten erhob, zuckte Lya-Numi erschrocken zusammen. Asco-Bahrran lebte!

Schon flammte eine magische Leuchtkugel an der Stelle auf, wo der Zusammenprall mit Naemy den Magier hingeschleudert hatte, und Lya-Numi sah, wie er sich schwerfällig erhob. Sofort duckte sie sich, presste sich dicht an den Boden und zog sich mit den Händen langsam in den Schatten eines großen Felsens zurück. Die wenigen Längen forderten ihrem erschöpften Körper viel Kraft ab und als sie den Schatten erreichte, blieb sie atemlos am Boden liegen. Ihr war schwindlig, die Glieder zitterten und vor ihren Augen tanzten bunte Sterne.

»Zeig dich, elende Elfe!«, hörte sie Asco-Bahrran rufen. »Ich weiß, dass du dich versteckst.« Er hustete und keuchte. Lya-Numi hörte schleppende Schritte und erkannte an den wandernden Schatten, dass sich auch die Leuchtkugel bewegte. »Ich fühle deine Aura!« Die Stimme des Magiers gewann an Stärke. »Du bist schwach und verletzt. Diesmal entkommst du mir nicht und, bei den Toren, dann wirst du für alles bezahlen.« Die Geräusche verrieten Lya-Numi, dass sich der Magier langsam näherte. Offensichtlich wusste er nicht nur, wie es um sie stand, sondern auch ganz genau, wo sie sich versteckte. Ihr Herz hämmerte wie wild. »Flieh!«, raunte ihr eine leise Stimme zu. »Du musst fliehen!«

Aber an Flucht war nicht zu denken. Das Pentagramm, mit dem sie wieder in ihre Hütte hätte gelangen können, befand sich unerreichbar an einer anderen Stelle der Höhle. Mit dem gebrochenen Bein konnte sie sich unmöglich fortbewegen. In ihrer Verzweiflung hob sie die Hand und vollführte jene magische Geste, die sie für die Augen anderer unsichtbar machte, doch nichts geschah. Sie war zu schwach, um den Elfenzauber zu wirken!

»Du entkommst mir nicht!« Asco-Bahrran war jetzt ganz nahe. Sein Zorn und Hass richteten sich allein gegen sie, die seinen Versuch vereitelt hatte, das Tor zu öffnen. Der Schatten des Felsens schmolz zusammen, als sich die Leuchtkugel ihrem Versteck näherte, und sie presste sich verzweifelt an den harten Stein. Sie wusste, dass sie Asco-Bahrran nichts entgegenzusetzen hatte. Es grenzte schon an ein Wunder, dass sie überhaupt noch lebte. Mit jeder Bewegung sickerte weiteres Blut aus ihrem verletzten Bein und sie fühlte sich so schwach, dass sie sich selbst im Sitzen kaum aufrecht halten konnte.

Plötzlich war die Kugel ganz nahe und sie blinzelte verwirrt in das grelle Licht.

»Es ist vorbei, Elfe!« Ein Schatten schob sich vor die Kugel und sie erkannte die Gestalt Asco-Bahrrans. Wie ein Dämon ragte er vor ihr auf und die rot glühenden Augen ruhten mit tödlicher Gelassenheit auf ihr.

»Du hast es gewagt, dich mir in den Weg zu stellen, du Nichtswürdige!«, fauchte er. »Du hast das Tor geschlossen und dafür wirst du bezahlen.«

Ein roter Blitz traf Lya-Numis Bein. Der Schmerz raubte ihr fast das Bewusstsein und sie schrie gepeinigt auf.

»Diesmal hast du zwar einen Sieg errungen, doch sosehr ihr euch auch wehrt und windet, die Schlacht werdet ihr verlieren. Die Festungsstadt steht kurz vor dem Fall. Bald werden meine Krieger zum letzten Sturm ansetzen und Nimrod wird im eigenen Blut ertrinken.« Er lachte teuflisch und ein weiterer Blitz traf Lya-Numis Bein. »Als Eroberer Thales wird es ein Leichtes für mich sein, ein Tor zu öffnen und dem wahren Herrscher des Landes die Rückkehr zu ermöglichen.«

»Die Gütige Göttin ist die wahre Herrscherin von Thale«, presste Lya-Numi hervor.

»So! Ist sie das?«, höhnte Asco-Bahrran. »Wo war sie denn, als ich dein Volk vernichtete? Wo, als ich das Grasland überrannte? Was tut sie, um Nimrod zu schützen?« Sein Lachen dröhnte durch die Höhle. »Deine Göttin ist schwach. Einer Macht wie der meinen hat sie nichts entgegenzusetzen. Thale ist mein!« Plötzlich wurde seine Stimme ganz leise. »Aber das braucht dich nicht zu kümmern, Elfe, denn du wirst das alles nicht mehr erleben.«

Wieder zuckten Blitze aus seinen Fingern und schlugen in Lya-Numis Körper ein. Die Elfenpriesterin sank zur Seite und wand sich stöhnend am Boden. Mit zusammengebissenen Zähnen ertrug sie die Blitzeinschläge, die ihren Körper trafen, entschlossen, Asco-Bahrran nicht noch einmal Genugtuung zu verschaffen, indem sie schrie. Tapfer versuchte sie, den Schmerz zu verdrängen, doch die Energie der Blitze nahm beständig zu und sie wusste, dass sie nicht mehr lange standhalten würde. Sie hörte Asco-Bahrran lachen und fühlte, wie ihre Kräfte schwanden. Der Schmerz hatte die Grenze des Erträglichen längst überschritten und Lya-Numi spürte, wie ihre Lippen unter der enormen Anstrengung aufplatzten und bluteten.

Plötzlich sah sie vor sich etwas glitzern. Nur eine Armeslänge von ihr entfernt ragte etwas Funkelndes unter den Trümmern zerschmetterter Tropfsteingebilde hervor. Etwas Metallenes. Das konnte nur …

»Dies ist dein Ende!«, hörte sie Asco-Bahrran triumphierend ausrufen, wandte den Kopf und sah, wie der Magier die Arme hob, um sie mit einem letzten gewaltigen Blitz zu vernichten. »Niemand stellt sich mir in den Weg!«, rief er und die Elfenpriesterin fühlte, wie sich die Magie um ihn zusammenballte. »Die Macht ist mein!«, brüllte er. Wahnsinn schwang in seiner Stimme mit. Lya-Numi wusste, dass ihr nur noch wenige Augenblick blieben. Die Verzweiflung verlieh ihr ungeahnte Kräfte. Ihre Hand schob sich vor und griff nach dem glitzernden Metall – der Asaak!

»Und jetzt … « Asco-Bahrran ergötzte sich an den Todesängsten der Elfe und kostete jeden Augenblick aus. Lya-Numis Hand schloss sich um den Griff des Elfendolches. »… stirb!« Ein greller Blitz schoss aus Asco-Bahrrans Händen, doch Lya-Numi war schneller. Mit einer jähen Bewegung schleuderte sie dem Magier den Asaak entgegen und rollte zur Seite. Der tödliche Blitz verfehlte sie um Haaresbreite und schlug in den Boden ein, wo er ein dampfendes Loch hinterließ.

Am Rande der Bewusstlosigkeit erwartete Lya-Numi den Einschlag eines weiteren Blitzes, wohl wissend, dass sie weder die Kraft noch den Raum für ein erneutes Ausweichmanöver hatte. Aber der Blitz blieb aus. Als das Echo des letzten Einschlags verhallte, breitete sich eine lastende Stille in der Höhle aus.

Lya-Numi wandte den Kopf und blickte zu Asco-Bahrran auf. Der Magier stand noch immer vor ihr, hoch aufgerichtet und bedrohlich. Doch das rote Leuchten unter der weiten Kapuze hatte an Kraft verloren und flackerte. Seine Hände umklammerten den Asaak, der sich in Brusthöhe durch sein Gewand gebohrt hatte, und Lya-Numi entdeckte helle Rauchwölkchen an der Stelle, wo der Dolch in den Körper eingedrungen war. Kein Laut drang aus den

Nebeln unter der weiten Kapuze, doch die Elfenpriesterin fühlte die höllischen Qualen des Magiers.

Unaufhaltsam entzog ihm der Asaak die Magie, die ihn all die Sommer über am Leben gehalten hatte, und machte ihn zu dem, was er längst hätte sein müssen: zu Staub!

Lya-Numi sah, wie die Hände zerfielen und als trockenes Pulver zu Boden rieselten, dann erschlafften auch die Ärmel des roten Umhangs. Das Licht der magischen Kugel flackerte. Die rot glühenden Augen erloschen und im verblassenden Schein der Leuchtkugel sah Lya-Numi, wie das rote Gewand zu Boden glitt.

Asco-Bahrran war tot.

Es war kurz nach Sonnenuntergang, als Tabor und Sheehan gemeinsam auf der Mauerbrüstung standen. Während Tabor nach anfänglichem Zögern den Nachmittag damit verbracht hatte, dem Abner und dem Rat Bericht zu erstatten, hatte Sheehan die Zeit genutzt, um gemeinsam mit Enron die Verteidigung gegen den zu erwartenden Angriff zu planen.

Bei Sonnenuntergang war alles bereit.

Bereit? Sheehan warf einen prüfenden Blick auf die Reihen der Verteidiger und seufzte. Sie waren inzwischen nur noch so wenige, dass es auf den Zinnen keine geschlossene Reihe mehr gab. Wo er auch hinsah, klafften große Lücken und es war nur eine Frage der Zeit, bis sich die Angreifer diese Schwäche zunutze machen würden. Wie lange mochten sie dem Ansturm diesmal wohl standhalten? Sheehan seufzte erneut, schob die bitteren Gedanken beiseite und wandte sich an Tabor. »Eine Unterstützung durch die Riesenalpe wäre für uns von unschätzbarem Wert gewesen«, sagte er und deutete auf die ausgedünnten Reihen.

»Sie verfolgen ihre eigenen Ziele«, erwiderte Tabor, dem der unterschwellige Vorwurf, die Riesenalpe nicht aufgehalten zu haben, nicht entging. Der Abner hatte sich am Nachmittag ähnlich geäußert, doch auch ihm hatte Tabor nur erklären können, dass er nichts über die Beweggründe der Riesenalpe wusste. Er hatte keine Ahnung, was die Vögel dazu bewog, ihm im Kampf gegen den Feuerdämon beizustehen, und konnte sich auch nicht erklären, warum sie nach dem Sieg einfach davongeflogen waren.

Das einzig Greifbare, was er von seinem Flug über das Ylmazur-Gebirge besaß, waren ein spärlicher Rest des Pulvers aus Riesenalp-krallen und die unklaren Worte einer uralten Legende. Wenn er jetzt daran zurückdachte, konnte er es immer noch nicht fassen, dass Denkivahr ihm kurz vor der Abreise nicht die erbetenen Riesenalpkrallen, sondern einen großen Beutel mit fertigem Krallenpulver überreicht hatte. Schon damals hatte er den Eindruck gehabt, dass die Riesenalpe auf seinen Besuch besser vorbereitet waren, als sie zugeben wollten. Doch auf seine drängenden Fragen hatte er nur ausweichende Antworten erhalten.

»Sie kommen!« Mit grimmiger Miene deutete Enron auf die Hügel am Rande der Ebene, auf deren Kuppen sich soeben die ersten dunklen Schatten der Cha-Gurrlinen-Krieger zeigten. Immer mehr gesellten sich zu ihnen, bis sich eine lange düstere Linie gebildet hatte. Die Rüstungen und Waffen der Krieger blitzen im Mondlicht, während sie auf das Zeichen zum Angriff warteten.

Nichts regte sich. Selbst der Wind hatte sich völlig gelegt, während sich Angreifer und Verteidiger in der lastenden Stille reglos gegenüberstanden.

Ein dunkles Hornsignal brach schließlich den Bann. Wie eine gewaltige, alles vernichtende schwarze Woge tosten die Cha-Gurrlinen-Krieger brüllend auf die Festungsstadt zu. Anders als bei früheren Angriffen gab es diesmal keine erkennbare Ordnung. Die Krieger schienen zu wissen, wie schlecht es um die Verteidiger stand, und stürmten auf die Mauern ein, als reiche allein die Wucht des Angriffes aus, um den letzten Widerstand zu brechen. Schon flogen wieder unzählige Greifhaken über die Mauerkrone und ehe sich die Verteidiger versahen, waren sie in verzweifelte, meist aussichtslose Zweikämpfe verwickelt.

Als die schwarze Flut der Krieger über die Ebene brandete, erhob sich die Gütige Göttin und schritt hinaus in die Gärten des Lebens. Bis zuletzt hatte sie gehofft, dass der Tod Asco-Bahrrans den Kampfgeist der Cha-Gurrline brechen würde, doch entweder wussten die Krieger nicht, dass der Meistermagier nicht mehr lebte, oder die Hoffnung auf einen schnellen Sieg über die verhassten Menschen beflügelte ihre Kampfbereitschaft dermaßen, dass sie den Feldzug auch ohne Anführer zu beenden trachteten.

Auf der Stirn der Göttin bildete sich eine steile Falte. Welche Gründe der Angriff auch haben mochte, sie wollte nicht länger mit ansehen, wie Unschuldige ihr Leben verloren. Mit schnellen Schritten eilte sie über die zartgrünen Wiesen zu einem efeubewachsenen Brunnen, der sich inmitten eines kleinen Haselhains in einem abgelegenen Teil des Gartens befand. Nur selten suchte die Göttin den *Brunnen des Wiedersehens* auf und meist war es ein freudiger Anlass, der sie dorthin führte, doch diesmal war es anders.

Entschlossen trat sie vor den Brunnen, formte die Hände zu einer Schale und hob sie über den Brunnenschacht. *»Edine a sina ne elesia«*, sagte sie leise und aus ihren Händen floss silbernes Wasser in den Brunnen. Als es die Wasseroberfläche tief unten in dem Brunnenschacht berührte, erklang ein liebliches Summen aus der Tiefe. Das Summen schwoll an, stieg den Schacht hinauf und floss über die Brunnenränder. Liebkosend strich es durch die Zweige des Haselhains und verbreitete sich rasch in den Gärten des Lebens. Gleichzeitig sank das Wasser in dem Brunnen. Immer weiter zog es sich zurück und gab die silbern funkelnden Brunnenwände frei, bis der Schacht nur noch ein schimmernder Tunnel war, dessen Ausgang sich irgendwo in der Unendlichkeit verlor. Das Summen verstummte, doch durch die Gärten raunte bereits eine andere Melodie. Ein melodisches Klingen erfüllte die Luft. Zart und leise, kam es von allen Seiten des Gartens auf den Brunnen zu, wobei es langsam immer lauter wurde. Schon tanzten die ersten funkelnden Lichter, winzigen Leuchtkäfern gleich, über dem Brunnen und ihre Zahl wuchs. Bald waren es so viele, dass der ganze Haselhain in ihrem goldenen Licht erstrahlte und noch immer strömten weitere Lichter durch die Gärten auf den Brunnen zu.

Die Göttin wartete geduldig, bis sich auch der letzte Funke zu den anderen gesellt hatte, dann hob sie erneut die Hände und sang mit heller, wohlklingender Stimme das uralte Lied, das den Funken das Tor in die alte Heimat öffnete. Die winzigen Leuchtpunkte drängten sich über dem Brunnen so dicht aneinander, dass eine einzige golden schimmernde Wolke entstand. Als könne sie es nicht erwarten, dass sich das Tor endlich öffnete, wogte die Wolke unruhig hierhin und dorthin – und endlich glitt der erste Funke hinab.

Wie ein endloser feuriger Schweif folgten die Funken dem leichten Sog, der sie in die Tiefe des Brunnens hineinzog. Immer schneller schmolz die Wolke dahin und mit jedem Lichtpunkt, der verschwand, wurde auch das Klingen leiser. Am Ende stand die Gütige Göttin wieder allein vor dem Brunnen des Wiedersehens. Es war still. Ein zarter Windhauch trug ihr die lieblichen Düfte des Gartens zu, doch die Göttin beachtete sie nicht. Besorgt trat sie an den Brunnen und blicke über den Rand hinab. Sie wusste: Wenn ihr Plan fehlschlug, waren die zarten Seelen der Elfen, die hier in den Gärten des Lebens ihre letzte Heimstatt hatten, für immer verloren. Nie wieder würde ihr liebliches Klingen die Lüfte erfüllen und ihr Licht nie wieder den Hain erleuchten. Wenn sie sich länger als eine Nacht in der alten Heimat aufhielten, würde ihr Licht verblassen und sie könnten nicht mehr zurückkehren. Dann waren sie auf ewig dazu verdammt, als gestaltlose Wesen in der Welt der Lebenden umherzuirren. Dennoch. Es war ihr eigener Wunsch gewesen und die Göttin hatte zugestimmt. Das grausame Schicksal, das sie so früh in die ewigen Gärten des Lebens geführt hatte, sollte nicht ungesühnt bleiben.

Auf den Zinnen der Festungsstadt tobte ein erbitterter Kampf. Längst fand keiner der Verteidiger mehr die Zeit, die vielen Kletterseile zu durchtrennen, welche die Mauern von Nimrod wie gewaltige Spinnweben bedeckten. Mann gegen Mann fochten sie einen aussichtslosen Kampf gegen die erdrückende Übermacht der Cha-Gurrline und die Schreie, die durch die Nacht gellten, drangen nur allzu oft aus den Kehlen sterbender Verteidiger. Sheehan und Tabor standen Rücken an Rücken auf einem der breiten Wehrgänge und kämpften mit ihren Schwertern verbissen gegen fünf Cha-Gurrline, die sie eingekreist hatten und von allen Seiten attackierten. Sheehan blutete aus unzähligen Wunden. Sein Gewand war rot getränkt und er hinkte. Tabor erging es nicht viel besser. Nur seine Wut auf jene, die ihm das Liebste genommen hatten, hielt ihn noch auf den Beinen. Dennoch, mit jedem Tropfen Blut, der zu Boden fiel, schwanden die Kräfte der Elfenkrieger zusehends dahin und es würde nicht mehr lange dauern, bis einer von ihnen zu schwach war, um die wuchtigen Hiebe der schwarzen Krieger zu parieren.

Niemand bemerkte das liebliche Klingen von unbeschreiblicher Schönheit, das ein lauer Wind von den Sternen auf die Ebene hinabtrug. Als es stärker wurde und ganz Nimrod in seine Melodie einhüllte, verharrten zuerst die Heilerinnen, die auf dem Platz vor der Inneren Festung die Verwundeten versorgten, hoben den Blick und lauschten gebannt. Auch die vielen Menschen, die hinter den Mauern darauf warteten, durch die geheimen Stollen unter der Stadt in die Berge fliehen zu können, hielten inne und suchten den Himmel nach der Ursache für die wundersame Melodie ab. Und plötzlich erhob sich über dem Schlachtlärm und dem Klingen ein weiteres Geräusch. Erstaunte Rufe hallten durch die Straßen und wer immer sich im Freien befand, starrte zum Himmel empor.

Vor dem Hintergrund vieler tausend Sterne näherte sich eine funkelnde goldene Wolke, die aus brennendem Sternenstaub zu bestehen schien. Während sie langsam auf Nimrod zuschwebte, zog sie ihren feurigen Schweif viele hundert Längen über den

Nachthimmel wie ein gewaltiges Tier, dessen Schwanzspitze sich irgendwo in der Unendlichkeit verlor. Die seltsame Melodie wurde immer lauter. Sie war von solch überirdischer Schönheit, dass sie die Angreifer und Verteidiger zunehmend in ihren Bann schlug. Zunächst wurde auf den Zinnen und den Straßen hinter der Festungsmauer noch heftig gekämpft, doch dann erlagen auch die Cha-Gurrlinen-Krieger dem Zauber der Musik und der Kampfeslärm verstummte. Die Krieger senkten die Waffen und verharrten in andächtigem Schweigen.

Die Wolke schwebte jetzt über Nimrod und war den Zinnen so nahe, dass Sheehan schon die Hand ausstrecken wollte, um einen der goldenen Funken zu berühren. Fasziniert verfolgte er die anmutigen Bewegungen der Lichter, die wie ein riesiger Leuchtkäferschwarm in einem bezaubernden Tanz hin- und herwogten. Plötzlich sammelten sich die Funken über Nimrod und ballten sich zu einer gleißenden Sonne zusammen, deren Licht die Festungsstadt erhellte. Sheehan schloss geblendet die Augen und die Cha-Gurrline stießen erschrockene Rufe aus. In der lieblichen Melodie schwang jetzt ein neuer Ton mit. Das Klingen und Summen wurde lauter und entschlossener, klang erbost und zornig und entlud sich schließlich in einem gewaltigen Donnerschlag.

Die glühende Kugel explodierte und die Funken stoben mit rasender Geschwindigkeit in alle Richtungen. Wie eine riesige Blume, die ihre Knospe öffnet, erblühte am nächtlichen Himmel ein herrliches Gebilde aus feurigen Streifen und die vollkommene Schönheit entlockte den Zuschauern Ausrufe des Entzückens. Nichts – nicht einmal das Druidenfeuer, das am Ende des Festes zur Tagundnachtgleiche den Abendhimmel erhellte – war so prächtig anzusehen. Doch die Blume verblühte so schnell, wie sie entstanden war, und ein dünner Feuerring aus winzigen Funken umschloss nun die Festungsstadt. Die Melodie war verstummt und Menschen, Elfen und Cha-Gurrline erwachten aus ihrer Starre. Doch bevor sie den Kampf wieder aufnehmen konnten, geschah etwas, das sich unauslöschlich in die Erinnerung aller einbrannte, die es miterlebten.

Aus dem feurigen Ring lösten sich Lichtpunkte. Zielstrebig schossen sie auf die Cha-Gurrline zu und während sie flogen, veränderten sie sich. Die Funken wurden größer und durchsichtig, flossen wie Nebel auseinander und formten schließlich Gesichtszüge. Sheehan hielt fassungslos den Atem an.

Es waren Elfen! Nebelelfen!

Unzählige bekannte Gesichter tauchten plötzlich auf, schwebten an ihm vorbei und verschwanden wieder. Manche lächelten ihm kurz zu. Bei anderen glaubte er, eine leichte Berührung zu fühlen. Er erkannte seine Frau, seine Mutter und seine beiden jüngeren Brüder und spürte wie früher die Hand seines Vaters auf der Schulter. Die Berührung und das Lächeln waren so tröstlich und voller Wärme, dass ihm Tränen in die Augen traten. Hastig wischte er sie fort und beobachtete, was geschah.

Jedes seiner Familienmitglieder hatte sich einem der Cha-Gurrline zugewandt, die ihn und Tabor bedrängten. Als leuchtende Nebelgeister, die nur aus Kopf, Oberkörper und einem wogenden langen Schweif bestanden, umkreisten sie die schwarzen Krieger. Diese wichen knurrend zurück und versuchten vergeblich, sie mit ihren derben Pranken zu packen.

Plötzlich schienen die Elfen des Spiels überdrüssig geworden zu sein und schwebten langsam auf die Angreifer zu. Dabei wurden ihre Arme immer länger und sie umfassten die Cha-Gurrline wie in einer liebevollen Geste. Diese starrten die zarten Nebelgespinste verblüfft an und wollten sich befreien, doch die Elfengeister hielten sie fest und wichen nicht zurück. Im Gegenteil. Als wollten sie den Cha-Gurrlinen einen Kuss auf die borstigen Wangen hauchen, näherten sich ihre Münder den Gesichtern der Krieger. Grenzenlose Furcht spiegelte sich plötzlich in deren Augen. Doch es gab kein Entrinnen. Hunderte kalter Lippen berührten die schwarzen Krieger gleichzeitig zum Kuss auf die Stirn. Im selben Augenblick fuhr ein eisiger Wind heulend durch die Straßen der Festungsstadt, fegte über die Zinnen und die Mauern, um dann klagend über die Ebene zu streichen. Als der Wind nachließ, war alles Leben aus den Augen der Krieger gewichen. Wie große Puppen hingen sie in den Armen der Nebelgeister, dann gaben ihre Beine nach und sie sanken langsam zu Boden, wo sie reglos liegen blieben.

Wenige Herzschläge lang lag eine unheimliche Stille über dem Kampfgeschehen, doch dann brandeten Freudenschreie aus den Reihen der Verteidiger auf. Der Jubel pflanzte sich fort und die Nachricht vom Sieg verbreitete sich auf den Straßen der Festungsstadt, bis er auch die Innere Festung erreichte.

Dann sah man die ersten Lichter, die – nun wieder gestaltlos – zum Himmel hinaufschwebten, wo sie verharrten und auf ihre Brüder und Schwestern warteten. Mit ihnen hob auch das Klingen und Summen wieder an und die liebliche Melodie klang in den Ohren der Menschen wie ein Siegeslied. Kein einziger Cha-Gurrlin war mehr auf den Beinen, die unzähligen Kletterseile hingen nutzlos von der Festungsmauer herab und die Ebene war übersät von einer Vielzahl dunkler Schatten. Vor und hinter den Mauern lagen hunderte toter schwarzer Krieger, doch die Menschen nahmen sie gar nicht wahr, als sie siegestrunken durch die Straßen liefen.

»Das Elfenfeuer!« Sheehan zwang sich, den Blick von der leuchtenden Himmelserscheinung zu lösen, die langsam wieder die Form einer riesigen Wolke annahm, und wandte sich mit einer Frage an Tabor. Doch sein Freund hörte ihn nicht. Mit entrücktem Lächeln betrachtete er eine bezaubernde Elfe, die als nebelhafte Erscheinung vor ihm in der Luft schwebte.

»Sei nicht bekümmert!« Aus dem lieblichen, glockenhellen Klingen formten sich Worte in Tabors Gedanken. Wie dünne Schleier schwebten sie auf ihn zu und verwehten, sobald ihr Sinn sich ihm enthüllte.

»Ilumynhi«, flüsterte er voller Sehnsucht. »Wie kann ich dich nur erreichen?«

»Nicht erreichen …«, flüsterte es in seinen Gedanken »… es ist nicht an der Zeit … glücklich bin … deine Aufgabe ist hier … hier … du musst helfen … helfen … helfen … « Ilumynhis Stimme wurde immer schwächer.

»Helfen? Wem denn?« Tabor schluchzte. »Oh, Ilumynhi, verzeih mir, dass ich dich nicht beschützen konnte, dass ich nicht bei dir war ... «

»Verzeihen ... verzeihen ... ich liebe dich ... alles verzeihen ... verzeihen.« Plötzlich flimmerte die Nebelgestalt und Tabor hatte das Gefühl, als ob man sie rief. »Nicht erreichen ... «, mahnte sie noch einmal. »Helfen ... helfen ... «

»Aber meine Mutter ist tot!«, begehrte er auf. »Was soll ich noch unter den Lebenden, wenn mich alle verlassen haben, die ich liebe? Ich bin so schrecklich allein!«

»Deine Mutter ist nicht ... nicht ... « Die Nebelgestalt sank langsam in sich zusammen. »Hier nicht ... «, hörte Tabor sie wispern. »Nicht unter uns ... nicht hier ... wartet ... « Ihre Stimme wurde wieder zu dem melodischen Klingen und die Worte erreichten Tabor nur noch bruchstückhaft. »Geh nicht, Ilumynhi!«, flehte er, doch da war die Nebelgestalt schon wieder zu einem winzigen Funken geworden und strebte der leuchtenden Wolke entgegen. »... liebe dich«, hörte er sie ganz schwach, wie aus weiter Ferne rufen. »Nicht traurig sein ... helfen ... und warten ... «

Dann war sie fort.

»Ilumynhi!« Tabors Herz krampfte sich zusammen, als er ihren Namen in die Nacht hinausrief. Ihm wurde schwindlig und er tastete nach der Mauerbrüstung, weil er plötzlich das Gefühl hatte, die Beine gäben unter ihm nach.

»Du wirst sie wieder sehen – irgendwann.« Sheehan legte den Arm um Tabors Schultern und stützte ihn. »Sieh nur!« Er deutete zum Himmel hinauf, wo sich die funkelnde Wolke langsam entfernte und vor dem Hintergrund der leuchtenden Sterne verschwand. »Sie kehren zurück in die Ewigen Gärten des Lebens«, sagte Sheehan glücklich. »Ich hätte nie gedacht, dass ich einmal ein Elfenfeuer mit eigenen Augen sähe«, fuhr er fort. »Und *dieses* Elfenfeuer war etwas ganz Besonderes. Unsere Brüder und Schwestern sind nicht nur gekommen, um Vergeltung zu üben. Nein. Sie sind auch gekommen, um uns Trauernde zu trösten. So, wie es in der Legende beschrieben wird.« Er blickte seinem Freund tief in die Augen. »Sie wollten uns zeigen, dass es ihnen gut geht und wir nicht trauern sollen. Und dass wir uns irgendwann wieder sehen!«

»Du hast Recht!« Tabor griff nach Sheehans Arm und deutete auf die Mauern der zerstörten Festungsstadt. »Es wird lange dauern, bis die Wunden heilen, die dieser Wahnsinn geschlagen hat. Aber unser Blick muss nach vorn gerichtet sein.« Ein Lächeln huschte über sein Gesicht. Die Begegnung mit Ilumynhi hatte eine große Leere in seinem Herzen gefüllt. Er wusste nun, dass es ihr gut ging und dass sie ihm nicht böse war. Der einzige Schmerz, der ihm noch blieb, war die Ungewissheit, was mit Naemy geschehen war. So gern er Ilumynhis Worten geglaubt hätte – nämlich dass seine Mutter nicht tot sei –, so quälend verfolgte ihn nach wie vor die Frage, was wirklich mit ihr geschehen war.

»Kiany!«

Der sanfte Klang ihres Namens schwirrte wie ein irres Echo durch die roten Nebel, die sie einhüllten.

»Kiany!«

Die Stimme schien aus weiter Ferne zu kommen, dünn und schwach, aber es lag eine Wärme darin, die Kiany ermutigte, aus den Tiefen ihrer Seele aufzutauchen. Mühsam arbeitete sie sich aus den Träumen und Visionen heraus, deren schreckliche Bilder einfach nicht weichen wollten.

»Wie geht es dir, Kind? Bei der Göttin, ich dachte schon, ich hätte auch dich verloren.«

Die Stimme gehörte Lya-Numi, das wusste Kiany jetzt, dennoch antwortete sie nicht. Blinzelnd versuchte sie zu erwachen, doch das Grauen, das sie durchlitten hatte, hielt ihren Geist noch immer gefangen. Sie konnte nicht glauben, dass die Gefahr vorüber war.

»Kiany?« Die Elfenpriesterin neigte sich über sie. In der Hand hielt sie eine behelfsmäßige Fackel, die aus einem Stock und den brennenden Streifen ihres Gewandes bestand. Das Haar hing ihr wirr ins Gesicht und ihre grauen Augen blickten besorgt. »Komm zu dir, Kind. Es ist vorbei!«, sagte sie und strich Kiany sanft über die Wange.

Vorbei? Es dauerte eine Weile, bis Kiany die Bedeutung des Wortes erfasste. Vorbei? Erinnerungen tauchten auf, wirre Fetzen von Tod und Verderben. Da waren ein Magier mit einem Dolch, ein grünes Leuchten, Blut und Schreie ... So viele entsetzliche Schreie. »Wo ist Asco-Bahrran?«, fragte sie mit bebender Stimme.

»Er ist tot!« Lya-Numi lächelte. »Du braucht keine Angst mehr zu haben. Am Ende tötete ihn seine eigene Waffe.«

Tot? Kiany hätte erleichtert sein sollen, doch sie empfand nur Verwirrung. Ihr Kopf dröhnte und die Gedanken ließen sich einfach nicht ordnen. Was war geschehen? Wieso wusste sie nichts mehr? Plötzlich kehrte die Erinnerung an einen grellen Blitz zurück und mit ihm ein verschwommenes Bild von Naemy, die in der Höhlendecke verschwand.

Verschwand!

»Naemy?«, hauchte Kiany und spürte, wie die Elfenpriesterin zusammenzuckte.

»Sie ist fort!«

»Fort? Wann kommt sie wieder?«

»Das kann ich dir nicht sagen«, erwiderte Lya-Numi betrübt. »Vielleicht schon bald. Vielleicht nie!«

»Wo ist sie?«

»Auch das weiß ich nicht.« Lya-Numi schüttelte traurig den Kopf. »Sie hat das Dimensionentor geschlossen und sich damit den Rückweg abgeschnitten. Sie tat es, um Thale zu retten und ohne an ihr eigenes Schicksal zu denken.« Die Elfenpriesterin seufzte tief. »Wir alle haben ihr so viel zu verdanken.«

»Sie ist *hinter* dem Tor?« Was Lya-Numi berichtete, klang für Kiany so verrückt, dass sie es einfach nicht glauben konnte. »Was ist dahinter?«

»Nicht einmal wir Elfen wissen, wohin die Tore führen«, erwiderte Lya-Numi bedauernd. »Sie waren schon hier, als wir in dieses Land kamen. Vor langer Zeit kam durch sie großes Unheil über Thale. Deshalb haben wir Elfen die Tore verschlossen, wo immer wir sie fanden. Dieses Tor« – sie deutete auf die Obsidianplatte im Boden – »wurde zu einer Zeit entdeckt, als mein Volk hier das Sternenebulit abbaute. Es war besonders mächtig und gefährlich. So gefährlich, dass sich der Elfenkönig entschloss, das wertvolle Sternenebulit, das mein Volk zu dieser Zeit hier in den Höhlen gewann, der Sicherheit des Landes zu opfern und die Stollen zu fluten.« Sie stöhnte leise.

»Ihr blutet ja!« Erst jetzt bemerkte Kiany im schwachen Schein der Fackel, dass die Elfenpriesterin schwer verletzt war. Ihr Gewand war zerrissen und ein Bein dunkel von geronnenem Blut. Den ganzen Körper bedeckten zahllose Schnitt- und Schürfwunden und Kiany fragte sich, wie Lya-Numi die Schmerzen bloß aushielt. »Es ist nichts«, winkte Lya-Numi ab, doch Kiany spürte, dass sie log. Die Elfenpriesterin brauchte schnellstens Hilfe, sonst würde sie verbluten.

»Eure Wunden müssen dringend versorgt werden«, sagte Kiany und setzte sich auf. Ihr schwindelte, aber sie achtete nicht darauf. Auch wenn ihr Geist noch schwach war, körperlich war sie gesund. Sie musste Lya-Numi helfen. »Aber wie kommen wir von hier fort?« Plötzlich fiel ihr ein, dass sie die Höhle nur mithilfe von Asco-Bahrrans Magie hatte betreten können, und für einen Augenblick beschlich sie das beklemmende Gefühl, in der Falle zu sitzen.

Doch Lya-Numi wusste Rat. »Dort oben befindet sich ein Pentagramm, das ich vorsorglich in den Staub des Höhlenbodens gezeichnet habe«, erklärte sie mit matter Stimme und zeigte auf eine Stelle im Dunkeln. »Es ist die einzige Möglichkeit, um von hier wegzukommen.« Sie deutete auf die glatt gefegte Obsidianplatte. »Hier unten gibt es nichts, worein ich zeichnen könnte.«

»Könnt Ihr gehen?«, wollte Kiany wissen.

»Nein!« Lya-Numi schüttelte den Kopf. »Ich habe schon eine Ewigkeit gebraucht, um die wenigen Längen bis zu dir zurückzulegen.« Sie verzog das Gesicht. »Mein Bein ist gebrochen ...«

»Gut! Dann will ich Euch stützen!« Entschlossen stand Kiany auf. Ungeachtet ihrer eigenen Schwäche biss sie die Zähne zusammen, half Lya-Numi auf und führte sie langsam in die angegebene Richtung.

Die Fackel war schon fast erloschen, als die beiden endlich das

Pentagramm erreichten. Vorsichtig traten sie in den fünfzackigen Stern und Kiany blickte Lya-Numi an. »Was nun?«, fragte sie. »Wohin gehen wir?«

»Ich bin mir nicht sicher.« Lya-Numi seufzte. »Ich habe ein paarmal versucht, Sheehan mit der Gedankensprache in Nimrod zu erreichen, doch die Sphäre ist voll seltsamer Geräusche. Vermutlich hört er mich nicht.«

»Und?«

»Wenn ich nicht weiß, wie es um Nimrod steht, ist es zu gefährlich, dorthin zu reisen«, erklärte Lya-Numi. »Vielleicht wurde die Festungsstadt schon von den Cha-Gurrlinen erobert oder ...«

»Gibt es denn einen anderen Ort, wo man sich um Eure Verletzungen kümmern könnte?«, fragte Kiany.

»Nein!«

»Nun, dann haben wir keine andere Wahl«, erklärte Kiany. »Wenn Eure Wunden nicht bald versorgt werden, werdet Ihr sterben.« Wieder stöhnte Lya-Numi leise. Sie wusste, wie schlecht es um sie stand und dass Kiany Recht hatte. Dennoch zögerte sie, das Wagnis einzugehen.

»Lya-Numi, bitte!«, flehte Kiany, denn sie fürchtete, dass sie bald keine Kraft mehr hätte, um die Elfenpriesterin zu stützen.

»Gut!« Lya-Numi nickte schwach und ließ die Fackel sinken. Die Flamme erlosch und die beiden Frauen standen im Dunkeln. »Kennst du einen sicheren Bereich in der Festung?«, fragte sie Kiany. »Einen Raum, in dem es nach der Besetzung nicht sogleich von feindlichen Kriegern wimmeln würde.«

»Der Tempel der Priesterinnen vielleicht«, schlug Kiany vor. »Der große Gebetsraum ist karg und nur dürftig eingerichtet. Für Plünderer gibt es dort nichts zu holen.«

»Also schön. Dann musst du dir das Bild des Gebetsraumes ganz fest vor Augen rufen«, erklärte Lya-Numi. »Ganz fest, hörst du? Was auch geschieht, du darfst an nichts anderes denken. Nur dann können wir durch die Zwischenwelt dorthin gelangen.« Kiany nickte, aber dann fiel ihr ein, dass Lya-Numi sie nicht sehen konnte. »Ich verstehe«, sagte sie deshalb.

»Bist du bereit?« Kiany fühlte, wie Lya-Numi ihr die Hand auf das Haar legte, und zuckte zusammen. Doch die Berührung der Elfe hatte nichts Bedrohliches und sie beruhigte sich sogleich. »Ich bin bereit«, erklärte sie und rief sich das Bild des großen Gebetsraums vor Augen. Die Dunkelheit veränderte sich ein wenig und eine eisige Kälte griff nach ihr, doch sie klammerte sich an das Bild und spürte, wie sie langsam darauf zutrieb.

Wenige Augenblicke später war es vorbei. Es wurde hell. Als Erstes hörte Kiany den erschrockenen Schrei dreier Novizinnen, die von dem plötzlichen Erscheinen der beiden Frauen aus einem tiefen Gebet geschreckt wurden.

Ich habe es geschafft!, dachte Kiany und wollte den Novizinnen zurufen, dass Lya-Numi Hilfe brauche, doch plötzlich tanzten ihr bunte Sterne vor den Augen. Sie spürte, wie sie zur Seite sank, und streckte die Hand aus, um sich abzustützen – dann fühlte sie nichts mehr und die sanften Wogen des Schlafs trugen sie davon.

Alle, die nach Nimrod gekommen waren, um hinter den Festungsmauern Schutz zu suchen, kehrten nach Hause zurück.

Zuerst brachen die Grasländer auf. Die Nähe der Berge bedrückte sie und sie sehnten sich nach der endlosen Weite der heimatlichen Steppe.

Unmittelbar nachdem der Abner den Sieg über die Cha-Gurr-line und Asco-Bahrran verkündet hatte, verließen die ersten Wagen und Reiter die Festungsstadt und zogen nach Norden. Ihnen folgten die Bewohner der nördlichen Waldgebiete und die verbliebenen Krieger der Daraner Garnison. Die Truppe von fast zweihundert Mann zählte nicht einmal mehr die Hälfte derer, die Nimrod erreicht hatten, doch sie ritten wie Sieger mit grüßend erhobenen Schwertern an dem Abner, Sayen und der Priesterinnenmutter vorbei, die auf einer Empore in der Nähe des großen Tores standen und den Strom der Heimkehrenden an sich vorbeiziehen ließen.

Die Elfen hatten beschlossen, vorerst in Nimrod zu bleiben. Der Winter stand vor der Tür und Sheehan hielt es für besser, wenn die Kinder die kalte Jahreszeit bei den Priesterinnen der Gütigen Göttin hinter den schützenden Mauern des Tempels verbrachten. Er selbst wollte derweil die wenigen verstreut lebenden Nebelelfen aufsuchen, die nicht an den Gründungsfeierlichkeiten teilgenommen hatten, in der Hoffnung, Pflegefamilien für die verwaisten Elfenkinder zu finden.

Am frühen Morgen des dritten Sonnenlaufs nach dem Sieg über die Cha-Gurrline suchte Sheehan Enron bei den Heilerinnen auf, um sich zu verabschieden. Der Befehlshaber der Stadtwache hatte trotz seiner schweren Verletzungen auch an dem letzten Kampf teilgenommen und konnte von Glück sagen, dass er überhaupt noch am Leben war. Er hatte viel Blut verloren und war blass, doch dank guter Pflege würde er das Krankenlager schon bald verlassen können. Als Sheehan an sein Bett trat, war er gerade dabei, einen kleinen Riesenalp aus Holz zu schnitzen. Ein zweiter lag schon fertig daneben. »Ich sehe, es geht dir wieder gut«, begrüßte Sheehan seinen Freund und deutete auf die Holzfiguren.

»Ausgezeichnet, Elf!« Enron lachte.

»Für deine Söhne?«, fragte Sheehan.

»Ja!« Enron ließ den fertigen Riesenalp über die wollene Decke fliegen, die über seine Beine gebreitet lag. »Das ewige Herumliegen und Schonen halte ich einfach nicht aus.«

»Du hast es ja bald überstanden«, tröstete ihn Sheehan und klopfte ihm auf die Schulter. Dann wechselte er das Thema. »Ich werde für eine Weile fortgehen«, erklärte er, »und bin gekommen, um dir zu danken und Lebewohl zu sagen.«

Enron ergriff die Hand des Elfen und schüttelte den Kopf. »Nicht du hast mir – ich habe *dir* zu danken«, sagte er. »Ohne dich wäre ich nicht mehr am Leben.« Sheehan lächelte und legte die freie Hand zum traditionellen Gruß der Elfen auf die Brust. »*Inij koku na-siq-qusa min tag* – Wenn wir einander wieder begegnen, wird es ein guter Tag sein«, sagte er in der alten Sprache der Elfen. Auch Enron lächelte und drückte die Hand des Elfen. »Möge die Göttin dich auf deinen Wegen leiten und beschützen«, erwiderte er voller Herzlichkeit.

Als Sheehan die Hallen der Heilerinnen verließ, stieß er fast mit

466

Tabor zusammen. Der junge Elf wirkte noch immer bekümmert, doch die Begegnung mit Ilumynhi hatte ihm neue Kraft geschenkt und Sheehan sah ihm an, dass sein Lebensmut allmählich zurückkehrte. »Tabor!«, rief er überrascht aus. »Wie gut, dass ich dich hier treffe! Ich wollte gerade zu dir kommen, um mich von dir zu verabschieden.«

»Du willst also wirklich gehen?« Tabor, der dem Plan seines Freundes noch immer ziemlich skeptisch gegenüberstand, runzelte die Stirn.

»Ich werde es zumindest versuchen.« Sheehan nickte ernst. »Die Kinder können nicht immer hier bleiben. Sie sind Elfen und müssen auch von Elfen erzogen werden.«

»Dann wünsche ich dir viel Glück, mein Freund«, sagte Tabor und schloss Sheehan herzlich in die Arme. »Möge deine Suche erfolgreich sein.«

»Und ich wünsche dir, dass du bald Antworten auf alle deine Fragen findest.« Sheehan erwiderte die Umarmung.

Tabor löste die Arme von Sheehans Schultern und deutete zur Tür. In seinen Augen glomm ein kleiner Hoffnungsschimmer. »Ich wollte gerade hineingehen, um mit Lya-Numi zu sprechen. Sie ist soeben aus einem tiefen Heilschlaf erwacht und hat nach mir verlangt.« Er seufzte. »Kiany wird im Tempel von den Priesterinnen gesund gepflegt. Bei ihr war ich schon gestern Abend, doch sie kann mir leider nicht weiterhelfen, weil sie sich an nichts erinnert.«

»Dann will ich dich nicht länger aufhalten.« Sheehan lächelte zuversichtlich. »Ich bin sicher, dass alles gut wird. Wir sehen uns im Frühling.«

»Pass auf dich auf!«, mahnte Tabor.

»Und du auf dich.« Mit diesen Worten wandte sich Sheehan um und schritt davon.

Als Tabor wenig später an das Lager der Elfenpriesterin trat, bemerkte er, dass er nicht allein war. Auch der Abner, die Priesterinnenmutter und Sayen waren gekommen, um Lya-Numi ihre Aufwartung zu machen. Von den Mitgliedern des Rates fehlte nur Jukkon. Der junge Druide wurde in seinen Gemächern gepflegt,

denn er hatte – wie man Tabor berichtete – beim Angriff des Feuerdämons schlimme Verbrennungen davongetragen. Es würde
noch einige Sonnenläufe dauern, bis er wieder an den Sitzungen
teilnehmen konnte.

»Tabor!« Lya-Numi lächelte erfreut und wollte sich aufrichten,
doch sie war noch zu schwach und gab den Versuch sogleich wieder auf. So beschränkte sie sich darauf, den jungen Elfen zu sich
zu winken, und bedeutete ihm, sich zu ihr auf die Kante des Kran-
kenlagers zu setzen.

»Hm, ich denke, wir sollten gehen.« Der Abner räusperte sich,
erhob sich und deutete eine Verbeugung an. »Ich weiß, Ihr und
Tabor habt viel zu besprechen«, sagte er. »Wenn Ihr erlaubt,
komme ich morgen noch einmal zu Euch.«

»Danke, Abner. Ihr, Sayen und die Priesterinnenmutter seid mir
immer herzlich willkommen«, erwiderte Lya-Numi und nickte
den anderen zum Abschied zu. Die Ratsmitglieder entfernten sich
leise, doch Sayen blieb noch einmal stehen und legte Tabor die
Hand auf die Schulter. »Was Eure Mutter und Ihr für Nimrod getan habt, wird in die Geschichte eingehen«, sagte er anerkennend.
»Eure Mutter hat durch ihren heldenhaften Einsatz verhindert,
dass Asco-Bahrran das Dimensionentor öffnen konnte, und ohne
Euch wäre Nimrod hoffnungslos dem Feuerdämon zum Opfer gefallen. Es gibt wohl ... «

»Nicht jetzt, Sayen!«, mahnte der Abner von der Tür her und
winkte dem Meisterseher heran, doch Tabor antwortete trotzdem.
»Nicht mir, Euch gebührt der Ruhm«, erwiderte er bescheiden.
»Ihr habt die alten Aufzeichnungen richtig gedeutet. Den Riesenalpfriedhof zu suchen war allein Euer Einfall.«

»Aber erst durch Euren Mut wurde Wirklichkeit daraus.«

»Sayen!«, rief der Abner ungeduldig. Der Meisterseher wollte
noch etwas sagen, überlegte es sich jedoch anders. »Nun, ich
denke, wir haben noch viel zu besprechen«, schloss er, deutete
eine knappe Verbeugung an und folgte dem Abner und der Priesterinnenmutter.

»Tabor!« Lya-Numi ergriff Tabors Hand und lächelte ihn an. In ihren Augen spiegelten sich neben Freude und Erleichterung auch Kummer und tiefer Schmerz. »Oh, Tabor«, flüsterte sie und in ihren Augen glitzerten Tränen. »Es tut mir so unendlich Leid, aber ich konnte ihr nicht helfen.«

»Ich bin nicht gekommen, um dir Vorwürfe zu machen.« Tabors Finger umklammerten ihre Hand und sie spürte seine Trauer. »Ich möchte nur wissen, was geschehen ist. Und wie es geschehen ist. Jede Einzelheit.« Tapfer schluckte er die aufkommenden Tränen hinunter. »Es gibt so viele Fragen und ich möchte doch nur alles verstehen.«

»Es ist dein Recht, jede Einzelheit zu erfahren.« Lya-Numi nickte und blickte Tabor verständnisvoll an. »Aber ich fürchte, alle Fragen werden sich auch danach nicht beantworten lassen.« Sie schloss die Augen, als müsse sie sich die Ereignisse in der Höhle erst wieder in Erinnerung rufen, dann holte sie tief Luft und begann zu erzählen ...

»Sag Tabor, dass ich ihn liebe und sehr stolz auf ihn bin.« Tränen rannen über Tabors Gesicht, als er die letzten Worte seiner Mutter noch einmal wiederholte. Diesmal hielt er die Tränen nicht zurück, denn Lya-Numis Bericht riss seine Wunden erneut auf. »Aber Ilumynhi sagte, dass ... dass sie nicht tot ist«, beharrte er. »Wie kann ... was bedeutet ... aber wo ist sie dann?«

Lya-Numi lächelte und strich Tabor sanft über dem Arm. »Die Botschaften unserer Ahnen sind für uns schwer zu deuten«, murmelte sie. »Doch indem Ilumynhi das Wort an dich richtete, wurde dir eine große Gunst zuteil. Ich denke, wenn sie sagte, dass Naemy nicht tot sei, dann ist es auch so. Und wenn sie dich ermahnte, zu warten und zu helfen, dann solltest du dich an diese Weisung halten. Die Göttin allein weiß, wo deine Mutter jetzt ist. Und wenn es ihr Wille ist, werden wir sie wieder sehen.«

Epilog

Die kalte Wintersonne hatte sich hinter den weißen Gipfeln der Valdorberge zur Ruhe begeben. Ihr blasses Licht schwand immer schneller und während die Nacht langsam die Herrschaft über den wolkenlosen Himmel gewann, zeigten sich im Osten schon die ersten Sterne.

In dicke Steppenbüffelpelze gehüllt, schichtete Kiany trockene Äste auf ein kleines Feuer, das sie auf einem schneebedeckten Höhenrücken der Valdorberge entzündet hatte, und beobachtete, wie die Flämmchen gierig nach dem Holz leckten.

Als das Feuer groß genug war, hielt Kiany inne und blickte auf die Lichter der Festungsstadt hinab, während sie die Ereignisse der vergangenen Mondläufe noch einmal an sich vorüberziehen ließ. Vieles war geschehen, seit sie Naemy und Zahir zum ersten Mal auf dem Platz vor der Inneren Festung gesehen hatte, und sie wusste, dass ihr Leben nie wieder so sein würde wie vor dieser Zeit. Manou, ihre beste Freundin, war gleich bei dem ersten Angriff der Cha-Gurrline ums Leben gekommen, während sie hinter der Festungsmauer die Verwundeten versorgte. Banor, ihr Mentor und väterlicher Freund, galt seit langem als vermisst und war vermutlich ebenfalls tot. Naemy war verschwunden, Zahir nicht mehr am Leben, und das Entsetzliche, das ihr durch Asco-Bahrran widerfahren war, hatte tiefe Narben in ihrer Seele hinterlassen. Narben, die sie ihr ganzes Leben lang als dunkle Erinnerungen begleiten würden. Trotz der Wärme unter den dicken Pelzen erschauerte Kiany, doch dann schob sie die Gedanken an die Gefangenschaft energisch zur Seite. Der grausame Magier lebte nicht mehr. Sein Heer war vernichtend geschlagen worden und die Magier, die ihm gedient hatten, harrten in den Kerkern von Nimrod auf ihre Anklage und ihren Prozess. Ihre Familie, Vater, Mutter und Geschwister, hatten die Schlacht überlebt und waren wohlbehalten ins Grasland zurückgekehrt. Alles war gut.

Um sich abzulenken, hob Kiany den Kopf und suchte die Luft über dem Tal nach einem Anzeichen von Leilith ab, die mit Tabor noch einmal losgeflogen war, um Feuerholz zu besorgen.

Das Riesenalpweibchen war nicht zu den anderen Riesenalpen in das Land jenseits des Ylmazur-Gebirges geflogen. Die Entscheidung war ihr nicht leicht gefallen, zumal Chantu sich dazu entschlossen hatte, seinen Verwandten in die neue Heimat zu folgen. Doch Leiliths Freundschaft zu Tabor war stärker als die Verbundenheit mit den Angehörigen ihrer Rasse. Kiany lächelte. Sie wusste, wie glücklich Tabor über Leiliths Entscheidung war. Beide hatten in den vergangenen Mondläufen schmerzliche Verluste zu beklagen gehabt, doch ihre tiefe Verbundenheit schenkte ihnen die Kraft, langsam über die schrecklichen Ereignisse hinwegzukommen.

Tabor. Nachdenklich schlang Kiany die Arme um die Beine und legte das Kinn auf die Knie. Leilith und Tabor. Aber was war mit ihr? Der junge Nebelelf wusste, dass sie sich nichts sehnlicher wünschte, als das Leben an seiner Seite zu verbringen, doch immer, wenn sie das Gespräch in diese Richtung lenkte, wich er ihr aus. Dabei war sich Kiany sicher, dass er sie mochte.

Plötzlich fühlte sie sich einsam und wünschte, dass er endlich zurückkehrte. Ungeduldig reckte sie den Kopf und der Anblick, der sich ihr bot, ließ ihr Herz höher schlagen. Vor dem Hintergrund der erleuchteten Festungsstadt schwang sich Leilith mit kräftigen Flügelschlägen dem Höhenrücken entgegen. Zwanzig Längen vom Feuer entfernt landete das Riesenalpweibchen und Tabor sprang von ihrem ausgestreckten Flügel in den weichen Schnee.

Leilith wandte sich um, stapfte bis zum Rand der Schlucht und stieg nach einem kurzen Sturzflug erneut hinauf in die Lüfte.

»Sie meint, dass sie hier doch nur stören würde!« Lachend legte Tabor ein Bündel dicker Äste neben dem Feuer ab und klopfte sich den Schnee von der Hose. »Hast du dich gefürchtet?«, fragte er besorgt, als er sich neben sie setzte.

»Nach allem, was ich erlebt habe, wäre mehr als Dunkelheit vonnöten, damit ich mich fürchte«, erwiderte Kiany, schloss die Augen und lehnte den Kopf an Tabors Schulter. »Ich hatte einfach nur

Sehnsucht nach dir!« Kiany wusste, dass sie sich mit diesem Bekenntnis auf ein Gebiet wagte, dem Tabor stets ausgewichen war. Doch heute Abend sollte es keine Ausflüchte mehr geben. Sie musste endlich Gewissheit haben. »Sehnsucht!« Tabor hob die Hand und strich Kiany über das Haar. »Du brauchst keine Sehnsucht nach mir zu haben«, erklärte er sanft. »Ich werde den ganzen Winter über in Nimrod bleiben und zusammen mit Lya-Numi versuchen, aus den alten Schriften der *Geheimen Kammer* mehr über die Dimensionentore herauszufinden. Erst wenn der Frühling kommt, werden wir gemeinsam nach Caira-Dan fliegen, um die Aufzeichnungen der Elfen zu studieren, die sich noch immer dort im Palast befinden.« Plötzlich klang er sehr entschlossen. »Wir wollen erfahren, was es mit den Toren auf sich hat. Wohin sie führen. Und ob es Wege gibt, von dort zurückzukehren. Es wird lange dauern, alle Schriften nach Hinweisen zu durchsuchen, aber – bei der Göttin – wenn es eine Möglichkeit gibt, meine Mutter wieder zu sehen, werde ich sie finden.« Er sah Kiany an, lächelte und seine Stimme wurde wieder sanft. »Aber wo ich auch bin, ich verspreche dir: Ich werde zu dir kommen, wann immer du Hilfe brauchst.«

»Aber das ist mir nicht genug!«, rief Kiany entrüstet. »Weißt du denn nicht, was ich für dich empfinde? Oder willst du es nicht wissen?« Plötzlich wurde ihre Stimme sanft und sie sah ihm tief in die Augen. »Hast du mich denn nicht auch ein klein wenig lieb?«, fragte sie.

»Doch«, erwiderte Tabor und sein Atem stieg als weiße Wolke zu den Sternen auf. Er schloss seine Hände sanft um Kianys Gesicht und blickte sie beschwörend an. »Aber es darf nicht sein. Wir können nicht zusammenkommen. Es wäre nicht gut.«

»Warum nicht?«

»Weil ich ein Elf bin und du bist eine Heilerin«, erklärte Tabor ernst. »Du bist eine Heilerin, Kiany! Eine gute Heilerin. Du besitzt die Sehergabe, eine seltene Fähigkeit, die für dein Volk von unschätzbarem Wert ist. Deshalb musst du zu den Priesterinnen zurückkehren und deine Ausbildung beenden. Dein Dorf, dein Volk brauchen dich.«

»Aber ich will keine Heilerin mehr werden«, begehrte Kiany auf. »Ich will mit dir zusammen sein. Nur mit dir! Mein ganzes Leben lang. Es ist mir gleichgültig, wie hoch der Preis ist, den ich zu zahlen habe, wenn ich nur mit dir zusammen sein kann. Ich will ... «

»Das ist töricht, Kiany«, fiel Tabor ihr ins Wort, »und du weißt es ganz genau. «

Kiany schloss die Augen und schwieg. Sie ahnte, was nun kommen würde. Es war, als hätte sie die Worte schon tausendmal gehört, immer wieder. In Gedanken. Worte, die sie nicht hören wollte und stets verdrängt hatte, weil sie grausam und gleichzeitig vernünftig waren.

»In vierzig oder fünfzig Sommern wirst du eine alte Frau sein, Kiany«, hörte sie Tabor sagen. »Ich aber werde mich nicht verändert haben. Vergiss nicht, dass ich schon jetzt viele hundert Sommer lang lebe. Eine Zeitspanne, die euch Menschen niemals gegeben sein wird. «

»Ein Menschenleben ist nicht kurz«, erwiderte Kiany trotzig. »Es ist ... eine kleine Ewigkeit. «

Tabor seufzte. »Sei vernünftig, Kiany«, bat er. »Ich mag dich. Ich mag dich wirklich, doch unsere Rassen sind einfach zu verschieden. Freundschaft ist alles, was ich dir anbieten kann. « Er griff unter seinen Pelz und zog eine kleine geschnitzte Flöte heraus. »Diese Piuliflöte ist für dich. Sie sendet einen Ton aus, der von Menschen nicht gehört werden kann. Doch der Elf, der die Flöte gefertigt hat, hört ihren Ruf, wo immer er sich befindet. Damit kannst du mich rufen, wann immer du Hilfe benötigst. « Er ergriff Kianys Hand und legte die Flöte hinein. »Nimmst du mein Geschenk an? «

Schweigend starrte Kiany auf die schwarze Flöte. Tabor hatte sich entschieden. Nicht jetzt, nicht hier, sondern schon vor vielen Sonnenläufen. Er hatte den einzig möglichen Weg, den Weg der Vernunft, gewählt und trotz ihrer Traurigkeit wusste Kiany in tiefster Seele, dass es der richtige Weg war.

»Danke«, sagte sie leise und kämpfte gegen die aufkommenden Tränen an, denn das, was sie nun sagen musste, fiel ihr nicht leicht.

»Du hast Recht«, flüsterte sie. »Es … der Entschluss fällt mir nicht leicht, aber ich werde meine Ausbildung beenden.« Sie schluchzte auf, schlang die Arme um Tabors Hals und vergrub ihr Gesicht in seinem Haar.»Und … und … ich werde immer stolz sein, dich meinen Freund nennen zu dürfen.«

$\mathcal{A}$nhang – *Personenverzeichnis*

MENSCHEN

- ABNER: oberster Druide und Vorsitzender des »Rates der Fünf«
- ANTHORK: oberster Druide von Thale, der den finsteren Herrscher bei seiner Hinrichtung verflucht
- ASCO-BAHRRAN: Meistermagier des finsteren Herrschers und einer der drei Statthalter von Nimrod
- BANOR: Gesandter des Graslandes, Kianys Mentor und väterlicher Freund
- BANYA-LEAH: Priesterinnenmutter von In-Gwana-Thse, Sunnivahs Pflegemutter
- BOG: Skynoms Gehilfe
- ENRON: Befehlshaber der Stadtwache von Nimrod
- FAYOLA: Kriegerin in Nimrod, Sunnivahs Freundin und Waffengefährtin
- ILAHJA: Sunnivahs Mutter
- JUKKON: Druide und jüngstes Mitglied im »Rat der Fünf«
- KIANY: Nachfahrin von Sunnivah; hat von ihrer Ahnin Rojana die Sehergabe geerbt
- KJELT: Sunnivahs Vater, Anführer des Rebellenheeres, Vorfahr von Kiany
- KUOMI: Heilerin aus dem Grasland und Vhaits Lebensretterin
- MANOU: Kianys beste Freundin
- METHAR: Asco-Bahrrans engster Berater
- MINO-THEY: Heilerin aus Daran
- PRIESTERINNENMUTTER: oberste Priesterin im Tempel der Gütigen Göttin und Mitglied im »Rat der Fünf«
- SAYEN: Meisterseher von Nimrod und Mitglied im »Rat der Fünf‹
- SEQUESTOR: oberster Richter des finsteren Herrschers und einer der drei Statthalter von Nimrod

- SKYNOM: verbannter Druide aus Nimrod und einer der Magier Asco-Bahrrans
- ROJANA: Kjelts Gefährtin, Vorfahrin von Kiany
- TAREK: Vhaits Vater, oberster Kriegsherr des finsteren Herrschers und einer der drei Statthalter von Nimrod
- TASSEA: Heilerin in Ilahjas Dorf
- VHAIT: Sohn Tareks und Kampfgefährte Sunnivahs
- ZATOC: berüchtigter Dieb und Meuchelmörder

NEBELELFEN

- NAEMY: Sunnivahs Kampfgefährtin und Tabors Mutter
- KYLE-NAT: Prinzregent der Nebelelfen
- LYA-NUMI: Elfenpriesterin in Caira-Dan
- SHARI: Naemys kleine Schwester
- SHEEHAN: Elfenkrieger
- TABOR: Naemys Sohn

RIESENALPE

- BANKIVAHR: letzter überlebender Riesenalp von Thale
- CHANTU: von Naemy aufgezogenes Riesenalpmännchen
- DENKIVAHR: Anführer der Wächterkolonie des Friedhofs der Riesenalpe
- LEILITH: von Tabor aufgezogenes Riesenalpweibchen
- ZAHIR: von Naemy aufgezogenes Riesenalpmännchen

Sonstige Geschöpfe

- An-Rukhbar: finsterer Herrscher aus einer fremden Dimension und Eroberer von Thale
- Bulsak: fledermausähnliches, hässliches Wesen, das den Magiern dient
- Cha-Gurrline: hünenhafte Krieger aus einer anderen Dimension, die nach dem Angriff An-Rukhbars nicht zurückkehren konnten und seitdem in der Finstermark leben
- Gnoorat: ein Cha-Gurrlinen-Krieger
- Sucher: magische Flugwesen, die Asco-Bahrran benutzt, um Sunnivah zu finden
- Syhfandil: Feuerdämon aus einer anderen Dimension
- Quarline: riesige, tigerähnliche Raubkatzen, Todfeinde der Nebelelfen
- Traumflüsterer: Wesen aus einer fremden Dimension, das den Menschen im Schlaf Geheimnisse entlocken kann
- Wölfin: mysteriöse Beobachterin und Begleiterin Sunnivahs

Sonstige Begriffe

- To: Mond über Thale
- Yu: Mond über Thale
- ein Mondlauf: ein Monat
- ein Sonnenlauf: ein Tag
- ein Sommer: ein Jahr
- eine Länge: etwa ein Meter

Inhalt

PIPER

Sara Douglass
Die Sternenbraut

Unter dem Weltenbaum 1
Roman. 388 Seiten. Geb.

In einem fernen Land lebten einst vier Völker friedlich
nebeneinander – bis die Bruderschaft vom Seneschall den
Alleinanspruch ihres Gottes durchsetzte und die drei nicht-
menschlichen Völker nahezu ausrottete. Danach waren die
Menschen alleinige Herren der Welt.
Eine uralte Weissagung lebt jedoch weiter. Sie besagt, daß
eines Tages zwei Männer geboren werden – Söhne dessel-
ben Vaters, aber verschiedener Mütter. Der eine ein dämo-
nischer Zerstörer, der andere der Erlöser der Welt – sofern
es ihm gelingt, die verfeindeten Völker wieder zu vereinen.
Axis, ein ungestümer junger Adliger, verfemt und verachtet
als Bastard, hat seine Eltern nie gekannt. Trotzig verteidigt
er seinen Platz in der höfischen Gesellschaft Achars. Auf
der Flucht vor seinen Alpträumen stößt er auf den Wortlaut
einer uralten Prophezeiung, den nur er zu lesen vermag.
Noch weiß er den Hinweis nicht zu deuten und ahnt nicht,
daß er zum Werkzeug einer göttlichen Macht ausersehen
wurde ...

»Die Sternenbraut« ist der erste Roman des sechsbändigen
Zyklus »Unter dem Weltenbaum«.